Hans Fallada

Wer einmal aus dem Blechnapf frißt

Roman

Aufbau Taschenbuch Verlag

Textgrundlage dieser Ausgabe: Hans Fallada. Ausgewählte Werke in Einzelausgaben. Herausgegeben von Günter Caspar. Band III. Aufbau-Verlag Berlin und Weimar, 4. Auflage 1976

ISBN 3-7466-5300-2

1. Auflage 1994
Aufbau Taschenbuch Verlag GmbH, Berlin
© Aufbau-Verlag GmbH, Berlin und Weimar 1994
Umschlaggestaltung Bert Hülpüsch, Berlin
unter Verwendung eines Fotos von
Transglobe/Good Book, Jarrican
Druck Elsnerdruck, Berlin
Printed in Germany

Inhalt

VORWORT

Eine der ersten Taten der Nazis war es, daß sie dieses Buch vom Blechnapf auf die schwarze Liste setzten. Eine der ersten Taten des neuen demokratischen Deutschlands ist es, dieses Buch wieder zu drucken. Dies scheint mir beinahe symbolisch: Jede Zeile in diesem Roman widerstreitet der Auffassung, die von den Nationalsozialisten über den Verbrecher gehegt und durchgeführt wurde an ihnen. Jetzt ist wieder Platz für Humanität, für eine Humanität, die wohl frei ist von jeder Gefühlsduselei, die aber des Satzes eingedenk bleibt: Ihr laßt den Armen schuldig werden...

Ich habe bei diesem Neudruck keine Zeile geändert der ersten Auflage gegenüber. Vielleicht denke ich heute in manchen Dingen anders als damals vor elf Jahren, als ich dieses Buch schrieb. Um so mehr ein Grund, nichts zu ändern. Wir können unsere Bücher nicht in jeder Lebensphase umschreiben. Und im großen ganzen hat für mein Gefühl noch Gültigkeit, was ich damals schrieb.

So gehe denn hinaus, Buch, in die Welt. Ich hoffe, daß auch du für dein Teil ein weniges beiträgst zur Humanisierung der Menschen – nach zwölf Jahren der Verrohung.

Berlin, am 1. Dezember 1945   *H. F.*

Erstes Kapitel

REIF ZUR ENTLASSUNG

1

Der Strafgefangene Willi Kufalt geht in seiner Zelle auf und ab. Fünf Schritte hin, fünf Schritte her. Wieder fünf Schritte hin.

Einen Augenblick bleibt er unter dem Fenster stehen. Es ist schräg aufgestellt, soweit die eisernen Blenden das zulassen, und herein dringt das Scharren vieler Füße, auch einmal der Ruf eines Wachtmeisters: „Abstand halten! Fünf Schritte Abstand!"

Station C 4 hat Freistunde, eine halbe Stunde gehen sie dort im Kreis, an der frischen Luft.

„Nichts haben Sie zu reden! Verstanden?!" ruft der Wachtmeister draußen, und die Füße scharren weiter.

Der Gefangene geht gegen die Tür, nun bleibt er dort stehen und lauscht in den Bau, der still ist.

Wenn Werner heute nicht schreibt, denkt er, muß ich zum Pfaffen gehen und betteln, daß sie mich in das Heim aufnehmen. Wohin soll ich sonst? Über dreihundert Mark macht mein Arbeitsverdienst sicher nicht. Die sind bald alle.

Er lauscht immer noch. In zwanzig Minuten ist die Freistunde vorbei. Dann kommen *wir* runter. Sehen, daß ich vorher noch was Tabak krampfe. Ich kann doch nicht die letzten zwei Tage ohne Tabak sein.

Er öffnet das Schränkchen. Sieht hinein. Aber natürlich ist kein Tabak da. Die Eßschüssel muß ich auch noch wienern, sonst kotzt Rusch mich an. Putzpomade ...? Besorgt mir Ernst.

Auf den Tisch legt er Jacke, Mütze, Halstuch. Wenn draußen auch ein strahlender, warmer Maitag ist, Halstuch und Mütze sind Vorschrift.

In zwei Tagen ist es ja überstanden. Dann kann ich mich anziehen, wie ich mag.

Er versucht sich vorzustellen, wie sein Leben dann sein wird, aber er kann es nicht. Da gehe ich also die Straße lang, und da ist eine Kneipe, und ich mache einfach die Tür auf und sage: Ober, ein Glas Bier ...

Draußen, in der Zentrale, der Hauptwachtmeister Rusch schlägt mit dem Schlüssel gegen das Eisengitter. Es hallt durch den ganzen Bau, in sechshundertvierzig Zellen ist es zu hören.

Schwein das, mit seiner ewigen Krachmacherei, murrt Kufalt. Stimmt wieder was nicht, Ruscheken? Wenn ich nur wüßte, was ich anfange, wenn ich rauskomme! Die werden mich doch fragen, wohin ich entlassen werden will ... Und wenn ich keine Arbeit weiß, wird mein Verdienst von hier an die Wohlfahrt überwiesen, und ich darf mir alle Wochen ein bißchen holen. Euch hust ich was! Lieber dreh ich noch mit Batzke ein großes Ding ...!

Er schaut gedankenverloren auf seine Jacke, deren blauer Ärmel mit drei weißen Streifen Wäscheband geziert ist. Was bedeutet, daß er „dritte Stufe" ist, ein Gefangener also, dessen Führung auf „nachhaltige Besserung und Wohlverhalten in der Freiheit" schließen läßt.

Hab ich kriechen müssen, um die zu kriegen! Und hat es gelohnt? Das bißchen Tabak und eine halbe Freistunde mehr und Radio einmal in der Woche abends und daß sie die Zelle nicht abschließen tagsüber ...

Das ist so: Kufalts Zellentür ist nicht abgeschlossen, die Zellentüren der dritten Stufe werden nicht abgeschlossen, sondern nur angelehnt. Aber es ist das eine seltsame Art Vergünstigung: Beileibe darf er die Tür nicht aufstoßen, auf den Gang treten und auch nur zwei Schritt dort machen! Das ist verboten. Wenn er das tut, wird ihm die dritte Stufe wieder entzogen. Sie ist eben offen, die Tür, daß er das weiß, das ist Vorbereitung auf das Leben draußen, wo ja auch die Türen nicht abgeschlossen sind ... eine allmähliche Akklimatisierung, erdacht von einem Geheimratshirn.

Der Gefangene steht wieder unter dem Fenster und überlegt einen Augenblick, ob er hochklettern soll und hinaussehen. Vielleicht sieht er jenseits der Mauern eine Frau ...?

Nee, lieber nicht, sparen wir uns auf bis Mittwoch.

Ruhelos nimmt er das Netz in die Hand und strickt sechs, acht, zehn Maschen. Dabei fällt ihm ein, daß er sowohl Putzpomade wie Tabak beim Netzekalfaktor schnorren kann — und er läßt die Holznadel wieder fallen und geht gegen die Tür.

Einen Augenblick steht er und überlegt, ob er es wagen soll. Dann fällt ihm was ein, er knöpft schnell die Hosen ab, geht auf den Kübel und legt sein Morgenei. Er kippt einen Schuß Wasser darüber, schließt den Deckel, knöpft die Hosen wieder an und nimmt den Kübel in beide Hände.

Wenn er mich schnappt, sag ich, die haben heute früh vergessen, bei mir zu kübeln, überlegt er und drückt mit dem Ellbogen die angelehnte Tür auf.

2

Er wirft über die Schulter einen Blick gegen den Glaskasten der Zentrale, wo, wie eine Spinne in ihrem Netz, sonst der Hauptwachtmeister Rusch sitzt und alle Gänge, alle Zellentüren überschaut. Aber Kufalt hat Dusel: Der Hauptwachtmeister ist fort. Statt seiner sitzt ein Oberwachtmeister da, den der ganze Krempel langweilt: Er liest Zeitung.

Kufalt geht möglichst leise über den Gang zum Spülraum. Dabei kommt er an der Zelle des Netzekalfaktors vorbei und zögert einen Augenblick: Da streiten zwei drin. Die eine Stimme kennt er, die ist ölig: Das ist der Netzemeister. Aber die andere . . .

Er steht und lauscht. Dann geht er weiter.

In der Spülzelle ist Hochbetrieb. Die Kalfaktoren von C 2 und C 4 haben sich heraufgeschlichen, eine stoßen.

Und noch jemand ist hier.

„Gott, Emil, Junge, Bruhn, sieht man dich wirklich mal wieder?! Du mußt doch deinen Knast auch bald abgerissen haben?!" Dabei kippt Kufalt seinen Kübel in das Spülbecken.

„Sauerei! Wo wir hier rauchen!" schimpft ein Kalfaktor.

Kufalt gibt an. „Du hältst dein Maul, Stubben! Seit wann bist du denn überhaupt im Bunker? Ein halbes Jahr? Und so was reißt hier die Fresse auf von wegen Sauerei?! Hättest ja draußen bleiben können, wenn du Wasserspülung gewöhnt bist! Ach, halt die Klappe! Ich bin dritte Stufe! – Hat einer von euch Tabak für mich?"

„Hier, Willi", sagt der kleine Emil Bruhn und gibt ihm ein ganzes Paket Flaggenstolz und Blättchen. „Kannst du behalten. Ich hab bis Mittwoch stief."

„Mittwoch? Kommst du Mittwoch raus? Ich auch!"

Bruhn fragt: „Sag mal, Willi, bleibst du eigentlich hier im Kaff?"

„Ausgeschlossen! Hier, wo lauter Wachtmeister rumlaufen! Ich fahre nach Hamburg."

„Hast du denn da Arbeit?"

„Nee, noch nicht. Aber ich krieg sicher was. Ich denke, meine Verwandten . . . Oder der Pfaffe . . . Ich komme immer durch!" Und Kufalt lächelt, aber etwas kümmerlich.

„Ich habe schon was. Ich fange hier in der Holzfabrik an. Fallennester im Akkord. Ich komme mindestens auf fünfzig Mark die Woche, hat mir der Meister gesagt."

„Das schaffst du", bestätigt Kufalt. „Das kannst du. Das hast du ja nun neun Jahre gemacht."

„Zehneinhalb", sagt der kleine blonde Bruhn und blinzelt mit seinen wasserblauen Augen. Er hat einen Seehundskopf, kuglig, gutmütig. „Elf Jahre waren's. Ein halbes haben sie mir geschenkt auf Bewährung."

„Mensch, Emil, das hätte ich doch nicht angenommen! Ein halbes Jahr geschenkt – und wie lange sollst du dich bewähren?"

„Drei Jahre."

„Schön dumm bist du. Und wenn du 'ne Kleinigkeit machst, wenn du nur 'ne Scheibe einschmeißt in der Besoffenheit oder Krach schlägst auf der Straße, schon mußt du dein halbes Jahr abreißen. Das hätte ich doch noch gleich mit runtergerissen."

„Na, Willi, wenn man zehneinhalb Jahr Knast geschoben hat . . ."

„Mir haben sie ewig gesagt, der Direktor und der Lehrer und der Pfaffe, alle: Ich soll ein Gesuch auf Bewährung machen. Aber ich bin nicht so dumm. Wenn ich Mittwoch rauskomme, dann hab ich freie Bahn . . ."

Ein Kalfaktor mischt sich ein: „Ich denke, dir haben sie dein Gesuch abgelehnt?"

„Abgelehnt? Gar keins gemacht habe ich, hast du Dreck in den Ohren?"

„Mir hat's aber der Hausvaterkalfaktor erzählt."

„Der? Was der weiß! Die dünken sich was, die vom Hausvater! Weißt du, was das für einer ist? Kleine Kinder stößt der vor den Hintern und nimmt ihnen die Mark weg, die ihnen ihre Mutti für Besorgungen gegeben hat. Von so einem läßt du dir Geschichten erzählen! — Hast du Putzpomade?"

„Der Kaliebe hat aber auch gesagt..."

„Quatsch! Ob du Putzpomade hast? Zeig mal her. Gut, die hab ich. Kriegst du nicht wieder. Ich muß noch wienern. Red hier bloß keine Töne, Mensch. Außerdem hab ich bei meinen Sachen ein großes Stück Toilettenseife, das geb ich dir dafür. Komm Mittwoch zur Abgangszelle. Soll ich dir auch einen Brief mit rausnehmen? Gut, gemacht. Mittwoch morgen Abgangszelle."

Der Kalfaktor von C 2 läßt sich vernehmen: „Der gibt ja heute an, noch und noch. Richtig durchgedreht, weil er übermorgen rauskommt."

Aber Kufalt plötzlich stockwütend: „Ich und durchgedreht wegen Rauskommen? Du spinnst ja. Mir ist das so Scheiße, ob ich noch ein paar Wochen hier bleibe oder nicht. 260 Wochen abgerissen — 1825 Tage — da staunste: — und ich soll angeben wegen Rauskommen?!"

Dann wendet er sich ruhiger zum kleinen Bruhn: „Also, hör mal, Emil — ach, willst du dich verdrücken? Freistunde muß gleich alle sein. Sieh doch, daß du dich heute mittag in die dritte Stufe mogelst..."

„Das kann angehen. Bei uns auf F hat Petrow Dienst. Der macht es."

„Schön. Ich möcht noch was mit dir reden. Also, hau jetzt ab."

„Wiedersehen, Willi."

„Wiedersehen, Emil."

„Da will ich auch gleich...", sagt Kufalt und nimmt seinen geleerten Kübel. „Ach so! Weiß einer, was mit dem Netzekalfaktor los ist?"

„Den hat wer in die Pfanne gehauen. Der schiebt Arrest."

„Ei wei! Wieso denn?"

„Hat Briefe durchgeschmuggelt mit der schmutzigen Wäsche an eine im Weibergefängnis."

„An welche?"

„Weiß ich auch nicht. Eine kleine Schwarze soll es sein."

„Kenn ich", sagt Kufalt. „Die ist aus Altona. Das ist die Räuberbraut. Die hat ein halb Dutzend Jungens für sich auf Bruch gehen lassen, und sie hat die Sore ... Wer ist denn jetzt Kalfaktor?"

„Den kenn ich noch nicht. Der ist neu, der ist 'ne Schiebung vom Netzemeister. So ein dicker Jude, eine faule Pleite soll er gemacht haben ..."

„Nee?" sagt Kufalt, und ihm fällt ein Wortfetzen ein, den er vorhin hörte, als er mit seinem Kübel an der Zellentür vorbeikam. „So ist das also. Na, den schleimigen Netzeonkel habe ich lange auf dem Strich, den will ich jetzt mal in Salz legen. – Kneiste mal, du Neuer, ob die Luft rein ist. – O Gott!" ruft er verzweifelt, „was für Säuglinge schicken die uns hier in den Bau! Reißt die Tür auf, daß der ganze Bunker zusammenfällt! Kneisten sollst du! – Ist der Rusch in seinem Glaskasten? Nicht? Na, dann will ich mal die Netzeonkels besuchen. Morgen."

Er nimmt seinen Kübel und tritt den Rückweg zur Zelle an.

3

Auf seinem Rückmarsch hat Kufalt einen Blick zum Glaskasten geworfen: Dort ist die Lage unverändert, Oberwachtmeister Suhr studiert den „Stadt- und Landboten".

Vor der Zelle des Netzekalfaktors tritt Kufalt einen Schritt seitlich, drückt sich fest in die flache Türnische und lauscht.

Da steht er nun, in blauer Beiderwandhose und gestreiftem Anstaltshemd, die Füße in Schlappen, mit spitzer, gelblicher Nase, blaß, magere Glieder, aber ein Bauch. Etwa achtundzwanzig Jahre. Eigentlich hat er freundliche braune Augen, nur spuken sie, irrlichterieren, verweilen nirgends. Sein Haar ist auch braun. Er steht so da, horcht, versucht zu verstehen, was sie da reden. Den Kübel hält er noch immer mit beiden Händen vor dem Bauch.

Einer sagt drinnen erregt: „Und Sie werden mir die zehn Mark geben! Wozu schickt Ihnen meine Frau ständig Geld?"

Und die ölige, sachte Stimme des Netzemeisters: „Ich tu ja für Sie, was ich kann. Daß ich Sie beim Arbeitsinspektor zum Netzekalfaktor durchgedrückt habe, das können Sie mir nicht genug danken!"

„Ach was, danken!" sagt der andere böse. „Viel lieber wäre ich zu den Tüten gekommen. Hier an dem Bindfaden reißt man sich die ganzen Hände blutig."

„Das ist nur die ersten Wochen", tröstet der Netzemeister. „Das werden Sie gewöhnt. Bei den Tüten ist es viel schlechter. Die wollen alle zu mir, die Tüten kleben."

„Eine Hautschere müssen Sie mir auch besorgen, überall kriege ich Reißnägel . . ."

„Da müssen Sie sich am Mittwoch zum Hausvater vormelden. Der hat eine Hautschere. Da werden Sie vorgeführt und können sich die Reißnägel abschneiden."

„Wann werde ich denn da vorgeführt?"

„Wie der Hausvater Zeit hat. Sonnabend oder Montag, vielleicht auch schon Freitag."

„Meschugge sind Sie!" schreit der andere. „Nächsten Montag, und meine Hände bluten schon jetzt! Das ganze Netz ist blutig, sehen Sie!"

Er schreit immer lauter.

Kufalt vor der Tür grinst. Er kennt das, wie es ist, wenn die Hände von dem scharfen Sisalgarn zu bluten anfangen, und morgens ziehen sich die feinen, harten Fäserchen durch die Risse. Freilich, ihm hat niemand gesagt, daß der Hausvater eine Hautschere hat, er hat sich die Reißnägel mit zwei Scherben abgeklemmt.

Ärgere dich nur, Freundchen, denkt er. Hoffentlich schiebst du einen langen Knast, daß du alles auch richtig lernst. — Mein Kübel stinkt aber wieder mal gemein. Muß ich noch mit Salzsäure rein machen. Wenn ich heute vor den Arzt komme, muß mir der Lazarettkalfaktor welche ausspucken . . .

„Und nun geben Sie mir endlich die zehn Mark. Ich lasse

mich nicht dumm reden von Ihnen. Mein eigen Geld werde ich doch noch kriegen können."

„Machen Sie sich und mich nicht unglücklich, Herr Rosenthal", sagt der Meister bittend. „Was wollen Sie mit Geld im Bau? Ich besorge Ihnen doch alles, was Sie wollen. Ich kauf Ihnen auch 'ne Hautschere, aber bar Geld im Bau – das kann ja Kopp und Kragen kosten."

„Stellen Sie sich nur nicht so an", sagt der Gefangene Rosenthal. „Sie sind ja gar kein Beamter, Sie sind doch nicht vereidigt. Sie sind hier bloß von der Netzefirma, um die Arbeit auszugeben. Gar nichts kann Ihnen passieren."

„Was wollen Sie bloß mit Bargeld? Das müssen Sie mir wenigstens sagen!"

„Tabak will ich mir kaufen."

„Das ist bestimmt nicht wahr, Herr Rosenthal. Tabak können Sie doch von mir kriegen. Wozu wollen Sie das Geld?"

Der andere schweigt.

„Wenn Sie es mir sagen, so sollen Sie es kriegen. Aber ich will wissen, wer es kriegt und wofür. Manche sind, die sind stiekum, da kann man es machen."

„Stiekum?"

„Die machen keine Lampen, Herr Rosenthal, die hauen uns nicht in die Pfanne, die scheißen uns nicht an, die verpfeifen uns nicht – die verraten uns nicht. So heißt das hier."

„Ich will Ihnen sagen", flüstert der andere – und Kufalt muß sein Ohr ganz dicht an den Türspalt legen, um zu verstehen –, „aber Sie dürfen nichts verraten. Da ist ein großer Schwarzer, ein Gewalttätiger, sage ich Ihnen, der schlägt mich tot, wenn ich ihn verrate, hat er mir gesagt. In der Heizung ist er, er hat sich an mich herangemacht, in der Freistunde . . ."

„Der Batzke", sagt der Meister. „Da haben Sie den richtigen Ganoven gefaßt."

„Er hat mir versprochen, wenn ich ihm zehn Mark gebe – Meister, Sie verraten uns nicht, nein? Gerade gegenüber von meinem Fenster, auf der anderen Seite von der Straße, jenseits der Mauer, steht ein Haus." Der Rosenthal schluckt, holt tief Atem. Dann: „Ich kann gerade in die Fenster reinsehen. Und zweimal habe ich dort 'ne Frau gesehen. Und der Schwarze hat mir geschworen, wenn ich ihm die zehn

Mark gebe, so steht sie morgen früh um fünf am Fenster, ganz nackt, und ich darf sie sehen. Ach, Meister, geben Sie die zehn Mark! Ich komme hier um, ich bin schon halb verrückt! Meister, Sie müssen!"

„Diese Jungen", sagt der Netzemeister bewundernd und stolz, „was die für Dinger drehen! Aber wenn der Batzke es Ihnen sagt, der macht es! Und der verpfeift uns auch nicht. Hier haben Sie . . ."

Kufalt zwängt den Fuß in den Spalt, drückt die Tür auf, ist mit einem Schritt drin, sagt halblaut: „Kippe oder Lampen!" und steht abwartend.

Die starren verdonnert. Der Meister mit seinen vorquellenden Fischaugen, dem runden Gesicht, dem Walroßbart, hat seine Brieftasche in der Hand. Er glotzt. Unterm Fenster, bleich, gedunsen, schwarz, etwas fett, steht der neue Netzekalfaktor Rosenthal und hat Angst.

Kufalt setzt mit einem Ruck den Kübel ab.

„Keine langen Geschichten, Meister, oder ich verpfeif dich, daß du selber Knast schiebst. Hier von wegen dem alten Netzekalfaktor Arrest besorgen und den Speckjäger ins Fett setzen. — Hab doch keine Angst, du dummes Schwein, es kostet ja bloß dein Geld! Ich bin morgen früh um fünf selber am Fenster. Also raus, Meister, mit der Marie! Kippe? Teilen können wir nicht, ich weiß ja nicht, wieviel du gekriegt hast. Ich bin billig: hundert Mark!"

„Da ist nichts zu machen, Rosenthal", sagt der Meister gottergeben. „Das Geld müssen wir ausspucken, wenn Sie nicht mindestens acht Wochen Arrest schieben wollen. Der Kufalt ist so."

„Kalt ist es da, Jungchen", grinst Kufalt. „Lieg du mal erst drei Tage auf der Steinpritsche, da wird dir das Mark in den Knochen zu Eis. Also, wie wird's?"

„Sagen Sie ja, Herr Rosenthal", drängt der Meister.

Zwei Glockenschläge hallen durchs Haus. Auf der ganzen Station rührt es sich, Riegel knallen . . .

„Nu aber fix — oder ich bin in einer Minute beim Hauptwachtmeister!"

„Sagen Sie doch ja, Herr Rosenthal!"

„Ich hetze den Batzke auf dich, du dickes Schwein, der ist mein Kumpel. Der beißt dir die Nase ab."

„Bitte, sagen Sie ja, Herr Rosenthal!"

„Also geben Sie ihm . . . aber ich trage den Schaden nicht allein, Meister!"

„Handgeld", sagt Kufalt und spuckt auf den Hunderter. „Übermorgen bin ich draußen, Dicker, da denke ich bei den kleinen Mädchen an dich. – Du, Meister, stell mir den Kübel auf die Zelle während der Freistunde. Und Salzsäure stellst du daneben, sonst donnert's! Morgen!"

Kufalt huscht über den Gang in seine Zelle.

4

Lärmend, klappernd, schwatzend sind achtzig Gefangene die vier Eisentreppen hinuntergeschusselt zum Erdgeschoß. Nun, am Tor zum Freihof, stehen zwei Wachtmeister und wiederholen wie die Automaten: „Abstand nehmen! Es wird nicht gesprochen. Nehmen Sie Abstand! Wer spricht, kriegt eine Anzeige."

Die Gefangenen schwatzen doch. Nur in nächster Nähe der Wachtmeister werden sie stumm, aber kaum vorbei, unterhalten sie sich schon wieder in jenem lauten Flüsterton, der gerade über fünf Schritte Abstand reicht und bei dem nur der Mund nicht bewegt werden darf, denn das ist Grund zu einer Anzeige.

Kufalt ist hoch in Form. Er unterhält sich gleichzeitig mit Vorder- und Hintermann, die von ihm, dem Drittstufler, Neues hören wollen.

„Das ist eine Scheißhausparole, daß die zweite Stufe jetzt auch zum Radio darf. Glaub doch so was nicht, Mensch!"

„Ja, übermorgen komm ich raus. – Weiß ich noch nicht. Vielleicht dreh ich ein Ding, vielleicht geh ich auch zu meinem Schwager aufs Büro."

„Wie sollen die denn hundertfünfundzwanzig Mann aus der zweiten Stufe in dem Schulzimmer unterbringen?! Da haben doch höchstens fünfzig Platz! Du bist ja doof, Mensch. Jeden Dreck glaubst du!"

„Mein Schwager? Möchste wissen, glaub ich. — Der hat ein Filzlatschenbergwerk, wenn du's wissen willst. Da kannst du auch 'nen Posten kriegen."

„Halten Sie den Mund, Kufalt", sagt der Wachtmeister. „Immer die Herren von der dritten Stufe, die auffallen."

„Ich hab nicht geredet, Herr Wachtmeister, ich hab nur tief geatmet."

„Den Mund sollen Sie halten, sonst ist 'ne Anzeige fällig."

„Meine Sachen hab ich beim Hausvater. Alles tipptopp, Frack auf Seide, Lackstiefel — Mensch, wird das einem vorkommen nach den fünf Jahren!"

„Ach, laß doch den Affen von Wachtmeister quatschen! Wenn der was will, verpfeif ich ihn. Der hat sich heimlich von mir ein Einholnetz und eine Hängematte stricken lassen."

„Ich hab ja nur eine Angst... Wie lange bist du drin? Drei Monate? Sag mal, tragen die Weiber noch so kurze Röcke? Mir ist erzählt, sie tragen jetzt wieder lange Röcke..."

„Das kann ich ihm nicht beweisen? Das kann ich ihm doch beweisen! Ich sag einfach zum Direktor: In der vierten Reihe vom Einholnetz ist eine Masche doppelt gestrickt, und schon ist er drin!"

„Na, Gott sei Dank! Ist das so, kann man die ganzen Schinken sehen, wenn sie sich setzen? Und beim Radeln das bloße Fleisch?"

„Treten Sie raus, Kufalt, Sie sind ja heute rein verrückt! Wollen Sie die letzten Tage noch Arrest schieben? Gehen Sie hier an der Mauer, Sonderloge für die Herren von der dritten Stufe."

Kufalt geht solo. Die im Kreis verspotten ihn: „Natürlich die dritte Gruppe! — Die Speckjäger! Die Radioherren! Biste stolz auf deine drei Streifen, Arschlecker?"

„Ihr könnt mir alle..." Und er denkt: Hundert Mark. Fein! Nun habe ich schon mindestens vierhundert Mark, und wenn Werner Pause heute schreibt und Geld schickt...

„Sie, Herr Wachtmeister Steinitz, was kostet eigentlich die Fahrt Dritter bis Hamburg?"

„Wollen Sie sich jetzt mit mir unterhalten? Seien Sie ruhig, oder ich lasse Sie auf die Zelle abführen."

„Herr Wachtmeister, Herr Wachtmeister! Ich hätte heute so schön Zeit, Ihnen noch 'ne Einholtasche zu stricken."

„Frech willst du werden?! Warte, Jungchen, ich schlage dir die Schlüssel über den Schädel! Machst du, daß du . . ."

„Ich hätte heute wirklich Zeit, Herr Wachtmeister! Und das Pfund Margarine, das Sie mir für die Hängematte versprochen haben, ist auch noch nicht übergekommen."

„Schweinekerl! Erpresser! Jetzt willst du Lampen machen, was? Letzten Tag? Feiges Aas! — Ach was, tritt da rein. Werd ich mich noch mit dir ärgern! — Fünf Schritte Abstand — und daß Sie den Mund halten, Kufalt!"

„Ich bin stiekum, Herr Wachtmeister, ich rede keinen Ton!"

Es ist Mai, der Himmel ist blau, jenseits der Mauer, über sie hin, blühen die Kastanien. Das Rund, das die Gefangenen umkreisen, hat der Gärtner mit Wruken bepflanzt, die gerade angegangen sind, ein spärliches Gelbgrün in diesen traurigen, fahlen Farben von Schlacke, pulvriger Erde, Zement.

Sie gehen im Kreise und flüstern. Sie gehen und flüstern. Sie gehen und flüstern.

5

Zurück in seiner Zelle, fällt Willi Kufalt zusammen. So geht's ihm immer. Wenn er mit anderen zusammen ist, redet er, erzählt er, gibt an, ist der große Ganove und allbefahrene Knastschieber, aber allein mit sich ist er sehr allein, wird klein und verzagt.

Hätte nicht so sein sollen zu Wachtmeister Steinitz, denkt er. Gemein war das. Bloß damit die grünen Jungens, die Stubben, sehen, daß ich ihn in der Tasche habe. Es lohnt nicht, alles mache ich verkehrt — wie wird's draußen gehen?

Wenn der Schwager doch erst schriebe . . .! Aber so . . . da ist die Welt draußen, all diese Städte und die Zimmer, von denen man eines mieten muß, und die Arbeitsstellen und das Geld, das viel zu schnell alle wird – und was dann?

Er starrt vor sich hin. Keine achtundvierzig Stunden trennen ihn vom Entlassungstermin, den er so heiß herbeigesehnt hat seit fünf Jahren. Nun ist ihm angst. Hier ist er gern gewesen, er hat sich rasch gefunden in den Ton und die Art, er hat schnell gelernt, wo man demütig sein muß und wo man frech werden kann. Seine Zelle ist immer blank gewienert gewesen, sein Kübeldeckel hat stets geglänzt wie ein Spiegel, und den Zementboden seiner Zelle hat er zweimal die Woche mit Graphit und Terpentin geputzt, daß er geschimmert hat wie ein Affenarsch.

Sein Pensum hat er immer gestrickt, oft zwei, manchmal sogar drei, er hat sich Zusatzlebensmittel kaufen können und Tabak. Er ist in die zweite Stufe gekommen und in die dritte, ein vertrauenswürdiger Mustergefangener, in dessen Zelle die Kommissionen geführt wurden und der stets angemessen und bescheiden geantwortet hat.

„Ja, ich fühle mich sehr wohl hier, Herr Geheimrat."

„Nein, ich merke, es tut mir gut, Herr Oberstaatsanwalt."

„Nein, ich habe über nichts zu klagen, Herr Präsident."

Aber manchmal – jetzt grinst er, er denkt daran, wie er den kleinen Studentinnen, die Wohlfahrtsfürsorgerinnen werden wollten und ihn so gierig nach seiner Straftat fragten, wie er denen demütig statt Unterschlagung und Urkundenfälschung geantwortet hat: „Blutschande. Hab mit meiner Schwester geschlafen. Leider."

Er denkt an das entzückt über diesen Witz grinsende Gesicht des Polizeiinspektors und an die eine Studentin, die ihm mit flammendem Blick immer dichter auf den Leib rückte. Nettes Mädchen, hat ihm guten Stoff für manches Einschlafen geliefert.

Und die feine Zeit, als er beim katholischen Pfaffen immer den Altar rüsten mußte, trotzdem der sich heftig gegen einen „Evangelischen" gewehrt hatte. Aber es gab „keine vertrauenswürdigen Katholiken" im Bau, das war ein Hieb der evangelischen Beamten gegen den katholischen Pfarrer.

Wie er da hinter der Orgel gestanden und Luft in die Bälge gepustet hatte, und der Kantor gab ihm jedesmal eine Zigarre, und einmal war der katholische Kirchenchor oben, und die Mädels schenkten ihm Schokolade und feine Toilettenseife. Hinterher nahm sie ihm freilich der Hauptwachtmeister Rusch wieder ab. „Puff! Puff!" hatte er in Kufalts Zelle geschnuppert, „riecht hier wie Puff." Und hatte so lange gesucht, bis er sie gefunden hatte und die olle Sodaseife wieder Trumpf war.

Nein, eine gute Zeit hatte er gehabt, alles in allem, eigentlich kam die Entlassung etwas Hals über Kopf. So recht vorbereitet war nichts, er würde ganz gerne noch so sechs oder acht Wochen bleiben, sich auf die Entlassung rüsten. Oder war es, daß er auch schon meschugge war, zu spinnen anfing...? Er hatte es ja hundertmal erlebt, die Vernünftigsten, die Ruhigsten wurden kurz vor der Entlassung durchgedreht, fingen an zu spinnen. War er auch soweit?

Vielleicht ja, das mit dem Netzemeister und dem dicken Juden, da so einfach in die Zelle, das hätte er früher nicht riskiert, und das mit Wachtmeister Steinitz auch nicht.

Wenn nur erst der Schwager schriebe! Hatte der Hauptwachtmeister heute schon die Post verteilt? Schwein das, auf den konnte man sich auch nie verlassen, hatte er keine Lust, gab er drei Tage keine Post aus!

Kufalt macht ein paar Schritte und stutzt. Er hat doch die Waschschüssel stets so auf dem Schränkchen stehen, daß ihr Rand millimetergenau mit der Schrankkante abschneidet? Und jetzt steht sie mindestens einen Zentimeter zurück?

Er öffnet die Schranktür.

Kieke da, der hat meine Zelle durchgefilzt, das olle Stielauge, der Netzemeister! Hat die Hoffnung noch nicht aufgegeben auf seinen Hunderter! Na, warte, mein Junge, wenn du dich da man nicht schneidest!

Kufalt wirft einen argwöhnischen Blick gegen den Spion und greift dann rasch an sein Halstuch. Es knittert beruhigend darin. Aber nun fällt ihm ein, daß in spätestens einer halben Stunde Vorführung beim Arzt ist, und da muß er sich ausziehen und darf also den Hunderter nicht bei sich haben. Das weiß der Netzemeister auch, dann wird er die Zelle noch mal filzen...

Kufalt zieht grübelnd die Stirne in Falten. Er weiß natürlich, daß es in der Zelle kein Versteck gibt, das die Beamten nicht kennen. Die haben da vorne eine Liste, ein Wachtmeister hat es ihm mal erzählt; zweihundertelf Möglichkeiten gibt es, in dem Dreckding von Zelle was zu verstecken.

Aber für ihn handelt es sich jetzt nur darum, ein Versteck zu finden, das anderthalb Stunden vorhält. Länger dauert die Vorführung beim Arzt nicht, und länger hat der also auch keine Zeit zu suchen.

Im Rücken vom Gesangbuch? Nein, das ist schlecht. In der Kapokmatratze? Das wäre nicht dumm, aber dafür ist die Zeit jetzt zu kurz, er kann nicht auftrennen und zunähen in der halben Stunde bis zur Vorführung. Außerdem müßte er sich erst das passende Garn von den Sattlern besorgen.

Nun zeigt es sich, daß es dumm war, den Kübel zu leeren, anderthalb Stunden in dem Dreck auf dem Boden zu liegen, das hätte dem Hunderter nichts geschadet, das wäre wieder rauszukriegen gewesen, aber nun war der Kübel leer.

Unter den Tisch kleben?

Am besten unter den Tisch mit Brotkrumen festkleben!

Er dreht schon an den Kügelchen, aber dann läßt er es wieder: Es ist zu bekannt, und ein Blick genügt. Lieber nicht.

Kufalt wird nervös. Es klingelt schon zum Schluß der letzten Freistunde, in einer Viertelstunde geht die Vorführung los. Ob er den Schein doch mit zum Arzt nimmt? Er könnte ihn ganz fest zusammenrollen und sich hinten reinstecken. Aber vielleicht gibt der Netzemeister dem Hauptbullen vom Lazarett einen Wink, und dann wird er so gefilzt – die sind imstande und untersuchen ihn auf Mastdarmkrebs!

Er ist ratlos. Es ist genau, wie wenn er rauskommen wird. Da sind auch so viele Möglichkeiten, und bei allen ist ein „Aber" dabei. Man muß sich entscheiden können, aber das eben kann er nicht. Wie soll er auch? Die haben ihm doch hier fünf Jahre lang jede Entscheidung abgenommen. Die haben gesagt: „Friß!", und da hat er gefressen. Die haben gesagt: „Geh durch die Tür!", und da ist er durchgegangen, und: „Schreib heute!", und da hat er heute seinen Brief geschrieben.

Die Luftklappe ist auch nicht schlecht. Nur zu bekannt, viel zu bekannt. In dem einen Bettbrett ist ein Riß – aber wenn einer zufällig hinsieht, sieht er sofort den Schimmer vom Papier. Er könnte den Schemel auf den Tisch stellen und das Dings auf den Schirm der Deckenlampe legen, aber das machen alle, und außerdem kann gerade einer durch den Spion linsen, wenn er auf dem Tisch steht.

Kufalt dreht sich rasch um und sieht nach dem Spion. Richtig, er hat's gefühlt, da ist ein Glotzauge, das ist dem seines, das Fischauge!

Und in gespielter Wut springt er gegen die Tür, ballert daran und brüllt: „Willst du weg vom Spion, Kalfaktor, verdammter!"

Es geht knallbums, die Tür fliegt auf, und in ihr steht der Hauptwachtmeister Rusch.

Nun heißt es theatern, denn Rusch liebt nur die eigenen Späße. Bei Hauptwachtmeister Rusch muß man demütig sein, und so ist Kufalt ganz hübsch betreten, als er stottert: „O Verzeihung, Herr Hauptwachtmeister! Herr Hauptwachtmeister verzeihen, ich dachte, es wäre das Biest von Kalfaktor, der kneistet immer, wo ich meinen Tabak lasse."

„Wat denn? Wat denn? Krach gibt's nicht. Der Lack geht von der Türe."

Kufalt schmeichelt: „Herr Hauptwachtmeister wissen doch, bei mir ist immer alles in Butter, kein Kratzer im Lack."

Der Hauptwachtmeister, ein etwas stoppliger Napoleon, der wahre Herrscher über das Gefängnis, wortkarg, stets voller Überraschungen, erbitterter Feind jeder Neuerung, des Stufenstrafvollzugs, des Direktors, der Beamten, jedes Gefangenen – der Hauptwachtmeister Rusch antwortet nicht, sondern geht zum Schränkchen, an dem die Personalien- und Vergünstigungstafel hängt.

„Was ist mit Vögeln?" fragt er.

„Mit Vögeln?" fragt Kufalt, halb verwirrt, halb grinsend.

„Vögeln! Vögeln!" knarrt der Despot ärgerlich und tippt mit dem Finger auf die Vergünstigungstafel. „Hier steht: zwei Kanarienvögel. Wo sind die? Verschoben, was?"

„Aber, Herr Hauptwachtmeister", sagt Kufalt vorwurfsvoll und denkt dabei voll Angst an den Hunderter, der immer noch in seinem Halstuch steckt. „Die gelben Spatzen sind doch draufgegangen, als im Winter die Zentralheizung kaputt war. Ich hab's Ihnen doch noch gesagt!"

„Gelogen. Gelogen. Erstunken. Gelogen. Der Schuster, der Maaß, hat zwcie zuviel. Das sind deine. Verschoben!"

„Aber, Herr Hauptwachtmeiser, ich habe es Ihnen doch gesagt, daß sie krepiert sind! Ich bin im Glaskasten bei Ihnen gewesen und habe es Ihnen gemeldet."

Der Hauptwachtmeister steht unterm Fenster. Er dreht dem Gefangenen den Rücken, der sieht nur die dicken weißen Hände, die mit den Schlüsseln spielen.

Wenn er doch ginge! fleht Kufalt. Jeden Augenblick kommt die Vorführung zum Arzt und ich mit dem Schein im Halstuch! Ich bin ja geplatzt! Ich komme gleich wieder in Untersuchungshaft!!

„Die dritte Stufe!" knurrt das Haupt. „Immer die dritte Stufe. Alle Unordnung im Bau. Ihr Geld, Ihre Arbeitsbelohnung . . ."

„Ja . . .?" fragt Kufalt, als nichts mehr kommt.

„Aufs Wohlfahrtsamt. Da kannst du dir jede Woche fünf Mark holen."

„Herr Hauptwachtmeister", fleht Kufalt, „das werden Sie doch nicht tun, wo ich meine Zelle immer so fein gewienert habe!"

„Wat denn! Tu ich. Mach ich. Mir ganz egal. Wienern . . .? Ordnung mit Vögeln – hahaha!"

„Haha", lächelt auch Kufalt gehorsam.

„Was ist", fragt der Hauptwachtmeister und kann plötzlich Deutsch, „mit dem Netzemeister und dem neuen Netzekalfaktor?"

„Neuer Netzekalfaktor?" fragt Kufalt. „Ist denn ein neuer da? Den hab ich noch gar nicht gesehen."

„Fiole! Scheiß die andern an! Zehn Minuten warst du bei denen in der Zelle!"

„Aber nein, Herr Hauptwachtmeister, ich war heute überhaupt nur zur Freistunde aus meiner Zelle!"

Der Hauptwachtmeister streicht mit dem Finger nachdenklich über das Schrankdach. Er besieht den Finger, nicht unbefriedigt, dann berieht er ihn. Nein: Es hat auch nicht eine Spur von Staub auf dem Schrank gelegen. Er besinnt sich und geht gegen die Tür. „Also Arbeitsbelohnung durch Wohlfahrt."

Kufalt überlegt fieberhaft: Sag ich jetzt nichts, so geht er

und ich kann den Hunderter verstecken, aber hänge ewig bei
der Wohlfahrt. Hau ich die aber in die Pfanne, bin ich zwar
den Hunderter los, kriege aber übermorgen meine Arbeitsbelohnung hier bar ausbezahlt. Aber auch nur vielleicht.

„Herr Hauptwachtmeister . . ."

„He . . .?"

„Ich war in der Zelle — bei denen."

Der wartet. Schließlich: „Was ist . . .?"

„Der kriegt für den dicken Juden Briefe. Da müssen Sie
mal filzen gehen."

„Nur Briefe?"

„Er wird's ja nicht tun für die schöne Nase von dem."

„Weißt du was?"

„Filzen müssen Sie, Herr Hauptwachtmeister. Heute noch,
gleich — da finden Sie was."

Die Tür geht auf. „Kufalt zum Arzt!"

Kufalt sieht auf den Hauptwachtmeister.

„Los!" sagt der gnädig. „Vögel krepieren hier alle im
Bau."

Dem Aas, dem Netzemeister, habe ich das fein besorgt,
denkt Kufalt, als er die Treppe hinunterschlurrt. Nun hat er
keine Zeit, in meiner Zelle zu suchen. Ach Gott, das wäre ja
jetzt auch egal! Nun habe ich den Schein doch noch bei mir,
verdammt!

6

Der Wachtmeister sieht Kufalt über das Geländer weg
nach. „Ein bißchen dalli, Kufalt! Tut, als wüßte er nicht Bescheid. Bist doch wahrhaftig genug zum Arzt gelaufen!"

Ist ja gar nicht wahr, denkt Kufalt. Seit der mich damals
angezeigt hat wegen Simulieren, als ich den Daumen verknackst hatte und nicht stricken konnte, bin ich keine dreimal mehr bei ihm gewesen. Und ich hatte nicht Fiole geschoben, ich hatte den Daumen wirklich verknackst!

Nein, es sind schlechte Aussichten, den Schein noch irgendwie loszuwerden. Auf allen Gängen ist Hochbetrieb. Vorführung zum Direktor, zum Polizeiinspektor, zum Arbeitsinspektor, zum Arzt, zum Pastor, zum Lehrer — auf allen
Stationen knallen die Riegel, knacken die Schlösser, laufen

Beamte mit Listen, schieben sich Gefangene in ihren blauen Schlotterhosen lang.

Mir geht eben alles schief. Wenn ich einmal wirklich keß bin und schneide mir eine Scheibe ab – ein richtiger Ganove werde ich doch nie ...

Unten begrüßt ihn Oberwachtmeister Petrow, ein oller Posener, schon in der Vorkriegszeit Kittchenhengst gewesen, Liebe aller Gefangenen.

„Na, Kufalt, olles Haus, is sich Zeit rum? Siehst du, is gewesen ein Blitz! Warum hat Hauptwachtmeister dir Zelle gegeben? Hättest du machen können auf der Treppe ab das kleine Endchen Knast! – Wie lange? Fünf Jahre? Mensch, Kufalt, Zeit läuft sich wie Auto; was sich kleines Mädchen freuen wird, daß du alles hast aufgespart für sie."

Der dicke Petrow schnauft strahlend, und die Gefangenen grinsen beifällig.

„Nein, stell dich dorthin, Kufalt, Haus. Nich zu Batzke, denn ihr schwatzt und der Olle kuckt aus Glaskasten, kuckt, kuckt! – Siehst du, hier, und drei Schritte Abstand. – Komm her, du Neuer mit Brille, willst du zu Fuß gehen auf Hamburg ...? Bleib hier, mein Söhnchen, mach ein bißchen halt hier bei uns, Liebling ... Geh nicht mehr weiter."

An die dreißig Gefangene stehen schon da, wartend auf die Arztvisite, und noch kommen immer mehr von allen Stationen dazu. Kufalt hat den kleinen Tischler, den Emil Bruhn, entdeckt und winkt ihm aus der Ferne zu.

„Das wird ja heute wieder endlos", stöhnt er zu seinem Vordermann, „todsicher ist der Fraß eiskalt, wenn wir auf die Zelle kommen. Und heute gibt's Erbsen."

Der vor ihm dreht sich um. Er ist ein langes Reff in einer unglaublichen Kledage, Röhren aus lauter hell- und dunkelblauen Flicken, eine Weste, die so kurz ist, daß zwischen Hosen- und Westenrand eine Handbreit Hemd hervorsieht, und eine Jacke mit Ärmeln nur bis an die Ellbogen. Darüber ein kleiner, blasser, böser Kopf.

„Dich haben sie ja beim Hausvater fein in der Mache gehabt", sagt Kufalt. „Hast ihn wohl geärgert. – Wie lange reißt du ab?"

„Sprechen Sie mit mir?" fragt das Reff. „Darf man denn hier sprechen?"

„Nee. Aber du darfst ruhig du zu mir sagen, unsre Kübel werden doch alle zusammen ausgeschüttet. – Wieviel mußt du abreißen?"

„Ich bin zu zwei Jahren Gefängnishaft verurteilt. Aber ich bin unschuldig, zwei Zeugen haben einen Meineid geschworen. Ich habe schon Anzeige bei der Staatsanwaltschaft erstattet."

„Das mit dem Meineid sagen wir alle, wenn wir reinkommen", tröstet Kufalt. „Das gibt sich. – Was hat auf deinem Schild über der Zelle gestanden, vor der Verhandlung?"

„Schild . . .? Wie meinen Sie das? Ach so! Untersuchungsgefangener, also ein ‚U'."

„Quatsch, das ‚U' heißt doch nicht Untersuchungsgefangener, das heißt Unschuldiger. Und was hängt jetzt an deiner Zelle?"

„Strafgefangener. ‚S'."

„Wieder Quatsch. Schuldiger! Das ist alles ganz einfach. Wenn du verknackt bist, bist du auch schuldig, da hilft kein Reden. Urteil ist Urteil. Rede hier bloß keinen Stuß von wegen Meineidsanzeigen, auf die süße Tour fallen wir hier nicht rein. Da sind 'ne ganze Menge, die nehmen das gewaltig sauer, wenn du so daherredest."

„Na, erlauben Sie mal, ich bin unschuldig, meine Frau und mein Prokurist werden ein Jar   ...uchthaus wegen Meineid kriegen. Hören Sie mal zu, ich werde Ihnen das erzählen . . ."

Aber er kommt nicht mehr zum Erzählen. Vom Glaskasten her klingt heftiges Schlüsselgeklopfe. „Herr Petrow, passen Sie gefälligst auf! Der Lange da, der Menzel, schwatzt immerzu mit dem Kufalt."

Petrow stürzt sich wutentbrannt auf den „Unschuldigen". „Soll ich dir Giftzahn ausreißen, Laster, langes, geklebtes? Bist du in Judenschule, denkst du? Glaubst du? Marsch, marsch, marsch, Linken, Rechten, Linken, Rechten, in Arrestzelle, kannst du reden mit Eisen, bis Arzt kommt, Schwätziges, du!"

Knack, knack, die Zellentür fliegt zu, der ganz verstörte Lange ist verschwunden, und im Vorbeigehen flüstert Petrow strahlend dem Kufalt zu: „Hat er Schiß gekriegt, der Neue? Bin ich schrecklich wütend? Söhnchen, mach mit dem nicht

Kumpelage, immer ist das bei Direktor und Inspektor und schwätzt alles, was es hört."

Und Petrow ist schon zehn Schritte weiter. Da stehen isoliert zwei Braune, schmucke Zuchthaushusaren, sicher auf Transport hier. Und die beiden Isolierten hatten drei Schritte vorwärts gemacht, vom Linoleum herunter auf den gewachsten Zementboden, wohl um etwas Anschluß zu finden bei den anderen Gefangenen, vielleicht wegen Tabak . . .

„Bleibt sich hier die Herren, auf dem braunen Linolei, immer auf dem Linolei! Hier, die Herren!"

Die Zuchthäusler sehen nicht auf, sie sehen starr vor sich in die Luft, hören nichts, rühren sich nicht. Kufalt stellt wieder fest, daß Zuchthäusler eine ganz andere Art haben, mit Beamten umzugehen. Gefängnisgefangene schmusen sich an, suchen auf du und du zu kommen, der Zuchthäusler hat nie einen Beamten gesehen, die sind alle Luft für ihn.

Petrow empört sich ernstlich: „Auf den Linolei! Auf den Linolei!"

Die beiden hören nichts, sehen nichts. Nur wie zufällig machen sie gerade jetzt einen Schritt, zwei Schritte, drei Schritte – und stehen wieder auf dem Linoleum. Den Beamten haben sie gar nicht gesehen.

Die Tür zum Lazarett tut sich auf. In seinem weißen Mantel erscheint der Lazaretthauptwachtmeister. „Vorführung zum Arzt!"

„Paarweise antreten!" schreit Petrow. „Einrücken ins Lazarett!"

Und im selben Augenblick bricht die sorgfältig bewahrte Ruhe und Ordnung zusammen. An die fünfzig Gefangene rücken mit Gelärm und Geschwätz durch die enge Schlucht eines Ganges über eine Treppe ins Lazarett. Petrow versucht, wenigstens die beiden Zuchthäusler im Auge zu behalten, aber sofort sind die untergetaucht zwischen den anderen, tauschen Worte, ihre Hände fassen zu.

„Na, wartet! Werde ich filzen euch auf Tabak, Schweine, miserablige! – Na, laß sie! – Stellt euch hierhin, ihr beide!"

„Alles in zwei Gliedern aufstellen, die Gesichter zur Wand, die Rücken gegeneinander. Schuhe und Pantoffeln ausziehen und vor sich stellen!" kommandiert der Lazaretthauptwachtmeister.

Es geschieht, ein Name wird aufgerufen, und der Gefangene verschwindet im Arztzimmer, der Hauptwachtmeister hinterher.

„Das wird heute wieder endlos dauern", haucht Kufalt zum kleinen Bruhn, der neben ihm steht.

„Weiß man nicht, Willi", flüstert Bruhn. „Manchmal macht er sechzig in einer halben Stunde fertig. Siehst du, geht der Krach schon los."

Aus dem Arztzimmer tönt Geschimpfe, Geschrei, der Gefangene erscheint, wutrot. „Aber ich bin wirklich krank, ich beschwere mich beim Strafvollzugsamt, das lasse ich mir nicht gefallen!"

„Gehen Sie schon, gehen Sie", drängelt der Hauptwachtmeister.

„Simulantengesindel", hört man den Arzt schreien. „Ich besorg's euch! Der nächste!"

„Riecht heute sauer", sagt Batzke auf der anderen Seite von Kufalt. „Wenn er schon beim ersten so anfängt . . ."

„Wenigstens kommen wir dann schneller dran. Ich will noch zum Fußball. Du doch auch?"

„Weiß noch nicht. Mein Affenfett ist alle, ich muß erst noch mal auf die Anschaffe."

„Müssen wir uns eigentlich ganz ausziehen?" fragt Kufalt.

Und Batzke: „In Fuhlsbüttel mußten wir's. Wie's hier bei den Preußen ist, weiß ich nicht."

„Unsinn", flüstert Bruhn von der anderen Seite. „Gar nichts wird gemacht. Der sieht uns gar nicht an."

„Glaub ich nicht", sagt wieder Kufalt. „In der Strafvollzugsordnung steht doch, daß die Gefangenen vor ihrer Entlassung gründlich auf Gesundheit und Arbeitsfähigkeit zu untersuchen sind."

„Da steht viel."

„Also du meinst, wir brauchen uns nicht auszuziehen?"

Batzke flüstert: „Na, was für heiße Sore hast du denn in deinen Lumpen, Kufalt? Machen wir Kippe oder . . .?"

„Stille seid ihr, Klatschtanten", ruft Petrow. „Mit Schlüssel in Genick schlag ich!"

„Ach, Herr Oberwachtmeister, darf ich nicht mal austreten? Herr Oberwachtmeister, es zieht mir ja so durch den

Bauch! Ich hab ja so 'ne Angst vor dem Arzt!" grinst Kufalt.

„Na, geh scheißen, altes Haus. Drüben in Spülzelle. Daß du aber keine drinnen stößt, sonst alles Qualm und Doktor schimpft."

„Bestimmt nicht, Herr Oberwachtmeister."

Und Kufalt verschwindet in der Spülzelle, deren Tür er anlehnt. Der Sicherheit halber zieht er die Hosen runter, aber dann stellt er sich mit dem Rücken gegen den Spion, nimmt hastig den Schein aus dem Halstuch, schiebt ihn tief in die Socken (so, Batzke, Kippe is nich), macht sich zurecht, läßt einen Augenblick die Wasserleitung laufen und stellt sich wieder in Reih und Glied.

Petrow steckt den Kopf prüfend in die Spülzelle und zieht ihn befriedigt zurück. „Nicht geraucht, keine gestoßen, braver Kerl, Kufalt."

Und Kufalt fühlt sich ob dieses Lobes richtig gerührt.

Doch Batzke flüstert: „Na, Mensch, Kufalt, wie is...? Kommst du rüber mit der Sore oder soll ich...?"

Und Kufalt dagegen: „Und was ist mit dem dicken Jud und der nackten Schickse? Mensch, hau bloß ab, bei mir immer Fehlmeldung!"

„Na also", grinst Batzke. „Hast du den Stubben auch hochgenommen? Sauber! Sauber!"

Aus der Ecke grollt eine drohende Stimme: „Wie lange sollen wir hier noch in Socken auf dem kalten Fußboden stehen? Eine Schweinerei ist das! Beschweren werde ich mich!"

Petrow grinst. „Die Herren aus dem Zuchthaus? Hat sich Medizinalrat so angeordnet. Kann ich nichts machen, Herren. Beschweren sich bei Medizinalrat."

„Möchte ich auch wissen", sagt Kufalt leise zu Bruhn, „warum diese Schweinerei ist. Zehnmal habe ich mir schon den Husten bei dieser Steherei auf dem kalten Fußboden geholt."

„Daß wir den Herren Lazarettkalfaktoren ihr Linoleum nicht zerkratzen", meint Batzke.

„I wo", erklärt Bruhn, der alles weiß. „Das ist schon sechs, acht Jahre her, da hat mal ein Gefangener dem Arzt die Latschen um den Kopf gehauen. Seitdem darf kein Gefangener mehr in Latschen zu ihm."

„Verdammte Schweinerei", knurrt Kufalt. „Wir dürfen uns hier erkälten, weil . . ."

„Wir sind eben Vieh", sagt Batzke. „Aber ich will's denen draußen auch fein zeigen, was ich für ein Vieh bin!"

Die Gefangenen sind dahingeschmolzen wie Schnee an der Sonne, es hat mehr Krach gegeben, mehr Geschrei, empörte Proteste oder weinerliches Gewinsel, aber zum Schluß hat immer die dicke Schulter des Lazaretthauptwachtmeisters die Leute aus der Tür gekantet, Petrow hat sie weiterbefördert, hat mitfühlend ihre Klage angehört und ist froh gewesen, wenn er sie aus dem Lazarett raus hatte. Nun kommen nur noch die beiden Zuchthäusler und die Entlassungen dran.

„Paß auf, jetzt gibt's Krach", rät Kufalt.

„Glaub ich nicht", zweifelt Bruhn. „Sollte mich wundern."

Und nach fünf Minuten erscheinen die beiden wieder aus dem Arztzimmer, mit denselben ausdruckslosen Gesichtern, und diesmal taucht der Herr Medizinalrat selbst hinter ihnen auf. „Der Hauptwachtmeister bringt Ihnen gleich die Medizin rauf. Ja, auch Watte. Jawohl."

„Die können's besser, die Jungen", beneidet sie Kufalt.

„Ach was", sagt Bruhn, „feige ist er bloß, der Doktor. Das können doch Lebenslängliche sein — und was riskieren die schon, wenn sie ihm in die Fresse schlagen? Lebenslänglich bleibt immer lebenslänglich. Das weiß der Doktor ganz gut."

„Kehrt! Den Arzt anschauen! Das sind die Leute, die diese Woche zur Entlassung kommen, Herr Medizinalrat."

„Schön." Der Medizinalrat sieht nicht hoch. „Die Leute können abgeführt werden. Alle gesund, alle arbeitsfähig, Herr Hauptwachtmeister."

„Dafür haben wir hier nun eine Stunde gewartet", sagt Bruhn.

„Aber ich schreibe eine dicke Beschwerde, wenn ich raus bin", erklärt Kufalt.

„Vieh muß wie Vieh behandelt werden", grinst Batzke. „Recht hat er, der Pflasterkasten!"

Als Kufalt in seine Zelle kommt, hat er schon wieder Grund zum Ärger. Da haben sie unterdessen Essen ausgegeben und ihm seinen Eßnapf auf den Tisch gestellt, aber nur einen Schlag haben sie hineingetan! Hunde, die verdammten! Soll er Kohldampf schieben noch in den letzten Tagen? Und gerade Erbsen, die er so gerne ißt!

Aber als Kufalt dann sitzt und hastig löffelt – er muß schlingen, denn es kann jede Minute klingeln zur Freistunde der dritten Stufe –, widersteht ihm das Essen plötzlich. Das hat er ein paarmal gehabt in diesen Jahren: Wochenlang, monatelang konnte er den breiigen Fraß nicht runterbringen.

So wühlt er nur appetitlos in der Schüssel, ob sich vielleicht ein Stückchen Schweinefleisch hineinverirrt hat – aber nichts.

Er kippt das Essen in den Kübel, macht die Schüssel sauber und schmiert sich einen Kanten mit Schmalz. Sein Schmalz schmeckt deftig, die Schneider braten es ihm unten auf dem Bügelofen mit Äpfeln und Zwiebeln aus. Zu ihm sind sie anständig, bei ihm nehmen sie nicht mehr als ein Viertel vom Pfund für ihre „Arbeit", andere müssen die Hälfte oder gar drei Viertel geben, und wer grün ist, der kriegt überhaupt nichts zurück. Da hat es eben der Hauptwachtmeister beschlagnahmt. Die Schneider sind noch anständig gewesen und haben alle Schuld auf sich genommen. Erzählen die. Mach da schon was!

Kufalt hockt auf seinem Schemel und gähnt. Am liebsten haute er sich eine Weile aufs Bett, aber der Hauptwachtmeister kann jeden Augenblick an die Glocke schlagen, es wäre schon längst Zeit.

Wie sich die Zeit dehnt, diese letzten Tage und Wochen! Sie geht nicht hin, sie geht nicht hin, sie bleibt, sie klebt, sie geht nicht hin. Sonst hat er jede freie Minute gestrickt, aber er mag nicht mehr, nicht eine Masche mehr wird er denen stricken! Nichts mag er mehr. Auch nicht draußen sein. Sicher schreibt Werner überhaupt nicht, und dann darf er beim Pfaffen um Unterkunft betteln.

Das Beste wäre ein gutes, sicheres Einkommen, es braucht

nur klein zu sein, aber sicher. Nichts mehr von den Ganoven sehen, irgendwo ganz unauffällig hausen, ein gewisser, gleichgültiger Willi Kufalt, und man hat sein Zimmer und sitzt warm durch den Winter. Vielleicht mal Kino. Und nette Büroarbeit und so weiter und so weiter. Er wünscht sich nichts Besseres. Amen.

Die Glocke schlägt an.

Er fährt hoch, greift nach Mütze und Halstuch, fühlt noch mal, ob der Schein fest im Strumpf sitzt – da macht schon Steinitz die Tür auf. „Freistunde dritte Stufe!"

Unterm Glaskasten sammeln sie sich, elf Männlein von sechshundert.

„Seid ihr alle?" fragt Petrow.

„Nein, Batzke fehlt noch."

„Der pennt, muß extra geweckt werden."

„Nein, der will nicht kommen."

„Einen feinen Begriff kriegen die vorne. Die werden uns rasch wieder die Extrafreistunde abknöpfen, wenn sie sehen, daß wir nicht mal hingehen."

„Wer hat den Fußball?"

„Einen neuen brauchen wir auch wieder. Den kann man nicht mehr flicken."

„Halt 's Maul, Schuster, gut ist der noch zu flicken, sei bloß nicht so faul!"

„Wenn die feinen Herren übermorgen rauskommen, können sie schon mal zehn Mark schmeißen von ihrer Arbeitsbelohnung."

„Ich brauch mein Geld für mich."

„Nanu, Herr Oberwachtmeister, warum gehen wir denn heute durch den Keller?"

„Is sich näher."

„Und verboten ist es auch."

„Wer verboten? Gar nicht verboten!"

„Rusch!"

„Was der verbietet, ich hust in die Hosen."

„Da steht doch wer!"

„Mensch, Bruhn, kommst du mit uns mit?"

„Au fein, Emil, da können wir schön miteinander klönen."

„Petrow hat mich rausgeschmuggelt, Rusch ist jetzt nicht im Bau. Fein, was, Willi?"

„Das gibt es gar nicht! Der ist noch nicht mal zweite Stufe! Herr Oberwachtmeister . . .!"

„Ich nichts sehen. Nicht wissen, wie Bruhn rausgekommen."

„Hältst du den Sabbel, neidischer Hund! Gönnst das dem Bruhn wohl nicht, daß er ein einziges Mal mit uns rauskommt?"

„Stubben, dämlicher, wenn *ich* mal was will, gibst du an, noch und noch."

„Bei Bruhn ist das anders, bei Bruhn sagt kein Wachtmeister was."

„Anders — weil er dein Süßer ist, was? So was gibt's gar nicht, ich werde dir Lampen machen!"

„Tu's doch, wenn du's wagst! Ich weiß auch was von dir . . ."

Sie sind draußen. Es ist der Freihof vom Jugendgefängnis, auf dem sie Fußball spielen und spazierengehen dürfen, ohne Aufsicht — Petrow hat sich schleunigst gedrückt —, als Vorbereitung für die Freiheit, allerdings von einer fünf Meter hohen Mauer umgeben.

„Komm, Willi, laß ihn doch reden, ich bin ja jetzt draußen."

„Ja, komm. Wir gehen hier die Mauer lang, da stören wir sie nicht beim Spiel."

„Dir muß man eine in die Fresse schlagen, du hochnäsiger Hund, du!"

„Schlag doch, schlag doch, wenn du eine Courage hast!"

„Das will ich dir beweisen, du Priemmaul, du elendes . . .!"

„Spielen wir nun Fußball oder nicht, Schuster . . .?"

„Viel zu elend bist du mir, hau bloß ab mit deinem Pupenjungen. Aber ich sag es dem Rusch . . .!"

„Also komm endlich, Willi!"

„Dieser elende Schuster, Emil! Ich will dir auch sagen, warum er so stänkert. Meine beiden gelben Spatzen hab ich ihm verkauft für vier Pakete Tabak. Und der Rusch hat es gerochen. Nun ist er die Vögel *und* den Tabak los. Darum ist er so giftig, nicht deinetwegen."

„Wann kommt er raus, der Schuster? Der spinnt ja schon."

„Und ob. Drei Jahre muß er noch abreißen. Aber er schmiert sich ja an jeden ran, den Beamten besohlt er heimlich die Schuhe, noch und noch, und jetzt will er ja auch wieder in die katholische Kirche eintreten, da kriegt er sicher Bewährungsfrist!"

„Ja, der kommt immer wieder raus, der versteht den Bogen."

Sie gehen in der warmen Maisonne immer unter der Mauer auf und ab. Grün ist kein Gräserl, kein Zweig zu sehen, aber der Himmel ist schön blau, und nach den trüben Zellen ist die Sonne doppelt hell und warm. Sie wärmt bis in die Knochen, die Glieder werden schlaff und lässig, die immer gespannte, sprungfertige, abwehrbereite Stimmung entspannt sich, die beiden werden weich und ruhig.

„Du, Willi", sagt der kleine Bruhn.

Er ist ein dicker, molliger Junge, erst achtundzwanzig, mit siebzehn in den Bau gekommen. Mit seinen hellblauen Augen, dem rosigen, vollen Gesicht, dem fast weißen Haar sieht er aus wie ein großes Kind. Auf seinem Schild in der Zelle steht aber „Raubmord", und er hat auch die Höchststrafe für Jugendliche bekommen, damals noch fünfzehn Jahre. Doch nach so was sieht er nicht aus, er ist ein guter Junge, alle im Bau mögen ihn. Nie hat er sich angeschmiert, und doch mögen sie ihn.

Übrigens behauptet er, wenn er auf die Sache, sehr selten und sehr hilflos, zu sprechen kommt, daß er zu Unrecht verurteilt ist. Es war kein Raubmord, es war Totschlag, in Wut und Verzweiflung hat er seinen Kahnschiffer, der den Schiffsjungen Bruhn bis aufs Blut peinigte, erschlagen. Daß es ihm dann leid tat, mit dem toten Schiffer die goldene Uhr ins Wasser zu werfen, das steht seiner Ansicht nach auf einem anderen Blatt. Nicht um die Uhr hat er den erschlagen.

Da gehen die beiden jungen Leute, fünf Jahre und elf Jahre Knast haben sie hinter sich, jetzt sind sie in der Sonne, und in zwei Tagen ist alles überstanden, und alles wird wieder gut.

„Du, Willi?" fragt der kleine Bruhn.

„Ja, Emil?"

„Ich hab dich schon in der Spülzelle gefragt: Willst du nicht hierbleiben? Hier am Ort, meine ich. Nein, sag noch nichts, ich denke mir, wir nehmen uns zusammen ein Zimmer, das wird billiger. – Und wenn du nicht gleich Arbeit kriegst, kochst du und wäschst und machst die Hausarbeit. Ich werd gut verdienen. Und abends werfen wir uns fein in Schale und gehen aus."

„Ich muß doch sehen, daß ich Arbeit kriege, Emil. Ich kann doch nicht ewig deine Hausarbeit machen."

„Arbeit kriegst du. Nur so für den Anfang, dachte ich. Wenn du kräftiger wärst, würde ich dich in der Holzfabrik unterbringen, aber du mußt wohl Schreibkram machen oder so was ... Der Alte mag dich doch gerne, der besorgt dir sicher was."

„Ach, der Direktor, der kann auch nicht, wie er möchte. Und dann, Emil, hier das kleine Nest, überall laufen die Wachtmeister rum und die blauen Jungens auf Außenarbeit, und ewig hast du den Bunker vor Augen, und nach drei Tagen wissen die Krimschen, woher du bist. Und dann schwatzt es sich rum, und die Wirtin erfährt's, und dir wird gekündigt ..."

„Wir gehen gleich zu einer, die's nicht stört."

„Ach, das sind doch auch wieder solche, die wollen uns dann gleich hochnehmen."

„Braucht nicht zu sein, Willi, glaub mir, braucht nicht zu sein. Es gibt auch andere. – Ich denk immer, ich krieg noch mal ein anständiges Mädel, nicht solch Nuttenpack, und heirate und werde Meister und hab Kinder ..."

„Würdest du's ihr denn sagen?"

„Weiß nicht. Müßte man mal sehen. Aber besser nicht."

„Aber du *mußt* es ihr sagen, Emil! Sonst hast du ja immer Angst, es kommt raus und sie läuft dir weg."

Sie stehen in der vollen Sonne, sie sehen sich nicht an, sie sehen vor sich hin in den grauen Sand, Kufalt wühlt mit seinem Pantoffel darin.

Bruhn bittet noch einmal: „Also, Willi, mach, komm mit mir!"

Und Kufalt: „Nein. Nein. Nein. Das mit dir, Emil, wäre doch auch wieder Kittchen. Wir würden immer nur vom Bau reden und vom Knast. Nee, nicht."

„Nein!" sagt nun auch Bruhn.

„Man hat ja hier alles mitgemacht, und man hat schön mitgeschoben und beschissen und hat andere in die Pfanne gehauen und ist denen in den Arsch gekrochen, denen vorne, aber nun Schluß!"

„Ja", sagt Bruhn.

„Und dann, wegen des anderen auch . . . Weißt du, als ich auf der Penne war, auf der Schule, verstehst du, da habe ich 'ne Liebe gehabt, ganz von weitem, wir haben höchstens zweimal miteinander gesprochen, und einmal hab ich gesehen, wie sie ihr Strumpfband wieder festmachte in den Anlagen. Das war damals, als die Mädchen noch lange Röcke trugen, weißt du . . ."

„Ja", sagt Bruhn.

„Aber das war nichts gegen das erste Jahr hier, als du mir gegenüber auf der anderen Seite die Zelle hattest, und ich sah dich morgens. Du hattest nur Hemd und Hose an und setztest den Kübel raus und den Wasserkrug. Und dein Hemd stand offen über der Brust. Dann fingst du an, mir zuzulächeln, und ich hab immer auf das Schließen gewartet, ob ich dich zu sehen kriegte . . . Und dann schicktest du mir den ersten Kassiber . . ."

„Ja", sagt Bruhn, „das war damals noch durch den langen Kalfaktor, den Tietjen, der wegen Raub saß. Der war stiekum, der machte es selber so."

„Und dann das erstemal, als du im Duschraum, wie der Wachtmeister sich umdrehte, zu mir unter meine Dusche krochst, und wie du dich immer hinter dem Schirm verstecktest, wenn der linste . . . Gott, es waren doch manchmal schöne Zeiten hier im alten Bau . . ."

„Ja", sagt Bruhn, „aber ein Mädchen ist doch besser."

Kufalt besinnt sich. „Siehst du, darum hab ich mich daran erinnert: Wenn wir beide zusammen wären, es ginge gleich wieder los wie früher . . ."

„Nein", sagt Bruhn. „Nicht, wenn Mädchen da sind."

„Doch", sagt Kufalt. „Und es soll alles vorbei sein. So schön es gewesen ist, es soll alles vorbei sein. Jetzt geht es ganz neu los, und ich will genauso sein wie alle anderen."

„Also du gehst bestimmt nach Hamburg?"

„Nach Hamburg, ja, da fragt keiner nach mir."

„Na schön, bleib bloß fest in Hamburg, Willi. – Gehen wir noch ein Stück?"

38

„Ja, gehen wir, die Sonne ist schon richtig heiß."

Der kleine Bruhn sagt: „Dann werde ich also mit Krüger zusammenziehen. Der kommt am 16. Mai raus."

Kufalt fragt erschrocken: „Hast du den jetzt, Emil? Der ist aber nicht gut."

„Nein, ich weiß Er klaut uns auch immer unseren Tabak. Und er hat drei Strafen, weil er Arbeitskollegen bemaust hat."

„Na also!"

„Aber was soll ich machen? Einen muß ich haben, ganz allein halt ich's nicht aus. Und die meisten wollen draußen nichts von mir wissen, von wegen Raubmord, weißt du."

„Aber nicht gerade mit Krüger!"

„Wer kommt denn schon mit mir! Du hast doch auch nein gesagt."

„Aber doch nicht darum, Emil!"

„Und ich muß auch jemanden haben, der mir hilft, Willi. Ich bin doch elf Jahre im Bunker, ich weiß doch von nichts, Mensch. Manchmal habe ich direkt Angst, ich denke, ich mach was falsch, und es geht gleich wieder schief, und ich sitz mein Lebtag drin."

„Schon darum ginge ich nicht mit Krüger."

„Also zieh du zu mir."

„Nein. Ich kann nicht. Ich will nach Hamburg."

„Dann nehme ich Krüger."

Eine Weile gehen sie stumm nebeneinander. Dann sagt Bruhn: „Ich muß dich auch noch was fragen, Willi. Du weißt doch mit solchen Sachen Bescheid . . ."

„Mit was für Sachen?"

„Mit Geld. Mit Sparkassenbüchern."

„Ein bißchen. Vielleicht."

„Wenn jemand – also einer hat ein Sparkassenbuch auf meinen Namen, und er hat auch die Marke dazu, kann er da Geld abheben darauf? Nicht wahr, das kann er doch nicht?"

„Meistens wird er's können, wenn das Sparbuch nicht gerade gesperrt ist, oder es ist Kündigung ausgemacht. Meistens kann er's. Hast du ein Sparbuch?"

„Ja. Nein. Es ist eins angelegt worden für mich . . ."

„Vor deinem Knast?"

„Nein, hier . . ."

„Quatsch dich rein aus, Emil, ich halt schon den Sabbel. Vielleicht kann ich dir was helfen?"

„Ich hab doch immer in Schuppen drei gearbeitet, erst bei den Möbeltischlern und nachher für die Firma Steguweit die Geflügelställe . . ."

„Ja?"

„Und dann hat doch Steguweit auf der Großen Geflügelausstellung die goldene Medaille gekriegt auf seine Fallennester und mußte liefern noch und noch. Und damit wir ordentlich was fertigkriegten, haben seine Werkmeister uns heimlich Tabak zugesteckt. Das war damals, als im Bau überhaupt noch nicht geraucht werden durfte."

„Vor meiner Zeit . . ."

„Ja, und dann kam es raus, es gab einen Riesenkrach, und mit dem Tabak war es alle. Aber sie hatten sich was anderes ausgedacht. Wir hatten ja nun keine Lust mehr, uns das Leder von den Händen zu arbeiten, bloß damit Steguweit Geld verdiente, und schlugen so Nest für Nest zusammen, gerade, daß der Tag hinging. Und da kamen dann die Werkmeister und sagten: ‚Jungens, für jedes Nest, das ihr über fünfzehn abliefert pro Tag und Mann, kriegt ihr zwanzig Pfennig. Und das Geld wird für jeden von euch eingezahlt auf ein Sparkassenbuch mit seinem Namen. Und wenn ihr entlassen seid, dann kommt ihr zu uns und holt euch das Geld ab.‘ "

„Saubere Sache das? Da wurden Nester fertig?"

„Mensch, ich sage dir! Wir haben Tage gehabt, da haben wir zweiunddreißig, ja, fünfunddreißig pro Nase extra abgeliefert. Na, es war auch Schinderei, meine Pfoten hättest du sehen sollen, das hat was gekostet!"

„Und das Geld ist richtig für dich eingezahlt?"

„Klar. Im ersten Jahr waren schon über zweihundert Mark da. Und im nächsten machte es noch mehr. Jetzt müssen's schon weit über tausend sein."

„Na, nun verlang doch das Sparbuch. Nimm's ihm einfach weg, wenn er's dir zeigt."

„Ja, jetzt zeigt er es doch nicht mehr. Ist zu gefährlich, sagt er, riecht sauer, sagt er. Da sind doch eine Masse Leute rausgekommen in der Zeit, und manche haben Krach gemacht und sind zum Direktor gelaufen, weil es zuwenig ist.

Und Steguweit hat zum Direktor gesagt, das alles ist Scheißhausparole, so was wie Sparbücher gibt es natürlich überhaupt nicht, weil es nicht zulässig ist vor dem Gesetz, daß
Gefangene sich Geld extra verdienen."

„Es sind doch sicher welche von den Entlassenen wieder
reingekommen in der Zeit in den Bau, was haben die denn
erzählt?"

„Welche sind, die hat der Steguweit gefragt, wenn sie zu
ihm gekommen sind, ob sie träumen, er weiß von Spar-
büchern nichts. Und wenn sie gemein geworden sind, dann
hat er mit der Polizei gedroht. Manchen, die sehr gebettelt
haben, hat er auch zwanzig Mark gegeben und manchen
fünfzig, aber was ist das gegen die vielen Hunderter, die sie
zu kriegen hatten? Ich hab allerdings das meiste, ich bin
von Anfang an dabei."

„Und was sagen die Werkmeister?"

„Daß die Kerls schwindeln. Daß die ihr Geld gekriegt
haben, und daß sie es nur nicht wahrhaben wollen, weil sie
es gleich versoffen und verhurt haben."

„Möglich ist das ja. Das sind doch alles Scheißer, die wieder reinkommen in den Bunker. Aber warum zeigen sie dir
das Buch dann nicht? Das ist doch Schwindel, daß sie Angst
haben! Du müßtest den Steguweit anzeigen. Aber nee, das
ist auch nichts, das laß lieber. Nachher kriegst du noch Knast
wegen Erpressung wie der Sethe da an der Mauer."

„Der hat doch was mit dem Küchenmeister gehabt?"

„Ja. Laß schon, ich seh rot, wenn ich daran denke. Der
käme auch übermorgen raus und muß noch drei Monate abreißen, weil ich den Sabbel nicht gehalten habe. Der brächte
mich am liebsten um. Na, laß schon . . ."

„Ich hab gedacht", sagt der kleine Bruhn, „ich geh am
schlausten zum Alten. Der ist doch ein netter Kerl und hilft
uns, wenn er kann."

„Freilich, wenn er kann. Er kann nur nicht, wie er will."

„Warum soll er nicht können? Er braucht nur jeden Gefangenen in Schuppen drei zu fragen, dann hört er, daß ich
die Wahrheit sage."

„Und wenn er dir auch glaubt, er kann gar nichts machen.
Das ist doch was Verbotenes, das Spargeld, und er kann dir
doch nicht zu was Verbotenem verhelfen! — Sieh mal, da ist

die Sache von dem ollen Sethe drüben, die war ganz sauber, und doch schiebt der Olle Knast dafür noch ein Vierteljahr."

Sie stehen in einem Winkel. Die Fußballspieler sind müde geworden, liegen an der Mauer in der Sonne, schlafen und rauchen.

„Rauchen auch wieder, die Äster", murrt Kufalt. „Wissen, daß es verboten ist hier vorm Jugendgefängnis. Na, laß sie, übermorgen bin ich in der vierten Stufe, da kann mir piepe sein, was aus der dritten wird. — Aber, der olle Sethe, der war Kartoffelschäler für die Küche und saß seine sechs oder acht Jahre im Kartoffelkeller und schälte Kartoffeln. Und jeden Monat einmal meldete er sich zum Arbeitsinspektor, er bäte um andere Arbeit, er wäre nun lange genug im Kartoffelkeller gewesen, möchte auch mal an die Luft. Und immer wurde sein Gesuch abgelehnt. Schließlich kommt er dahinter, daß es der Küchenmeister ist, der den Arbeitsinspektor aufputscht, er soll ihn nicht aus dem Kartoffelkeller rauslassen. Weil Sethe nämlich soviel schafft wie sonst zwei Kartoffelschäler. Das hast du vom vielen Arbeiten hier im Bau."

„Richtig."

„Und er fleht den dicken, vollgefressenen Küchenbullen an, er soll ihn doch rauslassen, er wird trübsinnig in dem nassen dunklen Keller, und der sagt: Ja, ja, nur noch dies Vierteljahr, und im Frühjahr soll er zu den Gärtnern kommen. Und dann wieder nicht und wieder nicht, bis dem ollen Sethe die Geduld reißt.

Der weiß doch eine ganze Menge aus der Küche, und so weiß er auch, daß der Küchenmeister sich jeden Mittwoch und Sonnabend seine fünf, sechs Pfund Fleisch unter die Weste steckt und nach Hause schleppt. Und dann dürfen die Beamten sich doch Hobelspäne holen aus der Tischlerei, in einem Sack auf dem Handwägelchen, zum Feueranmachen. Aber im Sack vom Küchenmeister sind oben Späne, und unten drin sind Erbsen und Linsen und Graupen und Grieß. Aber das beste ist: Meistens muß ausgerechnet der olle Sethe dem Dicken das Handwägelchen nach Hause ziehen.

Na, der Sethe überlegt sich hin und her, wie er es machen soll, daß er den Küchenmeister absägt und ein anderer kommt und er aus dem Keller. Schließlich erzählt er mir den

ganzen Quatsch und fragt: ‚Kufalt, was soll ich machen?'
Und ich sage ihm: ‚Sethe, die Sache ist klar wie Kuhkäse,
mit der Scheiße gehen wir zum Direktor.' Und er sagt: ‚Zum
Alten! Auf keinen Fall! Da schussele ich rein!' Und ich sage:
‚Wie kannst du da reinschusseln, der Quatsch ist klar, wir
drehen das Ding so, daß du nicht reinfallen kannst.' Und er
zu mir: ‚Ich wollte Gott, ich hätte dir nichts gesagt, ich falle
rein, du bist ja grün.' Und ich zu ihm: ‚Ich bin nicht grün,
aber du bist in einer Woche bei den Gärtnern.' Und melde
mich zum Direktor.

Denn eine schöne Wut hatte ich im Bauch auf das fette
Schwein von Küchenmeister. Uns armen Gefangenen, die
Kohldampf schieben, frißt so ein Speckjäger noch das biß-
chen Fleisch weg!"

„Und was sagte der Alte?"

„Der Direktor hört sich also die Geschichte an und wiegt
seinen ollen Glatzkopf hin und her und sagt: ‚So ist das also.
Gehört habe ich auch schon davon, aber wie es im einzelnen
zuging, das wußte ich noch nicht.' Und ich sage ihm: ‚Ja, nun
darf aber der Sethe nicht reinfallen. Wenn Herr Direktor
sich vielleicht am nächsten Mittwoch oder Sonnabend um
sechs Uhr am Tor aufhalten wird? Da kommt der Küchenmeister mit seinem Handwagen mit Spänen drauf und Sethe
vorneweg. Und kneift Sethe die Augen zu, so ist diesmal
wirklich nur Holzzeug im Sack, und läßt er die Augen offen,
so greifen Sie zu und haben den Speckjäger.' – ‚Ja', sagt der
Direktor, ‚das haben Sie sich gut ausgedacht, das machen
wir. Und ich danke Ihnen auch, Kufalt.'

‚Na', sage ich zu Sethe, ‚die Sache ist in Butter.' Und er
freut sich auch. Aber am nächsten Mittwoch sagt er: ‚Der
Direktor war nicht da, und drei Büchsen Corned beef waren
im Sack!' Und am Sonnabend sagt er: ‚Die haben dem Küchenmeister die Sache verpfiffen, der ist ganz anders zu mir.'

Und wie der Kram zum Klappen kommt, kriegt der Sethe
eine Anklage wegen Beamtenbeleidigung in die Zelle. Und
die Köche stehen wie ein Mann da und schwören, daß sie nie
gesehen haben, daß der Küchenmeister sich Fleisch genommen hat oder Erbsen und daß das auch gar nicht möglich ist,
und oll Vadder Sethe hat drei Monate Knast weg. Übermorgen wäre er sonst rausgekommen."

„Aber vielleicht hat er wirklich geschwindelt. Warum soll der Direktor so was machen?"

„Das hat doch nicht der Direktor gemacht, das hat doch die Beamtenkonferenz gemacht. Das geht doch nicht, daß ein alter Beamter von einem Gefangenen reingelegt wird! – Sei du vernünftig, mach es, wie ich es dir gesagt habe, und geh nicht zum Direktor."

„Ich weiß nicht, Willi. Bei mir ist das doch anders."

„Natürlich ist es anders bei dir. Aber das gleiche ist, daß der ein Verbrecher ist und du auch, und uns wird schon von vornherein gar nichts geglaubt. Mach es, wie ich es dir gesagt habe. Halt die Klappe und sei froh, wenn du draußen bist und Arbeit hast!"

„Wenn du wirklich meinst, Willi?"

„Natürlich meine ich das. Ich mach es auch nicht anders, Emil!"

8

Am Nachmittag wurde Kufalt plötzlich von einem jähen Arbeitseifer ergriffen. Eigentlich hatte er bloß seine Zelle wienern wollen, aber dann sah er, daß ihm am Netz nur noch gegen zweitausend Knoten zu einem vollen Pensum fehlten, und wenn er sich dranhielt, war das zu schaffen, und er bekam achtzehn Pfennige mehr ausbezahlt bei der Entlassung.

So strickte er denn los auf Deubel komm raus. Ein bißchen schluderig wurde es ja, und gerade bei einem Heringsbelli sah es immer infam aus, wenn die Knoten nicht fest waren. Aber die Hauptsache blieben die achtzehn Pfennige, und wenn der Netzekalfaktor das Netz ordentlich reckte, war es noch zehnmal gut für die ollen Fischdampfer.

Dann ist er mit dem Stricken fertig, setzt sich auf den Fußboden und reibt ihn ein. Auch das muß man weghaben, nur eine Spur Terpentin mit Graphit, sonst bleibt die Erde stumpf und wird nicht blank, soviel man auch mit der Bürste reibt. Zum Schluß macht er „Muster", das ist augenblicklich die große Mode im Zentralgefängnis: Aus einem Pappdeckel schneidet man sich eine Schablone und bürstet nun den Boden durch die Schablone „gegen den Strich", dann hat man hell- und dunkelglänzende Muster auf der Erde, Blumen und

Sterne und kleine galoppierende Tiere. Es ist das kein Muß, aber es macht Spaß und gefällt dem Auge des Hauptwachtmeisters Rusch und macht sein Herz geneigt für solche Künstler.

Als er auch das fertig hat, geht er ans Putzen des Metalls. Der schwierigste Fall ist die Innenseite des Kübeldeckels, die direkt mit dem Urin und Kot in Berührung kommt, da bildet sich immer ein weißlicher, schleimiger Schimmel. Nun, er hat den Bogen raus, man scheuert das erst mit einem möglichst hartgebrannten Backstein, dann . . .

Zu Anfang hat es ihn gestört, daß unterdes der offene Kübel dicke Gestankwolken in seine Zelle sendet, jetzt weiß er von so was nichts mehr. Der Kübel stinkt eben, da kann man nichts machen, und er stinkt auch noch lange nach, denn die Zellen sind klein und lüften sich schlecht.

Dann nimmt man etwas Putzpomade . . .

Aber da geht die Tür zu seiner Zelle auf, und der Netzemeister kommt herein, mit seinem Netzekalfaktor. Doch das ist der Rosenthal nicht mehr, das ist schon wieder ein neues Gesicht.

„Nanu, Meister", grinst Kufalt und putzt emsig weiter, „haben Sie schon wieder 'nen neuen Kalfaktor? Das geht bei Ihnen ja wie Brezelbacken!"

Der Meister antwortet nicht, sondern sagt zu seinem Gehilfen: „Da, das Netz raus und alles Garn und die Eisenstange und — wo haben Sie Ihr Messer, Kufalt?"

„Liegt im Schrank bei der Bibel. Nee, auf dem Fenster. Habe eben noch das Pensum fertiggestrickt, Meister."

„Welches Pensum? Wollen Sie nicht den Kübel solange zumachen? Das stinkt hier wie die Pest."

„Ihre riecht wie Veilchen, was? — Welches Pensum? Das letzte Pensum natürlich. Immer, was unten dranhängt!"

„Sechzehn Pensen haben Sie seit dem Ersten! — Machen Sie jetzt den Kübel zu, ich befehle es Ihnen!"

„Geht nicht, muß den Deckel wienern. Trampeltier du da hinten, heb das Netz gefälligst auf und verschramm mir nicht meinen Boden! Siehste nicht, daß ich frisch gewienert habe?"

Der Gefangene, ein „Studierter", wie Kufalt gleich gesehen hat, sagt: „Schnauzen Sie mich nicht an, ich verbitte mir das!

45

Und dann sollen Sie den Kübel zumachen, haben Sie ja gehört, das stinkt hier wirklich gemein."

„Mit dir red ich überhaupt nicht, du hast doch sicher 'ne alte Tante um ihre Spargroschen betrogen?! — Wieso sechzehn, Meister? Jetzt sind's siebzehn, und die will ich morgen bezahlt haben, sonst kracht's."

„Seien Sie nicht so frech, Kufalt", bittet der Meister förmlich. „Oder ich muß Herrn Hauptwachtmeister rufen."

Kufalt aber ist in Wut und sagt: „Den ruf du man, mit dem erzähle ich mir gerne was. — Guck nicht so, du Dussel, raus mit dem Netz, raus mit dir aus meiner Zelle! — Wollen Sie mich zum Tort um ein Pensum betrügen?"

Der Netzemeister ist ganz verzweifelt. „Sie sind ja reine wild, Kufalt, Sie spinnen ja. Der Arbeitsinspektor hat doch heute früh schon die Pensumlisten von den Entlassenen verlangt! Da kann ich doch nichts mehr ändern, Kufalt. Nehmen Sie schon Vernunft an!"

Kufalt schreit: „Dann mußten Sie's mir sagen!"

„Sie waren doch beim Arzt."

„Ganz egal! Denkt ihr, ich schenke euch viertausendfünfhundert Knoten! Bring das Netz rein, du, ich knot's wieder auf."

„Kufalt", fleht der Meister, „seien Sie nur einmal vernünftig. Sie brauchen doch sechs, acht Stunden, die Knoten wieder aufzumachen."

„Ganz egal!" schreit Kufalt wieder. „Das ist Schikane von dir! Das ist deine Rache, daß du mir das Pensum nicht zahlen willst, ich kenne dich doch! Das Netz her oder ich schmeiß den Kübel mit dem ganzen Scheißdreck . . ."

„Wat denn! Wat denn!" klingt es von der Tür, und der Herrscher des Zentralgefängnisses, Hauptwachtmeister Rusch, schiebt sich herein. „Mit Scheiße schmeißen? Feste, feste! Aber alles wieder einsammeln, mit den Händen, selbst! Selbst!!"

„Und der Mann will übermorgen rauskommen", sagt der Netzemeister, der sich plötzlich sehr sicher fühlt.

„Das geht Sie gar nichts an", fährt Kufalt neu auf. „So was haben Sie überhaupt nicht zu sagen! Sie sind hier kein Beamter, verstehen Sie! Beim Direktor werd ich Sie melden! Sie, Sie haben mich erst so gemacht! Schikaniert haben Sie mich Tag für Tag! Ich hab's Ihnen nicht vergessen, Meister, wie Sie mir immer das schlechteste Garn gegeben haben und immer gesagt haben, die Knoten sind nicht fest genug. Und ich hab getreckt und getreckt, bis ich mir den Daumen verknackst habe, und Sie haben sich in den Bart gelacht und haben gesagt: Immer noch nicht fest genug."

„Warum schreien Sie denn so, Kufalt?" fragt der Hauptwachtmeister. „Sind Sie krank?"

„Gar nicht bin ich krank, aber siebzehn Pensen hab ich gestrickt, und der Meister will mir nur sechzehn anrechnen. Ist das Gerechtigkeit? Ich denke, wir werden hier nach Gerechtigkeit behandelt?"

„Wenn der Mann siebzehn gestrickt hat, muß er auch siebzehn bezahlt kriegen", erklärt Rusch.

„Aber ich hab dem Arbeitsinspektor . . ."

„Wat! Wat! Aber! Hat er siebzehn gestrickt . . .?"

„Ja, aber . . ."

„Wat! Wat! Aber? Kriegt er siebzehn bezahlt! Alles klar!"

„Aber ich hab die Listen doch schon abgeliefert."

„Dann sagen Sie eben, Sie haben einen Fehler gemacht."

„Es ist nur, Herr Hauptwachtmeister", sagt plötzlich grinsend Kufalt, „weil er denkt, ich hab ihn in die Pfanne gehauen mit seinem Rosenthal. Darum soll ich ein Pensum weniger kriegen. Und darum bin ich so wütend gewesen."

Der Hauptwachtmeister guckt und wartet. Dies ist seine Stunde. In solchen Stunden erntet er, in diesen Stunden, wenn sich die Kumpel verfeinden und die Genossen anschwärzen, da sammelt er sein Material gegen Gefangene und Stufenstrafvollzug, da kommt der Stoff her für seine Anzeigen. Alles weiß er, alles erfährt er, und vorne in seinem Büro der Direktor schlägt die Hände über dem Kopf zusammen und verzweifelt: Ist denn nicht ein Gerechter . . .?

Der Netzemeister läuft blaurot an und schluckt. „Herr Rusch, wenn hier einer in die Pfanne gehauen werden muß . . ."

„Na, wat denn?" fragt Rusch breit und gemütlich. „Sie meinen doch nicht unsern Musterknaben, den Willi Kufalt? Gucken Sie sich die Zelle an, wissen Sie sonst noch so 'ne Zelle im ganzen Bau? Gewienert, glänzt wie ein Affenarsch."

Und Kufalt ist seiner Sache so sicher, daß auch er noch den Meister hetzt: „Freilich, ich muß in die Pfanne gehauen werden, Meister. Sie haben's gerade nötig, mir Lampen zu machen, Meister. Haben doch wohl auch als Hilfsbeamter einen Eid geschworen, Meister?"

Worauf nun wieder der Netzemeister wütend losbricht: „Der Erpresser der, aber ich will Ihnen sagen, Hauptwachtmeister . . ." Und besinnt sich, dunkelrot, aber besinnt sich: „Also Sie kriegen Ihre siebzehn Pensen bezahlt, Kufalt. Und wenn ich Ihnen die achtzehn Pfennig übermorgen unterm Tor selber geben muß. Sie kriegen sie!"

Der Netzemeister geht ab. Jetzt steht der Hauptwachtmeister unzufrieden und wütend da.

„Hab ich keine Post, Herr Hauptwachtmeister?" fragt Kufalt.

„Post. Post. Sie kriegen Ihre Post, wenn's Zeit ist. Und überhaupt haben Sie nicht so frech zu sein. Der Netzemeister ist Ihr Vorgesetzter. Ich schreib's in Ihren Entlassungsschein, Kufalt, daß die Führung schlecht war. Dann kommen Sie bei keiner späteren Strafe auch nur in die zweite Stufe."

Spricht's und schrammt die Tür zu, ehe Kufalt sich von neuem entrüsten kann.

9

Abends um acht Uhr hat die dritte Stufe ihren allwöchentlichen Radioabend. Es ist schön still im Bau, die paar Wachtmeister vom Nachtdienst schlurren auf Filzlatschen herum und schließen die schon für die Nacht versperrten Zellen der Leute von der dritten Gruppe vorsichtig und leise noch einmal auf. Und sachte gehen die runter zum Schulzimmer, denn nichts ist schlimmer als ein Gefängnis, das nachts in Lärm gerät. Sind die Gefangenen erst einmal in ihrer kostbaren Nachtruhe gestört, dann hört das Schreien und Toben und Brüllen überhaupt nicht wieder auf.

Im Schulzimmer sammeln sich die zwölf, es ist noch ziemlich taghell, der Schuster hantiert schon am Radio.

„Was gibt's denn?" fragt Kufalt, aber der Schuster ist noch von mittag her böse und antwortet nicht.

Dafür sagt Batzke, der lange Batzke, der über nackte Mädchenschönheiten gebietet und der die Heizkessel der Anstalt versorgt: „'ne Oper, von Verdi. Willste zuhören?"

„Nee, nur nicht. Warum die am Abend nie was Humoristisches machen, versteh ich nicht. Könnten doch auch mal an 'nen Gefangenen denken."

Aber Batzke leiert seinen alten Vers: „Warum sollen die an uns denken? Sind froh, daß sie nicht an uns zu denken brauchen. Heilfroh, daß sie uns los sind, Vieh, das wir sind."

Das Radio hat eingesetzt, und die beiden gehen den langen Gang neben den Schulbänken auf und ab.

„Hast du Tabak? Au, Mensch, Batzke, wo kriegst du nur immer den feinen Tabak her? Ich habe hier ja auch was gelernt von Schieben, aber so wie du ..."

„Wenn du erst vierzehn Jahre Knast abgerissen hast wie ich", sagt der sechsunddreißigjährige Batzke, „kennst du den Laden auch schon besser."

„Nur nicht!" ruft Kufalt. „Lieber tot!"

„Das sag man nicht", tröstet Batzke. „Dafür ist die Zeit draußen um so schöner."

„Nee, danke, ich werde jetzt solide."

„Mach bloß so was nicht", warnt Batzke. „Du hältst es ja doch nicht durch. Da strampelst du dich zwei Monate ab oder drei oder fünf und schiebst Kohldampf und rennst dich um nach Arbeit. Und vielleicht kriegst du wirklich Arbeit und schuftest dich tot, daß sie dich nur behalten. Aber dann kommt's doch irgendwie raus, daß du gesessen hast, und der Chef befördert dich an die Luft, oder die Kollegen — die sind immer die Schlimmsten — wollen mit so 'nem Verbrecher nicht arbeiten. Hab ich alles versucht. Aber wenn du dann mürbe bist und hast drei Tage nichts gefressen und faßt was an und gehst hoch dabei, gleich sagen sie: ‚Das haben wir uns doch gedacht. Gut, daß wir den damals gleich rausgeschmissen haben.' So sind die, und wenn du schlau bist, dann hörst du auf mich und fängst gar nicht erst so was an wie Solidwerden. Dann machste mit mir mit."

„Aber man wird geschnappt und kommt wieder ins Kittchen."

„Nicht so leicht, wenn man ausgeruht ist und Geld hat. Immer wenn man Kohldampf hat und Angst und Geld kriegen muß. – Irgendwann fassen sie einen natürlich doch, aber bei mir wird das seine Weile haben."

„Aber es gibt doch welche, die kommen nicht wieder rein?"

„Wer denn? Wer denn? Sag doch, wie lange schiebst du Knast? Wieviel Leute hast du schon wiederkommen sehen in der Zeit? – Na also! Und die nicht hierher wiedergekommen sind, die schieben jetzt woanders Knast. Ich dreh mein nächstes Ding auch nicht wieder in Preußen, ich geh mit 'nem Stadtplan brechen in Hamburg, daß ich nur nicht über die Grenze nach Altona gerate. Knast in Fuhlsbüttel ist viel besser als in Preußen, da kann schon die zweite Stufe Fußball spielen."

„Ich mag aber nicht brechen gehen. Hab keinen Mumm für so was."

„Sollst du auch nicht, mein Junge. Weiß ich doch selber. Wie wirst du mit solchen Ärmchen brechen gehen? Nee, auf so einen wie dich habe ich schon lange gewartet. Du bist doch fein, kennst die Fremdwörter und ein bißchen Englisch Parlewuh, du ahnst ja nicht, wie einem so was fehlt. Ich mach auch lieber was anderes, als auf Bruch gehen."

Kufalt fühlt sich geschmeichelt.

„Ich hab gelernt und gelernt", erzählt Batzke weiter, „aber den richtigen Dreh krieg ich doch nicht raus. Eine Weile lang hab ich mal in Heiratsschwindel gemacht, das Risiko ist nicht so groß, und du brauchst kein Geld auszugeben für die Nutten, aber glaubst du, *ein* besseres Mädchen hab ich gekriegt . . .? Ich hab so aufgepaßt, wie's gemacht wird, auf der Rennbahn und in der Bar, und die Fingernägel hab ich mir maniküurt – nichts. Die feinen Kavaliere sind mit den großen Kallen abgezogen, und wenn ich meine besah, dann war's immer ein Dienstbolzen oder höchstens 'ne Stütze, mit ein paar Hundert Erspartem, es lohnte nicht."

„Richtiges Benehmen könnte ich dir schon zeigen."

„Siehst du, das ist es, was einen wurmt. Ich versteh alles, ich kann 'nen Geldschrank knacken mit 'nem Schneidbrenner, wie nur einer. Aber immer krieg ich nur die kleinen Sachen, die andern gehen mit den großen über den Harz. So was wurmt einen, wenn man sein Fach versteht."

„Aber zum Einbrechen braucht man doch keine Bildung, Walter!"

„Du hast 'ne Ahnung! In einen feinen Klub kommen als Doktor Batzke oder mit einem Luxuszug mitfahren, ohne daß gleich die Schmiere den Braten riecht, in einem hochherrschaftlichen Haus die Vordertreppe raufgehen, und der Portier hat nicht einmal die Courage, dich zu fragen, wieso und zu wem – das, sage ich dir, das mußt du mir beibringen."

„Ich glaub immer, du kannst das alles schon. Du hast sicher in deinem Leben mehr Sekt gesoffen als ich."

„Sicher ... aber eben gesoffen ... aber eben mit Huren. Sekt trinken, weißt du, und dabei 'ne Unterhaltung führen mit 'ner richtigen Dame, und ihr nicht schon nach dem dritten Glas in den Ausschnitt fassen – so was will ich lernen!"

Sie gehen auf und ab. Alle unterhalten sich, rauchen, streiten, ein paar im Winkel spielen Schach. Verdis Melodien gehen unter in dem Gelärm.

Walter Batzke fängt an zu schwärmen: „Mensch, ich sage dir, wir wollen es fein haben! Wenn wir jetzt rauskommen, haben wir beide Geld, da wird gelebt, sage ich dir. Was du in der ersten Nacht tust, weißt du?"

„Nee! Was tue ich da?"

„Nichts weißt du! Eine feine Nutte freist du dir auf der Reeperbahn oder in der Freiheit und gehst mit ihr auf ihre Bude. Und wenn sie anfängt von Marie und Abladen und so, dann haust du deinen Entlassungsschein auf den Tisch und sagst: ‚Mädchen, heute blechst mal du! Fahr Sekt auf!'"

„Die wird mir schön auf den Kopf spucken."

„Das weiß er nicht! Nicht mal das weiß er! Die erste Nacht nach dem Knast ist bei allen Huren in Hamburg frei. Das ist so. Das kannst du mir glauben. Da schließt sich keine aus."

„Wirklich?"

„Ehrenwort! – Na, und am Sonntag komme ich dann ja nach."

„Soll ich dich von der Bahn abholen?" fragt Kufalt.

„Nee, lieber nicht. Ich muß erst mal nach Haus und nach meiner Ollen sehen."

„Verheiratet bist du plötzlich auch?"

„Nee! Seh ich so aus? 'ne olle Witwe habe ich, so an die Fünfzig, die sonst keinen mehr findet, die besorge ich, und dafür habe ich zwei feine Zimmer und Bad und fein Essen –

Präpelchen, Junge! Vielleicht kannst du auch bei mir wohnen, muß mal sehen, Harvestehuder Weg, Witwe Antonie Hermann. Die ist von der großen Reederei, davon hast du doch schon gehört?"

„Glaubst du denn, daß die all die Jahre auf dich gewartet hat?"

„Du bist gut! Natürlich hat sie 'nen Jungen, und natürlich hat sie keine Ahnung, daß ich jetzt wieder rauskomme aus dem Knast. Aber du weißt ja, wie ich bin, fromm bin ich nicht. Ich stell mich einfach hin vor den Jungen und sag: ‚Der Rabe ist da. Raus!' Und wenn er seine Sachen packt, da steh ich dabei, und was sie ihm zuviel geschenkt hat, das wird meine!"

Kufalt macht es Spaß, er grinst. „Und läßt sie sich das gefallen?"

„Die ...? Ich weiß doch, wo die Reitpeitsche hängt, und wenn ich sie erst einmal verdroschen habe, weiß sie von keinem andern mehr."

Es geht Kufalt etwas durcheinander, der Rauch ist dick und der Abend trüb geworden, und die Musik der Oper klingt aus weiter Ferne. Witwe vom Harvestehuder Weg, Reedereibesitzerin, Reitpeitsche, Rabe — es ist ein bißchen viel. Aber wenn man fünf Jahre Knast geschoben hat, scheint nichts unmöglich — Dinge hat man hier erlebt!

Er läßt es auf sich beruhen und fragt: „Also wo treffen wir uns? Und wann?"

„Ich will dir sagen", schlägt Batzke vor, „wir treffen uns auf dem Hauptbahnhof — nee, da läuft immer soviel Schmiere rum, die kennen mich alle. Wir treffen uns um acht auf dem Rathausmarkt unterm Pferdeschwanz."

„Wo ist das?"

„Unterm Pferdeschwanz? Warst noch nie in Hamburg?"

„Nur ein paar Tage."

„Da ist ein Denkmal von Kaiser Wilhelm auf dem Rathausmarkt, da reitet er. Unterm Pferdeschwanz weiß jeder in Hamburg."

„Gut. Das finde ich. Also um acht."

„Abgemacht. Und wirf dich fein in Schale. Wir machen einen langen Zug."

„Schön. An mir soll's nicht liegen."

„An mir auch nicht."

Durch den schlafenden, fast dunklen Bau schleicht hinter dem Nachtbeamten Kufalt, auf Socken, die Pantoffeln in der Hand.

Der Wachtmeister schließt die Zelle auf, er steht einen Augenblick da, den Lichtschalter zögernd in der Hand. „Gehen Sie einmal ohne Licht ins Bett, Kufalt. Ich muß sonst in zehn Minuten die vier Treppen wieder rauf. Und ich hab den ganzen Tag zu Haus Holz gesägt und bin hundemüde."

„Selbstverständlich", sagt Kufalt. „Das macht mir nichts. Gute Nacht, Herr Thiessen."

„Gute Nacht, Kufalt. Es ist ja wohl Ihre letzte Nacht?"

„Vorletzte."

„Und wie lange haben Sie abgerissen bei uns?"

„Fünf Jahre."

„Lange Zeit. Auf und ab eine lange Zeit", sagt der alte Mann und schüttelt den Kopf. „Sie werden sich wundern draußen. Fünf Millionen Arbeitslose. Schwer ist das, Kufalt, schwer. Meine beiden Söhne sind auch arbeitslos."

„Ich hab ja warten gelernt."

„Haben Sie's gelernt? Hier doch nicht! Hier hat's noch keiner gelernt. — Na, wenn ich Sie nicht mehr sehen sollte, Kufalt, alles Gute. Sie werden's nicht leicht haben, schwer werden Sie's haben. Ob Sie's aushalten werden? Wer einmal aus dem Blechnapf frißt . . ."

Der alte Mann steht wartend, denn Kufalt ist schon beinahe fertig mit Ausziehen im Licht der Flurlampe.

„Schlecht sind Sie nicht gewesen, nur zu leicht. Fleißig, ja. Und höflich, wenn man höflich war. Aber immer gleich im Bruddel, wenn was verquer ging, und hinter jeder Scheißhausparole hinterher. Fünf Millionen Arbeitslose, Kufalt . . ."

„Sie machen mich nicht gerade munter, Herr Thiessen."

„Munter werden Sie schon genug sein, wenn Sie entlassen sind, da sorgen die Mädchen schon für und der Suff — das Muntersein macht's nicht. Denken Sie immer daran, Kufalt, wir haben hier im Bau an die siebenhundert Zellen — denen ist's egal, wer sich drin sorgt. Uns ist's egal, bei wem wir schließen, alles kennen wir schon, alles, was es gibt."

„Jeder ist anders, Herr Thiessen."

„Draußen ja. Aber hier drinnen, da seid ihr alle gleich, das wissen Sie doch selbst, Kufalt. Wie rasch lernt ihr's. – Na, gehen Sie jetzt man schlafen. Ihr Bett haben Sie schon runtergeklappt. Sehen Sie, das ist nett, so was mag ich, das sind die wirklich Gebildeten. Aber andere gibt's. Der Schlimmste ist der Batzke, der macht sein Bett nachts um zwölf vom Haken und haut es mit aller Gewalt auf den Steinfußboden, daß der ganze Bau rebellisch wird. – Na, schlafen Sie denn also gut, die vorletzte Nacht. Gute Nacht."

„Gute Nacht, Herr Thiessen. Und danke auch schön. Für alles!"

11

Es ist nicht dunkel in der Zelle. Durch das Fenster kommt Mondlicht. Kufalt stellt sich auf sein Bett und zieht sich an der Blechblende hoch. Nun kann er mit einem Knie auf dem schmalen Fenstersims ruhen und sieht oben, unter der Decke, in die Nacht.

Ja, es ist still. Wenn sich auch einmal ein Hund rührt und ein Schritt laut wird auf dem Hof von der Nachtwache, darum ist die Nacht nur noch stiller.

Nein, keine Sterne. Auch den Mond kann er nicht sehen, nur seine Helligkeit ist in der Luft. Die dunklen, schweren, langen Schatten da, das sind die Mauern, und was sich kuglig über ihnen wölbt, das sind die Kastanien. Die blühen jetzt, aber man kann sie nicht riechen. Kastanien riechen nur von ganz nah, und dann riechen sie unangenehm, wie Samen.

Aber sie werden noch blühen, wenn er draußen ist. Er kann unter ihnen gehen, wenn sie blühen, er kann hingehen, wenn sie voller werden im Grün, wenn die ersten gelben Blätter kommen, wenn die Früchte platzen, wenn sie kahl sind, wenn sie wieder blühen – immer kann er zu ihnen gehen, überallhin kann er gehen, wie er will, wann er will.

Es ist nicht auszudenken. Fünf Jahre lang hat er viele hundert Male hier unter der Decke gegangen, immer in Gefahr, mit der Blende herunterzurasseln oder vom Wachtmeister erwischt zu werden, nun braucht er das alles nicht mehr.

Der Thiessen hat gut quasseln, denkt er. Der versteht

von nichts mehr was, so ein Wachtmeister hat ja lebenslänglich. Und das mit seinen zwei Söhnen. Ich weiß ganz gut, der
Jüngste hat lange Finger gemacht und säße auch hier, wenn
der Vater nicht alles abbezahlte. Viel Gehalt hat er auch
nicht.

Er hat Lust auf eine Zigarette und klettert hinunter. Während er im Dunkel der Zelle nach den Hosen und dem Tabak
in ihnen tastet, überkommt ihn plötzlich ein Gefühl ... er
bleibt stehen ...

Ich will nicht mehr, denkt es in ihm. Ich will gewiß nicht
mehr. Ein guter alter Mann, er ist immer nett gewesen zu
allen. Es ist auch so wie draußen die Nacht, es wird dunkel,
der Mond scheint, dann wird es wieder hell, es ist alles ganz
einfach ...

Er bemüht sich, klarzuwerden. Alle diese Schuftigkeiten,
es macht es nur schwerer, es war vorher alles viel leichter,
als ich noch ganz einfach in meiner Zelle saß, nichts von
Schieben und Angeben wußte. Ich muß sehen, daß es wieder
leichter wird. Ich komme sonst nicht durch, bin zu schwach,
recht hat er. Es wird mir immer gleich alles zuviel. Man
müßte irgendeinen sauberen Anfang haben, ganz gleich wie.
Vielleicht gehe ich morgen doch zum Pastor.

Er dreht sich die Zigarette und zündet sie an. Ich muß
sehen, daß es geht. Ich will gleich morgen früh damit anfangen, nicht um fünf am Fenster nach Batzkes Trulle zu
sehen.

Er sitzt im Hemd auf der Bettkante und starrt vor sich
hin, sehr hilflos. Die Asche fällt unbeachtet auf den herrlichen Fußboden. Seiner hat ein Sternmuster, mit Mond und
Sonne.

Zweites Kapitel

DIE ENTLASSUNG

1

Ob Kufalt, am Morgen um fünf erwacht, sich den Reizen eines nackten Mädchenkörpers verweigert hätte, bleibt zweifelhaft. Denn er wacht erst um drei Viertel sechs auf, als die Glocke mit zwei scharfen Schlägen Signal zum Aufstehen und Waschen gibt.

Er fährt hoch, in die Hosen, besonders gut wird das Bett gemacht, denn heute ist die große Zellenabschiedsrevision. Dann das Waschen im Emailleeßnapf statt in der blinkenden Nickelwaschschüssel, die nun zu putzen keine Zeit mehr ist.

Als die Kalfaktoren um sechs nach Kübeln und Wasser laufen, die Zellenriegel zurückdonnern und die Schlösser knacken, ist Kufalt schon längst beim Reinigen des Zementfußbodens. Noch einmal muß das Muster drauf gewichst werden, alles ist von der Nacht verdorben. Dann baut er das Inventar nach einem heiligen System auf, damit der Hauptwachtmeister auf einen Blick überschaue: siehe! alles ist da.

Und bei all dieser Tätigkeit denkt er doch nur ununterbrochen an den Traum, den er gehabt hat in der Nacht. Der Traum aus den ersten Wochen seiner Untersuchungshaft ist wiedergekommen, jetzt in dieser Nacht.

Er läuft auf einen dunklen, tiefverschneiten Wald zu. Er muß sehr rasch laufen, die Polente ist auf seiner Spur. Es ist Nacht, es ist bitterer Winter, der Wald vor ihm ist sehr groß, auf einer Karte hat er gesehen, achtzehn Kilometer läuft die Chaussee durch Wald. Aber er muß hinüber nach der anderen Seite, dort geht eine andere Bahnlinie, dort vermuten sie ihn nicht, dort kann er vielleicht noch entkommen.

Ehe er in die ungeheure Waldung eintaucht, die ihn für vier Nachtstunden umschließen wird, muß er durch ein Dorf. Und im Gasthof des Dorfes sind die Fenster noch hell. Er geht hinein und läßt sich einen Schnaps geben. Und noch einen. Und noch einen. Es scheint, er kann nicht mehr warm werden. Er kauft sich eine Flasche Kognak. Er verstaut sie in seine Aktentasche und zahlt.

Dabei merkt er, daß ihn zwei Männer aufmerksam betrachten, ein blasser, fuchsgesichtiger, junger und ein alter, gedunsener, mit nur noch ein paar Haaren auf der schorfigen Platte. Zwei Pennbrüder.

„Viel Schnee auf den Wegen", krächzt der Alte.

„Ja", antwortet Kufalt und sieht, wo das Wechselgeld auf seinen Hunderter bleibt. Er hat die Geldtasche dabei in der Hand, und der Blick des jungen Fuchses liegt auf ihr, haltlos gierig.

„Gibt noch mehr Schnee, Nachbar", brummt der Alte. „Keine Nacht zum Spazierengehen."

„Nein", sagt er kurz und steckt die Brieftasche ein. Er sagt „Guten Abend" gegen den Wirt hin und geht hinaus. Als er an dem Tisch der beiden vorbeikommt, steht der junge auf und sagt bittend: „Geben Sie einen Schnaps aus für zwei Durchgefrorene. Wir wollen auch noch auf Quanz."

Er geht rasch vorbei, als hätte er nichts gehört.

Draußen empfängt ihn der Wind mit einem scharfen prasselnden Trieb Schnee direkt ins Gesicht. Er muß sich Schritt um Schritt gegen ihn ankämpfen, der Wald steht dunkel über dem Feld, ein paar hundert Meter ab.

Ich hätte ihnen einen Grog geben lassen sollen, macht er sich Vorwürfe. Dann wären sie noch eine Viertelstunde sitzen geblieben, und ich hätte Vorsprung gehabt. Die sind scharf auf mein Geld. Warum hat er gesagt, wir gehen *auch* auf Quanz? Woher weiß er, wohin ich will?

Er versucht, den Weg zurückzusehen, den er kam.

Aber es ist nichts zu erkennen, der Schnee treibt jagend schräg vorbei.

Im Wald wird es stiller sein. Aber der Schnee wird hoch liegen. Noch achtzehn Kilometer! Ich bin wahnsinnig, wie gut saß ich in Berlin! Sobald ich im Walde bin, nehme ich die Tausender aus der Brieftasche und verstecke sie an mir. Dann finden sie nur das Wechselgeld von dem Hunderter, und das sollen sie gerne haben!

Er läuft gegen Wind und Schnee stürmend an. Der Alkohol

flammt in ihm hoch, er dampft von Wärme. Der Schnee kühlt das Gesicht gut.

Dann plötzlich ist es ganz still um ihn, er ist in die „Geduld" gekommen, in den Windschatten des Waldes. Nur noch ein paar Schritte. Da steht ein Tannenbusch gleich am Wege, er will hinter ihm Deckung nehmen, bricht in die metertiefe Schneeverwehung des Chausseegrabens ein und kämpft, immer wieder abrutschend und einsinkend, um festen Boden.

Als er den hat, nimmt er sich nicht erst die Zeit, den Schnee abzuklopfen von den Kleidern. Er setzt einen Fuß auf den Chausseestein und knöpft hastig die Schnürsenkel auf. Seine Schuhe sind gut, mit langen, wasserdichten Schäften, der Fuß darin ist trocken und warm. Vorsichtig schiebt er das flach gekniffte Paket mit den Tausendern — es sind leider nur noch drei — zwischen Strumpf und Haut, fühlt, ob alles gut und glatt sitzt, und zieht den Schuh wieder an.

Dann richtet er sich auf. Er nimmt einen tüchtigen Schluck aus der Flasche. Er ist ganz ruhig jetzt und seiner Sache sicher. Die kriegen ihn nie, weder die noch die. Er ist der Schlauste. Er muß nur forsch ausschreiten, die holen ihn nie ein.

Und so beginnt seine Wanderung. Sie ist schwieriger, aber auch leichter, als er dachte. Von den beiden sieht und hört er nichts wieder, doch der Schnee liegt schrecklich hoch, bei den Schneisen in breiten Wehen, in denen er bis zu den Armen versinkt. Und von der Chaussee gleitet er so oft ab, daß er schließlich darin Routine hat: Sobald er den Boden unter den Füßen verliert und in den Graben rutscht, wirft er sich mit aller Gewalt in die frühere Gehrichtung, dann landet er meist noch auf fester Erde.

Von Zeit zu Zeit macht er einen Chausseestein frei und leuchtet die Zahl an. Er kommt langsam vorwärts. Mehr als drei Kilometer schafft er nicht in der Stunde. Gut ist, daß er den Kognak hat, aber trotz alledem: den Frühzug bekommt er nicht mehr in Quanz, und vor allem: er muß dort erst in ein Hotel und schlafen und schlafen!

Als er die geleerte Flasche in den Schnee wirft, hat er noch vier Kilometer vor sich. Vor acht kann er nicht in Quanz sein. Die letzten Kilometer fällt er nur vorwärts, von einem Fuß auf den anderen, trotzdem zum Schluß die Chaussee fast schneefrei ist, außerhalb des Waldes rein geweht vom Winde.

Dann sitzt er im Deutschen Adler in Quanz auf der Bettkante, das Zimmer ist eisig, der eben angezündete Ofen qualmt. Er schläft immer wieder, zur Seite fallend, ein, aber er muß sich ausziehen, er kann nicht schlafen in dem nassen Zeug. Seine Glieder sind starr, seine Knochen voll Eis.

Er streift den Strumpf ab ...

Er starrt, er sitzt da, verständnislos. Dann helfen die Finger den Augen beim Suchen. Sie finden – einen weichen zerriebenen Papierbrei, fast farblos, Papier, das acht Stunden zwischen feuchtem Fuß und Strumpf zerarbeitet wurde.

Dreitausend – sein letztes Geld, der letzte Rest vom Unterschlagenen! Er wirft sich aufs Bett und bleibt liegen, wie er hinfällt, ohne Denken. Etwas später bestellt er sich Kognak aufs Zimmer, auch heißen Rotwein mit Nelken und Zucker.

Drei Tage bleibt er in seinem Bett, immer trinkend, dann ist das kleine Geld aus der Brieftasche alle. Er geht los und stellt sich der Polizei, genauer dem Oberlandjäger von Quanz, einem Städtel mit dreitausend Einwohnern. Es ist zu Ende.

Dies hat er erlebt, es ist etwas über fünf Jahre her. Und dies hat Kufalt geträumt, viele, viele Nächte lang, die ganzen ersten Monate nach seiner Verhaftung: den Nachtmarsch durch den Wald und den Augenblick, da er aus dem Strumpf die zermatschten Tausender holte.

Es hat ihm einen Stoß versetzt, es ist das Schlimmste, was er je erlebt hat. Es hat seinen Stolz für immer geknickt, die Einbildung, er wäre wer. Nicht einmal zum Ganoven taugt er. Nie wird er jemandem dies Erlebnis erzählen, stets hat er erklärt, er habe alles Geld verludert, auch diese drei.

Später ist der Traum seltener gekommen, aber immer einmal kam er wieder. Auch heute nacht. Auch diese Nacht. Da das neue Leben beginnt, klirrt das alte Kettenglied.

Aber seltsam, der Traum hat sich gewandelt, ein wenig nur, eine geringe Kleinigkeit war anders.

Er erinnert sich genau: Auch heute nacht hat er den Fuß auf den Chausseestein gesetzt, den Senkel gelöst, den Schuh abgestreift. Nur .. es waren keine drei Tausender, die er in den Strumpf schob, es war ein Hunderter ...

Es war *der Hunderter!*

2

Willi Kufalt sitzt in Gedanken verloren da. Zögernd bückt er sich nach seinem Strumpf. Eigentlich müßte ich ihn dem Netzemeister wiedergeben. Aber das kann ich nun doch nicht. Lieber zerreiß ich ihn.

Er hat ein deutliches Gefühl von dem neuen Leben, das nun beginnen soll. Es ist etwas wie das Mondlicht heute nacht. Klar, fühlt er. Nichts mitschleppen.

Er faßt in den Strumpf ...

Er läßt die Hand wieder vom Strumpf. Er steht mit einem Ruck auf und stellt sich unter das Fenster, in aufmerksamer Haltung, denn Hauptwachtmeister Rusch kommt in die Zelle.

Der Stationswachtmeister bleibt an der Tür stehen.

Der Hauptwachtmeister sieht den Gefangenen nicht an. Er betrachtet erst den Kübel, dann die Inventaraufstellung auf dem Tisch, dann das Arrangement aus Schüsseln, Bürsten, Dosen, Putzkasten auf dem Fußboden. Irgend etwas mißfällt ihm, er klappert erst mit den Schlüsseln, dann stößt er mit der Fußspitze die Bürsten durcheinander.

„Erst Wichse, dann Kleider", befiehlt er.

Kufalt geht hin, bückt sich und legt die Bürsten in die geforderte Ordnung.

„Was gelernt, was?" fragt Rusch gnädiger. „Kein Schwein mehr?"

„Nein", sagt Kufalt und denkt daran, daß er hier beispielsweise gelernt hat, sich in der Eßschüssel zu waschen und mit dem Netzemesser, einem schwärzlichen Stummel, zu essen, bloß um den befohlenen Paradeglanz der Dinge nicht zu zerstören.

Der Hauptwachtmeister geht gegen die Tür. Aber er hat noch etwas, er bleibt stehen und betrachtet nachdenklich den Wandschrank. Er faßt mit dem Finger hinauf und wischt die Kante entlang.

„Herr Suhm", sagt er, „Briefbogen ausgeben. Ich mach allein weiter."

Der Stationswachtmeister verschwindet.

„Der Sethe. Der Sethe", sagt Rusch und betrachtet die Decke. „Nimmt er an?"

Kufalt überlegt einen Augenblick. Er weiß es zwar nicht, ob der alte Kartoffelschäler seine drei Monate Strafe wegen Beleidigung des Küchenwachtmeisters annehmen oder ob er Berufung einlegen wird, denn der spricht ja mit ihm nicht mehr. Aber davon erzählt er dem Rusch lieber nichts.

„Glaube nicht, Herr Hauptwachtmeister", sagt er. „Wird wohl Berufung einlegen."

„Soll er nicht. Soll nicht dumm sein. Mit ihm reden. Strafe annehmen, dann Bewährungsfrist, morgen raus. Sonst – bleibt er hier, Untersuchungshaft – Verdunkelungsgefahr."

Kieke da, denkt Kufalt, das haben die ja wieder fein hingedreht. Acht Jahre hat der olle Sethe abgerissen, da wissen die ganz genau, daß ihm jetzt jeder Tag zuviel wird. Damit wollen sie ihn kriegen.

Und laut: „Ich kann ja heute mittag mal mit ihm reden. Aber ich glaub nicht, Herr Hauptwachtmeister, daß da was zu machen ist. Der hat einen Rochus im Leib."

„Soll nicht dumm sein, annehmen. Dann Bewährungsfrist. Sonst – weiter Knastschieben!" Der Hauptwachtmeister macht eine Pause.

Darauf sagt er bedeutungsvoll: „Und dann . . ."

Er bricht ab. *Sehr* bedeutungsvoll.

Ja, und dann . . ., denkt Kufalt. Ich weiß schon, was du meinst. Es ist nämlich noch gar nicht sicher, daß der Sethe dann in einem Vierteljahr rauskommt. Erst mal werden ihn wohl die Küchenhengste ein bißchen erledigen in seinem dunklen Keller, und ein Gefangener ist kein Zeuge. Bißchen in die Mache nehmen, daß er sein eigenes Geschrei mal hört. Und dann werden ihn die Beamten ein ganz kleines bißchen reizen – der ist ja jetzt schon wie so ein Teekessel am Überkochen –, bis er wieder was Dummes sagt und wieder Beamtenbeleidigung. Und vielleicht ist er gar tätlich geworden, ganz egal, ob er's wirklich geworden ist – dem können sie Knast besorgen, bis er auf der Irrenabteilung ist . . .

„Schlauer ist, er nimmt an", sagt also Kufalt auch.

„Siehst du", sagt der Hauptwachtmeister gnädig. „Ihm

sagen. Soll sich vormelden zum Gerichtsschreiber. Kommt heute her. Dann morgen früh sieben raus."

„Jawohl, Herr Hauptwachtmeister", sagt Kufalt und weiß, daß er mit Sethe nicht ein Wort sprechen wird.

Der Hauptwachtmeister nickt. „Vernünftig. Bist immer vernünftig gewesen – bis auf die anderen Male. Fertigmachen. Hole dich gleich zum Direktor. Maul halten."

Der Hauptwachtmeister ist weg und revidiert weiter die Zellen auf Ordnung und Sauberkeit.

Kufalt steht da.

Jetzt vor acht Uhr zum Direktor! Schwager Werner hat geschrieben! Vielleicht ist die Schwester selbst da, ihn abzuholen! Aber dafür ist es doch noch einen Tag zu früh? Es ist natürlich wegen etwas anderm, es ist wegen Sethe. Warum hat der Hauptwachtmeister zum Schluß gesagt: Maul halten . . . ?

Er wird dem Direktor sagen, was er will. Direktor Greve ist der einzige Mensch im Bau, dem man alles sagen kann. Er kann ja nicht viel machen, seine Beamten stimmen ihn immer nieder, aber er ist anständig, er tut, was er kann. Und er will nur können, was anständig ist.

Kufalt denkt wieder an seinen Hunderter. Aber er nestelt nicht mehr an seinem Strumpf. Er räumt das Inventar ein. Scheibe, denkt er. Ja, Scheibe! Ausgerechnet hier fange ich mit Anständigkeit an. So blau!

Und dann: Eine schöne Dummheit hätte ich gemacht, hätte ich den Hunderter zerrissen. Die sind doch alle so, die draußen sind auch nicht anders. Sethe – den werden sie noch nach acht Jahren Knast erledigen. Und ich soll anständig sein? So blau!

Der Hauptwachtmeister steckt den Kopf durch die Tür. „Mitkommen", sagt er.

3

Kufalt kommt immer besonders gerne aus dem Zellengefängnis zu denen „vorne".

Er geht einen halben Schritt vor dem Hauptwachtmeister her, am Glaskasten der Zentrale vorbei. Hier wird es schon ganz anders, hier sind die großen Zellen der Handwerker:

der Schuster und Schneider, der Steindrucker und des Bücherwarts. Hier stehen die Zellentüren weit offen, und die Handwerker laufen ein und aus, zur Wasserleitung und zum Werkmeister, mit Bügeleisen und mit Lederkupons.

Dann aber kommt die große feste Eisentür.

Der Hauptwachtmeister schließt zweimal, Kufalt tritt durch die Tür und steht auf dem Büroflur. Ein kahler Flur, weißgetünchte Wände, das Linoleum des Bodens fleckenlos spiegelnd, und eine endlose Reihe Türen. Kufalt kennt sie alle: Sprechzimmer, Lehrer, Pastor, zweites Sprechzimmer, zwei Obersekretäre von der Arbeitsinspektion, das Vorzimmer zum Direktor, Direktorzimmer, Oberwachtmeister vom Postdienst. Und auf der anderen Seite wieder zurück: Telefonzentrale, Polizeiinspektor, Arbeitsinspektor, Ökonomieinspektor, Kasse, Kasseninspektor, Arzt, Jugendfürsorger, Konferenzzimmer, Untersuchungsrichter und die Aufnahme.

In fast allen diesen Zimmern ist er gewesen mit Bitten und Gesuchen, um getadelt zu werden, um Schriftstücke zu unterschreiben. Von hier aus ist sein Schicksal geregelt worden, sind Hoffnungen erweckt und enttäuscht worden.

Der Polizeiinspektor hat ihm einmal drei Monate lang seinen Besuch versprochen und ist nie gekommen. Seitdem haßt er ihn. Der Lehrer hat ihm einmal zwanzig fast neue Zeitschriften auf die Zelle gegeben, der war überhaupt immer anständig. Mit dem Arbeitsinspektor hat er oft Krach gehabt, weil die Abrechnung nicht stimmte. Einmal gab der Ökonomieinspektor acht Wochen zu flott Lebensmittel aus, und am Schluß des Quartals bekam dann das ganze Kittchen solchen Fraß, daß man nichts mehr denken konnte wie Kohldampf, Kohldampf, Kohldampf ... Der Pastor, nun, über den war überhaupt nicht zu reden. Der war nun schon über die Sechzig und machte seit vierzig Jahren im Bunker Dienst – der kälteste Pharisäer auf dieser pharisäischen Erde.

Der Direktor andererseits, nun, über den ließ sich auch nicht reden. Ein herrlicher Mann ... zu gut vielleicht, zu gut sicher. Er hat schon viel Böses durch seine Güte erfahren, darum hat er den rechten Mumm nicht mehr, etwas gegen seine Beamten durchzudrücken, die doch immer recht behalten. Aber immer noch gut.

Der Hauptwachtmeister klopft an die Tür. „Der Strafgefangene Kufalt", meldet er.

Der Direktor hinter seinem Schreibtisch sieht hoch. „Es ist gut, Hauptwachtmeister. Sie können gehen, ich schicke den Mann dann zurück."

So eine Art Vorführung wurmt den Hauptwachtmeister, diesen mächtigen Mann, das weiß Kufalt. Beim vorigen Direktor ist er bei jeder Unterredung dabeigewesen und hat feste mitgeredet. Aber der Hauptwachtmeister verzieht keine Miene, er macht kehrt und geht aus dem Zimmer.

Der Direktor sitzt hinter seinem Schreibtisch. Er hat frische Farben, ein paar Durchzieher in der linken Backe und blaue Augen. Außerdem hat er eine Platte, die von den frischen Farben auch was abbekommen hat, gegen die Stirn ist sie rosa, gegen den Scheitel wird sie immer röter.

„Setzen Sie sich", sagt der Direktor. „Sie nehmen eine Zigarette, nicht wahr, Kufalt?"

Er bietet ihm die Schachtel an, es ist eine Sorte zu sechs Pfennig, Kufalt sieht es, etwas Fabelhaftes. Und nun gibt ihm der Direktor auch noch Feuer.

Er hat sehr gepflegte Hände und einen tadellos sitzenden Sportanzug, seine Manschetten fallen so sauber über die Handgelenke, Kufalt kommt sich wie ein Schwein vor.

„Morgen ist es nun überstanden", sagt der Direktor. „Ich will Sie fragen, ob ich Ihnen noch irgend etwas helfen kann?"

Kufalt möchte in seiner jetzigen Stimmung alles akzeptieren, was Direktor Greve ihm etwa vorschlägt, aber er hat keine eigenen Vorschläge — trotz seiner Hilflosigkeit. So sieht er den Direktor nur abwartend an.

„Was haben Sie für Pläne?" fragt der. „Sie haben doch Pläne?"

„Ich weiß nicht recht. Ich denke, meine Verwandten schreiben noch."

„Sie stehen mit ihnen in Korrespondenz?" Und erläuternd: „Sie wissen, ich lese die Post nicht. Die Zensur macht der Herr Pastor."

„In Korrespondenz? Nein. Ich habe ihnen in den letzten drei Monaten jedesmal einen Brief geschrieben, wenn Schreibtag war."

„Und sie haben nicht geantwortet?"

„Nein, noch nicht."

„Ihre Verwandten stehen gut da?"

„Ja."

„Möchten Sie, wenn keine Antwort kommt – sie kann natürlich noch kommen, wenn aber keine kommt –, möchten Sie einfach hinfahren zu Ihren Verwandten?"

„Nein", sagt Kufalt ganz erschrocken. „Nein, keinesfalls."

„Gut. – Und Sie wollen ernstlich arbeiten?"

„Am liebsten", sagt Kufalt stockend, „möchte ich irgendwohin, wo niemand etwas weiß. Ich habe an Hamburg gedacht."

Der Direktor wiegt den Kopf hin und her. „Hamburg ... Großstadt ..."

„Ach Gott, Herr Direktor, ich habe die Nase wirklich voll. Das lockt mich nicht mehr."

„Die Versuchungen der Großstadt ...? Ach nee, Kufalt, an die glaube ich auch nicht. Oder vielmehr, die in der Kleinstadt sind genauso. Aber die Arbeitslosigkeit ist in Hamburg natürlich noch schlimmer. Sie haben keinen, der Ihnen dort hilft? Hier könnte ich vielleicht ..."

„Nein, bitte nicht hier. All die Gesichter ..."

„Gut. Vielleicht haben Sie recht. Aber was dort? Was haben Sie sich so gedacht?"

„Ich weiß doch noch nicht. An Buch- und Kassenführung komme ich natürlich nicht wieder ran. Und eine Stellung kriege ich auch nicht so leicht, wo die fünf Jahre in meinen Papieren fehlen ..."

„Nein", bestätigt der Direktor. „Kaum."

„Aber ich kann doch Schreibmaschine. Wenn ich mir eine Maschine kaufte und Adressen schriebe im Akkord? Und später eine richtige Schreibstube einrichtete? Ich kann gut maschineschreiben, Herr Direktor."

„Sie besitzen keine Maschine? Haben Sie Geld?"

„Nur die Arbeitsbelohnung."

„Und wieviel macht die?"

„Ich denke, dreihundert Mark. – Ach, Herr Direktor, wenn Sie veranlassen würden, daß die mir hier gleich ganz ausbezahlt werden? Daß ich sie mir nicht alle Wochen vom Wohlfahrtsamt holen muß?"

Der Direktor macht ein bedenkliches Gesicht.

„Ich will so sparsam sein, Herr Direktor!" bittet Kufalt. „Ich will keinen Pfennig verludern. Aber nicht aufs Wohlfahrtsamt!" Und leise: „Ich möchte auch mit so was durch sein."

Der Direktor kann Bitten schlecht widerstehen. Er sagt: „Gut. Das ist erledigt. Ich werde veranlassen, daß Sie Ihre Arbeitsbelohnung voll ausbezahlt kriegen. Aber, Kufalt — von den dreihundert Mark müssen Sie leben, vielleicht zwei Monate, drei Monate leben, da können Sie sich keine Schreibmaschine kaufen."

„Auf Raten?"

„Nein, nicht auf Raten. Sie können ja nicht mit festen Einnahmen rechnen, das kann alles fehlgehen mit Ihren Adressen. Was also . . .?"

„Meine Verwandten . . ."

„Die lassen wir erst einmal ganz aus dem Spiel. Was machen Sie also?"

„Ich – weiß – doch – nicht."

Des Direktors Stimme wird immer frischer: „Und wie lange haben Sie nicht Schreibmaschine geschrieben? Fünf Jahre nicht? Über fünf Jahre nicht? Ja, das wird dann im Anfang nur mühsam gehen, viel werden Sie nicht schaffen."

„Ich kann gut hundert Adressen in der Stunde tippen."

„Haben Sie gekonnt. Heute nicht mehr. Sie denken, Sie sind gesund. Sie denken, Sie haben Ihre zwei Pensen gestrickt, das geht auch draußen. Aber hier hat Sie nichts abgelenkt, Kufalt, draußen kommen all die Sorgen und die Versuchungen. Sie sind doch den Umgang mit Menschen nicht mehr gewohnt. Und dann die Kinos, in die Sie nicht dürfen, und die Cafés, für die Sie kein Geld haben. Das wird alles sehr schwer für Sie sein, Kufalt. Das Schwere fängt erst an."

„Ja", sagt Kufalt. „Ja."

„Sie waren lange genug hier im Bau, Kufalt. Wie viele haben Sie wiederkommen sehen?"

„Viele, viele."

„Sie müssen stärker sein als die alle. Sie werden oft denken, das lohnt ja gar nicht die Mühe – für was denn? Ich komme ja doch nicht wieder hoch. – Manche kommen aber doch wieder hoch. Nur streng müssen Sie es angehen lassen, Kufalt, ganz streng."

„Ja, Herr Direktor", sagt Kufalt gehorsam.

Das Zimmer ist zart bräunlich getönt. Die Fenster sind keine Löcher in der Wand, sondern haben Gardinen, weiße Mullgardinen mit zartgrünen Streifen. Ein richtiger Teppich liegt auf dem Boden.

„Sie sind wie ein Kranker, der lange im Bett gelegen hat. Sie müssen erst wieder gehen lernen, Schritt für Schritt. Wer lange im Bett lag, muß einen Stock zur Stütze haben oder jemanden, der ihn führt. — Noch eine Zigarette? Gut."

Der Direktor wartet einen Augenblick. „Sie denken jetzt, laß den man reden, ich find mich schon zurecht. Es — ist — aber — sehr — schwer. Bis Sie sich reingefunden haben in das Leben draußen . . . Sie haben doch früher nie gelebt ohne festes Einkommen? Sehen Sie! Bis Sie sich eingelebt haben, ist Ihr Geld alle. Und was dann?"

„Man möchte bitten", sagt Kufalt mühsam lächelnd, „daß Sie einen hierbehalten, Herr Direktor. Ich bin ja doch wie ein Mann, dem man die Hände abgeschlagen hat."

„Nicht abgeschlagen", sagt der Direktor. „Aber gelähmt sind sie, steif sind sie. Ich will Ihnen was vorschlagen. Es gibt ein Haus in Hamburg, da können Sie hingehen, da werden stellungslose Kaufleute aufgenommen, auch strafentlassene Kaufleute. Da ist eine Schreibstube dabei, Sie arbeiten dort tagsüber, genau wie auf einem Büro, und dafür haben Sie Ihr Zimmer und Ihr Essen frei. Wenn Sie mehr verdienen, wird Ihnen das gutgebracht. Sie brauchen Ihre Arbeitsbelohnung nicht anzugreifen, die wird sogar mehr, wenn Sie fleißig sind. Und sobald Sie sich sicher fühlen und irgendeine Arbeit wissen, gehen Sie raus aus dem Heim. Sie können jeden Tag rausgehen, Kufalt."

„Ja", sagt Kufalt überlegend. „Es sind nicht nur Strafentlassene da?"

„Nein", sagt der Direktor. „Soviel ich weiß, auch sonst Stellungslose."

„Und ich kann da ohne weiteres hin?"

„Ganz richtig. Sie lernen gehen, Kufalt, weiter nichts. Es wird natürlich da so eine Art Hausordnung geben, und sehr luxuriös wird es auch nicht grade sein, aber Sie sind ja nicht verwöhnt."

„Nein", sagt Kufalt aufatmend. „Nein, das bin ich nicht. Das ist sehr gut. Das will ich tun."

Er sieht vor sich hin. Der Hunderter im Strumpf brennt wie Ausschlag. Er kämpft mit sich. Er möchte ihn dem Direktor geben. Da, nehmen Sie, ich will klaren Weg haben. Der Direktor würde schon nichts fragen. Aber dann tut er es doch nicht, es sähe so großsprecherisch aus, als wollte er seine Dankbarkeit abbezahlen, aber oben in der Zelle wird er ihn gleich zerreißen. Bestimmt.

„Ja", sagt der Direktor. „Dann ist also alles klar. — Und wenn irgend etwas nicht klappt, dann schreiben Sie mir."

„Ja. Und ich danke Ihnen auch, Herr Direktor. Ich danke Ihnen für alles."

„Gut", sagt der Direktor und steht auf. „Und nun bringe ich Sie noch zum Pastor. Der besorgt die Anmeldung im Heim."

„Zum Pastor . . .?" fragt Kufalt. „Ist es ein frommes Heim?" Er bleibt sitzen.

„Nein, nein. Wenn auch ein Pastor sein Leiter ist. Es ist ganz interkonfessionell. Da sind Juden und Christen und Heiden." Der Direktor lacht beruhigend.

„Aber ich möchte nicht gerne zum Pastor."

„Seien Sie kein Tor", sagt der andere energisch. „Der Pastor meldet Sie an, das ist eine Formalität, die ebensogut der Polizeiinspektor oder der Postwachtmeister machen könnte. Zufällig macht sie nun mal der Pastor."

„Ich gehe nicht gerne zum Pastor."

„Nun schön. Wollen Sie fünf Minuten Unannehmlichkeiten beim Pastor in Kauf nehmen oder lieber versacken? Also! Kommen Sie!"

Der Direktor ist schon halb auf dem Gang und geht Kufalt eilig voraus.

4

Plötzlich ruft Kufalt den Direktor, der schon fast an der Tür des Pastorenzimmers ist, an: „Herr Direktor, bitte noch was!"

71

Der Direktor wendet sich um. „Ja?"

„Der Bruhn, Herr Direktor, kommt doch auch übermorgen raus. Wenn Sie einmal mit ihm reden könnten?"

„Ja?"

„Es ist da was im Busch. Ich glaube, es haben ihm welche Versprechungen gemacht, und nun soll er angeschissen werden."

Der Direktor überlegt eine Weile, er denkt scharf nach, dann fragt er: „Werkmeister?"

Kufalt sieht den Direktor an, aber er schweigt.

„Sie wollen nicht mehr sagen?"

Zögernd antwortet Kufalt: „Seit Sethe eigentlich nicht mehr sehr gerne."

Sie stehen sich beide gegenüber auf dem Bürogang, Gefangener und Gefängnisdirektor, sie denken beide an jene Unterredung, da der Direktor dem Gefangenen Hilfe, Aufdeckung versprach. Die Stirn des Direktors ist dunkelrot geworden. Er sagt behutsam: „Es ist alles nicht so leicht, Kufalt. Man muß schustern, ewig schustern . . ."

Und plötzlich rasch entschlossen: „Also, ich werde mit Bruhn reden, daß er keine Dummheiten macht."

Und er geht Kufalt rasch ins Pastorenzimmer voran.

„Hier, Herr Pastor, bringe ich Ihnen Kufalt. Er hat ein Anliegen an Sie."

Und zu Kufalt: „Also lassen Sie es sich gut gehen. Halten Sie die Ohren steif und — alles Gute!"

Er gibt ihm die Hand, leise murmelt Kufalt etwas, und der Direktor ist fort.

Der Pastor sagt: „Also, mein lieber junger Freund, Sie haben ein Anliegen an mich. Sprechen Sie sich aus, sagen Sie mir alles, was Sie auf dem Herzen haben."

Das möchtest du wohl, denkt Kufalt und schaut mit kaum verhohlenem Widerwillen in das glatte, wohlgenährte Gesicht.

Pastor Zumpe ist schneeweiß von Haar, hat auch einen schönen weißen, glatten Teint, aber dunkle Augen, über denen sehr buschige und rabenschwarze Brauen sitzen. Im Kittchen geht das Gerücht, diese Brauen seien nicht echt, jeden Sonntag vor der Predigt klebe sie sich der Pastor neu an, mit Leim, und zum Beweise, daß dies kein bloßes Gerückt sei, führen seine Anhänger an, daß manchmal eine Braue höher sitze als die andere.

Der Pastor sieht den Gefangenen freundlich an, es ist eine milde Freundlichkeit, etwas kaninchenhaft, aber das hilft nichts: Kufalt spürt genau, daß er diesem Mann völlig gleichgültig ist.

Der Pastor fragt wieder: „Also wo fehlt es, Kufalt? Brauchen wir noch etwas? Einen schönen Anzug zur Entlassung? Das kostet viel Geld, aber bei Ihnen lohnt es vielleicht. Bei Ihnen ist ja noch Hoffnung."

„Danke", sagt Kufalt. „Ich will keinen Anzug. Aber Herr Direktor hat mir gesagt, ich muß zu Ihnen wegen der Anmeldung für ein Heim mit stellungslosen Kaufleuten. Darum bin ich hier."

„Also Sie wollen nach Friedensheim? Das ist erfreulich. Sehr erfreulich. Es ist eine große Vergünstigung, wenn man dort aufgenommen wird, mein lieber Kufalt. Sie leben dort — herrlich, kann ich Ihnen versichern. So gutes Essen. Und reizende Zimmer. Und ein entzückender Tagesraum mit einer vorzüglichen Bibliothek. Ich bin selbst dort gewesen, alles habe ich mir angesehen. Vorbildlich."

„Und die Arbeit?" fragt Kufalt argwöhnisch. „Wie ist denn die?"

„Ach ja", sagt der Pastor überrascht, „richtig, die Herren arbeiten. Das ist vorzüglich organisiert. Da ist ein großer Raum und sehr viel Schreibmaschinen, und da sitzen die Herren und schreiben. Es sieht so — gemütlich aus."

„Was verdient man denn da?"

„Ja, mein lieber junger Freund, wie soll ich Ihnen das sagen? Es ist doch eine Wohltätigkeit, eine Hilfe, die Ihnen geleistet wird. Aber natürlich werden Sie genau bezahlt. Den Betrag kann ich Ihnen nicht sagen, aber Sie verdienen sicher sehr gut."

„Na schön", sagt Kufalt, „wollen Sie dann mal die Anmeldung ausschreiben?"

„Ja. Hier sind schon die Formulare. Wie heißen Sie? Also Kufalt. Und mit Vornamen? Willi? Also Wilhelm."

„Nein, nicht Wilhelm. Willi. Ich bin auf den Namen Willi getauft."

„Wirklich? Aber Willi ist eine Verstümmelung. Nun, lassen wir es dann also. Willi ... hmmm ... Willi. Und wann geboren? – Da werden Sie ja bald dreißig! Es wird Zeit, lieber Freund, hohe Zeit. – Und weswegen bestraft? – Unterschlagung und Urkundenfälschung? Schwere? Also Unterschlagung und schwere Urkundenfälschung. Wie lange?"

„Wozu müssen die in dem Heim denn das eigentlich wissen? Ich denke, damit ist es nun alle, hab's abgesessen."

„Aber die wollen Ihnen doch helfen, lieber Kufalt. Und wenn man Ihnen helfen will, muß man Sie kennen. Wie lange?"

„Fünf Jahre."

Der Pastor wird immer freundlicher und sanfter, je brummiger Kufalt antwortet. Fast gerührt fragt er: „Und die Ehrenrechte, mein lieber Kufalt? Die bürgerlichen Ehrenrechte – die haben Sie doch noch?"

„Ja, habe ich noch."

„Und die lieben Eltern? Was ist denn der liebe Vater?"

Kufalt verzweifelt wirklich. Heftig sagt er: „Um Gottes willen, Herr Pastor, können Sie damit nicht aufhören? Das macht mich ... Was haben denn meine Eltern mit dem Krempel zu tun?"

„Lieber Kufalt, seien Sie doch ruhig ... Es ist bestimmt alles zu Ihrem Besten. Sehen Sie, man muß doch wissen, aus welchen Kreisen Sie stammen. Einen Arbeitersohn kann man natürlich nicht für einen Privatsekretärposten in feinem Hause empfehlen. Nicht wahr? Also, was ist der liebe Herr Vater?"

„Tot."

Der Pastor ist immer noch nicht ganz zufrieden, aber er läßt es auf sich beruhen. „Soso. – Aber die Mutter, die lebt noch, nicht wahr? Die ist Ihnen noch geblieben?"

„Herr Pastor", sagt Kufalt und steht auf, „ich bitte, mir die Fragen kurz und knapp, wie sie dort vorgedruckt sind, vorzulesen!"

„Aber, mein lieber junger Freund, was haben wir denn? Ich verstehe Sie nicht. Ja, doch, doch, ich weiß, es ist eine wunde Stelle, wenn man mit seinen Nächsten auseinander ist. Daran darf nicht gerührt werden. Aber sie schreibt Ihnen doch, Ihre Mutter, sie schreibt doch?"

„Nein, sie schreibt nicht!" schreit Kufalt. „Und das wissen

Sie ganz gut. Sie lesen ja die Briefe, Sie haben ja die Zensur."

„Aber, mein lieber junger Freund, dann müssen Sie hinfahren! Zu Ihrer Mutter! Dann dürfen Sie nicht nach Friedensheim. Dann fahren Sie hin zu Ihrer Mutter, sicher verzeiht sie Ihnen!"

„Herr Pastor", fragt Kufalt kalt entschlossen, „was ist es mit dem Blumenstrauß?"

Pastor Zumpe ist wirklich verblüfft. In einer ganz anderen Tonart, völlig ohne Sanftheit, fragt er: „Mit dem Blumenstrauß? Mit welchem Blumenstrauß?"

„Ja, mit welchem Blumenstrauß wohl?!" höhnt Kufalt jetzt ganz offen. „Was ist mit Ihrem Blumenstrauß, den Sie drei Wochen nach Weihnachten dem schwindsüchtigen Siemsen in die Zelle gebracht haben? Was ist mit der Anzeige von Siemsen geworden, die er gegen Sie an den Strafvollzugspräsidenten geschrieben hat? Ist die in Ihren Papierkorb gekommen?"

Und Kufalt sieht sich wild im Zimmer nach dem Papierkorb um, als könnte die Anzeige heute, ein Vierteljahr später, noch drin liegen.

Der Pastor ist erschüttert. „Aber, mein lieber junger Freund, so beruhigen Sie sich doch! So etwas muß Ihnen ja schaden. Sie sind einem Irrtum zum Opfer gefallen, einem jener häßlichen Gerüchte . . . Wenn ich dem kranken Gefangenen Siemsen einen Blumenstrauß gebracht habe, so darum, um ihm eine Freude zu machen, aber doch nie . . ."

Überwältigt bricht der Pastor ab.

„Sie haben, Herr Pastor Zumpe", sagt Kufalt wild, „dem Siemsen wie seiner Frau zu Weihnachten zehn Zentner Briketts und ein Lebensmittelpaket versprochen für seine Familie. Das war von der Gefangenenfürsorge bewilligt. Die Frau hat gewartet und gewartet mit den Kindern. Sie haben es einfach vergessen. Und als die Frau dann zu Ihnen gekommen ist, haben Sie sich verleugnen lassen. Und als Sie von ihr auf der Straße angesprochen worden sind, haben Sie gesagt, sie soll Sie zufriedenlassen, es sind keine Mittel mehr da. — Das ist so, Herr Pastor, das wissen alle Gefangenen im Bau, und die Beamten wissen es auch."

„Hören Sie mal", ruft der Pastor wütend, „das ist alles

nicht wahr, Entstellungen sind das, Verleumdungen. Wissen Sie, daß ich Sie wegen Beamtenbeleidigung anzeigen kann? Die Siemsen ist eine zweifelhafte Person, sie läßt sich mit anderen Männern ein, einer Unterstützung ist sie gar nicht würdig!"

„Wahrscheinlich soll sie ihre Gören verhungern lassen, statt auf den Strich zu gehen! – Und wie ist es denn, Herr Pastor, sind Sie nicht an *dem* Tage zu Siemsen mit Ihrem Blumenstrauß gekommen, als er in seiner Wut an den Strafvollzugspräsidenten geschrieben hatte?"

„Aus Mitleid bin ich zu ihm gegangen. Die Anzeige war bloßer Unsinn, denn der Fürsorgeverein ist ein privater Verein, und für den ist der Herr Präsident gar nicht zuständig!"

„Darum haben Sie wohl dem Siemsen gute Worte gegeben, daß er die Anzeige zurücknimmt? Und das dumme Schwein tut's wirklich! Aber ich werde sie schreiben, wenn ich rauskomme, an die Zeitungen werde ich den Fall geben . . ."

„Tun Sie das nur", sagt der Pastor giftig. „Sie werden ja sehen, wie weit Sie kommen. Ich bin vierzig Jahre Pastor hier, ich habe andere Leute wie Sie ausgestanden. – Ist Ihre Mutter in der Lage, Sie zu ernähren?"

„Nein."

„Welcher Religion sind Sie?"

„Noch evangelisch. Aber ich trete so rasch wie möglich aus."

„Also evangelisch. – Was können Sie?"

„Büroarbeiten."

„Welche?"

„Alle."

„Können Sie spanische Geschäftsbriefe schreiben?"

„Nein."

„Also welche Büroarbeiten können Sie?"

„Schreibmaschine, Stenographie, doppelte, amerikanische und italienische Buchführung, bilanzsicher. Und so das Übliche."

„Also nicht spanisch. Können Sie Vervielfältigungsmaschinen bedienen?"

„Nein."

„Falzmaschinen?"

„Nein."

„Adressiermaschinen?"

„Nein."

„Sehr wenig. So — nun haben Sie hier zu unterschreiben."

Kufalt überfliegt den Fragebogen. Plötzlich stutzt er. „Hier steht, daß ich die Hausordnung anerkenne. Wo ist denn die?"

„Die Hausordnung ist die Hausordnung. Die müssen Sie natürlich anerkennen."

„Aber ich muß doch wissen, was ich anerkenne. Darf ich die mal sehen?"

„Ich habe keine hier. Mein lieber Herr Kufalt, für Sie wird keine extra gemacht. Der haben sich alle unterworfen, also werden Sie's auch müssen."

„Ich unterschreibe nicht, was ich nicht kenne."

„Ich dachte, Sie wünschten in das Heim aufgenommen zu werden."

„Ja, aber die Hausordnung muß ich erst sehen. Sie haben sicher eine hier."

„Ich habe keine hier."

„Dann kann ich auch nicht unterschreiben."

„Und ich nicht Ihre Aufnahme empfehlen."

Kufalt steht einen Augenblick unschlüssig und betrachtet den Pastor. Der sitzt am Schreibtisch und blättert in Briefen.

„Sie sollten die Briefe rascher zensieren, Herr Pastor", sagt Kufalt. „Es ist eine Schweinerei, wenn die Briefe hier zwei Wochen liegen."

Der Pastor sieht gar nicht erst hoch. „Also Sie unterschreiben nicht?"

„Nein", sagt Kufalt und geht.

5

Kufalt sieht sich auf dem Gang um. Drüben, bei der Aufnahme, stehen sechs, acht Mann in Zivil, neu eingelieferte Gefangene. Bei ihnen hat Oberwachtmeister Petrow Aufsicht, der bläst nichts, was ihn nicht brennt. Sonst ist der Gang leer.

Kufalt geht in der anderen Richtung, vom Zellengefängnis

fort, von Petrow fort, an all den Bürotüren vorbei, bis er zur Treppe, die ins Erdgeschoß führt, kommt. Dies ist eine Beamtentreppe, für Gefangene nicht zu betreten, aber er wagt es.

Keiner begegnet ihm, er steigt nach unten, bis in den Keller, und hier stellt sich Kufalt an eine andere große Eisentür, die in des Hausvaters Reich führt. Der Pastor hat ihn auf einen Gedanken gebracht: In welchem Zustand wird sein Anzug sein?

Fünf Jahre ist es her, seit er eingeliefert wurde, er versucht vergeblich, sich zu erinnern, was er damals anhatte. Er besaß damals nur, was er auf dem Leibe trug: Anzug und Wintermantel und Hut, und dazu in einer Aktentasche ein Nachthemd und eine Zahnbürste.

Also wird er auch Wäsche kaufen müssen. Ehe er noch draußen ist, schwindet sein Geld, schwindet. Und wie wird der Anzug aussehen, jetzt nach fünf Jahren?

Er steht da an der Eisentür und sieht kummervoll vor sich hin. Sicher, es ist mit der Entlassung viel zu schnell gekommen, nichts ist vorbereitet, vor allem ist er nicht vorbereitet. Nun ist es auch wieder mit dem Heim nichts geworden, er wird ein Zimmer mieten müssen ... Wenigstens bekommt er sein Geld gleich ganz ausbezahlt, das hat er beim Direktor erreicht, ein, zwei Monate hat er zu leben. Und kann sich auch ein bißchen was kaufen. Aber dann ...?

Wachtmeister Strehlow kommt. „Nanu, was stehen Sie denn hier? Wo ist denn Ihr Wachtmeister?"

„Ich war zur Vorführung bei Direktor und Pastor. Ich soll zum Hausvater wegen meiner Sachen. – Weil ich doch morgen rauskomme", fügt er erläuternd zu.

„Laßt euch doch gleich 'nen Schlüssel geben, ihr von der dritten Stufe! Wir sind ja schon ganz überflüssig. Läuft allein rum im Bau! Na, es geht so lange, bis einem von uns der Schädel eingeschlagen wird, dann werden's die Herren am grünen Tisch ja kapiert haben, was sie hier anrichten."

Aber Strehlow läßt Kufalt doch durch, schimpfend, aber er läßt ihn durch, schließt hinter ihm wieder ab und geht die Beamtentreppe hinauf.

Kufalt ist auf einem langen Kellergang, rechts und links stehen die Türen der Läger auf. Im Vorbeigehen sieht er

Regimenter von Eßschüsseln aufmarschiert, Armeen von Kübeln. Unter unendlichen Wäschestößen haben sich die Regale durchgebogen. Immer näher kommt er der Abfertigung, dorthin, wo der Hausvater sitzt. Sein Herz klopft stark, nun kommt alles auf die Stimmung des Hausvaters an.

Der Hausvater ist nämlich ein feiner Kerl, er behandelt keinen Gefangenen wie einen Gefangenen, sondern genauso wie alle anderen Menschen: gut, wenn er guter Stimmung, hundemäßig, wenn er schlechter ist. Und wenn er schlechter ist, schmeißt er Kufalt einfach raus und womöglich gleich in Arrest, daß der hier allein angesockt kommt.

Weiter ist aber auch wichtig, wie man es mit der Anrede hält. Es gibt zwei Parteien im Bunker: Die eine behauptet, er will durchaus „Hauptwachtmeister" genannt werden, die andere schwört auf die Anrede „Hausvater".

Kufalt hat früher zur Hauptwachtmeisterpartei gehört, ist aber, trotz dieser Anrede, zweimal rausgeflogen mit seinen Anliegen. Bei „Hausvater" ist er erst einmal angeschnauzt, und das kann nun wirklich gewesen sein, weil er Putzpomade verlangt hatte. So was ist ein Ansinnen, eine Frechheit, nur den Kalfaktoren, die Beamtengerät zu putzen haben, steht Putzpomade zu.

Er nimmt einen Anlauf und landet vor dem Hausvater.

„Herr Hausvater, ich komme von Herrn Pastor. Ich wollte mal fragen, Herr Hausvater, ob meine Sachen noch gut sind. Sonst kriege ich vielleicht was von Herrn Pastor."

„Wo kommen Sie denn allein her?" fragt auch der Hausvater zuerst. „Wo ist denn Ihr Wachtmeister?"

„Ich bin so durchgelassen", sagt Kufalt.

„Wer hat Sie denn durchgelassen? Der Pastor?"
Kufalt nickt.

„Dieser elende Pfaffe!" schimpft der Hausvater. „Da sieht man's wieder. Wenn wir mal eine Erleichterung für die Gefangenen wollen, dann ist er immer dagegen, weil ‚Strafe Strafe bleiben soll', aber er ist zu faul, die zwanzig Schritt den Gang runterzugehen. Na warte, in der nächsten Beamtenkonferenz bringe ich das aber vor."

Kufalt hat andächtig zugehört. Der Hausvater ist guter Laune, er kann auf die Pfaffen schimpfen, das mag er gerne, der Hausvater ist nämlich rot. Und die nächste Beamtenkonferenz ist erst am Dienstag, dann ist Kufalt schon längst draußen.

„Was wollen Sie denn nun eigentlich?" fragt der Hausvater gnädig. „'nen Anzug schnorren? Ihrer ist noch ganz gut."

„Wenn ich ihn einmal anprobieren dürfte, Herr Hausvater", schmeichelt Kufalt. „Ich hab hier so 'nen Bauch gekriegt von all dem Brei!"

„Nach Bauch sehen Sie aber nicht aus. Na, mir soll's recht sein, trotzdem man dem Pfaffen wirklich den Gefallen nicht tun sollte. — Bastel, holen Sie mal dem Kufalt seine Sachen." Er blättert in dem Register. „Fünfundsiebzig dreiundsechzig. — Ist der Anzug vom Schneider schon zurück?"

„Jawoll, Herr Hauptwachtmeister", schallt es aus dem Gewölbe, und der Hausvaterkalfaktor Bastel erscheint mit einem großen Sack, in dem kunstvoll auf einem Bügel geordnet sämtliche Sachen des Gefangenen Kufalt hängen.

„Wart schon", sagt Bastel zu Kufalt. „Ich nehm deine Kluft lieber selbst raus. Du zerknautschst sie nur."

Es ist der dunkelblaue Anzug mit dem weißen Nadelstreifen, Kufalts Herz jauchzt, den hat er höchstens fünf- oder sechsmal angehabt.

„Ein feiner Anzug", sagt auch der Hausvater. „Was haben Sie dafür bezahlt?"

„Hundertsechsundsiebzig", sagt Kufalt aufs Geratewohl.

„Viel zuviel Geld", sagt der Hausvater. „Höchstens neunzig Mark."

„Das ist aber auch fast sechs Jahre her", gibt Kufalt zu bedenken.

„Da haben Sie recht, damals waren Anzüge noch teuer. Heute sechzig, siebzig Mark. Es gibt schon welche für zwölf und fünfzehn."

„So was!" staunt Kufalt bereitwillig.

„Nee, Ihre Wäsche behalten Sie an. Ihr Oberhemd ist überhaupt noch nicht von der Plätterin zurück, bei der müssen wir heute abend rangehen, Bastel. — Ja, fein kommt ihr raus, ihr Jungen. Die reinen Kavaliere, an uns liegt's nicht."

Und dafür ist der Hausvater wirklich bekannt, die Sachen hält er tipptopp, das ist sein Stolz, da darf kein Fäserchen fehlen. Seine Kalfaktoren haben schweren Dienst.

„Gut sieht das aus. Ein ganz anderer Mensch, Kufalt. – Bastel, sehen Sie sich bloß mal den Kufalt an . . ." Er unterbricht sich ärgerlich: „Was will der Batzke hier? Herr Steinitz, ich will den Kerl hier unten nicht haben, wenn es nicht unbedingt sein muß. Der stänkert nur. Ja, Sie stänkern, Batzke, Sie sind auch jetzt nur zum Stänkern gekommen."

„Ich hab ja noch nicht den Mund aufgemacht", sagt Batzke und sucht Bastel mit den Augen. Kufalt beachtet er gar nicht.

„Anordnung vom Direktor", sagt Wachtmeister Steinitz. „Batzke darf seine Sachen anprobieren. Ob sie noch passen."

„Hab ich hier 'ne Ankleidestube? Nächstens kommt der ganze Bau und probiert an. Der Direktor könnte auch was Schlaueres tun. Hauen Sie wenigstens ab, Kufalt. Ihre Schuhe . . .? Ach was, Ihre Schuhe werden schon passen." Milder: „Na, meinethalben, probieren Sie Ihre Schuhe noch an. Bastel, die Sachen von Batzke, Nummer vierundzwanzig neunzehn!"

Bastel kommt mit einem neuen Sack, und Batzke flüstert hastig mit Bastel, der nickt, dann mit dem Kopfe wiegt. Aus der Mütze, die Batzke in der Hand hielt, tauchen plötzlich vier Pakete Tabak, eines nach dem anderen, auf und verschwinden in Bastels Händen.

Bastel zieht sich zurück, die beiden Beamten reden miteinander am Fenster.

Kufalt müht sich mit seinen Schuhen. Er kriegt und kriegt sie nicht an, wahrscheinlich liegt es an den dicken wollenen Socken. Und die zivilen Strümpfe sind noch in der Wäsche. Aber so eng waren die Schuhe doch gar nicht! Kann man noch Ende Zwanzig größere Füße kriegen?

Plötzlich klingt Batzkes Stimme laut und vernehmlich durch den Raum: „Hier ist ein Mottenloch!"

Der Hausvater macht drei Schritte. Dann bleibt er stehen. „Natürlich, der Batzke! Natürlich stänkern! Ein Mottenloch. Siebzehn Jahre bin ich hier Hausvater, und es hat noch nie ein Mottenloch gegeben."

Er kehrt um und geht wieder ans Fenster.

„Und hier ist noch ein Mottenloch. Und hier unterm Aufschlag alles zerfressen."

„Zeigen Sie her! Verrückt sind Sie . . . Nie hat eine Motte . . ."

„Und es sind doch Motten in meinen Sachen", sagt Batzke unerbittlich und sieht gleichmütig den wütenden Hausvater an.

Der zerrt das Jackett ans Licht. „Es ist unmöglich ... oh, gottverdammte Hurerei ... Bastel, verfluchter Hund, warum hast du mir nicht gesagt, daß in Batzkes Sachen die Motten sind?"

Bastel blickt dumm. „Hab Schiß gehabt, Herr Hausvater."

„Und warum haben die Schneider nichts gesagt?"

„Sind zu feige gewesen, Herr Hausvater, haben Schiß gehabt."

„Warum hast du's nicht zum Kunststopfen gegeben?"

„Hab gedacht, ich kriegte was auf den Deckel."

„Hier in der Hose sind auch Mottenlöcher", läßt sich Batzke ungerührt vernehmen.

„Schweinerei, verfluchte ...! Ich sage, dieser Batzke ... Nie habe ich Motten gehabt ... Aber es geht nicht mit rechten Dingen zu, Batzke, da ist ..."

Eine Erleuchtung kommt ihm: „Die waren drin, als Sie kamen! Mitgebracht haben Sie die, Batzke!"

„Müßte im Protokoll stehen. Müßte ich unterschrieben haben, Herr Hausvater."

„Und das haben Sie auch! Warten Sie!" Der Hausvater reißt Akten aus dem Fach. „Wie lange sind Sie drin? Wann sind Sie aufgenommen?"

„Wie soll ich das noch wissen, Hausvater?" sagt Batzke gemütlich. „So oft, wie ich rein- und rauskomme. Das steht doch alles in Ihren dicken Büchern."

Der Hausvater hat es schon gefunden.

Er liest mit gerunzelter Braue das Aufnahmeprotokoll. Er liest es noch einmal. Und zum drittenmal. Dann sagt er mit erzwungener Ruhe: „Also, ich laß Ihnen den Anzug kunststopfen, Batzke."

„Ich hab 'nen heilen Anzug mitgebracht, Hausvater. Ich will mit 'nem heilen Anzug wieder raus. Ein gestopfter steht mir nicht zu."

„Das sieht kein Mensch, wenn der gestopft wird, Batzke. Die Stellen sind dann fester als die anderen."

„Brauch keine festeren Stellen, Hausvater, ich will 'nen heilen Anzug."

„Woher soll ich den denn jetzt noch nehmen, Batzke? Seien Sie vernünftig. Bis Sonntag kriegen die Schneider doch keinen fertig."

„Gehen wir in die Stadt, Herr Hauptwachtmeister. Kaufen wir einen. Ich trag auch Konfektion, Hausvater, ich bin gar nicht so."

„Und das Geld ... Muß ich wahrhaftig Ihretwegen beim Pfaffen betteln, daß die Gefangenenfürsorge Geld raus-rückt ...! – Was stehen Sie hier noch rum, Kufalt? Wollen Sie machen, daß Sie türmen!"

„Meine Schuhe, Herr Hausvater!"

„Was ist mit Ihren Schuhen, he? In Ihren Schuhen sind wohl auch die Motten? Gehen Sie, Herr Steinitz, lassen Sie den Kufalt durch. Einfach durchlassen. Ist ja auch so ge-kommen, der große Herr!"

„Aber ich kann die Schuhe nicht ..."

„Ich kann sie auch nicht ...! Himmeldonnerwetter, Stei-nitz, nehmen Sie den Kerl mit! Und Sie, Batzke, also hören Sie mal ..."

Kufalt ist auf dem Gang. Wachtmeister Steinitz läßt ihn ins Zellengefängnis. „Gehen Sie gleich auf Ihre Zelle, Kufalt. Nein, vorher melden Sie im Glaskasten beim Hauptwacht-meister, daß Sie zurück sind."

6

Als Kufalt am Glaskasten steht, um seine Meldung zu machen, ist der Kasten leer. Kein Hauptwachtmeister zu sehen. Kufalt hebt den Kopf und späht in den Bau: nichts. Natürlich sind da Kalfaktoren im Gang, beim Schrubbern und Wachsen und Wichsen des Linoleums, und natürlich sind da Beamte unterwegs, aber hierher sieht keiner.

Kufalt schaut in den Glaskasten. Die Schiebetür steht halb offen. Es muß gerade Post gekommen sein, ein ganzer Stoß Briefe liegt dort, und obenauf liegt ein länglicher, gelblicher Umschlag mit einer weißen Einschreibquittung.

Er sieht sich um. Niemand scheint auf ihn zu achten. Er späht durch die Tür. Nun liest er, was er schon ahnte: „Herrn Willi Kufalt, Zentralgefängnis."

Der lang ersehnte Brief von Schwager Werner Pause, der Brief mit Geld oder einer Anstellung.

Es ist nur ein Griff, und Brief nebst Einschreibezettel sind in seiner Tasche geborgen. Langsam geht Kufalt über die Treppe zur Zelle.

Da steht er nun an seinem Tisch unter dem Fenster, den Rücken sorgfältig gegen den Spion, damit niemand sehen kann, was er mit den Händen tut.

Vorsichtig befingert er den Umschlag. Ja, es ist etwas drin, eine Einlage. Sie schicken ihm Geld! Es ist kein sehr umfangreicher Brief, scheint es, aber eine dickere Einlage ist darin.

Also hat Werner ihm doch geholfen. Eigentlich, ganz drinnen, hat er nie daran geglaubt. Aber der Werner ist eben doch ein anständiger Kerl, da kann man sagen, was man will. Daß er erst, als die Sache passierte, so wütend war, nun, übelnehmen konnte man das eigentlich nicht.

Ach, das gute Leben jetzt draußen! Wie wird es schön sein! Keine Entbehrungen, wenn er natürlich auch sehr, sehr sparsam sein wird. Aber man kann in ein Café gehen und vielleicht mal in eine Bar . . .

Unter tausend Mark können sie nicht schicken, sonst ist es überhaupt kein Start. Und in vier oder fünf Wochen kann man dann noch einmal um eine größere Summe bitten, drei- oder viertausend, um sich ein nettes Geschäft einzurichten, vielleicht Zigarren . . . Nein. – Nein . . .

Die Einlage ist kein Geld, ein Schlüssel, ein flacher Schlüssel, ein Kofferschlüssel. Schade . . . Und der Brief:

Herrn Willi Kufalt,
z. Z. Zentralgefängnis, Zelle 365

Wir beehren uns, Ihnen im Auftrage von Herrn Werner Pause mitzuteilen, daß Herr Pause Ihren Brief vom 3. 4. und Ihre früheren Briefe erhalten hat. Herr Pause bedauert, Ihnen sagen zu müssen, daß z. Z. in seinen Büros keine Stellung für Sie frei ist, daß er aber auch, selbst wenn eine frei würde, sie aus sozialen Gesichtspunkten einem der vielen nicht vorbestraften Arbeitslosen geben müßte, die teilweise im tiefsten Elend leben. Was die weiter von Ihnen erbetene geldliche Unterstützung angeht, so bedauert Herr Pause, Sie auch in diesem Punkte abschlägig bescheiden zu müssen. Nach unseren Erkundigungen haben Sie während Ihrer Haftzeit eine nicht unbeträchtliche Summe für Arbeitsbelohnung verdient, die Sie direkt nach Ihrer Entlassung vor Entbehrungen schützen dürfte. Auch verweist Sie Herr Pause nachdrücklich auf die zahlreichen Fürsorgevereine, in deren Arbeitsgebiet Ihr Fall fällt, und die sicher gerne etwas für Sie tun werden.

Herr Pause läßt Sie nachdrücklich ersuchen, weitere Zuschriften weder an ihn noch an seine Frau, Ihre Schwester, oder an Ihre Mutter zu richten. Die gehabten Aufregungen sind nur schwer und unvollkommen verwunden, ihre Wiederaufrührung würde nur schärferes Abrücken von Ihnen zur Folge haben. Herr Pause läßt Ihnen aber per Eilfracht einen Teil Ihrer Sachen zugehen, den Rest werden Sie erhalten, wenn Sie sich mindestens ein Jahr einwandfrei geführt haben. Den Kofferschlüssel fügen wir diesem Briefe bei.

Indem wir Ihnen dieses mitteilen, verbleiben wir mit vorzüglicher Hochachtung

Pause und Mahrholz
ppa. Reinhold Stekens

Der Maitag ist noch immer hell und strahlend, die Zelle ganz licht. Draußen ist Freistunde. Die Füße scharren und scharren.

„Fünf Schritte Abstand! Abstand halten!" ruft ein Wachtmeister. „Halten Sie den Mund, oder es gibt eine Anzeige!"

Kufalt sitzt da, den Brief in der Hand. Er starrt vor sich hin.

7

Kufalt erinnert sich genau, wie das war, als Tilburg vor drei oder vier Jahren entlassen wurde. Tilburg war ein ganz gewöhnlicher Gefangener gewesen, er war nach keiner Richtung hin aufgefallen. Er war auch kein besonders schwerer Junge gewesen, hatte einen normalen Knast von zwei oder drei Jahren abgerissen. Was er während dieses Knasts erlebt und gedacht hatte, das konnte man ja nun nicht wissen. So was kann niemand im Kittchen wissen, nicht einmal der Betroffene.

Also Tilburg wurde eines Tages entlassen. Nun machte er nicht das, was so Gefangene im allgemeinen machen, er besoff sich nicht und ging auch nicht mit Weibern los in der ersten Nacht, er suchte sich weder Arbeit noch Zimmer. Tilburg fuhr einfach nach Hamburg und kaufte sich einen Revolver.

Dann fuhr er wieder zurück, besah sich den Bunker von außen und ging dann eine von den Straßen, die aus der Stadt hinausführen.

Als er da nun ein Stück gegangen und aufs flache Land gekommen war, begegnete ihm ein Mann. Es war irgendein beliebiger Mann, Tilburg hatte ihn nie gesehen.

Tilburg zog seinen Revolver und gab einen Schuß auf den Mann ab. Er traf den Mann in die Schulter, zerschmetterte den Schulterknochen, der Mann fiel um. Tilburg ging weiter.

Dann begegnete er wieder einem Mann, und auch auf den schoß er, diesmal traf er den Mann in den Bauch.

Eine halbe Stunde später sah Tilburg Landjäger auf Rädern. Er sprang von der Chaussee, lief über Wiesen auf einen Hof. Er schoß ein paarmal und schrie, daß alle im Haus zu bleiben hätten. Dann verteidigte er den Hof gegen die Landjäger. Nun hatte er Gelegenheit, sich als das zu fühlen, als was er sich die letzten Jahre vielleicht ständig gefühlt hatte: als wildes böses Tier. Oder die einzige Erklärung, die er in der Verhandlung später abgab: „Ich hatte so 'nen Rochus auf die Menschen."

Er schoß noch drei Landjäger um, bis sie ihn umschossen. Aber er wurde dann wieder zurechtgeflickt für die Verhandlung und für ein hübsches neues Ende Knast, das er nicht mehr aufbrauchen dürfte.

Eigentlich kann man den Tilburg ganz gut verstehen, denkt Kufalt über seinem Brief in der Zelle.

Und etwas später: O ich Idiot, *den* Brief hätte ich wahrhaftig im Glaskasten liegenlassen können! Was mach ich nun nur, wenn er vermißt wird?

„Sie sollen zur Abrechnung kommen, Kufalt", ruft ein Wachtmeister in die Zelle.

„Jawohl", sagt Kufalt und steht langsam auf.

„Nu mach schon voran, Mensch, ich hab noch zwanzig Vorführungen."

„Der Wachtmeister ist ein Renntier", sagt Kufalt.

„Also los, lauf schon runter zur Zentrale. Ich will nur . . ."

Kufalt kommt wieder am Glaskasten vorbei. Hauptwachtmeister Rusch schaut hoch und glotzt ihn durch die Brille an. Er bewegt die Lippen, aber er ruft Kufalt nicht an.

Einen schönen Dreck hab ich da gemacht. Der Koffer kommt, und kein Schlüssel ist da. Ich hab ihn in der Tasche, aber ich darf ihn nicht haben. Und ich darf nicht einmal wissen, daß einer kommt. Oh, ich bin ja so alle! Das neue Leben fängt gut an. Wenn ich nur meine Ruhe hätte, in der Zelle, und dreißig Pensums Heringsbelli vor mir!

„O Mensch, o Manningmensch", flüstert Batzke zu ihm auf der Zentrale. „Hast du den Hausvater gesehen? Geplatzt ist der über die Mottenlöcher!"

„Kriegst du nun einen neuen Anzug?"

„Klar, was denn! Heute nachmittag gehe ich mit ihm in die Stadt, einen kaufen. Die Fürsorge zahlt. Und mein alter wird kunstgestopft, den krieg ich auch noch mit."

„Wieso ist er denn so weich geworden?"

„Damit ich nichts ausquatsche von den Mottenlöchern. Die würden doch verrückt vorne, wenn sie hören, es sind Motten in der Kleiderkammer. Die würden ihm schon Kattun geben, dem roten Hund, dem!" Batzke grinst. „Und Motten findet er doch nicht."

„Findet er nicht?"

„Mensch, hast du geglaubt, das sind Motten? So blau! Motten aus der Flasche sind das!"

„Motten aus der Flasche?"

„Hast du denn nicht gesehen, wie ich dem Bastel den Tabak gegeben habe?! Wir haben das Ding zusammen gedreht. Ausgedacht hab ich's. Die Hose war schon beinahe durch, und ich wollte doch in anständiger Kluft rauskommen. Da hat Bastel aus der Salzsäureflasche immer einen

Tropfen auf den Anzug fallen lassen, und die Ränder von den Löchern hat er mit dem Messer ein bißchen rauh gemacht, und etwas Spinnweb hat er darübergerieben, ganz feinecht hat das ausgeschaut, da fliegt jeder drauf."

„Aber der Hausvater . . ."

„Der doch grade! Der ist doch so ein Kamel, der kocht doch gleich über, wenn was schiefgeht. Das hab ich mir doch alles genau berechnet. Bei Rusch hätte ich das nicht machen dürfen, der hätte die Lupe genommen und gedacht und gedacht, da hätt ich Knast schieben dürfen für. Aber beim Hausvater . . ."

„Wenn die Herren von der dritten Gruppe mit ihrer Unterhaltung fertig sind, dann dürfen wir wohl abrücken zur Kasse, ja?" sagt der Wachtmeister.

9

„Wohin wollen Sie entlassen werden, Kufalt?" fragt der Inspektor.

„Nach Hamburg."

„Haben Sie Arbeit?"

„Nein."

„Zu wem ziehen Sie dort?"

„Weiß ich noch nicht."

„Schreiben Sie also ,auf Wanderschaft' ", sagt der Inspektor zum Sekretär.

„Ich gehe doch nicht auf Wanderschaft. Ich will mir ein Zimmer mieten."

„Das lassen Sie nur unsere Sache sein. Wir machen das so, wie wir das hier gewöhnt sind."

„Aber es ist nicht richtig. Ich gehe nicht auf Wanderschaft. Ich bin doch kein Handwerksbursche."

„Wahrscheinlich sollen wir schreiben ,auf Reisen'. Hören Sie, Ellmers, Herr Kufalt begibt sich auf Reisen. Wahrscheinlich wartet sein Auto morgen früh um sieben vor der Tür."

Kufalt schielt argwöhnisch über die Schranke. „Ich kriege doch keine Abmeldung vom Gefängnis?"

„I wo, wie werden Sie! Vom Hotel Vier Jahreszeiten kriegen Sie eine!"

„Eine Abmeldung vom Kittchen nehme ich nicht an. In der Strafvollzugsordnung steht, aus der Abmeldung darf nicht ersichtlich sein, daß der Entlassene aus einer Strafanstalt kommt."

„Das machen wir, wie es hier Vorschrift ist."

„Ich lese es doch, da steht doch: ‚Aus dem Zentralgefängnis'. Die nehme ich nicht an. Die soll ich wohl gleich meiner Wirtin in die Hand geben? Ich verlang 'ne andere Abmeldung."

„Diese hier kriegen Sie und keine andere. Sie haben hier lange genug 'ne Lippe riskiert, Kufalt."

„Aber in der Strafvollzugsordnung steht . . ."

„Das haben wir gehört. Halten Sie jetzt den Mund, oder ich lasse Sie abführen."

„Herr Wachtmeister, ich verlange Vorführung beim Direktor!"

„Das Maul sollen Sie halten! – Übrigens ist der Direktor verreist."

„Das ist nicht wahr! Ich bin ja erst vor einer Stunde bei ihm gewesen."

„Und vor einer halben ist er abgereist. Wenn Sie jetzt nicht ruhig sind . . ."

„Batzke, Bruhn, Lehnau – laßt ihr euch das gefallen?! Ihr wißt, es steht im blauen Heft in der Zelle . . ."

Kufalt wird immer wilder.

Der Inspektor kommt um die Schranke herum. „Kufalt, ich warne Sie! Ich warne Sie! Was Sie da eben gemacht haben, Kufalt, war Aufwiegelei! Morgen früh, wenn Ihre Strafe rum ist, lasse ich Sie in Untersuchungshaft führen wegen Meuterei."

„Sie . . .? Sie?! Untersuchungshaft kann ein Richter verhängen, aber doch nicht Sie! Das müssen Sie einem frisch Eingelieferten erzählen, Herr Inspektor, mir doch nicht!"

„Ellmers, sehen Sie sich das an! Das sind die Leute, die entlassen werden wollen!"

„Kriege ich eine Bescheinigung nach der Strafvollzugsordnung?"

„Sie kriegen die Bescheinigung, die hier Vorschrift ist."

„Steht da drauf, daß ich aus dem Gefängnis komme?"

„Natürlich. Wo kommen Sie denn sonst her?"

„Dann verlange ich Vorführung beim Stellvertreter von Herrn Direktor."

„Wachtmeister, führen Sie den Kufalt bei Herrn Polizeiinspektor vor. – Also jetzt Sie, Batzke. Sie legen ja wohl keinen besonderen Wert auf eine Abmeldung aus dem nächsten Hotel?"

„Wenn mein Geld stimmt, Herr Inspektor, können Sie meinetwegen schreiben, ich bin Muttermörder."

„Hören Sie, Kufalt!" sagt der Inspektor triumphierend.

10

Der Polizeiinspektor ist ein milder, weißhaariger, sanfter Mann, ein fetter Mann, ein leiser Mann, ein stiller Mann, kaum zu merken eigentlich, so leise und still, so sanft. Und doch vielleicht der unbeliebteste Mann im Bau. Die Gefangenen nennen ihn den Judas.

Kufalt kann nicht vergessen, daß der Inspektor im ersten Haftmonat einen Zellenbesuch bei ihm machte, da war er teilnehmend und gut, am Schluß sagte er zu ihm: „Und wenn Sie einmal einen Wunsch haben, Kufalt, so sagen Sie ihn mir mündlich. Ich komme jeden Monat einmal auf Ihre Zelle."

Kufalt hatte Wünsche und wartete auf den Inspektor. Nun ist es so bestimmt, daß Gefangene nur einmal im Monat an einem bestimmten Tage, zu einer bestimmten Stunde einen Wunsch äußern dürfen, ist die Stunde verstrichen, müssen sie wieder einen Monat warten.

Kufalt wartete drei Monate auf den versprochenen Besuch des Inspektors, um ihm seinen Wunsch mündlich vorzutragen. Der Polizeiinspektor kam nicht. In den fünf Jahren kam er nicht einmal wieder auf Kufalts Zelle. Er hatte das „nur so" gesagt, einfach hingesagt, um sich im Augenblick angenehm zu machen, er hatte dann nie wieder an Kufalt gedacht. Aus Neugierde war er ein einziges Mal bei dem frisch Eingelieferten gewesen.

Kufalt hat ihm das nicht verziehen. Er hat es nie über sich gebracht, an den Mann noch eine Bitte zu richten, und so sagt er denn jetzt auch nur: „Herr Inspektor, es gibt eine

Bestimmung in der Vollzugsordnung, daß aus dem Abmeldeschein nicht hervorgehen darf, daß der Entlassene aus einer Strafanstalt kommt. Die wollen mir aber einen Schein aus dem Zentralgefängnis mit dem Stempel ‚Zentralgefängnis' geben."

Der Polizeiinspektor sieht den Gefangenen lange an. Dabei wiegt er den weißen, runden Kopf hin und her und schaut in eine Ecke, wo nichts ist wie ein Schrank mit Akten. „Wieder", sagt er bedauernd. „Wieder." Er wiegt den Kopf hin und her. „Ein Jammer ist das."

Kufalt steht vor ihm und wartet, worauf das Theater hinaus soll. Denn daß der Polizeiinspektor über irgend etwas, was einen Gefangenen angeht, Bedauern empfinden könnte, übersteigt seine Glaubenskraft.

Hinter Kufalt steht in dienstlicher Haltung der vorführende Wachtmeister. Eine Uhr an der Wand, geschmückt mit Eichenlaub, Schwertern und Adler, tickt sehr vernehmlich die Zeit fort.

Der Polizeiinspektor lenkt seinen Blick auf den Gefangenen zurück. „Und was sollen wir tun?"

„Mir eine vorschriftsmäßige Bescheinigung geben."

„Ja, natürlich!" sagt der Inspektor freudig. „Ja, natürlich!" Er verfällt erneut in Bedauern. „Nur . . .", ganz leise und vertraulich, „. . . es gibt Hindernisse."

Er lehnt sich in seinen Schreibtischsessel zurück und sagt: „Es gibt Bestimmungen zweierlei: durchführbare – undurchführbare. Ich will nichts gegen diese Bestimmung sagen, im Gegenteil, sie ist sozial, sie ist human, sie entspricht dem Geiste heutiger Volksvertretung, nur – durchführbar ist sie nicht. Überlegen Sie sich, Kufalt, ich spreche jetzt nicht zu Ihnen als zu einem Gefangenen, ich spreche zu Ihnen als zu einem Menschen von Verstand und Bildung."

Der Inspektor hält inne. Er sieht Kufalt milde an. Er sagt langsam und sanft: „Das Zentralgefängnis liegt in einer Stadt. Diese Stadt hat ein Meldebüro. Dieses Meldebüro hat eine Einwohnerkartei. Wir lassen uns, nach dem Buchstaben ihrer Bestimmung, eine Anzahl Meldeformulare geben. Wir füllen sie aus, wir wollen sie den Entlassenen geben und – und . . ."

Wieder schaut der Polizeiinspektor in die Ecke. Kufalt wartet geduldig, er hat sich beruhigt, sein Plan ist fertig. Laß den reden, er kriegt seine Abmeldung schon.

„. . . Und", sagt der Polizeiinspektor, „der Gefangene weist die Abmeldung zurück. Sie lächeln, Kufalt" (der denkt nicht daran), „Sie glauben mir nicht. Und doch weist der Gefangene die Abmeldung zurück. Sie sind mir nicht gefolgt. Was fehlt der Abmeldung? Der Stempel fehlt! Denn was können wir tun? Entweder drücken wir den Stempel vom Zentralgefängnis darauf, dann ist der Bestimmung nicht Genüge getan, oder wir lassen sie ungestempelt, dann ist die Abmeldung ungültig."

„Und als drittes besorgen Sie sich einen Stempel des städtischen Meldeamts."

„Kufalt! Kufalt! Sie, ein Mann von Verstand und Bildung! Wir sind ein Zentralgefängnis, wie können wir einen Meldeamtsstempel führen? Nein", ganz traurig, „diese Bestimmung ist nicht durchführbar, so ideal und sozial sie scheint. – Sie sehen es ein?"

„Ich bitte um eine Abmeldung nach Vorschrift der Strafvollzugsordnung."

„Ich täte es gerne, Kufalt, so gerne! Es ist un–mög–lich! Wachtmeister, führen Sie den Mann nach erteilter Belehrung . . ."

„Wenn ich eine Abmeldung mit dem Stempel des Zentralgefängnisses bekomme, so schicke ich sie an meinem Entlassungstage an den Rechtsausschuß beim Landtage unter Wiederholung der mir erteilten Belehrung . . ."

Stille.

„Natürlich", sagt der Polizeiinspektor, aber nicht mehr sanft, sondern mit einer scharfen, kratzigen Stimme. „Natür–lich! Mit dem Kopf durch die Wand. Ich habe es nie anders von Ihnen erwartet. Es ist unklug, Kufalt. Sie denken jetzt nur daran, daß Sie entlassen werden. Sie denken nicht daran, daß Sie auch einmal wieder . . ."

Er bricht ab. Und Kufalt fragt: „Was einmal wieder? Bitte, Herr Inspektor?"

„Es ist schon gut. Wachtmeister, führen Sie den Mann ab. Sagen Sie, daß eine Abmeldebescheinigung für ihn vom Einwohnermeldeamt geholt werden muß."

„Ich danke auch schön, Herr Polizeiinspektor."

Herr Polizeiinspektor hustet gerade, er kann nicht antworten.

Kufalt steht wieder auf der Abfertigung. Der Wachtmeister hat seine Meldung gemacht. Die anderen Abgänge sind schon fort, erledigt.

Nun sagt der Inspektor: „Ihre Strafzeit ist um dreizehn Uhr zwanzig vorbei."

Worauf Kufalt antwortet: „Ich bitte, wie üblich morgens entlassen zu werden."

Der Inspektor sagt grob: „Was heißt wie üblich? Sie kennen doch die Strafvollzugsordnung so gut! Die Gefangenen sind so zu entlassen, daß sie noch am Entlassungstage ihren Bestimmungsort erreichen. Sie wollen nach Hamburg entlassen werden. Sie haben also am Nachmittag überreichlich Zeit, Ihren Bestimmungsort zu erreichen."

Kufalt sagt: „Aber sämtliche Gefangene werden morgens um sieben Uhr entlassen."

„Das überlassen Sie uns. Wir riskieren womöglich noch eine Beschwerde, wenn wir Ihnen was von Ihrer Haftzeit rauben."

Kufalt steht und schweigt. Nun, natürlich, er kann froh sein, wenn es damit noch abgeht. Es gibt viele Möglichkeiten, einem Gefangenen vierundzwanzig Stunden zur Hölle zu machen.

Der Inspektor fängt neu an: „Ihre Arbeitsbelohnung beträgt dreihundertfünfzehn Mark siebenundachtzig Pfennig."

Kufalt sagt: „Darf ich einmal die Abrechnung sehen?"

„Ellmers, geben Sie dem Herrn Kufalt seine Abrechnung zur Prüfung und Genehmigung."

Kufalt sieht die Abrechnung an. Ihn interessiert nur die letzte Pensumzahl, und siehe, es sind doch nur sechzehn Pensen angeschrieben, nicht siebzehn!

Er überlegt, ob er wieder meckern soll, aber er besinnt sich und schweigt.

„Ich bitte, daß ich mir heute noch von meiner Arbeitsbelohnung ein Paar Schuhe kaufen darf. Meine alten Zivilschuhe sind mir durch das Pantoffellaufen zu eng geworden."

„Abgelehnt", sagt der Inspektor. „Ich werde den Hausvater anweisen, daß er Ihnen ein Paar alte Arbeitsstiefel von den Außenarbeitern gibt. Die tun vollkommen Dienst für Sie."

„Aber ich kann nicht . . ."

„Sie werden können müssen, Kufalt . . . Für Reisegeld bis Hamburg brauchen Sie fünf Mark, für die erste Woche zu leben zehn Mark. Ihnen werden also bei der Entlassung fünfzehn Mark siebenundachtzig ausbezahlt, der Rest wird an das Wohlfahrtsamt überwiesen."

„Herr Direktor hat aber . . ." Kufalt überlegt.

„Nun, was hat Herr Direktor . . .? Quatschen Sie sich rein aus, Kufalt. Ich habe heute nichts weiter mehr vor, als Sie abzufertigen."

„Herr Direktor hat verfügt, daß mir meine Arbeitsbelohnung bei der Entlassung voll ausbezahlt wird."

„Ach nee? Und warum weiß ich nichts von der Verfügung?"

„Herr Direktor hat es heute früh genehmigt", beharrt Kufalt.

„Sie lügen, Kufalt. Herr Direktor kann das gar nicht verfügt haben, das widerspricht allen Anordnungen des Strafvollzugsamtes. Damit das Geld in einer Woche alle ist, und wir Steuerzahler dürfen Sie ernähren? Das möchten Sie!"

„Herr Direktor hat es verfügt."

„Dann müßte es in Ihren Akten stehen. Da steht nichts."

„Ich verlange mein Geld voll ausbezahlt!"

„Jawohl. Fünfzehn Mark siebenundachtzig. Unterschreiben Sie jetzt, daß Sie die Abrechnung anerkennen."

„Ich bitte um Vorführung bei . . ."

„Nun, bei wem wohl?" grinst höhnisch der Inspektor.

Kufalt hat eine Erleuchtung: „Bei Herrn Pastor!"

„Beim Pastor . . .?"

„Jawohl, bei Herrn Pastor!"

„Wachtmeister — aber es ist das letztemal, daß ich Sie vorführen lasse, Kufalt! Ihre Stänkereien habe ich satt! — Wachtmeister, führen Sie den Mann zum Pastor!"

„Was machen Sie für Sachen, Kufalt", sagt der Wachtmeister mißbilligend auf dem Gang. „Sie machen sich ja ganz zunichte. Wie an die Wand gespuckt sehen Sie aus."

„Die sollen tun, was uns zusteht!" sagt Kufalt.

„Dumm sind Sie", sagt der Wachtmeister. „Wären Sie dem Inspektor ein bißchen hinten reingekrochen wie der Batzke, hätten Sie Ihr ganzes Geld ausbezahlt gekriegt. Aber wenn Sie ihn immerzu ärgern!"

„Ich verlang mein Recht", beharrt Kufalt.

„Deswegen sind Sie eben dumm", stellt der Wachtmeister fest.

„Herr Pastor", sagt Kufalt zu dem Geistlichen, der ihn ärgerlich betrachtet, „ich habe es mir überlegt, ich will die Anmeldung für Friedensheim doch unterschreiben."

„So? Wollen Sie das nun? Und wenn ich nun nicht glaube, daß Sie dessen würdig sind? Es ist ein gemeinnütziges Institut."

„Herr Direktor hat gesagt, ich soll dorthin."

„Herr Direktor hat sich eben in Ihnen getäuscht. – Nun, meinetwegen, unterschreiben Sie."

Kufalt schreibt.

Und sagt stolz zum Inspektor: „Meine Arbeitsbelohnung ist nach Friedensheim zu überweisen. Herr Pastor hat eben meine Aufnahme genehmigt."

„Sie gehen nach Friedensheim? Mensch, Kufalt, Sie gehen nach Friedensheim?! Oh, Manning, Manning, und so was riskiert 'ne Lippe!" Der Inspektor schüttelt sich vor Vergnügen.

Kufalt ist wütend.

„Kriecht zu Kreuz, der liebe kleine Kufalt! Na, Sie werden noch an mich denken, wie ich hier gelacht habe!"

Kufalt wird ängstlich, ihm ist sehr ungemütlich. „Fehlt was in Friedensheim?"

„I wo! Was soll da fehlen?! Gar nichts fehlt da. Im Gegenteil. – Aber dann brauchen Sie natürlich keine fünfzehn Mark. Fünf Mark Reisegeld sind voll genug. Schreiben Sie, Ellmers, fünf Mark siebenundachtzig zur Auszahlung, dreihundertzehn Mark an Friedensheim."

Kufalt denkt an seinen Hunderter im Strumpf und protestiert gar nicht erst.

„Na, Gott sei Dank, da steht ja nun der Name ‚Kufalt'.

Wir sind fertig mit dem Mann, Wachtmeister. Führen Sie den Mann auf seine Zelle. Gott sei's getrommelt und gepfiffen. Drei solche wie Sie, Kufalt ..."

Als Kufalt am Glaskasten vorbeikommt, hebt der Hauptwachtmeister wieder den Kopf und sieht Kufalt wieder scharf an. Sagt aber wieder nichts.

Die Luft ist nicht sauber, findet Kufalt, und in der Zelle bindet er sofort Brief und Einschreibezettel zu einem Röhrchen zusammen, klettert ans Fenster und bindet das Röhrchen seitlich so an einen der Gitterstäbe, daß es weder von außen noch von innen zu sehen ist.

Dann holt er den Hunderter aus dem Strumpf und macht aus ihm ein Röllchen, das er fest zwischen die Gesäßbacken drückt.

Irgendwas ist nicht im Lote. Rusch glotzt so.

Nun aber ist er alle, er klappt sein Bett runter und wirft sich darauf, vollkommen erledigt.

12

Er muß sehr fest geschlafen haben. Als er aufwacht, sieht er, daß – mit dem Rücken gegen ihn – eine kurze fette Gestalt an seinem Schränkchen steht, in Uniform, mit einem dicken, kurzgeschorenen Schädel darüber: der Hauptwachtmeister Rusch.

Er hat das Gesangbuch in der Hand. Nun faßt er es bei beiden Deckeln, schüttelt es – und nichts fällt zur Erde. Dann schaut Rusch durch die Rückenhöhlung.

Er legt das Gesangbuch in den Schrank zurück und kriegt die Bibel vor.

Kufalt denkt: Such du nur! und bleibt liegen, mit offenen Augen.

Der Hauptwachtmeister schließt die Schranktür und geht an den Tisch. Er macht eine tiefe Kniebeuge und sieht unter die Tischplatte. Als er sich wieder aufrichten will, begegnet sein Blick dem des Gefangenen. Aber der Hauptwachtmeister hat sich in der Gewalt. Er geht gegen das Bett. „Schlafen! Schlafen! Heller Tag! Arbeiten!"

„Die haben mir ja die Arbeit fortgeholt", sagt Kufalt.

„Scheuern! Rein machen! Wienern! Tischplatte ist ganz schietig! Drunter! Drunter!"

„Mach ich, Herr Hauptwachtmeister. Mach ich, mach den Tisch auch von unten reine!" sagt Kufalt und eilt zum Tisch.

„Halt! Wann haben Sie Post gehabt?"

„Wann...? Ja, das ist lange her, Herr Hauptwachtmeister. Warten Sie..."

„Heute keinen Brief bekommen?"

„Nee. Ist ein Brief für mich da? Au fein, der ist von meinem Schwager, der schickt Geld."

„So!!!" sagt der Hauptwachtmeister, betrachtet sich noch einmal seinen Gefangenen und murrt: „Wienern! Scheuern! Rein machen! Bett hoch machen!" Und geht aus der Zelle.

„Und mein Brief?" ruft Kufalt, aber der Hauptwachtmeister ist schon fort.

So stürzt er sich wirklich über den Tisch, er hat noch nie daran gedacht, daß man den auch von unten rein machen könnte. Und als er damit fertig ist, hängt er sein Schränkchen ab und scheuert die Rückwand.

Er ist gerade dabei, als er merkt, daß ein ungewohnter Lärm durchs Haus geht. In allen Stationen wird Zelle um Zelle aufgeschlossen, etwas hineingerufen — Kufalt springt auf und lauscht. Aber er versteht nicht, bis er das Wort „Brief" hört, dann „falscher", er grinst.

Näher und näher kommt seiner Zelle das Gerassel, nun sind sie in der Zelle nebenan, und nun...

Seine Tür geht auf, ein Wachtmeister steckt den Kopf rein. „Ist hier ein falscher Brief... ach so, Sie sind das, Kufalt, nee, ist schon alles in Ordnung."

„Was ist denn los, Herr Wachtmeister?"

Der ist schon weiter.

Als Kufalt aber seinen Schrank sauber hat, stellt sich die Notwendigkeit heraus, den Zellenboden neu zu wienern. Er hat stramm zu tun. Der Bau ist voll von den leisen, gedämpften Taggeräuschen, die Eisenstange eines Netzestrickers klirrt, ein Kübeldeckel klappert, einer fängt an zu pfeifen und bricht rasch ab, ein paar Rollen Strickgarn werden vor einer Nachbarzelle abgeworfen. Von der hochstehenden Sonne wird seine Zelle ganz hell.

Neugierig bin ich doch, was die tun werden.

Es ist schon bald Abendessenszeit, also nach fünf, als seine Zellentür sich wieder öffnet. Drei Mann hoch treten sie ein: Polizeiinspektor, Pfarrer und Hauptwachtmeister. Die Tür wird sorgsam angezogen. Kufalt stellt sich unter das Fenster mit dem Gesicht gegen die Beamten und wartet.

Der Pfarrer spricht zuerst: „Kufalt, hören Sie. Es ist da ein Versehen vorgekommen, es wird sich noch aufklären. Heute ist ein Brief eingegangen für Sie ..."

„Ja, ich weiß. Herr Hauptwachtmeister hat mir schon gesagt. Von meinem Schwager, mit Geld."

„Hab nichts gesagt", grollt der Hauptwachtmeister. „Lügst. Gar nichts. Sie haben's gesagt."

„Nein, nicht mit Geld, mein lieber junger Freund. Es war — ein Schlüssel darin."

„So?" fragt Kufalt gedehnt. „Darf ich den Brief haben ...?"

„Das ist es eben. Der Brief ist verlegt. Er wird sich wieder anfinden. Aber Sie gehen morgen schon ab ..."

„Verlegt?" fragt Kufalt. „Hier verschwindet doch nichts? Warum soll ich das Geld nicht haben? Herr Polizeiinspektor, der Direktor hat auch angeordnet, daß ich meine Arbeitsbelohnung voll ausbezahlt bekomme, und die von der Abfertigung wollen mir nur sechs Mark geben. Das ist doch ungerecht. Wenn Herr Direktor es anordnet ..."

„Nun, nun, Kufalt, immer ruhig! Darüber ließe sich vielleicht reden. Aber ..."

„Aber das Geld von meinem Schwager, das ist mein Geld! Das müssen Sie mir aushändigen. Warum wollen Sie mir den Brief nicht geben ...?"

„Kufalt", sagt der Hauptwachtmeister, „mach keinen Quatsch! Es ist kein Geld darin gewesen. Der Pastor weiß es bestimmt. Der Brief ist *mir* weggekommen."

„Ich hatte Ihren Brief gerade gelesen", sagt nun wieder der Pastor. „Ihr Schwager schrieb Ihnen gar nicht selbst, er ließ Ihnen durch seinen Prokuristen sagen, er könnte Ihnen nicht helfen. Und Geld wollte er Ihnen auch nicht geben, Sie hätten ja Ihre Arbeitsbelohnung ..."

„Die soll ich ja auch nicht kriegen!"

„Aber Ihr Schwager schickt Ihnen einen Teil Ihrer Sachen. Das andere können Sie später haben."

„Ich hab mich erkundigt, Kufalt. Ihr Koffer ist schon da.

Sie können ihn ausnahmsweise heute nach Einschluß einsehen, wir lassen ihn in Ihrer Gegenwart aufmachen. Der Hausvater bleibt extra Ihretwegen hier." Der Polizeiinspektor ist so sanft . . .

„Kufalt", sagt der Hauptwachtmeister, „der Brief ist wirklich weg. Wenn Sie darauf bestehen, muß der Polizeiinspektor eine Meldung schreiben, und ich bin haftbar."

Der Polizeiinspektor sagt: „Sie sind doch ein Mann von Bildung und Verstand, Kufalt. Warum wollen Sie dem Herrn Rusch Schwierigkeiten machen? Versehen kommen überall vor."

Kufalt sieht sich die drei an. Er sagt: „Und wie mir beim Baden meine Strümpfe geklaut wurden, da kriegte ich drei Tage Entziehung der warmen Kost und mußte sie von meiner Arbeitsbelohnung bezahlen, nicht? Das haben Sie damals angeordnet, Herr Inspektor! Warum soll denn der Rusch ohne Strafe ausgehen, wenn er sich Briefe klauen läßt?"

Alle drei sind bei dem nackten „Rusch" zusammengezuckt.

Dann sagt der Pastor: „Man muß auch verzeihen können, lieber Kufalt. Sie werden auch Fehler machen und der Verzeihung bedürfen."

Aber nun ist es bei Kufalt alle. Er schreit wütend: „Gehen Sie raus aus meiner Zelle, Herr Pastor! Gehen Sie raus! Ich schlag alles in den Klump. Und Sie, Herr Inspektor, gehen Sie auch raus!"

„Ich finde, Sie werden unverschämt . . .", bricht der Inspektor los.

Und der Pastor: „Schämen Sie sich, Kufalt . . ."

Aber Rusch ist energisch: „Bitte doch, bitte!"

Sie gehen. Gehen mit bösen Blicken. Und sind weg.

Kufalt steht da und sieht die Tür an. Er ist immer noch wütend, er hat rot gesehen, er sagt hastig: „Warum bringen Sie die mit, Herr Hauptwachtmeister? Solche Lügner wie die. Das macht mich wild, wenn ich die Schleicher nur sehe! — Sie haben mir nie was vorgemacht, Herr Hauptwachtmeister, versprechen Sie mir, daß ich morgen meine Arbeitsbelohnung voll ausbezahlt kriege?"

„Versprech ich dir, Kufalt."

„Geben Sie den Zettel her, ich unterschreibe, daß ich den Brief bekommen habe."

Der Hauptwachtmeister gibt den Zettel nicht her, er denkt nach.

„Woher wissen Sie denn, daß es ein Einschreibebrief war, Kufalt?"

„Na, mein Schwager wird doch einen Schlüssel nicht in einem einfachen Brief schicken!"

Rusch denkt immer noch nach.

Kufalt setzt fort: „Wo sogar Einschreibebriefe verschwinden . . .?"

Der Hauptwachtmeister zieht den Zettel aus der Tasche. „Kufalt, bist en Aas. Na, unterschreib schon. Kriegst dein Geld – trotzdem."

13

Es ist am Vormittag des anderen Tages, gegen elf Uhr.

Kufalt steht in der Abgangszelle. Sein Handkoffer, der von Schwager Pause nachgesandte große Handkoffer, neben ihm. Er steht und wartet.

Die Zeit kriecht, nichts kann er tun. Er hat Bücher im Koffer, aber wer kann jetzt lesen? In zwei Stunden sind fünf Jahre herum, in zwei Stunden ist er ein freier Mensch, kann hingehen, wohin er will, kann sprechen, zu wem er mag, kann mit einem Mädchen ausgehen, Wein trinken, sich ins Kino setzen . . . nein, es ist immer noch nicht vorstellbar . . . er ist immer noch so gefangen . . .

Keine Glocke mehr morgens. Kein Pensum mehr zu strikken. Keine Gehässigkeiten mehr mit anderen Gefangenen. Kein Papps des Mittags. Kein Zellenwienern. Keine Sorge, ob der Tabak auch reicht. Kein Wachtmeister, kein stinkender Kübel, keine schlottrige Kluft . . . es ist nicht auszudenken.

Wie fest der Anzug sitzt! Im Bauch sogar zu stramm, trotzdem er Westen- und Hosenschnallen auf hat, er hat einen Bauch gekriegt von der Wasserkost. Es hat Zeiten gegeben, wo er mittags zwei Liter Essen und dann noch einen Schlag verdrückt hat. Auf dem Bauch hat er eine Uhr, seine silberne Konfirmationsuhr. Sie zeigt die Zeit, es ist elf Uhr achtzehn.

Die anderen sind schon über vier Stunden draußen, schön

dumm ist er gewesen, daß er nicht auch das noch herausgepreßt hat aus Rusch. Die sind weg – und der Bastel, der Hausvaterkalfaktor, hat ihm beim Einkleiden erzählt, daß auch Sethe weg ist. Gleich früh haben sie ihn gefragt, ob er die Strafe annimmt wegen Beamtenbeleidigung, sonst muß er hierbleiben ... nun, er hat sie angenommen. Er wird Bewährungsfrist kriegen. Immerhin ... Schweine sind das hier. Schweine. Und alle werden Schweine. Ein Schwein ist auch er gewesen mit dem Brief gestern abend, ein Schwein ist er gewesen mit dem Hundertmarkschein, tausendmal ist er ein Schwein gewesen diese fünf Jahre. Und was hat es für einen Zweck gehabt ...? Andersherum wäre er auch zur gleichen Stunde herausgekommen – aber mit anderen Gefühlen.

Nun ist es jedenfalls zu Ende. Er wird von nun an genau das tun, was recht ist, er will ruhig schlafen können. Keine Sorgen mehr haben, nur keine Sorgen mehr! Wenn er auch den Hunderter mit rausnimmt. Das ist das letztemal, daß er so was tut.

Kufalt läuft auf und ab, hin und her. Die Zelle ist wieder so hell. Ein herrlicher Tag ist draußen. All diese letzten Tage ist die Zelle immer so hell gewesen wie alle Jahre vorher nicht. Hoffentlich bleibt das Wetter gut, wenn er draußen ist ...

Nur dieses Friedensheim ... Der Inspektor hat zu gemein gegrinst. Jedenfalls kriegte er nachher im Torhaus sein ganzes Geld, und würde es ihm zu dumm im Friedensheim, schmiß er denen einfach den Kram hin ...

Es kratzt an der Tür. Kufalt ist mit einem Satz da. „Ja?"

„Du! Du bist doch Willi?"

„Na, natürlich, kannst du nicht linsen?"

„Man erkennt dich gar nicht mehr in deiner feinen Schale! Ich bin der Kalfaktor von deiner Station. Hast du die Toilettenseife in deinem Koffer?"

„Ja."

„Laß mir die da, Mensch. Leg sie unter den Kübel. Ich hol sie mir gleich aus der Zelle, wenn du raus bist."

„Meinethalben."

„Aber bestimmt, Willi!"

„Kannst durch den Spion sehen. Ich hol sie gleich raus, siehst du ..."

„Du, Willi, du hast doch auch Tabak? Kannst dir ja gleich wieder welchen kaufen. Leg ihn hin."

„Ihr Räuber, ihr!"

„Mensch, ich hab noch drei Jahre Knast."

„Was ist denn das? Ich habe fünf Jahre gehabt und der Bruhn, der heute rausgekommen ist, elf!"

„Au wei! Au wei! Der Bruhn! Das weißt du noch nicht?! Mensch, der ganze Bau ist voll davon!"

„Was denn? Was ist denn mit Bruhn?"

„Der ist schon wieder drin! Drei Stunden ist er gerade draußen gewesen, ist schon wieder drin!"

„Du spinnst wohl! Das ist 'ne Scheißhausparole!"

„Wo's der Hausvater selber erzählt hat! Wie die rausgekommen sind, heute früh, sind sie gleich saufen gegangen. Nur der Sethe ist mit der Bahn abgefahren. Und einer hat gewußt, wo Mädchen sind. Da sind sie zu denen ins Haus gegangen. Aber die Weiber haben noch geschlafen und haben den besoffenen Kerls nicht aufmachen wollen. Die haben Krach geschlagen, der Hauswirt ist gekommen und hat sie aus dem Haus gewiesen. Da haben sie den Hauswirt die Treppe runtergeschmissen, aus seinem eigenen Haus rausgeschmissen! Und wie der Wirt wieder zurückgekommen ist mit Polizei, sind die Jungens doch drin bei den Weibern gewesen! Haben die geschrien, wie die Polente kam, die hätten's mit Gewalt gemacht, die Tür hätten sie aufgebrochen – na, daß die Hunger gehabt haben, die Jungen, das ist doch sicher! Und jetzt sitzen sie alle im Vater Philipp! Heute nachmittag kommen sie ins Untersuchungsgefängnis, sagt der Hausvater."

„Glaube ich nicht! Glaube ich nie im Leben! Wenn's alle machen, verstehen kann man es ja, aber nicht der Emil Bruhn! Der nicht!"

„Dicke Luft! Rusch!!"

Kufalt springt vom Spion fort, ans Fenster. Draußen hört er den Hauptwachtmeister hinter dem Kalfaktor her schimpfen.

Ja, es ist doch möglich! denkt Kufalt. Emil Bruhn, so ein armes Aas! Immer solche muß es treffen. Immer still gewesen, nie hat er 'ne Stange angegeben, all die elf Jahre nicht – dich haben sie fein angeschissen mit deiner Freude aufs Rauskommen! Und wenn du auch nur ein paar Wochen Knast kriegst, die Bewährungsfrist ist doch verfallen, und du fängst noch einmal von vorne an.

Er hat Angst, der Willi Kufalt, er fühlt, ihm kann es auch so gehen. Keiner kann so auf sich aufpassen, der rauskommt aus dem Bau, irgendwie ist ihm ein Bein gestellt . . .

Wer einmal aus dem Blechnapf frißt, frißt immer wieder daraus!

Kufalt besinnt sich. Er nimmt das Heft von der Wand, das blaue Heft mit dem Auszug aus der Strafvollzugsordnung. Er blättert nur einen Augenblick, dann liest er:

„Bei dem Vollzuge der Strafen sind mit der Zufügung des Strafübels und mit der Aufrechterhaltung von Zucht und Ordnung geistige und sittliche Hebung, Erhaltung der Gesundheit und Arbeitskraft anzustreben. Auf Erziehung zu einem geordneten, gesetzmäßigen Leben nach der Entlassung ist besonders hinzuwirken. Das Ehrgefühl ist zu schonen und zu stärken."

Kufalt schlägt das Heft wieder zu. Na also, denkt er. Dann ist ja alles in schönster Butter. Klappt der Laden. Alles richtig, wie es ist. Was so 'ne Leute sich bei so was denken . . .

14

Es ist dreizehn Uhr fünfzehn. Kufalt steht da mit der Uhr in der Hand. Er wartet. Sein Herz klopft sehr. Schritte kommen, nähern sich, gehen an seiner Zelle vorbei. Wenn die mich vergessen, die Lumpen . . .! Wenn die mich aus Schikane drei Minuten länger warten lassen . . .!

Schritte kommen, nähern sich, machen vor seiner Zelle halt. Papier raschelt. Dann wird der Schlüssel ins Loch gestoßen, der Riegel geht zurück, und Oberwachtmeister Feder sagt gelangweilt: „Na, denn kommen Sie man mit Ihren sieben Zwetschgen, Kufalt!"

Er geht, er sieht noch einmal zurück, gegen den Glaskasten, die Zentrale. Da ist der große Bau mit seinen siebenhundert Zellen, er ist hier zu Haus gewesen, Jahr um Jahr, viele Jahre zu Hause. Um die Ecke späht sein Stationskalfaktor, ob er schon in die Zelle rein kann. Er nickt ihm zu.

Dann durch den Kellergang beim Hausvater vorbei. Hier ist alles still. Kufalt fällt etwas ein. „Ist das wahr, Herr Oberwachtmeister, mit Bruhn? Daß der schon wieder sitzt?"

„Habe was gehört, kann aber auch 'ne Scheißhausparole sein."

„Hier ist er noch nicht wieder?"

„Nee, kann er auch nicht. Muß doch erst zum Richter, der Haftbefehl erläßt."

Sie kommen über den Vorhof. Im Torgebäude steht Oberwachtmeister Petrow.

„Na, komm, mein Sohn. Komm, viele Pinunse kriegst du."

In der Wachstube quittiert Kufalt.

„Steck sie gut weg, deine Pinunse, wirst du brauchen. Warte, Scheine in Geldtasche. So. Hast du schöne Tasche. Daß sie immer voll ist! Und hier in Porteh Silber und hier Messing und hier Kupfer. Und nun komm, mein Jung."

Sie stehen unter dem Torbogen. Petrow schiebt Riegel um Riegel zurück. Dann nimmt er den Schlüssel.

„Mußt du jetzt loslaufen, ohne Umsehen. Mußt nicht wieder rücksehen auf Kittchen. Spuck ich dich dreimal in Rükken, mußt du nicht abwischen, ist gut dafür, daß du nicht wiederkommst. – Hau ab, mein Sohn!"

Das Tor geht auf. Kufalt sieht vor sich einen großen besonnten Platz in greller Sonne. Der Rasen ist grün. Die Kastanien blühen. Menschen gehen drüben, Frauen in hellen Kleidern.

Er geht langsam und vorsichtig hinaus ins Licht.

Nein, er sieht sich nicht um.

Drittes Kapitel

FRIEDENSHEIM

Erstens hatte Petrow viel zu doll auf den Mantel gespuckt; Kufalt hatte das Gefühl, alle Leute lachten. So hing er den Mantel über den Arm, die Placken verwischten sich nun zwar, aber das galt nicht: Er kam doch nicht wieder rein!

Zweitens hatte er vom Zug auf die Stadt zurückgeschaut, da sah er plötzlich zwischen den Häusern noch einmal die grauen, steilen Zementwände mit ihren vielen Gitterlöchern — auch das galt nicht, denn jetzt fuhr er dem Bunker fort: Er kam doch nicht wieder rein!

Wenn er es aber recht überdachte, jetzt im Zug, so hatte er doch schon verschiedenes ganz verkehrt gemacht. Einmal hatte er sich eine Autodroschke genommen zum Bahnhof, weil ihn die Leute so ansahen, er konnte es nicht vertragen, daß sie ihn so ansahen. Und dann hatte er auf dem Bahnhof zu Mittag gegessen, wo er doch im Kittchen seinen Rumfutsch hatte stehenlassen. Und dann zehn Zigaretten zu sechs, die Sorte vom Direktor. Und dann eine Zeitung. Und dann, was das schlimmste war, zum Mittagessen auch noch ein Glas Bier, trotzdem er dem Alkohol abgeschworen hatte. Fünf Mark neunzig völlig überflüssig ausgegeben, die Arbeitsbelohnung für dreiundsechzig Pensums. Dreiundsechzig Tage hatte er dafür stehen müssen und stricken, und im Anfang hatte er zwölf, dreizehn Stunden für ein Pensum gebraucht. In zwei Stunden weg, die Arbeit von dreiundsechzig Tagen, es fing ganz niedlich wieder an!

Eigentlich hatte er sie sich etwas anders gedacht, die Fahrt in die Freiheit. Da ging es nun durch das sommerliche Land, gewiß, es war ganz angenehm anzusehen, aber hatte er Zeit dafür? Er mußte sich Sorgen machen, ebenso Sorgen wie in der Zelle. Und wie es mit dem Heim wurde ...?

„Kann einer von den Herren mir wohl sagen, wo ich in Hamburg aussteigen muß, wenn ich zur Apfelstraße will?"

Stille — schon fürchtet Kufalt, keiner wird antworten, schon wird ihm zweifelhaft, ob er wirklich laut gefragt hat, da läßt der Herr in der Ecke die Zeitung sinken und sagt: „Apfelstraße? Da müssen Sie beim Hauptbahnhof umsteigen. Sie fahren dann noch bis Berliner Tor weiter."

„Erlauben Sie mal", widerspricht der Herr neben Kufalt, „das stimmt doch nicht. Da ist doch keine Apfelstraße. Wo soll die denn da sein?"

„Natürlich ist sie da. Das ist die bei der Badeanstalt . . ."

„Der Herr hat Ihnen nicht richtig Bescheid gesagt", bemerkt Kufalts Nachbar, „Holstenstraße müssen Sie aussteigen. Die Apfelstraße ist da gleich . . ."

Ein kleiner Dicker entscheidet: „*Der* Herr hat recht. Und *der* Herr hat auch recht. Es gibt nämlich eine Apfelstraße in Altona und eine in Hamburg. Zu welcher wollen Sie denn?"

„Mir ist gesagt worden, Hamburg."

„Dann müssen Sie also bis Berliner Tor fahren, Hauptbahnhof umsteigen."

Stille herrscht.

Plötzlich fängt Kufalts Nachbar neu an: „Wo wollen Sie denn da hin in der Apfelstraße? Man sagt das so hin, Hamburg, und nachher ist doch Altona gemeint."

„Bitte, der Herr hat gesagt, Hamburg, also muß er auch Berliner Tor raus."

„Ist Ihnen denn ausdrücklich gesagt worden: Hamburg? Oder nur so hin?"

„Ja, ich weiß doch nicht. Ich will zu Verwandten."

„Und wie haben Sie denn geschrieben an die Verwandten: Hamburg oder Altona?"

„Ja — ich habe nie selbst geschrieben. Das hat jemand für mich gemacht — meine Mutter."

Der Nachbar hat ein pickliges Gesicht und blinzelnde Augen. Außerdem riecht er schlecht, wenn er sich so nah zu Kufalt beugt. „Du willst doch — dahin?" flüstert er.

„Wieso? Wohin", tut Kufalt.

„Na, Mensch. Ich weiß doch. Und ich rate dir, steig Holstenstraße aus, da ist es. Sonst tippelst du nachher mit deinem Koffer durch die ganze Stadt."

„Ja, danke. Ich weiß ja nicht. Ich fahre zu Verwandten nach Hamburg."

„Wenn du mit denen verwandt bist . . ."

Kufalt verflucht sich, daß er dies Gespräch entfesselt hat. Sucht nach seiner Zeitung.

„Wenn ich du wäre, ich führe ja lieber zu den Halleluja-brüdern in der Steinstraße."

Kufalt entfaltet die Zeitung.

„Da kostet es auch nur vier Groschen die Nacht."

Kufalt liest.

„Wenn du willst, ich trag dir deinen Koffer."

Kufalt hört nicht.

„Ich geh dir damit nicht über den Harz, verstehste. Ich trag dir den Koffer, und wenn du bis Blankenese tippelst."

Kufalt steht auf und geht aufs Klo.

2

„Apfelstraße?" fragt der Schupo und sieht Kufalt an. „Na natürlich. Da gehen Sie hier runter und die zweite Quer-straße rechts rein."

„Danke", sagt Kufalt und marschiert los. Hat's mir auch angesehen. Es muß an meiner gelben Farbe liegen. Ich wollte, ich säh erst anders aus, keinen kann man gerade an-schauen . . .

Apfelstraße. Nummer 28 soll es sein. „Vereinshaus der Stadt-Mission. Schlafsäle über den Hof. Bett fünfzig Pfen-nig."

Das ist doch nicht das?

In dem Torweg steht ein dicker Mann mit unfreundlichem Gesicht. Kufalt geht ihm zögernd näher. Der Mann hat so eine besondere Mütze auf. Noch ehe Kufalt bei ihm ist, schreit er los: „Was wollen Sie denn jetzt schon? Um sieben werden die Schlafsäle aufgemacht!"

Was ist das mit mir? fragt sich Kufalt angstvoll. Ich bin doch genauso anständig gekleidet wie früher, und doch sehen es mir alle gleich an. Er sagt: „Ich will doch nicht in die Schlafsäle. Ich will nur fragen, ob hier Friedensheim ist."

„Friedensheim? Meinetwegen können Sie's ja Friedensheim nennen. Heute abend. Morgen früh werden Sie's wohl anders heißen."

„Friedensheim ist ein Heim für stellungslose Kaufleute. Ist das auch hier?"

„Nein, das ist nicht hier."

„Können Sie mir denn sagen, wo das ist?"

„Nein, was weiß ich, wo ihr Brüder alle abbleibt."

Der Mann geht in den Torweg, und Kufalt tritt auf die Straße zurück. Es ist zwecklos, hier weiterzusuchen. Nummer 28 stimmt. Es ist also doch in Hamburg. Er faßt seinen Koffer fester und geht wieder gegen den Bahnhof. —

Auf sein Klingeln öffnet dem Kufalt ein Mädchen in blauer Schürze, jung, doch unerfreulich anzusehen. Sie fixiert ihn, er fühlt das, wenn er es schon nicht sehen kann, so stark schielt sie.

Wenn die nicht Fürsorge ist . . ., denkt Kufalt. Aber hier bin ich richtig.

„Was wollen Sie denn?" fragt das Mädchen im Ton der Entrüstung. „Wieso kommen Sie denn hierher am Abend?"

„Ich soll in Friedensheim aufgenommen werden."

„Davon weiß ich nichts. Ihr Geld haben Sie versaubeutelt, und jetzt kommen Sie zu uns. Sind Sie nüchtern?" Sie geht gegen ihn an. „Ein bißchen zurück, junger Mann, ein bißchen zurück ins Licht, daß ich sehen kann, ob Sie nicht dun sind."

Sie drängt ihn, Schritt um Schritt, bis er wieder draußen steht, da aber schrammt sie die Tür vor seiner Nase zu.

Kufalt steht wieder auf der Straße oder, genauer, im eingegitterten, gepflasterten „Vorgarten".

Was für 'ne Rübe! denkt er interessiert und schielt zu den gotischen Lettern „Friedensheim" empor. Sehr friedlich kann es nicht sein, wo die kommandiert.

Durch die Haustür hört er ihre gellende Stimme: „Herr Seidenzopf, es ist einer da. Besoffen ist er nicht. Hat 'nen Handkoffer. Nee — kommen Sie selbst runter, er steht draußen im Gärtchen."

Dann Stille.

Es ist eine Vorstadtstraße, die Apfelstraße in Hamburg. Dreißig kleine zweistöckige Häuschen wie das Friedensheim, manche noch mit richtigen Gärten und Baum und Busch, und achtzig fünfstöckige Mietskasernen.

Viele Leute unterwegs. Kleine Leute. Kufalt hat das Gefühl, hier braucht er sich nicht zu genieren, wenn sie auch alle erraten, wieso er hier vor Friedensheim mit seinem Handkoffer steht. Die wissen Bescheid, die regt das nicht mehr auf. Überhaupt hat ihm der Empfang nicht mißfallen, es war der beste Empfang von der Welt, ein vertrauter Ton klang: Auch im Kittchen gab man gerne so an.

Mittlerweile könnte der sogenannte Seidenzopf kommen.

Wie gerufen erscheint er. Die Tür geht schnell auf, ein kleiner Mann in schwarzem, sehr weitem Anzug schiebt sich geschwind durch, und schon ist die Tür wieder zu.

Herr Seidenzopf steht vor Willi Kufalt, etwa anzusehen wie ein Schnauzhund, so dicht ist sein Gesicht mit wolligen schwarzen Haaren bewachsen, aus denen nur eine bleiche große Nase und grelle schwarze Augen leuchten. Das Kopfhaar aber ist glatt angeklatscht und glänzt mit öligen Lichtern.

Herr Seidenzopf betrachtet den jungen Mann lange und schweigend. Die Betrachtung erstreckt sich nicht nur auf Gesicht und Hände, nein, Mantel und Hosen, Schuhe und Handkoffer, Kragen und Hut – alles wird genau besichtigt.

Die Prüfung ist scheinbar beschlossen, der kleine Mann räuspert sich. Sein Räuspern erfolgt sehr laut in überraschend tiefem Baß.

„Ich kann warten", antwortet Kufalt bescheiden.

„Können Sie es, so fragt es sich, ob es Zweck hat. Angemeldet sind Sie nicht", sagt der Mann. Seine Stimme ist ein löwenhaft brüllender Baß, ein paar Kinder, die ihre Kreisel schlugen, sammeln sich am Gitter.

„Angemeldet bin ich. Und die Anmeldung müßte hier sein. Ich habe gestern früh schon unterschrieben."

„Gestern früh!" schreit der Kleine. „Und ‚schon'! Sie verstehen nichts, Sie wissen nichts, aber hier stehen Sie und sagen, Sie können warten."

„Kann ich auch", sagt Kufalt, der immer leiser spricht, je mehr der Kleine brüllt.

„Anmeldungen gehen zuerst an unseren Herrn Vorsitzenden, Herrn Diakonus Doktor Hermann Marcetus. In vier Tagen sind sie vielleicht bei uns. – Können Sie so lange vor der Tür warten?"

„Nein", sagt Kufalt, der das Gefühl hat, ausgezeichnet aufgenommen zu sein.

Hauptwachtmeister Rusch hat es auch immer auf die Tour gemacht, sagt er zu sich. Soviel Theater macht man nur für jemanden, an dem einem gelegen ist.

„Wenn Sie also nicht so lange warten können, dann werden Sie fein bitten müssen, mein junger Freund." Mit gesteigerter Stimme: „Bitten ist keine Schande, wie Sie vielleicht denken werden, auch unser lieber Herr Jesus Christus hat sich nicht geschämt zu bitten, seine Jünger sowohl wie seinen himmlischen Vater."

„Ich bitte also um Aufnahme am heutigen Abend in das Friedensheim", sagt Kufalt sanft.

„Sehen Sie! Und wen bitten Sie . . .?"

„Herrn Seidenzopf, wenn ich recht verstanden habe."

„Auch. Aber sagen Sie Vater zu mir. Ich bin der Vater von euch allen." Mit ganz anderer Stimme, nicht mehr für das Publikum auf der Straße berechnet: „Das andere erledigen wir drinnen. Nicht, daß ich Sie schon aufgenommen hätte, aber . . ." Wieder mit brüllender Stimme, aber nun zur anderen Straßenseite hinüber: „Es hat gar keinen Zweck, daß Sie da umherschleichen und lauern, Berthold. Habe Sie längst gesehen. Sie kriegen kein Bett bei mir, Sie kriegen kein Essen bei mir, denn Sie sind wieder – besoffen! Gehen Sie dahin!"

Die schlotternde Gestalt drüben im Lodenmantel hebt beide Arme und schreit in höchster Fistel über die Straße: „Erbarmen Sie sich, Herr Seidenzopf! Wo soll ich denn schlafen heute nacht? In den Anlagen ist es noch so kalt."

Die Gestalt hastet über die Straße.

„Kommen Sie rasch!" flüstert Seidenzopf. Die Tür öffnet sich, Kufalt wird hindurchgedrängt, Seidenzopf nach – und rasch schlägt sie vor dem nahenden Berthold zu. „Klingel abstellen, Minna!" brüllt Seidenzopf. „Berthold ist an der Tür!"

Der Vorplatz ist dunkel, aber nicht so dunkel, daß Kufalt nicht auf einer ins obere Stockwerk führenden Treppe zwei Frauengestalten sähe, die eine die Maid von vorhin, die andere voluminös, zerfließend, drei Stufen höher.

Von dieser kommt die klagende, weinerliche Stimme: „O Vater! Am späten Abend bringst du noch einen Mann ins

Heim. Sicher ist er betrunken und hat sein Geld vertan bei den Weibern, Vater. So spät kommt keiner aus dem Gefängnis, Vater!"

Und die helle scharfe Stimme der Schielenden: „Betrunken ist er nicht, Frau Seidenzopf. Aus dem Kittchen kommt er frisch, kann keinen grade ansehen. Seine Hosen sind ganz frisch gebügelt, noch nicht verknautscht, bei Weibern ist er also nicht gewesen ..."

„Stille!" brüllt der Löwe. „An euer Geschäft, Frauen! Kein Wort mehr!"

Die beiden Gestalten entschwinden.

Durch die Tür klingt eine weinerliche Stimme: „Vater Seidenzopf, wo soll ich schlafen?! Vater Seidenzopf ..."

„Husch! Husch!" macht Seidenzopf gegen die Tür. „Pflicht ist es, daß auch manchmal die Stimme des Mitleids schweige ... Kommen Sie, junger Freund."

Durch das Schlüsselloch jammert es: „Vater Seidenzopf, ach, Vater Seidenzopf ..."

Sie aber gehen vom Flur in ein noch einigermaßen helles Zimmer. Auf einen Riesensessel mit Ohrenklappen hinter einem Schreibtisch setzt sich der Kleine, wie Fittiche stehen die Ohrenklappen über seinem Haupt. Auf die andere Seite des Schreibtisches darf sich Kufalt setzen.

„Meine Frau, junger Freund", sagt der Kleine, „hat die Sache getroffen. Wo kommen Sie so spät noch her?"

„Aus dem Zentralgefängnis."

„Aber das Zentralgefängnis entläßt um sieben Uhr früh. Sie hätten um zwölf Uhr hier sein können. Wo sind Sie solange gewesen?"

„Ich ...", fängt Kufalt an.

Der Kleine richtet sich steil auf. „Halt, halt, mein Lieber! Reden Sie nicht unbedachtsam! Leicht entschlüpft uns eine Lüge. Sagen Sie lieber: Ich schäme mich, es Ihnen zu sagen, Vater. Dann wollen wir eine Weile schweigen und bedenken, wie schwach wir sind, allzumal."

„Ich bin doch erst um ein Uhr zwanzig entlassen, Herr Seidenzopf."

„Vater", verbessert der. „Vater. Ich glaube Ihnen, Freund, aber besser ist es, Sie zeigen mir Ihren Entlassungsschein."

Kufalt nimmt seine Brieftasche, sucht, entnimmt ihr den Entlassungsschein und reicht ihn Herrn Seidenzopf.

Der kennt solche Dinger, er wirft nur einen Blick darauf. „Gut. Sie haben die Wahrheit gesprochen. Aber immerhin... Nein, lassen Sie die Brieftasche auf dem Tisch liegen. Wir sprechen sofort darüber. – Jetzt nur..."

Mit einem Ruck wendet sich der Kleine zum Fenster und trommelt wild gegen die Scheiben. „Gehst du weg? Gehst du weg? Soll ich die Polizei rufen? Gehst du weg!"

Kufalt sieht gerade noch das bleiche langnäsige Gesicht Bertholds hinter der Scheibe verschwinden.

Seidenzopf aber sagt strahlend: „Angst hat er vor mir! Haben Sie gesehen, was er für Angst hat vor mir? Ja, wir machen keine Wippchen. Wir sind streng. Streng muß man sein mit den Verlorenen, streng und mild. – Nun aber zu uns. Auch noch mit ein Uhr zwanzig hätten Sie eine Stunde früher hier sein können!"

„Ich bin erst in Altona in die Apfelstraße gegangen, das war gut eine Stunde hierher zu laufen mit dem schweren Handkoffer."

„Kommen Sie rum!" ruft Seidenzopf. „Kommen Sie rum! Sehen Sie doch mal Ihre Brieftasche!" Er hat sie geöffnet und sieht staunend in ein Fach, in dem nichts zu sein scheint.

Kufalt blickt, ungewiß, abwartend, sieht nichts wie ein leeres Fach.

„Pusten Sie doch rein, Mensch. Sehen Sie da nicht die Spinne?"

Kufalt sieht keine, aber er pustet kräftig.

Seidenzopf schnuppert. „Alkohol haben Sie getrunken, junger Freund! Aber nicht viel. Ein Glas, nicht wahr? Na ja, aber Sie sollten es ganz lassen. Sehen Sie den Berthold, so ein kluger Mensch, ein Mann mit Gemüt und Religiosität, aber säuft. Dreimal schon hat er das Gelübde im Blauen Kreuz abgelegt – ich bin da der Leiter, ich kam vom Blauen Kreuz als Vater in dieses Friedensheim – und immer gebrochen! Immer gebrochen!"

„Ich hätte Sie auch so angepustet, ohne Theater."

„Glaub ich, glaub ich. Sie sind ein ehrlicher Mensch. Ich sehe es Ihnen an. An Ihnen werden wir Freude haben, Sie

114

sollen mal sehen, wie Sie bei uns hochkommen. – Na, und Ihr Geld, das geben Sie mir in Verwahrung . . ."

„Nein. Mein Geld will ich behalten."

„Aber, aber, Sie wollen doch nicht, daß es Ihnen abhanden kommt? Sie wissen doch, was wir hier für Gäste haben! Wir haften nicht, wenn Sie's bei sich behalten. Und natürlich bekommen Sie eine Quittung, und wenn Sie was brauchen, gebe ich Ihnen was. So: vierhundertneun Mark siebenundsiebzig. Gleich die Quittung."

Kufalt sieht sein Geld ärgerlich an. „Aber ich brauche Geld, sofort. Ich muß Sockenhalter kaufen und Hausschuhe. Ich bin die Lederschuhe nicht gewöhnt, meine Füße tun mir weh."

„Sie werden sich daran gewöhnen. Ich gebe Ihnen drei Mark. Aber Sie gehen achtsam mit dem Geld um, nicht wahr? Drei Mark sind schwer verdient."

„Ich brauche mindestens zehn Mark", sagt Kufalt mürrisch.

„O was! O was! Sind wir Millionäre? Sie können ja immer frisches haben, wenn die drei Mark alle sind. Sie kriegen's, lieber Freund. Aber wenn man erst zu Vater Seidenzopf gehen muß, überlegt man sich's zweimal. Und wieder hat man Geld gespart."

Der Kleine ist schon am Schrank, die Brieftasche ist fort.

Hätt ich das geahnt, denkt Kufalt verblüfft, hätt ich mir was beiseite gesteckt. Immer wieder fällt man auf diese Brüder rein.

„Und nun unterschreiben Sie noch schnell die Heimordnung und die Schreibstubenordnung, und dann gehen Sie hinauf und packen aus und rüsten Ihr Bett."

„Können wir nicht Licht machen?" fragt Kufalt, vor dem zwei enggedruckte Formulare liegen. „Ich möchte doch auch gerne wissen, was ich unterschreibe."

„Das wollen Sie alles lesen? Lieber Freund, was hat denn das für einen Sinn? Tausend Menschen haben das unterschrieben, da werden Sie's doch auch unterschreiben."

„Aber wissen möcht ich doch, was hier los ist. Lassen Sie mich lieber lesen."

„Aber Sie ärgern sich unnütz, lieber Freund. Natürlich, wenn Sie wollen. Am Fenster ist noch Licht genug."

Am Fenster ist nicht mehr Licht genug. Kufalt sieht nach

dem Schalter, auf die dämmerige Straße, in den Vorgarten. Da hockt eine Gestalt, ein bleiches, weißnasiges Geschöpf, und macht Grimassen zu ihm hin. „Da sitzt doch der Berthold!" ruft er.

„Wo...? Oh, dieser Unglückselige! Nun muß ich ihn wieder wegschaffen lassen durch die Polizei. Lieber Herr Kufalt, tun Sie mir die Liebe, unterschreiben Sie schnell. Ich muß zu dem Unseligen, das Ärgernis muß weg. Unser Haus darf nicht auffallen, ein wahres Friedensheim muß es sein. Sehen Sie, nun haben Sie unterschrieben. Ich schüttele Ihre Hand. Mein Sohn sind Sie nun. Gott segne Ihren Eingang."

„Interkonfessionell ist das Heim aber doch?" grinst Kufalt.

„Aber natürlich! Ganz interkonfessionell! Minna, bringen Sie Herrn Kufalt seine Bettwäsche und ein Handtuch. Minna, dies ist Ihr Bruder Kufalt. Kufalt, dies ist Ihre Schwester Minna."

Ogottogott, denkt Kufalt.

„Gebt euch die Hand. Natürlich nennt ihr euch weiter Sie. Kufalt, einfach die Treppe hinauf. Suchen Sie sich Ihr Bett aus. Sie sind jetzt hier zu Haus. Sie werden einen Bruder oben finden..."

„Der spinnt ja, Vater", sagt Minna, das Mädchen im Friedensheim.

„Ja, er ist krank. Er ist krank noch, der Bruder Beerboom, liebe Minna. Die lange Haft..."

„Er hat mich gefragt, ob ich mit ihm ausgehen will", sagt Minna mit den Schielaugen.

„Oh! Oh! Oh! Aber es braucht nichts Unsittliches zu sein, wenn er mit Ihnen ausgehen möchte, natürlich werde ich ihn aber vermahnen. Gehen Sie jetzt, Kufalt, ich muß zu dem gefallenen Bruder."

Ein Blick aus dem Fenster zeigt Kufalt, daß sein Bruder Berthold wirklich gefallen ist: Jetzt kriecht er auf allen vieren durch den Vorgarten und trägt seinen Hut in den Zähnen.

„Ich muß wirklich die Wache anrufen", sagt Seidenzopf angesichts der Menge, die sich am Gitter des Vorgartens drängt.

Er reißt das Fenster auf und ruft: „Geht doch fort, ihr Neugierigen, ihr Gaffer! Erbarmt sich euer Herz nicht..."

Eine grobe Stimme ruft aus der Menge: „Wolle-Teddy, mach dir keinen Fleck ins Hemde . . ."

Kufalt tastet sich die fast dunkle Treppe hinauf.

3

Oben auf dem Flur ist es kaum noch hell. Mit Mühe unterscheidet Kufalt eine Tür. Er drückt auf die Klinke, und die Tür geht auf. Ein dunkler Raum, der groß zu sein scheint. Kufalts Hände suchen nach dem Schalter, finden ihn schließlich, das Licht brennt, eine funzlige Sechzehn-Kerzen-Birne in einer langen Schlucht.

Zwölf schnurgerade ausgerichtete Betten. Zwölf schmalbrüstige schwarze Schränke. Dazu ein einziger eichener Tisch.

Üppig ist das nicht, denkt Kufalt, das trauliche Friedensheim. Wenigstens sind die Fenster nicht vergittert. Sonst ist es eigentlich Kittchen. Die Betten sind auch nicht besser.

Erst jetzt sieht er, daß auch die Bettwäsche über seinem Arm Gefängnisbettwäsche ist, blau gewürfelt. Haben sie geschnorrt von der Justizverwaltung. – Hier wohnt jedenfalls keiner. Wollen mal die nächste Tür versuchen.

Die nächste Tür ist verschlossen.

Die letzte Tür führt in einen erleuchteten Raum, wo auf einem Bett ein Mann liegt. Der Mann hebt den Kopf, betrachtet Kufalt und sagt: „Na, bist du endlich auch da, oller Knastschieber, Stubben, elender? Wird Zeit. Wieviel abgerissen? Hat dir Wolle-Teddy Geld gelassen? Hast du Schnaps im Koffer? Hast dich schon ausgeschlämmt vom Knast bei den kleinen Mädchen . . .?"

„Guten Abend", sagt Kufalt.

Der Mann steht auf und lacht verlegen. Es ist ein mittelgroßer, breiter Kerl mit grauer lederartiger Haut, dunklen, stumpfen, schwarzen Augen, krausem, schwarzem Haar. „Entschuldigen Sie bloß. Diese Begrüßung sollte nämlich ein Witz sein. Wir sind ja jetzt in der sogenannten goldenen Freiheit. Mein Name ist Beerboom . . ."

„Kufalt", sagt Kufalt.

„Mein Vater ist Universitätsprofessor, kennt mich aber

nicht mehr. Elf Jahre Zet abgerissen, wegen Raubmord. Ich hab 'ne kleine Schwester, die war süß, muß jetzt ein großes Mädel sein. Haben Sie 'ne Schwester?"

„Ja."

„So. Ich möchte meine gerne wiedersehen. Darf aber nicht. Mein Vater meldet mich sofort bei der Polente, wenn ich in sein Kaff komme und — Schluß mit der Bewährungsfrist! Wenn ich Sie übrigens störe, dahinten ist noch ein Zimmer, da können Sie auch schlafen."

„Ich will mal sehen", sagt Kufalt. „Sind wir die beiden einzigen hier?"

„Ja. Ich bin zwei Tage hier. Dachte schon, ich bliebe der einzige Idiot, der freiwillig in diese Besserungsanstalt geht. Ich hau mich wieder hin. Bis zum Abendessen ist noch 'ne halbe Stunde Zeit."

„Ich will mal sehen", sagt Kufalt zu dem Raum hin, der hinter diesem liegt.

„Genieren Sie sich nicht. Kann ich verstehen, ich verstehe alles. Übrigens heule ich meistens abends vor dem Einschlafen 'ne Stunde, würde Sie stören. Im Zet haben sie mich deswegen auf Gemeinschaft immer vertrimmt, ich kann es aber nicht lassen. Ist übrigens ein guter Name, Kufalt, ich denke an Einfalt und Dreifaltigkeit. Was ist eigentlich Dreifaltigkeit?"

„Irgendwas mit dem Heiligen Geist. Ich weiß auch nicht. — Ich will jetzt aber mal sehen . . ."

„Gehen Sie ruhig los, Mensch, Kufalt, Heiliger Geist. Genieren Sie sich nicht. Ich rede immer weiter, wenn ich 'nen Menschen sehe. Hab ich mir so angewöhnt im Knast. Brauchen Sie nicht zuzuhören. Ich hör auch nicht zu . . ."

„Also, dann gehe ich . . ."

„Haben Sie schon gesehen, das Affentheater mit den Fenstern? Schlimmer als im Kittchen. Keine Gitter, nee, aber die schmalen Scheiben gehen immer nur zehn Zentimeter weit um 'ne Stahlachse. Und Rahmen und Leisten sind Eisen. Türmen, nachts auf die kleinen Mädchen, mulle, mulle, oller Jenießer, is nich. Vater Seidenzopf, der weiß Bescheid."

„Ich gehe also."

„Mensch, gehen Sie doch! Sie sind genauso ein Trottel wie ich. Wenn ich abends heule, denk ich immer, so 'nen Idioten wie mich gibt's nicht wieder. Es gibt aber auch andere. Zum Beispiel Sie, daß Sie hier immer noch stehen . . ."

„Bin schon drüben", sagt Kufalt und lacht.

Das Zimmer dahinter ist genauso ein Loch, vier kahle Wände, vier schmale Schränke, vier unbezogene Betten. Kufalt wählt das Bett an der Wand zuhinterst. Er wirft den Koffer auf das Bett und schließt ihn auf. Die Schranktür steht offen, kein Schlüssel steckt darin. Das Schloß ist auch nur Tinnef, Blech, eine Zuhalte, mit jedem Draht aufzutändeln. Kufalt probiert daran herum.

„Kleb den Schrank mit Spucke zu", ruft der von drüben. „Hab bloß keine Angst um dein Gelumpe. Wenn ich's dir schon klaute, ich käm ja nicht raus aus dem Haus, das Schielauge paßt uns auf, noch und noch . . ."

„Und mit der wollten Sie ausgehen?" fragt Kufalt und legt seine Oberhemden in den Schrank.

„Warum nicht, Weib ist Weib. Hat sie's also dem Wolle-Teddy erzählt. Na warte, Mariechen! Der lackieren wir auch mal die Fassade. Es paßt schon mal so . . ."

Kufalt packt aus. Der ist ja alle, denkt er. Der spinnt ja. Elf Jahre Zet, der ist hübsch gründlich fertig geworden, der wird nicht wieder.

Er packt weiter aus. Plötzlich steht der andere in der Tür, lautlos auf Socken angeschlichen. „Ein richtiger Raubmord war es gar nicht. Hab meinen Leutnant alle gemacht, und als das Schwein dalag, dacht ich erst daran, daß ich kein Geld zum Türmen hatte. — Saubere Sachen hast du, muß man sagen. Mir haben sie im Zet lauter Powel gegeben, meine Sachen waren ja alle hin vom langen Liegen. Die Hemden nichts wie Baumwolle. Und der Anzug — was ist denn das für ein Anzug? So ein Ding von der Stange — dreißig Mark. Aber der Pfaffe, der schwarze Mann, hat mich nie ausstehen können. Verkaufen Sie die Socken? Die mag ich. Was wollen Sie haben für die lilanen?"

„Nein, verkaufen nicht", antwortet Kufalt. „Aber ich schenke sie Ihnen, ich mag sie nicht besonders."

„Immer her damit, wenn einer so dumm ist. — Erst war das Urteil: Kohlrübe weg bei mir, dann lebenslänglich, dann fünfzehn Jahre. Und jetzt mit elf haben sie mich rausgelassen. Und dabei keine gute Führung, keine Fürsprache. Und doch raus? Weil mein Fall stinkt, zum Himmel stinkt er. Zu den Roten müßte man gehen und denen erzählen ..."

„Jetzt sind Sie ja draußen."

„Aber Polizeiaufsicht. Verlust der Ehrenrechte auf Lebenszeit. Ach was, ich scheiß auf die Ehrenrechte, ich will gar keine Ehre von denen haben. Aber dem Pfaffen möcht ich es besorgen. In vier Wochen kommt er hierher, unser Pfaffe aus dem Zuchthaus. Wissen Sie, daß die hier dann fünfundzwanzigjähriges Jubiläum feiern, die hier vom Friedensheim ...?"

„Nee."

„Räuber sind das hier. Der geölte Aal, der Seidenzopf, ist ein Räuber, aber die kalte Wasserschlange, der Pfaffe, der Marcetus, der ist noch zehnmal so schlimm, und am schlimmsten ist der Bürovorsteher, der Eierkopf, der Mergenthal. Von unserm Blut leben die. Deswegen haben die doch den ganzen Apparat hier aufgemacht, die Speckjäger, sogenannte Wohltätigkeit, daß die was zu fressen haben durch unsere Arbeit. Ich könnte Ihnen was erzählen ..."

„Sie sind doch erst zwei Tage hier ...?"

„Wieso denn? — Wollen wir rauchen? Es ist verboten, aber die schmeißen uns nicht raus, solange sie sowenig Leute im Heim haben. Eine stoßen, zum Fenster raus, genau wie im Zet ... Was das Erzählen angeht, ich seh was, wissen Sie, irgendwas, der Pfaffe sagt: ‚Gehen Sie da rauf!', oder Seidenzopf: ‚Sie sind ein Lügner!' Und wenn ich dann abends im Bett liege und heule, dann spinn ich das aus, dann mach ich mir Geschichten dadraus, dann seh ich durch die Wände, darum weine ich ja auch, weil ich mir so leid tue ..."

„Jetzt haben Sie es ja überstanden."

„Gar nicht überstanden. Mein Lieber, jetzt geht es los. Jetzt fängt es erst richtig an. Wenn ich hier aus diesem Heim rauskomme, dann in 'ne Klapsmühle oder wieder ins Zet, was anderes gibt es nicht. — Hören Sie bloß, was für ein Krach! Kommen Sie, wollen mal lauschen, oben an der Treppe. Schmeißen Sie die Kippe nicht zum Fenster raus, draußen ist der Heimgarten, da findet sie morgen sonst Schielebock ..."

Ein toller Lärm brandet von unten herauf. Seidenzopfs Baß rollt tief und sonor, spitz schreit die Minna, Frau Seidenzopf protestiert weinerlich in den höchsten Tönen, dazwischen eine flehende Stimme...

„Ich fordere Sie auf", schreit Seidenzopf. „Verlassen Sie dieses Haus, dessen Sie unwürdig..."

Die flehende Stimme schreit: „Erbarmen Sie sich, Vater!"

Kufalt flüstert: „Das ist der Saufkopp, der Berthold..."

Und Beerboom: „Welcher Berthold...?"

„Hausfriedensbruch", grunzt Seidenzopf. „Zum ersten. Zum zweiten. Zum dritten..."

Ein schwerer Fall.

Die Weiber kreischen: „Ogottogottogottogottogott!"

Seidenzopf: „Mich täuschen Sie nicht..."

Frau Seidenzopf jammert: „Er blutet..."

Und Minna: „Mein schönes blankes Linoleum!"

Seidenzopf brüllt: „Herr Beerboom! Herr Kufalt! Ich bitte Sie..."

In fünf Sprüngen sind sie die Treppe hinunter. Auf der Erde, in seinem Lodenmantel, mit offenem Mund, bleich, bewußtlos, mit blutiggeschlagener Stirn, liegt Berthold.

„Ich bitte Sie, meine Söhne, tragen Sie den Unglückseligen in Ihr Gemach. Auf die Stirn genügt eine nasse Kompresse. Minna, geben Sie Ihrem Bruder Kufalt ein Handtuch..."

Es ist nicht ganz leicht, einen Bewußtlosen, dessen Glieder schwer wie Blei sind und die Tendenz haben, wie Quecksilber fortzurollen, eine steile, schlechtbeleuchtete Treppe hinaufzutragen, deren Linoleumbelag eisglatt ist.

„Legen Sie ihn hier auf das Bett neben meinem", sagt Beerboom. „Dann kann ich ihm immer eins in die Fresse geben, wenn er heute nacht aufwacht, so was macht mir Laune..."

„Ich will ihm gleich einen Umschlag machen."

„I was! Der braucht doch keinen Umschlag für das bißchen Schrammen. Sollten Sie gesehen haben, wie die mich manchmal im Zet in der Mache gehabt haben!"

„Warum haben Sie denn so 'ne Wut auf den Berthold? Der hat Ihnen doch nichts getan."

„Ich wollte, ich wäre so schön besoffen wie der! Das kann einen doch neidisch machen. Das letztemal war ich's Weihnachten 28 im Zet, da haben wir Möbelspiritus aus der Tischlerei getrunken..."

„Guten Abend, Kinder", sagt der Betrunkene und richtet sich auf. „Bin scheinbar ein bißchen doller gefallen als beabsichtigt. Na, Wolle-Teddy hat klein beigegeben, hat mich doch wieder aufgenommen! Was dem morgen sein Pastor für 'nen Marsch blasen wird!"

„Sie sind ja gar nicht besoffen", sagt Beerboom mürrisch. „Dann ist es eine Gemeinheit, sich so die Treppen raufschleppen zu lassen."

„Natürlich bin ich besoffen. Nur so wie ihr Kindlein kann ich nicht mehr besoffen sein. Ich bin frei, wenn ich trinke. Ihr seid gefangen, wenn ihr trinkt. Ich kann alles, wenn ich trinke. Ihr gar nichts. Kinder, ich habe eine glänzende Idee. Einer von euch, du da, du Dunkelblonder, du siehst so unverdorben aus, du sagst Teddy, daß du noch mal auf die Straße mußt, und holst 'ne Flasche Schnaps."

„Quatsch", sagt Beerboom. „Der läßt uns jetzt um acht doch nicht mehr aus dem Haus. Und wer gibt Geld?"

„Geld. Geld. Ihr habt doch Geld, ihr Kittchenjungfern. Ihr arbeitet doch für Geld. Ich — seht meine Hände, nichts kann ich mehr halten, so einen Tatterich."

„Bist noch stolz drauf, olles Saufloch!"

„Nein", schluchzt Berthold. „Eine Plage ist das. Und ich tu jetzt dem Teddy auch die Liebe. Ich tret wieder dem Blauen Kreuz bei. Ich schwör den Schwur. Und ich halt ihn auch. Ein Mann muß können, was er will. Und wenn ich ihn nicht halte, fange ich nur ganz, ganz langsam zu saufen an ..."

„Sag mal", fragt Beerboom, „bist du eigentlich vorbestraft?"

Berthold grient schon wieder. „Nee, mein Junge, nichts zu machen. Ich bin nur Säufer und arbeitsscheu."

„Und was willst du da hier?" fragt Beerboom wütend. „Das ist hier für Vorbestrafte! Arbeiten willst du nicht, aber fressen willst du. Sollen wir etwa für dich arbeiten ...?"

„Fang doch keinen Streit an", jammert der Betrunkene. „Ich vertrag keinen Streit. Ich bin so glücklich, daß ich bei oll Vadder Teddy bin. — Hör zu, ich hab 'ne glänzende Idee. Warte, hier in der Tasche habe ich was." Er kramt und bringt einen Block zum Vorschein. „Rezepte. Rezeptformulare. Hab ich heute früh einem Arzt geklaut."

„Wie kommst du denn zu einem Arzt?"

„Bin einfach in seine Sprechstunde gegangen, das kann man doch. Wie ich drin bin in seinem Zimmer, bitte ich ihn um ein Darlehen von fünf Mark. Er sagt, es ist eine Frechheit, ich soll machen, daß ich rauskomme. Ich sag, ich geh erst, wenn ich fünf Mark habe. Er rennt rum wie ein Huhn ohne Kopf, ich bleib ruhig sitzen. Schließlich läuft er nach Leuten zum Rausschmeißen. Unterdes hab ich die Rezepte geklaut und mich leise verdrückt."

„Und? Wozu? Was willst du denn mit den Rezepten?"

„Das ist doch das Feine. Da schreiben wir Morphium drauf und Koks und so'ne guten Sachen und verscheuern das nachher vor den Nachtlokalen."

„Das ist nicht dumm. Weißt du denn, wie man das raufschreibt?"

„Ich hab doch mal 'nen Mediziner gekannt! Ich soll das nicht wissen. Fein geht das."

„Daher kriegst du dein Geld, oller Saufkopp! Na warte, wenn ich . . ."

Eine Kuhglocke bimmelt.

„Abendessen! Kommen Sie mit . . .?"

„Laßt mich nur liegen, Kinder. Wenn ich denke, ich soll was essen, dreht sich alles in mir um. Mein Magen ist aus Glas."

„Also bleibst du liegen. Aber das sag ich dir, wenn du unsere Sachen auch nur anfaßt, du olles dreckiges Schwein, du . . .!"

„Ich träume, ihr Äffchen. Was brauch ich Sachen? Ich brauch schon lange keine Sachen mehr."

4

Am nächsten Morgen um halb neun sitzt Kufalt in der Schreibstube. Er ist noch unbeschäftigt, die anderen arbeiten. Eine ganze Menge sind gekommen, zehn, zwölf Herren, und haben sich an ihre Tische gesetzt. Nun schreiben sie alle, nichts wie Adressen, manche mit der Hand, manche mit der Maschine.

Auch der fahle Beerboom sitzt am Tisch neben Kufalt und schreibt emsig.

„Tausend Stück vier Mark fünfzig", hat er geflüstert. „Ich will heute mindestens fünfzehnhundert schaffen. Zwei Mark fünfzig Pension, da habe ich fünf Mark über. Fein, was?"

„Kann man denn fünfzehnhundert schaffen?"

„Klar. Gestern habe ich schon fast fünfhundert geschafft, und heute bin ich doch eingearbeitet."

Nun erscheint Vater Seidenzopf in einem Lüsterjackett, gefolgt von einem Mann mit glattem Eikopf und grauem Spitzbart. Er geht einen Gang hinauf, den anderen hinunter, sagt zweimal „Guten Morgen" und verschwindet wieder. Der Eikopf stumm hinterher.

Kufalt sitzt und sieht in den Garten. Schön grün ist es da, und der Rasen sieht so frisch aus.

„Gehört der zu uns?" fragt er Beerboom.

„Das tut er, aber rein dürfen wir nicht. Der ist so da, zur Parade, wenn Besichtigungen kommen . . ."

Kufalt grinst verständnisinnig.

Ein Langer sagt halblaut: „Wenn die Adressen fertig sind, soll die Arbeit mal wieder alle sein."

„Wieviel sind denn noch nach?"

„Dreißigtausend."

„Das reicht ja höchstens für zwei Tage. Dann sitzen wir wieder da."

„Bis dahin kommt neue Arbeit."

„Darauf warten Sie man."

Der Eikopf erscheint von neuem und trägt einen Umschlag in der Hand. „Herr Kufalt, schreiben Sie hier mal Ihre Adresse auf. Einfach Ihre Adresse: Herrn Willi Kufalt, Hamburg, Apfelstraße, Friedensheim. — Nanu, geht das nicht besser? — Schön, wollen wir mal sehen."

Er verschwindet mit dem Umschlag, und Kufalt schaut wieder in den Garten.

Einer fragt: „Was machen Sie, wenn die Arbeit hier alle ist?"

„Ich weiß auch nicht, es bleibt nur die Wohlfahrt."

. „Ich kann vielleicht 'ne Staubsaugervertretung kriegen."

„Dann hängen Sie sich lieber gleich auf. Staubsauger ist noch schlechter als Margarine."

Eine neue Stimme: „Mit Fußbodenwachs und Zerstäubern ist noch was zu machen."

„I wo, das war einmal. Alles längst abgegrast."

Wieder erscheint der Eikopf, maßlos erstaunt. „Es wird doch hier nicht gesprochen? Ich müßte aber sehr bitten!"

„Hier spricht keiner, Herr Mergenthal."

„Also, ich bitte sehr nachdrücklich. Sie wissen alle, was das Übertreten der Schreibstubenordnung nach sich zieht. Wenn einer der Herren die Straße vorzieht...?" Viele Federn kritzeln, die Maschinen schmettern. „Herr Kufalt, Herr Seidenzopf läßt Ihnen sagen, Sie hätten Doktor werden sollen."

„Ich? Wieso?"

„Ihre Handschrift — vollkommen unbrauchbar. Sind Sie schon mal in Ihrem Leben auf einem Büro gewesen? So. Das muß ein komisches Büro gewesen sein. — Aber Schreibmaschine können Sie doch schreiben?"

„Ja."

„Das sagen Sie. Ich glaub's deswegen aber noch lange nicht."

„Natürlich kann ich Schreibmaschine schreiben. Gut sogar."

„Zehnfingersystem?"

Zögernd: „Nicht ganz. Aber sechs bestimmt."

„Sehen Sie. Zum Schluß nehmen Sie zwei Finger und sind glücklich, wenn Sie die richtige Taste treffen. — Sie müssen sich erst einmal eine Schreibmaschine in Ordnung bringen. Auseinandernehmen und reinigen und ölen. Können Sie das?"

„Es kommt auf das System an."

„Es ist 'ne Mercedes. Also, denn machen Sie los."

„Da brauch ich aber Benzin und Öl und Lappen."

„Gehen Sie zu Herrn Seidenzopf, der gibt Ihnen einen Groschen für Benzin. Und Minna hat Lappen und Nähmaschinenöl."

Eine halbe Stunde später sitzt Kufalt vor einer Blechschüssel, in der sämtliche Typenhebel der Maschine in Benzin baden, seine Finger sind mit einem Überzug von violetter Farbbandfarbe und schwarzem Öldreck bedeckt.

Er fängt gerade an, die Typenhebel rein zu bürsten, als Minna in der Tür erscheint. „Der Neue soll bohnern kommen."

„Aber das ist doch!" protestiert Mergenthal. „Der sitzt

jetzt bei einer Arbeit, wo er nicht weg kann. Herr Beerboom kann gehen."

„Frau Seidenzopf sagt, der Neue soll bohnern. Beerboom macht's nicht ordentlich. Und wenn der Neue nicht kommt, sage ich ihr, daß Sie es ihm verboten haben!"

„Also gehen Sie bohnern", sagt Mergenthal. „Wischen Sie Ihre Hände an dem Lappen ab. Sie kommen ja gleich wieder."

Gleich dauert anderthalb Stunden. Kufalt hat sämtliche Schlafsäle, den Vorplatz, die Treppen zu bohnern, streng beaufsichtigt von dem Dienstmädchen Schwester Minna.

„Warum machen Sie das eigentlich nicht?" erkundigt sich Kufalt.

„Ihnen Ihren Dreck nachräumen? Ich bin nur für Seidenzopfens da!"

Zum Schluß erscheint noch Frau Seidenzopf, in einem Schlafrock zerfließend, von Kufalt begrüßt mit dem Rufe: „Guten Morgen, gnädige Frau, wünsche wohl geruht zu haben."

Da Frau Seidenzopf keinen Sinn für Ironie hat, sagt sie ziemlich gnädig: „Für den Anfang geht es. Aber der Mann muß noch besser in die Ecken, Minna."

Dann sitzt Kufalt wieder vor seinen Typenhebeln und bürstet die Gelenkstellen rein von Schmutz. Er ist ziemlich fertig mit dieser Arbeit, als Mergenthal, der scheinbar ständig zwischen Chefbüro und Schreibstube hin und her pendelt, auftaucht mit dem Ruf: „Herr Kufalt und Herr Beerboom zu Herrn Seidenzopf."

Der Vater aller sitzt in seinem Lüsterjackett am großen Schreibtisch. „So, meine jungen Freunde. In der Arbeit sind wir nun, und möge sie Ihnen gedeihen. – Wieviel Geld haben Sie, Kufalt?"

Kufalt sagt mürrisch, denn dies ist ein sehr wunder Punkt: „Das wissen Sie doch. Drei Mark."

„Zeigen Sie mal Ihr Portemonnaie. Richtig, sehen Sie, so ist es recht. Klare Geldverhältnisse heißt reines Gewissen. – Und Sie, Beerboom? Zeigen Sie her, erzählen Sie nichts. Leer? Wo sind Ihre drei Mark?"

„Die sind mir heute früh ins Klosett gefallen."

„Beerboom! Herr Beerboom! Mein Sohn Beerboom, soll ich Ihnen das glauben?"

„Fressen tu ich kein Geld", sagt Beerboom. „Und überhaupt, ich komm ja gar nicht raus aus dem Stall hier, wo soll ich denn hin mit dem Geld? Denken Sie, ich hab's Ihrer Minna gegeben?"

„Nein, aber dem Berthold."

Einen Augenblick ist Beerboom verlegen. „Berthold? Welchem Berthold? Ach, dem ollen Penner? Ich geb doch Besoffenen nicht mein einziges Geld! Reingefallen ist es mir, mit der Hand hab ich noch nachgefaßt, Sie können's selbst sehen, den ganzen Ellbogen hab ich mir zerschrammt im Rohr."

Er will sich ausziehen.

„Lassen Sie", sagt Seidenzopf ziemlich giftig. „Ich weiß Bescheid. Sobald bekommen Sie kein Geld wieder von mir. – Also, Kufalt und Beerboom, ich schicke euch jetzt beide allein in die Stadt . . ."

„Ja?"

„Wirklich?"

„Es ist euer erster Ausflug in die Freiheit . . ."

Die Tür öffnet sich, und ein blonder, sehr junger Mensch erscheint. „Ach, entschuldigen Sie, Herr Seidenzopf, ich störe wohl . . ."

„Nein, im Gegenteil, Herr Petersen, darf ich Ihnen unsere beiden neuen Gäste vorstellen? Das ist Herr Beerboom, seit vorgestern hier, und dies Herr Kufalt, seit gestern abend unser Gast. – Berthold war auch wieder da, wieder habe ich mich erweichen lassen, und wieder hat er mich enttäuscht. Heute früh, ich lauere darauf, daß er wie immer einen Pumpversuch bei mir macht, eher geht er doch nie fort – und in einem Moment, wo ich gerade . . . wo ich eben . . . kurz, wo ich einem natürlichen Bedürfnis Folge zu leisten gezwungen war – diesen Augenblick hat er benutzt und ist entflohen. Und ich fürchte, mit dem Geld unseres Schützlings Beerboom."

„Gestohlen . . ?"

„Mein Geld ist ins Klosett gefallen!"

„Lassen wir das. – Meine jungen Freunde, der Herr, den Sie vor sich sehen, Petersen mit Namen, ist Ihr Freund und Bruder, Ihr Beschützer und Berater. Er ist . . ." Seidenzopf kommt in Fluß, als sagte er sorgfältig Erlerntes auf: „Er ist ein sozial interessierter, innerlich gefestigter und sittlich hochstehender junger Mann, den Sie in Ihre Mitte aufnehmen wollen, der mit Ihnen zusammen wohnt, die Mahlzeiten mit Ihnen einnimmt und Ihnen in jeder Hinsicht Freund und Berater sein wird. Die Abende und die freien Sonntage verbringt er in Ihrer Gesellschaft, er sucht Sie zu edler Geselligkeit anzuleiten und, soweit Sie es ihm gestatten, erzieherisch auf Sie einzuwirken. Er hat seine Examina als Volksschullehrer absolviert und studiert jetzt im vierten Semester Nationalökonomie, wozu ihm neben seiner Tätigkeit im Heim ausreichende Zeit zur Verfügung steht. – Reichen Sie ihm die Hand, meine Herren."

Sie reichen sich die Hände.

"Herr Petersen, ich stehe im Begriff, die beiden Herren allein in die Großstadt zu schicken. Sehen Sie Bedenken?"

"Wenn ich fragen darf, zu welchem Zweck?"

"Sie sollen sich auf dem zuständigen Polizeirevier anmelden."

Der junge Petersen lächelt. "Nein, Herr Seidenzopf, ich sehe da keine Bedenken."

"Und Sie meinen, Herr Pastor Marcetus wird mir keine Vorwürfe machen? Daß ich etwa zu vertrauensselig bin . . .?"

"Nein, sicher nicht. Lassen Sie die Herren ruhig allein gehen. Sie werden Ihr Vertrauen nicht enttäuschen."

5

"Wissen Sie", sagt Beerboom auf der Straße zu Kufalt, "das ist doch wieder nur so ein Aufpasser, ein Spion, dieser Petersen oder wie er heißt. Der soll bloß abhauen, der Lampenmacher, der!"

"Ich fand ihn eigentlich ganz nett, er hat so hübsch mit den Augen gelacht bei dem Vortrag von Vater Seidenzopf."

"Ach, der Wolle-Teddy, der kann auch abhauen. Nicht mal das mit meinem Geld hat er mir geglaubt."

"Haben Sie's denn wirklich verloren?"

"Gar nicht. Dem Berthold hab ich's gegeben. Glauben Sie, daß er es mir wiedergibt?"

„Wieso haben Sie es ihm denn gegeben?"

„Als Betriebskapital. Er holt Morphium dafür, und den Gewinn teilen wir."

„Auf den Gewinn werden Sie wohl lange warten."

„Ich muß Geld haben, Kufalt, Geld muß ich in der Tasche haben. Würden Sie mir 'ne Mark leihen?"

„Wozu brauchen Sie denn jetzt Geld?"

„Nur so. Ich muß Geld in der Tasche haben. Wir können ja auch ein Glas Bier davon trinken, ich halte Sie frei."

„Sie müssen doch 'ne Masse Geld bei Seidenzopf zu stehen haben. Bei Ihrem langen Knast."

„Ja, 'ne Menge ist es schon, neunzig Mark."

„Was! Nur neunzig Mark bei elf Jahren Knast?"

„Erst war doch die Inflation, da ging unser ganzer Arbeitsverdienst flöten. Da haben wir nur dreißig Mark Aufwertung für all die Jahre gekriegt. Und dann später habe ich keine Lust mehr gehabt, ich hab immer auf die Amnestie gewartet, und nachher war es nichts, und dann hatte ich erst recht keine Lust."

„Neunzig Mark sind schnell alle."

„Neunzig Mark sind 'ne Masse. Ich wollte, ich hätte sie, ich ginge los. Haben Sie 'ne Ahnung, was hier die Mädchen nehmen? Nicht für 'ne ganze Nacht, nur so mal schnell."

„Keine Ahnung."

Sie gehen weiter. Es weht ein ganz angenehmer Wind, die Bäume sind gut hellgrün. Dann geht eine Straße schräg ab, die sie entlang müssen, und es ist hübsch, über den Damm zu gehen und die lange bunte Straße ganz weit hinunterzusehen. Gleich vorne ist eine Tankstelle, scharlachrot.

„Das Mädchen hat mich angesehen."

„Warum soll sie nicht? Sie sehen doch sehr gut aus."

„Finden Sie? Meinen Sie, daß ich 'ne Nummer bei den Mädchen habe? Ich bin doch dunkel, man sagt doch immer, dunkel mögen die Weiber gerne. Nur mein Teint, meinen Sie, daß ich Wolle-Teddy um Geld für Höhensonne bitte? Im Zet haben sie mir gesagt, davon krieg ich einen anderen Teint."

„Würde ich nicht tun. Sie leben doch jetzt ganz anders wie im Zet, da kriegen Sie von selbst einen anderen Teint."

„Sehen Sie mal, Kufalt, das Café sieht nett aus. Das ist

sicher mit Weiberbedienung. Pumpen Sie mir zwei Mark, wir gehen rein, ich halte Sie frei."

„Jetzt melden wir uns erst mal an", sagt Kufalt, der sich weise und abgeklärt wie ein Opa vorkommt. „Mit zwei Mark können wir in einem Weibercafé auch nichts machen."

„Aber vielleicht verliebt sich eine in uns, und wir brauchen nichts zu zahlen."

„Um Gottes willen! Nur nicht!"

„Haben Sie denn schon eine? Nehmen Sie mich mit, wenn Sie zu ihr gehen?"

„Ich hab doch keine."

„Aber warum wollen Sie dann nicht, daß sich eine in Sie verliebt?"

„Keine aus solchem Café. Ich denk mir was anderes."

„Ach denken! Haben will ich eine! Und möglichst rasch."

In der Polizeiwache stehen zwei Beamte an zwei Stehpulten und sehen einander an. Der eine hat etwas vogelartig Gesträubtes mit seinem spitzen, borstigen Bart, der gekrümmten Nase, den grellen Augen, der andere ist ein kleiner blasser Mann.

„Ich kann nur sagen", erklärt der Blasse, „ich hab 'ne Parzelle bei der Horner Rennbahn. Die ist mein halbes Leben. Da gärtnere ich so rum."

„Gärtnern", sagt der gesträubte Vogel mißbilligend, „wenn ich schon so was höre! Sie sind doch kein Gärtner. Das ist doch alles Pfuscherkram. Wenn Sie soweit sind und ernten Kohlrabi, dann wird er Ihnen in den Gemüsehandlungen nachgeschmissen."

„Ich mache es nicht um Geld", sagt der Blasse. „Es macht mir – so – Freude, wissen Sie."

„Pfusch", sagt der Vogel. „Nichts wie Pfusch. Sehen Sie, ich spiele Skat. Ich mache nichts wie Skat spielen. Manche Abende bring ich zwei, drei Mark nach Hause. Ich kann Skat. Keine halbe Sache. Kein Pfusch."

„Ja, wer das Genie dafür hat", bestätigt der Blasse.

„Und wenn Wettskaten ist um Karpfen oder Wurst oder Gänse, dann geh ich rum, dann bin ich jeden Tag woanders. Vorigen Winter habe ich sechs Gänse gewonnen! Wenn die Wirte mich nur sehen, wird ihnen das Bier schon sauer. ‚Hau du ab', sagen sie, ‚du nimmst ja unseren Stammgästen nur die Groschen ab.' — ‚Wie ist das hier?' frage ich. ‚Ist das hier ein öffentliches Lokal? Kriegt hier ein Polizeisekretär sein Helles ausgeschenkt? Ist das hier ein offenes Wettskaten oder nur für den Stamm?' — Dann sind sie ja stille, aber Blicke, sage ich Ihnen... Was wollen Sie denn?" schnauzt er entrüstet Beerboom an, der sich durch Husten dringlich bemerkbar macht.

„Erlauben Sie bloß, Herr Oberwachtmeister", sagt Beerboom, „wir wollen uns ein bißchen anmelden."

„Sehen Sie da das Plakat nicht? Können Sie nicht lesen, daß Sie erst die Formulare ausfüllen müssen?"

„Das geht bei uns nicht so", sagt Beerboom und grient zu Kufalt, denn auf seine Zuchthausart, mit Subalternbeamten umzugehen, ist er sehr stolz. „Bei uns gilt das Plakat nicht, Herr Leutnant. Wir sind anders wie die anderen."

„Das sind...", vermittelt der Blasse, „sicher wieder zwei aus dem...", er macht eine Kopfbewegung um die Ecke, „Sie wissen schon..."

„Na, dann gebt mal eure Zettel her, wir werden ja sehen, werden ja sehen..."

„Ach, Herr Sekretär, ist denn das Vorschrift? Ist das Bestimmung hier in Hamburg? Das hab ich ja noch gar nicht gewußt!"

„Was haben Sie nicht gewußt? Was ist hier Vorschrift? Was ist hier Bestimmung?" Der Vogel wird immer wilder, gleich fängt er an zu kreischen.

„Daß solche wie wir, aus dem...", Beerboom wiederholt die Kopfbewegung des Blassen, „daß solche mit ‚ihr' angeredet werden müssen. Da werde ich mal den Reviervorstand nach fragen. Da will ich mal in sein Zimmer gehen."

Einen Augenblick Stille. Dann: „Geben Sie bitte Ihren Entlassungsschein her."

Beerboom, ganz fröhlich: „Aber gewiß doch, Herr Sekretär. Mir liegt nichts daran, hier lange zu stehen. Ich bin nicht gerne hier. Sie doch auch nicht? Sie spielen doch auch lieber Skat?"

„Ich hab keine Zeit für private Unterhaltungen."

„Nein, gewiß doch. Es ist nur, was man so hört."

„Was sind Sie?"

„Raubmörder. Es steht auf dem Schein, Herr Sekretär. Raubmörder."

„Was Sie vorher waren, will ich wissen."

„Gar nichts. — Nee, Soldat war ich, richtig, Vaterlandsverteidiger war ich, Herr Sekretär. Meinen Leutnant habe ich umgelegt."

„Das interessiert hier nicht."

„Es ist nur, weil Sie fragten, Herr Sekretär. Ich dachte, es interessierte Sie."

Der andere hat gewühlt in Papier, jetzt bringt er ein Aktenstück. „Ich habe Ihnen zu eröffnen ... Vier Jahre Ihrer Strafzeit sind Ihnen mit dreijähriger Bewährungsfrist erlassen ... Sie stehen unter Polizeiaufsicht. Sie haben sich jeden Tag in der Zeit zwischen sechs und sieben Uhr abends hier auf der Wache zu melden. Wenn Sie verziehen, haben Sie es vorher anzumelden. Unterlassen Sie die tägliche Meldung, so wird sofort Ihre Inhaftnahme verfügt. — Haben Sie verstanden?"

„Wenn ich nun krank werde, Herr Sekretär?"

„Dann schicken Sie jemanden mit einer ärztlichen Bescheinigung hierher."

„Von mir läßt sich keiner schicken."

„Nun, wir kümmern uns schon um Sie, wir sehen schon nach."

Beerboom scheint schwer zu grübeln. „Und es stimmt doch nicht, Herr Sekretär!"

Der Sekretär, sehr gereizt: „Was stimmt nicht?"

„Was Sie mir da vorgelesen haben."

„Das stimmt, Sie werden sofort verhaftet, wenn Sie sich nicht melden."

„Nee, werde ich nicht. Ich werde mich überhaupt nicht melden."

Der Beamte ist direkt vor einem Ausbruch.

„Ich hab nämlich 'ne Erlaubnis vom Polizeipräsidium, daß ich mich nicht zu melden brauche, weil die nämlich im Heim die Schutzaufsicht über mich haben." Er kramt in den Taschen, gibt dem Sekretär einen Schein.

„Warum geben Sie mir den nicht gleich? Warum lassen Sie mich hier reden und reden? Sie haben mir Ihre sämtlichen Papiere gefälligst sofort zu geben."

132

„Alle habe ich nicht hier. Welche habe ich noch zu Haus."

„Was für welche?"

„Impfschein und ein Schulzeugnis."

Nun kreischt der Vogel doch: „Sie sind..." Beerboom grinst erwartungsvoll. „Ach was!" Zum Blassen gewendet: „Sind Sie mit Ihrem fertig? Ja? Schön, Sie können gehen."

„Ich auch?"

„Ja! Sie auch! Sie auch!"

Sie stehen beide wieder auf der Straße, Beerboom und Kufalt.

„Warum machen Sie so was? Was hat denn das für einen Zweck?" schimpft Kufalt los. „Ich habe mich richtig geschämt für Sie."

„Solche muß man durch den Kakao ziehen. Die sind ja so doof. Das ist meine Hauptfreude. Mein Stationswachtmeister im Zet, sage ich Ihnen..."

„Ich sage ja nichts, wenn einer ein Aas ist. Aber bloß so... Nee, ich geh mit Ihnen nicht wieder auf ein Revier."

„Ich will's nicht wieder tun, wenn Sie dabei sind und es stört Sie. Was soll man denn tun im Bunker, all die Jahre, und nie ist was los...? Da muß man doch stänkern."

„Na ja, ich hab auch gestänkert. Aber jetzt sind wir doch draußen."

„Ich kapier es noch immer nicht. Wissen Sie, innen kapier ich es nicht, daß ich draußen bin. Und es wird auch schon nicht stimmen. Ich bin bald wieder drin."

„Keine Ahnung."

„Sehen Sie das Mädchen auf der Bank da mit dem Kinderwagen? Nett, wie? Soll ich mal hingehen und die fragen: ‚Fräulein, wollen Sie nicht auch ein Kind von mir?'"

„Warum? Was hat Ihnen die getan? Die ist doch selbst noch ein halbes Kind."

„Ich weiß nicht. Ich habe solche Wut. Auf alles. Die hat es gut, die weiß noch von nichts. Warum soll sie nichts wissen? Alle sind doch gemein. Warum die denn nicht? Ach, Kufalt, ich hab 'nen schrecklichen Kater, ich wollte, ich läge auf meinem Bett und könnte heulen."

Es ist der schönste Nachmittag von der Welt, das Mittagessen war gut gewesen, für jeden Mann hatte es zwei Rouladen gegeben.

Kufalt sitzt vor seiner Emailleschüssel, die Typenhebel sind sauber, nun trocknet er sie und reibt die Gelenkstellen mit dem Ölläppchen ab. Er arbeitet ruhig und schläfrig, eigentlich fühlt er sich sehr wohl.

Beerboom hatte sich gleich nach dem Mittagessen verdrückt, war ins Bett gegangen, wohl um zu heulen. Aber diese Flucht wurde rasch entdeckt. Die Schreibstube hörte oben Seidenzopfs Baß rollen, Beerboom protestierte gellend, dann aber erschien er, gejagt von Seidenzopf.

„Bürozeit ist Bürozeit. Sie haben das unterschrieben."

„Ich hab ja gar nicht gelesen, was ich unterschrieben habe."

„Hepphepphepp, nun setzen Sie sich fein an die Arbeit..."

„Meine Nerven halten das nicht aus, hier neun Stunden stillesitzen."

„Sie wollen doch Geld verdienen. Schreiben Sie! Schreiben Sie! Sehen Sie, wieviel der Maack schon fertig hat – und Sie..."

Ja, es sieht nicht so aus, als wenn Beerboom heute seine fünfzehnhundert Adressen schaffte. Kufalt kalkuliert den Stoß, der vor Beerboom liegt. Das sind vielleicht dreihundert Adressen. Fünfundvierzig Pfennig das Hundert. Nein, Beerboom wird heute nicht mal sein Kostgeld verdienen...

Der Maack dagegen, der Große, Lange, Blasse, schreibt wie eine Maschine. Das ist nur ein flüchtiger Blick in die Adressenliste vor ihm, dabei schreibt die Hand schon – und die Adresse ist fertig. Hundert auf Hundert türmt sich dort, Stöße über Stöße. Aber er sieht auch nie hoch, er ist eine Maschine, Adresse um Adresse, ein unbewegtes Gesicht, er schreibt.

Nur von Zeit zu Zeit, wie alle andern übrigens auch, steht er auf, geht in den Vorraum, an dem eiköpfigen Wachthund Mergenthal vorbei, taucht in den Keller. Mergenthal murrt dann immer etwas wie: „Schon wieder!" – „Macht es nicht zu schlimm!" – „Sie können auch noch warten!"

Als Maack das nächste Mal verschwindet, folgt ihm in kurzem Abstand Kufalt. Mergenthal murmelt: „Jetzt ist einer unten", aber wie alle andern beachtet Kufalt dieses Murmeln nicht und steigt in den Keller.

Wie nicht anders zu erwarten, ist dort unten ein Klo. Und wie nicht anders zu erwarten, ist es besetzt. Und wie wieder nicht anders zu erwarten, riecht es stark nach Zigaretten.

Wartend dreht sich Kufalt auch eine und brennt sie an.

Die Spülung rauscht, und Maack tritt heraus. Erst will er wortlos an Kufalt vorbei, dann aber, als der ein bißchen lächelt, sagt er leise: „Nur drinnen im Klo rauchen. Wenn Seidenzopf Sie klappt, kostet es Strafe. Mergenthal brummt nur, für einen Antreiber ist der ganz anständig."

„Danke", sagt Kufalt und lächelt wieder. „Danke sehr."

Maack geht schon. Plötzlich dreht er sich um. „Wenn ich Sie wäre, würde ich Seidenzopf das nächste Mal, wenn er durch die Schreibstube geht, fragen, was er für das Reinigen von der Maschine bezahlt. Sonst sehen Sie in den Mond."

„Ja", sagt Kufalt. „Gut, das werde ich tun."

„Die Stunde dreißig Pfennig, das ist hier Tarif."

„Danke schön. Dreißig Pfennig. – Sie wohnen nicht hier im Heim?"

„Ich muß jetzt wieder rauf", sagt Maack und verschwindet.

Kufalts Rückkunft beachtet niemand. Es ist ein Aufstand, eine Art Tumult da oben. Beerboom hat den Federhalter hingeworfen und geschrien, er könne nicht mehr weiter, er würde irrsinnig, das sei schlimmer als Rohrstöcke spalten. Das sei schlimmer als Zet. Wozu ihn die freigelassen hätten, wenn er hier doch wieder eingespunnt sei?

Mergenthal sucht ihn zu beruhigen: „Das ist nur die ersten Tage so. Sie werden das gewöhnt, schließlich denken Sie sich gar nichts mehr dabei."

„Ich kann das nicht, ich halte das nicht aus! Lassen Sie mich eine halbe Stunde auf die Straße. Ich schwöre, ich komme wieder. Aber ich muß raus ... Da ist die Stadt, ich kann doch hier nicht sitzen, ich habe elf Jahre gesessen ..."

Er fließt über, es geht immer weiter.

Angelockt von dem Lärm naht Seidenzopf. „Was ist denn nun schon wieder? Aber, mein lieber Sohn, mein guter Sohn, das geht nicht. Die andern Herren wollen arbeiten."

„Lassen Sie mich raus. Ins Freie. Warum haben Sie mich nicht auf meinem Bett gelassen, ich hätte mich so schön in Schlaf geheult . . . Lassen Sie mich raus!"

„Aber, Herr Beerboom, Sie sind doch ein großer Mensch, Sie wissen doch, was eine Bestimmung ist. Es ist hier Bestimmung, daß jeder neun Stunden abarbeitet."

„Und ich will raus! Ich schlage alles . . ."

„Beerboom, soll ich die Polizei rufen, Sie wissen doch . . ."

Mergenthal hat etwas in Seidenzopfs Ohr geflüstert, der denkt nach. „Nun gut. Ich will es verantworten. Beerboom, jetzt schreiben Sie noch drei Stunden Adressen, und dann fahren Sie die fertigen Umschläge mit dem Handwagen zur Post. Herr Mergenthal begleitet Sie. Da kommen Sie raus. Nein, jetzt keine Widerreden mehr. Erst fleißig schreiben, sonst erlaube ich es nicht. Sie haben ja noch nichts fertig. Die Schrift muß auch viel besser sein. Wer soll denn das lesen? Einen gefälligen Eindruck müssen unsere Adressen machen, den Empfänger muß es richtig freuen, wenn er so eine Drucksache bekommt. Sehen Sie, Beerboom, wenn Sie jetzt schreiben: ‚Herrn Obersekretär', da legen Sie ein bißchen Schwung in das ‚Ober', da freut sich der Mann, daß er es so weit gebracht hat. Adressenschreiben ist eine Kunst, das ist nichts Langweiliges. – So ist es recht, lieber Maack, so einen Tisch sehe ich gerne. Nun vermittle ich Ihnen auch bald eine schöne Stellung."

„Die haben Sie mir schon vor anderthalb Jahren versprochen, Herr Seidenzopf."

„Und Sie, mein lieber Kufalt, ja, das ist recht, das ist hübsch, wie das wieder glänzt und gleißt. Das freut Sie, nicht wahr, wenn Unordnung und Unsauberkeit vertilgt werden? Das muß einen rechten Mann freuen."

„Mach ich das eigentlich im Akkord oder Tagelohn, Herr Seidenzopf?"

„Das ist eine Vorbereitung für Ihre morgige Arbeit, mein lieber Kufalt. Davon haben Sie den Nutzen, da geht es morgen wie geschmiert. – Hähä, es ist ja auch frisch geschmiert."

„Und wieviel verdiene ich? Meine Hände habe ich mir auch ganz versaut."

„Wir sind eine Schreibstube, Herr Kufalt. Wir machen

Schreibarbeiten für Firmen in Lohn. Adressen bezahlen die uns, aber nicht, wenn Sie eine Maschine reinigen."

„Ich kann doch nicht einen Tag umsonst arbeiten! Bekomme ich denn heute auch Essen und Schlafen umsonst?"

„Ich hoffe, mein lieber Freund, Sie sind nicht gierig, nicht geldgierig, meine ich."

„Es hat doch geheißen, hier wird gutbezahlte Arbeit gegeben?"

Aber Seidenzopf ist schon weiter. „Und Sie, lieber Leuben, langsam geht es. Langsam, was?"

Der Lange, Blasse sieht zu Kufalt hinüber, er bewegt den Kopf aufmunternd.

Kufalt springt auf, er steht neben Seidenzopf. „Ich will wissen, was ich für die Dreckarbeit kriege! Fünf Stunden sitze ich jetzt dran. Dreißig Pfennig ist Ihr Stundenlohn."

Seidenzopf sieht ihn kalt und böse an. „Wir geben Ihnen eine Mark. Kein Wort mehr. Es ist vollkommen unzulässig, daß Sie hier aufspringen und mich bedrängen. Setzen Sie sich auf Ihren Platz. Sie haben mich schwer enttäuscht." Und mit einem Seufzer, weitergehend, fortgehend: „Es gibt so viele Arbeitslose, nicht wahr?"

Drüben, an seinem Tisch, der blasse Maack nickt unmerklich.

Kufalt ist mit sich zufrieden.

7

Das Abendessen ist erledigt. Es ist Feierabend für Willi Kufalt, der zweite Abend seiner Freiheit, nach rund eintausendachthundert Abenden in der Gefangenschaft.

Er sitzt im Gemeinschaftszimmer des Heims und sieht durch die Scheiben auf die dämmerige Straße. Das Fenster ist groß, hat schöne, klare Scheiben, auf der Außenseite ist ein hübsches Gitterwerk, Kunstschmiedearbeit, na ja.

Leute gehen vorüber, der Abend ist lau, manche gehen nach Haus, und manche gehen von Haus fort. Auch Mädchen sind darunter. Es ist kein solcher Gewinn, wie man es sich im Kittchen geträumt, die Beine dieser Mädchen in den kurzen Röcken zu sehen.

Aber immerhin. Hier in der Nähe soll ein großer Park sein, es wäre ganz hübsch, da umherzugehen. Aber man müßte von Seidenzopf eine feierliche Erlaubnis zu diesem Ausgang erbitten, und Kufalt hat das Gefühl, als hinge ihm dieser Seidenzopf allgemach zum Halse heraus.

Beerboom streicht wie ein ruheloser Geist durch das Haus, oben, unten, an den Fenstern, an den Türen, aber alles ist gut gesichert. Armer Beerboom, er wartet auf die erste Gewinnbeteiligung aus seinen drei Mark. Wenig Wahrscheinlichkeit, daß Berthold damit überkommt. Nun, wenn es ganz dunkel geworden und die Hoffnung zergangen ist, wird er sich auf sein Bett legen und heulen. Das erleichtert, das tränkt das Gehirn mit Müdigkeit und macht es doof und schläfrig.

Kufalt schaltet das Licht ein und geht an den Bücherschrank. Es sieht unerfreulich in den Fächern aus, die Bücher liegen halb schräg, manche stecken mit dem Schnitt nach vorn. Kufalt zieht ein Buch heraus. „Unsere U-Boot-Helden." Er zieht den dunklen Nachbarn des Heldenbuchs heraus: „Hamburgisches Gesangbuch."

Nun will ich noch ein drittes Mal ...

In der Tür erscheint Minna. „Für *einen* Herrn brennen wir hier aber kein Licht", sagt sie spitz, schaltet das Licht aus und verschwindet.

„Gottverdammich!" brüllt Kufalt und schaltet das Licht wieder ein.

Er zieht ein neues Buch aus dem Schrank. „Die Sünde wider den Geist" von Artur Dinter. Er schlägt das Buch wahllos auf und beginnt zu lesen.

Von der Tür erklingt die weinerliche Stimme Frau Seidenzopfs. „Hier darf aber nicht Licht gebrannt werden am frühen Abend. Es ist ja noch ganz hell draußen. Einer brennt oben Licht, einer brennt unten Licht. Was soll denn das für eine Lichtrechnung werden?"

Frau Seidenzopf schaltet das Licht aus und geht fort. Die Tür läßt sie offen. Kufalt legt das Buch fein sachte in den Schrank zurück, schließt die Tür und setzt sich auf einen Stuhl am Fenster.

Es ist fast ganz dunkel draußen.

Plötzlich wird es hell im Zimmer. Der sittlich hochstehende und innerlich gefestigte junge Mann ist eingetreten, der Student Petersen, vielleicht sechsundzwanzig Jahre alt, der Berater der Strafentlassenen.

„Sitzen Sie hier im Dunkeln? Mögen Sie das?" fragt er.

„Das mag ich", sagt Kufalt und sieht blinzelnd zu dem langen blonden jungen Menschen hinüber.

Petersen zieht die Gardinen zu. Er setzt sich behaglich stöhnend in einen Sessel und streckt die Beine von sich. „Gott, was bin ich müde! Was bin ich herumgelaufen!"

„Ist die Universität weitab?"

„Ja, auch. Aber ich war nicht auf der Uni. Ich bin bei einem Herrn gewesen, der früher auf die Schreibstube kam."

Kufalt sieht fragend.

Petersen erzählt bereitwillig: „Er wohnt mit einem Mädchen zusammen. Und nun will sie weg von ihm."

„Nicht halten, was laufen will", sagt Kufalt.

„Sie erwartet aber . . ."

„Und was haben Sie gemacht? Was haben Sie gesagt?"

„Was soll man sagen? Ich habe mich hingesetzt. Erst haben sie sich gefreut, daß ich kam. Ich hab ihnen auch 'ne Unterstützung gebracht von uns hier. Dann sind sie ins Streiten gekommen."

„Worüber haben sie denn gestritten?"

„Über eine Eau-de-Cologne-Flasche, fast leer. Wissen Sie, er ist so ein ordentlicher Mensch, es muß alles an seinem Platz liegen. Und nun hat er die Eau-de-Cologne-Flasche im Küchenschrank gefunden. Und sie gehört doch auf den Waschtisch. Darüber haben sie gestritten."

„Blech."

„Ziemlich heftig haben sie gestritten. Schließlich schrien sie. Als sie fertig waren, waren sie auch fertig. Dann haben sie geweint."

„Es ist", sagt Kufalt, „ja nicht die Eau-de-Cologne-Flasche, es ist, weil es ihnen dreckig geht. Wenn es einem dreckig geht, wird alles schwer. Ich hab mich im Kittchen auch über jeden Dreck aufgeregt."

„Ja", sagt der Student. „Ja, das ist wohl so. Aber was soll man machen?"

„Wovon leben sie denn?"

„Er war früher auf der Schreibstube. Er hat gut geschrieben. Aber dann plötzlich hat er gesagt, er kann nicht mehr über die Straße gehen. Das ist bei manchen so. Wenn sie rauskommen, merkt man ihnen nichts an. Dann ist alles neu. Aber dann kriegen sie es plötzlich . . ."

„Dann fangen sie an zu spinnen, ja. Der Beerboom spinnt auch schon. Bei dem passen Sie bloß auf."

„Ja, man muß mal sehen", sagt Petersen unsicher, „man kann so wenig machen."

„Sie sollten mit Herrn Seidenzopf reden. Das ist ein Unsinn, solchen Spinner neun Stunden aufs Büro zu setzen, da dreht er noch ganz durch."

„Es ist Vorschrift, wissen Sie, Hausordnung, daß jeder neun Stunden absitzen muß."

„Absitzen, ja."

Die Tür geht auf. Minna ruft giftig, die Hand am Schalter: „Frau Seidenzopf läßt Ihnen sagen, Herr Kufalt, das Licht . . ."

„Was ist denn los, Minna?" fragt Petersen.

„Ach, Sie sind auch hier", sagt Minna. „Eine Stunde Licht wird Ihnen von Ihrem Lohn abgezogen, Herr Kufalt", verkündet Minna und zieht sich zurück.

Petersen und Kufalt sehen einander an.

„Ich werde mit Herrn Seidenzopf sprechen", sagt Petersen. „Das Licht wird Ihnen nicht abgesetzt."

Kufalt macht eine Bewegung. „Es spielt keine Rolle. Jedenfalls danke." Dann: „Wie ist das hier eigentlich? Dürfen wir nur mit Ihnen aus dem Haus?"

„Nein, natürlich auch allein. Immerhin empfiehlt es sich, namentlich abends . . . wissen Sie, ich gehe überall mit Ihnen hin."

Leise, mit Fältchen um den Augen: „Ich tanze auch gerne."

„Was machen wir am Sonntag?"

„Wir können ja mal zum Hafen gehen. Und nachher in ein nettes Lokal, wo es nicht so teuer ist. Zum Abendessen lassen wir uns Brote mitgeben."

„Ich habe eine Verabredung am Sonntagabend. Sie müssen mich eine Stunde weglassen. Ich verspreche Ihnen, ich bin pünktlich wieder da."

Der Student sagt: „Sie können allein gehen. Es kann Ihnen keiner verbieten."

„Nein", sagt Kufalt. „Nicht allein. Ich will offiziell, für die hier, bei Ihnen gewesen sein . . ."

Petersen steht auf und geht hin und her. Verlegen sagt er: „Lieber Herr Kufalt, nein, das möchte ich lieber nicht. Ich könnte.Unannehmlichkeiten haben."

„Schön", sagt Kufalt. „Es war keine wichtige Verabredung. Im Grunde war es gar keine Verabredung. Ich wollte nur Bescheid wissen über Sie. Gute Nacht, Herr Petersen."

8

Kufalt sitzt an seiner Schreibmaschine und schreibt Adressen. Es ist nun der zweite Tag, daß er das tut. Gestern hat er siebenhundert geschafft, heute muß es besser werden. Es geht schon einigermaßen, er vertippt sich noch ein bißchen viel, aber das rutscht so durch unter den vielen hundert Adressen. Alle paar Stunden kommt Herr Mergenthal, notiert, was fertig ist, bündelt es und trägt es hinaus.

Kufalt kann von seinem Platz aus Beerboom nicht sehen, aber in den Pausen, in denen er die neue Adresse in der Liste sucht, hört er ihn rascheln. Beerboom hat heute wieder einen schlimmen Tag, dreimal schon ist er aufgesprungen und wollte aus der Schreibstube fortlaufen. Er hört ständig Bertholds Stimme. Mergenthal hat ihn dann abgefangen und ihn mit Zureden und Schieben auf seinen Platz zurückgeführt. Aber auch heute wird Beerboom keine tausend Adressen schreiben, seine Leistung wird von Tag zu Tag niedriger.

Nun kommt Seidenzopf ins Büro und ruft Kufalt. Der erhebt sich mit Wut. Sicher hat er nicht schön genug gebohnert, er hat es eilig gehabt, wieder an die Arbeit zu kommen.

Aber diesmal ist es nicht das Bohnern. „Herr Pastor Marcetus möchte Sie sprechen. Gehen Sie dort hinein."

Kufalt klopft, eine Stimme ruft: „Herein", und er tritt ein.

Hinter dem Schreibtisch sitzt im vollen Licht ein großer schwerer Mann mit schönem, weißem Haar, einem blühenden Gesicht, die Nase ist fleischig, die Mundpartie sehr ausgebildet, kein Bart. Weiße große Hände.

An der Schmalseite des Schreibtisches sitzt eine Dame mit Stenogrammblock, neben ihr die Schreibmaschine. Vor dem

Tisch steht einladend für die Besucher ein großer Stuhl, aber Kufalt wird nicht aufgefordert, sich zu setzen.

Der Pastor blättert in Papieren, Kufalt kennt dies Konvolut, er erkennt es wieder, es ist ihm nachgereist, es ist sein Aktenstück aus dem Zentralgefängnis.

Der Pastor läßt sich Zeit. Kufalts „Guten Morgen" hat er mit einem kurzen Brummen erwidert.

Nun schlägt er eine Seite in dem Aktenstück auf und sagt, ohne hochzusehen: „Sie heißen Willi, das heißt Wilhelm Kufalt, von Beruf Buchhalter, mit fünf Jahren Gefängnis wegen Unterschlagung und schwerer Urkundenfälschung bestraft..."

„Ja", sagt Kufalt.

„Sie sind aus guter Familie. Wie kamen Sie dazu? Weiber? Suff? Spiel?"

Es ist ein kalter, geschäftsmäßiger Ton, in dem zu Kufalt geredet wird. Kufalt kennt diesen Ton. Der Mann da am Schreibtisch hat ihn nicht eine Sekunde angesehen, er braucht den Mann Kufalt nicht anzusehen, er hat das Aktenstück Kufalt.

Der kennt den Ton, der kennt das Echo auch, er zittert am ganzen Leibe, es ist die alte Welt, sie sollte versunken sein, es sind die Jahre, es sind fünf Jahre, es geht so weiter. Soll es immer so weitergehen?

Die Seidenzöpfe mögen mit ihm reden, wie sie wollen, die Beerbooms, wie sie wollen – aber der hier, der müßte es besser wissen, der darf nicht. Der darf nicht!

Der Mann Kufalt zittert am ganzen Leibe, er fühlt, wie sein Gesicht weiß und kalt geworden ist, aber er fragt im gleichen Ton wie der Pastor: „Muß in Gegenwart der Dame verhandelt werden?"

Pastor Marcetus sieht zum ersten Male hoch. Er hat einen langsamen, gleichgültigen Blick, der sich festsetzt auf Kufalts Gesicht. „Fräulein Matzke ist meine Sekretärin. Durch ihre Hände geht alles. Sie weiß alles."

„Ist die Dame vereidigt?"

„Was heißt das? Sind Sie hier, um zu fragen? Die Dame ist meine Angestellte."

„Ich frage darum, weil ich nicht weiß, ob Privatpersonen meine Strafakten lesen dürfen."

„Fräulein Matzke ist vollständig zuverlässig."

„Trotzdem. Ich weiß nicht, ob es gesetzlich zulässig ist."

„Sie sehen, Ihre Gefängnisverwaltung hat mir Ihre Akten zugeschickt."

„Ja, Ihnen. – Die Dame ist vorbestraft?"

Der Mann hinter dem Schreibtisch macht einen Ruck. „Bürschchen ...", sagt er.

„Ich frage darum: Wenn es eine Kollegin wäre, wäre es nicht so schlimm."

Einen Augenblick ist Stille. Dann sagt der Pastor: „Also bitte, Fräulein Matzke, warten Sie draußen."

Die Dame entschwindet, Kufalt steht mit gesenktem Kopf vor dem Schreibtisch.

„Der Bericht Ihres Anstaltsgeistlichen lautet nicht günstig über Sie."

„Nein", antwortet Kufalt. „Ich will nämlich aus der Kirche austreten."

„Das hat damit gar nichts zu tun."

„Vielleicht doch."

Pastor Marcetus setzt von neuem an: „Auch was Herr Seidenzopf mir über Ihre Führung und Leistung sagt, klingt nicht sehr ermutigend."

„Ich habe mir nichts zuschulden kommen lassen."

„Sie brauchen ständig Widerworte."

„Ständig? Ich habe einmal dagegen protestiert, einen ganzen Tag ohne Lohn zu arbeiten."

„In Ihrer Lage ist man demütig."

„Bei Demütigen ist es nicht schwer, demütig zu sein."

„Sie können nichts. Ihre Handschrift ist miserabel ..."

„Ich war kein Schreiber."

„Auch auf der Schreibmaschine fehlt viel. Sie vertippen sich ständig und schaffen nichts."

„Man muß sich nach der langen Haft auch wieder einarbeiten."

„Das sind Ausreden. Maschineschreiben verlernt man nicht, man ist in zwei Stunden wieder in Gang."

„Nicht, wenn man die Nachwirkungen von fünf Jahren Haft verspürt."

„Die meisten Gefangenen sind Stümper in ihrem Beruf. Deswegen sind sie in der Welt nicht vorwärtsgekommen und auf den falschen Weg geraten."

„Vielleicht sehen sich der Herr Pastor einmal meine Zeugnisse an."

„Wozu? Ich sehe Ihre Leistungen. Wirkliche Qualitätsarbeit findet man nur unter den Affektverbrechern. Wer wegen Eigentumsvergehen bestraft ist, konnte nichts. Tüchtige Arbeit findet in der Freiheit immer ihren Lohn."

„Fünf Millionen Arbeitslose beweisen das."

Rede und Gegenrede sind sich immer schneller gefolgt. Der fleischige Pastor hat nicht mehr seine milden, fröhlichen Farben, er ist dunkelrot angelaufen. Kufalts Gesicht ist fahl, es zuckt und zerrt.

Nach einer Pause des Atemholens sagt der Pastor böse: „Ich überlegte eben, ob ich Sie nicht am besten sofort der Polizei übergebe . . ."

Kufalt sagt wütend: „Bitte! Tun Sie es doch! Das Ganze nennt man Entlassenenfürsorge."

Aber in ihm warnt etwas: Das sagt der nicht nur so, der hat was auf dem Kieker. Was hab ich denn ausgefressen? Nichts. Aber – dumm ist der nicht.

Der Pastor sagt: „In den sechs Stunden von Ihrer Entlassung bis zu Ihrem Eintreffen hier haben Sie sich bereits eines Eigentumsvergehens schuldig gemacht."

„Ich hab geklaut . . .? Nun, Herr Pastor werden ja nicht lügen. Geistliche lügen nicht. Aber jedenfalls muß ich da geschlafen haben, wie ich geklaut habe."

„Sie sind", sagt der Pastor und hängt seine Augen ganz fest in Kufalts Gesicht, „mit hundert Mark mehr hier eingetroffen, als Ihnen im Zentralgefängnis ausgehändigt worden sind."

In Kufalt jagt es, dreizehn Möglichkeiten und zwölf schon ausgeschieden, aber er hat längst gesagt: „Das stimmt. Und die hab ich natürlich geklaut. Fragt sich nur, wem?"

„Sie wollen mir keine Angaben über die Herkunft des Geldes machen?"

„Warum? Wo Herr Pastor doch schon wissen, daß ich es geklaut habe."

„Also rufe ich die Polizei." Und der Geistliche faßt gegen das Telefon, hebt aber den Hörer nicht, wie Kufalt befriedigt feststellt.

„Telefonieren Sie ruhig, Herr Pastor", sagt Kufalt. „Mir

macht es nichts. Ihr Amtsbruder im Zentralgefängnis wird Ihnen gerne von dem verlorenen Einschreibebrief meines Schwagers erzählen. Er oder der Hauptwachtmeister haben ihn verschusselt. Das wird er vor Gericht zugeben müssen."

„Was ist das?"

„Das sind so Geschichten, Herr Pastor. Es ist nicht alles klar, was in den Akten ist. Na, jedenfalls bestellen Sie, die sollen in meiner Zelle sich mal das Gitter anschauen, da ist der Brief angebunden."

„Ich denke, der Brief ist verschusselt?"

„Und Ihr Herr Amtsbruder soll von jetzt an bei der Briefkontrolle auch das Futter im Briefumschlag ansehen, darin steckte das Geld. Meine Schwester hatte es reingesteckt. Heimlich."

„Was ist das alles!" sagt der Pastor unwillig. „Märchen sind das."

„Alles findet sich wieder an", sagt Kufalt ungerührt. „Wenn manche auch das Geld gerne beiseite brächten."

„Ich versteh kein Wort. Ich denke, Herr Pastor Zumpe hat es gerade nicht im Briefumschlag gefunden? Die Sache scheint mir völlig dunkel."

„Rufen Sie die Polizei, dann wird sie schon hell werden. Oder, noch ein Vorschlag, schreiben Sie Herrn Zumpe. Der wird Ihnen antworten: Der Kufalt ist ein ekelhafter Kerl, aber diesmal funkt der Laden."

„Funkt der Laden . . .?"

„Hat er die Wahrheit gesagt, heißt das."

„Also gut, ich werde schreiben, und wehe Ihnen, wenn nicht jedes Wort wahr ist! Ich rufe unnachsichtlich die Polizei."

„Und ich schiebe wieder Knast, gewiß doch, Herr Pastor."

Der Pastor macht eine mutlose Bewegung. „Also führen Sie sich wenigstens solange gut."

Kufalt beugt sich über den Schreibtisch. Jetzt ist er wirklich böse. Und hat keine Angst mehr.

Er flüstert dem erstaunten Geistlichen ins Gesicht: „Wenn Sie das nächste Mal mit einem alten Knastschieber reden, dann sagen Sie ihm guten Morgen. Dann fragen Sie ihn nicht in Gegenwart von hübschen jungen Mädchen, ob er wegen Weibergeschichten ins Kittchen kam. Dann bieten Sie ihm lieber noch einen Stuhl an. Dann kotzen Sie ihn nicht an. Das Angekotztwerden, das sind wir gewöhnt, Herr Pastor, das macht uns munter und scharf, das ist das Salz in unserer Suppe, Herr Pastor. Das nächste Mal versuchen Sie es vielleicht mal mit der andern Tonart, Moll statt Dur, Freundschaft statt Feindschaft. Guten Morgen, Herr Pastor . . ."

„Halt!" brüllt der Pastor. „Sie können auf der Stelle . . ."

„Das Friedensheim verlassen . . .?" fragt Kufalt.

„Ach was! Gehen Sie an Ihre Arbeit. Sie sind es alle nicht wert . . ."

„Natürlich sind wir alle die Arbeit von Herrn Pastor nicht wert. Guten Morgen, Herr Pastor."

„Machen Sie, daß Sie wegkommen. Fräulein Matzke soll wieder reinkommen."

„Guten Morgen, Herr Pastor!"

„Na, meinethalben guten Morgen."

9

An diesem Abend, es ist Sonnabend, sagt beim Essen der Student plötzlich: „Ich geh noch ein bißchen spazieren. Wenn einer von den Herren Lust hat . . .?"

So weit sind sie doch schon, daß sie erst einmal unschlüssig zu Seidenzopf hinsehen, der aber sehr friedlich sagt: „Aber gewiß doch. So ein schöner, lieblicher Abend . . ."

Und Frau Seidenzopf: „Aber Punkt zehn wird das Haus geschlossen und nicht wieder aufgemacht."

„Dann wollen wir also die Uhren vergleichen", sagt Petersen.

„Es ist sieben Uhr zwanzig . . ."

Und Beerboom: „Ich gehe nur mit, wenn Herr Seidenzopf mir Geld gibt. Ohne Geld gehe ich nicht auf die Straße, da kommt man ja an keinem Hunde vorbei."

„Ich rechne also mit den Herren noch rasch ab, Herr Petersen."

Aber es geht dann nicht so rasch. Kufalt steht am Gangfenster und sieht in den langsam dämmerig werdenden Garten, während drüben im Büro die Stimmen gegeneinander anschwellen und wieder leise werden. Die Büsche verschwimmen sachte gegen die dunklen Gartenmauern, die äußersten Spitzen der Baumkronen reichen noch in die Sonne, Beerboom drinnen jammert flehend, Seidenzopfs Baß grollt – und schließlich geht die Tür auf, und Seidenzopf schreit: „Gehen Sie raus, Sie Mensch, Sie! Ein Ärgernis sind Sie! Keinen Pfennig mehr gebe ich. – Kommen Sie rein, mein lieber Kufalt."

Kufalt kommt rein.

„Na, Sie haben ja erst drei Arbeitstage. Für den Donnerstag Maschinenreinigen – na, sagen wir, fünfzig Pfennig..."

„Eine Mark ist ausgemacht."

Langer Blick. „Meinethalben eine Mark. Freitag und Sonnabend je siebenhundert Adressen – sehr wenig, Herr Kufalt, und recht liederlich geschrieben –, fürs Tausend sechs Mark, macht acht vierzig, alles in allem Arbeitsverdienst neun Mark vierzig. Sie haben zu zahlen fünf Tage Kost und Logis je zwei Mark fünfzig, macht zwölf Mark fünfzig, bleiben Sie uns schuldig drei Mark zehn, die von Ihrem Depot gekürzt werden. Alles klar?"

„Ach nee", sagt Kufalt und holt tief Atem, „das ging ja furchtbar einfach. Wieso erst mal fünf Tage Kost?"

„Der Ankunftstag rechnet voll."

„Ich habe nur das Abendessen gehabt."

„Das macht nichts, das sind unsere Bestimmungen so, die haben Sie unterschrieben."

„Und der fünfte Tag?"

„Ist morgen der Sonntag."

„Den bezahle ich im voraus? Auch nach Ihren Bestimmungen?"

„Dann geht er bei der nächsten Abrechnung nicht ab. Das ist doch nur Ihr Vorteil."

„Ich verdiene hier also nicht soviel, wie ich ausgebe?"

„Das kommt noch, mein junger Freund, das kommt alles noch."

„Viel mehr kann ich nicht schaffen auf der Maschine."

„O doch, das kann man schon. Machen Sie das nur erst ein halbes Jahr."

„Ich brauche auch noch Geld für die nächste Woche."

Seidenzopfs Stirn verdunkelt sich. „Ich habe Ihnen am

Mittwoch erst drei Mark gegeben. Wieviel wollen Sie schon wieder?"

„Zehn Mark."

„Das ist ganz ausgeschlossen. Das gestattet Pastor Marcetus nie. Zehn Mark Taschengeld in der Woche! Da erzögen wir Sie ja zum Verschwender!"

Kufalt sagt finster: „Ich will Ihnen mal was sagen, Herr Seidenzopf. Das ist mein Geld, um das ich Sie bitte. Das ekelt mich hier. Sie haben mir gesagt, am Mittwoch, ich kann jederzeit Geld haben. Sie lügen doch nicht, Herr Seidenzopf?"

„Wozu brauchen Sie denn das Geld? Sagen Sie mir einen vernünftigen Zweck!"

„Erst mal brauche ich Porto."

„Porto? Wozu denn Porto? Ihre Verwandten wollen doch nichts mehr von Ihnen wissen — wem wollen Sie denn schreiben?"

„Stellenbewerbungen."

„Das ist nur rausgeworfenes Geld, das lassen Sie lieber. Wer nimmt Sie denn? Da warten Sie, bis wir Sie kennen und empfehlen können. — Wozu brauchen Sie noch Geld?"

„Ich muß meine Wäsche waschen lassen."

„Für zehn Mark? Was müssen Sie denn waschen lassen? Ein Hemd und einen Kragen! Die Unterwäsche können Sie ruhig vierzehn Tage tragen, ich wechsle meine auch nicht öfter. Macht achtzig Pfennig. Wozu brauchen Sie noch Geld?"

Die Stimmen schwellen an und sinken dann wieder. Nach einer Viertelstunde ist Kufalt besiegt, trotzdem er zweimal gebrüllt und auf den Tisch geschlagen hat. Er verläßt mit fünf Mark Auszahlung das Büro.

„Auf diese Weise werden Sie mit Ihrer Rücklage ja schnell alle werden, mein lieber Kufalt", schilt Seidenzopf hinter ihm her.

Aber dann hängt in den Straßen eine fast leuchtende Dämmerung.

Am tiefen Nachthimmel glüht die Schnur der Bogenlampen sanft und hell. Viele Menschen sind unterwegs. Sie schlendern. Man hört sie sprechen, leise oder lauter, dann lacht einmal ein Mädchen.

Nebenher die beiden reden eifrig, Petersen und Beerboom. Beerboom ist voll Gift und Galle, neun Mark dreißig hat er draufzahlen müssen. Petersen versucht ihn zu besänftigen.

Kufalt bummelt langsam daneben her. In den Lauben vor den Cafés sitzen die Leute, trinken und essen. Man hört Musik. Löffelchen klappern gegen Teller. Die beiden anderen überlegen, ob man sich in ein Café setzen soll. Aber es wird zu teuer. Besser, man geht in den Hammer Park, wo gratis Musik zu hören ist.

Beerboom beweist jetzt dem Petersen, daß sein Leben völlig verpfuscht ist, daß es ebenso gut wäre, gleich heute Schluß zu machen, Petersen beweist dem Beerboom das Gegenteil.

Nun taucht es dunkel und massig vor ihnen auf, die Luft wird kühler und feuchter, Bäume, viele hohe Bäume, der Hammer Park.

Erst gehen sie einmal rundum durch die schwachbeleuchteten Wege voller Pärchen. Dann landen sie in der Mitte bei einem strahlend beleuchteten Kaffeehaus. Dort musiziert in einem muschelförmigen Pavillon eine Kapelle, Tische sind aufgestellt, und viele Menschen sitzen daran. Die nichts verzehren sind abgesperrt durch Seile.

Auch die drei bleiben eine Weile unter dem Volk stehen und lauschen. Das Hören hat man nicht absperren können, so gerne man es wohl getan hätte. Es geht fröhlich zu bei den Zaungästen, ganze Büschel junger Mädchen hängen dort herum. Jungens jagen sich mit Mädeln, viele lachen. Kufalt wird von einer Kette junger Leute beinahe umgelaufen. Er drängt in die dunklen Wege zurück, die anderen wollen im Licht bleiben. So zeigt er auf einen Weg. „Da sitze ich irgendwo. Holen Sie mich dann."

Er findet im Dunkeln eine Bank, auf der nur ein Paar sitzt. Hockt sich auf eine Ecke, dreht sich eine Zigarette, lehnt sich bequem zurück und sieht vor sich hin.

Manchmal bewegt der Nachtwind ein wenig die Zweige, das rauscht ferne an, kommt näher mit tausend einzelnen Geräuschen und verliert sich wieder fern mit einem allgemeinen Rauschen.

Der Mann und die Frau auf der Bank reden miteinander. Kufalt hört halb hin. Es wird von einem Garten geredet, von einer alten Mutter, die immer schwieriger wird . . . Verliebte sind es nicht, denkt Kufalt. Er hätte gerne ein Mädchen, mit dem er sitzen und schwatzen könnte. Über was aber könnte er mit ihr schwatzen . . .?

Es gehen viele Menschen vorüber, manche halten sich an den Händen. Nein, nicht einmal im Gefängnis hat Willi Kufalt das Gefühl gehabt, wie sehr er sich außerhalb von all dem gestellt hat. Er ist draußen aus all diesem Leben — kommt er je wieder hinein? Von all dem, was ihm in den letzten fünf Jahren geschehen ist, wird er nie reden dürfen.

Das Mädchen ist aufgestanden und macht ein paar Schritte auf und ab. „Es ist doch kühl. Mir wird fröstelig", sagt sie. Der Mann antwortet nicht. Sie spricht das spitze „S" der Hamburger, nun kommt sie in den Lichtschein der Laterne — eine zierliche, rasche Figur, ein Herzgesicht, blondes Haar. Wieder im Schatten.

„Gehen wir", sagt das Mädchen.

Der Mann steht auf.

Petersen und Beerboom kommen. „Gehen wir dort entlang", sagt Kufalt und folgt dem Paar. „War die Musik noch nett?"

Die beiden erzählen, Kufalt behält sein Paar im Auge. „Nein, wir wollen hier entlanggehen. Sie haben ja keine Ahnung, was ich für einen Ortssinn habe. Ich führe Sie glatt nach Haus."

„Aber wir gehen in der falschen Richtung!"

„Gar nicht. Wir gehen nachher rum. Wetten, daß ich Sie richtig führe?"

„Um was?"

„Zehn Zigaretten."

„Abgemacht. Hauen Sie durch, Beerboom!"

Es ist nicht ganz leicht, ohne Auffallen dem Paar zu folgen. Kufalt hält sich auf der anderen Straßenseite und macht manchmal Bemerkungen, die seinen suchenden Ortssinn beweisen sollen: „Nein, nun gehen wir besser hier um die Ecke. — Jetzt wieder geradeaus — nein, doch besser links."

„Ihr Ortssinn, Kufalt", sagt Beerboom.

Hinter einer Bahnunterführung biegt das Paar überraschend nach links ab, und im Augenblick, da Kufalt seine beiden Begleiter mit Mühe und Not in diese unerwartete

Kurve gebracht hat, ist es in irgendeinem Hauseingang verschwunden.

Kufalt bleibt aufatmend stehen. „Nun bin ich doch ganz wirr geworden. Wo sind wir eigentlich? Wie heißt denn die Straße?"

„Sie sind gut", sagt der Student Petersen. „Jetzt, wo Sie endlich die rechte Richtung gefaßt haben ... Das ist die Marienthaler Straße, in einer Viertelstunde sind wir im Heim."

Und nach einem Blick auf die Uhr: „O Gott, wir haben nur noch neun Minuten. Nun aber Trab, so schnell es geht!"

„So gefährlich wird es doch nicht sein", sagt Kufalt im Laufen. „Fünf Minuten werden die schon auf uns warten."

„Der wirft jeden raus, der nur drei Minuten zu spät kommt. Läßt ihn gar nicht erst ins Haus, die Tür bleibt zu, und am nächsten Morgen Sachen packen, weg!"

„Wir sollen eben durchaus nicht an die Mädchen", keucht Beerboom. „O Gott, ich kann nicht mehr, laßt uns einen Augenblick Schritt gehen."

„Öder Quatsch", schilt Kufalt. „Wenn Sie dabei sind, gilt es doch nicht, Herr Petersen."

„Ich ändere auch nichts", keucht Petersen. „Ich bin nach außen gut, als Aushängeschild. Los, Beerboom, wieder traben! Nur noch vier Minuten!"

In der Haustür entspinnt sich eine heftige Debatte mit Minna, ob es eine Minute nach oder Punkt zehn ist. Jedenfalls wird sie es Herrn Seidenzopf melden.

10

Am Vormittag – es ist nun Sonntag geworden – haben sie zur Kirche gemußt, denn nach der Hausordnung hat jeder Heiminsasse den Gottesdienst seiner Konfession zu besuchen. Dann spielten Kufalt und Petersen bis zum Mittagessen Schach, während Beerboom seine Hosen über einer Stuhllehne mit einem flachen Brett „bügelte". Als sie dann am Nachmittag losgingen, hatte er zwei Bügelfalten nebeneinander und wurde weinerlich. Alles ging ihm quer.

Der Hafen ermunterte sie, und eine Weile stolperten sie

an den Bollwerken entlang. Aber dann wurden sie müde. Beerboom klagte über Hunger und Durst. Das Essen hielt rein nichts vor, was das für Portionen seien, im Zet . . .

Sie gerieten in die Anlagen beim Bismarck und setzten sich dort unter Bäume. Eine Seltersbude war dicht dabei, Beerboom trank Zitronenlimonade, Himbeerlimonade, aß die Stullen, die fürs Abendessen bestimmt waren, klagte eine Weile und schlief ein.

Die beiden anderen, müde und zufrieden, sahen schläfrig auf den Strom der Vorbeiziehenden und flüsterten ab und zu ein paar Bemerkungen über Beerboom, mit dem es nicht gut ablaufen könne. „Aber Seidenzopf hört nicht, und Marcetus weiß alles über Entlassenenfürsorge. Dem kann man nichts erzählen."

Sie sehen sich weiter die Vorübergehenden an. Von Zeit zu Zeit setzen sie Beerboom zurecht, der von der Bank rutscht.

Als der aufwacht, ist es schon gegen sechs. Er ist wütend, daß sie ihn so lange haben schlafen lassen, um zehn müssen sie schon wieder im Friedensheim sein, da kann er schlafen, aber doch nicht hier!

Dann kauft er sich eine Bockwurst mit Kartoffelsalat und zum Abschluß einen kalten Kuß. Er steht auf und sagt: „Gehen wir."

Die Reeperbahn, die Kleine und die Große Freiheit helfen über eine Stunde weg. Aber sie sind Leute ohne Geld, außerdem erklärt Petersen, daß er unmöglich mit ihnen hier in ein Lokal gehen könne, dann sei er seinen Posten los. Zur Not könne man in der Nähe des Hauptbahnhofs in ein Konzertcafé. Sie müßten aber den Mund halten.

Schließlich sitzen sie dort in einem halbleeren Café. Es ist die unglückliche Stunde zwischen sieben und acht, in der die Kapelle pausiert. Beerboom schimpft und trinkt Bier, Kufalt grübelt und trinkt ein Kännchen Kaffee, Petersen sieht sich mit seinen schnellen Augen unter den jungen Mädchen um. Er trinkt Tee.

Als Kufalt sich eine Zigarette dreht, flüstert er: „Ich weiß nicht, ob das hier üblich ist. Vielleicht kaufen Sie sich welche. Wir fallen sonst auf. Ich würde Ihnen die fünfzig Pfennig unserer Wette erlassen."

„Na schön", sagt Kufalt und steht auf. „Ich hole sie mir dann drüben im Hauptbahnhof. Hier deren Apothekerpreise bezahle ich nicht."

Kufalt geht. Seinen Hut läßt er hängen. Es ist kurz vor acht. Unten fragt er, wo der Rathausmarkt ist. — Dort die Ecke, die Mönckebergstraße hinunter, kaum fünf Minuten.

Kufalt läuft.

Da ist schon der Rathausmarkt, die Uhr schlägt eben acht, er sieht sich nach dem Denkmal, nach dem Pferdeschweif um.

Nichts.

Er fragt. „Ja, das war mal hier. Aber jetzt nicht mehr. Wie lange waren Sie denn nicht hier?"

Kufalt umrundet den Rathausmarkt. Er geht kreuz und quer. Immer glaubt er, zwanzig Meter weiter Batzke zu sehen. Manchmal erreicht er ihn, dann ist es jemand anders, manchmal entschwindet der andere, dann war er es vielleicht doch. Außerdem kann er sich nicht recht vorstellen, wie Batzke eigentlich aussieht, immer wieder stellt er sich einen Menschen in blauer Kittchenkluft mit Lederpantoffeln vor.

Die Uhr am Rathaus zeigt Viertel, zeigt halb. Kufalt sucht verbissen weiter. Er muß kommen, Batzke muß kommen. Er will nicht ins Heim zurück. Dieses kleine, mickrige Leben, dieses Kämpfen um den Groschen, dieses Streiten mit Seidenzopf, dieses Quälen an der Maschine, dieser Beerboom, dieser Petersen, dieser Marcetus — soll das die Freiheit sein, auf die er fünf Jahre gewartet hat?

O Gott! Die Freiheit! Tun und lassen, was er mag ...

Es ist nach neun, als er wieder ins Café kommt. Es soll also wohl so sein, Friedensheim heißt die Losung. Nun gut, auch das wird er ertragen, er muß eben noch ein wenig länger warten ... Aber wenn Petersen ihm jetzt ein Wort sagt ...! Doch Petersen tanzt mit Begeisterung, er hat wohl keine Ahnung, wie lange Kufalt fort war. Als er mal an den Tisch kommt, schwärmt er von einer Blauen, die sicher was Besseres ist.

Beerboom trinkt sein zweites Glas Bier und erörtert die Frage, ob er Seidenzopf morgen schon wieder um Geld angehen kann. Einerseits — andererseits.

Zehn Minuten nach halb zehn. „Jetzt müssen wir aber unbedingt los, sonst schaffen wir es nicht."

Unten sagt Petersen sorgenvoll: „Wir müssen eine Elektrische nehmen."

Und Beerboom: „Die bezahlen Sie aber! Bloß wegen Ihrer blöden Tanzerei."

Im Wagen wird Beerboom plötzlich gelb und weiß. „Mir wird so schlecht."

Er wankt auf die Plattform. Und muß sich schon erbrechen.

Der Schaffner tobt: „Nein, meine Herren, das geht nicht! Sofort steigen Sie ab!"

Petersen ist verzweifelt. „Es hilft alles nichts. Wir müssen ein Auto nehmen. Herr Beerboom, nehmen Sie sich ein bißchen zusammen, daß Sie das Auto nicht dreckig machen."

Beerboom röchelt.

Und im Auto, in kurzen Abständen: „Ein Taschentuch, schnell, ganz schnell – Ihr Taschentuch, doch nur schnell! Da! Wischen Sie's ab!"

Und plötzlich lauthals weinend: „Was ist das mit mir?! Ich habe doch gar nichts getrunken! Was habe ich früher vertragen! O Gott, o Gott, was haben die aus mir gemacht, die Schufte, die elenden ... An nichts kann man sich mehr freuen ..."

Sie kommen zwei Minuten nach zehn an. Vater Seidenzopf schließt mit einem Begräbnisgesicht auf, beantwortet ihren Gruß nicht, betrachtet scharf den Beerboom.

„Herr Petersen, kommen Sie noch mal auf mein Zimmer. Wenn Sie Ihren Schutzbefohlenen ins Bett gebracht haben. Ich habe mit Ihnen zu sprechen."

11

Es vergehen zwei und drei Wochen. Kufalt sitzt in der Schreibstube und schreibt. Es geht nicht so schnell vorwärts, wie er geglaubt hat, tausend Adressen erreicht er nie. Mal ist das Adressenmaterial schlimm und mal ist ihm schlimm.

Er wacht trübe auf. Dann irritiert ihn jedes Geräusch, das Gebrumm und Gegreine von Beerboom in seinem Rücken macht ihn wahnsinnig. Er sitzt an der Maschine, aber er schreibt nicht, er überlegt: Soll ich aufstehen und dem Beerboom eins in die Fresse hauen? Das wird eine fixe Idee: Er sitzt und horcht nur nach Beerboom. Soll ich...? Und er müßte doch schreiben!

Aber es scheint so zwecklos, ohne Atemholen Adressen zu klappern, nur daß bei jeder Wochenabrechnung mit Seidenzopf die Rücklage um fünf oder zehn Mark kleiner wird. Soll es ewig so weitergehen? Es gibt Leute, die kommen schon Jahre auf die Schreibstube.

Bürovorsteher Mergenthal ist nicht schlimm. Zum Beispiel hilft er manchmal, wenn eine Arbeit eilig ist. Dann verschenkt er seine Adressen, meistens an Beerboom, aber auch Kufalt hat einmal hundert bekommen. Und er kann es überhören, wenn sie ein Wort sprechen, nur darf Seidenzopf nicht im Lande sein. Mergenthal geht dann vor die Tür. Vielleicht horcht er, aber jedenfalls klatscht er nicht.

„Wieviel haben Sie?" fragt Maack den Kufalt.

„Vierhundert. Nein, noch nicht. Dreihundertachtzig. O Gott, ist das schwer! Es wird eigentlich jeden Tag weniger statt mehr."

„Ja", sagt Maack und nickt mit seinem energischen blassen Gesicht. „Ja. So geht es den meisten zu Anfang. Es wird immer schlechter."

„Sind Sie auch...?" fragt Kufalt und bricht wieder ab.

„Ich auch", nickt Maack lächelnd. „Wohl die meisten hier. Vielleicht sind ein paar dabei, die nur stellungslos sind. Aber das weiß man nicht."

„Ist Mergenthal auch vorbestraft?" flüstert Kufalt.

„Mergenthal?" Maack scheint nachzudenken. Aber vielleicht ist ihm die Frage auch nur unangenehm. „Das weiß ich nicht authentisch."

Und schreibt endgültig weiter.

Beerboom erregt sich wieder einmal. Er hat am Abend vorher Adressen mit dem Handwagen abgeliefert und bei der Firma gehorcht, was die wohl zahlen fürs Tausend. „Zwölf Mark. Zwölf Mark! Und uns geben sie fünf und sechs! Verbrecher sind das, Räuber, Ausbeuter..."

Aber nun öffnet sich die Tür, und Mergenthal kommt wieder. „Beerboom, Sie müssen schreiben. Sie dürfen nicht sprechen! Sie wissen, wenn Frau Seidenzopf das hört oder Fräulein Minna..."

„Fräulein Minna!" höhnt Beerboom. „Wenn ich das schon höre: Fräulein Minna! Die Fürsorgegöre! Kriechen müssen wir, Papier bekritzeln, damit die Weiber sich dicketun können! Zwölf Mark kriegen sie, und uns geben sie sechs – wenn das Gerechtigkeit ist...!"

„Herr Beerboom, seien Sie jetzt still. Ich darf das nicht hören, ich müßte es Herrn Seidenzopf melden..."

Nun, schließlich beruhigt sich Beerboom wieder, und Mergenthal meldet es nicht. Aber Minna hat mal wieder gelauscht, und von Minna erfährt es Seidenzopf.

„Ich übergebe Sie der Polizei, Beerboom. Ihre Bewährungsfrist verfällt. Entweder – oder. Es ist mein letztes Wort!"

Und am nächsten Tag folgt dann das Strafgericht beim Pastor. Beerboom wird zermalmt, zerquetscht, seine jammernden Proteste werden niedergedonnert. Beerboom wird zu straffer Arbeit angehalten.

An diesem Tage liefert er als Tagesleistung achtundsechzig Adressen ab.

Aber auch Kufalt wird wieder einmal zu Pastor Marcetus gerufen. „Wie ich höre, sind Sie noch immer hier."

„Herr Pastor Zumpe hat doch sicher wegen des Geldes geschrieben?"

„Pastor Zumpe?" Ablehnende Handbewegung. „Ich bin der Sache nicht nachgegangen. – Sie haben an Ihren Schwager geschrieben?"

„Ja".

„Ihr Schwager will wissen, wie wir mit Ihnen zufrieden sind."

„Und wie sind Sie mit mir zufrieden?"

„Sie kommen oft zu spät nach Haus."

„Immer unter der Obhut von Herrn Petersen."

Der Pastor überlegt. „Ihr Schwager ist begütert?"

„Er hat eine Fabrik."

„So. Eine Fabrik. – Sie haben gebeten, daß Ihre sämtlichen Sachen hierher geschickt werden. Das geht natürlich nicht, wir wären verantwortlich, wenn etwas abhanden kommt."

„Werden Sie darum nicht mit mir zufrieden sein?"

Der Pastor sieht wirklich nicht zufrieden aus. Er äußert sich aber mehr allgemein: „Einen Ton haben die jungen Leute heutzutage. Wir sind Ihnen doch behilflich."

„Sie werden also mit mir zufrieden sein?"

„Ihre Arbeitsleistung ist ganz ungenügend."

„Lassen Sie mich rausziehen, Herr Pastor, aus dem Heim und täglich auf die Schreibstube kommen wie die andern."

Der Pastor schüttelt mißbilligend den Kopf. „Zu früh. Viel zu früh. Der Übergang soll sachte sein."

„In der Hausordnung steht, der Aufenthalt im Heim soll vier Wochen nicht übersteigen."

„Im allgemeinen, heißt es dort, im allgemeinen."

„Bin ich ein besonderer Fall?"

„Wovon wollen Sie denn draußen leben?"

„Von meinem Arbeitslohn hier."

„Sie verdienen ja keine vier Mark den Tag. – Nein, nein, Sie haben andere Dinge im Kopf."

„Was für andere Dinge?"

Aber der Pastor will nicht mehr. Er ist müde oder verärgert, oder er langweilt sich auch. „Hier habe ich zu fragen, Herr Kufalt. Nein, ich werde Ihrem Herrn Schwager schreiben, daß Sie für die nächste Zeit noch bei uns bleiben. Vielleicht im Juli. Nein, gehen Sie jetzt. Guten Morgen übrigens."

12

An einem Freitag erklärt Seidenzopf beim Abendessen mit sanfter Stimme: „Ich möchte gerne, daß meine jungen Freunde am Sonntag einmal die schöne Gottesnatur um Hamburgs Mauern kennenlernen, Herr Petersen. Ich habe vor, Sie für einen ganzen Tag zu beurlauben. Sie dürfen morgens zeitig aufbrechen, und Sie brauchen ausnahmsweise erst um elf oder gar zwölf Uhr nachts zurück zu sein. Was meinen Sie dazu, meine Herren?"

Und wie aus der Pistole geschossen antwortet Petersen: „Ich würde einen Ausflug nach Blankenese vorschlagen, Herr Seidenzopf. Vielleicht kann man schon baden. Und am Abend vielleicht ein gutes Theater."

„Sehr hübsch. Sehr gut", lächelt Seidenzopf. „Und ich

würde jedem unserer jungen Freunde aus der Heimkasse fünf Mark bewilligen, ein Geschenk also, das nicht auf Arbeitslohn oder Rücklage angerechnet wird."

„Au fein!" sagt Beerboom.

„Und Sie, mein lieber Kufalt, Sie sind ja so still?"

„Selbstverständlich würde das sehr schön sein. Aber wenn wir den ganzen Tag draußen sind, Fahrgeld und Theater, da reichen fünf Mark nicht."

„Man kann sich einrichten, Sie bekommen Butterbrote mit, ausreichend Butterbrote."

„Fünf Mark sind gar nichts", fängt nun auch Beerboom an. „Sie müssen mindestens noch fünf Mark drauflegen, Herr Seidenzopf."

Der übliche Streit setzt ein. Kufalt grübelt.

Am nächsten Tag warnt Maack: „Paß Achtung, Genosse. Es stinkt. Morgen feiert das Heim Jubiläum."

Kufalt sagt: „Danke, Kumpel", und grübelt tiefer.

Am Sonntagvormittag sitzen die drei dann auf der hohen Steilküste an der Elbe und betrachten Strom, Schiffe und Land. Es ist drückend heiß, die Autos wirbeln dicke Staubwolken auf, Scharen von Ausflüglern ziehen auf allen Wegen, schwitzend und über Hitze jammernd.

Kufalt sagt brummig: „Hier kann einem ja mies werden. Alles stinkt nach Schweiß und Benzin. Gehen wir weiter."

Petersen protestiert: „Aber wohin? Heute ist es überall so."

„Ach, wir werden schon was finden."

Was sie schließlich finden, ist ein großer, verwilderter Garten.

„Halt, hier ist es richtig", ruft Kufalt, „hier können wir durch den Draht kriechen. Drinnen ist es sicher kühl und ruhig."

„Das ist sicher verboten", sagt Petersen.

„Natürlich ist das verboten", lacht Kufalt. „Wenn Sie nicht mitmachen wollen, warten Sie draußen, bis wir wiederkommen. Sie machen doch mit, Beerboom?"

Beerboom macht mit, und schon kriecht Kufalt zwischen den Drähten durch. Beerboom folgt, bleibt aber an den Stacheln hängen.

„Mach schon rasch, Mensch", drängt Kufalt, „da kommen Leute."

Petersen, verlegen, verzweifelt, reißt den Draht los, es gibt einen Ruck, einen Riß, Beerboom jammert, Petersen kriecht nach – und schon drücken sie sich durch die Büsche.

„Sicher ist meine Hose entzwei", klagt Beerboom, „so was passiert immer mir."

„Das läßt sich stopfen", tröstet Kufalt. „Außerdem ist es im Schritt, da sieht es keiner, und Sie haben bei der Hitze Luft."

„Und wer bezahlt es? O Gott, o Gott, wenn die Minna einem noch was nähen würde! Immer habe ich im Zet gebeten, daß ich in die Schneiderei käme!"

„Wir hätten wirklich nicht durch den Zaun kriechen sollen, Kufalt. Wenn das Pastor Marcetus erfährt . . ."

„Natürlich hätten wir nicht. Sehen Sie das . . ."

Sie stehen hinter den letzten Büschen und sehen in einen großen Obstgarten. Dort geht ein alter Mann mit einem gelben Strohhut von Bienenkasten zu Kasten, er raucht aus einer urmächtigen Piepe. Massen von Bauernblumen blühen.

„Ist das schön? Ist das still? Ist das hier kühl? Wartet, dort ist die richtige Stelle, da hauen wir uns hin und pennen eine Stunde. Gott, ist das hier schön still!"

Sie lagern sich, Petersen legt gleich den Kopf auf den Arm, Kufalt hockt wartend da und sieht Beerboom zu, der seine Hose ausgezogen hat und leise vor sich hin jammert. Dann aber macht Beerboom aus der Hose ein Kissen, legt den Kopf darauf und schläft ein. Es ist ganz still, kein Windhauch bewegt die Äste der Bäume. Die Luft scheint vor Hitze zu singen, und das Summen der Bienen aus dem Bienengarten schwillt auf und ab.

Kufalt setzt sich vorsichtig hoch und späht nach den Schläfern.

Er steht leise auf und späht wieder, den Atem anhaltend. Dann schleicht er sachte über den Grasboden davon, läuft einen Weg in der Richtung des Zauns, und als er durch die Einsteigelücke kriecht, taucht gerade eine Horde von Ausflüglern auf.

Sie stutzen und sehen ihn mißtrauisch an. Er grölt ein übermütiges „Bäh", rast in wilden Sprüngen den steilen Uferweg hinunter nach dem Dampferkai.

In einer Viertelstunde geht der nächste Dampfer nach Hamburg. Nun kommt es darauf an, daß die ihn bis dahin nicht vermissen. Er atmet tief auf, als der Dampfer von der Brücke ablegt.

Drei Stunden später taucht Kufalt erhitzt und atemlos in der Apfelstraße auf. Als er Friedensheim sieht, pfeift er leise und gedankenvoll vor sich hin. Von den Flaggenmasten wehen die Hamburgische und die Reichsfahne. Über der Tür hängen Girlanden. Vor der Tür halten zwei große Autobusse.

„Die Äster", murmelt er. „Diese schleimigen Äster. Haben uns nur weghaben wollen!"

Die Tür ist offen, und über den Vorplatz hin, die von ihm so oft gebohnerte Treppe hinauf, liegt ein schöner roter Läufer. Rechts in der Schreibstube hört er das Gemurmel vieler Stimmen.

Er schleicht leise die Treppen hinauf, öffnet die Tür zum Schlafsaal. Nun sperrt er doch den Mund auf.

Über den sonst so öden Fensterhöhlen hängen helle, freundliche Mullgardinen. Ein roter Läufer auch hier auf dem Boden. Auf dem Tisch eine Decke, eine schöne, bunte, freundliche Decke. Auf der Fensterbank Blumentöpfe mit blühenden Pflanzen. An der Wand Bilder, große und kleine hübsche Steindrucke. Und die Betten ...

„O Gott, die Betten ...", flüstert Kufalt entzückt.

Sie sind schneeweiß bezogen, eines wie das andere, nichts mehr von blaugewürfelter, baumwollener Gefängniswäsche. Schöne weiße Leinentücher.

„Nein, so was!" sagt Kufalt.

Das Gemurmel zieht näher, schwillt treppan.

Kufalt geht durch die Tür in sein Zimmer. Er sieht sich um, nach einem Ausweg, aber es gibt keinen Ausweg, er liefe den Kommenden direkt in die Arme.

Jetzt sieht er: Neben dem Tisch stehen zwei bequeme Stühle, scheinbar über Morgen aus dem Linoleum aufgewachsen. Aber er wagt es nicht, sich darauf zu setzen, er geht hilflos hin und her, in diesem allzu feinen Raum. Dann, als schon die Tür des anstoßenden Schlafraums (wo Beerboom sein Bett hat) sich öffnet, setzt er sich entschlossen auf sein Bett.

Drüben Gescharre, Gemurmel vieler. Räuspern, eine helle weibliche Stimme: „Nein, wie entzückend!"

Und eine tiefe männliche: „Das grenzt ja an Verwöhnung."

„Verwöhnung", hört er die Stimme von Pastor Marcetus.
„Nein, meine sehr verehrten Damen und Herren, nicht Verwöhnung ist das, sondern Eingewöhnung in ein geordnetes bürgerliches Leben. Der Strafentlassene soll das Leben bei uns schön finden, wir wollen ihm gewissermaßen noch nachträglich Grauen und Ekel vor dem Gefängnisdasein einimpfen. Wenn er wieder in Versuchung gerät, dann soll er an das freundliche Zimmer in Friedensheim denken – und die kahle, trostlose Zelle wird ihm doppelt furchtbar erscheinen."

Der Strafentlassene auf seinem Bett, den Kopf in den Händen, denkt an den Raum, den er heute früh verließ: die Betten nackt mit den häßlichen grauen Matratzen, keine Gardinen, keine Bilder, keine Teppiche, keine bequemen Stühle, keine Blumen ... Drüben, der fünfundzwanzigjährige Jubilar, antwortet auf eine Frage: „Nein, nein, wir haben immer zu tun, daß wir die Entlassenen aus dem Heim loswerden. Sie, die Sie zu den Gönnern und Spendern des Heims gehören, wissen, wie sehr es ein Zuschußbetrieb ist. Wir müssen immer wieder an Ihre Mildtätigkeit appellieren. Und wir dürfen Ihre Gabe nicht einigen wenigen zukommen lassen. Zu viele klopfen an unsere Tür. Vier Wochen ist die höchste Zeit, die wir den einzelnen behalten können. Dann ist er akklimatisiert, und wir lassen ihm ein Zimmer durch unsern Fürsorger, Herrn Petersen, mieten. Wir behalten ihn natürlich im Auge, er arbeitet weiter bei uns ..."

„Das Heim ist voll besetzt?" fragt eine Stimme.

„Im Moment? Ich kann es nicht genau sagen. Jedenfalls nahezu. Aber wir wollen nicht noch mehr Betten aufstellen. Es soll den Charakter eines Familienheims bewahren. – Dort, durch jene Tür, kommen wir in einen zweiten Schlafraum, genau wie diesen ..."

Kufalt behält den Kopf in den Händen. Er hört das Gescharre näher kommen. Er will sitzen bleiben, aber nun steht er doch auf. Fünfzehn, zwanzig Menschen drängen sich da durch die Türöffnung, alle sehen ihn an. Auch Pastor Marcetus, aber diesen Blick vermeidet er. Er macht ein ernstes, demütiges Gesicht, er kann das von den Zellenbesichtigungen her, und verbeugt sich.

Ein paar von den Herren verbeugen sich wirklich auch.

„Herr Kufalt", sagt nach einem langen Schweigen Pastor Marcetus. Er räuspert sich, setzt von neuem an, leichter im Ton: „Mein lieber Kufalt, Sie sind nicht von der Partie?" Und zu den Hörern gewendet: „Unsere Gäste machen, wie ich schon erzählte, zur Feier des heutigen Tages einen Ausflug elbabwärts."

„Mir wurde schlecht", murmelt Kufalt. „Es muß die Sonne gewesen sein."

„Herr Petersen hat Sie zurückgeschickt?"

„Nicht eigentlich."

„So. Ach so. Ich verste – he . . ." Wieder zu den Hörern: „Sie sehen, ein Schlafraum wie der eben. Hell . . . friedlich . . . also eben ein Schlafraum wie nebenan." Wieder zu Kufalt: „Wir werden Sie leider noch drei- oder viermal stören müssen, mein lieber Herr Kufalt. Herr Seidenzopf und Herr Mergenthal haben noch zwei Führungen. Und ich weiß nicht, ob Fräulein Matzke schon durch ist. Also gute Besserung."

Er wendet sich zum Gehen.

Die Geführten sehen noch alle auf Kufalt, vielleicht finden sie, daß der einzige Strafentlassene, der ihnen präsentiert ist, nicht ausgiebig genug behandelt wurde. Ein großer Herr, mit starker Mundpartie, mit einem glatten, fleischigen Pastorengesicht, sagt: „Sie fühlen sich wohl hier? Es gefällt Ihnen?"

Pastor Marcetus läßt gottergeben die Schultern sinken.

„Es gefällt mir jetzt sehr gut", sagt Kufalt artig. „Es ist jetzt sehr schön hier."

„Und die Arbeit schmeckt?"

„Auch die, jawohl", sagt Kufalt und lächelt freundlich und demütig.

„Arbeiten müssen wir alle", sagt der große starke Pfaff und lacht. „Wir sind alle leider keine Lilien auf dem Felde, was? Nicht wahr?" Viele lachen beifällig. „Und wie lange weilen Sie schon bei unserm Bruder Marcetus?"

„Über drei Wochen."

„Dann werden Sie ja bald das Heim verlassen?"

„Ja, leider werde ich wohl bald gehen müssen."

Pastor Marcetus sieht Kufalt mit Bedeutung an. „Herr Kufalt wird uns schon Anfang der kommenden Woche verlassen. Er hat den Wunsch, nun in der Stadt zu wohnen. Wir erfüllen seinen Wunsch. Aber er wird weiter hier bei uns arbeiten, bis wir eine schöne dauernde Stellung für ihn gefunden haben."

Kufalt verbeugt sich.

„Nun, dann ist ja alles schön", sagt der große Pfaff. „Weiter Mut, mein junger Freund. — Wissen Sie auch schon, daß heute Ihr Beschützer, hier unser lieber Amtsbruder Marcetus, für seine Verdienste um Sie alle zum Ehrendoktor ernannt ist? Doctor honoris causa!"

„Ich gratuliere Herrn Pastor Marcetus von Herzen!" sagt Kufalt und verbeugt sich wieder.

Pastor Marcetus macht drei Schritte und reicht Kufalt seine Hand. „Ich danke Ihnen, mein lieber Kufalt. Und wie schon gesagt, wir hoffen, recht bald eine schöne Stellung für Sie zu finden, die Ihren großen Fähigkeiten angemessen ist."

Kufalt verbeugt sich, die Besucher gehen. Kufalt stellt sich ans Fenster und sieht in den verbotenen Friedensgarten.

Er pfeift leise vor sich hin, er ist wieder einmal äußerst zufrieden mit sich.

Viertes Kapitel

DER WEG INS FREIE

1

Das Vertrauen, das Pastor Marcetus in die Klugheit seines Schützlings gesetzt hatte, rechtfertigte Kufalt, kaum hatte der letzte Besucher Friedensheim verlassen, vollkommen. Mit einem nicht zu überbietenden Eifer half er Minna und der elegischen Frau Seidenzopf, Gardinen abzunehmen, Bilder in eine Truhe zu verstauen, Läufer einzurollen und auf den Boden zu bringen. Dann legte er mit Minna die weiße Bettwäsche schön sauber in die alten Plättbrüche, und als die beiden zum Schluß noch eilig über die Straße zum Gärtner gelaufen waren, um die entliehenen Topfpflanzen zurückzugeben, als auf dem neu gebohnerten Boden die Spur der vielen geistlichen und fürsorgerischen Gummiabsätze beseitigt war –: Da lagen die Räume wieder in jenem Zustand öder Schlichtheit, die dem Entlassenen den Übergang aus dem Gefängnis so unmerklich machte.

Dann, als gegen halb sieben Petersen und Beerboom angeprescht kamen, gab es natürlich eine hübsche kleine Auseinandersetzung mit dem Studenten wegen Fortlaufens. Aber Kufalt war nicht gesonnen, sich noch irgend etwas sagen zu lassen, nein. *„Ich* will *Ihnen* etwas sagen, Petersen", äußerte er. „Was Sie da erzählen von Sorgen meinetwegen, das ist alles Kohl, an mir liegt Ihnen gar nichts."

„O bitte!"

„Reden Sie doch nicht. Gar nichts. Sie haben bloß Angst um Ihre Stellung. Alles, was da gequatscht wird, daß Sie unser Freund sind und Berater, das ist Scheibe. Denn wenn Sie für uns sind, dann sind Sie gegen Marcetus und Seidenzopf, und dann werden Sie entlassen."

„O bitte! So ist das aber doch nicht. Ich kann immer vermitteln."

„Jawohl, den Pflaumenweichen markieren. Sagen Sie doch mal, wieso kriegen wir für die Adressen, wo die Schreibstube zwölf Mark einsackt, nur sechs und manchmal sogar nur viereinhalb?"

„Mit den Geldgeschichten habe ich nichts zu tun."

„Das wäre aber das erste, worum Sie sich kümmern müßten. Jede Woche hören Sie den Krakeel bei der Abrechnung mit Seidenzopf und sehen, wie sich alle dabei aufregen, und da sagen Sie, Sie haben nichts damit zu tun. Und Sie wissen genausogut wie ich, daß es ein Wahnsinn ist, den Beerboom neun und zehn Stunden Büro absitzen zu lassen, der wird doch immer verrückter..."

Beerboom bestätigt es klagend: „Werde ich auch!"

„... aber unser Fürsorger riskiert keinen Ton."

„Er muß sich eben allmählich an geregelte Tätigkeit gewöhnen."

„Und gestern komme ich in den Zigarrenladen, hier, zehn Häuser weiter, und kauf mir meine sechs Juno, und da sagt das Mädchen im Laden doch wirklich zu mir: ,Sie sind doch auch von da?' — ,Von wo bin ich?' frage ich. ,Na, Sie wissen schon', sagt sie. ,Ist das wahr, daß der dunkle Herr bei Ihnen Raubmörder ist? Der hat mich nämlich gefragt, ob ich nicht mal mit ihm ausgehen möchte, oder ob ich zu stolz wäre, mit einem Raubmörder auszugehen. Ich wär ja gegangen', sagt sie, ,aber meine Mutti hat es nicht erlaubt'..."

„O Gott", jammert Beerboom, „ich hab es ihr doch nur darum gesagt..."

„Du hältst jetzt die Klappe, Beerboom! Du willst dich bloß interessant machen. — Aber warum wissen Sie das alles nicht, Petersen, Sie, unser Freund und Berater...? Sie hätten längst mit dem Marcetus sprechen müssen, von wegen weicher Birne und so. Im Prospekt steht auch, Sie schlafen mit uns, Sie haben alles wie wir. Warum haben Sie denn da ein Extrazimmer und weiße Bettwäsche, und warum bohnern Sie Ihre Bude nicht selbst, sondern wir müssen das für Sie machen...?"

„Und warum sagen Sie mir das alles?" fragt Petersen böse. „Wenn Sie das alles wissen, dann wissen Sie doch auch, daß ich hier gar nichts zu sagen habe!"

„Weil Sie sich aufspielen! Weil Sie hier große Töne quatschen von Sorgen meinetwegen! Weil Sie nichts sind wie ein Aufpasser! Weil ich Sie zum Kotzen überhabe! Weil Sie mich in Ruhe lassen sollen!"

„Herr Kufalt . . ."

„Ach was, lassen Sie mich zufrieden!"

„Hören Sie doch, Herr Kufalt!"

„Zufrieden sollen Sie mich lassen!"

„Sie sind ungerecht!"

„Gerecht soll ich auch noch sein! Ausgerechnet ich! Guten Abend, meine Herren!" Und er geht in den Schlafraum, wütend die Türen schmetternd.

Aber in Wirklichkeit ist er gar nicht wütend, in Wirklichkeit jubiliert und psalmodiert es in ihm: In die Freiheit! Ins Freie! Geschafft!! –

Und dann wird es wieder Morgen, ein strahlend frischer Morgen in der Junimitte. Kufalt hat es langsam dämmerig werden sehen, er hat sich noch einen Augenblick umgedreht und die Augen zugemacht, und als er wieder zum Fenster schaut, ist es schon ganz hell, und die Sonne scheint, und die Vögel lärmen.

Dann, wie am Vormittag Vater Seidenzopf bei seinem gewohnten Rundgang eilig an seinem Tisch vorüberstreicht, sagt Kufalt halblaut: „Ich möchte heute mal zwei Stunden früher Schluß machen, Herr Seidenzopf."

„Ja, ja", sagt Wolle-Teddy und will eilig weiter.

„Ich will mir ein Zimmer mieten."

„Wie? Was? Zimmer mietet Herr Petersen für unsere Herren."

„Bei mir aber nicht", sagt Kufalt und guckt.

„Ähemm! Ähemm! – Also gehen Sie schon", murmelt Seidenzopf und rennt weiter.

Vom Nebentisch der Maack sieht Kufalt einmal an, nickt und kliert weiter. Kufalt hämmert auf seine Maschine. Frei, denkt er. Endlich frei . . .

Am Nachmittag geht er dann los. Er findet sich glatt hin nach der Marienthaler Straße. Gut im Gedächtnis geblieben, ja, ja. Doch in welchem Hauseingang verschwand sie? Er hat es schon in jener Nacht nicht genau gesehen, und nun ist er ganz unsicher. Es wäre so wichtig, wenn er das richtige

Haus träfe, immer hat er an das kleine zierliche Herzgesicht gedacht.

Schließlich geht er aufs Geratewohl, wenn's stimmen soll, wird's schon stimmen!

„Darf ich das Zimmer mal sehen?"

Die kleine rundliche Frau mit dem weißen Scheitel zeigt es ihm. (Kann das ihre Mutter sein?)

„Haben Sie sonst noch Mieter?"

„Nein, niemanden. Nur meine Tochter lebt noch bei mir, ich bin Witwe. Meine Tochter geht ins Geschäft."

„Was soll das Zimmer denn kosten?"

„Dreißig Mark mit Morgenkaffee. Aber Schuhe putzen wir nicht."

„Ist auch nicht nötig." Kufalt tut einen Blick rundum. „Also gut, ich miete das Zimmer. Ich zahle gleich zehn Mark an. Und hier sind noch sechs Mark. Es ist möglich, daß meine Sachen in den nächsten Tagen mit Fracht kommen. Die bezahlen Sie dann. Ich ziehe am Ersten zu. Also gut ... schön ..."

Er sieht sich wieder um und sagt plötzlich, ganz unerwartet herzlich: „Also auf gute Freundschaft, Frau Wendland. Guten Abend."

Es geht alles geradezu beängstigend glatt. Da ist die Abrechnung mit Vater Seidenzopf, schön, abends im Einschlafen hat Kufalt mit Wolle-Teddy Kämpfe bestanden. „Sie haben kein Recht, mir mein Geld länger vorzuenthalten, es ist mein Arbeitsverdienst ..."

Und nun zahlt ihm Seidenzopf das Geld glatt auf den Tisch. Er knüpft nicht einmal eine Bemerkung daran, es scheint die selbstverständlichste Sache, daß Kufalt Friedensheim verläßt. Der letzte Heiminsasse, Beerboom, hilft ihm die Sachen tragen.

Sie gehen durch das abendliche Hamburg, Kufalt sagt zu Beerboom: „Nun sind Sie der nächste."

Beerboom ist heute auch vergnügt. „Natürlich, die können mich doch nicht ewig halten."

„Gespannt bin ich nur, ob meine Sachen schon da sind", sagt Kufalt.

Ja, sie sind da, in dem hellen Zimmer stehen zwei Kisten und ein großer Koffer.

„Das Geld hat nicht gereicht", klagt die alte Wendland. „Drei Mark zehn habe ich noch ausgelegt."

„Kriegen Sie gleich wieder. – Wie ist es, haben Sie vielleicht Zange und Brecheisen, daß ich die Kisten aufmachen kann . . .? Nein, nicht . . .? Gar nichts? Aber Sie müssen doch so was im Haus haben! Wirklich nicht? Wo ist denn die nächste Eisenhandlung? Schön. Zehn Minuten vor sieben, da muß ich laufen. Sie warten hier solange, Beerboom, ich bin gleich wieder da."

Er läuft. Seine Backen glühen. Guter Gott im Himmel, zwei Kisten, ein großer Koffer, ein Handkoffer, zwei Kartons – und vor sechs Wochen in der kahlen Zelle, mit nichts, ohne alles. Ich komme mir, jubiliert er. Was in den Kisten wohl drin sein mag? Ich bin ja sooo gespannt!

Hammer und Zange in der einen, das Brecheisen in der andern Hand, stürmt er die Treppen wieder hinauf. Er klingelt, hinter der Tür tuschelt es, weinerlich die alte, spitz eine junge Stimme (das ist nicht die Stimme vom Herzgesicht!), er klingelt wieder, heftigeres Tuscheln, und noch einmal klingelt er, nun aber feste!!!

„Das hat ja endlos gedauert! – Wo ist denn mein Freund? Schon fortgegangen? Wieso fortgegangen? – Was haben Sie denn? Was ist denn los?"

Die Alte sagt zitternd, stammelnd: „Ach bitte, lieber Herr, tun Sie mir die Liebe, ziehen Sie gleich wieder aus. Ich gebe Ihnen auch all Ihr Geld wieder."

Kufalt versteht gar nichts. „Ausziehen? Aber wieso denn?"

Sie stottert: „Was mein Sohn ist, mein Schwiegersohn – wir brauchen das Zimmer, er kommt gleich."

„Sie brauchen das Zimmer? Sie haben mir das Zimmer vermietet!"

„Lieber Herr, machen Sie mich nicht unglücklich, ziehen Sie aus."

„Ich denke ja gar nicht daran! Jetzt am späten Abend . . ."

Da ertönt eine spitze Mädchenstimme hinter der Tür: „Wenn der Herr nicht gleich zieht, rufen wir die Schupo. An solche braucht man nicht zu vermieten. Ihr Freund hat selbst gesagt, er ist ein Raubmörder."

Pause, dann gesteigert, fast schreiend: „Und Sie sind auch aus dem Zuchthaus!"

Kufalt steht einen Augenblick da. Er macht einen raschen Schritt gegen die Tür. Dann merkt er, daß er neben einem Spiegel steht. Nun gut, das ist er also. Da steht er. Es ist schon Dämmerung, aber da steht er. Komisch, der Hammer tanzt ein bißchen in der Hand, hebt sich an, als wollte er schlagen. Er zittert, er ist aufgeregt, natürlich, da kann man schon aufgeregt sein — oder etwa?

Plötzlich sieht er — auch im Spiegel — die dunklen angstvollen Augen der Frau Wendland, ihr schneeweißes Gesicht.

„Erledigt", sagt Kufalt und faßt den Hammer wieder fester. „In spätestens einer Stunde hole ich meine Sachen. Geben Sie das Mietgeld her. Los!"

Es ist abends neun Uhr.

Kufalt steht vor einer Kiste und überlegt, ob er sie noch aufbrechen darf. Vielleicht stört er Nachbarn, die Wirtin. Er darf nicht wieder Stunk haben, so was schwatzt sich herum. Nun gut, wenn es herauskommt, wird er wieder ausziehen müssen, wahrscheinlich wird er noch oft umziehen müssen, es wird immer irgendwie rauskommen.

Schön. Er wüßte gerne, was in dieser Kiste ist, aber er wagt es nicht. Er wagt es nicht. Er steht so da, die Fenster sind offen, es ist angenehm viel Luft im Zimmer, auch Friedensheim war stets wie Zelle.

Jetzt hat er Luft genug und ein großes offenes Fenster und ein weißes Bett. Aber er wagt es nicht.

Es ist eine große hagere Frau, bei der er gemietet hat. Eine Arbeiterfrau, auch Witwe, Frau Behn, Witwe Behn. Fünfundzwanzig Mark, und das Zimmer blitzt nur so. Eine zerarbeitete Frau, das Gesicht nicht sehr gut, etwas wüst und böse, magere gierige Hände, gebogene Finger.

Hierbleiben, denkt er. Eine Weile in Ruhe hierbleiben. Sie hat mir doch wahrhaftig in der kurzen Zeit, in der ich die Sachen holte, einen Strauß Flieder aufs Zimmer gestellt. Hoffentlich halte ich es immer aus. Es war schlecht, daß die Junge so eine spitze Stimme hatte, und ich hielt grade den Hammer in der Hand. Na ja, es ging noch mal.

Es klopft.

„Herein."

Die Tür geht auf. Ein junges Mädchen steht in der Tür.

„Darf ich Ihnen noch eine Tasse Tee bringen?"

Sie kommt schon herein, trägt ein Tablett, der Löffel klirrt leise auf der Untertasse.

Sie ist zierlich und rasch, sie hat blondes Haar, ein Herzgesicht . . .

„Ich bin die Tochter von Frau Behn. Schön willkommen." Sie gibt ihm die Hand.

„Ja, danke", sagt er und sieht sie an.

„Nun wissen wir nicht, nehmen Sie Zitrone oder Milch zum Tee?"

„Ja, danke", sagt er. „Sehr gut. Sehr gut."

Sie sieht ihn an, sie wird ein bißchen rot. Ihre Unterlippe drückt sich fester gegen die Oberlippe. „Oder nehmen Sie gar nichts?" lacht sie plötzlich.

„Nein, natürlich gar nichts", lacht auch er. Dabei sieht er sie weiter an. „Sehr schön – das Zimmer", sagt er.

Aber vielleicht war es nun zuviel. „Sonst haben Sie alles?" fragt sie. „Mutter hat sich schon hingelegt. Gute Nacht."

„Gu–te – Nacht!"

2

Als Kufalt am nächsten Morgen auf die Schreibstube kommt, sitzt Beerboom schon an seinem Platz und schmiert, die Schultern hochgezogen. Von hinten faßt Kufalt ihn und zieht ihn hoch. Schon sieht er wieder den weinerlichen, flehenden Blick: Beerboom ist unglücklich, daß ihm alles verquer geht.

„Beerboom, Idiot", sagt Kufalt und nimmt nicht die geringste Rücksicht auf die geheiligte Ordnung der Schreibstube. „Wenn's Ihnen noch einmal einfallen sollte, meiner Wirtin oder irgendeinem Menschen im Hause zu erzählen, daß Sie ein Raubmörder sind –: Ich kriege Sie und . . ."

Er schüttelt ihn.

Beerbooms Körper wird unter seinen Fäusten ganz weich, er wankt hin und her, wie knochenlos.

„Pssst!" macht Mergenthal. „Herr Kufalt, ich muß doch sehr bitten . . ."

„Sie sind ein Idiot!" sagt Kufalt zu Beerboom. „Aber wenn Sie zehnmal ein Idiot sind, ich verdresche Sie derartig . . .!"

„Ich will's ja auch nicht wieder tun", bereut Beerboom. „O Gott, was bin ich unglücklich! Sie war so teilnahmsvoll, ich dachte, sie hätte Mitleid mit uns. Sie hat gefragt, warum wir so 'ne gelbe Farbe hätten, wir arbeiten wohl in einer chemischen Fabrik, und da habe ich . . ."

„Idiot!" sagt Kufalt, gibt Beerboom noch einen abschließenden Stoß und setzt sich. „Noch mal vermasseln Sie mir nischt. Ich schlag Sie tot, verstehen Sie!"

„Jetzt bitte ich aber endgültig um Ruhe", sagt Mergenthal. „Sonst rufe ich Herrn Seidenzopf."

Beerboom seufzt schwer. Und schreibt. Auch Kufalt schreibt. Er denkt: Der verquatscht mich nicht ein zweites Mal. Aber es gibt so viele Möglichkeiten. Auf dem Revier kann man der Wirtin einen Wink geben. Oder die schicken mir einen Brief vom Gefängnis nach. Oder eine Anfrage kommt . . . Auch Kufalt seufzt schwer.

Aber dann — in der von Seidenzopf großmütig verlängerten Mittagspause, aber Herrn Petersen schickt er doch zur Begleitung mit —, aber dann, auf dieser Einkaufsfahrt in das Warenhaus, sein Junggesellenheim auszustatten — da erweist es sich, daß er doch guter Stimmung ist.

„So. Teller, Tasse, Aufschnittschale haben wir. Was braucht man sonst noch als Junggeselle, Fräulein?"

„Eine Käseglocke?"

„Käseglocke? Vielleicht. Was kostet eine Käseglocke? Nein. Aber eine Butterdose, Fräulein, daß Sie daran nicht gedacht haben . . .!"

Kufalt, Petersen und Fräulein kaufen eine Butterdose. Aber: Solch möbliertes Zimmer ist keine Speisekammer, ist oft heiß, also diese Tondose mit Wasserkühlung . . .

„Sehr teuer. Und ob es praktisch ist . . .?"

Der Student erläutert: „Wissen Sie, Kufalt, es beruht auf dem Prinzip der Verdunstung. Sie müssen es in den tollsten Sonnenschein stellen, um so kälter wird es, verstehen Sie? Schon die alten Ägypter . . ."

„Also schön, Fräulein, was braucht man noch für einen Junggesellenhaushalt? Nichts? Fertig? Alles erledigt? Dann schreiben Sie auf . . . Ich finde das Porzellan ja wirklich hübsch mit diesem roten Rand . . ."

„Ich an Ihrer Stelle", sagt das Fräulein mit einem schrägen, raschen, lächelnden Aufblick von ihrem Kassenblock, „ich an Ihrer Stelle hätte mir alles ja gleich doppelt gekauft . . ."

„Doppelt?" fragt Kufalt. „Butterdose doppelt?"

„Nein", lacht sie, „Butterdose nicht. Aber Teller und Tassen. Man bleibt ja doch nicht allein."

„Ach nee!" sagt Kufalt lachend. „Sie müssen's ja wissen." Und nachdenklich schaut er den weißen, sanften Brustausschnitt im schwarzen Kleid an.

„Weiß ich auch", lacht sie halb verlegen. „Und nachher kriegt man dasselbe Muster nicht wieder. Und es soll doch alles zusammen passen."

„Das soll es", bestätigt Kufalt, angesichts der atmenden Brust. In der Zelle, in den fünf Jahren, hatten sich die früheren Mädchen verbraucht. Sie waren ihm zergangen, sie waren so oft zurückgeführt auf die einfachsten körperlichen Dinge, sie waren ineinander übergegangen. Erst glichen sie einander alle, dann entschwanden sie in einem Nebel, Haar und Fleisch — nichts mehr . . .

Nun, an diesem herrlichen Juninachmittag, da Kufalt wieder Umschlag nach Umschlag in die Maschine spannt, schmettert, ausspannt — nun ist das buntere Leben wieder da: ein Herzgesicht und ein weißer, atmender, milchfarbener Ausschnitt. Schon zwei. Schon zwei statt keiner.

Alles hängt zusammen. Da war die Verabredung mit Batzke gewesen. Es wäre trübe und gemein geworden, es kam aus der Zelle, es ging in die Zelle.

Das junge lebendige Grün im Garten, die strahlende Sonne, ein Herzgesicht und: „Man bleibt doch nicht allein" — kann eine Schreibmaschine singen . . .? Er singt im Takt: „Es gibt einen Weg ins Freie — man bleibt ja doch nicht allein. — Es gibt einen Weg ins Freie — am besten gehst du ihn zu zwein . . ."

Nette Welt, denkt er.

Die alte Behn ist im Zimmer und hilft ihrem neuen Mieter beim Auspacken.

Was die junge Behn ist . . .

„Die Liese", sagt die alte Behn, „ich weiß nicht, was immer mit der Liese ist. Ich kann es Ihnen so genau nicht sagen, aber jeden Abend ist sie unterwegs. Sie sagt, sie höre im Hammer Park Musik – was das wohl für 'ne Musik ist, die die hört."

Oh, was für ein böser Drache! denkt Kufalt und fragt laut: „Ist es Ihre Einzige, Frau Behn?"

„Nee, dreizehn. – Nun könnte sie Ihnen so fein helfen bei den Sachen, aber nein, Musik. Wissen Sie, als ich jung war, ich habe nichts gekannt wie Arbeit, von früh viere bis nachts zehne. Ich bin bei den Bauern gewesen seit meinem vierzehnten Jahr . . ."

„Dreizehn Kinder haben Sie?"

„Zwei leben noch. – Nachher hab ich in die Stadt gemacht. Aber dumm bin ich gewesen. Die Frau sagt zu mir in der Stadt: ‚Geh, hol vier Pfund Roastbeef.'" (Sie spricht es Roß-behf.) „Ich steh auf der Straße, ich denke: Nein, Pferdefleisch essen, das fängst du gar nicht erst an. Ich sag zur Frau: ‚Roßbehf is alle.' Hat die 'nen Stunk gemacht, wie sie dahinterkam, warum ich nie Roßbehf brachte."

Die alte Frau lacht, Kufalt lacht mit.

„Heute sind die Mädchen schlauer, aber die Liese könnte es ruhig halbwege ein bißchen sachter angehen lassen. Jeden Abend unterwegs . . ."

„Wenn man jung ist, Frau Behn."

„Ich sage ja nichts! Ich sage doch nichts! Die Liese ist so schlecht noch nicht, sie gibt pünktlich ihr Kostgeld. Aber mein Junge, der Willi, soviel Geld verdient er, Chauffeur ist er. Aber ein Räuber. Ein Räuber. Kommt, sagt: ‚Mutter, hast du was zu essen?' Ißt mir mein Essen weg, fragt: ‚Mutter, hast du zehn Mark? Du kriegst sie heute abend wieder, ich muß nur schnell mal tanken.' – Geht, läßt sich vier Wochen nicht wieder sehen. – Man müßte keine Kinder haben, junger Herr, wozu? Man rackert sich ab, füttert sie, dann gehen sie weg, aber ewig ziehen sie von einem."

„Aber doch nicht alle, Frau Behn, Sie sagen doch selbst, Ihre Tochter . . ."

„Was sage ich? Weil sie ihr Kostgeld bezahlt? Darum? Weil sie mir, wenn's schiefgeht, ihren Balg andrehen will, junger Herr, darum doch! Ich bin nicht dumm, ich bin vom Lande, ich weiß, wie's kommt. Die Mädchen sind heute so schlau, sie lachen. Sie sagt: ‚Mutter, was du denkst, is nich . . .' Ich sage: ,Wieso is nich?' — ,Na, laß man, Mutter', lacht sie. ,Bei mir Fehlverbindung von wegen dreizehn wie du — das is nich.' Aber ich sage . . ."

Kufalt ist heiß geworden, er rückt mit den Schultern im Jackett hin und her, er sieht nach dem Fenster hin.

Nein, das Fenster steht offen, ein guter Nachtwind bewegt die Gardinen.

„Ja, die Bücher", sagt er gedankenlos. „Wo bleiben wir mit den Büchern? Vielleicht können Sie die Nippes vom Vertiko nehmen, Frau Behn?"

„Kann ich", sagt die Alte. „Mir macht das nichts. Der eine Mieter will die Bilder von den Wänden, der andere will keinen Nachttopf — Sie wollen keinen Nipps — mir ist es Wurst, wir werden alle auf die Schippe genommen, wie wir gebacken sind. Aus Büchern wird man auch nicht schlau."

„Nein", bestätigt Kufalt.

„Weiß ich", sagt die Alte befriedigt. „Sie haben Ränder um die Augen, und wenn ich von der Liese klöne, können Sie nicht hergucken. Ich versteh alles, lieber Herr, mir macht es nichts mehr. Eins rat ich Ihnen (aber Sie hören doch nicht), lassen Sie sich mit der Liese nicht ein, die ist ein Aas, die kennt kein Mitleid . . ."

„Wer ist ein Aas? Wer kennt kein Mitleid?" fragt es von der Tür, und die beiden über der großen Kiste fahren zusammen wie ertappte Sünder.

Liese Behn steht in der Tür, klein: ja. Zierlich: ja. Herzgesicht: ja. Aber eine senkrechte böse Falte zwischen den Augenbrauen. Mit einem roten Mund, aber mit einem scharfen, schmalen Mund.

„Hast du wieder gequatscht, Mutter? Hast du wieder die Zunge laufen lassen, Mutter? Hat sie Ihnen wieder erzählt, daß ich eine halbe Hure bin, Herr Kufalt? Daß ich es mit allen Männern habe? Leg dich schlafen, geh raus, Mutter. Sollst dich was schämen. Pfui!"

Die Alte mit dem runden, verarbeiteten Buckel hat lautlos mit leerem Gesicht neben der Kiste gehockt, ohne ein Widerwort, ohne das Gesicht auch nur zu bewegen. Jetzt steht sie auf, schlurft ohne ein Wort mit gesenktem Kopf gegen die Tür. Sie zögert, die Tochter steht im Türrahmen, die macht kein bißchen Platz. Die Alte guckt demütig, dann drückt sie sich vorbei, ohne ein Wort. Das Schlurfen verklingt auf dem Gang, eine Tür fällt zu, Stille.

Kufalt, auch beklommen (jetzt komme ich dran), wirft einen scheuen Blick auf das Mädchen. Sie steht noch genauso da, benagt die Unterlippe, sieht ihn nicht an. Er hebt einen Stoß Bücher aus der Kiste, geht zum Vertiko, sieht die Liese von der Seite an.

Sie trägt ein Kleid mit roten Tupfen, weiß, ihr heller Hut ist innen auch rot – nun ja, die Alte hat sicher gelogen, so sieht sie nicht aus . . .

„Mutter ist krank", sagt sie stockend. „Am besten, Sie reden gar nicht mit ihr, sie erfindet von allen Menschen Geschichten, lauter Schmutz . . ."

„Jaja", sagt Kufalt. „Man braucht Sie nur anzusehen, Fräulein Behn . . ."

„Sie sollen mich nicht ansehen!" ruft sie und stampft mit dem Fuß auf. „Jetzt nicht. Jetzt danach nicht. Gestern abend ja, heute nein."

„Ich stelle die Bücher weg", murmelt Kufalt. „Ich sehe gar nicht hin."

Eine Weile ist Stille. Kufalts Herz klopft sehr, alles ist doch anders, wie wachsen Menschen auf, Mädchen, was gibt es alles . . .

Sie räuspert sich. Sie nimmt ein Buch, sieht es an, stellt es weg, sieht ein anderes an. Was sagt sie? Sie sagt: „Also, gute Nacht."

Sie geht aus dem Zimmer, sieht ihn nicht wieder an, gibt ihm nicht die Hand.

3

Es ist auf der Schreibstube immer davon gemunkelt worden, dieser Betrieb in der Apfelstraße sei nicht der einzige Schreibsaal des Pastors Marcetus, es gebe noch einen anderen drinnen in der Stadt, neuzeitlich eingerichtet, wo es nicht nur Adressen zu schreiben gäbe, sondern auch feinere Arbeit: Briefe, Manuskripte, Diktate. Aber es war nicht mehr als Gemunkel, Bestimmtes wußte keiner. Manchmal ging ein kleiner, dicker, rotpickliger Mann durch die Schreibstube Apfelstraße, er hieß Jauch, und Herr Mergenthal wie

Herr Seidenzopf waren sehr höflich zu Herrn Jauch. Manchmal auch verschwand der eine oder andere Schreibstubenarbeiter, Herr Seidenzopf ging mit ihm fort, er kam nicht wieder.

Gab es die sagenhafte Schreibstube wirklich?

Ein paar Tage nach Kufalts Umzug in die Marienthaler Straße erscheint Vater Seidenzopf auf der Schreibstube und sagt: „Herr Maack! Herr Kufalt! Liefern Sie die fertige Arbeit ab. Geben Sie die Adreßbücher zurück. Säubern Sie Ihre Arbeitsplätze. Ziehen Sie sich Ihre Mäntel an und setzen Sie Ihre Hüte auf. Sie treffen mich auf dem Vorplatz."

Die anderen sehen nur einmal hoch, und schon schreiben sie weiter, nur der ewige Beerboom stimmt seinen Klagegesang an: „O Gott, o Gott, Sie kommen wohl weg? Und wann komme ich aus dieser Bruchbude? Sie haben's fein. Wieso Sie eigentlich, Kufalt, versteh ich nicht. Sie schreiben doch höchstens siebenhundert Adressen."

Kufalt schüttelt Mergenthal die Hand, sagt in die Luft hinein unter der Tür: „Guten Morgen" und trifft Vater Seidenzopf auf dem Vorplatz.

„Wo bleibt Herr Maack? – Schön, da sind Sie, mein lieber Maack. Als gehen wir. Wir müssen schnell gehen, viele Dinge harren heute noch meiner. Ein schöner Tag das, ein rechter Gottestag, überhaupt ein recht erfreuender Sommer, dies Jahr."

Er zottelt zwischen den beiden großen, jungen Männern, der kleine, ältliche Mann mit dem schwarzen, krausen Bart, er brabbelt so vor sich hin.

„Wohin gehen wir eigentlich, Vater Seidenzopf?" fragt Kufalt.

„Still, mein junger Freund, husch!" macht Vater Seidenzopf. „Man muß warten können. Warten. Ausgezeichnet werden Sie vor vielen – haben Sie einmal von der Schreibstube Presto gehört, dem modernsten Betrieb Hamburgs? Nun, Sie werden sehen, Sie werden erleben."

Und am Schalter der Hochbahn: „Ja, wie ist es, meine Herren, wollen Sie Ihre Fahrkarten nicht selbst lösen? – Nun gut, ich verauslage den Betrag, er kann Ihnen von Ihrer nächsten Arbeitsbelohnung abgezogen werden. Oder...", er kämpft sich zu einem heroischen Entschluß durch, „... wir können auch großzügig sein –: Es werden Spesen der Schreibstube werden."

Vater Seidenzopf findet einen Sitzplatz, Maack und Kufalt stehen an der Tür und rauchen.

Kufalt sagt: „Es freut mich, daß wir zusammen auf die neue Schreibstube kommen."

„Ja? Jauch soll ein wahnsinniges Schwein sein."

„Jauch . . .?"

„Der dicke Rotpicklige, der manchmal bei uns durchkam. Das ist der Bürovorsteher von Presto."

„Sie wissen Bescheid? Ach, Maack, Sie reden auch nie ein Wort! Ist es so eine Schreibstube wie bei uns? Verdienen wir mehr da?"

„Vielleicht, wenn Sie zu irgendeiner Firma zur Aushilfe geschickt werden. Oder wenn Sie auf die Diktatstube kommen. Aber das dauert noch lange. Erst geht es wieder mit den Adressen los. Dann bekommen Sie Zeugnisabschriften und so was. Und wenn das alles gut gegangen ist und, die Hauptsache, Ihre Nase gefällt dem Jauch, dann bekommen Sie eine Aushilfe."

„Aber in den Satzungen heißt es doch, wir sollen nur möglichst kurz auf den Schreibstuben arbeiten und möglichst rasch in die Betriebe."

„Ich will dir was sagen, Kumpel", erklärt Maack. „Das ist doch alles Mist, das ist doch nur darum, damit sie uns immer gleich auf die Straße setzen können, wenn ihnen was nicht paßt oder die Arbeit wird knapp. Siehst du, ich arbeite seit anderthalb Jahren für die, ich bin noch nicht mal arbeitslosenversichert. Wenn ich krank werde, muß ich auf die Wohlfahrt und um einen Arzt betteln – und die sparen sich die Krankenkassenbeiträge."

„Aber das ist doch Gesetz, daß jeder, der arbeitet, versichert ist!"

„So blau, die sind doch ein Wohltätigkeitsverein. Das ist doch Gnade, das Geld, das wir am Sonnabend kriegen. Wir arbeiten doch gar nicht richtig!"

„Na, weißt du . . ."

„Ich weiß schon, was man machen müßte. Drei, vier Kerls, die stiekum sind, und ein paar Kröten. Ich spare schon wie wild, aber der Pfaffe, der Marcetus, sagt ja, mehr als drei

Mark soll man möglichst nicht den Tag verdienen, mehr verführt zu Liederlichkeit."

„Na, glaubst du, daß der nur drei Mark am Tage verdient?!"

„Eben! Verdienst du je mehr als zwanzig Mark die Woche? Mal einundzwanzig, mal zweiundzwanzig, wenn du dir die Finger wund schreibst, aber da ziehen sie schon Gesichter und möchten die Löhne am liebsten wieder runtersetzen. Ich, ich wohne mit einer zusammen. Verkäuferin, kriegt fünfundsechzig Mark im Monat — was kann man da viel sparen?"

„Glaubst du, daß man mit hundert Mark im Monat leben kann?" fragt Kufalt ängstlich.

„Aber sicher! Aber gut kannst du das! Was gibst du fürs Zimmer?"

„Fünfundzwanzig."

„Viel zuviel. Ich besorg dir eins mit fünfzehn. Mit zwölf. Was brauchst du denn schon? Bett und Stuhl, alles andere ist doch nur Quatsch, wenn man vorwärtskommen will. Machst die Bude selber sauber, unterm Dach irgendwo. — Nun paß auf: Essen morgens und abends zusammen fünfzig Pfennig, mittags noch mal fünfzig Pfennig . . ."

„Es gibt doch keinen Mittagstisch für fünfzig Pfennig!"

„Mittagstisch? Willst du jeden Tag warm fressen? Wer tut denn so was heute noch? Brot, Margarine, ein Bückling, ein halber Liter Milch, damit kommst du fein durch, fällst nicht von Kräften, und der" — Handbewegung — „steigt dir nicht zu Kopfe. Sonntags kannst du ja warm essen, neunzig Pfennig höchstens. Also fünfzehn Mark Miete, fünfunddreißig Mark Essen höchstens. Wäsche vielleicht fünf Mark, dann noch mal fünf Mark für Rauchen, Kino, und das alles macht zusammen im Monat sechzig Mark. — Vielleicht kann ich dir auch ein Mädchen besorgen, das ein bißchen was verdient. Dann fällt noch die Wäsche weg, und die Miete geht auf Kippe."

„So machst du das", sagt Kufalt bewundernd und fest entschlossen, es nicht so zu machen.

„Wie soll man es denn sonst machen? Überleg es dir und, wenn du willst, sag mir Bescheid, ich such dir dann ein Zimmer."

Der Zug hält, Leute steigen aus und ein. Der Zug fährt wieder an.

„Sag mal", sagt Kufalt zögernd, „hast du nicht mal dran gedacht, daß man ja viel leichter zu Geld kommen kann?"

Stille.

Dann sagt Maack zögernd: „Ja, Kumpel, da denken wir natürlich immer daran. Und verreden will ich es nicht. Ich gehör nicht zu den Brüdern, die immer ‚nie wieder' schreien. Was weiß ich, was passiert? Wenn mein Mädel mir abhaut, weil irgend so ein reicher Stubben sie ködert, oder es schnappt mal. Das ist doch auch so ein Mist, daß der Gummi viel zu teuer für unsereinen ist. Dann fasse ich vielleicht wieder was an. Aber sonst — ausgeschlossen, den Laden kenne ich nun."

„Aber was hast du denn von deinem Leben? Alles Nette kostet Geld, und du kriegst nie was."

„Ich verrede es ja nicht, ich sage, ich weiß auch nicht, ob ich es durchhalte. Aber vielleicht kriecht man wirklich mal wieder unter in einem Geschäft mit hundertvierzig oder hundertsechzig. Vorläufig versuch ich es weiter auf diese Tour . . ."

„Nun, meine lieben Freunde, haben Sie den Hafen im Sonnenschein gesehen? Die ‚Cap Arcona' lag da, nicht wahr? Welch schönes Schiff! Da ist man doch stolz, daß man ein Deutscher ist!"

„Jawohl, Herr Seidenzopf."

„Und nun, meine Lieben, führe ich Sie in unsere Schreibstube Presto. Machen Sie dem Friedensheim Ehre. Zeigen Sie sich würdig der Wahl."

Die brummeln was vor sich hin.

Dann geht es eine Treppe in einem Bürohaus hinauf.

„Schreibstuben Presto — Erledigung sämtlicher Schreibarbeiten — Unerreicht billig — Unerreicht schnell — Unerreicht genau."

„Mein lieber Herr Jauch, hier bringe ich Ihnen zwei neue Schützlinge, die sich bereits bei mir bewährt haben. Herr Maack. Herr Kufalt. — Nun, Sie haben die beiden schon bei mir gesehen."

„Wieso zwei? Was soll ich mit zweien? Einen brauch ich, hab ich Ihnen gesagt. Immer machen Sie solche Geschichten!

Aber natürlich, da heißt es, der Jauch, der Jauch wird das schon richten."

Der kleine Dicke, mit dem kahlgeschorenen Kopf, ganz übersät von Pickeln, Pusteln und Mitessern, stürmt auf und ab.

„Können die überhaupt was? So sehen die nicht aus! Die haben Sie wohl los sein wollen? Na, Sie da, Sie, Sie! Ja, Sie meine ich, setzen Sie sich mal da an die Maschine! Haben Sie so 'ne Maschine schon mal gesehen? Ist 'ne Schreibmaschine, wissen Sie! Zum Schreiben, verstehen Sie! Mit Durchschlag, normalzeilig, ich diktiere. Mein Gott, mein Gott, mein Gott, mein himmlischer Heervater, wie spannen Sie das denn ein?! Heißt das Einspannen? Zwei Millimeter sitzt der Bogen mindestens schief, und die Verschiebung wächst proportional! Verstehen Sie das . . .?"

„Ja . . .", flüstert Kufalt.

„Ja, sagt er, aber er hat keine Ahnung. Ich diktiere: Hamburg, am 23. Juni . . . Lieber Seidenzopf, was für ein Anschlag! Nehmen Sie den Mann wieder mit, hier brauchen wir perfekte Kräfte. Ich diktiere: Sehr geehrter Herr . . . Wo ist denn das S? Das schwebt ja, schlagen Sie die Taste gefälligst ordentlich an! Wie Maschinengewehrfeuer muß das klingen, wenn Sie schreiben. Sind Sie im Felde gewesen? Nein, natürlich nicht, wie sollen Sie da wissen, was Maschinengewehrfeuer ist?! Lieber Herr Seidenzopf, nehmen Sie den Mann wieder mit. Ich habe hier keine Schreibschule. Ausgebildete Kräfte brauche ich. Ich diktiere: Bezug nehmend auf Ihr Wertes vom 3. currentis . . . O Gott, o Gott, o Gott . . ."

„Lieber Freund Jauch . . .! Meine Herren, ich bitte Sie, gehen Sie erst einmal in die Schreibstube, sehen Sie sich da um. — Also hören Sie, lieber Jauch, Herr Pastor Marcetus wünscht . . ."

„Was für ein Schwein!" flüstert Kufalt atemlos.

„Laß dich doch nur nicht aus der Ruhe bringen, du warst ja ganz nervös."

„Wenn der Kerl ewig meckert!"

„Laß ihn doch meckern, brauchst ja nicht hinzuhören."

Sie sehen sich um.

Eigentlich ist es genau dasselbe wie in der Apfelstraße.

Nur etwas größer: nicht zehn, sondern zwanzig Maschinen, nicht zehn, sondern zwanzig Schreiber.

Die Tür zu einem Nebenzimmer öffnet sich. Ein Mädchenkopf erscheint, dann noch einer. Sie betrachten ungeniert die beiden Neulinge und verschwinden wieder.

„Die Zibben sind neugierig", flüstert Maack.

„Sind die auch wie wir?"

„I wo. Das sind ganz feine, mit unsereinem sprechen die überhaupt kein Wort. Die sind fest engagiert, die Weiber, zum Bedienen der Vervielfältigungsmaschinen. So was kann man Vorbestraften ja doch nicht anvertrauen."

Die Tür zum Chefbüro öffnet sich.

Seidenzopf geht hastig. „Also leben Sie wohl, meine jungen Freunde."

Dann nach einer Weile kommt Herr Jauch, sehr mürrisch.

„Das ist Ihre Maschine. Und das Ihre. Arbeit habe ich heute nicht für Sie. Sehen Sie sich die Maschinen an. Sie, Sie können das große S üben. So was von Schreiberei habe ich noch nicht gesehen! – Hören Sie mal, wenn ich mit Ihnen spreche, sehen Sie nicht die Maschine an, dann sehen Sie mich an, ja? Was ist das für eine Schrift auf dieser Karte?"

„Vervielfältigte Schreibmaschinenschrift", sagt Kufalt nach einigem Überlegen.

„O Gott, o Gott, himmlischer Herr, mit so was soll man nun arbeiten! Violette Schrift ist das! Die Farbe ist violett, ja?"

„Ja."

„Na, gottlob, ich dachte schon, Sie würden sagen, sie wäre grün."

Herr Jauch meckert, und im Saal an den Schreibmaschinen heben sich da und dort Köpfe und meckern nach. Maack sieht umher und merkt sich die Köpfe, die gesenkt bleiben.

Jauch fährt fort: „Dort ist ein Kasten. Sehen Sie den schwarzen Kasten dort?"

„Ja."

„In dem sind Farbbänder. Sie suchen sich da für Ihre Maschine ein violettes Farbband aus, nicht grün, werter Herr (würden Sie auch kaum finden), violett, das genau zu dieser Schrift paßt. Aber genau! Ganz genau! Dasselbe Violett. Auf einen Zehntel Grad genau. Verstanden?"

„Ja."

„Also machen Sie das."

Jauch verschwindet, die beiden suchen im Kasten.

„Haben Sie 'ne Ahnung, was ein Zehntel Grad Farbe ist?"

„Keinen Schimmer. Na, Sie kriegen es nicht gut hier. Der hat Sie gefressen vom ersten Augenblick an. Ich werde es um so besser haben. Nehmen Sie dieses Farbband. Das stimmt am besten. Ich nehme das andere. So, nun wollen wir unsere Maschinen versuchen."

4

Nein, Kufalt bekam es nicht übermäßig gut. Von dem Tage an, da er aus dem Kittchen gekommen war, war es immer aufwärtsgegangen, er hatte dies erreicht und jenes, er hatte gelernt, die Menschen wieder anzuschauen auf der Straße, die Arbeitsleistung war gestiegen, langsam, aber stetig, Kittchen dahinten mit deinen toten Zotengesprächen – vorbei, vorbei! Im Leben hatte er sich eingerichtet mit Zimmer und Sachen und bürgerlichem Auskommen und nun . . .

Nun stand da einer hinter seinem Stuhl, ein dicker, pickliger Knubben, stand, redete, ächzte: „O Gott, o Gott, womit habe ich das verdient! Gleichmäßig sollen Sie anschlagen, Sie Mensch, Sie! Sehen Sie denn nicht, daß das R einen Schatten dunkler ist als das E? Und so was lebt – ausgerechnet in meiner Schreibstube."

Kufalt sitzt da, mit einem weißen, verschlossenen Gesicht, die Lippen fest aufeinander, und tippt.

Und während er sitzt und weitertippt, denkt er viele Dinge . . . : Zum Beispiel könnte ich aufstehen und weggehen für immer, ich brauche die hier nicht, eine Weile habe ich noch zu leben, es gibt viele Wege, und Batzke wird sich schon finden lassen. Hinten links in der Ecke sitzt Jänsch, der hat zu mir gesagt: Wenn er's zu schlimm treibt, lauern wir ihm mal auf und vertrimmen ihn gründlich. Jänsch hat mir auch erzählt, daß Jauch genauso einer ist wie wir, der hat auch mal gesessen, immer sind das die Schlimmsten. – Ach, halt den Sabbel, dämliches Aas, sieben Uhr fünfzehn bin ich zu Hause, und vielleicht sehe ich die Liese Behn, Donnerstag abend stand die Küchentür offen, wie sie sich wusch, der helle, nackte Rücken und die weißen, raschen Arme . . .

Er hört wirklich nichts mehr, es wird ihm jetzt immer schwindlig, wenn er an eine bestimmte Frau denkt, das Herz geht dann ganz zögernd, als wolle es nicht mehr, alles Blut drängt zum Schoß . . .

Müßte zu einer Hure gehen, denkt er. Den Dreck mal loswerden, macht mich noch verrückt, die Liese kriege ich doch nie . . . Und wacht auf über dem Geschrei: „Verrückt sind Sie geworden, ich schmeiß Sie raus, stehen Sie auf, packen Sie Ihre Sachen zusammen! Schreibt man Doktor mit c . . .?"

Ja, richtig – Kufalt starrt auf den Briefbogen, säuberliche Schreiben eines Laboratoriums an Ärzte, eine Patentmedizin anzupreisen, Kufalt hat nur Adresse und Anrede einzusetzen . . .

„Sehr geehrter Herr Doctor Matthies!" steht da.

Sieht nicht ganz richtig aus. Während er träumte, weg war, weiterschrieb, war das bißchen erste Schuljahre hochgekommen mit Latein, docere, ja so – oder war es, weil er unter dem Geprassel von Nörgeleien alle Fähigkeiten verlor, ein zweiter Beerboom, alle Fähigkeiten verlor, von siebenhundert Adressen in die dreihundert rutschte . . .?

Kufalt steht etwas verloren neben seiner Schreibmaschine, es ist ja jetzt Sommer, neun Stunden an der Maschine, die Abende durch Straßen, in denen er niemand kennt, und die Nächte bei offenem Fenster, man kann nicht schlafen, was fünf Jahre half, hilft nun nicht mehr, er ist unfähig . . .

Er steht da mit einem verlorenen Lächeln, er ist sich nur noch nicht klar, wie er den Abgang zu bewerkstelligen hat, er kriegt doch noch Papiere und etwas Geld, an sich ginge er schon . . .

„Steht noch da und feixt, Doktor mit c! In meinem ganzen Leben habe ich das noch nicht gehört! Ich soll Ihnen wohl Beine machen!"

In diesem Augenblick geschieht etwas.

In der großen Schreibstube, in der an die zwanzig Leute sitzen, erklingt aus einer Ecke eine Stimme: „Gemeinheit!"

Jauch fährt herum, in einem Augenblick ist er graubleich, er starrt in die Ecke, er murmelt fassungslos: „Wie?! Was?!"

Als in seinem Rücken, kaum zwei Meter ab, einer halblaut sagt: „Vertrimmen, den Schinder!"

Jauch sieht Maack an, aber Maack ist viel zu beschäftigt, einen neuen Bogen in die Maschine zu spannen, Maack merkt überhaupt nichts.

Und ehe Herr Jauch sich noch entschließen kann, klingt es wieder von einer anderen Seite, nein, von zwei, drei Stellen: „Schnauze, du Aas!" – „Dich kochen wir ab." – „Hast lange dein eigenes Geschrei nicht gehört, was?"

Ach, es sind wohl nur vier oder fünf unter den zwanzig, die so was riskieren, die sich nicht ewig schinden lassen, bei denen's mal platzt . . .

Kufalt ist wach geworden, er begreift plötzlich, was er eben beinahe kampflos preisgegeben hätte, er gibt sich einen Ruck, sitzt schon wieder an der Schreibmaschine, schmettert los: „Sehr geehrter Herr Doktor Matthies . . ."

Während Jauch, jetzt dunkelrot, mit zitternden Lippen, sich umsieht. Aber die schreiben ja alle, kein Laut außer dem Getrommel der Maschinen – und dann geht Jauch plötzlich hastig mit ganz kleinen, trippelnden Schritten in sein Zimmer. Auf der Schwelle aber ruft er: „Herr Patzig, bitte!"

Patzig, ein langer, schlenkriger Jüngling, mit einer Brille (todsicher Portokasse), steht auf, sieht sich ängstlich um, geht zum Büro von Herrn Jauch – und Jänsch sagt: „Wenn du Lampen machst . . .! Jungchen . . .!"

Patzig murmelt etwas, ganz hilflos, und ist weg. Wird er die Namen der Zwischenrufer ausquatschen?

Nein, er tut es nicht. Es erfolgt nichts. Die haben alle Angst, Jauch genauso wie seine Musterknaben. Weiter darf Kufalt an seiner Maschine sitzen, aber – hilft das was . . .?

Es hilft nicht einmal etwas, daß Jauch nun nicht mehr schimpft und nörgelt. Jauch kennt ja seine Leute, mit ziemlicher Sicherheit würde er die Richtigen treffen, wenn er fünf oder sechs auf die Straße setzte, aber mit ziemlicher Sicherheit würde es ihn dann auch treffen, harte Abreibung.

Jauch nimmt sich in acht. Wortlos steht er nun halbstundenlang hinter Kufalts Stuhl, und – alle zwei Minuten etwa – fährt sein Zeigefinger nach dem Getippten, wortlos zeigt Jauch einen Tippfehler. Und weiter – und wieder der Zeigefinger mit den häßlichen Reißnägeln, dem dicken, eingedrückten Nagel, gelb von Nikotin . . .

„Kannst du dich denn nicht ein bißchen zusammenreißen, Kufalt?" fragt Maack. „Im Grunde hat er ja recht: Du vertippst dich viel zuviel."

„Es wird immer schlimmer", sagt Kufalt. „Ich will und ich will, aber je mehr ich will, um so schlimmer wird es. Und plötzlich bin ich weg, alles leer in mir, als wäre ich gar nicht mehr . . ."

„Richtig", sagt Maack und nickt. „Alles richtig. Haben wir alle gehabt, wir Langstrafigen. Kittchenkrankheit. Sieh, daß du schnell davon loskommst. Hast du noch immer kein Mädchen? Ein bißchen hilft das doch."

Nein, Kufalt hat noch immer keines, und es sieht auch nicht aus, als käme von dieser Seite bald die Erlösung. Am Steindamm gab's zwar genug Mädchen, die billig zu haben gewesen wären. Aber war man dafür fünf Jahre im Kittchen gewesen, um so wieder anzufangen? Es ließ sich doch wirklich ein bißchen an wie ein ganz neues Leben – sollte es so anfangen? Nein, nein, ganz abgesehen von Fräulein Behn . . .

Trotzdem Fräulein Behn – von jenem Abend im Hammer Park an, über eine falsch gemietete Wohnung, die dann zur richtigen wurde, von dem Gespräch mit der Mutter über die Tochter – bis hin zum Blick in die nächtliche Küche auf die, die sich wusch – eine gab es nur für ihn: Fräulein Behn.

Es war hoffnungslos, aussichtslos, sie hatte andere, sie war ein kaltes Luder, er wagte nicht, sie anzureden – aber lag er denn nicht nachts im Bett und beschwor sie: „Komm! Komm! Du mußt kommen! Ich verrecke nach dir! Komm doch ein einziges Mal! O du!"

Man hätte das alles vielleicht besser ertragen, wenn man's für sich allein zu ertragen gehabt hätte. Aber – und das war das Schlimmste – man wußte genau: Sie fühlte es. Man spürte es durch drei Wände, zwei Zimmer: Sie lag da und fühlte es. Es war in ihr, sie genoß es vielleicht, das war ihr Glück, aber sie kam nie.

Das Fenster stand offen, guter Sommerwind, leise schleiften die Gardinen, die Stadtbahnzüge kamen, klirrten hell unter dem Fenster und waren schon ferner – lieber Kufalt, es war eine große, grausige Sache, daß man so lag und war verrückt vor Sehnsucht und Begehren. Fünf Jahre hatte man gelegen, die kleine Zelle mit dem schräggestellten Milch-glasfenster –: Heraus, oh, laßt mich doch heraus, ihr Schur-ken, nur eine Nacht, nur eine Stunde draußen sein, ich werde ja verrückt hier ...!

Wer hatte ihm, Kufalt, gesagt: „Wenn man erst wieder draußen ist, wird es erst richtig schlimm!"?

Egal wer, es war richtig schlimmer geworden.

5

Abends kam manchmal Beerboom zu Besuch. Beerboom war nun doch nicht der einzige Heiminsasse in der Apfel-straße geblieben, neue Strafentlassene waren gekommen, er hatte Gesellschaft genug. Aber er kam doch immer wieder zum alten Kufalt, aus Anhänglichkeit vielleicht, in Er-innerung an jene Zeit, da sie beide allein im Friedensheim gehaust hatten.

Beerboom ging es auch nicht besser, sah man ihn an, merkte man, es ging ihm schlechter, noch viel schlechter. Gelb und zerknittert; dicke, graublaue, körnige Tränen-säcke; ein huschender, feiger, schwarzer Blick, der stach, sah er einen an; törichtes haltloses Geschwätz ohne Sinn und Verstand ...

„Ach die, der Seidenzopf und der Mergenthal und ihr schöner Pfaffe, der Marcetus, den Buckel können sie mir runterrutschen, alle! Ich mache überhaupt nichts mehr, gestern hab ich vierzig Adressen getippt – was die getobt haben!"

Er grinst.

„Da wird Ihr Geld aber rasch alle werden", sagt Kufalt.

„Mein Geld? Ist schon beinahe alle. Ist mir ja so egal. Ich brauch bald überhaupt kein Geld mehr."

Kufalt betrachtet aufmerksam das grüblerische gelbe Ge-sicht. „Denken Sie bloß nicht an so was, Beerboom. Sie gehen todsicher gleich beim erstenmal hoch."

„Das macht nichts", grinst Beerboom wieder. „Egal, wenn ich hochgehe. Was ich haben will, hab ich dann gehabt."

Kufalt überlegt, dann fragt er weiter, aber in diesem Punkt hält der schwatzhafte, ewig klagende Beerboom dicht: „Sie werden's ja sehen. Und übrigens mach ich es vielleicht überhaupt nicht."

Kufalt überlegt immer weiter: „Haben Sie den Berthold mal wieder gesehen?"

Beerboom macht eine wegwerfende Handbewegung. „Berthold? Ja, der wohnt jetzt in der Langen Reihe. Feine Bude, scheint ihm gut zu gehen."

„Lassen Sie sich bloß nicht mit dem Berthold ein!" warnt Kufalt.

„Ich mit dem? So blau! Meine drei Mark wollte ich wieder, aber dann hat er mir noch fünf Mark abgeknöpft. Er hat mir ehrenwörtlich versprochen, am Ersten kann ich mir dafür zwanzig Mark abholen von ihm." Und ganz im alten Tonfall, ganz der alte Beerboom: „Glauben Sie, daß ich sie kriege? Glauben Sie, daß er sie mir gibt? Er muß sie mir doch geben, nicht wahr? Ich kann ihn doch darauf verklagen, was?"

„Ich denke, Sie brauchen bald kein Geld mehr?" fragt Kufalt.

„Ach was", sagt Beerboom plötzlich wieder mürrisch. „Geld braucht man immer. Denken Sie, ich schenk dem Berthold Geld? So doof!"

Nein, die richtige Gesellschaft ist Beerboom nicht, aber Kufalt findet ihn noch immer besser als das Warten allein, bis die Flurtür klappt, der leichte, rasche Schritt über den Vorplatz geht, er die halblaute Stimme dann hört mit zwei gleichgültigen Sätzen zu Mutter Behn.

„Seien Sie doch einen Augenblick still!" ruft Kufalt aufgeregt und verbietet Beerboom das Wort. „Herein, bitte!"

Ja, sie hatte geklopft, ausgerechnet, da Beerboom da war, kam sie.

Sie blieb auf der Türschwelle, Beerboom stand zögernd auf, sah nach ihr hin.

„Darf ich Ihrem Freund und Ihnen noch etwas Tee bringen?" Oh, sie war gnädig heute, irgendwas saß ihr im Kopf, vielleicht war ihr etwas schiefgegangen am Tage, sie besann sich auf den Mieter ihrer Mutter, sie bot ihm und seinem Freunde Tee an.

Beerboom sagte rasch: „Für mich bitte nicht. Ich muß gleich weg. Ich muß um zehn im Heim sein."

Und Kufalt wütend: „Beerboom, ich habe Ihnen doch gesagt, wenn Sie je wieder . . ."

Liese Behn stand auf der Schwelle, sie sah von einem zum andern.

Beerboom wollte hastig wiedergutmachen: „Ich bin übrigens gar nicht sein Freund. Herr Kufalt nimmt mich hier nur manchmal so auf." Beteuernd: „Er hat gar nichts mit mir zu tun."

Sie trug ein bläuliches, sehr helles Kleid, ohne Ärmel, mit einem kleinen viereckigen Ausschnitt. Wohl wegen der Hitze hing ihr Haar lose und leicht um ihr Gesicht, ihr Mund, halb geöffnet, sah kindlich aus.

„Also ich mache Ihnen dann Tee", sagte sie. „Das Wasser kocht gleich."

Aber sie ging nicht. Sie zog vielmehr die Tür hinter sich zu und sagte: „Wollen Sie mir nicht Ihren Freund vorstellen?"

„Beerboom", sagte Kufalt. „Fräulein Behn."

„In was für einem Heim leben Sie denn, Herr Beerboom?" fragte sie.

Sie sah Kufalt nicht an.

„Ja, wie soll ich sagen?" sagte Beerboom verwirrt. „Ich weiß nicht . . ." Und als habe er plötzlich eine Erleuchtung: „'ne richtige Klapsmühle ist es nicht, aber ein bißchen meschugge bin ich schon." Er war sehr stolz auf diesen Ausweg, er setzte erklärend hinzu: „Darum darf ich ja auch manchmal zu Herrn Kufalt kommen."

Kufalt spürte — vor lauter Verzweiflung — einen fast unwiderstehlichen Lachreiz, aber Liese lachte nicht. Sie hatte sich auf den Rand eines Plüschsessels gesetzt und sah Beerboom freundlich an. „Wieso sind Sie denn meschugge? Ein bißchen, meine ich."

„Ach, wissen Sie", sagte Beerboom. „Das ist eine lange Geschichte, und ich muß wirklich gleich weg." Er dachte nach, er gab sich Mühe, Kufalt nicht zu schaden. „Wissen Sie,

Fräulein, es ist was mit Frauen. So was kann ich Ihnen nicht erzählen, nicht wahr?"

„So", sagte Liese. „Ich glaube, ich weiß mehr davon, als Sie denken."

Nachdenklich betrachtet sie Beerboom, dann Kufalt. Kufalt zitterte, es war ja so leicht, alles zu kapieren, wenn man sie beide so vor sich hatte. Sie hatte es in den Nächten gespürt, wie er sie begehrte und sich verkroch, begehrte und verkroch. Gelähmte Männer, beschädigte Männer, Männer mit einem Wurm im Hirn – leicht zu kapieren.

Sie sagte plötzlich lächelnd: „Also erzählen Sie schon, ein ganz klein bißchen. Ich sage bestimmt halt, wenn es zu schlimm wird."

Quälerin, denkt Kufalt. Und dann laut: „Übrigens kocht das Teewasser sicher längst, Fräulein Behn. Ich meine nur... Sie wollten doch Tee..."

Er verwirrt sich unter ihrem Blick, hält inne.

„Ja, was ich noch sagen wollte, Herr Kufalt", sagt sie. „Mutter erzählt, neulich war einer da, einer in Zivil mit der Marke, verstehen Sie, und hat sich nach Ihnen erkundigt. Ob Sie abends lange ausgehen, ob Sie viel Geld haben, mit wem Sie verkehren und all so was."

Sie macht eine Pause, sie sieht nicht mehr Kufalt, sie sieht Beerboom an.

„Ich versteh nicht, wieso ..." Kufalt ist wie vor den Kopf geschlagen.

„Nur, daß Sie Bescheid wissen", sagt Liese. „Mutter und mich stört's nicht. – Also, was ist das mit Ihnen, Herr Beerboom?"

Kufalt steht da. Er ist zerschmettert und glücklich, er darf wohnen bleiben und schämt sich, sie hat alles verstanden, vielleicht lange schon – und was nun?

Er sieht auf sie, aber sie ist längst nicht mehr bei ihm, sie spricht mit Beerboom, sieh doch, ihre Wangen sind ganz rosig, ihre Augen glänzen, so eifrig ist sie. Nun steht sie auf von ihrem Sessel, sie geht zu Beerboom, sie setzt sich zu ihm auf das Sofa, die beiden flüstern – wie alt ist sie? Einundzwanzig? Zweiundzwanzig? Mehr sicher nicht.

„Es ist", sagt Beerboom, „ich kann keine einzige Frau ansehen, ich muß immer daran denken. Verstehen Sie. Immer nur daran. Und wenn ich mit einer sprechen möchte, mit einer ausgehen, muß ich immer an alle andern denken. Ich entschließe mich nicht. Es ist so lange her . . ."

„Wie lange her?"

„Elf Jahre. Alle elf Jahre ist es immer nur das eine gewesen, und nun ist es so vieles, so vielerlei, verstehen Sie . . ."

Er betrachtet sie hilflos.

„Und nun ist es immer noch so wie . . . wie im Gefängnis?"

Sie hat die Unterlippe vorgeschoben, sie sieht ihn unverwandt an. Wie der sachte Flügel eines Vogels steht weiches loses Haar über ihrer Stirn.

„Gefängnis, nein", verbessert Beerboom eifrig. „Ich bin Zet, Zuchthaus, Kufalt ist Kittchen . . ." Er sieht schuldbewußt auf. „Es macht Ihnen doch nichts, Kufalt? Fräulein weiß doch alles."

Kufalt sieht zu, antwortet nicht.

„Nein", sagt Beerboom. „Oder doch. Bis ganz vor kurzem. Aber jetzt ist alles anders geworden . . ."

Er hält inne. Sie sitzen, warten lautlos, alle zwei, ob er es sagen wird. Es ist wie ein schwüler Dunst im Zimmer, eine heiße, trockene Luft . . . Sie sehen vor sich hin, keines sieht das andere an.

„Wissen Sie . . .", fängt Beerboom wieder an und stockt von neuem.

Kufalt wagt einen Blick. Das verkniffene gelbe Gesicht ist hell geworden, sieht glatt aus, es glänzt, strahlt. Wie eine Landschaft ist es, Berge und Täler und weite Flächen... Ist es Glück, kann so etwas das Glück sein?

„Ich hab 'ne Schwester", sagt Beerboom langsam. „Wie ich weg kam von Haus – dahin, war sie noch ganz klein, zehn Jahre, zwölf Jahre?"

Er schweigt, fängt neu an: „Ich weiß alles von den Kindern, wissen Sie, von den kleinen Mädchen, ich hab doch die Schwester. Ich hab im Zet schon damit angefangen, daß ich immer an die denke. – Und nun . . ."

Wieder Pause, Schweigen.

Der Beerboom steht auf, geht hin und her, schnell, setzt sich wieder, sagt: „Die Kinder, die kleinen Mädchen, in den Anlagen, verstehen Sie . . ."

Pause, Vor-sich-hin-Sehen.

Wenn man sich rühren könnte, das Fenster weiter aufstoßen, Luft, Nachtwind, daß der Spuk verblasen wird. Es ist Spuk, Hexerei, aber sie, sie sitzt da, sie ist eine Hexe, Quälerin . . .

„Ich steh da so und sehe zu, immer, wenn ich fortkommen kann aus dem Heim, sehe ich zu. Es ist schrecklich, was man da denken kann. Im Zet war es nicht so schrecklich, man dachte, das ist nur hier hinter den Gittern so, nachher wird alles anders."

Wieder lange Stille. Kufalt regt sich, zwingt sich dazu, setzt an, räuspert sich: „Also . . ."

„Mit den Frauen und Mädchen", sagt Beerboom. „Die wissen doch alles. Oder ich weiß alles, wie es mit denen ist. Mit diesen . . . Sie verstehen, jede kann meine Schwester sein, es ist so neu . . ."

Er grübelt. Seine lange gelbe Hand, schwarz behaart, mit den bläulichen dicken Adern, kommt auf den Tisch gekrochen, streckt sich, und plötzlich schließt sie sich mit einem Ruck, als zerdrücke sie etwas, zerstöre sie etwas . . .

„Ich hab gedacht", flüstert er, „sie haben mich fertiggemacht drin, für das ganze Leben, und nun fängt doch alles von neuem an . . ."

Er schluchzt beinahe vor Glück. „Die Kinder", flüstert er. „Die kleinen Mädels mit den nackten Beinen . . . Es ist schlimm für mich, man sieht sowenig, aber vielleicht, vielleicht . . ."

Er hält inne, sieht die beiden an. Sein Mund zittert.

„Gehen Sie!" schreit Fräulein Behn. „Gehen Sie sofort!"

Sie steht da, sie zittert am ganzen Leib. Sie hält sich am Stuhl fest, sie murmelt: „Sie Mörder, Sie, gehen Sie . . ."

Weg alles bei Beerboom, weg aller Glanz, alles Glück, alles Redenkönnen. „Ich", stammelt er. „Sie hatten doch selbst . . ."

„Geh los, Mensch!" schreit Kufalt und schiebt ihn gegen die Tür. „Verfluchte Quatscherei, perverse! Hier hast du meinen Hausschlüssel, mach, daß du wegkommst. Ich hol ihn mir morgen wieder."

„Aber ich . . . Fräulein, Sie haben doch selbst gewollt . . ."

„Gehen sollst du!" Kufalt schiebt ihn hinaus.

Die Entreetür fällt hinter ihm zu, Kufalt geht zurück in sein Zimmer, zögert an der Schwelle . . .

Ach, sie ist vielleicht doch nur eine Hure, kalt, etwas Unnatürliches, verpfuscht von der Natur, vielleicht braucht sie Kitzel und Dunst und Blutgeruch . . .

Sie hat sich über sein Bett geworfen, sie weint – und da er eintritt, hebt sie, mit verweintem Gesicht, die nackten Arme ihm entgegen. „Ach, komm doch, komm doch nur schnell! Er ist schrecklich, dein Freund. Komm nur schnell zu mir, du!"

6

War es Erlösung gewesen? Hatte es auch nur Erleichterung gebracht?

In den Nächten, in denen er sich um Liese gequält hatte, hatte er sich alles leicht und erlöst gedacht, wenn sie nur einmal zu ihm gekommen wäre. Nun war sie gekommen – und wo waren Leichtigkeit und Glück? Wieder saß er an seiner Schreibmaschine – diese Nacht war nun zwei Wochen vorbei – oder gar drei? –, und alles war genauso schwer. Oder noch schwerer . . . ?

Da sitzt er nun also und tippt. Ein paar Tage lang, direkt danach, war es besser gegangen, ja, es war sogar so gut gegangen, daß Jauch es aufgegeben hatte, hinter seinem Stuhl zu stehen – nichts mehr zu machen. Dann sackte er langsam wieder ab. Er riß sich zusammen, er wollte nicht wieder der Prügelknabe werden. Zwei- oder dreimal war Maack schon in die Diktatstube geholt worden – sollte er ewig über diesen Adressen sitzenbleiben?

Aber es war, als sei seine Kraft von innen gelähmt: Eben noch war er wach gewesen und mitten in der Arbeit und eigentlich fröhlich; plötzlich war es, als versagte sein Gehirn, es war nur noch eine Leere da, als gäbe es einen Kufalt nicht mehr. Kann in einem Hirn eine Gefängniszelle stehen, enger Raum mit Gitter und Schloß, und etwas Gestaltloses darin, auf und ab, auf und ab, etwas Eingesperrtes, das nie heraus kann?

„Paß Achtung, Mensch!" flüstert Maack. Schon ist Jauch da. „Ich habe hier fünf Originalzeugnisse, Herr Kufalt. Abschrift mit vier Durchschlägen, normalzeilig, in einer Stunde werden sie abgeholt. Aber fehlerlos, wenn ich bitten darf, kein Übertippen, keine schwebenden S!"

„Nein", sagt Kufalt.

„Sie sagen nein, natürlich sagen Sie nein, nun, ich werde ja sehen. Es ist jedenfalls mein letzter Versuch."

Kufalt ging groß daran, es war seine erste qualifizierte Arbeit, er würde zeigen, die würden sehen, Jauch würde staunen ...! Aber seltsam, es waren zwei Worte oder drei von diesem Jauch: fehlerlos, kein Übertippen, keine schwebenden S. – jedes Wort wurde zum Hindernis.

Waren es nur zwei oder drei Hindernisse? Alles war Hindernis!

Vier Durchschläge – wie leicht konnte man sich verzählen! Lag das Kohlepapier richtig? Originalzeugnisse – nur keinen Fleck darauf machen, der Daumen hat etwas Schwärze vom Kohlepapier abbekommen, zur Wasserleitung, drei Minuten Schreibzeit verloren – ans Werk!

„Lehrzeugnis. Elmshorn, den 1. Oktober 1925. Herr Walter Puckereit, geboren den 21. Juli 1908 als Sohn des Bäckermeisters Walter Puckereit, hierselbst, hat vom 1. Oktober 1922 bis heute in meinem altrenommierten Eisenwarengeschäft seine Lehrzeit als ..."

Und so weiter, und so weiter.

„Bald fertig, Herr Kufalt?"

„Ja, bald."

„Sieht nicht so aus. Sagen Sie lieber gleich, wenn Sie's nicht können. Sie können's ja doch nicht."

„Doch, ich kann."

„Wir werden es ja sehen. Jedenfalls müssen Sie bei vier Durchschlägen viel kräftiger anschlagen – lassen Sie mal sehen, na ja, wie ich gedacht habe, blaß, grau. Noch einmal von vorne ..."

Während Kufalt seine Bogen neu zurechtlegt, flüstert Maack: „Immer Ruhe! Immer die Nerven behalten! Der will dich nur einschüchtern!"

Kufalt lächelt ängstlich und dankbar, beginnt zu tippen: „Lehrzeugnis" – schreibt man Zeugnis nicht eigentlich mit ß? Egal, wie's hier steht, ist's richtig. – Puckereit, nicht Packereit – o Gott! Übertippen? Darf ich nicht. Fünfmal radieren?

Neu anfangen? Also noch einmal neu anfangen! Aber diesmal muß es werden!

Maack sieht nicht mehr hoch, Jauch ist in sein Zimmer gegangen, keiner sieht hin zu ihm. Oder sehen sie doch verstohlen hin zu ihm?

Diesmal kommt er bis zur dritten Zeile des ersten Zeugnisses, das schwebende S (diesmal ist es ein schwebendes G) bricht ihm den Hals. Während er das Durchschlagpapier mit dem Kohlepapier neu zurechtlegt, schielt er nach Maack hinüber, aber Maack sieht nichts, tippt wie wild.

Ach, er reißt sich zusammen, es gelingt, Zeile auf Zeile, fehlerlos, gleichmäßig, nun ist sofort die erste Seite fertig – und eine Ahnung überkommt ihn, er sieht nach: Also doch! Er hat das Kohlepapier falsch herum eingelegt, Spiegelschrift auf vier Blättern, das fünfte, letzte Blatt ist weiß!

Er sitzt da, es ist zwecklos, dagegen anzugehen, es ist ein Teufel in ihm, der gegen ihn kämpft. Sie haben den in ihm großgezogen fünf Jahre durch, sie haben ihn unfähig gemacht. „Geh dorthin!" haben sie gesagt, „tu das und jenes!" haben sie befohlen – und nun draußen hat es geschnappt, die Feder ist schlaff geworden –: zwecklos!

Es war am dritten Abend danach, er war auf den Gang hinausgelaufen, als die Flurtür ging, er hatte atemlos gesagt: „O meine Süße, ich habe mich so nach dir gesehnt!" Er hatte sie um den Hals gefaßt . . . „Was bilden Sie sich denn eigentlich ein?!" hatte sie gefragt, hatte sich frei gemacht, war schon fort gewesen in der Küche bei ihrer Mutter . . . Zwecklos . . .

„Gib's schnell rüber, Kufalt", flüstert Maack. „Ich tipp's dir. Rasch! Vorsichtig, daß es keiner sieht, die machen ja alle Lampen, die Brüder! Danke! Tipp du weiter Adressen."

Wie die Maschine drüben schmetterte, hämmerte, klingling, weiter, neue Zeile, klingling, weiter, neue Zeile, klingling . . .

Ging die verhaßte Tür dahinten nicht? Noch elf Minuten. Maack hat gleich die dritte Seite fertig, nein, die Tür ging nicht, höchstens noch eine halbe Seite . . .

„Also geben Sie her, Kufalt!" Und – höchstes Erstaunen: „Wieso . . .? Wieso schreibt Herr Maack das? Habe ich ihm die Arbeit gegeben oder Ihnen?"

„Ich . . .", stammelt Kufalt. „Ich habe ihn gebeten, ich war so nervös, ich habe mich ein paarmal vertippt . . ."

„Sooo", sagt Herr Jauch. „So! Und warum wenden Sie sich da nicht an mich? Bin ich Schreibstubenleiter oder sind Sie es? Jedenfalls werde ich den Vorfall Herrn Pastor Doktor Marcetus melden. Durchstechereien dulde ich nicht. Hier einen falschen Eindruck erwecken . . . Geben Sie her, Herr Maack."

Weiterschreiben, weiterschreiben, immer tüchtig weiter, es bringt nur fünfzehn Mark die Woche, diesmal nur zwölf vielleicht, aber heute ist Dienstag, und am Freitag erst hält Marcetus seinen allwöchentlichen Gerichtstag ab in der Schreibstube Presto. Man kann nicht tatenlos warten, man muß weitertippen – Quälerin!

„Mach dir nichts draus, Kufalt. Mit dem Pfaffen werde ich schon reden. Und wenn wir wirklich hops gehen, ich hab 'ne ausgezeichnete Idee. Nicht, was du denkst, keine Spur, was ganz Reelles. Nun, wir werden ja sehen . . ."

„Und, Herr Pastor", sagt Maack zu dem weißhaarigen Doktor honoris causa, „ich bin überhaupt der Ansicht, mit Einschüchtern ist es nicht zu schaffen. Sehen Sie hier, mein Freund, der Kufalt . . ."

„Einen Augenblick", unterbricht Pastor Marcetus und hebt seine weiße volle Hand. „Einen Augenblick, bitte! Sie wissen, meine Herren, sehr genau, daß ich diese Freundschaften unter Bestraften nicht wünsche. Ihnen beiden ist grade darum erlaubt worden, außerhalb des Heims zu wohnen, damit Sie wieder Anschluß an die rechtsbewußte bürgerliche Welt finden. Und Sie sagen: mein Freund, der Kufalt!" Er sieht die beiden streng an. „Überhaupt ist, wie Sie wohl wissen, das Sprechen der in den Schreibstuben Beschäftigten untereinander verboten. Woher kennen Sie sich da . . .?"

Er betrachtet sie, die stumm sind.

„Einschüchtern", grollt der Pastor. „Ich kenne Herrn Jauch seit zehn Jahren, ich habe ihn nie anders als freundlich, pflichteifrig, seiner Aufgabe hingegeben gefunden. Aber vielleicht ist es gerade das, was Sie Einschüchtern nennen, daß er pflichteifrige Arbeit von Ihnen verlangt . . .?"

„Aber . . .", setzt Maack ein.

„Einen Augenblick, bitte. Als Herr Kufalt zu uns kam, war er alles andere als ein guter Arbeiter, aber – ich habe das verfolgt – er hat achtzehn, zwanzig, auch ein- oder zweimal zweiundzwanzig Mark die Woche verdient. Von einem gewissen Zeitpunkt ab sank seine Arbeitsleistung ständig. Wie mir Herr Jauch mitteilt, wird er diese Woche kaum zehn Mark verdienen. Also, Herr Kufalt . . .“

Kufalt setzt an. Es ist ja gar nicht so lange her, daß er groß dastand vor Pastor Marcetus, er hatte ihn gewissermaßen in der Tasche, aber auch vorher hatte er mit ihm reden können. Wo war das hin?

Zögernd sagt er: „Herr Pastor, Sie denken, es ist, weil ich aus dem Heim rausgegangen bin, daß ich jetzt etwas anderes im Kopf habe. Aber glauben Sie mir, Herr Pastor, ich geb mir Mühe, ich geb mir alle Mühe von der Welt. Aber es ist plötzlich wie Schluß, ich geb mir alle Mühe von der Welt, und dann ist es, als wenn ich krank wäre, nicht richtig krank, verstehen Sie, aber so von dem langen Sitzen, als könnte man nichts mehr . . .“

„So“, sagt der Pastor. „So. Sie behaupten also, Sie haben jetzt noch nachträglich so etwas wie eine Haftpsychose gekriegt – es klingt nicht sehr wahrscheinlich. Wir haben nun wieder durch Herrn Petersen ermittelt, daß Ihre Zimmerwirtin eine besonders hübsche Tochter hat, eine Tochter von nicht übermäßig gutem Ruf. Ja, Herr Kufalt . . .?“

Kufalt steht da. Wenn doch Maack ein Wort sagte! Aber Maack steht da und schweigt, rückt an seiner Brille und schweigt. Natürlich ist er wütend, weil Kufalt ihm nie etwas von dieser Tochter gesagt hat, ihn hat Angebote machen lassen – und es ist doch alles ganz anders!

„Also“, sagt Marcetus nach langem Schweigen. „Wir versuchen es noch eine Woche mit Ihnen. Wenn da Ihre Arbeit nicht klappt – mindestens achtzehn Mark die Woche –, müssen wir von einer weiteren Beschäftigung absehen, Herr Kufalt. Ich werde auch Herrn Jauch sagen, daß er Sie völlig in Ruhe läßt, damit nicht wieder von Einschüchtern die Rede ist. Guten Morgen, meine Herren. – Ach, einen Augenblick, Herr Maack. – Nein, Sie können immer gehen, Herr Kufalt.“

Erst nach Feierabend kann Kufalt wieder mit Maack sprechen: Es sitzen zuviel Aufpasser und Zwischenträger in der Schreibstube. Sie gehen langsam im hellen Sonnenschein den Alsterdamm hinunter, überqueren den Glockengießerwall und sind nun an der Außenalster, die schön sommerlich von weißen Segeln und kleinen Dampfern belegt ist.

„Was wollte er eigentlich noch von dir?" fragt Kufalt.

„Ach", sagt Maack, „so das Übliche, was die alle machen, die Antreiber: uns gegeneinander aufhetzen, Neid . . ."

„Erzähl schon", sagt Kufalt etwas betroffen, ihm wird plötzlich klar, was die Schreibstube ohne Maack sein würde.

„Ich soll morgen 'ne Aushilfe kriegen in einem Exportgeschäft. Wenn ich mich da mache, werden die mich für immer behalten. Sagt er."

„So", sagt Kufalt wieder. „Und du?"

„Dreh dich rasch um!" flüstert Maack. „Rasch, rasch."

Er faßt Kufalt unter dem Arm und zieht ihn hin zu einem Herrn, der, einen Strohhut in der Hand, halb hinter einem Baum versteckt, gedankenvoll das hamburgische Wasserleben betrachtet.

„Guten Abend, Herr Patzig."

Der lange schlenkrige Jüngling sieht verlegen auf, er grüßt mit der Kreissäge in der Hand, er sagt: „Ach, guten Abend . . ."

„Das war nämlich die Hauptbedingung, Kufalt, für die Aushilfsstellung im Export: daß ich den Umgang mit dir aufgebe, Kufalt. Schickt sich nicht, daß Verbrecher mit Verbrechern umgehen, lernen nichts Gutes voneinander, weißt du."

Die beiden betrachten ernst den Jüngling, der immer röter geworden ist.

„Ich bin wirklich hier nur spazierengegangen", sagt Patzig von der Portokasse.

„Ja, nun wird der Herr Patzig wohl die Aushilfsstellung im Export bekommen."

Maack schiebt mit einem Stoß des Zeigefingers die Brille auf dem Nasenrücken zurecht und reibt dann gedankenvoll das Kinn. Wenn Maack auch alte Sachen anhat, er sieht immer tadellos aus, gut rasiert und mit gepflegten Händen und die Hosen in tadellosen Brüchen.

„Wird ihm vielleicht doch noch mal sauer aufstoßen, dem Jungen, die Arschkriecherei, was meinst du?" sagt Maack.

Kufalt sagt nichts, er betrachtet Patzig, der nicht mehr rot, sondern sehr weiß ist.

„Ich bin wirklich nur spazierengegangen", beteuert der noch einmal, „wirklich und wahrhaftig!"

„Natürlich", höhnt Maack. „Immer fein hinter uns her, von der Schreibstube an . . ."

„Paß auf!" schreit Kufalt.

Aber Maack hat seinen Hieb schon weg, von unten her gegen das Kinn, gar nicht so schlecht für so ein mickriges Geschöpf, wie es der Patzig ist.

„Ihr könnt mir doch alle . . .!" sagt er und sieht befriedigt Maack an, der sich energisch sein Kinn reibt. Dann setzt er energisch den Strohhut auf, sagt nun seinerseits „Guten Abend" und will gehen.

„Augenblick mal", sagt Maack. „Augenblick, Patzig – sind Sie wirklich nur spazierengegangen?"

„Wenn du noch eine haben willst?"

„Hat dich nicht der Jauch uns nachgeschickt oder der Pfaffe, daß du uns in die Pfanne haust?"

„Ich will euch mal was sagen", erklärt der Patzig und gibt gewaltig an, „ich will euch mal was erzählen! Ihr denkt immer, ihr seid was, ihr alten Ganoven. Ihr spuckt Bogen, noch und noch, weil ihr fünf Jahre Knast geschoben habt oder zehn – und weil ich nur ein halbes Jahr abgerissen habe . . ."

„Halt mal", sagt Maack.

„Nee, nich halt mal. Aber ein halbes Jahr oder zehn Jahr: Ich hab's genauso schwer wie ihr, wieder reinzukommen, nee, ich hab's noch viel schwerer, denn ihr habt einen Zusammenhalt, und ich hab gar nichts . . ."

„Halt, halt, du! Und wie ist es mit dem Verpfeifen?"

„Hab ich dich schon verpfiffen oder den andern, deinen Freund, den Pflaumenweichen? Paß man Achtung, daß der dich nicht mal verpfeift, der sieht viel eher so aus . . ."

„Wenn du wieder keß wirst, Patzig . . ."

„Krieg ich noch eine wie eben?" fragt Patzig und grinst. „Natürlich muß ich katzbuckeln und kriechen vor dem Jauch und dem Pfaffen – aber deswegen Lampen machen – noch lange nicht! Ich habe noch keine gemacht, im Kittchen nicht und hier draußen auch nicht. Aber ihr, ihr denkt immer gleich, das ist ein Linker, ihr denkt, ihr habt die Solidarität gepachtet. Ihr seid ja bloß 'ne Clique, ihr Brüder, du denkst, du bist der Bulle und kannst alle – aber du kannst nur die paar von deiner Clique, und Solidarität – davon hast du überhaupt keine Ahnung, weißt du das!"

Im Eifer seines Redens hat er sich wieder den Strohhut vom Kopf gerissen und fuchtelt damit dem Maack vorm Gesicht rum.

„Säg mir bloß nicht die Glotzer aus der Kohlrübe", sagt Maack freundschaftlich. „Aber ich versteh schon: Du willst sie alle beglücken und bist für Gerechtigkeit und so 'nen Quatsch. Ich geb mich nicht mit Politik ab, ich denk an mich und meine Olle, und vielleicht brauch ich den Kufalt mal und ein paar Jungen, die stiekum sind – danach lins ich . . ."

„Ach, was du schon linst! Große Sache im Gang – und hast noch nichts gerochen, was?"

Er sieht erwartungsvoll die beiden an und fängt an zu lachen, als er den Maack richtig verlegen gemacht hat.

„Große Sache?" murrt der. „Ich faß kein Ding mehr an, daß du's nur weißt, kannst du ruhig deinem Jauch bestellen."

„Komm doch nicht wieder auf die Tour. Ganz reelle Geschichte, großer Auftrag unterwegs, hast du noch nicht gemerkt, daß der Jauch jeden Morgen telefoniert und läuft?"

„Na und?" fragen die beiden und verstehen noch immer nichts.

„Zweihundertfünfzigtausend Adressen unterwegs, vielleicht sogar dreihunderttausend. Textilversandfirma. Zur Herbst- und Wintersaison ein bißchen Propaganda, nicht?"

„Wäre fein, wenn das die Schreibstube kriegte. Mindestens ein Monat Arbeit", stimmt Maack zu.

Aber Patzig lacht. „Wenn die ihn kriegte! Jauch verlangt zwölf fürs Tausend einschließlich Kuvertieren und Markenkleben, und die Schreibstube Cito im Großen Burstah macht's vielleicht für elf. Aber die schludern. Wenn da einer käme und täte es für zehn oder vielleicht gar für neun . . ."

Er macht eine lange träumerische Pause. „Dreihunderttausend Adressen", sagt er dann.

„Dreitausend Mark Arbeitsverdienst", sagt Kufalt hinge-
rissen. „O Junge, Junge ..."

„Für zehn Mann einen Monat Arbeit — macht auf die Nase
dreihundert Mark", rechnet Maack. „O Mensch, Patzig!"
bricht er plötzlich aus. „Wenn wir's kriegen, ich nehm dich
mit, du kannst mitmachen. Du sollst nicht mehr auf Solidarität schimpfen, Geld verdienen sollst du."

„Nee, nee", sagt Patzig. „Ich hab's euch erzählt, damit ihr
seht, ich bin gar nicht so. Damit ihr kapiert, was für flaue
Köppe ihr seid, nichts merkt ihr. Aber ich geh weiter zum
Jauch, ich denk immer, mit den Pfaffen fährt man am sicher-
sten."

„Na schön", sagt Maack. „Jeder muß wissen, wie dumm er
verträgt. Wir geben dir dann was ab, wenn es soweit ist,
kannst dich mal satt futtern auf unsere Kosten."

„Ach nee?" fragt Patzig. „Darf ich das? Und wißt noch
nicht mal den Namen der Firma? Und habt keine Schreibmaschinen? Und den Auftrag auch nicht? Will ich erst mal
nach Hause gehen futtern, wenn ich auf euch wartete ...!"

Und will wirklich gehen.

Nun, sie kriegen ihn herum, ach, wie anders stehen sie
nun vor dem Portokassenjüngling. Sie bitten und beschwören ihn: „Nur die Adresse, bist auch ein feiner Kerl, bloß
Namen und Adresse. Hundert Mark geben wir dir."

„Behaltet man eure hundert Mark, könnte ich schön lange
darauf warten. Klemmzig und Lange, Hamburger Straße in
Barmbeck. Nummer 128."

So — endlich, uff! Schwein, miserables, uns so zu quälen!
Der kann seinen hundert Mark auch lange nachgucken, Stubben, der dämliche, uns so hochzunehmen!

8

Sie müssen schnell handeln, und sie müssen ganz im ge-
heimen handeln, soviel ist sicher. Sie müssen weiter brav auf
die Schreibstube gehen, denn vielleicht kriegen sie den Auftrag doch nicht, und dann bleibt die Schreibstube einzige
Existenzmöglichkeit. Sie müssen sich erkundigen, unter welchen Bedingungen Schreibmaschinen zu kaufen sind, natür-

lich auf Raten, sie müssen sich nach einem Geschäftslokal umsehen – aber den ganzen Tag müssen sie bei Presto an der Maschine sitzen!

Kufalt und Maack haben sich die Lunge aus dem Hals gerannt: Es ist ihnen gelungen, noch an diesem denkwürdigen Abend fünf Leute von der Schreibstube zusammenzutrommeln, die stiekum sind: den wilden Jänsch, Sager, Deutschmann, Fasse, Oeser.

Sie sitzen in Maacks Dachkammer auf Bett, Fensterbrett, Waschkommode, dem einen Stuhl. Maacks Mädchen haben sie hinausgeschmissen. „Geh ein bißchen auf die Straße, Lieschen. Tu auch mal was für deinen Süßen", haben sie gesagt.

„Grade schön!" hat sie geantwortet und mit ihren blanken Kirschenaugen durch ihre gedrehten Pferdelocken gelacht.

„Hier! Jeder gibt 'nen Groschen. Kannst ins Café gehen, Lieschen."

„So dumm! Wenn ich endlich mal Ausgang habe! Wann soll ich denn wiederkommen?"

„Hau bloß ab. Du brauchst überhaupt nicht wiederzukommen. – Na, sagen wir, um zwölf", sagt Maack.

Zuerst sind sie alle geblendet von der Aussicht auf selbständige Arbeit und soviel Geld! Alle reden sie durcheinander, sie beweisen sich, daß es geht, daß sie vollkommen genug sind zu sieben, man wird eben ganz anders reinhauen in die Maschinen, neun Stunden Arbeit ist nicht, zwölf, vierzehn, Sonntag ist nicht, siehst mal dein Lieschen vier Wochen gar nicht an, du reißt dich zusammen, Kufalt, geht alles auf Kippe, oder bezahlen wir wie bei Presto nach dem Tausend?

„Aber wir haben den Auftrag noch nicht!"

„Ja, wer holt den Auftrag rein?"

„Du mußt in der Schreibstube Schluß machen, Kufalt, du fliegst ja doch!"

„Wieso fliege ich? Ich schaff's schon. Ich hab's mindestens so nötig wie ihr."

Es zeigte sich, daß keiner von den sieben gesonnen ist, den Spatzen in der Hand fliegen zu lassen für die Taube auf dem Dach.

„Dann müssen wir eben jemanden nehmen, der sich von uns schicken läßt."

„Aber er muß anständig aussehen."

„Natürlich kein Ganove, das wissen wir selbst."

„Und reden muß er können."

„Und fein in Schale muß er sein."

„Ja, wer weiß da einen?"

Keiner keinen.

„Die müssen doch auch Auskünfte einholen können über den!"

„Ja – ha?"

Sehr gedehnt, sehr gedehnt.

Es war doch verrückt, hier saßen sie, sieben Mann, sie brauchten nur jemanden, der einen oder zwei Wege für sie machte, jemanden mit reiner Weste aus der anderen, der bürgerlichen Welt.

Nein, keinen.

Arbeitslose genug, Vorbestrafte genug – aber schickt man so einen zu so was?

„Wenn man es ganz telefonisch machte?"

„Ausgeschlossen! Die müssen uns doch die Briefmarken anvertrauen und die Drucksachen und die Umschläge – da müssen sie doch jemand Knorken zu sehen kriegen, was?"

Ja, Vorschläge kamen schon, einer verdrehter als der andere.

„Unsinn! Ich kenn doch deinen Schwager! Der stottert ja schon, wenn ihn ein Hund anbellt!"

„Der Otsche? Der hat doch noch nie 'ne heile Hose auf dem Arsch gehabt, den bringen sie doch gleich auf die Wache!"

Sie saßen da und sahen sich stumm an. Schließlich stand Jänsch langsam auf.

„Also gehen wir nach Hause, Jungens. Mit uns wird es doch nie nichts. Schreiben wir eben die Adressen für Jauch und den fetten Pfaffen für fünf Mark. Die beiden fünf Mark, die ganze Schreibstube die anderen fünf Mark – ist doch sauber Kippe gemacht, nicht?"

Sie stehen alle da, noch etwas zögernd, es ist so schwer, aus diesem Traum fortzugehen. Eigene Arbeit, eigene Unternehmer, eigenes Geld, eigenes Geschäftslokal, eigene Maschinen – und die Aussicht auf Vorwärtskommen, vielleicht einmal eine eigene große Schreibstube ...

„Also, adjüs ...", sagt Jänsch.

„Wißt ihr", sagt Kufalt langsam, „ich hab's ja nicht sagen wollen, aber vielleicht weiß ich doch einen. Er ist zwar ein ganz versoffenes Huhn ..."

„Kommt gar nicht in Frage."

„Aber er ist ein richtiger, gebildeter Herr, hat mal studiert, der würde es vielleicht fertigbringen ..."

„Wie heißt er denn?"

„Woher kennst du ihn denn?"

„Kannst du ihn gleich holen?"

Schwierigkeiten über Schwierigkeiten, Beerboom allein weiß die Adresse vom Berthold, und, abgesehen davon, daß sich Kufalt geschworen hat, nie wieder mit Beerboom zusammenzukommen –: Jetzt ist es gleich neun, er müßte nach Friedensheim zu Beerboom, ob der da ist, ob dann Berthold zu Hause ist, ob er mitkommen will, ob er gerade einigermaßen nüchtern ist ...

„Also lassen wir es", sagt Kufalt, entmutigt von soviel Hindernissen.

„Wieso! Lassen wir es? Hau ab, Mensch, und in einer Stunde zitterst du hier an mit deinem Berthold ...!"

„Wir schmeißen dich die Treppe runter!"

„Los, angefaßt! Läufst du freiwillig, oder sollen wir dich koppheistern ...?"

Kufalt läuft schon, es ist verrückt, aber er läuft, es ist aussichtslos, aber er läuft schon ...

Friedensheim, altes gutes Friedensheim, altes sorgenloses Friedensheim in der Apfelstraße ...!

„'n Abend, Minna! Wolle-Teddy zu Hause? Nee, will ihn gar nicht sehen. Petersen da? Im Gesellschaftszimmer? Nee, will ihn gar nicht sehen. Beerboom da? Nee, nee, ich hol Sie nicht durch den Kakao, hab ich nie gemacht. – Beerboom da? Oben im Schlafsaal? Heult? Na schön, lassen Sie mich mal rauf. Dürfen Sie nicht? Ach, Minna, Goldminna, süßes Ekel, lassen Sie mich einmal rauf, mich, Ihren alten Heimbruder! Ich frag ihn nur was, Minna, ich geh gleich wieder weg, Sie kriegen auch einen ..."

„Mit wem sprechen Sie denn da unter der Tür, Minna?"

ertönt klagend Frau Seidenzopfs Stimme. „Fangen Sie mir bloß das nicht an in meinem Hause, mit fremden Herren!"

„Ist bloß der Kufalt, Frau Seidenzopf. Will den Beerboom besuchen, ich laß ihn schon nicht rein, Frau Seidenzopf . . ."

Und Minna schrammt die Tür zu.

Kufalt steht draußen.

O Gott, o Gott, was mach ich? Lauf ich zu denen zurück ohne Berthold, schimpfen die bloß . . . Und noch mal klingeln? Nachher erzählt es Seidenzopf dem Marcetus, und ich fliege gleich . . .

Er steht unschlüssig. Schließlich schleicht er durch den Vorgarten, denselben Vorgarten, in dem einmal der heute sehnsüchtig gesuchte Berthold – den Hut im Munde – kroch. Kufalt lugt durch das Fenstergitter, klopft kräftig gegen die Scheibe des Gesellschaftszimmers.

Es ist richtig Petersen, der herausschaut, zwei oder drei Köpfe hinter ihm.

„Guten Abend, Herr Petersen. Würden Sie wohl so freundlich sein, Herrn Beerboom ans Fenster zu rufen? Es handelt sich um etwas sehr Wichtiges . . ."

Nun ist es doch so, daß Kufalt und Petersen sich nie wieder ganz richtig ausgesöhnt haben, seit jenem Abend mit dem mißglückten Ausflug. Also legt Petersen sein Gesicht in bedenkliche Falten. „Sie wissen, Kufalt, Herr Kufalt, die Hausordnung, ich müßte erst mal Herrn Seidenzopf fragen."

„Ach, seien Sie doch nicht so, Herr Petersen. Sie wissen doch, wie Vater Seidenzopf ist, der macht doch gleich wieder um das bißchen einen Haufen Kokolores. Ich verspreche Ihnen, es dauert keine zwei Minuten. Sie können alles mit anhören . . ." Und als er das Gesicht des anderen sieht: „Es ist wirklich sehr wichtig für mich und mein Fortkommen . . ."

Petersen, Student Petersen, Berater und Freund der Strafentlassenen, wiegt den Kopf. „Nein, lieber Herr Kufalt, die Hausordnung . . . natürlich gehe ich gerne zu Herrn Seidenzopf, wenn Sie es wünschen . . ."

„Also läßt du es, du Dussel!" brüllt Kufalt plötzlich wütend, am meisten wütend, weil er umsonst gebettelt hat – und geht los.

Der hinter ihm ruft plötzlich mit ganz anderer Stimme: „Kufalt! Herr Kufalt!! Hören Sie mal . . ."

Ach was, denkt Kufalt erbittert, "Hören Sie mal" ist genauso ein Arschloch wie ich. Erst große Töne und nachher schlapp. Geh ich nun wieder zu denen, schmeißen sie mich die Treppe runter, Topf voll Brei und kein Löffel zu kriegen. Geh ich nach Hause, denk ich an die Liese, Topf voll Brei und so weiter − geh − ich − aber . . .

Er hat plötzlich eine Idee, macht kehrt, rennt am Friedensheim vorbei (das Fenster zum Gesellschaftsraum steht noch offen), erwischt eine Elektrische und fährt hinunter zur Langen Reihe.

Die Lange Reihe ist zwar nicht sehr lang, aber auch nicht übermäßig kurz, von Haus zu Haus zu fragen wäre ein wenig schwierig. Aber wozu gibt es Kneipen, in denen Berthold sicher guter Gast ist, zumal ein Berthold, dem es, wie Beerboom gesagt hat, gut geht?

"Berthold?" fragt der Mann hinter der Tonbank gleich in der zweiten Kneipe, "Sie meinen wohl Herrn Doktor Berthold? Was wollen Sie denn von dem? Geld?"

"Ich bin doch auch Doktor der Nationalökonomie", sagt Kufalt vorwurfsvoll.

"Ach so, ach so, entschuldigen Sie man, Herr Doktor! Herr Doktor Berthold sitzt im Hinterzimmer. Da durch!"

"Berthold! Herr Berthold!" beschwört Kufalt den langnasigen, bleichen Mann. "Seien Sie doch einen Augenblick nüchtern! Sie können doch Geld verdienen! Viel Geld. Es handelt sich um dreitausend Mark."

"Spatzen", sagt der Betrunkene. "Gar kein Geld. Oder willst du Geld von mir? Dann schmeißt dich der Adi an der Tonbank gleich raus."

"Hören Sie einmal zu, Herr Berthold . . .", fängt Kufalt nochmals an. "Es handelt sich darum . . ."

Er erzählt es noch einmal, langsam, Wort für Wort, der andere scheint zuzuhören, nickt, sagt einmal Prost − : "Richtig mit Kuvertieren und Markenlecken, ja, pfui Deubel! Magst du 'nen Rumgrog?"

"Und Sie sehen doch ein, Herr Berthold, so was darf man sich nicht entgehen lassen, wo soviel Geld zu verdienen ist."

"Gar kein Geld", beharrt Berthold und trinkt.

„Aber ich habe Ihnen doch alles erklärt, dreihunderttausend Adressen, vielleicht zehn Mark das Tausend, macht dreitausend Mark. Sie sollen auch gut abhaben, Herr Berthold."

„Angeschissene Hühner", grinst Berthold. „Hamburger 128 gibt's gar nicht in Barmbeck."

„Aber wenn ich es Ihnen doch sage! Jetzt brauchen Sie auch gar nicht dahin, jetzt sollen Sie nur mit mir zu meinen Freunden, um die Sache zu besprechen."

„Adi", ruft Berthold. „Bring 'nen Stadtplan. Der glaubt hier noch an Gedrucktes." Und zu Kufalt: „Du Strohkopf, ihr Strohköpfe, euch nimmt ja jeder Bauernfänger hoch. Ganoven seid ihr? Trottel seid ihr, Idioten seid ihr, Flachköpfe seid ihr . . ."

Er steht da, ziemlich sicher noch auf den Beinen. „Firma heißt?"

„Klemmzig und Lange", sagt Kufalt atemlos, während der Krüger Adi mit einem Stadtplan grinsend im Hintergrund auftaucht.

„Klemmzig", sagt Berthold und macht einen Griff mit der Hand. „Klemmt sich was, siehste, Strohkopf? – Lange . . .", sagt Berthold und macht einen Griff mit der Hand. „Langt sich was, siehste, Idiot? Barmbeck – barmt sich was, hörste, Flachkopf? Grüß die anderen Trottel von mir, grüß sie schön, grüß sie vom Berthold . . ."

Kufalt ist längst fortgeschossen, das Hirn erleuchtet von zehntausend Kilowatt Kerzen.

9

Die sieben Reingelegten hatten einen einzigen Trost: die Abrechnung mit Herrn Patzig am nächsten Tag. Umsonst! Umsonst! Kein Patzig ließ sich sehen.

„Hat deine Stelle im Export bekommen, todsicher", flüstert Kufalt zu Maack.

„Darum hat er auch so angegeben, feiger Stubben der, feiger."

„Den erwischen wir doch noch mal", sagt Jänsch zu den beiden und streicht an ihnen vorbei zum Farbbandkasten.

„Mein Farbband wird auch so grau", sagt Maack zu Kufalt und streicht nach.

„Ich muß doch auch mal ...", sagt Kufalt zu niemandem als zu sich selbst und stellt sich zu denen.

„Vielleicht hat er doch bei Jauch gequatscht", sagt Jänsch zu Maack.

„Mußt du auch hier stehen!" protestiert Maack gegen Kufalt. Und zu Jänsch: „Hoffentlich nicht. O Gott, nun kommt auch noch Deutschmann! Mensch, wenn Jauch uns hier zusammen sieht ...?"

„Farbband ganz blaß", knurrt Deutschmann. „Und Jauch telefoniert endlos. Ich kann's von meinem Platz durch die Tür hören. Wegen einem großen Auftrag. Ich denk immer ..."

„Genau wie ich", unterbricht ihn Maack. „Der Stubben, der Patzig, hat uns zuerst gar nicht verkohlen wollen. Mit dem Auftrag auf Dreihunderttausend, das stimmt, das geht in Ordnung. Erst wie wir ihn dann so gebettelt haben wegen der Adresse, da ist er auf die Idee gekommen, uns reinzulegen."

„Das kann stimmen", pflichtet Kufalt bei. „Vielleicht reist er selber auf die Tour mit dem großen Auftrag?"

„Aber er kann ihn doch nicht allein machen."

„Wer weiß, mit wem er die Sache schieben will!"

„Wer will die Sache schieben ...?!!" sagt direkt zwischen ihnen Jauchs böse Stimme. Die vier, in ihrem Farbbandeifer, sie haben nicht die plötzlich tiefe, nebengeräuschfreie, arbeitsam schmetternde Stille der Schreibstube beachtet, auch nicht das warnende Räuspern Sagers.

Jauch steht unter ihnen, rot angelaufen, beinahe zitternd vor Wut. „Hier wird wohl ein Verbrechen verabredet, ja, meine Herren? Hier reißen ja Zustände ein, Zustände ..."

Er steigert sich zum Schreien. Die Tür zum Nebenzimmer öffnet sich, die Köpfe der beiden nicht vorbestraften Mitarbeiterinnen erscheinen, die größere, die Zibbe, sagt: „Nicht so laut, Herr Jauch. Es sitzt doch Kundschaft in der Diktatstube."

Und sie schauen ungeniert weiter der Szene zu.

„Wir haben", sagt Maack, „über Herrn Patzig gesprochen, wie der das wohl geschoben hat —: Die Aushilfsstelle im

Export sollte *ich* doch kriegen. — Wegen Verbrechen und so aber werde ich mich bei Herrn Pastor Marcetus beschweren."

Maack ergreift ein Farbband und geht ruhevoll an seinen Platz.

„Ich dito!" sagt Jänsch. „So was haben Sie überhaupt nicht zu sagen, in Gegenwart von denen . . ."

Kopfbewegung zur Tür mit den Mädchen, und mit einem Farbband geht auch er.

„Ich werde Strafantrag gegen Sie stellen, Herr Jauch", sagt Deutschmann empört und verschwindet an seinen Platz.

„Meine Herren . . .", sagt Jauch atemlos, hilflos. Die ganze Schreibstube glotzt auf ihn. Kufalt will sich wortlos drükken.

„Das ist alles, seit Sie hier sind, Herr Kufalt", brüllt Jauch in einem neuen Wutanfall. „Halt! Kommen Sie mit! Kommen Sie mit auf mein Zimmer."

„Laß dir nichts gefallen von dem, Willi", flüstert Maack ziemlich deutlich.

Und Kufalt, verloren, zerfallen — warum habe ausgerechnet ich immer das Pech? —, und Kufalt zottelt brav hinter Jauch in seine Stube, deren Tür er hinter dem Schreibstubenvorsteher höflich schließt.

Aber noch kommt nicht der gefürchtete Ausbruch. Jauch zwar rennt auf und ab wie ein Stier, der stoßen möchte. Aber schon geht er langsamer, hebt den Kopf, betrachtet einmal die Gestalt an der Tür, geht weiter, nimmt ein Blatt vom Schreibtisch.

Und schließlich stellt er sich ans Fenster und sagt — zum Fenster, nicht zu Kufalt: „Bankier Hoppensaß bekommt viele Bettelbriefe von Vorbestraften. Das hat sich herumgesprochen, daß es sein Steckenpferd ist, Vorbestraften zu helfen, ja."

Er macht eine lange Pause, Kufalt wartet.

„Bankier Hoppensaß", sagt Herr Schreibstubenvorsteher Jauch, nicht mehr zum Fenster, sondern mehr gegen die Schreibtischlampe hin, „Bankier Hoppensaß hat eine Idee gehabt, über die ich mir kein Urteil erlaube. Er will jetzt die Recherchen, ob die sich an ihn wendenden Strafentlassenen würdig oder unwürdig sind, durch einen Strafentlassenen machen lassen. Er meint, der wüßte am ersten Bescheid. Ja."

Kufalt hält den nachdenklich betrübten Blick der bösen Schweinsäuglein drüben aus. Wäre ein herrlicher Posten für mich, ist sein erster Gedanke. Krieg ich doch nie. Mit Speck fängt man Mäuse, sein zweiter.

„Wir sollen ihm also jemand Vertrauenswürdigen empfehlen, ja, Herr Kufalt . . .?"

Stille. – Lange Stille.

Dann sagt Kufalt, schluckend, aber mit wilder Entschlossenheit: „Wir haben wirklich nur darüber gesprochen, warum Patzig den Aushilfsposten im Export bekommen hat. Patzig schreibt kaum besser als ich."

„So", sagt Herr Jauch trocken. „Ihre Ansicht", sagt Herr Jauch böse. „Ich will Ihnen was sagen", setzt Jauch an, kommt aber nicht zu dem, was er Kufalt zu sagen hat, denn das Telefon klingelt.

„Schreibstube Presto. – Ja, Herr Jauch ist selber am Apparat. – Wie? Wir müssen endlich zum Abschluß kommen? Ich soll mich entscheiden? – Aber natürlich! Elf Mark ist schon sehr niedrig. Nur weil es dreihunderttausend sind, sonst immer zwölf. – Ihr Adressenmaterial schreibt sich glatt runter? Ja, da müßte ich doch Ihr Adressenmaterial erst mal sehen. – Schön, schön, wenn es sehr gut ist, vielleicht noch eine halbe Mark weniger, ich würde dann sofort mit Herrn Pastor Marcetus sprechen. – Nein, nein, Sie bekämen heute nachmittag endgültige Nachricht. – Na also, ich komme dann sofort, in einer Viertelstunde bin ich bei Ihnen."

Jauch hängt den Hörer an. Er hat Kufalt ganz vergessen. Jetzt entdeckt er ihn neben der Tür, aufmerksam die Rückentitel von Nienkammers Güteradreßbuch studierend.

„Ich habe jetzt keine Zeit für Sie", sagt er mürrisch. „Ich muß sofort weg. Wir sprechen uns aber noch nachher."

„Darf ich noch um etwas bitten?" fragt Kufalt und ist von einer ungewohnt schmeichlerischen Demut. „Ich habe so wahnsinnige Zahnschmerzen. Darf ich nicht mal gleich zum Zahnarzt?"

„Ich kann Ihnen jetzt keinen Schein fürs Wohlfahrtsamt ausschreiben", erklärt Jauch. „Heute mittag."

„Ich geh von meinem Geld, Herr Jauch. Ich will Ihnen doch keine Scherereien machen." Und ängstlich: „Zahnziehen kostet doch sicher nicht mehr als anderthalb Mark?"

„Ich muß weg", sagt Jauch.

„Ich mach auch ganz schnell", erklärt Kufalt. „Ich halt's wirklich nicht mehr aus."

„Also meinethalben", sagt Jauch und rennt aus seinem Zimmer.

10

Kufalt huscht wie ein Wiesel durch die Schreibstube, im Vorbeilaufen flüstert er Maack zu: „Hat doch nicht gelogen, der Patzig", und ist schon aus der Tür. – Sicher hat Maack sein hastiges Flüstern gar nicht verstanden.

Mantel und Hut – was das alles dauert! Jauchs Schritt ist schon nicht mehr auf der Treppe zu hören, ach, alles kommt darauf an, daß Jauch nicht fährt, daß er zu Fuß geht. Kufalt kann nicht fahren, er kennt seinen Kassenbestand in der Tasche genau: ein Groschen gleich drei Juno. (Lieber nicht mehr mitnehmen, man kommt doch nur in Versuchung, es auszugeben.)

Straße. Blick nach rechts, Blick nach links: kein Jauch mehr. Unschlüssig stehen hilft nichts, nach dem Stadtinnern zu? Nach den Vororten zu? Textilhaus – also ins Zentrum! Kufalt läuft.

An der nächsten Straßenecke sind es schon drei Möglichkeiten. Kufalt rennt blindlings rechts um die Ecke. Die reine Wilde-Gänse-Jagd – es ist sinnlos.

Kein Jauch. Kein Jauch. So viele Menschen. Kein Jauch. Umkehren? Umkehren!

Kufalt läuft zurück, er kommt wieder an die Kreuzung, die Verkehrsampel ist rot, aber hat er Zeit zu warten? Er hat keine Zeit. Er stürzt zwischen Autos und Elektrische, ist plötzlich eingekeilt, einer flucht, er drängt zurück, wieder auf das alte Trottoir – und, als er sich umsieht, siehe, wer kommt aus dem Eckzigarrengeschäft, eine Zigarre qualmend? Nu, nu, der Herr Jauch!

„Na, Kufalt, wo gehen Sie denn lang?"

„Hier rauf." Er deutet. Er weiß ja kaum in Hamburg Bescheid, wenn der nach der Straße und dem Namen des Zahnarztes fragt...!

Aber er fragt nicht.

„Machen Sie nur schnell. Sie wissen, Sie haben diese Woche achtzehn Mark zu schaffen. Mit oder ohne Zahnschmerzen. Sie verstehen mich doch? Entschuldigungen gibt's nicht."

„Ja", sagt Kufalt demütig, zieht seinen Hut und bleibt zurück.

Dann schiebt er Jauch, gedeckt von einem Pärchen, nach. Der wandelt dahin, mit dem federnden Zehenspitzenschritt der Dicken, wohlgemut paffend, und wenn er sich einmal umdreht, so sicher nicht nach Kufalt, sondern mehr nach den jungen Mädchen in ihren leichten Blusen, mit ihren bloßen Armen, auf ihren raschen Beinen.

„Pickelhengst, verdammter", flüstert Kufalt und entert sicherheitshalber die andere Straßenseite, um sich besser zu verbergen.

Jauch entert sie ebenfalls. Kufalt wechselt zurück und sieht Jauch um eine Ecke drüben verschwinden. Kufalt nach – oh, welch unangenehm leere Straße! Hier wird's schwer. Er muß ziemlich zurückbleiben. Jauch um die Ecke, Kufalt Dauerlauf nach. Und Herr Jauch ist weg. Wie sagt man? Vom Erdboden verschluckt!

Kufalt steht keuchend. Also war es doch umsonst! Weg, endgültig weg, in einem dieser Häuser.

Schließlich besinnt sich Kufalt auf seinen Verstand und bedenkt, daß eine Textilfirma einen Laden oder mindestens ein Schild an der Haustür hat, daß höchstens zehn, zwölf Häuser in Frage kommen – und er fängt an zu suchen.

Laden? Nein, keiner. Und Firmen – an fünfzehn Häusern finden sich zwei Schilder, die in Frage kommen: „Lemcke & Michelsen, Kinderkonfektion en gros" und „Emil Gnutzmann, Stielings Nachf., Textil-Versand".

Alles in Butter, denkt Kufalt erleichtert, faßt hinter einer Anschlagsäule Posto und sieht richtig zwanzig Minuten später Herrn Jauch aus dem Haus treten, stehenbleiben, gegen den Himmel schauen, eine Zigarre aus der Tasche holen, sie abschneiden, anbrennen, zur Straßenecke gehen, rumsteuern ...

Und Herr Jauch macht kehrt, geht schlank auf Kufalts Anschlagsäule zu, Kufalt zirkuliert angstvoll, immer rum um die Säule. Von welcher Seite kommt er? Wenn ich ihm nun

direkt vor den Bauch renne?! Hat das Aas mich gesehen –
und schon verschwindet Herr Jauch in einem hübschen,
kleinen, verhängten Café, und Kufalt begreift plötzlich:
Jauch ist direkt vor dem Abschluß, er telefoniert nur noch
Marcetus!

Kufalt steht da, immer noch hinter der Litfaßsäule, er
denkt ganz schnell: Es geht uns weg, es geht uns weg! So 'ne
schöne Chance, solch großer Auftrag kommt höchstens zweimal im Jahr ... Ich müßte raufgehen. In einer Woche sitze
ich doch auf der Straße, achtzehn schaffe ich nicht, solange
Liese ... Wenn er da hinter den Gardinen sitzt, komme ich
nicht mal ungesehen über die Straße. Es ist Wahnsinn, ich
gehe um die Ecke, ich gehe auf die Schreibstube, Berthold
müßte hier sein, vielleicht schaffe ich doch achtzehn ...

Und wagt es und läuft schon und steht im Eingang von
Emil Gnutzmann, Stielings Nachfolger, und schielt nach dem
Café, ob dort die Tür sich öffnet, ob hinter den Gardinen
Jauchs verfluchende Faust erscheint ...

Langsam steigt Kufalt die Treppe empor. Beruhigend ist
es wenigstens zu wissen, daß man einen tadellosen Anzug
trägt, den blauen, mit den weißen Nadelstreifen, daß man
ein schickes Oberhemd anhat, daß man überhaupt nicht nach
Vorbestraftheit riecht (wenn man sich nur richtig benimmt),
sondern daß man so aussieht, wie ein Kufalt eben in seinen
besten Tagen aussehen kann.

„Chef zu sprechen?" fragt Kufalt in dem gemacht mun-
teren Ton, den er vor manchem Jahr auf manchem Büro von
manchem Geschäftsreisenden gehört.

„Um was handelt es sich denn, bitte?" fragt das nette
blonde Fräulein in der Anmeldung mit jenem gemacht höflichen Ton, der in jedem Büro für jeden Unerwünschten von
jedem Angestellten mühelos bereitgehalten wird.

„Um den Adressenauftrag", sagt Kufalt und horcht nach
dem Treppenhaus, in dem ein Schritt hörbar wird.

„Das bearbeitet Herr Bär", sagt das Fräulein. „Aber ich
glaub, der Auftrag ist schon vergeben. Augenblick mal.
Wenn Sie solange Platz nehmen wollen?"

Der Schritt ist vorbeigegangen, aber deswegen wagt Kufalt doch nicht, sich hinzusetzen, jeden Augenblick kann
Jauch eintreten. Er geht auf und ab, sein Herz klopft ge-

wissermaßen im Halse, der Mut der Feigen ist mal wieder weg.

O Gott, in was habe ich mich da eingelassen!

„Herr Bär läßt bitten", sagt das Fräulein und geht Kufalt voran. Die Tür der fatalen Anmeldung schließt sich hinter ihm, erst einmal ist Kufalt sicher.

„Sie wünschen?" fragt Herr Bär kurz und schneidig.

Kufalt verbeugt sich. Er hat sich Herrn Bär als einen ältlichen, sorgenvollen, dicken Herrn vorgestellt und findet einen jungen, gutgepflegten Sportsmann.

„Wir haben gehört", sagt Kufalt, aus seiner Verbeugung auftauchend, „daß Sie einen größeren Adressenauftrag zu vergeben haben. Meiner Firma würde sehr viel an diesem Auftrage liegen. Wir sind eine ganz junge Firma, wir machen Ihnen daher Kampfpreise, die von keiner Seite unterboten werden können."

„Und diese Preise . . .?"

„Wenn das Adressenmaterial einigermaßen glatt zu schreiben ist, würden wir sagen: zehn Mark fürs Tausend."

Das Gesicht des jungen Herrn Bär verdüstert sich. „Der Auftrag ist so gut wie vergeben. Ich bin gewissermaßen im Wort."

Er sieht Kufalt fragend an.

„Nun", sagt Kufalt hastig. „Wir würden es schließlich für neun Mark fünfzig machen."

„Neun Mark", sagt Herr Bär. „Und ich würde sehen, daß ich aus meinem Worte komme." Kufalt zögert, und Bär erklärt: „Wenn ich mir die Unannehmlichkeiten schon mache, muß es sich wenigstens lohnen."

„Neun Mark fünfundzwanzig", setzt Kufalt an, als die Tür sich öffnet, die hübsche Anmeldedame hereinschaut und sagt: „Herr Jauch ist jetzt da, Herr Bär."

Kufalt sieht fassungslos zur Tür . . . gleich wird sie sich öffnen . . . sein Schreibstubenvorsteher . . . und er in Konkurrenz mit ihm . . . er ist doch bloß ein entlassener Strafgefangener . . . und außerdem ist er beim Zahnarzt . . . Aber gesetzlich ist es verboten, daß man jemandem öffentlich vorwirft, er ist vorbestraft . . . oder ist es in so einem Falle erlaubt . . .?

„Soll warten", knurrt Herr Bär. Und zu Kufalt: „Ihr Konkurrent, wissen Sie. Der macht es für achteinhalb."

„Nicht unter zehneinhalb", sagt Kufalt. „Den kenn ich
doch."

„So", sagt Herr Bär. „Wie heißt übrigens Ihre Schreibstube?"

Kufalts Gehirn versagt ... schnell einen Namen! Nur
schnell einen Namen!

„Cito ... Presto", sagt er atemlos. Und ruhiger, es war gewissermaßen ein Kurzschluß in seinem Hirn: „Schreibstube
Cito-Presto."

„Ach nee!" lacht Herr Bär. „Sie überbieten Ihre Konkurrenz doppelt. Na ja. Und wann könnten Sie anfangen?"

„Morgen früh", sagt Kufalt und ihm schwindelt. Keine
Schreibmaschinen – kein Geschäftslokal – und Telefon
müßte eigentlich auch sein.

„Und wieviel würden Sie täglich abliefern?"

„Zehntausend."

„Schön. Macht einen Monat. Nee, noch fünf Tage drüber,
wenn wir die Sonntage abrechnen."

„Wir würden in einem Monat dreihunderttausend liefern."

„Sch-ö-n", sagt Herr Bär nachdenklich und betrachtet Kufalt, denkt dabei aber sichtlich an etwas anderes. „Sie können
dann morgen früh Umschläge und Adressenmaterial abholen
lassen. Wo, sagten Sie, ist Ihr Geschäftslokal?"

„Wir sind gerade im Umzug", sagt Kufalt hastig. „Wir
sind noch nicht dort und nicht mehr hier. Sobald wir über-
gesiedelt sind, gebe ich Ihnen unsere Adresse." Und denkt
verzweifelt: Welch ein Stuß, ich muß doch wissen, wohin wir
ziehen!

Aber Herr Bär ist noch immer mit seinen Gedanken an-
derswo.

„Na schön", sagt er gedankenvoll. Und plötzlich lebhaft:
„Wissen Sie, hören Sie mal ..." Er unterbricht sich: „Ich weiß
noch nicht mal Ihren Namen, Herr ..."

Es kann ja irgendwie schiefgehen, wozu soll ich mir die
Sache ans Bein binden? Draußen sitzt Jauch ..., denkt Kufalt. Und sagt hastig: „Meierbeer ist mein Name. Meierbeer!"

„Mit dem Komponisten verwandt? Oder hinten mit mir? Hähä!" Herr Bär lacht. „Also, Herr Meierbeer, würde es Ihnen etwas ausmachen, wenn ich Sie über den Lieferantenausgang hinausließe? Sie wissen, Ihr Konkurrent, Herr Jauch . . . ich bin da gewissermaßen im Wort . . . ich muß das irgendwie drehen — Sie verstehen?"

„Aber gerne!" lacht Kufalt erleichtert, und sein Herz beginnt ruhiger zu klopfen. Er begreift plötzlich, daß er heute seinen Glückstag hat. „Wäre mir ja auch peinlich, wenn die Konkurrenz sähe, ich habe ihr den Auftrag weggeschnappt."

„Na also!" sagt Bär. „Dann kommen Sie man."

„Wieviel Drucksachen legen Sie denn überhaupt ein?" fragt Kufalt plötzlich.

„Ach, nicht schlimm", tröstet Herr Bär. „Einen achtseitigen Prospekt falzen und eine Bestellkarte in den Falz."

„Bestellkarte einlegen macht auch wieder Extraarbeit."

„Ist ja nicht so schlimm", tröstet Herr Bär.

„Na, erlauben Sie mal, bei dreihunderttausend! Das sind mindestens vier, fünf Arbeitstage extra!"

„Also neun Mark", sagt Herr Bär und hält die Hand hin.

„Neun Mark fünfzig ist das Äußerste", sagt Kufalt und versteckt die seine.

Herr Bär entrüstet sich: „Erlauben Sie mal, Sie haben schon neun Mark fünfundzwanzig gesagt."

„Nicht mit einer Antwortpostkarte", sagt Kufalt. Er steht auf der obersten Treppenstufe, Herr Bär auf einem Absatz vor der Tür.

„Also lassen wir es", sagt Herr Bär und nimmt seine Hand wieder an sich. „Herr Jauch wartet."

„Sie müssen uns auch leben lassen", sagt Kufalt, sicher, daß Jauch es nie für den Preis tut. „Und Sie bekommen von uns Adressen sauber wie von keiner Firma."

„Das sagen Sie alle!" grollt Herr Bär. „Nachher kommt die Hälfte unbestellbar zurück."

„Dann kann es nur am Adressenmaterial liegen."

„Nicht bei uns, unsere Adressen stimmen alle."

„Das sagen nun wieder alle Adressenauftraggeber", lächelt Kufalt.

„Also sagen Sie ein vernünftiges Wort, Herr Meierbeer", sagt Herr Bär und lächelt, von neuem bezwungen durch den

Namen. „Schreiben Sie sich eigentlich mit a-Umlaut wie ich?"

„Nein, mit Doppel-e", erklärt Kufalt. „Neun fünfzig."

„Also sagen wir neun fünfundzwanzig, hier ist meine Hand."

„Ich will ja auch nicht so sein", besänftigt sich Kufalt. „Neun vierzig."

„Herr Jauch sagt, er kann nicht länger warten", erklärt die Anmeldedame.

„Herr Jauch kann mir ...!" schreit Herr Bär wütend. Und einlenkend: „Nein, halt, nein, Fräulein, er kann nicht. Er soll nur noch drei Minuten warten." Bittend zu Kufalt: „Neun dreißig."

„Neun fünfunddreißig", sagt Kufalt. „Meinethalben. Aber bar Kasse alle Zehntausend bei Ablieferung."

„Abgemacht", sagt Bär. „Bestätigen Sie mir das schriftlich. Ich gegenbestätige es Ihnen dann."

„Gemacht", sagt Kufalt. Und nun treffen sich die Hände. „Also morgen früh ..."

„Ich danke auch namens meiner Firma bestens für den Auftrag", sagt Kufalt, plötzlich wieder sehr formell. Er schüttelt nochmals die Hand des andern. „Auf weitere gedeihliche Geschäftsverbindung!"

Er steigt würdig treppab, während Herr Bär sich zögernd dem Falle Jauch und seinem zu drehenden Worte zuwendet.

11

Es ist kurz nach der halbstündigen Mittagspause, ein brennend heißer Sommermittag. In der Schreibstube ist es stickig und schwül, die weißen Scheiben lassen nicht einmal den Trost blauen Himmels und heller Sonne ein — erstickende heiße Luft, nichts sonst.

Die Finger tanzen schlaff auf den Tasten, ist der Wagen am Ende, wird er langsam, träge zurückgezogen, eine Sekunde, zwei Sekunden Pause, und die Finger beginnen neu.

Heiße feuchte Stirnen, verschlossene, verkrampfte Gesichter, kein Geschwätz, kein Flüstern, nur Schlaffheit und Verdrossenheit.

Im Nebenzimmer, die Weiber von der Vervielfältigungsmaschine, die schwatzen. Sie haben nichts zu tun, sie haben schon den dritten oder vierten Tag keine Arbeit, nichts da zu vervielfältigen. Aber ihr Gehalt bekommen sie darum doch, sie brauchen sich keine Sorgen zu machen, manchem wächst das Fressen wirklich ins Maul, wer sich aber nicht satt essen kann, kann sich auch nicht satt schlecken.

Jawohl, zwanzig Schreibmaschinen klappern, aber darum hört man doch: Drüben, in Jauchs Büro, ist die Tür gegangen, und nun fliegt sie zu, mit einem donnernden Getöse: bumm, bumm!

Es schüttert.

Kufalt wirft Maack einen Blick zu. Maack wirft Kufalt einen Blick zu. Maack senkt die Lider über die Augen zum Zeichen, daß er den Blick verstanden hat.

Hinundhergelaufe drüben im Büro, ein Fenster wird aufgerissen, nun fängt Jänsch an, unterdrückt vor sich hin zu lachen, denn der Jauch da drinnen schimpft mit sich. Aber er wird sofort wieder stille, denn die Tür geht auf, Jauch brüllt mit aller Kraft, nur den blauroten Kopf durchstekkend: „Fräulein Merzig!! Fräulein Merzig!!!"

„Ja, Herr Jauch?"

Auf der anderen Seite der Schreibstube öffnet sich die Tür, Fräulein Merzig (die Große, Zibbe) steckt ebenfalls den Kopf durch: „Ja, bitte, Herr Jauch?"

„Das Hamburger Adreßbuch, aber ein bißchen flott, ja?"

„Sofort, Herr Jauch!"

Jeder merkt: Sturm im Anzug, Gewitterbö am Himmel. Fräulein Merzig läuft eilig in der Schreibstube von Platz zu Platz, zu sehen, wo das Hamburger Adreßbuch liegt.

Jauch, immer mit dunkelrotem Gesicht, folgt ihr mit seinem Blick. „Wer, zum Donnerwetter, hat es denn! Kann der sich nicht melden?!"

Sie findet es bei Sager und nimmt es ihm fort.

„Hören Sie mal, Fräulein, ich muß arbeiten", protestiert Sager matt.

Sie läuft schon damit zu Herrn Jauch, der drohend verkündet: „In Kürze werden sehr viel großkotzige Herren ohne Arbeit sitzen."

Er reißt das Adreßbuch an sich und verschwindet.

„Sie können wenigstens ‚Entschuldigung' oder ‚Bitte' sagen, Fräulein", grollt Sager.

„Mit Ihnen rede ich überhaupt nicht", erklärt Fräulein Merzig, und sie meint nicht etwa nur Sager, sondern alle in diesem Zimmer. Sie geht und verschwindet bei ihrer Kollegin, nicht ohne die Tür einen Spalt offenzulassen – : „Denn heute gibt's was, so habe ich Jauch noch nie gesehen, sicher wirft er einen von denen raus!"

Vorläufig flucht er weiter in seinem Zimmer, raschelt mit dem Adreßbuch und erscheint wieder in der Tür, diesmal in voller Figur.

„Kann ich mein Adreßbuch wiederhaben, Herr Jauch?" fragt Sager hartnäckig.

„Kennt jemand von Ihnen eine Schreibstube Cito-Presto?" fragt Herr Jauch und kommt bis in die Mitte des Zimmers.

Stille.

Dann läßt sich eine Stimme vernehmen: „Schreibstube Cito, Herr Jauch . . ."

„Cito-Presto habe ich gefragt, Sie Idiot", brüllt Herr Jauch los und ist beim Nebenzimmer, wo er seine Frage wiederholt.

„Schreibstube Cito . . .", sagt Fräulein Merzig.

„Gänse!" brüllt Jauch, besinnt sich und sagt milder: „O Pardon", schmettert aber immerhin die Türe zu.

Er dreht sich um, nun hat er die ganze Schreibstube wie eine Schulklasse vor sich, alle mit den Gesichtern zu ihm hin. Er lehnt sich mit dem Rücken gegen die Tür, steckt die Hände in die Taschen, spielt in der einen mit seinen Schlüsseln, in der anderen mit Silbergeld und nagt dabei an der Unterlippe, die Stirn in Querfalten.

„Hol mal einer die Zigarre aus meinem Aschenbecher . . ."

Er überlegt, sieht die Reihe entlang, bleibt bei Maack hacken – der tippt. Jauch überlegt wieder, springt dann zu Maacks Hintermann und ruft: „Lammers!"

Lammers steht ängstlich auf, geht beinahe laufend in das Chefbüro, kommt wieder mit einem Zigarrenstummel, reicht ihn Herrn Jauch.

„Feuer!" sagt der.

Lammers sucht in seinen Taschen, findet Streichhölzer,

brennt eins an, gibt Jauch Feuer, alles in angstvoller Haltung. Jauch zieht, pafft dann. „Sie wissen doch, daß das Rauchen hier verboten ist? Wenn ich das noch einmal sehe, daß Sie Streichhölzer bei sich haben . . .!"

„Ich habe aber nicht geraucht, Herr Jauch", stammelt Lammers.

„Hältst du den Mund?! Hältst du den Mund?! Soll ich dich rausschmeißen, oder hältst du den Mund?!!!" brüllt Jauch den aschfahlen Lammers an.

Der steht einen Augenblick, läuft dann torklig an seinen Platz, setzt sich hastig, zieht den Kopf zwischen seine Schultern und tippt los.

Einen Augenblick Stille. Jauch schnauft. Jeder fühlt, es war erst der Windstoß vor dem Losbruch, es soll erst losgehen. Jauch sucht sein nächstes Opfer mit dem Auge, sein Blick fällt auf Kufalt, der wie verzweifelt tippt. Jauch bewegt schon die Lippen, da klingt ein kräftiger Baß aus dem Hintergrund: „Stinkt, der Affenstall!"

Jauch fährt herum, sein Mund steht töricht halb offen, er fragt atemlos, als sei ihm von einem Magenschlag die Luft weggeblieben: „Wie bitte?! Wer sagte da was?"

Jänsch steht auf hinter seiner Schreibmaschine, wie ein kleiner Junge zeigt er mit dem Finger hoch. „Ich, Herr Jauch."

Er steht einen Augenblick abwartend da, sieht zu, wie Jauch sich aus seiner Fassungslosigkeit zu einem Ausbruch sammelt, dann, gerade als er loslegen will: „Hab gesagt, daß der Affenstall hier stinkt, Herr Jauch. Und das tut er denn ja auch bei so 'ner Affenhitze, nicht?"

„Kommen Sie mit!" schreit Jauch. „Kommen Sie mit in mein Zimmer! Ihre Papiere. Sie sind entlassen, Sie Mensch, Sie, Sie undankbares Geschöpf! Ihre Papiere!"

„Und mein Geld", sagt Jänsch unerschütterlich und geht gleichzeitig mit Jauch auf dessen Zimmer los.

Sie sind im Begriff, dort zu verschwinden, als in einer anderen Ecke der Schreibstube einer aufsteht, Deutschmann diesmal, und schreit: „Herr Jauch, ich finde auch, daß dieser Affenstall stinkt."

Jauch steht fassungslos, er bewegt wortlos die Lippen, er sieht von einem zum anderen, er fängt an nachzudenken, dann hebt er die Hand. „Kommen Sie auch, Herr Deutschmann, Sie sind beide entlassen."

„Schön", sagt Deutschmann, „geht in Ordnung."

Aber sie kommen noch immer nicht in Jauchs Zimmer, denn nun steht Sager auf und sagt höflich und bescheiden: „Darf ich mir wohl mein Hamburger Adreßbuch holen, Herr Jauch? Ich muß arbeiten."

„Lassen Sie mich zufrieden!" brüllt Jauch den Höflichen an.

„Dann bin auch ich der Ansicht, daß dieser Affenstall stinkt", sagt Sager mit derselben lächelnden Höflichkeit. Und etwas schneller: „Ich stell mich von selbst zu den anderen, Herr Jauch, ich komme schon."

„Das ist Meuterei!" schreit Herr Jauch. „Das ist . . ."

„Meuterei gab's im Kittchen, Herr Jauch, da täuscht Sie Ihre Erinnerung", sagt Maack kühl und steht nun auch seinerseits auf. „Hier sind wir doch nicht mehr im Kittchen, nicht wahr?"

„Natürlich der Herr Maack", sagt Jauch langsam, und nun ist seine ganze Wut weg. Er sieht auch nicht mehr rot aus, er ist fahl. Er ist sehr aufgeregt, aber er hat sich wieder am Bändel. Er sagt langsam: „Darf ich, zur Abkürzung des Verfahrens, fragen, wer von Ihnen noch der Ansicht ist, daß es in – diesem – Affenstall – stinkt? Bitte, meine Herren, nicht genieren. Ja, bitte?!"

Es stehen noch auf: Kufalt, Fasse, Oeser.

„Ich übrigens auch", sagt Maack.

„Nun, natürlich. Herr Fasse, Herr Oeser. Und der Herr Kufalt. Aber ich weiß Bescheid, meine Herren, so leicht ist es nun doch nicht. Ich weiß Bescheid . . ."

Die Herzen der Verschwörer bleiben stehen. Wenn das Aas wirklich Bescheid weiß, wenn er uns die Arbeit vermasselt . . . !

„Das ist eine Verschwörung, und der liebe, gute, demütige Herr Kufalt ist der Anführer. Ich habe wohl gehört, wie Sie sich heute am Farbbandkasten verabredet haben, ein Ding zu schieben. Ich werde die Kriminalpolizei benachrichtigen, ich werde . . ."

„Ich finde auch, es stinkt in diesem Affenstall", sagt eine helle, überschlagende Stimme. Siehe da, es erhebt sich noch einer, Emil Monte, Hundertfünfundsiebziger, schlanker, blonder Pupenjunge ...

„Mensch, bleib du doch bloß sitzen, du gehörst doch nicht zu uns!" schreit unbedacht Jänsch.

„Der Beweis ist erbracht", sagt Jauch feierlich, „daß eine planmäßige Verabredung vorliegt. Kommen Sie einer nach dem anderen in mein Zimmer und holen Sie Papiere und – Geld. Das Weitere werde ich mit Herrn Pastor Marcetus besprechen. Sie werden schon sehen, wie Ihnen das bekommt."

Fünftes Kapitel

SCHREIBSTUBE CITO-PRESTO

1

Es war die herrlichste Sache von der Welt ...!

Einer hatte gerufen: „Zuerst einmal gehen wir futtern! Ich habe Kohldampf noch und noch."

„Ich auch!"

„Und ich!"

Die mahnende Stimme „Warmessen am Wochentag" verhallte ungehört, und sie verschwanden acht Mann hoch in einem Bräukeller.

Von dem sparsam besonnenen Maack, der saure Linsen für fünfundreißig Pfennig aß, bis zum wildverfressenen Jänsch, der ein Gulasch und noch ein Eisbein vertilgte, dazu zwei Helle (drei Mark sechzig), waren alle Temperamente vertreten.

Montes helle Stimme schrie überschnappend: „Ich zahl euch allen ein Bier! Gott sei Dank, daß ich da raus bin aus diesem Affenstall!"

„Dankend abgelehnt", brummte Jänsch. „Ich zahl mein Bier alleine."

Und Maack: „Trinken dürfen Sie in einem Monat, wenn's geklappt hat."

„Uch", sagt Monte. „Seid doch nicht so ete. Ich bin ja sooo froh, daß die verfluchte Adressenschmiererei vorbei ist. Angekotzt hat mich das schon. Gearbeitet habe ich im Kittchen wahrhaftig genug."

Die sieben anderen sitzen und sehen, Eßgerät in den Händen, den Knaben Emil Monte, dann einander ernst an.

„Also sagt schon, was ihr für eine Sache auf der Pfanne habt. Quatscht euch rein aus, ich mach jeden Dreck mit."

„Aber wir nicht!" ruft Fasse und bekommt einen strengen Blick von Jänsch.

Schon zeigt sich, daß sich hier zwei die Führerrolle streitig machen werden, denn statt Jänsch sagt Maack: „Was wir für ein Ding auf der Pfanne haben, Monte? Adressenschreiben!"

„Und zwar", sagt Jänsch hastig, um auch sein Wort zu sagen, „und zwar Adressenschreiben, wie du es noch nicht erlebt hast: fünfzehn Stunden täglich, und wenn dir das nicht paßt, den Arsch voll!" Er hebt seine große, schaufelbreite Pratze und zeigt sie drohend dem Monte.

„Ich bin allerdings der Ansicht", sagt Maack eilig und leise, „daß es noch sehr zweifelhaft ist, ob wir Monte überhaupt mitnehmen. Er gehört nicht zu uns."

„Ogottogott", flüstert der hübsche, blondlockige Monte, völlig überwältigt, „ihr wollt richtige, solide Arbeit machen, ihr?! Ogottogott, was bin ich für ein Dussel gewesen!"

„Über all das werden wir zu sprechen haben", sagt Jänsch. „Ich bin satt. Ober, zahlen!"

„Wir auch!"

„Wir gehen zu dir, Kufalt, deine Bude liegt am bequemsten."

2

Es war die herrlichste Sache von der Welt . . .!

Zuerst wurde mit zwei Stimmen Mehrheit der ruhige Herr Maack zum Schreibstubenvorsteher gewählt.

„Ich nehme die Wahl mit Dank an", sagte Maack rasch und sicher und gab seiner Brille auf dem Nasenrücken einen kleinen Schubs, „und werde mich bemühen, immer eure Interessen wahrzunehmen. Aus der Reihe tanzen", sagte er noch rascher, denn Jänsch fing eifersüchtig an zu brummen, „gibt es nicht. Ich werde möglichst wenig anordnen, aber was ich anordne, muß unbedingt befolgt werden. Wer sich widersetzt . . ."

„Arsch voll", brummte Jänsch.

„Ungefähr, Jänsch, ungefähr so dachte ich es mir auch", sagte Maack lächelnd. „Dabei fällt mir Monte ein. Ich habe mir den Fall noch einmal überlegt. Ich bin jetzt anderer Ansicht . . ."

„Ich auch . . .", brummte Jänsch.

„Sie sind jetzt gegen Behalten?"

„Ja, jetzt bin ich gegen Behalten."

„Ich bin", sagt Maack, „anderer Ansicht. Wir haben in einem Monat dreihunderttausend Adressen abzuliefern. Zwei Mann müssen ständig falzen und kuvertieren. Bleiben, Monte eingerechnet, sechs Mann zum Tippen. Sechs mal zehn ist sechzig, sechs mal sechs ist sechsunddreißig, neuntausendsechshundert..."

„Was rechnest du für 'nen Mist?"

„Muß, selbst wenn Monte bleibt, jeder Mann jeden Tag zwischen sechzehn- bis siebzehnhundert Adressen schreiben."

„Au Backe!"

„Das zieht hin!"

„Ich schreib zweitausend", erklärt Jänsch.

„Ich auch", sagt Maack, „und Deutschmann bestimmt auch. Aber es gibt genug unter uns, die weniger schreiben. Ich schlag also vor: Wir setzen den Monte ans Falzen und Kuvertieren, mit Kufalt zusammen. Sonst schaffen wir es nicht."

Verdrossenes Schweigen. Einer sagt ärgerlich: „Na ja. Und was soll der verdienen?"

Monte setzt ein: „Ich möchte aber gar nicht mitmachen. Ich habe nicht deswegen..."

Jänsch steht auf und geht quer durch das Zimmer auf Monte los. Er faßt ihn an den Schultern, drückt ihm die Arme an den Leib und schüttelt ihn hin und her. „Pupenjunge", sagt er dazu. „Pupenjunge!"

„Genug, Jänsch", sagt Maack. „Also du weißt Bescheid, Monte. In einem Monat kannst du machen, was du willst. Bis dahin..."

„So!" sagt Jänsch, hebt den Monte hoch und setzt ihn mit einem Krach auf den nächsten Stuhl.

Monte reißt sein Taschentuch heraus, trocknet sich die Stirn, reibt sich den Oberarm, sieht albern-empört von einem zum andern, und plötzlich fängt er weibisch an zu kichern...

„Was der für Kräfte hat!" kichert er.

„Ehe wir an die Arbeitsverteilung gehen", sagt Maack, „müssen wir feststellen, welche Geldmittel wir als Betriebskapital zur Verfügung haben. Wir müssen sechs Schreibmaschinen auf Abzahlung kaufen, ich rechne dreißig Mark pro Stück die erste Rate, ein Zimmer mieten, dreißig Mark, Tische, Stühle, sechzig Mark . . ."

„Aber das können wir uns doch alles so" — Handgriff — „besorgen."

„Tische und Stühle sechzig Mark! — Das wäre wohl alles. Hundertachtzig die Maschinen, zweihundertzehn die Miete, zweihundertsiebzig alles in allem . . . Wieviel kann jeder von euch dazu geben?"

Stille.

Noch viel stiller. Jeder sieht krampfhaft vor sich hin.

„Wir sind acht Mann", sagt Maack. „Es würden auf jeden vierzig Mark entfallen. Wer hat soviel?"

Stille. Stille. Stille.

„Ich zeichne also vierzig Mark", sagt Maack. „Na, und du, Kufalt?"

„Ich habe doch den Auftrag gebracht", sagt Kufalt hilflos. Er fürchtet, gibt er jetzt vierzig Mark her und die anderen sehen, er hat dann noch immer dreihundertvierzig in der Brieftasche — so muß er alles zahlen.

„Und Sie, Jänsch?"

„Ich freß all mein Geld immer gleich auf", sagt Jänsch mürrisch. „Sie sind doch der Schreibstubenvorsteher, Maack."

„Und Sie, Fasse? — Deutschmann? — Sager? — Oeser? — Monte?"

„Geld soll ich auch noch geben", schreit Monte. „Wo ich so behandelt werde!"

Langes, verdrossenes Schweigen.

„Ja, wozu sind Sie denn der Schreibstubenvorsteher?" sagt Jänsch noch einmal.

„Der Kufalt hat uns überhaupt reingerissen", sagt Oeser böse. „Schön blöd sind wir gewesen. Siebzehnhundert Adressen den Tag, so ein Quatsch!"

„Scheiße!" schreit Sager und haut auf den Tisch.

„Scheiße!" schreit auch Fasse.

Und plötzlich schreien sie alle: „Scheiße!" Sind wie wild, trommeln auf den Tisch, geraten in einen Paroxysmus von Verzweiflung: ach, die schöne, so leichtsinnig aufgegebene Schreibstube dahinten!

„Einen Augenblick", sagt Maack, und langsam wird es still.

Maack sagt – und er sieht ja wirklich tadellos aus, dieser Maack mit dem weißen, selbstbeherrschten Gesicht, mit der schmalen Goldbrille –, also er sagt: „Unter der Voraussetzung, daß uns die Geldbeschaffung gelingt . . ."

„Scheiße!"

„Bitte! Ich bin überzeugt, ihr alle habt Geld – ausgenommen vielleicht Monte."

„Hab auch keines", sagt Monte. „Wenn ich hier mitarbeiten soll, muß ich Vorschuß haben."

„Also – unter der Voraussetzung, daß das Geld zusammenkommt und wir morgen mit Arbeiten anfangen, so bekommen wir übermorgen von der Firma dreiundneunzig Mark fünfzig für die ersten Zehntausend und jeden weiteren Tag weitere dreiundneunzig Mark fünfzig Arbeitslohn . . ."

„Ja, wenn . . .!"

„Ich schlage nun vor, daß wir vorläufig jedem nur einen Wochenlohn von fünfundzwanzig Mark auszahlen, bis die Geldgeber ihre Einlagen zurück haben. Und zwar bekommt jeder Geldgeber für hergegebene zehn Mark fünfzehn Mark aus den Eingängen zurück, als Belohnung für sein Risiko."

Höher atmendes Schweigen.

„Wird dieser Vorschlag von mir", sagt Maack hurtig, „angenommen, so bin ich bereit, hundert Mark zu zeichnen." Einen Augenblick Stille – und Maack setzt träumerisch hinzu: „Ich würde dann hundertfünfzig zurückbekommen."

„Wieso hundert Mark?" sagt Jänsch brummig. „Wieso gerade Sie hundert Mark? Dann zeichne ich auch hundert Mark!"

„Ich auch!"

„Ich auch!"

„Soviel brauchen wir doch gar nicht."

„Ich hundertfünfzig", schreit Kufalt.

„Und ich habe nicht mehr als vierzig Mark", klagt Monte. „Wieso soll gerade ich so wenig verdienen?"

Brüllendes Gelächter.

„Kiek, der Pupe, der wittert auch was!"

„Will Vorschuß, der Goldjunge! Nachschuß, mein Süßer."

„Da also", sagt Maack, „die Geldfrage in dem Sinne geregelt ist, daß jeder von uns vierzig Mark zahlt . . ."

„Aber wir kriegen sechzig wieder!"

„Natürlich! ... So bitte ich erst einmal alle, möglichst schnell nach Hause zu gehen und das Geld zu holen. Wir haben heute noch einen Haufen zu erledigen."

Alles eilt fort.

„Junge, Monte – wenn du nicht wieder anzitterst – wir finden dich!"

„Ich komm schon", sagt Monte. „Wenn ich sechzig Mark für vierzig kriege!"

Kufalt und Maack bleiben zurück. Maack liniiert einen Bogen, schreibt die Namen der acht untereinander, zuoberst den seinen, neben jeden Namen die Zahl vierzig. Dann nimmt er aus einer abgegriffenen roten Brieftasche zwei Zwanzigmarkscheine, legt sie vorsichtig vor sich hin und quittiert sich selbst: „Erhalten, Peter Maack."

Dann empfängt er von Kufalt ebenfalls vierzig, quittiert wieder und sieht lächelnd zu Kufalt auf. „Ein bißchen dumm seid ihr ja alle. Denkt, ihr verdient zwanzig Mark jeder, und merkt nicht, daß die euch allen gleichmäßig vom Arbeitsverdienst abgezogen werden."

„Mensch", sagt Kufalt atemlos. „Das hast du die ganze Zeit gewußt! Wenn das die anderen wüßten!"

„Ich erzähl's auch dir alleine", sagt Maack. „Hoffentlich kommt keiner von den anderen darauf, bis sie wieder hier sind mit ihrer Marie."

3

Und nun wurde es wirklich und wahrhaftig die herrlichste Sache von der Welt.

Es zeigte sich, daß – von dem immer schmierig aussehenden Oeser und von dem ewig pupenjungenhaft gekleideten Monte abgesehen –, daß alle anderen Würde und Ernst der Stunde begriffen hatten: Nicht nur das Geld brachten sie mit, nein, auch umgekleidet hatten sie sich. Selbst der wilde Jänsch sah nahezu elegant und fast glatt rasiert aus, und Deutschmann kam sogar, trotz des glühenden Sommernachmittags, im Cut und mit einem schwarzen steifen Hut.

Sie umstanden ihn und stimmten einen Brummgesang an: „Die Melone ..."

„Und der Judenhelm . . ."

„Ach, dein süßer, steifer Schwarzer . . ." (Natürlich Monte.)

„Mit dem Bibi, kleiner Schelm . . ."

Deutschmann ertrug diese etwas lärmende Bewunderung mit lächelnder Gelassenheit. Maack belohnte ihn. „Du, Deutschmann, gehst mit Fasse und mietest uns ein Geschäftslokal. Möglichst in der Nähe von der Firma – wie heißt sie doch?"

„Emil Gnutzmann, Stielings Nachfolger", half Kufalt aus.

„Also schön. Ein Zimmer genügt. Meinethalben unterm Dach. Gutes Licht. Nicht mehr als dreißig Mark . . ."

„Ob ich das schaffe?"

„Keinesfalls mehr als dreißig Mark!!! Hier hast du Geld, unterschreib die Quittung. Und laß dir eine von unserem neuen Hauswirt geben . . ."

„In Ordnung", sagt Deutschmann. „Mach ich. Wer sorgt für Lampen?"

„Wart's ab. Sie, Herr Jänsch . . ."

„Hör bloß mit dem Getu auf! Hier nennen wir uns jetzt alle du, wo wir schon unser Geld zusammengeschmissen haben."

Maack sagt höflich: „Danke schön, Jänsch. Also, ich bitte dich, geh mit Sager und Monte los und besorg die Möbel. Vielleicht kriegt ihr Leihmöbel, sonst kauft ihr einfach Böcke, über die man Bretter nageln kann. Dazu drei, vier alte Ziehlampen. Hier ist Geld und Quittung. Und bitte Belege mitbringen."

„Versteht sich alles. Sabbel bloß nicht soviel."

„Ich geh mit Kufalt und besorg die Maschinen. Um sieben Uhr dreißig treffen wir uns hier bei Kufalt wieder und melden, wie alles erledigt ist." Mit ernster Besorgnis: „Aber, Jungens, ihr wißt, es muß klappen, morgen müssen wir unbedingt sitzen und tippen."

„Besorg du nur die Maschinen, ich schaff die Möbel schon an."

„Und ich die Wohnung."

„Und was mach ich?" fragt Oeser.

„Ja, du", sagt Maack und wird von einer fast verlegenen Feierlichkeit ergriffen. „Für dich hab ich einen Spezialauftrag . . ."

„Quatsch dich rein aus. Daß ich die dreckigste Arbeit machen soll, ist mir schon klar."

„Gar nicht. Nur, ich weiß nicht, ob es dir unangenehm ist. Ich muß dich was fragen, ich habe mal so was gehört . . ."

„Nu aber los, Maack", sagt Jänsch.

„Ich hör zu", sagt Oeser. „Zuhören kann man, man muß nicht gleich hauen."

„Also, ich hab so was gehört, Oeser", fängt Maack wieder an, „aber es kann natürlich Gesabbel gewesen sein . . ."

„Jetzt hau ich aber gleich!" erklärt Jänsch.

„Falschmünzerei?" fragt Maack.

Oeser ist ein langer, schlenkriger Mann, Mitte der Dreißiger, mit einem kantigen, scharfen Gesicht, fuchsroten Haaren, langen Händen mit komischen Fingern, die überall Buckel zu haben scheinen.

„Sabbel nur weiter", sagt er. „Ich hör schon zu . . ."

„Ihr wißt doch, der Kufalt soll morgen eine Bestätigung abgeben über die Vereinbarung zwischen unserer und deren Firma. Nun haben wir doch keine Briefbogen mit Firmeneindruck und kriegen so schnell keine und wissen noch nicht mal, wo wir wohnen. — Ob du das wohl kannst, daß du uns einen oder zwei Briefbogen machst, mit der Hand, weißt du, daß sie genauso wie gedruckt aussehen? Hast du mal die von Presto gesehen . . .?"

„Red nur weiter, ich schlag dir schon zur rechten Zeit hinter die Löffel."

Aber Oeser grinst.

Darum fährt Maack auch eifriger fort: „Briefbogen müssen wir haben, es macht sonst einen zu schlechten Eindruck. Und, weißt du, es müßte ein bißchen nett aussehen, so was Modernes, vielleicht ein junges Mädchen an der Schreibmaschine, Schreibstube Cito-Presto, modernster Betrieb des Kontinents, und dann noch: Unerhört rasch — unerhört billig — unerhört genau, und ein Blitz vielleicht durch alles. Weil wir so schnell arbeiten. Aber es müßte genau wie Gedrucktes aussehen . . ."

„Arschloch!" brüllt Oeser los, aber begeistert, „Hund, dämlicher! Ich habe Zwanzigmarkscheine gemacht, mit den Guillochelinien, das sind die ganz feinen verschlungenen Linien, die kein Mensch nachmachen kann, und ich hab sie nach-

gemacht, und kein Mensch hat's gemerkt, und die Reichs-
bank hat sie in Zahlung genommen – und ich soll nicht so
nen Pimpel-Pampel-Pumpel-Druck-Briefbogen nachmachen
können?!!! Kohlköppe ihr, von wegen Blitz, weil wir so
schnell arbeiten! Haut bloß alle ab, laßt mich allein, und
heute abend um sieben Uhr dreißig sollt ihr Bauklötzer
husten! Gib fünf Mark her, ich unterschreib, kriegst nachher
die Belege... Geht doch los, ihr, glotzt nicht so – Kindersch,
so 'ne Arbeit, das ist doch 'ne Arbeit für 'nen Facharbeiter!
Ich hab immer gedacht (glotzt nicht so!), wenn ich so 'ne Arbeit noch mal im Leben kriege, aber solide, solide, denn bei
mir stinkt's immer nach Zet ... ach, haut bloß ab, laßt 'nen
Arbeiter seine Arbeit alleine arbeiten ... Haut bloß ab!"

„Der ist ja rein durchgedreht!"

„Na, mach's gut, Oeser!"

„Mach man bloß keine Zwanzigmarkscheine auf die Bogen!"

Und lachend ziehen sie los.

4

Sicher war die Aufgabe keiner Abteilung ganz leicht, aber
ebenso sicher – darüber waren sich Maack und Kufalt ganz
einig –: Ihre Aufgabe war die schwerste. Sechs Schreibmaschinen für hundertachtzig borgen, leihen, kaufen – das
war schon so eine Sache.

Sie hatten ihre Hoffnung auf Herrn Louis Grünspohm
gesetzt.

Louis Grünspohm inserierte regelmäßig in den Hamburger Zeitungen, daß man auf seinem unerhört reichhalti-
gen Lager gebrauchte und neue Maschinen, die modernsten
Maschinen aller Systeme, kaufen könne. In Monatsraten von
zehn Mark an!

Es erwies sich, daß das Geschäftslokal des Herrn Grünspohm in einer etwas abgelegenen, dunklen Trödelgasse lag,
daß Herr Grünspohm ein langer, bleicher, strubbelbärtiger
Mann war, der über Schreibmaschinen aller Modelle seit Er-
findung der Schreibmaschine an befehligte, daß man aber
mindestens einen Ministerpräsidenten oder Bankdirektor als

Referenz aufgeben mußte, um in den Genuß einer Monats-
rate von zehn Mark zu gelangen.

Grünspohm sah die beiden Kunden mit seinen eiligen,
trüben, schwarzen Äuglein unverwandt an und sagte dabei:
„Nehmen Sie doch die! So eine schöne Maschine! Neunzig
Mark, zwei Drittel Anzahlung bar, der Rest auf Viertel-
jahreswechsel mit einem guten, sicheren Giranten."

Die beiden sahen die schöne Maschine an: Sie trug auf
ihrer Stirn eine Tabelle mit Buchstaben, eine Nadel tippte
den gewünschten Buchstaben, eine Walze kam ins Trudeln
und wackelte gegen das Papier, oho, oho, schon stand ein
Buchstabe auf dem Papier — Kufalt und Maack bewegten die
Schultern.

„So ein schönes Maschinchen", versicherte Herr Grünspohm. „Wie eine Puppe schreibt es, wie eine Puppe!" (Und
das war nicht einmal gelogen.)

„Ich will Ihnen was sagen", erklärte Maack. „Wir machen
eine Schreibstube auf, wir sind eine junge Firma, wir haben
gute Aufträge, wir haben sogar glänzende Aufträge. Aber
wir brauchen innerhalb drei Stunden sechs Maschinen, große,
moderne Büromaschinen, verstehen Sie! Wir zahlen Ihnen
pro Maschine dreißig Mark an und den Rest in Monatsraten
von dreißig — nun, was meinst du? — von vierzig Mark."

Kufalt nickt beistimmend, Herr Grünspohm bewegt nachdenklich den Kopf. „Von wem sind denn die großen, glänzenden Aufträge, wenn ich die Herren fragen darf?"

Kufalt und Maack wechseln einen Blick.

Kufalt sagt: „Zum Beispiel von einer Textilfirma. Emil
Gnutzmann, Stielings Nachfolger."

Grünspohm nickt beistimmend. „Eine schöne Firma. Eine
solide Firma. Schreibt Adler, kauft direkt beim Vertreter.
Ich hab ihr ein paar alte Maschinen abgekauft — handeln
kann der Herr Bär — grausig!"

„Da haben Sie recht", lacht Kufalt. „Mit mir hat er auch so
gehandelt. Hab ich geschwitzt, bis ich den Auftrag hatte!"

Herr Grünspohm ist fröhlicher geworden, ist nicht mehr
so bekümmert. „Und wie groß ist der Auftrag, wenn ich
die Herren fragen darf?"

„Ungefähr dreitausend Mark reiner Arbeitsverdienst",
sagt Maack feierlich.

Herr Grünspohm denkt nach. Er geht hin und her, dann hat er einen Entschluß gefaßt, er bleibt vor den beiden stehen.

„Weil Sie jung sind, und Sie wollen arbeiten, und Sie sehen ehrlich aus und anständig, will ich Ihnen ein Angebot machen: Ich liefere Ihnen morgen früh um zehn sechs Maschinen, so gut wie neu . . ."

„Nicht so gut wie neu – neu!" sagt Maack.

„So gut wie neu", sagt Herr Grünspohm unbeugsam. „Gute Ware: Mercedes, Adler, Underwood, AEG . . . Sie zahlen mir dreihundert Mark an und bringen mir eine Bescheinigung von Herrn Bär, daß ich mir heut in einem Monat tausendfünfhundert Mark von Ihrem Arbeitsverdienst abholen kann . . ."

„Ausgeschlossen!" schreit Kufalt. „Wovon sollen wir denn leben?"

„Das sind dreihundert Mark für 'ne alte Maschine! Sie sind ja nicht ganz in Ordnung!" protestiert Maack.

„Sie schneiden uns den Hals ab, weil Sie merken, wir haben den Auftrag und keine Maschinen."

„Nu, nu", sagt Grünspohm. „Es ist ein Angebot. Gehen Sie durch ganz Hamburg, und horchen Sie, ob Ihnen noch jemand so ein Angebot macht."

„Das glaub ich", höhnt Kufalt. „So was riskiert keiner!"

„Überlegen Sie sich's, die Herren", sagt Grünspohm. „Eine schöne, nette Bescheinigung von der Firma Gnutzmann, mit dem Namen des Herrn Bär, und ich will . . .", er gibt sich einen Stoß, „. . . ich will nicht so sein, ich will sagen, zweihundert Anzahlung."

„Das möchten Sie", sagt Kufalt.

Aber Maack, plötzlich sehr höflich: „Also guten Tag, Herr Grünspohm, vielleicht überlegen wir es uns wirklich."

„Maack . . . !" sagt Kufalt.

„Guten Tag, die Herren", sagt Grünspohm. „Sie kommen." Er geleitet sie zur Tür. „Sie kommen wieder. Und ich gebe Ihnen auch wirklich schöne Maschinchen . . ."

Sie sitzen auf einer Bank und rauchen.

„Ich versteh dich nicht, Maack", sagt Kufalt, „wenn wir zwölfhundert Mark abtreten und ziehen dann noch dreihundertzwanzig Mark ab, die wir für die Unkosten aufgebracht haben, dann bleiben kaum noch dreizehnhundert Mark Arbeitslohn für uns, das macht auf die Nase . . ."

Er rechnet.

„Hundertsechzig Mark und eine bezahlte Schreibmaschine", sagt Maack. „Das ist gar nicht schlecht, wenn man eine eigene Schreibmaschine hat."

„Aber wir sind acht, und es sind nur sechs Maschinen", beharrt Kufalt.

„Der Monte guckt in den Mond, der Dussel – wozu drängt er sich auf?"

„Und ich . . .?!"

„Dir geben wir deinen Anteil in Geld."

„Da kann ich lange drauf warten, da seh ich auch in den Mond", sagt Kufalt bitter.

Eine Weile schweigen sie.

„Und ich geh nicht zu Bär", ruft Kufalt plötzlich. „Und ich hol mir die Bescheinigung nicht. Der schmeißt mich einfach raus, wenn er erfährt, ich hab den Auftrag geholt, und wir haben nicht einmal Maschinen. Ich geh nicht hin! Ich tu's und tu's nicht."

„Sollst du auch nicht", sagt Maack langsam.

„Wieso?"

„Ich sag: sollst du auch nicht."

„Wieso . . .?!"

„Oeser kriegt so 'ne Bestätigung schon hin."

Lange, lange Stille. Sie sehen sich nicht an.

Da sitzen sie auf ihrer Bank, sie sind eigentlich sehr nett gekleidet, sie sehen gar nicht übel aus, die beiden, an diesem schönen Sommernachmittag. Sie rauchen Juno, sie sind Menschen mit Arbeitskraft und Hirn, zu was zu brauchen, äußerlich sieht man ihnen nichts an.

„Oeser . . .", hat Maack gesagt.

Nein, sie sind gehandikapte Menschen, verkorkste Menschen, in ihnen sitzt – mit einer Straftat fing es an, im Kittchen ging es weiter, nach der Entlassung wurde es vollendet –, in ihnen sitzt das Gefühl, daß sie es doch auf dem normalen Wege nicht schaffen, daß sie nie, nie wieder in ein ruhiges, bürgerliches Leben zurück können. Sie leben am Rande des Daseins, jeder Klatsch bedroht sie, jeder Schutz-

mann, jeder von der Krimpo, Briefe bedrohen sie, Kittchen-
genossen bedrohen sie, Reden im Schlaf bedroht sie, der Beamte auf dem Wohlfahrtsamt bedroht sie – am schlimmsten
bedroht sie ihr eigenes Ich. Sie glauben nicht mehr an sich,
sie trauen sich nicht mehr – es geht ja doch einmal schief,
wer einmal aus dem Blechnapf frißt, frißt immer wieder
daraus.

„Oeser", hat Maack gesagt.

Und nun setzt er eilig hinzu: „Versteh doch, wir wollen
den ollen Grünspohm ja gar nicht bescheißen. Der kriegt
sein Geld am Monatsende eben von uns. Das kann ihm doch
egal sein, von wem er sein Geld kriegt. Oder wir geben ihm
die Maschinen zurück. Das können wir dann alles sehen, ein
Monat ist eine lange Zeit."

„Warum eigentlich?" fragt Kufalt. „Wir können es doch
in anderen Geschäften noch mal versuchen."

„Nein", sagt Maack hartnäckig. „So ist es sicher am besten.
Man weiß dann immer, daß man noch tun kann, was man
will."

„Das sagst du!" sagt Kufalt. „Maack, du hast gesagt, du
willst nichts anfassen, und jetzt, wo wir Arbeit kriegen,
willst du doch was anfassen? Ich versteh dich nicht."

Maack brennt sich eine Zigarette an. Er blinzelt etwas, aber
er sagt ganz ruhig: „Dussel du, ich sag dir doch, ich will
nichts anfassen. Ich will nur sehen, wie es am Monatsende
ist."

„Ich will dir sagen, was du möchtest", schreit Kufalt plötzlich erleuchtet, „du willst die Maschinen verscheuern und
willst stiftengehen mit dem Gelde!"

Maack ist keine Spur beleidigt. Er rückt die Brille zurecht,
spuckt etwas Tabak aus und sagt: „Und ich will dir sagen,
was mit dir ist: Du hast hier eine, und darum hast du keine
Traute."

„Und du? Und deine Liese?" fragt Kufalt aufgeregt und
denkt an das nette Ding mit den grellen Kirschenaugen und
den Korkzieherlocken.

„Ach, die Weiber!" sagt Maack. „Weiber gibt's überall."

Er ist still und setzt dann hinzu: „Übrigens hat's bei meiner geschnappt."

Kufalt schweigt bestürzt still. Denn das ist schlimm für

Maack, da verliert das kleine Lieschen seine Stellung – und was machen die beiden dann zu dreien? Aber – und er denkt immer hastiger – warum hat denn der Maack gerade jetzt seine Stellung in der Schreibstube aufgegeben – die war doch wenigstens was Sicheres, so glänzend, wie der schrieb!

Und plötzlich durchschießt ein Gedanke seinen Kopf, und er sagt aufgeregt: „O Maack, ich weiß es jetzt: Du hast uns alle bescheißen wollen um das ganze Geld! Wie du es hast machen wollen, weiß ich noch nicht. Aber du hast's gewollt und hast abhauen wollen damit!"

„Ein bißchen hätte ich euch schon gelassen", sagt Maack und grinst.

„Und warum erzählst du es mir jetzt?" fragt Kufalt verblüfft.

„Weil ich es überhabe!" schreit der stille, selbstbeherrschte Maack plötzlich. „Weil ich es zum Kotzen überhabe! Das ganze Leben hier draußen stinkt mich an. Siehste, Kufalt, ich spiele immer den großen Ganoven, aber ich hab nur drei Monate abgerissen, noch weniger als der Patzig – und vier Jahre ist das schon her, und ich strample mich ab und arbeite wie ein Vieh und gönne mir nichts – und komme nicht weiter und komme nicht weiter! Sorgen über Sorgen, und der Jauch, das Schwein, und der scheinheilige Marcetus – alle treten sie rum auf einem, und zweimal hab ich 'ne Stellung gehabt und denke: Nun geht's los mit Anständigkeit und aufwärts. Aber dann erfährt's doch irgendeiner, und dann geht das los mit den schiefen Gesichtern und den Stichelreden, und dann sagt einer, sein Gummi ist weg, kann nur der Maack haben, und dem anderen fehlt Geld aus der Manteltasche – natürlich der Maack, der Maack, nur der Maack . . ."

Er ist aufgestanden und schreit beinahe. Vorübergehende gucken. Kufalt zieht ihn wieder auf die Bank und redet ihm zu.

Der Maack reißt die Brille ab und trocknet sich die Stirn.

„Und dann läßt einen der Chef kommen und sagt: „Sie sehen selbst, es geht nicht. Ich will Ihnen nichts vorwerfen, aber Sie sehen selbst ein, nicht wahr?' Und nun, wo mein Mädchen den dicken Bauch hat, und sie sagt, sie läßt es sich nicht wegmachen, sie freut sich noch, das dämliche Aas, weil es von mir ist, ausgerechnet von mir . . ."

Maack schluckt, Kufalt sagt gar nichts.

„Und gestern früh, wo ich die Stellung im Export haben sollte, freue ich mich noch wie ein Stint und denke: Alles geht gut, und ich kann mit Lieschen irgendwo unterkriechen, und wir können ein Kind haben wie alle anderen . . ."

Er schluckt wieder. Und dann sagt er noch: „Und wie mir die wieder aus der Nase gegangen ist, weil bloß die Arschkriecher vorwärtskommen, da hab ich gedacht: Nun ist mir alles egal, jetzt sehe ich, daß ich schnell ein bißchen Geld ranschaffe, ganz egal wie. Da sorge ich doch noch ein bißchen fürs Lieschen, daß sie auch was vom Sitzen hat."

Er hockt da, auf einer Bank im Grünen, zwischen den Bäumen des Zoos leuchtet die Sonne.

„Ich will dir was sagen, Peter", sagt Kufalt, „jetzt sehen wir im Branchentelefonbuch nach, was es alles für Schreibmaschinenfirmen gibt. Und die klappere ich ganz allein ab, und du sollst sehen: Um sieben habe ich meine Schreibmaschinen . . ."

Maack schüttelt den Kopf.

„Doch! Doch!" protestiert Kufalt eifrig. Er lächelt.

„Ich glaube, es ist gar nicht so schwer. Wir haben bloß den Fehler gemacht, daß wir gleich alle sechs auf einmal verlangt haben. Du sollst sehen, wie schön es mit unserer Schreibstube klappen wird, und wir werden neue Aufträge bekommen, und du wirst noch mal ganz richtiger Schreibstubenvorsteher mit Gehalt bei uns und kotzt uns alle an, genau wie der Jauch. Und dein Lieschen kriegt ihr Kind, sollste sehen!"

5

Es ist ein strahlender Sommermorgen, gegen neun Uhr, als die ganze Schreibstube Cito-Presto auf das Gnutzmannsche Textilwarenhaus anmarschiert. Die Herren Fasse und Monte ziehen einen vom neuen Hauswirt entliehenen Handwagen, den Herr Oeser nachschiebt.

Auf dem Bürgersteig, etwas vor dem Wagen, gehen die

Herren Maack und Kufalt, auf gleicher Höhe mit dem Gefährt. Herr Jänsch, der Weisungen wegen Verhaltens im Straßenverkehr gibt, befindet sich kurz vor den Herren Sager und Deutschmann. So ziehen sie dahin, kaum ein Wort wird gesprochen, höchstens daß Jänsch einmal ruft: „Steck den rechten Arm aus, wenn du um die rechte Ecke willst, Mensch, Monte" – also, eine ruhige Sache ist es, aber der Bedeutung dieser Stunde sind sich alle bewußt.

„Knorke, was?" fragt Deutschmann.

Und Herr Sager, dieser listige, überhöfliche Fuchs, sagt uneingeschränkt begeistert über solchen Aufzug: „Oberpiepenknorke!"

Sie langen an vor dem Textilhaus, und kurz und knapp trifft Herr Schreibstubenvorsteher Maack seine Anordnungen:

„Fasse, Monte – jeder an eine Straßenecke. Kommt Jauch oder jemand von Presto in Sicht, so pfeift ihr wie verabredet und geht in Deckung!"

„Sager, du hältst dich im Hausflur –: Ertönt der Pfiff, so stürmst du die Treppe hinauf und warnst uns."

„Jänsch, Deutschmann, Oeser, mit uns zum Verladen der Umschläge und des Adressenmaterials . . ."

„Kufalt, du stellst mich Herrn Bär vor. Wir übergeben ihm gemeinsam die Bestätigung."

„Da will ich dabeisein", bittet Oeser. „Nur zusehen, Maack!"

„In Ordnung", sagt Maack. „Los!"

Das Fräulein in der Anmeldung weiß schon Bescheid. „Da stehen die Umschläge. Erst mal hunderttausend. Die Adressen sind auf den Kartothekkarten in diesen Kästen – aber daß Sie uns keine Unordnung machen!"

„I wo, Fräulein", sagt Jänsch. „Wir sind sooo genau!"

„Paßt auf beim Runtertragen", sagt Maack.

„Kartothekadressen – schreibt sich prima", sagt Deutschmann.

„Könnten wir wohl Herrn Bär sprechen, Fräulein?" bittet Kufalt.

„Einen Augenblick, will mal nachsehen." Und sie verschwindet.

„Nehmt mich mit", fleht Oeser.

„Wenn's geht", sagt Maack.

„Herr Bär läßt bitten", verkündet das rückkehrende Fräulein.

Kufalt voran, Maack hinterdrein, nach ihnen quetscht sich noch Oeser durch.

„Ich wollte mir erlauben, Ihnen unseren Schreibstubenvorsteher Maack vorzustellen, Herr Bär. – Herr Maack, Herr Bär . . ." Hinten starkes Räuspern. „Ach ja, Herr Oeser, einer unserer Mitarbeiter . . ."

„Darf ich Ihnen die Bestätigung des uns gütigst erteilten Auftrages überreichen?" fragt Maack und entnimmt einer Brieftasche einen blütenweißen Umschlag, den er Herrn Bär hinter seinem Schreibtisch überreicht.

Der nimmt ihn achtlos, hält ihn in der Hand und sagt dabei: „Ihre Schreibstube kennt aber kein Aas, Herr Meierbeer."

„Wir sind ein ganz junges Unternehmen", sagt Maack.

„In einem halben Jahr wird ganz Hamburg unsere Schreibstube kennen", behauptet stolz Kufalt.

„So", sagt Herr Bär trocken und entfaltet den Brief.

Oeser sagt gar nichts, aber aus brennenden Augen, mit Augen, die ihm fast aus dem Kopf treten, mit Stielaugen also, beobachtet er Herrn Bär und das Briefblatt in seiner Hand.

Aber Herr Bär sieht es noch nicht an. Er sagt lächelnd: „Euch Jungens kenne ich doch."

Den dreien bleibt das Herz stehen. Schließlich rafft sich Kufalt auf, er räuspert sich und sagt mit merkwürdig rauher Stimme: „Wieso – Herr Bär?"

Herr Bär sagt gemütlich: „Na verzeihen Sie bloß. Sie sind ja ganz entgeistert. Aber daß Sie Arbeitslose sind, die irgendwie Wind von unserem Auftrag bekommen haben, und daß ich Sie für acht Mark auch gekriegt hätte, das habe ich nun mittlerweile kapiert."

Drei Herzen schlagen wieder schneller.

„Na", sagt Herr Bär abschließend, „mir kann's jetzt egal sein. Die Hauptsache, der Auftrag wird tadellos erledigt. Und das wird er doch?"

„Jawohl, Herr Bär", sagen drei glückliche Stimmen.

„Und daß ich keine Scherereien mit dem Arbeitsamt

kriege, von wegen Schwarzarbeit und widerrechtlich Stempeln", sagt Herr Bär und wendet sich dem Briefe zu.

„Ausgeschlossen", sagt Maack. „Wir beziehen alle nichts."

„Aber wirklich hübsch!" sagt Herr Bär und betrachtet den Briefbogen. „Aber wirklich wunderhübsch."

Oeser läuft vor Glück dunkelrot an.

Nein, er hat nichts gemacht von Blitz und so 'nem Quatsch („als wenn wir 'ne Blitzableiterfirma wären!"): Oben steht hübsch in Druckschrift „Schreibstube Cito-Presto" -- darunter kleiner: „Erledigung aller Büroarbeiten" — darunter wieder größer: „Unerreicht billig — unerreicht schnell — unerreicht exakt — unerreicht diskret" — Ort und Datum, alles wie sonst, alles wie üblich. Aber den ganzen linken Rand runter sind Zeichnungen: Oben sitzt ein Mädchen an der Schreibmaschine, sie hat getippt und reicht ihren Brief einem jungen Mann, der etwas tiefer steht. Und der reicht mit der anderen Hand ein ganzes Paket Briefe einem großen, breiten, bärtigen Mann, der — wieder tiefer — hinter einer Art Packtisch steht.

„Hübsch", sagt Herr Bär noch mal. „Den Briefbogen heb ich mir auf, wenn er mal erledigt ist." Er kann sich noch nicht trennen. Er grübelt. „Aber die Dame muß ich kennen, das Mädchen da an der Maschine. — Und den jungen Mann auch! — Und den Kerl mit dem Bart ja auch! Sagen Sie mal, wo haben Sie die her?"

„Ich weiß wirklich nicht", sagt Maack. „Das hat ein Herr für uns gezeichnet."

„Komisch", sagt Herr Bär, legt den Brief hin und drückt auf eine Klingel. „Ich komm noch dahinter. Gesehen habe ich die bestimmt schon."

Und als das Fräulein eintritt: „Schreiben Sie eine Bestätigung an die Schreibstube Cito-Presto, hier ist der Vorgang dazu. — Vorsicht damit! Nicht knittern, keine Flecke . . . ‚Mit Ihrem Schreiben vom 15. 1. M. gehen wir konform und so weiter. Hochachtungsvoll.' So, und nun danke ich Ihnen, hoffentlich klappt alles."

Die Fuhre zieht zurück zur Schreibstube Cito-Presto: hunderttausend Umschläge und Drucksachen, Kartothekkarten für dreihunderttausend Adressen, acht Glückliche.

„Du, Oeser, komm doch mal", ruft Kufalt plötzlich.

Oeser kommt. „Nu?"

„Sag mal, Oeser, wir, der Maack und ich, grübeln und grübeln, wir kennen die Leute auf dem Briefbogen auch, und wir kommen und kommen nicht darauf. Wer ist das Mädchen bloß?"

Oeser erglänzt wieder vor Stolz, sagt aber nur kurz: „Elisabeth Holbein, geborene Schmidt, aus Basel."

„Wie ...?" fragen die beiden langgezogen und verstehen vorerst gar nichts. „War das 'ne Schönheitskönigin?"

„Ich sage es doch", erklärt Oeser unschuldig. „Und der junge Mann ist Dietrich Born, Kaufmann, und der mit dem Bart ist Hermann Hillebrandt Wedigh aus Köln!"

„Nie gehört. Wieso kennen wir die?"

„O ihr Ochsen", bricht Oeser plötzlich triumphierend aus. „Ihr Rindviecher! Das Mädchen, das ist das Mädchen aus dem Zwanzigmarkschein. Und der Jüngling ist aus dem Zehnmarkschein. Und der mit dem Bart ist aus dem Tausendmarkschein, und ich hab ihnen nur die Mützen und Hauben abgenommen, und alle sind nach Gemälden von Holbein – und keiner sieht's! Und keiner sieht's!!"

Er knufft die beiden Verblüfften in die Seite. „O Kinder, Kinder, bin ich glücklich ... so was machen, und alle damit durch den Kakao ziehen ..."

„Du bist ein schönes Schwein", sagt Maack streng. „Du hast überhaupt nicht durch den Kakao zu ziehen. Adressen hast du zu schreiben!"

„Aber die muß ich doch kennen, das Mädchen an der Maschine!" ahmt Oeser in den höchsten Tönen Herrn Bär nach.

Und alle drei brechen in ein tolles Gelächter aus.

6

Es ist gegen zehn Uhr vormittags.

In der Schreibstube Cito-Presto stehen die sechs Schreibmaschinen schreibbereit. Neben jeder sind aufgehäuft Stöße von blauen Umschlägen; Kästen mit blauen, grünen, roten, gelben Kartothekkarten sind geöffnet, aus jedem ist eine Anzahl Blätter herausgenommen und liegt da, sich in Adressen zu verwandeln. Vor den Maschinen sitzen sechs Mann, die Hände ruhen noch tatenlos auf dem Tisch oder im Schoß.

An einem Ecktisch sitzen Kufalt und Monte, die Drucksachen sind aufgestapelt, die Karten sind noch säuberlich gebündelt, die Falzmesser liegen bereit.

Erwartungsvolle Stille herrscht.

Nun steht Maack auf, er schiebt die Brille zurecht, er setzt an: „Meine Herren . . .“

Schon hält er inne, er wird ein wenig rot, als er sich verbessert: „Kameraden!“

Er sieht sie alle der Reihe nach an, und der Reihe nach erwidern sie seinen Blick.

„Kameraden“, sagt Maack, und seine Stimme wird frischer, „gleich werden wir anfangen zu schreiben, was wir seit Jahr und Tag geschrieben haben: Adressen. Und doch gehen wir heute an eine neue hoffnungsvolle Arbeit: Wir arbeiten allein für uns selbst!“

Er macht eine Pause.

Er sagt: „Wenn wir erfüllen wollen, was wir übernommen haben, muß jeder von uns bei der Stange bleiben. Jeder von uns kann in diesem Monat viel Geld verdienen. Kameraden, spart es euch auf. Keine Mädchen, kein Kino, keine Trinkerei, diesen einen Monat lang. Vielleicht gelingt es uns dann.“

Wieder eine Pause . . .

Maack hält inne, lächelt, er sagt: „Wir haben gewissermaßen einen Monat Bewährungsfrist, es wird mit uns noch einmal versucht, wir versuchen es mit uns noch einmal . . .“

Er steht da und lächelt noch immer. Dann vergeht das Lächeln langsam, er sieht sich um, er sagt: „Ich denke, wir können mit Arbeiten anfangen.“

„Einen Augenblick, bitte“, ruft Jänsch. „Ich will einen Antrag stellen.“

„Ja?“

„Ich beantrage, daß wir für die eigentliche Arbeitszeit ein Sprechverbot einführen. Jede Übertretung wird mit einem Groschen Strafe zugunsten einer Gemeinschaftskasse belegt.“

Maack sieht sich fragend um. „Ich denke, das ist ein vernünftiger Vorschlag. Ist jemand dagegen?“

„Aber...", sagt Monte.

„Du hältst den Mund, Monte, du hast hier gar nichts mit-
zureden", sagt Jänsch.

„Wenn ich hier mitarbeiten soll, will ich auch mitreden",
sagt Monte trotzig.

„Klappe! sage ich dir", sagt Jänsch drohend. „Oder..." Er
hebt seine Hände.

„Ich stelle fest, daß der Antrag angenommen ist", sagt
Maack. „Noch etwas?"

„Ja", sagt Deutschmann, „ich beantrage, daß unter denselben Bedingungen ein Rauchverbot erlassen wird."

Betretenes Schweigen, denn fast alle sind leidenschaftliche
Raucher.

„Rauchen kostet nur Geld" sagt Deutschmann überredend,
„hält in der Arbeit auf, und so groß ist der Raum auch nicht,
daß acht Mann ununterbrochen qualmen können."

„Das wird ja hier das reine Kittchen", sagt Oeser unzufrieden.

„Wenn ich nicht qualmen darf, macht mir der ganze Krempel keinen Spaß", erklärt Fasse.

„Aber vernünftig ist es", sagt Deutschmann.

„Finde ich auch", sagt Maack. „Schließlich kann jeder, der
will, eine auf dem Lokus stoßen."

„Dann geht's von der Arbeitszeit ab", widerspricht Sager.
„So kann man während der Arbeit rauchen."

Verdrossenes Schweigen.

„Soll ich abstimmen lassen?" fragt Maack zögernd.

„Ich hab einen andern Vorschlag", sagt Kufalt eifrig, „alle
zwei Stunden oder meinethalben alle anderthalb Stunden
darf jeder eine Zigarette rauchen. Maack gibt das Signal.
Dann freut man sich immer drauf und arbeitet um so
schneller."

„Gut, der Mann! Sehr gut!" lobt einer.

„Das ist vernünftig."

„Besser noch alle Stunde!"

„Alle halbe Stunde!"

„Warum nicht alle zehn Minuten, du Dussel?"

„Ich denke also: alle anderthalb Stunden", sagt Maack.
„Wer dagegen ist, hebe die Hand. — Keiner. Der Vorschlag
Deutschmann-Kufalt ist angenommen. Noch ein Vorschlag?"

Einen Augenblick Stille, dann sagt Jänsch: „Ich schlage vor, daß wir endlich mit der Arbeit anfangen. Es ist schon zehn Uhr zwanzig."

„Los!" sagt Maack scharf. „An die Arbeit, Kameraden, an unsere Arbeit."

Und im gleichen Augenblick ist der Raum erfüllt von dem scharfen, schmetternden Klappern der Maschinen, die Glöckchen klingeln, die Wagen rasseln, Umschlag um Umschlag, das fliegt!

Kufalt falzt und falzt. „Beste deutsche Qualitätsware aus der Firma Emil Gnutzmann — Stielings Nachfolger, Textil-Versand", liest er auf dem Prospekt.

Ob ich je dazu kommen werde, den Inhalt zu lesen? — Der Monte falzt nicht schlecht, er macht es mindestens ebenso schnell wie ich — man muß eben erst warm werden und den Dreh heraushaben. — Fein habe ich das hingekriegt, eigentlich ist alles mein Werk, der Auftrag und die Maschinen. — Na, im schlimmsten Falle gebe ich die in einem Monat zurück . . .

Monte neigt sich zu ihm und flüstert: „Der hat aber angegeben, der Maack, für so 'ne Mistarbeit so 'ne Rede!"

„Maack", sagt Kufalt laut, „der Monte will dir einen Groschen geben, wegen Flüstern . . ."

Monte will protestieren, aber Jänsch sagt: „Schnauze, du Aas!"

Worauf Maack sagt: „Jänsch, bitte auch einen Groschen."

Gelächter. Weiter. Weiter. Die ersten Hunderte sind fertig. Kufalt holt sie, notiert sie für jeden (sie arbeiten jeder für sich im Akkord), das Einstecken der gefalzten Drucksachen fängt an. Erst liegt nur ein kleiner Haufen in der Zimmerecke, dann wächst er, wächst, breitet sich aus, türmt sich höher . . .

„Elf Uhr fünfzig", sagt Maack. „Eine Zigarette."

Und dann wieder Schmettern, Falzen, Schmettern, Einstecken. Draußen ist der Himmel blau. Und soviel Sonne . . . Sie sitzen in einer großen Dachkammer, es wird heiß und heißer. Wortlos macht Maack das Fenster auf, später öffnet Deutschmann die Tür. Jänsch zieht zuerst die Jacke aus, dann folgen ihm die andern. Jänsch zieht zuerst Kragen und Schlips ab, dann folgen ihm die andern. Jänsch zieht zuerst das Hemd aus und schreibt mit bloßem Oberkörper – : brüllendes Gelächter. Dann folgen ihm die andern.

Und Schmettern, Falzen, Schmettern, Einstecken.

„Ein Uhr zwanzig", sagt Maack. „Eine halbe Stunde Mittagspause. Sprechpause."

Sie sind sehr aufgeregt, sie rechnen, wieviel sie geschafft haben, wie lange sie werden arbeiten müssen, um heute zehntausend zu schaffen.

„Zwölf wird's wohl werden", sagt Maack sorgenvoll.

„I wo", antwortet Jänsch. „Man muß nur erst richtig reinkommen. Nicht später als elf."

„Feine Bude", lacht Deutschmann. „Das sollte Jauch sehen, uns nackte Männer."

„Bekommt aber der Arbeit gut."

„Kicks, Pupenjunge", schreit Fasse.

„Ich verbitte mir das", kreischt Monte.

„An die Arbeit", ruft Maack. „Sprechsperre." –

Um neun Uhr zwanzig sagt Kufalt feierlich: „Zehntausend Stück, meine Herren, die ersten Zehntausend."

„Hurra!"

„Heil!"

Und die kreischende Stimme Montes: „Kufalt zahlt einen Groschen."

„Tu ich. Mach ich", sagt Kufalt. Und die Finger reckend: „O Kinder, bin ich glücklich!"

„Morgen früh um acht!" ruft Maack.

„Alles all right", schreit Sager.

„Guten Abend, die Herren."

„. . . Oberpiepenknorke . . ."

7

„Sie werden wohl unsolide, Herr Kufalt?" fragt Liese.

Sie steht auf dem dunklen Vorplatz, es ist zehn Uhr nachts, er ahnt ihr Gesicht mehr, als daß er es sieht. Deutlich aber hört er den Spott in ihrer Stimme.

„Ja", sagt er kurz und geht in sein Zimmer.

„Sie sind wohl noch böse mit mir?" lacht sie und folgt ihm.

Er tritt ein, knipst das Licht an, legt seine Mappe auf einen Stuhl und zieht das Jackett aus.

„Ich bin müde, Fräulein Behn", sagt er. „Ich möchte gleich schlafen gehen."

Er wagt nicht mehr als einen flüchtigen Blick auf sie, die unter der Tür steht. Sicher hat sie schon im Bett gelegen, sie hat einen Bademantel an, ein helles, fröhliches Ding aus Weiß und Gelb, ihre Beine sind bloß, ihre Füße sind in kleinen blauen Schuhchen.

„Männer . . .", sagt sie, „sind komisch. Sie denken, wenn sie einmal mit einer Frau geschlafen haben, haben sie das Recht auf immer."

Ihm wird heiß. Er spürt es schon wieder wie eine glühende Wolke von ihr zu ihm. Aber er will nicht — wie hat Maack gesagt? Und einen Monat keine Mädchen. Einen Monat Bewährungsfrist. Und natürlich: Heute kommt sie, am ersten Tag dieses neuen Monats — Quälerin, die!

„Ich denke gar nichts", sagt er böse. „Ich bin müde, ich habe den ganzen Tag schwer gearbeitet, ich will schlafen gehen — allein." Er besinnt sich, will einhalten, und dann kommt doch wieder die rote Welle über ihn, er sieht sie an. „Außerdem haben Sie nicht mit mir geschlafen, sondern mit Beerboom."

„Ziehen Sie sich ruhig aus", sagt sie. „Sie werden sich doch nicht vor mir genieren?!"

„Nein", sagt er und setzt sich in einen Stuhl am Fenster, so daß er sie nicht sieht.

Ja, Stille. Ja, nichts.

Draußen die Gleise glänzen im Licht, die Laternen sind da, bald rot, bald grün, die große Scheibe eines Vorsignals fällt mit einem leichten Klappen um, ein eiliger Zug fährt schlank, in seinen Kuppelungen klappernd, mit erhellten Fenstern vorbei. Ja, es ist Nacht, es ist weiche Sommernacht, da sind die Bäume unten, sie bersten vor Wachsen, alles treibt, wird voller, strömt über, als gäbe es nie Kälte, Verwelken, Ende — gibt es nicht ein Lied: „Dies ist die Nacht der Liebe . . ."?

Nein, nein, nein, nein, sie ist die Böse. Sie ist die Quälerin. Heute so und morgen anders. Und alle Zeit nicht zu halten... Ja, sie hat leise geraschelt, ein- oder zweimal, sicher ist sie weiter ins Zimmer gegangen — hat das sachte zugezogene

Türschloß nicht geknackt? Vielleicht steht sie schon hinter ihm, vielleicht streckt sie schon ihre Hand nach seinem Haar aus, seinen Kopf zurückzubiegen zum Kuß, vielleicht kommt sie schon zu ihm — wo bleibt sie?

Diese Nacht, durch die immerzu Züge fahren, ist so still! Es ist, als hielte alles den Atem an, in einer großen Erwartung. Armes, irrendes, schwaches Herz — ein neues Leben? Warum auch war sie in jener Nacht in den Hammer Park gegangen, hatte auf derselben Bank mit ihm gesessen, bei einem andern Mann?

Aber er war nicht zu ihr gegangen! Bei ganz jemand anders hatte er gemietet. Und dann wieder, in überstürzter Hast, bei ganz jemand anders. Und dort war sie gewesen — Zufall? Und entging man diesem Zufall, der so gut Fallen stellte, nie? War alles Wehren umsonst?

Stille, ruhige Zelle. Pensum stricken, Zusatznahrung, ein Topf mit Schmalz, ausgebraten von den Schneidern, zwei Bücher die Woche. Man könnte hinausgehen aus dem Zimmer, auf die Mönckebergstraße zum Beispiel, da ist immer Schupo, man könnte einen Schaukasten einschlagen, irgend etwas herausnehmen, eine Handtasche, einen Photoapparat, man würde gekitscht, und die gute große Ruhe kam, keine Probleme, keine Sorgen, kein Kampf mehr.

Rief sie nicht eben: Komm?

Nein, er kam nicht. Noch nicht, vielleicht nie.

Das hatten die andern Menschen nicht, davon wußten sie nicht, daß es solch einen Ausweg gab. Sie machten den Gashahn auf, hängten sich in eine Seilschlinge, schluckten Gift und verreckten mit aufgetriebenen Bäuchen, verdrehten Augen, im eigenen Dreck — er ging einfach hin und klaute was, und schon war er in der Ruhe, in der ewigen Geduld, in der Windstille, auf der andern Wetterseite des Lebens.

Maack wußte auch darum, Monte wußte darum, Jänsch, Oeser, Deutschmann, Fasse — jeder von ihnen! Die andern verstanden es nie. Die begriffen nicht, warum Bestrafte so waren, daß die Gefängnisluft sie verändert hatte, etwas war zersetzt in ihrem Blut, das Gehirn verändert. All das Leben hier draußen war eine Sache auf Widerruf — jede Sekunde konnte man widerrufen.

Man konnte die Liese totschlagen, oder auch ihre Mutter,

für die andern war so etwas unausdenkbar – aber wieso denn?! Aber warum denn?! –: Für ihn war es ganz in Ordnung. Er hatte fünf Jahre mit solchen gelebt, mit Zuhältern, Mördern, Dieben – er wußte, sehr gut war so etwas zu machen, es war nicht schwieriger als tausend andere Dinge im Leben, sicher war es leichter als Aufhängen.

Sie waren so komisch, diese Menschen draußen, irgendwie kapierten sie etwas nicht, von dem jeder Bestrafte wußte. Lebensuntüchtig, verkorkst, ein Schädling, Feind der Gesellschaft – nun ja. Nun ja. Hier saß er, Willi Kufalt, um die Dreißig, aber entschlossen wie ein Vierzehnjähriger in der Pubertät, vor jedem Problem Reißaus zu nehmen. War er so gewesen? Nein, so war er geworden, so war er gemacht worden! So hatten sie ihn fertiggemacht! Du spinnst ja, die kommt aus dem Kittchen, die Redensart, im Kittchen hatten sie wohl früher gesponnen. Sie hatten weiter nichts gemacht als Spinnen, eine Arbeit, eine ganz normale Handarbeit, wenn man sie nicht in der Kittchenluft macht, aber dort eben wurde daraus: Du spinnst ja. Bei ihm, bei Kufalt mußte es heißen: Du strickst ja. Er hatte fünf Jahre gestrickt. Nun strickte er. Sein Leben lang. Sein – Leben – lang.

Hatte sie nicht eben geflüstert: Nun komm doch endlich...? Ja, schön, er würde kommen, oder er würde auch nicht kommen, aber natürlich würde er kommen. Er tat, was ihm begegnet, was man von ihm erwartete, er würde immer tun, was man von ihm verlangte. Das hatte man ihn gelehrt, das saß fest: „Geh durch die Tür . . . Schreib heute Brief . . .“

Schön, schön.

Aber jetzt saß er erst einmal hier, ganz behaglich untergebracht am Fenster. Mochte sie warten, auch er hatte warten müssen, erst fünf Jahre, dann dreieinhalb und vier Wochen auf die junge Dame, die ihn in seinem Bett besuchte.

Rauch und Haar und Fleisch.

Gut. Rauch und Haar und Fleisch.

Es war Unsinn, das mit der eigenen Schreibstube, er hatte Maack herumgeredet, er konnte sich einen Schwung geben, daß er sechs Schreibmaschinenhändler nacheinander überredete, ihm je eine Schreibmaschine auf die einzige Sicherheit immer des gleichen polizeilichen Meldescheins auf Raten zu verkaufen — aber sich selbst konnte er nichts vormachen. Es saß in ihm. Man schrieb Doktor mit c, man müßte ein einfaches Mädchen haben, und man hängte sich an eine Liese . . .

„Du, Liese . . .", sagt er.

Nichts.

Sicher war sie — wie damals — in sein Bett gekrochen, vielleicht schlief sie schon. Ach, der leichtgebogene Nacken, durch dessen Haut kaum merklich die Halswirbelknochen traten . . .

„Liese — liebste Liese . . ."

Er sieht sich um.

Natürlich, das Bett ist leer, das Zimmer ist leer, von außen wurde die Tür zugemacht.

Und er hat es gewußt, er hat es natürlich die ganze Zeit gewußt, er hat sich ein Theater vorgespielt. War es nicht beinahe sehr gut, daß sie gegangen war? Sehnsucht ist besser als Erfüllung — im Kittchen gelernt; ein Weib zu begehren ist besser, als es zu besitzen — im Kittchen gelernt; Erfüllung im Hirn ist besser als Erfüllung im Fleisch — dito Kittchen.

Einen Augenblick steht er entschlußlos in der Mitte des Zimmers, dann fängt er langsam an, sich auszuziehen. Er legt seine Wäsche säuberlich auf den Stuhl, hängt Jacke und Weste über den Bügel, macht die Hosen im Spanner fest. Er wäscht sich Gesicht und Hände, spült den Mund . . .

. . . Und er nimmt Decke und Kopfkissen aus dem Bett, mit nackten, leisen Füßen schleicht er auf den Vorplatz vor die Tür ihres Zimmers, dort legt er sein Bettzeug hin, geht noch einmal in sein Zimmer zurück, um das Licht zu löschen. Dann packt er sich hin vor ihre Türe, wickelt sich in seine Decke.

Es ist schon dunkel in ihrem Zimmer, kein Lichtschein dringt durch die Türritze, sie schläft wohl schon, kein Laut kommt aus dem Raum.

Da liegt er, er schläft nicht, durch sein Hirn und Herz geht es: Da liege ich, bitte, komm nicht, hebe mich nicht auf. Es ist so schön, vor dir zu liegen und verachtet zu sein . . .

Und schließlich schläft er dann wohl ein . . .

Er wacht auf von ihrem Blick. Sie kniet neben ihm, sie hat

den Arm unter seinen Hals geschoben, den Kopf an ihre Brust gezogen.

„O mein Lieber", flüstert sie. „Mein Lieber — ist es so schwer?"

„Süß ist es", flüstert er, noch halb in Traum und Schlaf. „Sehr süß ist es."

„Es ist schon so spät, Lieber", flüstert sie. „Du mußt gleich aufstehen. Und ich muß auch fort aufs Büro. — Aber heute abend, nicht wahr, heute abend . . .?!"

„Laß es so, Liese, laß es so, Quälerin."

„Schön soll es sein", flüstert sie wieder. „So schön will ich es für dich machen. Nicht wahr, du wirst früh hier sein. Ich warte auf dich."

„Laß es so. Laß es so."

„Wirst du früh kommen? Ganz früh?"

Oh, der gute Duft aus ihrer Brust!

„Ich will sehen . . . so früh es geht . . . so früh ich immer kann . . ."

„Oh, du mein Liebster!"

8

„Na, schön", sagt Herr Bär, „na, ganz schön."

Er macht Stichproben in der ersten Zehntausender-Ablieferung, nimmt hier, dort einen Umschlag aus den Stößen und prüft ihn.

„Wenn Sie so dabei bleiben, werden wir keinen Streit kriegen."

Kufalt verbeugt sich und erklärt: „Das wird noch viel besser. Wir müssen uns nur erst richtig einschreiben."

„Na, schön, Herr Meierbeer", sagt Herr Bär noch einmal und sieht Kufalt freundlich an. „Dann also guten Morgen."

Aber Kufalt weicht nicht, und auch Monte sieht ihn vorwurfsvoll an. „Ein bißchen Geld, Herr Bär, nur 'ne Kleinigkeit."

„Schön, schön", sagt Herr Bär. „Sie wollen also wirklich täglich Ihr Geld haben? Meinethalben. Wieviel macht es doch?"

„Dreiundneunzig fünfzig", sagt Kufalt.

„Gut. Hier haben Sie eine Anweisung auf die Kasse. Lassen Sie sich das Geld geben. Guten Morgen.“

„Schönen Dank. Und guten Morgen.“

Sie wandern gemeinsam vergnügt aus dem Haus, macht pro Neese beinah zwölf Mark, o Junge, Junge, für einen einzigen Tag Arbeit . . .

„Halt! Da guckt wer um die Anschlagsäule! Los, lauf doch los, Monte!“

Sie laufen, sie umrunden die Anschlagsäule von beiden Seiten: nichts!

„Wie man sich irren kann. Ich hätte geschworen, der Jablonski, weißt du, der so ein bißchen hinkt, aus der Presto, linste nach uns.“

„Hast geträumt.“

„Scheint so. Komisch, wenn man ein schlechtes Gewissen hat, sieht man immer was. Und ich brauch doch gar kein schlechtes Gewissen zu haben, nicht wahr?“

Latrinenparolen gibt's nicht nur beim Militär und im Kittchen: Als die beiden zurückkamen, war die Schreibstube voll davon, daß die Firma Gnutzmann nicht zahlen könnte, nicht zahlen wollte, daß der Kufalt ohne Geld, mit einem faulen Wechsel, einem ungedeckten Scheck, mit Vertröstungen, nein, mit Arbeitsabbruch zurückkäme.

Darüber hatten sie sich gestritten, ereifert, einander miesgemacht, trotz des Protestes von zweien oder dreien war das Sprechverbot aufgehoben gewesen. Es war geraucht worden, Jänsch hatte sich drei Flaschen Bier geholt, Oeser eine saure Gurke, es waren keine tausend Adressen in der Zeit von acht bis halb elf geschrieben worden . . .

Und nun kam Kufalt mit Kasse, bar Kasse, mit Marie.

Es war beinahe eine Enttäuschung.

„Na also — wer hat denn nun den Mist wieder aufgebracht?!“

„Du doch selbst, Mensch, gib hier bloß nicht 'ne Stange an, von wegen Himmelblau!“

„Du hast gesagt, wenn die Brüder nun nicht zahlen . . .?“

„Ich . . .“

„Stille“, sagt Maack. „Jetzt wird losgeschrieben. Wir haben zwei Stunden aufzuholen, sonst wird es wieder zehn. Jänsch, weg mit deinem Bier. Sprechverbot!“

„Wenn ich Bier trinke, spreche ich doch nicht", knurrt Jänsch, fängt aber an zu tippen.

Sie fangen alle an, manche zögern noch, trödeln einen Augenblick, aber der Rhythmus der andern, die ewige Routine, das können sie ja nun, tippen und dabei denken, tippen und dabei sich fortträumen in eine Wunschwelt...

Auch beim Falzen läßt sich's träumen, beim Kuvertieren, selbst beim Abzählen der Adressen. Kufalt träumt sich weit fort:

Daß es nur heute abend nicht so spät wird! Sie wartet auf ihn — wie hat sie gesagt? Lieber? Liebster? Vielleicht wird noch alles gut, vielleicht ist es das, was seinem Leben in all den Jahren gefehlt hat: etwas, auf das man sich ein bißchen freuen kann!

Er freut sich auf den Abend, sie war so anders heute früh, ganz sanft. Sicher sitzt sie und wartet schon in seinem Zimmer auf ihn...

Wer aber auf ihn gewartet hat, wer sich im fast dunklen Zimmer in die Sofaecke gesetzt hat, wer nicht einmal aufsteht, sondern ihn nur ansieht, abends kurz vor zehn, das ist nicht Liese — Beerboom ist es!

Kufalt knipst das Licht an, er ist so wütend, daß er den Mann kaum ansieht im Sofa, er sagt nur: „Was wollen Sie hier? Ich will Sie hier nicht mehr haben!"

Denn Beerboom ist der böse Geist, er war der schwarze, schlimme Stern, der über der ersten Liebesnacht stand, kommt er nun auch — Geheimnis! — zu der zweiten? Denn schon öffnet sich die Tür.

Liese tritt ein. Sie trägt ein weißes Kleid, über das kleine, bunte Blümchen gestreut sind, sie sieht so fröhlich aus, sie bietet ihm frank und frei die Hand, sie sagt: „Guten Abend."

„Guten Abend, Liese."

Er denkt nur daran, daß der andere gehen soll, wäre er nicht hier, könnte er sie schon in seine Arme ziehen.

„Herr Beerboom hat gebeten, daß er hier warten darf. Es ist sehr wichtig, hat er gesagt." Sie macht eine kleine Pause und setzt vorsichtig hinzu: „Ich hab ihn hier allein sitzen lassen. Sogar Licht zu machen habe ich vergessen."

„Also, was ist denn, Beerboom?" fragt Kufalt.

„Ach nichts", sagt Beerboom. „Ich gehe schon."

Aber er bleibt sitzen.

Der Klang von Beerbooms Stimme ist so verändert, daß Kufalt sich seinen Klagebruder von dunnemals aufmerksam beschaut.

Beerboom hat immer eine fahle, lederartige Haut gehabt, aber heute scheint es, als brenne eine Glut hinter dieser Haut. Die Haare sind verklebt wie von Schweiß, die Augen flackern und glänzen ...

Er kann die Hände nicht ruhig halten, sie fliegen immerzu hin und her, bald auf den Tisch, bald suchen sie in den Taschen herum, bald befingert er sein Gesicht, sucht etwas, was er nicht findet ...

„Also, was ist?" fragt Kufalt. Und mit einem Blick auf die Uhr: „Du wirst zu spät ins Heim kommen, es ist gleich zehn."

„Komme nicht zu spät ins Heim."

„Wieso? Hast du etwa Schluß gemacht, da?"

„Schluß gemacht da? Rausgeschmissen bin ich!"

„Ach so", sagt Kufalt gedehnt und fragt dann: „Deine Sachen?"

„Sind noch da. Ich erzähl dir doch, sie haben mich rausgeschmissen, zehn, zwölf Mann über mich her und rausgeschmissen."

„Aber warum denn?" fragt Kufalt. „Wieso denn das? So sind die doch auch wieder nicht."

„Hab die Schreibmaschine zerschlagen", sagt Beerboom. „Konnte es nicht mehr sehen, das Dings, das mich anbleckt: Hundert Adressen, fünfhundert Adressen, tausend Adressen." Er steht auf, sieht sich einen Augenblick um, setzt sich wieder hin, sagt: „Is ja alles egal. Was kommt, kommt."

„Du, hör mal", sagt Kufalt entschieden, „das stimmt nicht, was du erzählst. Das stimmt todsicher nicht, daß die anderen dich deswegen rausgeschmissen haben, weil du 'ne Schreibmaschine zerkloppt hast. Seidenzopf schon, aber die anderen nicht. – Womit hast du sie denn zerkloppt?"

„Mit 'nem Hammer."

„Wo hast du denn den Hammer her?"

„Hab ich mir geklaut. Nee, hab ich mir gekauft."

„Stimmt nicht", sagt Kufalt. „Stimmt alles nicht. Die anderen freuen sich doch, wenn du den Speckjägern 'ne Schreibmaschine zerhaust. Daß Wolle-Teddy dich darum rausschmeißt, verstehe ich schon, aber die anderen dich darum verkeilen – ausgeschlossen!"

„Ich hab doch auch denen ihre Arbeit demoliert. Mit 'nem Minimax. Hab alles vollgespritzt. Da haben sie mich rausgeschmissen. Verdroschen und rausgeschmissen."

„Und Vater Seidenzopf?"

„Den hab ich in die Fresse geschlagen."

„Der läßt dich doch nicht so einfach gehen, nach so was. Der ruft doch die Polente."

„Ruf man, da war ich schon weg."

„Ach, du bist also nicht rausgeschmissen, du bist getürmt?"

„Is ja alles egal", sagt Beerboom brummig, steht auf und geht ans offene Fenster. Plötzlich fragt er sehr lebhaft: „Ob man wohl tot ist, wenn man da runterhopst auf die Gleise?"

Und er setzt einen Fuß aufs Fensterbrett.

„Mach bloß keinen Quatsch", sagt Kufalt. „Ich will keine Scherereien haben deinetwegen."

Er hält Beerboom fest. Aber wenn der ernstlich wollte, nützte Festhalten gar nichts. Liese ist es, die ihn zurückhält. Mit ihrer leichten Hand.

„Warum haben Sie denn das alles auf der Schreibstube gemacht, Herr Beerboom?" fragt sie.

„Hat den wilden Mann markiert, kenn ich aus dem Kittchen", erklärt Kufalt.

„Hat mich alles angekotzt", sagt Beerboom, sieht das junge Mädchen an und tritt wieder so weit zurück in diese Welt, daß er das Bein vom Fensterbrett nimmt. „Immer schreiben, schreiben, schreiben, und da drinnen verdreht es sich immer mehr."

„Aber", sagt Liese, „das hat Sie doch schon lange angekotzt? Warum jetzt plötzlich?"

„Weil es soweit ist, Fräulein", erklärt Beerboom. „Einmal hat man den Mumm, dann ist es soweit."

„Was ist soweit?"

„Ach", sagt Beerboom böse, „Sie wollen ja doch nicht davon hören, Fräulein. Sie schreien ja doch bloß wieder: Mörder."

Ziemlich lange Stille.

Dann sagt er: „Ich hab gedacht, die bringen mich in 'ne Klapsmühle, aber die haben bloß das Überfallkommando an-

gerufen. Da hab ich gedacht: geh stiften." Er lacht plötzlich
schallend. „Der Minna an der Tür hab ich eine auf die Nase
gesetzt, das Nasenbein ist bestimmt hin."

Liese ist etwas von ihm weggegangen, sie steht unter der
Tür, wie fertig zur Flucht, aber sie nimmt keinen Blick von
ihm.

Kufalt steht ziemlich nahe bei ihm, der noch immer am
Fensterkreuz lehnt.

„Und was machen wir nun mit dir?"

„Ach . . .", sagt Beerboom gedehnt, „vielleicht da runter?"

Er beugt sich sehr weit hinaus.

„Halt!" ruft Kufalt.

Aber er braucht sich wirklich keine Sorgen zu machen.
Beerboom kommt mit dem Kopf zurück ins Zimmer. Er
grinst. „Das könnte denen so passen, allen denen, die mich
fertiggemacht haben; meinen Eltern und den Richtern und
den Staatsanwälten und den Pfaffen und den Bullen im Kittchen, daß ich so bequem für die abhaue! Das glaub ich! Das
möchten die. Nee . . ." Und er ereifert sich. „Einen Riesen-
stunk will ich erst mal machen, ich will denen schon was
weisen. Fertigmachen, schön – aber dann will ich wenigstens
'ne große Gerichtsverhandlung haben, mit zwei Spalten
jeden Tag in jeder Zeitung, und es denen zeigen . . . Fliegen
sollen sie alle, die Speckjäger! Und der Wolle-Teddy zuerst!"
Er fängt plötzlich wieder an zu lachen, es schüttelt ihn dabei
wie ein Krampf. „Dem hab ich den halben Bart ausgerissen,
hat der geschrien, wie 'ne Katze . . .!"

Die beiden sehen den dritten ernst an, mißbilligend. Aber
dem ist aller Ernst und alle Mißbilligung jetzt gänzlich
schnuppe. „Hast 'ne Zigarette für mich, Willi?" fragt er. „Ich
hab nichts mehr. Keinen Pfennig. Gar nichts."

Kufalt gibt ihm eine Zigarette. „Und was denkst du, was
nun wird?" fragt er.

„Findet sich alles", sagt Beerboom und raucht mit Begeisterung.

„Hören Sie einmal zu, Herr Beerboom", sagt nach einer
Weile Liese.

„Ja?" sagt Beerboom, sieht sie an und grinst böse. „Sie
sind auch nur ein Fetzen Fleisch, wenn Sie sich schon jeden
Tag waschen, Fräulein. Sie stinken auch."

Liese will nichts gehört haben. „Sie haben doch vorhin was gesagt, Sie hätten gedacht, die würden Sie in 'ne Irrenanstalt bringen? – Gehen Sie doch freiwillig dahin!"

„Das ist nicht schlecht, Beerboom", lobt Kufalt.

Beerboom denkt nach, ziemlich lange. „Wenn mich die nun nicht nehmen, wenn die mich einfach der Polizei übergeben?" Und hartnäckig: „Wenn ich doch auf die Polizei soll, dann mache ich vorher eine ganz große Sache. Drei Monate wegen Sachbeschädigung und Körperverletzung ist nichts."

„Wir könnten's gut hindeichseln", sagt der plänereiche Kufalt. „Wir sagen, du wohnst bei uns, du hast 'nen Tobsuchtsanfall gehabt, bist auf uns losgegangen. Jetzt bist du ruhig, aber du hast Angst, es kann wieder losgehen. Sie sollen dich nur ein, zwei Tage behalten."

„Und dann?"

„Bis dahin hast du mit dem Obermuckermuck von den Ärzten gesprochen, und das sieht ja wohl jeder Dümmste ein, daß du völlig meschugge bist, wenn du ihm alles genau erzählst. Du mußt namentlich das mit deiner Schwester erzählen."

Blick nach Liese.

Auch ein Blick Beerbooms zu Liese.

Sie steht da, hell, blond, so ein zartes, weiß und rosiges Gesicht, ein Kind . . .

„Das soll ich auch erzählen?" fragt Beerboom.

„Das gerade. Besonders das."

„Findest du denn das so meschugge?"

„Also gehen wir schon", drängt Kufalt. „Hier kannst du die Nacht nicht bleiben. Ich will auch keine Unannehmlichkeiten mit der Polizei haben. – Welche ist die nächste, Liese?"

„Friedrichsberg", sagt sie halb flüsternd, „ihr habt gar nicht weit zu gehen."

„Hören Sie, Fräulein", sagt Beerboom, „ich geh nur in die Klapsmühle, wenn Sie mich hinbringen." Er schreit plötzlich: „So wahr mir Gott helfe, ich bleibe hier sitzen, wenn Sie mich nicht hinbringen."

Kufalt und Liese Behn sehen sich an.

„Also schön", sagt Liese. „Ich geh mit. Aber Sie versprechen mir, daß Sie auch bestimmt in die Anstalt gehen?"

„Hör mal, Kufalt", sagt Beerboom, „pump mir zwanzig

Mark, und ich hau so ab. Haste keine Scherereien, kannst mit deiner gleich in die Betten gehen."

„Erstens habe ich keine zwanzig Mark", sagt Kufalt böse, „und zweitens würde ich sie dir nie pumpen. Nachher besäufst du dich und frißt was aus im Suff, und ich sitze drin, weil ich dir das Geld gegeben habe."

„Also schön", sagt Beerboom, „gehen wir. Wohin, weiß ich noch nicht. Vielleicht sogar wirklich in die Klapsmühle."

9

„Hör mal, alter Junge . . .", fängt Beerboom in einem ganz anderen Ton auf der Straße an.

Also es ist wirklich gut, daß man nun mit ihm auf der Straße ist. Hier weht ein Wind, Leute gehen, die Lampen brennen, es ist alles plötzlich wirklicher geworden, normales, richtiges Leben, und unwirklich ist geworden, was da oben geschah und besprochen wurde, in jenem halbdunklen Zimmer, das nun immer weiter zurückbleibt.

Liese hat sich bei Kufalt eingehängt. Sie gehen wie ein richtiges Liebespaar, die Hände mit den Fingern ineinander verschränkt.

Beerboom zottelt nebenher. Da oben war Beerboom schlimm — was ist hier unten Beerboom? Man kann ein Auto rufen und ihn stehenlassen, man kann an einen Schupo herangehen, und er türmt — Beerboom muß nicht sein, Beerboom ist ein Zufall, ein häßlicher, verdrehter Mensch, dem die Haft nicht gut bekommen ist . . . man wird ihn schon loswerden. Und dann sind sie beide allein. Und Liebe und Arbeit, und Arbeit und Liebe . . .

Auch Beerboom bekommt die Straße ganz gut. In einem ganz anderen Ton hat er angefangen: „Hör mal, alter Junge, mit dir ist aber auch was nicht in Ordnung. Dich haben sie auch auf dem Kieker. Heute früh waren der Marcetus und der Jauch im Friedensheim und haben eine große Beratung mit Wolle-Teddy gehabt, und von dir war hauptsächlich die Rede . . ."

„Woher weißt du denn das?" fragt Kufalt.

„Weil ich gelauscht habe", sagt Beerboom stolz. „Bin aufs

Klo gegangen und hab dann an der Tür von Seidenzopfens Zimmer gelauscht. Aber die haben ja so 'nen Argwohn, keine drei Minuten, und sie haben mir die Tür an den Kopf geschlagen."

„Na, und dann . . .?"

„Dann sind sie alle über mich hergefallen und haben mich niedergebrüllt, einer nach dem anderen – darum habe ich ja heute nachmittag auch solchen Rochus gehabt!"

„Und was haben sie gesagt von mir?"

Beerboom denkt nach. Dann ganz rasch: „Gibst du mir zwanzig Mark, wenn ich dir das erzähle?"

„Keine fünfzig Pfennig", lacht Kufalt. „Geh du man lieber nach Friedrichsberg, statt dich zu besaufen."

„Aber du gehst bestimmt hoch, wenn ich dir nicht erzähle, was sie vorhaben. Sie haben auch von Polente gesprochen."

„Weiß ich alles", lacht Kufalt. „Kann ich mir alles denken. Ich habe nämlich auf Presto Schluß gemacht."

„Na, und . . .?"

„Du weißt doch alles, denke ich. Gar nichts können mir die Brüder wollen, nicht einen Dreck."

„Na, denn nicht!" sagt Beerbom patzig und verfällt wieder in sein altes, böses Schweigen.

„Was machst du denn nun, wenn es auf der Schreibstube alle ist?" fragt Liese.

„Ich hab schon wieder neue Arbeit, viel bessere Arbeit", flüstert Kufalt.

„Bei Kutzmann oder so", sagt Beerboom.

„Wie?!" fragt Kufalt und ist hellwach, „was weißt du denn von Gnutzmann?"

„Zwanzig Eier", sagt Beerboom.

„Ich tue es nicht, und ich tue es nicht", sagt Kufalt. „Nicht nur, weil zwanzig eine Masse Geld sind, sondern gerade weil du dann Dummheiten machst, und ich hänge drin."

„Ich mache vielleicht auch so Dummheiten", sagt Beerboom.

„Aber dann können sie mich nicht kappen. – Bitte, Beerboom, tu mir den Gefallen, erzähl, was die geredet haben!"

„Sie brauchten doch unter Kollegen nicht so zu sein", sagt auch Liese. „Willi hilft Ihnen doch auch."

Willi, denkt Kufalt frohlockend.

„Schöne Hilfe, wenn mich einer in die Klapsmühle bringt. Schöner Kollege so was. Nee, ich sage nichts."

„Dann läßt du es eben!" sagt Kufalt wütend.

Und überlegt halblaut: „Und wenn sie's auch wissen, sie können uns gar nichts wollen! Konkurrenz, da gibt es kein Gesetz dagegen, und auch der Herr Bär ist nicht so. Wenn wir ihn sehr bitten, läßt er uns die Arbeit, auch wenn wir vorbestraft sind."

„Da ist schon Friedrichsberg", sagt Liese.

Sie sind das längste Stück durch Anlagen gegangen, Gebüsch, schöne Rasenflächen, Rosenbeete. Ein Wässerchen.

Sie ist still und sanft, die Nacht, auf allen Bänken sitzen die Pärchen. Und es ist ein Flüstern zwischen den Zweigen, ein Geräusch, ein Gesumm, mit klarglänzenden Tropfen von Fruchtbarkeit weht es durch die Luft . . .

Aber drüben liegt niedrig und dunkel das Portalgebäude der Irrenanstalt Friedrichsberg. Kein Licht.

„Die schlafen ja alle", sagt Beerboom und bleibt stehen. „Also gib mir wenigstens fünf Mark."

„In einer Irrenanstalt ist immer eine Nachtwache, genau wie im Kittchen. Komm schon", sagt Kufalt.

„Und drin ist's auch genau wie im Kittchen", sagt Beerboom höhnisch. „Fräulein, schenken Sie mir drei Mark. Geben Sie mir zwei Mark, geben Sie mir wenigstens eine Mark."

Aber Kufalt wird plötzlich wütend: „Dämlicher Hund, du, immer anderen Malesche machen! Mir den ganzen Abend verkorksen. Kommst du mit, oder kommst du nicht mit?!"

Er faßt ihn am Arm und zerrt ihn gegen das Portal.

„Doch nicht so!" warnt Liese erschrocken. „Doch nicht so!"

Aber Beerboom ist plötzlich ganz friedfertig, er lacht sogar. „Halt mich lieber nicht fest, Willi, wenn ich wirklich mal haue, dann liegst du da . . ." Er hat sich losgemacht, er steht mit dem Rücken zum Portal von Friedrichsberg, er sieht in die Anlagen mit den Bänken.

„Da sitzen sie", sagt er, „die knutschen sich ab und werden satt, aber unsereiner . . ." Er macht eine Bewegung auf Kufalt zu. „Wird denn der satt, Fräulein? Er gibt immer so an, aber wird der denn satt?"

„Red keinen Unsinn", sagt Kufalt. „Kommst du, oder kommst du nicht? Wir gehen sonst nach Haus."

„Natürlich komm ich", sagt Beerboom plötzlich weinerlich. „Was soll ich denn sonst machen? Wo ihr mir kein Geld gebt!"

Aber er steht wieder still. Nur, daß er diesmal nicht in den Park sieht, auch nicht in die Gesichter der beiden. Sondern er sucht. Seine Hände fahren an seinem Körper herum, sie fühlen vorsichtig, und sie bringen hervor – Liese schreit leise auf –, sie bringen hervor ein Messer, ein offenes Rasiermesser.

Beerboom hält es in der Hand, er hält es etwas hoch, es klappt nicht zusammen, er hat es wohl irgendwie umwickelt, und ...

Und die beiden sehen ihn an, dieses alte, böse, trotzige Kindergesicht, das den Kuchen nicht bekommen soll, mit dem dunklen Haar, den buschigen Brauen ...

„Weg damit", sagt Beerboom plötzlich und wirft das Messer weit von sich in ein Gebüsch. Es blitzt auf, es ist wie ein silberner heller Streif durch die Nacht. Dann hört man es fallen.

„Schlapp", sagt Beerboom aufatmend. „Hab gedacht, ich könnte es. Aber selbst dafür haben sie mich fertiggemacht. Also kommt."

Sie gehen schweigend gegen das Gebäude hin, Liese dicht eingehängt bei Kufalt. Er spürt, wie schwer sie ist, wie sie innerlich bebt vor Angst und Hingabe.

Natürlich gibt es eine Nachtglocke. Sie klingeln. Es bleibt dunkel. Sie klingeln noch einmal, es bleibt dunkel ...

Aber Beerboom sagt nicht noch einmal, daß sie gehen wollen, daß er Geld haben möchte, er wartet ganz geduldig.

Nach dem dritten Klingeln wird es hell, ein verschlafener Wärter schlurft heran und spricht durchs Türgitter: „Was ist denn?"

„Entschuldigen Sie bitte", sagt Kufalt hastig. „Mein Schwager hier, der hat heute abend einen Tobsuchtsanfall bekommen. Alles hat er zerschlagen, und uns wollte er auch totschlagen. Jetzt ist er ruhig, aber er hat so ein Gefühl, daß es wiederkommen kann – ob Sie ihn nicht auf eine Nacht behalten wollen? Bitte schön?"

Der Wärter hinter der Tür ist ein langer, schlenkriger, blasser Mann, mit einem Kopf fast ohne Fleisch, Haut und Knochen – eigentlich sieht er aus, als könnte er ganz gut ein Kranker der Anstalt sein.

„Geben Sie ihm nichts mehr zu trinken", sagt er nach kurzem Überlegen. „Lassen Sie ihn seinen Rausch ausschlafen."

„Er hat nichts getrunken", sagt Kufalt. „Er hat so getobt, ganz plötzlich."

Beerboom steht immer schweigend dabei.

„Bei welchem Arzt war er denn in Behandlung?" fragt der Wärter argwöhnisch.

„Bei keinem noch", erklärt Kufalt eifrig. „Ich erzähle Ihnen doch, es hat ganz plötzlich angefangen."

„Das gibt es gar nicht", sagt der Wärter. „Was ist denn der Herr?"

„Jetzt – arbeitslos", sagt Kufalt.

„Guten Abend", sagt Beerboom ganz ruhig und gelassen und beginnt zu gehen.

Der Wächter sieht ihm nach, gespannt, durch die Gittertür.

„Lieber Herr", sagt er zu Kufalt, „ich glaub ja, Sie meinen's gut mit dem Herrn, aber wenn Sie wüßten, wieviel Arbeitslose zu uns kommen und denken, sie kriegen Essen und ein gutes Bett, wenn sie den wilden Mann spielen . . . Was macht der denn da? Was sucht der denn da?"

„O Gott", sagt Kufalt und fährt herum. „Wärter, kommen Sie schnell, helfen Sie, er sucht sein Messer, er hat's vorhin weggeworfen . . ."

„Machen Sie doch schnell . . .", schreit Liese.

Zögernd sagt der: „Ich darf doch nicht aus dem Tor, ich bin doch Nachtwache . . ."

Und schließt schon. Die beiden andern laufen, Kufalt spricht, zu wem spricht er? – : „Er hat elf Jahre Zet gehabt oder wieviel, was weiß ich, er ist erst ein halbes Jahr raus . . . er ist wahnsinnig . . ."

Der dunkle Schatten vor ihnen läuft schon über einen Rasen, huscht um ein Gebüsch . . .

„Lauf doch schneller, Liese! Wo ist denn der Wärter? Der weiß doch mit Verrückten umzugehen . . ."

„Rennen Sie, Herr, sehen Sie, daß Sie einen Schupo erwischen. Ich darf doch nicht weg von der Pforte, die Pforte steht ja auf . . ."

Sie kommen auf einen Weg. Hier sitzt ein Paar . . .

„Ist hier einer langgelaufen?"

Die fahren auseinander . . . „Wie . . .? Was . . .?"

In diesem Augenblick hören sie den Schrei. Es ist ein wahnsinnig hoher, schriller Schrei, der plötzlich abbricht, und ein tiefes, wie ersticktes Gurgeln . . .

„Dorthin! Dorthin! Dorthin!"

Es ist ein Gebüsch – selbst in dieser Nacht, in dieser Sekunde duftet der Garten . . .

Sie biegen die Zweige auseinander . . .

Es ist etwas Weißes, was da liegt, ein weißes Kleiderbündel, so weiß, so weiß . . . Und es wird dunkel darüber, vom Kopf her, vom Hals her wird es dunkel, strömendes Dunkel, dickes klebriges Blut, großer Fleck, größerer Fleck, wird es dunkel, dunkel . . . Und es gurgelt so seltsam . . .

„Schupo! Hilfe! Polizei!" ruft grell eine Stimme.

Und Kufalt sieht das Gesicht von Liese Behn, von der Stenotypistin Liese Behn, den atmend geöffneten Mund, den zurückgelehnten Kopf . . .

Ein Grauen erfaßt ihn, das Leben, o dieses Leben . . .

„Schnell weg", flüstert er. „Schnell weg! Wir dürfen keine Zeugen werden in dieser Sache . . ."

„Laß mich sehen . . . laß mich doch sehen . . .", flüstert sie atemlos.

Er reißt sie mit sich durch die Menschen, die überall heranlaufen.

10

Es gibt Glückstage und es gibt Unglückstage in jedem Leben – jeder weiß es. Auch Kufalt wußte es. Er hatte das Gefühl, daß dieser sechzehnte August ein schlimmer, ein düsterer Tag für ihn war – was alles barg er in seinem Schoß . . .?

Zuerst einmal hatte er sofort der Liese gesagt, daß er ausziehen würde, spätestens zum Ersten –: Er konnte nicht ihr Gesicht vergessen, dieses holde Gesicht mit dem atmend geöffneten Mund, dem zurückgelehnten Kopf – und so gierig!

„So", hatte Liese gesagt. Und noch einmal: „So." Und dann nach einer Pause: „Von mir aus...!"

Sie war aus seinem Zimmer gegangen, die Tür war zugefallen: Schluß, Ende, nichts mehr von solcher Liebe! Sicher hatte sie mit ihm schlafen wollen, unter dem Ehrenprotektorat von Herrn Lustmörder Beerboom – danke schön.

Vorbei... vorbei...

Und dann hatte Kufalt sich eine Zeitung gekauft, auf dem Wege zur Schreibstube, ein Morgenblatt, und da hatte er allerdings den Fall des Mannes Beerboom in aller Ausführlichkeit gefunden. Dazu mancherlei Anlaß zum Lächeln, zum Beispiel den, daß Beerboom nun wirklich in Friedrichsberg untergebracht war (*„vorläufig*, da er auf raschestem Wege der empörten Bevölkerung, die ihn lynchen wollte, entzogen werden mußte"), in jenem Friedrichsberg also, in das ihn aufzunehmen Kufalt so vergeblich gefleht hatte...

„Und da wird er ja nun wohl auch bleiben – für sein Leben", stellte Kufalt fest.

Weiter aber fand Kufalt die Notiz, daß das Opfer („in der Nacht noch gestorben") des Beerboom eine siebenunddreißigjährige Näherin sei, ein altes Mädchen also, das vielleicht nur darum nächtlich in die Anlagen am Friedrichsberg gegangen war, um im Anblick der küssenden Paare jenen Anteil Liebe abzubekommen, um den auch Beerboom sich so bemüht hatte...

Ach, der große, böse, wilde Lustmörder Beerboom!

Nein, dieser Unglückselige, zu ewigem Scheitern verdammte Beerboom, dieser aberwitzige Tölpel, der von der Morgenzeitung zu einem bestialisch-dämonischen Mörder aufgeblasen wurde – dieser ewige Mißwuchs auf der Schattenseite des Lebens...!

Da hatten sie nun diesen Pubertätsnarren von seinem Schwesterchen getrennt, da hatten sie ihn durch elf Jahre zu einem Mönch wider Willen gemacht, in dem sich alle Triebe verkehrt hatten und in dem nur das Fleisch brannte, da war er nun herausgekommen, unfähig, bei einer Frau zu schlafen und sich zu befreien, den Schädel voll von wilden Phantasien, da hatte er sich eingesponnen in ein irres Verlangen nach Mädchen, Kindern, in Träume von nackten Kinderleibern... da war er willens gewesen, zu verzichten, wieder unterzukriechen mit seinen nie erfüllten Phantasien in einer Klapsmühle, in einer Zelle, ohne Erfüllung, ohne jede Aussicht auf Erfüllung in seinem ganzen Leben . . .

Und da war er zurückgewiesen worden und, gegen seinen Willen beinahe, in die Aussichtslosigkeit eines Lebens, das kein Nachtquartier, keine Arbeit, kein Essen, keinerlei Glücksmöglichkeiten, kein gutes Wort und keinen guten Freund und überhaupt keinen Platz für ihn hatte . . .

War er da losgerannt, mit dem Messer in der Hand, sich die eine, *eine* übriggebliebene Erfüllung seines Lebens zu holen . . .

Und er war an sein Gegenstück geraten, an kein Mädelkind, sondern an eine halbvertrocknete alte Jungfer, seinen Abklatsch ins Weibliche . . .

Und Kufalt hatte sich vorgestellt, wie dieser Narr Beerboom, dieser Flachkopf, den Rest seines langen oder kurzen Lebens in einer Zelle mit Gittern und Steinwänden verbringen und immer wieder um diesen einen Punkt kreisen würde: Hätte ich doch damals wenigstens etwas Junges . . . wäre in jener Nacht nur ein Kind . . . hätte ich doch einmal in meinem Leben Glück gehabt! Glück — und Kufalt hatte in der hellen Augustsonne, auf seinem Wege in die Schreibstube Cito-Presto, geschaudert . . . Glück, was so die Menschen ihr Glück nennen, was wirklich so der Menschen Glück ist . . .

Glück: statt siebenunddreißig Jahre elf oder neun, ein kleines Mädchen mit Wadenstrümpfen . . .

Wahrhaftig: Glück!

11

Auf Cito-Presto jedenfalls wußte noch keiner was von der Geschichte. Sich Zeitungen zu halten gehörte nicht zu den Lebensbedürfnissen Entlassener, und selbst bei den verlockendsten Schlagzeilen zehn Pfennig für ein Morgenblatt auszugeben, zehn Pfennig, für die man schon drei Zigaretten bekam — also das kam gar nicht in Frage!

„Packt das Fertige zusammen und liefert ab", sagte Maack zu Kufalt und Monte.

„Und bringt nicht wieder Zwanzigmarkscheine mit — wie soll man denn das Geld teilen?!" verlangte Jänsch.

„Nee, wir bringen es in Tausendmarkscheinen", sagte Monte, und dann zogen die beiden los, jeder kräftig schleppend an fünftausend Adressen.

„Also, Fräulein", sagt Kufalt, „hier sind wieder die nächsten Zehntausend. Herrn Bär brauchen wir wohl gar nicht zu stören, ist alles tadellos in Ordnung. Nur 'ne kleine Anweisung, wenn wir bitten dürften, für die Kasse."

„Nein, Herr Bär möchte Sie sprechen, Herr Meierbeer", sagt das Fräulein. „Die Adressen können Sie hierlassen, und der andere Herr kann auch hierbleiben. *Sie* möchte Herr Bär sprechen. Sie wissen ja den Weg."

Ja, Kufalt weiß ihn, und er geht ihn etwas schweren Herzens.

Jablonski gestern — vielleicht war es also wirklich Jablonski gewesen, und das Geschwätz von Beerboom über das, was er erlauscht hatte — vielleicht hätte man ihm doch die zwanzig Mark geben sollen? Oh, oh, oh — soll man denn nie zur Ruhe kommen?!

Herr Bär sitzt an seinem Tisch, raucht eine Zigarre und blättert in Briefen, er sieht nicht auf, als Kufalt eintritt und höflich guten Morgen sagt.

Ja, er beantwortet diesen Gruß nicht einmal.

Doch, schließlich beantwortet er ihn. „Guten Morgen, Herr Meierbeer. Sie heißen doch Meierbeer?" fragt er.

Kufalt steht stumm. (Also doch, also doch!)

Bär sieht einmal flüchtig seinen Besucher an. „Sie heißen doch Meierbeer, nicht wahr?" sagt er, und er sagt es beinahe drohend.

„Ja", antwortet Kufalt gehorsam.

„Und mit Vornamen?"

„Willi."

„Also, Willi Meierbeer, nicht Giacomo. Also — schön."

Herr Bär betrachtet gedankenvoll seine Zigarre, streicht etwas Asche ab, fragt: „Und wenn ich Sie recht verstanden habe, sind Sie erwerbslos." Er verbessert sich: „Waren Sie erwerbslos, ehe Sie hier die Arbeit bei uns bekamen?"

„Jawohl."

Diesmal eine ganz lange, gedankenvolle Pause.

„Und sonst nichts? — Weiter nichts wie erwerbslos?" fragt Herr Bär plötzlich.

„Weiter nichts", antwortet Kufalt gehorsam.

Es ist eine treffliche Einrichtung, daß Menschen hinter Schreibtischen sitzen und fragen dürfen, Menschen vor Schreibtischen zu stehen und zu antworten haben. Der Gedanke ist vollständig sinnlos, daß Kufalt nun etwa mit Fragen anfinge, wieso der Herr Bär dazu käme und warum und weshalb – sinnlos!

Er hat zu stehen und zu warten, bis Herr Bär sich den Kufalt von oben bis unten angesehen hat und weiterfragt: „Es stimmt doch auch alles, was Sie mir erzählt haben, Herr Meierbeer?"

Kufalt steht einen Augenblick stumm. Er überlegt – aber was hätten Geständnisse für einen Sinn? Geständnisse haben nie einen Sinn, das weiß ein alter Ganove von jeder Vernehmung vor den Krimschen ganz gut.

„Alles stimmt, Herr Bär", sagt also Kufalt.

„Schön, schön", antwortet Herr Bär und nimmt die Beschäftigung mit seinen Briefen wieder auf. „Es stimmt also alles. Es ist alles, wie Sie mir gesagt haben. Und sonst ist nichts, weiß ich von nichts."

„Nein", sagt Kufalt. „Sonst ist gar nichts."

„Also gut. Ich danke Ihnen schön. Das Geld kriegen Sie an der Kasse, Fräulein Becker hat die Anweisung. Guten Morgen, Herr Kufalt."

Erst als die Tür längst zu, Kufalt zehn Schritte weiter ist, merkt er, daß Herr Bär zu Herrn Meierbeer Herr Kufalt gesagt hat. Aber – was soll man dabei machen? Vielleicht hat es sogar Herr Bär sehr nett gemeint, eine Warnung gewissermaßen. Jetzt heißt es die Ohren steifhalten, die Bombe ist am Platzen, aber wollen, wollen können die uns gar nichts!

Das Schlimmste ist nur, daß man mit Monte kein Wort über diese Dinge sprechen kann. Da zottelt er nebenher, eigentlich ein hübscher Mensch mit seinem gewellten, blonden Haar, aber nichts im Schädel als seine Schweinereien. Er nimmt an nichts Anteil, er haßt regelmäßige Arbeit, er sucht immer nach irgendeinem Grunde, abzuhauen ... Kufalt schlottert neben ihm her: Unglückstag, finsterer Tag – was bringst du noch?

Und er ist doch verblüfft, als er die Tür zur Schreibstube

öffnet – und wer steht da, in der Mitte des Raums, umtost von schmetternden Maschinen?

Wer anders als Herr Hausvater Seidenzopf, unser lieber Wolle-Teddy ...?!!

Der fährt herum, als die beiden hereinkommen. „Ah, sieh da, mein lieber Kufalt, Sie hatte ich doch längst vermißt.“

Er stürzt auf Kufalt zu, die Hand herzlich ausgestreckt.

Aber: „Gib dem Mann keine Hand, Willi!“ ruft Jänsch.

„Sprechverbot“, mahnt Maack.

Kufalt kann gerade noch seine Hand, die fast schon die Fingerspitzen Seidenzopfs streifte, zurückziehen. Er geht mit Monte an seinen Platz, er setzt sich, ohne hochzusehen, und fängt an zu packen.

Los – los – los – weiter ... .

„Meine lieben jungen Freunde“, fängt Wolle-Teddy an und steht gar nicht entmutigt in der Mitte des Raumes ...

Und die Schreibmaschinen klappern und klingeln, und Jänsch hat mal wieder weder Rock noch Weste, noch Hemd an ...

„Meine lieben jungen Freunde, ich finde es ja aller Ehre wert, daß Sie sich mit solchem Eifer achtbarer Arbeit widmen – es war da ein böser Verdacht ausgesprochen, gerade gegen Sie, mein lieber Kufalt ... Aber damit ist es ja nun nichts, Gott sei gelobt, dieser Verdacht ist nicht eingetroffen, damit ist nun nichts ...“

Vater Seidenzopf steht in der Mitte des Raumes und reibt sich langsam und genießerisch die Hände. Er schaut dabei um sich, ob ihn vielleicht einer ansieht, aber das tut keiner. Sie tippen und packen.

Der Herr vom Haus Friedensheim macht ein paar Schritte und kommt hinter einen der Schreiber zu stehen. Er sieht über dessen Schulter auf die Maschine, die Typenhebel machen „Klapp-Klapp-Klapp“, Seidenzopf sagt gedankenvoll: „Alles neue Maschinen. Schöne neue Maschinen ... Mercedes ... Adler ... Underwood ... AEG ... Remington ... Smith Premier ... Damit läßt es sich schon schreiben. – Ein Wunder, ein Wunder ...“

Die Blicke von Kufalt und Maack begegnen sich einen Augenblick. Schon spricht Seidenzopf weiter: „Dreihunderttausend Adressen – ein schöner Posten Arbeit – lange Arbeit, anderthalb Monate schätze ich – und was dann?"

Keiner antwortet.

„In Hamburg gibt es solch einen Posten Arbeit zweimal, dreimal im Jahre – und die andere Zeit? Oh, meine jungen Freunde..." Seine Stimme schwillt an, läutet wie eine Glocke, sein schwarzer Bart ist in lauter Löckchen gesträubt... „Oh, meine jungen Freunde, wir von Friedensheim, wir von Presto haben Sie aufgenommen, als Sie aus den Strafanstalten kamen, als Sie ratlos und verzweifelt und fast ohne Geld waren. Wir haben Ihnen zu essen gegeben, eine gute reichliche Hausmannskost, ein Dach über den Kopf, ein geregeltes Leben."

Gesteigert: „Wir von Friedensheim haben Sie erst arbeiten gelehrt, wir haben Ihnen mit unermüdlicher Geduld wieder regelmäßige Arbeit beigebracht – und nun danken Sie es uns so?"

Er ist sehr kummervoll, aufgeregt und kummervoll, weiß Gott, vielleicht glaubt dieses pharisäische Schwein in dieser Minute wirklich an das, was er sagt.

Seidenzopf macht eine Pause. Und als er neu zu sprechen beginnt, erfüllt tiefe, ehrliche Empörung sein Herz. „Und zu welchem Preis werden Sie diese Arbeit übernommen haben, ich frage Sie, zu welchem Preis?! Sie werden ganze zehn Mark bekommen haben, vielleicht nur neun fünfzig, vielleicht nur..."

Er beobachtet die Gesichter: „... vielleicht nur neun Mark – und wir hätten zwei Mark mehr erzielt. Sechshundert Mark mehr Arbeitsverdienst: weggeworfen, von unkundigen Menschen abgeschlossen. Ich werfe es Ihnen nicht vor, aber welch ein Jammer, die Preise werden auf Jahre hinaus gedrückt sein!"

Die Schreibstube ist unruhig, aber Seidenzopf fährt unbeirrbar fort: „Und was wird aus Ihnen selbst nach diesen anderthalb Monaten? Keine Arbeit – und die Fürsorge-Verbände, nun, die Wohlfahrtsämter und Heime, das sind *wir* ja, mit *den* Herren arbeiten wir ja, mit denen sprechen wir ja zuerst. Auskünfte, Recherchen, Nachfragen..."

Er schüttelt den Kopf, plötzlich brüllt er los wie ein wütender Löwe: „Angewinselt werden Sie zu uns kommen, auf den Knien werden Sie gerutscht kommen zu uns: Geben Sie uns doch ein Dach, Vater Seidenzopf, geben Sie uns ein warmes Essen! Um Gottes willen, helfen Sie uns, Vater Seidenzopf, wir können doch nicht verrecken! – Aber dann werden wir ..."

Was wir tun werden, geht in einem allgemeinen Tumult unter. Fast alle sind aufgesprungen von ihrer Arbeit, sie schreien mit zuckenden Lippen, sie werfen ihm ihre Beschuldigungen ins Gesicht.

„Speckjäger, dich mästen an uns!"

„Vier Mark fünfzig zahlst du uns fürs Tausend!"

„Wenn es euch nicht paßt, schmeiß ich euch raus, es gibt ja so viele Arbeitslose!"

„Schlagt dem Schleicher doch in die Fresse!" (Jänsch.)

„Hängt ihn an den Beinen zum Dachfenster hinaus!" (Oeser.)

„Richtig, da wird er schon winseln!" (Kufalt.)

„Ruhe!" schreit Maack. Und dann noch ein paarmal: „Ruhe!"

Er durchdringt die Gruppe, die wild gestikulierend sich um den bleichen, aber nicht sehr verängstigten Seidenzopf geballt hat, und sagt: „Herr Seidenzopf, jetzt gehen Sie!"

„Aber gar nicht gehe ich!" brüllt Wolle-Teddy. „Euch muß man ins Gewissen reden! Ihr müßt es einsehen: Kehrt zurück zu uns, und alles ist vergeben ..."

„Los!" sagt Maack zu Jänsch.

Und sie fassen Vater Seidenzopf jeder an einem Arm und führen ihn gegen die Tür. Seidenzopf aber schreit weiter: „Wer innerhalb drei Stunden zu uns zurückkehrt, wird ohne weiteres wieder aufgenommen. Wer als erster kommt, wird Schreibstubenhilfsvorsteher bei Herrn Jauch!"

Die Tür fällt zu, man hört nur noch Geschrei auf der Treppe. Dann kommen Maack und Jänsch wieder zurück.

„So", sagt Maack, und sein weißes Gesicht zuckt. „So." Er sieht sich um, er sagt: „An die Arbeit. Wir müssen unsere Zehntausend schaffen. Jetzt gerade! Sprechverbot."

Er sieht alle noch einmal an. Er sieht Jänsch an und nickt ihm zu. Er sagt leise, aber drohend: „Oder will jemand das

Angebot von Herrn Seidenzopf annehmen? Bitte schön!
Dann aber gleich."

Alle gehen an ihre Arbeit.

12

Natürlich, aber es ist unvermeidlich, daß in der Mittagspause alle von diesem großen Ereignis reden. Sie sind sehr
stolz darauf, daß sie den hohen Herrn Seidenzopf, noch vor
kurzem Gebieter über Gedeih und Verderb, so haben ab-
fahren lassen . . .

„Das hätte ihm so gepaßt, wenn wir uns in 'ne Streiterei
eingelassen hätten!"

„Wenn der sich einbildet, er kann uns alles sagen . . .!"

„Der kann warten, bis wir kommen."

„Angewinselt — wer wohl zuerst winselt!"

„Fein, wie ihr ihn rausgebracht habt, richtiger Polizeigriff.
Wolle-Teddy — ab dafür!"

„Der kommt nicht wieder!"

„Das mach dir bloß ab! Natürlich kommt der wieder. Dreihunderttausend — dafür läuft der sich die Absätze schief."

„Vielleicht kommt als nächster Jauch."

„Au schnafte, wenn der losbullert, lach ich mir 'nen Ast."

„Den Jauch wird der Marcetus schon nicht schicken, der
weiß doch auch, daß der bloß ein Bulle ist!"

„Wenn nun Marcetus selber kommt . . .?"

Lange betretene Pause.

Eine etwas unsichere Stimme: „Ausgeschlossen, viel zu
fein dafür."

„Möglich ist es doch!"

„Möglich ist alles, aber ich glaub's nicht."

„Halten wir eben auch den Rand, der wird schon gehen,
wenn ihm keiner antwortet."

Aber doch sind die Gesichter etwas bedenklich. „Marcetus — nee, hoffentlich nicht, der ist ein schlaues Aas."

„An die Arbeit, die Herren", sagt Maack. „Höchste Zeit,
wir müssen reinhauen wie die Wilden."

Das Geschmetter der Maschinen will einsetzen, hebt an,
stolpert und — Stille!

Alle sehen auf einen Platz, auf einen Platz an einer Schreibmaschine, und der Platz ist leer!

Alle sehen sich um im Zimmer, aber im Zimmer blieb keiner übrig für diesen leeren Platz.

Einer pfeift lang, gedehnt.

„Ahoi! Ahoi! Mann über Bord!"

„Wo ist Sager?"

„Wollte Bier holen!"

„Hilfsstubenvorsteherschreiber!"

„Stubenvorsteherhilfsschreiber!"

„So ein Schwein, na warte!"

„Ahoi! Ahoi! Mann über Bord! Ahoi! Ahoi!"

„Kameraden . . .", fängt Maack an und schluckt mühsam.

„Ach scheiß, Kameraden!" schreit das wilde Tier Jänsch wütend. „Ich scheiß auf die Kameradschaft. Lumpen!" schreit er. „Ganoven! Da ist die Tür! Kufalt, mach die Tür auf, laß sie offen, breit offen: So, stellt euch alle mit dem Rücken zur Tür an die Wand! Schön weit auseinander, daß ihr euch nicht berührt! Arm gewinkelt vor die Augen! Wer guckt, kriegt von mir eine geschallert. – Nun . . .!" Er brüllt. „Raus mit euch Ganoven, mit euch Lumpenmännerchen, mit euch Feiglingen – haut ab, keiner sieht euch in eure Verräterfresse, gut könnt ihr jetzt abhauen, keiner sieht hin, geht auf Zehenspitzen! Ab!"

Pause, lange Pause, sie stehen blind und dunkel an der Wand. Knackt eine Diele? Ging einer? Schlich einer? Oh, verlorene Kindheit, verlorener Glaube an den Mitmenschen! Jänsch schnauft, er ruft: „Bist du schon weg, Monte? Du kriegst auch einen fetten Druckposten bei denen!"

„Stubben, dämlicher!" piepst Monte.

Der ist also jedenfalls noch da.

Und Jänsch, in seinem tiefsten Baß, doch schon erlöster: „Mich möchste woll, Pupenjunge?!"

Schallendes Gelächter – und die Augen sehen wieder, sehen neu ins Sonnenlicht, erkennen einander: Nein, es ist keiner mehr fortgeschlichen, sie bleiben beieinander.

„Na", brummt Jänsch, „wir werden ja morgen früh sehen, wer sich die Sache noch mal beschlafen hat. Ich trau keinem mehr."

„Trauen – hab ich nie getan."

„Alle Menschen sind Schweine."

„Hör zu", sagt Maack zu Jänsch. „Es ist doch besser, du übernimmst von jetzt an das Schreibstubenkommando. Du machst das besser als ich, Jänsch."

„Bist zu fein, Maack", sagt Jänsch mißbilligend. „Ich denk immer: Fein kommt von dünn. Alles Scheiße. Also nun los, Kufalt, du mußt mit tippen, nimm dich ein bißchen zusammen, verstehste?!"

„Ja", sagt Kufalt.

„Und ich?" jammert Monte. „Ich kann doch nicht zehntausend alleine packen?"

„Wärst du vorhin aus der Tür getrudelt", sagt Jänsch. „Na, laß man, reg dich bloß nicht künstlich auf. Wir helfen dir alle heute abend. Los!"

Und nun geht es wirklich los.

Kufalt, wieder einmal an der Maschine, an einer schönen neuen Maschine, ist glücklich. Glücklich und unruhig.

Glücklich, denn die Finger tanzen los, kaum hat das Auge die Adresse auf der Kartothekkarte erwischt, tanzen, fehlerlos, und weiter, weiter. Wo ist die letzte Nacht? Versunken, vergessen, er wird einfach umziehen, aus, Liese, aus! Das ist das Gute im Leben: Immer wieder kommt etwas anderes, man braucht sich nicht an das Vergangene zu hängen, vorbei, vorbei!

Wie die andern hat er die Umschläge zu Hunderten gebündelt neben sich liegen. Er reißt eine Schlaufe durch, sein Nachbar, der Fasse, hat vor drei oder vier Umschlägen seine Schlaufe zerrissen – und als Kufalt mit seinen hundert durch ist, hat Fasse noch ein paar Umschläge nach. Ach, Kufalt ist hoch in Form, es sind seltsame Dinge, aber so ist es, man weiß nichts voraus, heute hätte es schlecht gehen müssen, und heute geht es gut. Er ist glücklich.

Aber unruhig. Und unruhig sind alle andern auch. Soviel Geräusper, Stocken, nachdenkliches Pfeifen, Summen hat es noch nicht gegeben bei ihnen. Gut, Seidenzopf ist dagewesen, er hat gedonnert und gedonnert, aber darum ist das Gewitter noch nicht vorbei – der Blitz ist nicht niedergefahren. Sager war kein Blitz, Seidenzopf war kein Blitz ... Immer noch steht das Gewitter am Himmel – wann kommt der Blitz?

Punkt fünf Uhr fünfunddreißig fuhr der Blitz aus dem Himmel. Punkt fünf Uhr fünfunddreißig klopfte es hart gegen die Tür.

Maack (natürlich Maack, als ob er noch Schreibstubenvorsteher wäre!) rief „Herein", die Gesichter drehten sich zur Tür, eintrat Pastor Marcetus.

„Guten Abend", sagte er und ging drei, vier Schritte bis in die Mitte des Raums.

„Guten Abend", sagten ein paar, gehorsam, halblaut, und verschluckten sich dabei.

Vier (Maack, Kufalt, Jänsch, Deutschmann) wandten sich wieder an ihre Arbeit, die Maschinen fingen wieder an zu tippen und . . .

Und „Ruhe", sagte Marcetus. „Ruhe!!!"

Drei (Maack, Kufalt, Jänsch) tippten doch weiter.

„Ruhe!" sagte der Pastor ein drittes Mal. „Sie werden doch soviel Anstand besitzen, Ruhe zu halten, wenn ich fünf Minuten zu Ihnen sprechen möchte. Ja?"

Einer (Einer! Nämlich Jänsch) tippt weiter, vertippt sich, tippt wieder los, es klingt so dünn, so verloren in dem großen Raum, der eben noch so laut war — Jänsch sagt wütend: „Ach scheiß!" Und auch seine Maschine verstummt.

„Richtig!" sagt der Pastor scharf zu Jänsch. „Außerordentlich richtig. Sie haben sich schön hineingeritten."

Er schweigt wieder, Jänsch brummt böse, der Pastor sieht sich um und sagt sehr höflich: „Herr Monte, überlassen Sie mir bitte für fünf Minuten Ihren Stuhl — ich bin ein alter Mann."

Monte springt gehorsam und ein bißchen rot auf, Jänsch brummt noch böser, aber er hindert Monte nicht, den Stuhl in die Mitte des Zimmers zu setzen.

„Danke schön", sagt Marcetus freundlich und setzt sich. Er setzt sich ruhig hin und sieht sich im Kreis um. Kufalt kommt es vor, als werde er besonders eindringlich und mit einem besonderen Stirnrunzeln angesehen.

„Nun . . .", sagt der Pastor langgedehnt.

Aber nichts erfolgt.

Der Geistliche hat seinen schönen schwarzen steifen Haarhut in der einen Hand, ein gutes großes weißes Leinentuch in der andern. Er fährt sich mit dem manchmal leicht über das Gesicht. Ein rosiges, volles Gesicht mit einem ausdrucks-vollen Mund und einem starken Kinn. (Die um ihn sitzen, haben alle ein schwaches Kinn, bis auf Jänsch, der nun wie-der eine andere Art starkes Kinn hat, mehr ein Boxerkinn.)

Und Jänsch ist es also auch, der da schließlich sagt, brum-mig und böse: „Bitte, Herr Pastor, wir müssen arbeiten, wir haben nicht soviel freie Zeit wie Sie."

Der Pastor geht darauf nicht ein, er sagt vielmehr zu Jänsch: „Sie sind hier der Obmann, ja? Der Schreibstuben-leiter? Oder ist es nicht vielmehr Herr Maack?"

„Sager hat Sie angelogen", grinst Jänsch. „Ich bin hier der Vorsteher."

„So", sagt der Pastor und denkt nach. Noch einmal: „So." Er überlegt gründlich. Dann fragt er: „Dann erledigen Sie hier also alles: Auszahlen, Verrechnen und so weiter?"

Auch Jänsch überlegt. Er sieht einmal rasch zu Maack hin-über, aber der Pastor folgt so aufmerksam diesem Blick, daß die beiden sich nicht verständigen können.

So sagt Jänsch mürrisch: „Ja, tu ich."

Der Pastor sagt sanft: „Dann nehme ich an, daß dieser Gewerbebetrieb von Ihnen korrekt bei der Gewerbepolizei angemeldet worden ist."

Stille.

„Und daß der Lohnabzug für Einkommensteuer von Ihnen richtig verrechnet worden ist, ja?"

Stille.

„Und daß die Anmeldungen zur Krankenkasse erstattet sind? Und die Marken geklebt?"

Ziemlich lange Stille.

Der Pastor sieht nicht mehr die Gesichter seiner Leute an, er schaut nachdenklich und gütig in den blauen Sommer-himmel, der ganz durchgoldet ist.

Dafür sehen sich die sieben untereinander an, sehr flüchtig nur, es liegt so was in der Luft ...

„Wir danken Ihnen verbindlichst, Herr Pastor", sagt Maack höflich, „das kann alles noch erledigt werden. Heute ist ja erst der dritte Tag."

„So", sagt der Pastor.

„Man hat nämlich drei Tage Frist", sagt höflich Jänsch. „Und ohne Ihren Wink hätte ich es vielleicht vergessen."

„So", sagt der Pastor noch einmal. Und es ist ihm anzumerken, daß er nicht mehr ganz so zufrieden ist.

„Mein Geschäft", fängt der Pastor neu an, „ist ein undankbares Geschäft. Jeder von Ihnen kommt sich ständig von mir übervorteilt vor. Sie sehen nur, wir nehmen elf ein und geben Ihnen bloß sechs . . ."

„Vier fünfzig", sagt Jänsch.

„Vier fünfzig", bestätigt auch der Pastor. „Sie denken nie daran, daß wir die Miete für die Büros bezahlen müssen und die Heizung und Licht und daß die Schreibmaschinen sich verbrauchen und daß wir Sie durch arbeitsarme Zeiten durchschleppen . . . Ihr Arbeitsverdienst, oh, mein guter Herr und Gott!" Er lacht bitter. „Sie denken immer, ich tu nichts, als Sie alle Wochen ein-, zweimal anbellen. Und dabei sitze ich den ganzen Tag und schreibe Bettelbriefe für Sie, ich sammle Gönner, Stifter und Mitglieder. Der gibt fünf Mark, der gibt zehn Mark, achthundert solche Beiträge, tausend solche Beiträge im Jahre – davon lebt das Werk . . ."

„Und sein Pastor", ergänzt Jänsch.

„Und sein Pastor", bestätigt Marcetus. „Sie, die Sie so sehr dafür sind, daß jede Arbeit nach ihrem Wert bezahlt wird, Sie werden doch nicht wollen, daß ich ohne Entgelt arbeite?"

„Hören Sie zu, Herr Pastor", sagt Maack langsam. Er ist sehr weiß, seine Brille rutscht wieder einmal, er schiebt sie mit einem Ruck auf den Nasensattel zurück. „Das mag alles gut und schön sein, was Sie da erzählen, wir wollen uns nicht mit Ihnen streiten, aber . . .", und Maack erhitzt sich, „. . . aber warum lassen Sie uns nicht allein unsern Weg gehen? Wir haben 'ne eigene Arbeit gekriegt, wir tragen doch das Risiko, wenn's uns dreckig geht, zu Ihnen kommen wir sicher nicht wieder gelaufen – also lassen Sie uns. Jetzt macht es uns Freude, bei Ihnen hat es uns nie Freude gemacht. Kommen Sie doch nicht her mit Drohungen, Kippe oder Lampen kennen wir alle. Lassen Sie uns nur laufen, wir tun Ihnen ja auch nichts."

„Richtig", sagt Jänsch, und ein paar andere murmeln beifällig.

„Ich will nicht davon reden", sagt der Pastor, „daß wir Sie erst zu flotten Maschineschreibern ausgebildet haben. Ich will nicht davon reden, wie unfair ich das finde, daß Sie unsere Kundenadressen ausspionieren. Ich will nicht davon reden, wie verwerflich das ist, daß Sie unsere tarifmäßigen Preise unterbieten. Ich will Ihnen nur sagen, daß keiner von Ihnen an das erhoffte Ziel kommen wird, daß für Sie alle dieser Akt der Undankbarkeit der Anfang zu Verderben und neuen Straftaten sein wird . . ."

„Als wie woher?" höhnt Jänsch ganz ungerührt.

„Weil Sie . . ." Aber der Pastor bricht ab und steht auf. „Da sind diese neuen Schreibmaschinen, sie glänzen, sie blitzen, sie sind hübsch sauber, sehr schön . . . Wie sind die gekauft, he, wie sind die gekauft?"

Einen Augenblick Stille.

Dann sagt Jänsch: „Auf Stottern, denk ich."

Sie wollen losbrechen mit Lachen, da bricht der Pastor los mit Wut: „Auf Betrug sind die gekauft, auf gemeinen strafwürdigen Betrug!"

Kufalt steht da, ja, er wird angesehen, flammend, böse, angstvoll, verderbend wird er angesehen . . .

Und dann fährt der Pastor fort: „Als Herr Seidenzopf von Ihnen zurückkam und die Mär von den funkelnagelneuen Schreibmaschinen berichtete, haben wir natürlich die Sache sofort der Polizei übergeben. Die Erhebungen sind noch nicht abgeschlossen, aber es ist schon festgestellt worden, daß sämtliche Schreibmaschinen von dem gleichen mittellosen Burschen gekauft worden sind, und drei Geschädigte haben bereits Strafantrag gestellt . . ."

Lange, lange Stille.

Der Pastor sieht Kufalt flammend an. „Ja, da wird Ihnen angst, da möchten Sie weg, aber nun ist es zu spät. Ich habe Sie gewarnt, Kufalt, immer wieder habe ich Sie gewarnt." Er ruft laut: „Herr Specht, bitte, Herr Specht!"

Und die Tür geht auf, und durch die Tür kommt ein Mann, ein breiter, untersetzter Mann, mit einem grauweißen Wachtmeisterschnurrbart, dicken, buschigen, weißen Brauen und einer Glatze über den ganzen Kopf.

„Das ist der Kufalt, Herr Kriminalsekretär Specht", sagt Pastor Marcetus.

„Also kommen Sie mal mit, Herr Kufalt", sagt der Sekretär gemütlich. „Kommen Sie ruhig und ohne Zicken mal mit."

Er faßt Kufalt leicht am Oberarm, die Gesichter der andern sehen sehr weiß auf ihn hin, dann sind sie weg, und die Tür kommt näher und näher (sagt denn kein einziger ein Wort zu mir?!) − und die Tür geht auf, und die Tür geht zu, und das Treppenhaus − und da tönt von innen eine starke, feste Stimme: „Und nun, meine jungen Freunde, können wir . . .“

Vorbei, verloren. − Verloren, vorbei.

13

Als Kufalt erwacht, glaubt er zuerst noch zu träumen. Es war ein widriger, böser Traum, der ihn heimgesucht hatte. Diese Nacht: Immerzu war er verfolgt und floh und versteckte sich sinnlos, wo ihn alle sahen. Oder er wurde angeklagt und mußte sich rechtfertigen, und während er immer beschwörender sprach, kniffen sie die Augen ein und feixten einander an und hörten nicht zu . . .

Kufalt hatte das Gefühl, als hätte er geweint, als sei sein Kopfkeil naß noch von Tränen, und . . . und hatte er nicht geschrien: „Laßt mich gehen, laßt mich gehen allein!“ −? Ja. Ja. Ja und ja. Aber nun ist er erwacht, ein fahles, graues Licht liegt in der engen Zelle, und direkt vor ihm, fast über seinem Gesicht, sieht er zwei Ungeheuer, Urwelttiere, bewehrt, wie bereit zum Angriff auf ihn. Braunrot mit flachem, gepanzertem Körper, die Fühler gegen ihn gerichtet, den gierigen Schnabel auf ihn zu, hocken sie über ihm wie Gespenster, wie drohende Dämonen − und sein Geist, der aus den düsteren Schluchten des Traumes kommt, müht sich zu verstehen: wieso . . .?

Und dann spürt er das brennende Jucken an Armen und Beinen, er bewegt ein wenig den Kopf, die Bettdecke verrutscht, und die Tiere auf ihr verschwinden eilig . . .

Wanzen, denkt er. Natürlich wieder mal Wanzen, die haben noch gefehlt. Alles kommt wieder zusammen − wo gibt es ein Polizeigefängnis ohne Wanzen?

Er springt auf und wäscht sich. Er betrachtet seinen Körper, der nun schon wieder gezeichnet ist wie vor . . .? Er fängt an zu rechnen: Wie lange ist er draußen gewesen? Einhundertundzwei Tage! Einhundertzwei Tage, und nun wieder drin! Recht so. Wozu hat er sich abgestrampelt...?

Er läuft auf und ab in der schmierigen Polizeigefangenenzelle, mit den braunen Flecken an den Wänden von zerdrückten Wanzen. Er könnte ja jetzt auf die Wanzenjagd gehen, damit wenigstens die nächste Nacht etwas ruhiger wird – aber was hat Wanzenjagd für einen Zweck? Was hat eine ruhige Nacht für einen Zweck?

Gar keinen, Dussel!

Der Herr Specht, der Herr Kriminalsekretär Specht hat gestern abend nur so ein kleines Protoköllchen aufgenommen und dabei gegrinst. „Na, natürlich, alter Junge, betrügerische Absicht haben Sie nicht gehabt – nee, nee, wie denn? Wieso denn? Sechs Schreibmaschinen – hundertachtzig Emm haben Sie von Ihrem Arbeitsverdienst abzahlen wollen, jeden Monat... Glaub ich Ihnen, glaub ich Ihnen alles! – 'ne Zigarette möchten Sie? Aber doch nicht, wenn Sie mir solchen Stuß erzählen, da muß man schon ein bißchen auspacken, alter Junge, wenn man 'ne Zigarette geschenkt haben will! Das wissen Sie doch von früher, wo Sie fünf Jahre Knast geschoben haben. Zigarette? Von nichts kommt nichts."

Ja so, ja so, der alte Ton, die alte Melodei – es fängt alles wieder von vorne an, und vielleicht sitzt Beerboom im selben Haus, zehn Zellen weiter, und wird auch vorgeführt und auch von Wanzen geplagt und Rübe ab oder Zet lebenslänglich – und freut sich, der Affe...

Und Liese. Da haben sie sicher längst Haussuchung gemacht und seine schönen Sachen durcheinandergeworfen, und sie hat womöglich gedacht, sie kommen *deswegen*. Und sie hat alles verquatscht, und sie kommen gar nicht deswegen, sondern seinetwegen, und sie erzählt den ganzen Kohl wegen Beerboom. Und dann geht noch *das* Trara los, und die halten ihn ewig in Untersuchung...

Und, o Gott, mein himmlischer Vater, an den Wänden möchte man hochgehen, am Bettbein möchte man sich aufhängen, und soviel Sorgen gibt's gar nicht, wie ich in den letzten vier Monaten gehabt habe, und wenn einer einen Löffelstiel verschluckt, damit er ins Krankenhaus kommt und 'ne nette Operation hat, die aasig weh tut – ich verstehe das, ich versteh alles! Wenn der Bauch so weh tut, daß man immerzu brüllt, kann man keine Sorgen im Kopf haben . . .

O Augen, die trocken brennen.

Ratsch, bumm und der Riegel. Knack, knack, knack und das Schloß.

Habachtstellung unter dem Fenster.

Eine graue Wachtmeistervisage.

„Sie heißen?"

„Willi Kufalt!"

„Wilhelm Kufalt!"

„Nee, Willi Kufalt."

„Mitkommen!"

Die Gänge und die Eisentreppen und die Eisentüren mit ihren ewig knackenden Schlössern und die Wachtmeister, die laufen („der Wachtmeister ist ein Renntier!"), und die Kalfaktoren, die scheuern und wienern — : alles wie einst!

Ein großes düsteres Zimmer mit blinden Fenstern, mit häßlichen gelben Aktenregalen. Und an einem Schreibtisch sitzt ein großer starker Mann mit frischen Farben, ein paar Durchzieher in der Backe, eine blonde, steile Haarbürste über dem Schädel, und raucht eine ungeheure schwarze Zigarre.

Gott sei Dank, kein Specht, keine Kriminalerfresse, denkt Kufalt. Gott sei Dank, schon der Richter.

„Polizeigefangener Wilhelm Kufalt", meldet der Wachtmeister.

„Gut", sagt der große Mann. „Ich klingele dann, Wachtmeister. Setzen Sie sich, Kufalt."

Kufalt tut es.

Der Mann blättert. „Was Ihnen vorgeworfen wird, Herr Kufalt, das wissen Sie ja. Nun erzählen Sie mir mal, wie Sie, der Sie fast mittellos sind, dazu gekommen sind, in sechs Geschäften auf Ihren Meldeschein sechs Schreibmaschinen zu kaufen. Wozu brauchen Sie sechs Schreibmaschinen?"

Und Kufalt fängt an zu erzählen. Er erzählt erst schwer und stockend, er muß immer wieder zurück, er sieht, er muß ganz am Anfang anfangen, eigentlich bei der Entlassung, eigentlich noch vor der Entlassung, damit man alles versteht.

Aber diesem Mann da kann man schon erzählen. Zum ersten macht er keine Notizen, sondern hört zu. Und zum zweiten kann er richtig zuhören, Kufalt merkt, er hat noch keine feste Meinung von der Sache. Der Specht war gleich überzeugt, Kufalt sei ein Betrüger, dieser noch nicht.

Er erzählt und wird immer wärmer, siehe da, es ist ganz gut sogar, hier einmal zu sitzen und einem Menschen alles erzählen zu können. Aber dann ist er fertig, plötzlich ist er fertig, wie leergelaufen, und etwas hilflos und etwas abwartend sieht er den Richter an.

„Na ja", sagt der und betrachtet nachdenklich den Aschenkegel seiner Zigarre. „Na ja, so rum kann man es auch erzählen. Herr Pastor Marcetus und seine Herren erzählen es ein bißchen andersherum."

„Ach die!" sagt Kufalt verächtlich und fühlt sich plötzlich sehr überlegen. „Die haben ja nur eine Wut im Bauch, weil ich ihnen die Arbeit weggeschnappt habe!"

„Das wollen wir nun doch lieber nicht behaupten", sagt der Richter streng, „daß diese Herren aus Konkurrenzgründen wissentlich falsch über Sie aussagen. Nein, so etwas wollen wir lieber nicht sagen."

Und der Richter sieht Kufalt tadelnd an.

Kufalt ist plötzlich wieder ganz klein. Natürlich hat er eine Dummheit gemacht, der Richter und der Pastor, das sind beides Studierte. Und Studierte glauben zuerst einmal nur das Beste voneinander. Namentlich, wenn da so ein kleiner Vorbestrafter sitzt.

„Hören Sie einmal zu, Herr Kufalt", sagt der große Mann. „Sie wissen doch Bescheid. Sie sind doch lange genug in Strafhaft gewesen, um zu wissen, wie leicht ein Mensch in was reingerät."

„Ja!" sagt Kufalt mit Überzeugung.

„Und Sie wissen ebensogut, daß ein Mensch wie Sie doppelt vorsichtig sein muß. Doppelt . . .? Hundertfach!"

„Ja, das weiß ich."

„Wenn ich nun selbst voraussetze, daß alles, was Sie mir erzählen, wahr ist — sind Sie dann nicht unendlich leichtsinnig gewesen? Sie hafteten doch für das Geld, Sie allein laut Ihrer Unterschrift für alle sechs Maschinen — und Sie hatten doch nicht annähernd soviel Mittel und auch nicht soviel Einnahmen zu erwarten, um für solch eine Summe gradezustehen."

„Aber wir hatten doch ausgemacht, daß es allen andern auch gleichmäßig vom Verdienst abgezogen werden sollte!"

„So! Und heute, wo Ihre Schreibstube aufgeflogen ist und kein Verdienst mehr kommt, von dem man abziehen könnte, wie bezahlen Sie da nun?"

Kufalt windet sich. „Wenn Herr Pastor so gemein ist und macht uns die Arbeit unmöglich..."

„Seien Sie kein Narr", sagt der Richter streng. „Gebrauchen Sie Ihren Verstand. Was geht das die Verkäufer an? Sie haben zwölf Monate lang hundertachtzig Mark im Monat zu zahlen, wie wollen Sie das jetzt machen?"

Kufalt hat eine Erleuchtung: „Dann gebe ich die Maschinen einfach zurück. Es steht drin im Kaufvertrag, daß die Maschinen zurückgegeben werden müssen, wenn ich nicht pünktlich zahle."

Der Richter lehnt sich vor. „Und wenn die Maschinen nun weg sind? Verstehen Sie, wenn die geklaut sind?"

Kufalt sagt ungläubig: „Unsere Maschinen werden doch nicht geklaut!"

„Heute nacht", sagt der Richter mit Bedeutung, „heute nacht ist in Ihre Bodenstube eingebrochen worden. Die Diebe haben sich vier Maschinen eingepackt.. .."

Kufalt hockt da, er denkt angestrengt nach. Die Lumpen, es kann nur einer von uns gewesen sein – wer kann es bloß gewesen sein? Fasse? Oeser? Monte? O Gott, oder etwa der Schreibstubenhilfsvorsteher Sager?! Und die hier denken womöglich, ich steck mit ihnen unter einer Decke. Verloren ... verloren...!

Er sieht den Richter verwirrt an.

„Und was machen Sie nun, Herr Kufalt?"

„Ich...", sagt Kufalt und reckt sich, „ich geh wieder ins Gefängnis. Es hat alles keinen Zweck, ich seh es schon ein, ich geh wieder rein... Meinethalben... mir macht es nichts, mir kommt es nicht mehr darauf an..."

Der Richter beobachtet ihn scharf. „Und warum haben Sie sich bei der Firma Gnutzmann ‚Meierbeer' genannt, Herr Kufalt? Ist eine Sache sauber, legt man sich doch keinen falschen Namen bei."

„Damit die auf der Schreibstube nicht merkten, ich hatte den Auftrag gekriegt", sagt Kufalt und steht auf. „Aber es hat keinen Zweck, Herr Richter. Lassen Sie mich wieder in die Zelle. Ich hab eben immer Pech."

„Pech haben Sie?!" fragt der Richtig bissig. „Unverdientes Glück haben Sie. Wenn man in so 'ner Lage ist wie Sie, dann macht man nicht solche Geschichten. Dumm sind Sie, leichtsinnig sind Sie, unüberlegt sind Sie. Damit kommt man nicht weiter. Immer unzufrieden, immer meckern, immer was anderes. Sie saßen da ganz gut und sicher auf Ihrer Schreibstube, das ist nun doch wohl wahrhaftig nicht so schlimm, wenn man mal angeschnauzt wird ... Aber natürlich: Abenteuer, einen Haufen Geld verdienen ..." Er ist sehr ungnädig. „Ausbimsen und Abenteuer, solch ein grüner Bengel...!"

Kufalt steht da, ein unruhiges Gefühl ist in ihm — er wird ausgeschimpft, schön, aber er spürt, hinter diesem Schelten steht etwas anderes, etwas Gutes ...

„Den Herrn Sekretär Specht haben Sie wohl nicht verknusen können?" fragt der Richter. „Er hat mir erzählt, Sie haben sich bei der Vernehmung ganz wie ein großschnäuziger alter Ganove benommen."

„Der Herr Specht hat aber auch wie ein richtiger Kriminaler zu einem richtigen Ganoven mit mir gesprochen. Nicht so wie Sie, Herr Richter", sagt Kufalt listig.

„Ach was! Der Specht hat Sie gerettet, nur der Specht. Der hat gestern abend noch die Kaufverträge gesucht, und weil er sie in Ihrer Wohnung nicht fand, ist er noch nachts in Ihre Bodenkammer gelaufen, und da hat er wohl die Kaufverträge gefunden, aber erst später. Vorher hat er noch was anderes gefunden — was wohl?"

„Die Einbrecher ..."

„Und wer sind wohl die Einbrecher gewesen?"

„Ich weiß doch nicht ...", stammelt Kufalt.

„Sie wissen schon. Na, zeigen Sie mal, ob Sie wenigstens eine Ahnung haben, wer Ihre Freunde und wer Ihre Feinde sind ..."

„Ich ...", fängt Kufalt an und schweigt wieder.

„Na bitte", sagt der Richter.

„Fasse", sagt Kufalt.

„Oeser", sagt Kufalt.

„Monte", sagt Kufalt.

„Sager", sagt Kufalt gesteigert.

„Maack", sagt der Richter.

„Jänsch", sagt der Richter.

„So, und nun wissen Sie Bescheid. Ihr Glück war es, daß der Specht darüber zukam. Und Ihr Glück war es, daß die Kaufverträge da bei Ihnen aufbewahrt waren auf dem Büro und daß der saubere Herr Maack so eine Art Tilgungsplan dazu geschrieben hatte, was jeder von Ihnen abzubezahlen hatte ... Daß er sich's nachher anders überlegt hat – ein Lump, Ihr Freund, Kufalt, ein erbärmlicher Lump."

„Sein Mädchen erwartet ein Kind", sagt Kufalt.

„Ich will Ihnen etwas sagen", antwortet der Richter und ist nun wirklich wütend. „Das ist Duselei von Ihnen, das ist Schwäche, das ist blanke Dummheit von Ihnen. Entweder wollen Sie raus aus dem Dreck oder nicht. Ja?"

„Ja", sagt Kufalt.

„Also!" sagt der Richter. „Die Schreibmaschinen werden heute durch die Polizei den Verkäufern zurückgegeben, und dann werden ja auch die Strafanträge zurückgezogen werden. So lange müssen Sie noch warten. Aber ich denke, heute abend oder morgen früh können wir Sie entlassen."

Sechstes Kapitel

SELBST IST DER MANN

1

Ein junger Mann geht die Mönckebergstraße entlang. Unter jedem Arm einen großen Karton, drängt er sich eilig durch die Leute, die hier an diesem schönen Herbstmorgen bummeln, stehenbleiben, Schaufenster ansehen, in Läden eintreten und weitergehen – drängt er sich eilig, mit gesenktem Kopf.

Am Warenhaus Karstadt erfaßt sein Blick von der Seite den Schimmer eines großen Schaufensters voll strahlender Toiletten, seidiger Glanz von Frauen, sanfte Helle.

Der junge Mann geht hastiger, er sieht nicht noch einmal zur Seite, steuert vorbei an dieser Klippe. Drei Häuser weiter steht das große Bürohaus, das sein Ziel ist. Zum Portier murmelt er: „China-Export", verschmäht Aufzug und Paternoster und klimmt eilig die Treppe hinauf.

Im Ausstellungssaal, voll von Kristall, Stoffen, Buddhas, Porzellan, ist es um diese Morgenstunde noch still. Ein einziger Lehrling, ein kleiner untersetzter Bengel mit abstehenden Ohren, so glührot, als habe ihn eben erst sein Chef daran gerissen, wedelt dort mit einem Flederwisch herum.

„Bitte?" fragt der Lehrling.

„Zu Herrn Brammer", sagt Kufalt. Und: „Danke, ich weiß schon den Weg."

Er geht durch zwei Büros, in denen Mädchen an ihren Schreibmaschinen sitzen, und kommt in ein drittes. Dort waltet Herr Brammer hinter einer langen, knatternden, klingelnden Buchungsmaschine, zwischen vielen bunten Karten und Avisen.

„Die letzten zweitausend, Herr Brammer", sagt Kufalt.

Herr Brammer ist auch noch ein junger Mensch, mit einem

frischen Gesicht, blonden Haaren und der zu kurz geratenen Oberlippe der Hamburger.

Herr Brammer drückt auf ein paar Tasten, der Wagen ruckt, knattert, klingelt, spuckt eine Karte aus. Herr Brammer liest sie stirnrunzelnd und sagt: „Legen Sie immer hin."

Kufalt tut es.

„Die Zahl wird ja stimmen, was?"

„Die stimmt", sagt Kufalt.

„Na schön", sagt Herr Brammer, legt die Karte aus der Hand, fischt irgendwo aus dem Hintergrund ein Quittungsformular, schreibt es aus, gibt es Kufalt nebst einem Kopierstift, und schon hat Kufalt einen Zehnmarkschein in der Hand.

„Danke schön", sagt Kufalt.

„Wir danken auch", sagt Herr Brammer mit Nachdruck. Er sieht sich nach seiner Maschine um, dann Kufalt an und sagt höflich lächelnd: „Also guten Morgen, Herr Kufalt."

„Guten Morgen, Herr Brammer", sagt Kufalt auch höflich. Aber er geht noch nicht ganz, trotzdem dies sichtlich von ihm erwartet wird, er fragt zögernd: „Sonst wäre weiter nichts?"

„Nichts", sagt Herr Brammer.

„Nein, nein", sagt Kufalt hastig.

„Der Chef will vorläufig weiter keine Propaganda machen, Sie verstehen: bei diesen Zeiten!"

„Ich verstehe", sagt Kufalt. Er hat im Hintergrund die Geldkassette entdeckt, es scheint eine ganze Menge Geld darin zu sein, unwahrscheinlich viel Geld, nicht zum direkten Ausgeben, einfach so für alle Fälle liegengelassen.

„Ja ...", sagt Herr Brammer und betrachtet Kufalt sehr aufmerksam.

Kufalt wird unter diesem Blick langsam rot. Er merkt, wie er immer röter wird, er sagt verlegen: „Und daß Sie mich vielleicht einmal einer anderen Firma empfehlen könnten?"

„Gerne, gerne", sagt Herr Brammer. „Nur ... Sie wissen ja ..."

„Ja", sagt Kufalt hastig. „Natürlich."

Er versucht, von Brammers Blick los und wieder zur Kassette hinzukommen. Sie ist ein so lieblicher Anblick, aber nein, es läßt sich nicht machen, der Blick gibt ihn nicht frei.

Übrigens scheint sich Herr Brammer über irgend etwas

geärgert zu haben. „Und dann, Herr Kufalt, Sie sind zu teuer. Fünf Mark fürs Tausend Adressen! Jeden zweiten Tag kommt hier einer, der es für vier oder drei machen will. Ich kann das vorm Chef gar nicht mehr verantworten."

„Nein", sagt Kufalt plötzlich — er hat die Geldkassette nicht wieder angesehen, und er weiß, er wird sie nie wieder sehen. „Nein", sagt er, „billiger kann ich es nun nicht machen, Herr Brammer."

„So", sagt der. „Also guten Morgen."

„Guten Morgen", sagt auch Kufalt und geht.

2

Der direkte Weg von der Mönckebergstraße zu den Raboisen dauert kaum fünf Minuten. Aber Kufalt geht nicht den direkten Weg. Er hat zwei Tage, und die halben Nächte auch noch, getippt ohne aufzusehen. Nun hat er alle Zeit, die Gott werden läßt, er ist mal wieder ohne Arbeit, er kann ruhig spazierengehen. Wenn er aber auch keine Arbeit hat, so hat er dafür Geld, zehn Mark frisch eingenommen, und eins zwanzig war noch Kassenbestand, elf zwanzig also. Ganz schönes Geld. Dicke Mauer zwischen ihm und dem Nichts, nicht wahr? Übrigens müßte er der Wirtin, der Dübel, mindestens drei Mark auf Abschlag geben, sonst würde sie ihn wohl rausschmeißen.

Schöner Morgen heute morgen zum Spazierengehen, o Gott!

Nein, Kufalt wohnte nicht mehr in der Marienthaler Straße, jetzt wohnt er auf den Raboisen, in einem Loch, nach einem dunklen Hinterhof hinaus, außerdem ging er jetzt nicht dahin, sondern er ging spazieren an der Alster, am schönen Vormittag, wie ein Großkotz... Übrigens sind Sie zu teuer, Herr Kufalt. Andere machen das für drei Mark...

So ein Affe! So ein langschwänziger Affe! Also diese Arbeit war er nun auch los, bloß weil er so nach der Kasse geschielt hatte, alle Arbeit war er los. Hatte man deswegen weniger Kohldampf? Schlecht konnte es einem immer noch werden von den schlechten Zeiten, lieber jetzt erst ein bißchen Lebeschön machen.

Und Kufalt kauft sich vier Rundstücke und ein Viertel Leberwurst, fünfundzwanzig Pfennig, Rest zehn fünfundneunzig.

Na, was denn? So zum Picknick? Was denn?

Also, das schöne Zimmer in der Marienthaler war vorbei. Nichts mehr von wehenden Vorhängen, klirrenden Bahnen, obszönen Müttern, perversen Liesen, nichts mehr. Ein schlichter Abschied, ein englischer Abschied. Als Kufalt damals zurückkam aus der Untersuchungshaft, da war niemand von denen zu Hause. Und da niemand von ihnen zu Hause war, packte Kufalt still und stumm seine Sachen und verzog. Unbekannt, wohin.

Ja, die Wahrheit zu reden, es hätte da vielleicht noch eine Chance gegeben, es war da ein Augenblick des Wartens vorgekommen, genauer gesagt, eine ganze reichliche halbe Stunde, Kufalt war auf und ab gegangen. Er hätte ja nun die Taxe holen können, Umzug ins Blaue, auf den Rat eines Chauffeurs hin — aber nein, er war auf und ab gelaufen und hatte gewartet.

Kam sie nicht?

Nein, sie kam nicht.

Es hat einmal eine schmähliche Nacht gegeben, wo wir vor der Tür ihres Zimmers lagen — also jetzt gehen wir mal rein. Ja, wir sind verrückt, wir sind rot im Hirn, Feuersbrunst, wir riechen an ihren Kleidern, wir schnuppern an ihrem Bett . . .

Aber dann geht eine Tür, und schon fliehen wir, schon stehen wir auf dem Vorplatz, unser Herz zittert vor Angst, daß sie es sein könnte. Dann war es nur die Tür bei den Nachbarn.

Damit war es aber auch genug, allzuviel halten wir nicht mehr aus, die letzten Tage kam es ein wenig dicke, mit Beerboom, mit Cito-Presto, mit Polizeihaft, mit den getreuen Freunden Maack und Jänsch — also her mit der Taxe und ab dafür.

Es genügt nicht, schließlich ein Zimmer in einem Hinterhof der Raboisen gefunden zu haben, ein dunkles, schmieriges, stinkendes Loch mit trüben Fenstern neben einer schwarzen Küche, so groß wie ein Handtuch, mit hunderttausend Schaben und einem verrückten alten Weib von Wir-

tin, das Dübel heißt – ach ja, es ist schon die rechte Wohnung für den geschlagenen, entmutigten, verzweifelten
Kufalt, die dunkle Höhle, in deren knolligem Federbett man
liegen und vor sich hin dösen kann, Stunden und Stunden –
aber es genügt nicht.

Denn zwischendurch immer wieder blitzt sie in ihm auf,
die Hoffnung, wie Tatendurst, es kann noch werden, o Gott,
alles kann vielleicht noch wieder gut werden.

Und da rennt er denn hin, er hat eine Idee, hat er nicht die
Schreibmaschine anbezahlt, hat er nicht Geld dafür gegeben,
soll das Geld alles verloren sein . . .?

Ach, in seinen Träumen ist ein Blümlein aufgeblüht, eine
eigene Schreibmaschine ist etwas Großes, nicht nur ein Ding
aus Stahl und Eisen mit Rädern, Federn, Walzen, Gummi –
eine Schreibmaschine ist eine Hoffnung, mit einer Schreibmaschine kann man sich durchs Leben schlagen, sie ist ein
Wechsel auf die Zukunft. Nichts mehr von Dreihunderttau-
send-Stück-Aufträgen, aber, wie er da so auf seinem Bette
lag, scheinbar betäubt von der Tiefe seines Sturzes, da ist er
losgelaufen, zwischendurch, in Gedanken, zwischen der blöden, ewig gleich knarrenden Kaffeemühle der ewig gleichen
Vorwürfe: Hätt ich – hätt ich nicht – hätt ich doch . . .! – da
ist er losgelaufen in Gedanken von Bürohaus zu Bürohaus,
von Geschäft zu Geschäft. „Hätten Sie vielleicht irgendeine
Schreibarbeit für mich?"

So viel mußte sich doch zusammenbringen lassen im großen Hamburg, daß ein einzelner Mensch nicht darüber ver-
hungerte?!

Nun, er hat es erreicht: Er hat sich auf den netten Untersuchungsrichter berufen dürfen, eine ebenso nette Firma hat
ein Einsehen gehabt, und er hat eine Schreibmaschine bekommen. Keine neue zwar, aber eine tadellose gebrauchte,
Kostenpunkt hundertfünfzig, dreißig Mark Anzahlung von
damals ab, Rest hundertzwanzig Mark in bar.

O Gott, wie glücklich ist er in der ersten Zeit über seine
olle Mercedes gewesen! Wie hat er an ihr gewischt und
poliert, Stäubchen und Fäserchen entfernt, immer wieder den
Anschlag probiert und dem Klingling am Schluß der Zeile
gelauscht!

Aber seltsam – er wohnt eben nicht in einem Zimmer, er

haust in einer Höhle, in einem Loch, worein man sich verkriecht. Da steht der Wechsel auf die Zukunft unter seiner Wachstuchhaube – müßte er nicht aufstehen und Aufträge sammeln?

Gut, gut, gut. Er steht schon auf, er geht schon los, anderthalb Stunden ist eine Fernsprechzelle auf dem Hauptpostamt blockiert, weil einer da das halbe Branchentelefonbuch ausschreibt...

Dann marschiert er ab, klingelt zweimal, spricht zweimal, erhält zwei Körbe – und heim ins Loch, auf das häßliche Bett. Zieh gar nicht erst die Schuhe aus, es lohnt nicht, du hast keine Ahnung, ob du heute noch einmal Lust haben wirst, sie wieder anzuziehen... also rein mit den Stiefeln in die Betten und losgegrübelt...

Ich war ein Strafgefangener, ich bin ein Strafgefangener, ich werde ein Strafgefangener sein. Alle.

Ein Ganove werde ich sein – aber auch das nicht einmal richtig, gut, schön, ich werde ein paar Aufträge zusammenkriegen, aber davon leben?

Und das Geld rinnt fort, wenn wir auch schmale Kost machen, es rinnt, es rinnt, zehn Mark fünfundneunzig zwischen uns und dem Nichts – und was dann?

Die Sachen kann man noch verscheuern, die Maschine noch verscheuern – und was dann? Die Höhle kann man noch aufgeben, eine Schlafstelle nehmen, selbst bei den Halleluja-Brüdern kann man pennen – und was dann?

Ein Entschluß, Kufalt, nur ein Entschluß!

Und was nach dem Entschluß...?

3

Also nun sitzt Willi Kufalt auf einer Bank an der Außenalster und ringt um einen Entschluß. Er verzehrt dabei seine vier Rundstücke und sein Viertel Leberwurst, das schmeckt, um seinen Appetit braucht ihm überhaupt nicht bange zu sein, wenn es um alles so gut stände wie um den!

Seltsam –: In den letzten belemmerten Wochen ist die Erinnerung an das Zentralgefängnis in jener kleinen Stadt wie eine selige Insel aus dem grauebligen Meer seines Lebens aufgetaucht. War es nicht eine herrliche, ruhige Zeit, als er dort in seiner Zelle lebte und nichts wußte von Geld, Kohldampf, Arbeit, Bleibe...?

Er stand morgens auf und wienerte seine Zelle, er ging zur Freistunde und schwätzte mit Schicksalsgefährten, er stand am Netz und strickte – die Stunden rannen dahin, mittags gab es Erbsen, und man freute sich, oder Rumfutsch, und man ärgerte sich, freute sich aber auf die Linsen morgen – eine selige Insel also wie gesagt.

Was Wunder, daß bei der Insel auch der kugelige weißblonde Seehundskopf des kleinen Emil Bruhn mit seinen wasserblauen Augen auftauchte! Emil hatte recht gehabt, es wäre schlauer gewesen, er wäre mit ihm gegangen, statt nach Hamburg zu ziehen.

Es hatte ja nun zwei Richtungen damals gegeben: die Richtung Batzke (ich bin Ganove und ich bleibe Ganove) und die Richtung Bruhn (einmal und nie wieder): Ich, Kufalts Willi, Dussel, das ich bin, ich habe es darauf ankommen lassen, ich habe nicht ja gesagt, ich habe nicht nein gesagt – und hier sitze ich mit meinem Talent!

Natürlich gab es immer noch die Möglichkeit, sich für das eine oder für das andere zu entscheiden, man konnte Bruhn einen Brief schreiben, daß man doch käme, oder man konnte mit Hilfe des Einwohnermeldeamtes auf die Suche nach Batzke gehen. Aber das war es ja gerade, wovor Batzke gewarnt hatte: Es war zu spät. Nun war das Geld alle, man hatte kein Betriebskapital mehr, um ein rechtes Ding auszubaldowern, zu sichern, zu finanzieren, man mußte etwas Überstürztes machen, das immer mißlang. Und das Geld, hier seine Zelte abzubrechen und zu Bruhn zu fahren, das hatte man eben auch nicht mehr, mit all den Sachen – und sich jetzt bereits von ihnen zu trennen, stand es denn wirklich schon so schlimm?

Diese Oktobersonne meinte es noch recht gut, in ihrem Schein, in ihrer Wärme sah die Welt wirklich nicht so verzweifelt aus, es würde sich schon etwas finden, nur ein Entschluß mußte erst einmal kommen.

Nur ein Entschluß.

Einen Entschluß, der hier gewöhnlich um diese Stunde an

regenfreien Tagen entlangstöckelte, den kannte Kufalt schon. Es war ein Parallelentschluß zu Batzke, dieser Entschluß hieß Emil Monte.

Ja, die beiden Prospektpacker aus der seligen Cito-Presto hatten sich hier wiedergetroffen. Aber in letzter Zeit kannten sie sich nicht mehr, sie zogen den Hut nicht mehr voreinander, sie verachteten einer den andern.

Zuerst, das erstemal, war es ja ein freudiges Wiedersehen zwischen den beiden gewesen, sie hatten soviel zu erzählen, Kufalt von seinen Erlebnissen in der Polizeihaft und dem endlichen Triumph der Unschuld, Monte von der Auflösung der Schreibstube, wie sie gejammert, wie sie gefleht hatten vor Marcetus, vor Seidenzopf, vor Jauch – man möchte sie wieder in Gnaden aufnehmen nach Presto, ins Friedensheim, zum halben Lohn ihrethalben – was in aller Welt sollten sie in dieser Welt anfangen, diese armen, von Kufalt und Maack verführten Herren Deutschmann, Oeser, Fasse oder wie sie alle hießen . . . ?!

Und nach langem Zögern, nach strengen Zurückweisungen, nach fürchterlichen Anschnauzern hatte sich der Herr Pastor Marcetus schließlich doch wieder ihrer erbarmt – konnte man sie denn so verkommen lassen, im Pfuhle der Großstadt? Und schon seufzten sie, trafen sie sich einmal mit Monte, von neuem unter dem harten Joch Jauchs, der nicht mit Stichelreden, Tadeln, Strafen sparte –: „Noch ein Wort, und Sie sitzen auf der Straße! Sie wissen doch, nicht wahr . . ."

Was aber wieder die Herren Jänsch und Maack anging, so saßen sie immer noch in Untersuchungshaft. Dieser Diebstahl, der kein Einbruchsdiebstahl gewesen war, hatte sich als eine recht komplizierte Geschichte erwiesen – denn hatte nicht jeder von den beiden einen Anteil an diesen von ihnen zusammengepackten Schreibmaschinen bezahlt? Kühnlich behaupteten sie, die Absicht gehabt zu haben, die Raten weiter abzutragen, und da sie im Besitz nicht unerheblicher Geldmittel waren, konnte man ihnen nicht einmal die Unmöglichkeit solcher Ratenzahlung vorhalten.

Woher Monte das wußte? Monte wußte alles!

Denn Monte war nicht zu Kreuze gekrochen, Monte hatte, wie er schon öfter gesagt hatte, für eine längere Zeit seines

298

Lebens genug gearbeitet, Monte hatte seinen alten Beruf wiederaufgenommen!

Und dieser alte Beruf war es ja eben, der ihn an fast jedem schönen Morgen durch die belebteren Straßen, die von Fremden bevorzugten Anlagen Hamburgs führte: Monte war auf Jagd nach Kundschaft, nach würdigen älteren Herren, die so verschämt und zimperlich taten wie junge Bürgermädchen, und nach Engländern mit Raffzähnen, die nach abgewickeltem Geschäft mit einer Bullenbeißerwut um jede Mark feilschten.

Darum eben war es ja gekommen, daß diese beiden letzten Säulen der glücklichen Cito-Presto sich entzweien konnten, so daß sie sich heute nicht einmal mehr grüßten: Monte hatte jemanden, also Kufalt, haben wollen, der für ihn die Marie ziepte.

Oder genauer gesagt: Eigentlich kam die Differenz aus einem Streit her, um das Rauchbare, diese Quelle aller Differenzen, im Kittchen und draußen. Über alles andere hätte sich eine Einigung erzielen lassen, aber in der Tabakfrage hatte Monte eine gewisse Engherzigkeit, eine große Kleinzügigkeit bewiesen: daher die Verstimmung.

Beim ersten Wiedersehen war natürlich alles in schönster Butter gewesen. Die beiden hatten angeregt miteinander geplaudert, Monte hatte häufig Kufalt sein dickes silbernes Zigarettenetui hingereicht, und dabei hatte er natürlich gemerkt, daß Kufalt klamm war. Denn erstens hatte der nur Juno zu dreieindrittel bei sich gehabt, während Monte Ariston zu sechs rauchte, und zweitens hatte Kufalt von dieser Juno nur drei Stück gehabt, während Monte gleichgültig sagen konnte: „Wenn die alle sind, gibt's im nächsten Laden mehr."

Nun gut, alles war in den angenehmsten Formen verlaufen, Kufalt hatte sich was zugute getan mit Rauchen, und für den nächsten Tag hatten sie sich wieder verabredet, an dieselbe Stelle.

Aber am nächsten Tag fing nun eben Monte an zu erzählen, was für Malesche er mit seinen Kunden wegen der Marie hatte. Er brauchte gerade einen, der für ihn das Geld ziepte, wie er es nannte, das heißt, sein Kompagnon sollte gegen fünfundzwanzig Prozent der Einkünfte sich in der

Nähe aufhalten und, hatten die Herren sich erst ihrer Ober-
kleider entledigt, eine kleine Brieftaschenrevision vorneh-
men.

O Gott, nein, beileibe nein, etwa die Brieftasche klauen?
Nicht in die Hand, nicht in die la main, nein, nur zur Erleichterung des Zahlungsverkehrs, nicht wahr, etwa einen
Zehnmarkschein? Natürlich auch mal einen Fünfzigmark-
schein, war die Tasche sehr gespickt.

Bis hierher war alles recht gut gegangen, Kufalt hatte sich
im Bewußtsein des großmütigen Monte gar nicht erst mit
Rauchware versehen, fleißig hatte er aus der Silberdose
mitgeschmökt. Aber hier war nun der Punkt gekommen, der
entscheidende, die Vorschläge waren gemacht, die Antwort
wurde erwartet – und da hatte Monte ein gewisses Zögern,
den Vorboten einer Abweisung gewissermaßen, auf Kufalts
Zügen zu bemerken geglaubt.

So hatte er denn auseinandergesetzt, daß man bei solcher
Zieperei überhaupt nichts riskierte, es gab einen Paragraphen hundertfünfundsiebzig, und Montes Kunden hatten
einen großmächtigen Respekt vor diesem Paragraphen.
Außerdem würde er seinen Kufalt schon anlernen, der würde
bald wissen, wo es zu riskieren war und wo nicht.

Und während er dies alles auseinandersetzte, hatte er
träumerisch in seine Zigarettendose geblickt, sich eine
genommen, Kufalt angeblickt, die sich angesteckt, Kufalt
wieder angeblickt, weitergesprochen, gepafft, weitergesprochen . . .

Kufalt aber gehörte zu den Menschen, die andere nur
dann rauchen sehen können, wenn sie selbst eine zwischen
den Lippen haben. Er hatte den lieblichen Duft der Ariston
gerochen, er hatte gut verstanden, warum ihn Monte so angeblickt hatte.

Jawohl, das Angebot war vielleicht nicht einmal so
schlecht gewesen, trotzdem es Kufalt nicht ganz lag, jedenfalls hätte man es sich gründlich überlegen können – aber
wenn dieser Bengel, dieser Pupe, da so saß und einem was
vorrauchte und dachte, damit hätte er ihn, so hatte er sich ge-
schnitten!

Eine kurze Auseinandersetzung war gefolgt, Kufalt hatte
Montes Lebenswandel gemein, Monte Kufalts Verhalten

dusselig gefunden, schließlich gingen sie auseinander, der eine hierhin, der andere dorthin — und kannten sich fürder nicht mehr.

Das war im August gewesen, und jetzt war es Oktober, zwei Monate gleichen viel aus. Wenn Kufalt jetzt über seinen Leberwurst-Rundstücken die Vorübergehenden musterte, so vielleicht darum, weil Monte ihm nicht ungelegen gekommen wäre. Hätte Monte damals nur ein bißchen mehr Verstand in seinem Lockenschädel gehabt und begriffen, daß es mit Rauchwarenerpressung nicht zu machen war, so hätte man ein Geschäft tätigen, eine Kumpelage begründen können.

Aber kein Monte ließ sich sehen, kein Monte kam.

Wer statt dessen kam, war ein großer, dunkelhaariger Mann, mit einer lederartigen grauen Haut, mit sehr eindringlichen, starken, schwarzen Augen, in einem äußerst auffallenden großkarierten Anzug.

„Mein Gott, Batzke!" rief Kufalt fassungslos aus.

„Hallo, Willi!" sagte Batzke und setzte sich neben ihn auf die Bank.

4

„Habe eben an dich gedacht, Batzke", berichtete Kufalt.

„Dann geht's dir mies", stellte Batzke fest.

„Und dir?" fragte Kufalt.

„Dito, danke, dito", antwortete Batzke.

Eine kleine Pause entstand, dann rückte Batzke so auf der Bank hin und her, als wollte er aufstehen. Und darum fragte Kufalt hastig: „Ist denn gar nichts zu machen, Batzke?"

„Zu machen ist immer was", erklärte der große Batzke.

„Aber was?"

„Ach, du denkst, ich baldowere für dich?"

Ziemlich lange Stille.

„Warum bist du denn damals nicht unter den Pferdeschwanz gekommen?" fing Kufalt wieder an.

„Ach, quatsch bloß nicht, Mensch", antwortete Batzke.

„Du warst wohl bei deiner Schiffsreederwitwe in Harvestehude?" erkundigte sich Kufalt weiter.

„Ach, hör bloß auf, Willi", sagte Batzke. „Hast du was zu rauchen?"

„Nee."

„Ich auch nicht."

Sie grinsten sich beide an.

„Haste Geld?" fragte Batzke wieder.

„Nee."

„Und was zu verscheuern?"

„Auch nicht."

„Also fahren wir nach Ohlsdorf."

Und Batzke stand auf und dehnte seine pferdestarken Knochen, daß sie knackten.

Kufalt blieb sitzen. „Was tu ich denn in Ohlsdorf?"

„In Ohlsdorf", erklärte Batzke, „ist der modernste Kirchhof von der Welt."

„Was geht der mich an?" fragte Kufalt. „Begraben laß ich mich noch lange nicht."

Beide grinsten wieder.

„Also, komm schon, Mensch", drängte Batzke.

„Aber was soll ich da?"

„Ich denke, du willst ein Ding drehen mit mir?"

„Aber wieso auf dem modernsten Kirchhof von der Welt?"

„Das wirst du schon alles sehen."

„Fahrgeld zahl ich jedenfalls nicht für dich", sagte Kufalt unschlüssig.

„Wer hat dich darum gebeten, du Penner? Die paar Groschen habe ich noch."

Und sie gingen los, zum Hauptbahnhof.

Hier, am Schalter, trotzdem das ganze Fahrgeld mit ein paar Nickeln abgetan war, sah Kufalt, daß Batzkes ganze Brieftasche vollgepfropft war mit Zwanzig- und Fünfzigmarkscheinen. Aber wenn Batzke auch daran gelegen zu sein schien, daß sein neuer Kumpel von dieser Tatsache Kenntnis nahm, so hütete er sich doch, für Kufalt zu zahlen, er begnügte sich mit dem fassungslosen Ausdruck auf dessen Gesicht.

Der Zug war zu voll, da konnte man nicht darüber reden. Aber kaum waren sie aus dem Ohlsdorfer Bahnhof heraus, da sagte Kufalt: „Mensch, Batzke, du hast aber einen Haufen Kies!"

„Na ja", sagte Batzke. „Das muß auch so sein. – Da drüben liegt der Kirchhof."

„Ja", sagte Kufalt. Der Kirchhof interessierte ihn nicht. Er fühlte sich geborgener. Zwanzig Mark mußte sich Batzke abpumpen lassen. Das waren viertausend Adressen. Und ein gutes Stück weiter in der Sicherheit. Bereit also, sich Batzke völlig unterzuordnen, fragte er: „Gehen wir jetzt rauf auf den Kirchhof?"

„Willst du?"

„Wenn du meinst?"

„Ob du willst, frage ich."

„Ich kann mir den Kirchhof ja mal ansehen."

„Ach", sagte der große Ganove Batzke, „mir liegt eigentlich an Kirchhöfen nichts."

„Also gehen wir woandershin."

Und Batzke schlug einen Weg ein, der vom Kirchhof fortführte.

„Wo gehen wir denn nun hin?"

„Du mußt auch nicht alles wissen."

„Hör mal, Batzke", bat Kufalt. „Kauf ein paar Zigaretten, was?"

„I wo ...", fing Batzke an und besann sich. Dann: „Ich hab kein Kleingeld."

„Aber du hast doch genug Zwanzigmarkscheine", sagte Kufalt.

„Ich mag jetzt nicht wechseln. Hol du sie. Ich geb dir das Geld heute abend wieder."

„Schön", sagte Kufalt und sah sich nach einem Laden um.

Er entdeckte einen und wollte rein.

„Halt", rief Batzke und nahm einen Schein aus der Brieftasche. „Hier hast du zwanzig Mark. Hol gleich fünfzig Stück. Juno. Ich geh langsam voraus. Da runter."

„Schön", sagte Kufalt wieder.

Die Ladenbimmel in diesem Vorstadtgeschäftchen klingelte ziemlich lange, aber keiner kam. Kufalt hätte sich aus den aufgebauten Packungen ganz hübsch Zigaretten in die Tasche stecken können, aber so was tat er nun wieder nicht. Es lohnte nicht das Risiko.

Kufalt ging von neuem zur Ladentür, öffnete und schloß

sie noch einmal, wobei er die Klingel lange lärmen ließ. Als noch niemand kam, rief er mehrmals laut: „Hallo."

Schließlich kam ein verschrumpeltes Weiblein mit aufgekrempelten Ärmeln in einer blauen Schürze aus dem Hinterzimmer.

„Entschuldigen Sie bloß, lieber Herr", sagte sie mit ihrer hellen Altweiberstimme. „Ich hab gescheuert, da hört man die Klingel schlecht."

„Ja", sagte Kufalt. „Ich möchte fünfzig Ariston."

„Ariston?" fragte die Alte. „Ich weiß nicht, ob wir die haben." Sie sah zweifelnd die Regale an. „Wissen Sie, lieber Herr, was meine Tochter ist, die hat gerade ein Kind gekriegt, heute nacht, ich mach es nur zur Aushilfe hier im Laden."

„Also geben Sie mir eine zu fünf", sagte Kufalt gottergeben. „Machen Sie ein bißchen schnell. Ich muß weiter."

„Ja, ja, lieber Herr, ich verstehe ja."

Und sie fischte eine Zigarette aus einer Packung und hielt sie ihm hin.

„Fünfzig hab ich gesagt", sagte Kufalt wütend.

„Sie haben doch eine zu fünf gesagt", sagte das alte Weib.

„Also geben Sie mir schon fünfzig. Ja, lieber Gott, von denen!"

„So bedienen ist schwer", seufzte die alte Frau. „Und die Leute sind immer so ungeduldig. Hier!" und sie reichte ihm die fünfzig Stück.

„Hier", sagte Kufalt und reichte ihr das Geld.

Sie besah sich weitsichtig den Schein. „Zwanzig Mark?" fragte die Alte. „Haben Sie's nicht kleiner?"

„Nein", sagte Kufalt dickköpfig.

„Ich weiß nicht, ob wir soviel dahaben." Und sie ging in das Hinterzimmer.

„Machen Sie bloß schnell!" rief Kufalt ihr nach und wartete weiter.

Aber dann kam sie doch. Drei Fünfmarkstücke, ein Zweimarkstück, ein Fünfziger –: „Ist es recht so, lieber Herr?"

„Ja, ja", sagte Kufalt und rannte eilig los.

Von Batzke war nichts mehr auf der Straße zu sehen, soweit Kufalt auch den ihm bezeichneten Weg hinauflief. Nichts

war zu merken von Batzke – dann kam er ganz überraschend aus einer Nebenstraße.

„Gehen wir hier weiter", sagte er. „Na, hast du die Zigaretten?"

„Hier", antwortete Kufalt. „Und hier ist auch das Geld."

„Geht in Ordnung", sagte Batzke. „Hier hast du zehn Zigaretten für dich."

„Danke schön", sagte Kufalt.

„Wer war denn im Laden?" fragte Batzke im Weitergehen.

„'ne alte Frau", sagte Kufalt, „wieso?"

„Weil's so lange gedauert hat."

„Ach so", sagte Kufalt. „Ja, lange hat's gedauert, sie wußte
mit nichts Bescheid."

„Nein", bestätigte Batzke.

„Wieso?" fragte wieder Kufalt.

„Weil's so lange gedauert hat", lachte Batzke.

„Ich finde, du bist komisch, Batzke", sagte Kufalt argwöhnisch. „Ist was?"

„Was soll denn sein?" lachte Batzke weiter. „Weißt du
auch, wohin wir gehen?"

„Nein", sagte Kufalt, „keine Ahnung."

„Dann wirst du's ja gleich sehen", sagte Batzke.

Und so gingen sie denn beide weiter, schweigend und
rauchend. Der Platz, an den Kufalt von Batzke geführt wurde,
war mit einem großen Haus bebaut, mit einem ganzen Kom-
plex aus Backsteinzinnen, Zementwänden, hohen Mauern,
kleinen rechteckigen Fensterlöchern, mit Gittern davor . . .

„Das ist ja ein Bunker", sagte Kufalt enttäuscht.

„Das ist Fuhlsbüttel", erklärte Batzke fast feierlich, mit
ganz anderer Stimme. „Da drin habe ich sieben Jahre abgerissen."

„Und darum sind wir hier rausgefahren, daß du dir dein
Kittchen ansiehst", fragte Kufalt halb empört und halb enttäuscht.

„Wollte den alten Bau mal wiedersehen", sagte Batzke ungerührt. „War 'ne schöne Zeit drin, nich so mies wie heute . . ."

„Na, weißt du, du magst es aber tun: soviel Marie und
denn noch stöhnen . . ."

„Komm auf die andere Seite rum. Ich zeig dir die Tischlerei, wo ich damals drin gearbeitet habe."

Kufalt ging mit.

„Siehst du dahinten? Das ist sie! Aber eine feine Tischlerei, sage ich dir, einfach Klasse, nicht solche Bruchdinger wie bei den Preußen."

Kufalt hörte zu.

„Rolljalousieschränke habe ich gemacht", sagte Batzke träumerisch und betrachtete seine Pranken, jetzt gepflegt, jetzt maniküri, „weißt du, das gibt Spaß, Willi, wenn man das so hinkriegt, daß die Stäbe nicht klemmen, rumplumplum und auf ist der Laden, ratschbumm und zu ist er!"

Kufalt lauscht. Batzke ist in seine Erinnerungen verloren. „Und dann haben wir mal für den Direktor eingebaute Schränke gemacht – ich hab immer in seine Villa kommen dürfen. Warte, wir gehen rum, ich zeige sie dir."

Sie gehen rum.

„Na ja", sagt Batzke unzufrieden. „Von außen kannst du die Schränke nicht sehen, aber schnafte, sage ich dir, wie das so ging. Und alte Möbel hat er sich gekauft, der Direktor, da hatte er einen Narren daran gefressen, weißt du. – ‚Kommen Sie mal wieder rüber, Batzke', hat er zu mir gesagt. ‚Sehen Sie sich mal an, was ich da wieder für einen Bruch gekauft habe, ob Sie den zurechtkriegen.' "

Und mit einem tiefen Aufatmen: „Ich hab's immer wieder zurechtgekriegt. Einlegearbeiten, die kaputt waren, uralte Dinger, ich hab sie hingekriegt, Junge, einfach großartig!"

„Na – und?" fragt Kufalt mißbilligend. „Da kannst du doch immer wieder rein, wenn's so schön war. Die fahren dich von der Davidswache gratis raus, da hätten wir kein Fahrgeld auszugeben brauchen."

„So?" sagt Batzke und sieht Kufalt böse funkelnd an. „So? Meinst du das? Ich will dir was sagen, Kufalt, du bist einfach doof!"

Und damit dreht sich Batzke um und fängt an, eilig auszuschreiten. Er umrundet den ganzen Bau, einmal, zweimal, und schweigend läuft Kufalt neben ihm her, zitternd, daß er sich die Gunst eines so mächtigen Geldgebers verscherzt hat.

„Du kannst ja schließlich machen, was du willst", sagt plötzlich Batzke. „Ich hab heute weiter nichts vor. Ich latsche nach Haus."

„Ich auch", sagt Kufalt eifrig. „Ich auch."

Und so wandern sie denn den langen Weg nebeneinander-
her, und so war Batzke ja nun auch wieder nicht, daß er den
ganzen Weg gemuckscht hätte, nein, eine ganz vernünftige
Unterhaltung kam zustande. Sie hatten ja so einige gemein-
same Erinnerungen, und man konnte herrlich lachen, wenn
man sich all die Doofen ins Gedächtnis zurückrief, die man
reingelegt hatte, Wachtmeister wie Strafgefangene.

Und als die zehn Zigaretten von Kufalt alle waren, spen-
dierte ihm Batzke noch einmal fünf. „Damit mußt du nun
aber auskommen."

Als sie dann in der Stadt waren, stand Batzke einen Augenblick zögernd vor einem Lokal und sagte schließlich: „Na,
komm mal mit rein, ich zahle dir ein Abendbrot."

„Ich danke dir auch schön, Batzke", sagte Kufalt.

Es war kein sehr berühmtes Lokal, in dem sie dann saßen,
eher eine verräucherte, verschmutzte Stampe. Das Gängeviertel dichte bei. Aber das Essen schmeckte, das Bier
schmeckte, und schließlich fragte Batzke: „Willst du wirklich
was anfassen, Willi?"

„Kommt drauf an", sagte Kufalt, der erst einmal satt war.

„Ich hab was ausbaldowert", sagte Batzke.

„Ja?" fragte Kufalt.

„Auf dem Postscheckamt", sagte Batzke.

„Da ist ohne Kanone nichts zu machen", sagte Kufalt sach-
verständig.

„Du bist wohl blöd? Überfall!" empörte sich Batzke.

„Was denn sonst?" fragte Kufalt.

„Da kommt", flüsterte Batzke und sah sich um, „jeden
Mittwoch und Sonnabend so 'ne olle Schachtel und holt im-
mer sechs-, achthundert ab. Damit rennt sie durch die halbe
Stadt, bis in ein Geschäft an der Wandsbeker Chaussee." —
Pause. „Na, was meinst du?"

Kufalt zog ein Gesicht. „Das ist nicht so einfach."

„Ganz einfach ist das", erklärt Batzke. „Beim Lübecker
Tor gibt ihr einer von uns beiden was über die Rübe, der
andere reißt ihr die Tasche weg, einer rechts, der andere
links..."

Das ist doch nichts, denkt Kufalt. Der haut mit der Marie
ab, und mich nehmen sie hops.

Und laut: „Ich verstehe dich nicht, Batzke, wo du die ganze Tasche voll Marie hast."

„Ach, höre doch bloß auf mit meinem Geld!" schreit Batzke wütend. Und ruhiger: „Also willst du oder willst du nicht? Es gibt ja noch mehr, die mitmachen."

„Das muß man sich überlegen", erklärt Kufalt.

„Morgen ist Sonnabend", sagt Batzke.

„Ja, ja", sagt Kufalt nachdenklich.

„Also nein?" fragt Batzke.

„Ich weiß nicht", sagt Kufalt zögernd. „Ein bißchen doof kommt es mir vor."

„Wieso doof? Ohne Risiko is nichts."

„Aber nicht so viel Risiko für so wenig Geld. Ich will nicht schon wieder Knast schieben."

„Den schiebst du so und so", sagt Batzke nachdenklich. Er pausiert und setzt dazu: „Wenn *ich* nämlich will."

„Wieso?" fragt Kufalt verblüfft.

„Findest du nicht, der Kellner sieht mächtig blöd aus", fragt Batzke ablenkend.

„Wieso muß ich Knast schieben, wenn du willst?" fragt Kufalt hartnäckig.

„Willst du dem Kellner nicht die Zeche bezahlen?" lacht Batzke plötzlich. „Ich geb dir auch einen von meinen Scheinen."

„Von – deinen – Scheinen . . .?"

Kufalt glotzt.

„O Mensch, hast du's noch immer nicht kapiert?!" platzt Batzke los. „Linke Marie ist das, Inflationsgeld ist das! Und geh hin und kauft fünfzig Zigaretten damit!"

Plötzlich steht vor Kufalts Auge die Szene vom Vormittag: die runzlige, verwirrte Alte mit der hellen Stimme, im Hinterzimmer die Frau, die gerade ein Kind bekommen hat, vielleicht deren letztes Geld – und in welcher Gefahr war er gewesen? Der Batzke hatte sich schön in eine Seitenstraße gedrückt, der Lump, der Elende! Und wenn nun ein Verkäufer im Laden gewesen wäre, irgendeiner, der nur ein bißchen wacher war, dann hätte Kufalt um diese Stunde schon wieder auf der Polizei gesessen, mit einem hübschen, langen Knast vor sich . . .

Aber der Batzke lacht ihm ins Gesicht, dieser elende Kerl,

der steckt das Wechselgeld ein und macht nicht einmal Kippe . . .

„Batzke!" schreit Kufalt. „Ich will jetzt sofort . . ."

„Ober, mein Freund zahlt!" schreit Batzke, greift seinen Hut, und ehe noch Kufalt protestieren kann, ist er aus dem Lokal.

Kufalt zahlt drei Mark achtzig.

Blieb Rest sieben Mark fünfzehn.

5

An diesem ereignisreichen, schicksalsvollen Sonnabend wachte Kufalt früh auf, ganz früh. Er lag in seinem Bett und grübelte. Dachte nach in dem schmutzigen, verkommenen Zimmer mit dem knolligen Federbett, das Hunderte vor ihm beschlafen haben mochten, mit oder ohne ihr Mädchen, denn die olle Dübel war nicht so – nein, so was machte ihr Laune. Er sah gegen die Fenster, es mußte nun hell werden, aber in diesen kleinen Hof von ein paar Geviertmetern drang kaum Licht. Plötzlich hatte er das Gefühl, draußen schien Sonne. Er sah sie nicht, aber er ahnte sie.

Er stand langsam auf, wusch sich viel und mit Gründlichkeit, rasierte sich sorgfältig, zog frische Wäsche an, seinen besten Anzug – und mit der geliebten Mercedes unter der Wachstuchkappe ging er los. Draußen schien wirklich die Sonne.

Die erste Enttäuschung war die, daß die Leihhäuser erst um neun aufmachten. Kein Mensch konnte ahnen, wann diese alte Ziege aufs Postscheckamt ging. Er stand unter der Reihe der Wartenden, manche trugen Federbetten, einer hatte einen Regulator unter dem Arm. Die Leute standen still, ohne zu sprechen, sie sahen alle vor sich hin, jeder war mit sich allein, gewissermaßen häuslich in seinen Sorgen eingerichtet. Nur wenn jemand Frisches sich an die Reihe der andern anstellte, warfen sie einen raschen Blick auf ihn, um zu sehen, was er wohl zum Versatz brächte. Dann sahen sie wieder vor sich hin.

Als die Tür geöffnet wurde – endlich, endlich! –, ging alles ganz schnell.

„Dreiundzwanzig Mark", sagte der Beamte, und als Kufalt in Gedanken an seine hundertfünfzig zögerte, sagte er auch schon: „Bitte weitergehen!"

„Nein, nein", sagte Kufalt, „geben Sie schon her."

Eine Weile mußte er noch an der Kasse warten, dann hatte er das Geld und lief mehr, als er ging, zu einem Fahrradverleiher, den er sich schon am Abend vorher ausgesucht. Auch hier gab es Schwierigkeiten. Zwanzig Mark schienen dem Verleiher zuwenig als Sicherheit für ein nagelneues Rennrad. Kufalt redete endlos auf ihn ein. Schließlich hinterlegte er noch seinen Meldeschein, hinterlegte er noch den Pfandschein, und dann fuhr er los.

Es war gar nicht so einfach, so gut er früher geradelt hatte, nach netto sechs Jahren im modernen Straßenverkehr zurechtzukommen. Und er mußte *gut* zurechtkommen. Heute kam alles auf Schnelligkeit, raschen Entschluß, Geistesgegenwart an.

Das Lübecker Tor (das kein Tor mehr ist, sondern ein Platz) ist eine unübersichtliche Geschichte. Viele Straßen münden dort ein, die Fußgänger laufen von hier und nach dort, man mußte immer den Kopf drehen. Und dann sind da Buden, die den Überblick erschweren, die Elektrischen fahren vorbei und verdecken die Passanten auf der andern Seite.

Plötzlich aber sah Kufalt — und er ging blitzschnell in Deckung mit seinem Rad — aus der Bedürfnisanstalt drüben auf der andern Seite ein Gesicht herausschauen, ein bekanntes Gesicht. Und nun wußte er, daß er, trotzdem die Uhr elf Uhr fünfzehn zeigte, nicht zu spät gekommen war.

Hier stand er. Vielleicht dachte er an alles mögliche, vielleicht sogar an die Zeit, da er ein Kind gewesen war, und seine Mutter war nach dem Abendessen in sein dunkles Schlafzimmer gekommen, hatte sich über sein Bett gebeugt und gesagt: „Träume gut. Aber gleich einschlafen!"

Hier stand er, und die Leute liefen, und sicher war in ihm das ganze Gefängnis wach, er hatte die Brücken abgebrochen, er wußte: Einmal bin ich wieder dort. Wann? Heute mittag schon? Oder erst in fünf Jahren?

Batzkes Kopf tauchte immer wieder auf, spähend wie ein Fuchs sah das harte, böse Gesicht, die blinzelnden Augen über die Straße, dann war es wieder fort, und man hatte von neuem die Möglichkeit, sich auf das Rad zu setzen und heimzufahren. Wozu heimfahren? Ehrlich und anständig unterkriechen, sich demütigen, betteln und doch verrecken!

Kufalt faßte die Lenkstange fester — wie sollte er wissen, wie diese ältliche Buchhalterin aussah?

Er wußte es. Da kam sie, mit einem trockenen Schritt, der braune Rock war ziemlich lang, die Füße setzte sie einwärts, ihr Gesicht war ältlich, sehr weiß, von dem kranken Weiß der Bürostuben. Unter einem kleinen Filzhut hervor hing graues, zum Bubikopf geschnittenes Haar.

Sie kam, und sein Herz klopfte immer schneller, und es flehte in ihm: Wenn er es doch nicht wagt, ich könnte heimfahren, wenn er doch den Mut verlöre!

Es fiel überhaupt nicht auf im ersten Augenblick. Batzke war hinter ihr, er schien sie zu streifen, als er rasch vorbeiging, so wie sich eben Passanten auf der Straße streifen, dann kam es ganz leise wie ein unterdrückter, verblüffter Schrei herüber zu Kufalt.

Die braune Aktentasche in der Hand, lief Batzke in eine Querstraße hinein, und plötzlich schrie sie ganz laut drüben. Leute liefen zusammen. Schon sah Kufalt nur den Auflauf, er sah Batzke nicht mehr, und dann — wie schwer wurde der Entschluß, saß er auf seinem Rad, die Pfeife eines Schupos trillerte, Autos hielten an, eine Elektrische stockte so jäh, daß die Schienen aufschrien, er trampelte an ihr vorüber, in die Querstraße hinein, kein Batzke, in die nächste Querstraße, geradeaus, kein Batzke — alles umsonst? Alles vergeblich?

Es war sinnlos, so weiterzufahren. Er müßte Batzke längst gesehen haben! Verloren! Und doch fuhr er weiter.

Es durfte nicht verloren sein, es durfte nicht umsonst sein. Plötzlich wußte Kufalt, das, was er heute früh gewollt hatte, war nicht der Anfang zu einer Ganovenlaufbahn gewesen, es war der Anfang gewesen zu einem ehrlichen, stillen, kleinen Dasein, untergekrochen in der winzigen Stadt dort hinten, vielleicht mit einem guten Mädchen, mit dem man Kinder haben würde. Nur das bißchen Betriebskapital für den Anfang — dafür hatte es der Anfang sein sollen! Es durfte nicht umsonst gewesen sein.

Hier stehen Villen und Mietshäuser durcheinander, der Lärm vom Lübecker Tor ist längst verklungen. Hier heißt es Maxstraße, Eilbecker Riede. Und nun kommt er wieder hinaus auf eine große, breite Straße. Es ist die Wandsbeker Chaussee, es ist eine Viertelstunde später. Kaum fünf Minuten ist er entfernt vom Lübecker Tor. Und dort, wo sich die Wandsbeker Chaussee und der Eilbecker Weg gabeln, dort, wo eine kleine Verkehrsinsel ist, ein Häuschen mit einer Polizeiwache steht darauf, es ist ruhig dort, still, dort sieht er den Batzke, sieht er ihn wirklich und bremst und steigt ab und sieht ihn von fern an und sagt sich: Alles Unsinn. Ich habe ja Angst vor ihm.

Ein Schupo geht in die Wache, sein Blick fällt flüchtig auf Batzke, aber Batzke stört das nicht: Darf man hier etwa nicht stehen und auf sein Mädchen warten, eine Aktentasche in der Hand?

Kufalt lehnt sein Rad langsam und gedankenvoll an einen Baum, er läßt es da stehen, verloren ist doch verloren, und geht es gut, kommt es darauf nicht an.

Der Batzke sieht nach einer anderen Richtung. Kufalt kommt bis auf einige Schritte an ihn heran, dann wendet der Große, Schwarze den Kopf und sieht den Kumpel von gestern. Ohlsdorfer Friedhof, die linke Marie, die Zeche von gestern abend.

Batzke zieht die Brauen zusammen, sein Gesicht sieht sehr finster aus, zum Fürchten. Und Kufalt fürchtet sich auch.

Trotzdem weiß er, jetzt hängt alles vom Ton seiner Stimme ab, von seinem Auftreten, von dem, was Batzke über ihn denkt.

Er sagt, er wirft dabei einen Blick auf das Fenster der Wache, hinter dem man einen Schupo sieht: „Kippe oder Lampen!"

Batzke sieht Kufalt an. Er sagt kein Wort. Kufalt merkt, wie seine rechte, freie, ungeheure Tischlerpranke sich anhebt — und dann sieht er etwas in Batzkes Gesicht, was ihm ein bißchen Mut macht: Unschlüssigkeit.

„Alter Junge", sagt er. Er sagt es ganz freundschaftlich. Plötzlich fühlt er, sie beide stehen auf gleichem Fuß. Endlich einmal nach Jahren der Bekanntschaft wirklich auf du und du. Er hat den Batzke angeschissen. Der Batzke ist natürlich wütend, aber Ganoven fressen einander auf, es gehört zum Geschäft. Es ist ein Naturereignis: Was kannst du da schon machen!

Batzke sagt, und auch er sieht dabei nach dem Fenster von der Polizeiwache: „Aber doch nicht hier!"

„Gerade hier", sagt Kufalt.

Batzke steht unentschlossen.

Ein Polizeiflitzer kommt die Wandsbeker Chaussee vom Lübecker Tor her angerast, hält vor der Wache, ein Beamter springt heraus, er sieht die beiden gar nicht an: Welcher Ganove stellt sich denn gerade unter den Schutz einer Polizeiwache?! Der Batzke ist eben doch ein schlaues Aas!

Das beweist er auch dadurch, daß er jetzt ohne weiteres die Tasche öffnet, hineingreift, blind kramt seine Hand darin herum, knüllt was zusammen, gibt es Kufalt.

Aber Kufalt geniert sich nicht mehr. Er macht die Scheine wieder glatt, zählt sie, sechs Fünfziger, und er sagt mit milder Gelassenheit: „Kippe habe ich gesagt! Laß mich mal in die Mappe sehen."

Batzke zögert wieder. Dann aber greift seine Hand noch einmal in die Tasche. Noch einmal bringt sie ein Paketchen hervor, diesmal sind es acht Fünfziger. Er gibt sie Kufalt und sagt: „Nun aber Schluß, Willi, sonst schmeiß ich den ganzen Kram hin, hier vor der Wache. Aber vorher richte ich dich noch so zu, daß dich deine eigene Mutter nicht wiedererkennt."

Jetzt ist es mit der Unentschlossenheit an Kufalt. Einen Augenblick steht er so da, sieht Batzke an, der die Tasche wieder schließt, sieht Batzke an, steckt die Scheine in sein Jackett, er sagt und lacht dabei: „Die drei Mark achtzig Zeche von gestern abend bleibst du mir aber noch schuldig, Batzke!"

„Tjüs", sagt Batzke.

„Tjüs", sagt Willi Kufalt.

Und sie gehen auseinander. Jeder in anderer Richtung über den Damm, Kufalt seinem Rade zu, das wahrhaftig noch dasteht.

„Hallo", ruft es plötzlich, „hallo, Willi."

Sie gehen wieder aufeinander zu.

Batzke faßt den Kufalt bei der Schulter, faßt ihn schmerzhaft fest und sagt: „Läufst du mir aber in nächster Zeit über den Weg ..."

Kufalt macht seine Schulter frei. „Also auf Wiedersehen im Bunker, Batzke", sagt er und lacht.

Dann geht er zu seinem Rad, setzt sich darauf und fährt los. Er hat es sehr eilig. In spätestens zwei Stunden muß er mit all seinem Kram aus Hamburg sein: Batzke könnte sich den Fall doch noch einmal überlegen. Kufalt ist polizeilich gemeldet, und die Hinterhäuser in den Raboisen kümmern sich nicht viel darum, ob gerade mal einer schreit.

Er tritt mit aller Wucht auf die Pedale.

6

Die kleine schleswig-holsteinische Industriestadt, D-Zug-Haltepunkt und mit einem Kanalhafen, liegt inmitten einer flachen, baumlosen Ebene, Äcker über Äcker, und ihren einzigen Reiz könnten vielleicht die Knicks ausmachen, die um die Felder laufen. Buschbestandene Feldraine also.

Es ist eine betriebsame Stadt, diese Stadt, über der als einziges Wahrzeichen, bedeutender noch als die Kirchen, die Fabriken, der Bau des Zentralgefängnisses in Zement und roten Steinen aufragt.

Kufalt liebt diesen Anblick, dieses Wahrzeichen der kleinen Stadt, nicht sehr. Er ist eine Art Gefangener, der freiwillig an den Ort seines Gefängnisses zurückgekommen ist – immer wenn er um eine Ecke kommt, läuft ihm ein Wachtmeister entgegen und sagt grinsend: „Tag, Herr Kufalt." Oder aber die Mauern sind da. Die Backsteinzinnen, die kleinen Gitter in den großen Wänden.

Wir kehren alle wieder heim zu uns. Immer wieder. Nichts blöder als das Geschwätz von dem neuen Leben, das einer anfangen könnte, in uns sitzt es. In uns bleibt es. Da hockt er nun in seiner Stube in der Königstraße, an der Peripherie der Stadt.

Wenn er aus der Tür hinaustritt und sich von der Stadt fortwendet, ist der Novemberwind da, mit dem Blättergetriebe, mit den öden, endlosen Landstraßen, die irgendwohin führen, wo es auch nicht anders ist. Ist der faulige

Geruch da aus den Chausseegräben, von Sterben und Vergehen, ist die Einsamkeit da, mit der man nichts anfangen kann, ist alles, alles wieder da, ein verfehltes Leben ohne Aussicht, ohne Mut, ohne Geduld.

Er sitzt da in seinem Zimmer in der Königstraße, es ist ein gutbürgerliches Zimmer, Bruhn hat ein schlechteres. Bruhn hat ein Arbeiterzimmer, eine Schlafgelegenheit gewissermaßen nur. Aber Kufalt sitzt zwischen Mahagoni und Plüsch und Nippes und Bildern, er hat eine Adressenliste neben seiner Maschine, er tippt Briefe. Es sind viele Briefe für einen Mann, der kaum mit einem Menschen Umgang hat, zehn oder zwölf etwa, er tippt den letzten fertig, unterschreibt ihn, kuvertiert ihn, frankiert sie alle, alle Stadtporto zu acht Pfennig, und dann zieht er seinen Mantel an und setzt seinen Hut auf. Er nimmt die Briefe in die Hand und steht an der Schwelle.

Es ist elf Uhr vormittags. Er hat sein Tagewerk gewissermaßen vollbracht. Das Bettlertagewerk der Aussichtslosigkeit, und man kann nicht immer schlafen, und man kann nicht immer grübeln. Man hat so seine Sorgen, wenn man auch ein Rentier ist mit vierhundert Mark, mit über vierhundert Mark noch in der Brieftasche.

Er steht an der Schwelle und zaudert. Es ist ganz egal, ob die Briefe heute mittag in den Kasten kommen oder heute abend, wenn es schon dunkel geworden ist, es erfolgt doch nichts darauf. Es ist ganz egal — aber da ist der kleine Emil Bruhn, der grübelt für seinen Freund Kufalt, der hat gestern abend gesagt: „Die Pfaffen, Mensch, denk doch bloß an die Pfaffen, die müssen etwas für dich tun." Er hat das „müssen" so betont — und Kufalt wird heute abend den Bruhn treffen, und Bruhn wird fragen, ob er auch an die Pfaffen gedacht hat und zu ihnen gegangen ist. Bruhn ist ein Bohrer, Bruhn wird nicht nachlassen, bis Kufalt das getan hat, was er für richtig hält. Also muß Kufalt jetzt um elf aus seinem Zimmer in die Stadt gehen und sich die Adressen von den fünf oder sechs Pfaffen, die es in diesem Städtchen gibt, besorgen.

Kufalt steht immer noch zaudernd an der Tür. Plötzlich entschließt er sich. Er geht an seinen Koffer, er schließt den Koffer auf, in dem Koffer liegt *die eine* Antwort, die er auf alle seine Bewerbungsbriefe bekommen hat. Ein Mann hat sie geschrieben, der sich Malte Scialoja nennt. Er ist Chefredakteur einer hiesigen Zeitung, der größeren. Der Chefredakteur der anderen Zeitung hat gar nicht geantwortet. Nun gut, aber auch diese Antwort sieht nicht sehr hoffnungsvoll aus. Und doch müßte man eigentlich mal zu dem Mann hingehen.

Kufalt liest den Brief. Er ist nicht lang, ein paar Zeilen nur, er lautet:

„Sehr geehrter Herr! Wenn mich auch Ihr trauriges Schicksal bekümmert, so glaube ich doch nicht, etwas für Sie tun zu können. Zwar ist die Auskunft, die Herr Strafanstaltsdirektor über Sie gab, ausgezeichnet, aber Sie wissen wohl selbst, welche Verantwortung für den leitenden Redakteur damit verbunden ist, einen vorbestraften Mann in seinen Betrieb zu bringen. Immerhin würde es mich freuen, wenn Sie mich einmal zwischen elf und eins aufsuchen würden. – Hochachtungsvoll . . .“ und so weiter.

Kufalt seufzt, als er diesen Brief liest. „Aussichtslos“, flüstert er, „völlig aussichtslos. Aber wenn ich mir doch die Adressen besorge, kann ich ja auch mal bei dem Manne vorbeigehen.“

Er hat in der einen Hand zwölf Bewerbungsschreiben. Mit der anderen steckt er das Schreiben des Chefredakteurs Malte Scialoja in seine Tasche. Und nun geht er wirklich aus seinem Zimmer auf die Straße.

Malte ist ein niederdeutscher Vorname, Scialoja ist ein italienischer Nachname. Der Mann, der diese beiden Namen trägt, ist der berühmte Heimatschriftsteller Holsteins, der an der Scholle hängt und der Bücher von Bauern schreibt, deren Sprache das Platt ist, das auch er am liebsten spricht. Die Sache ist nicht so kompliziert, wie man denkt. Vor hundert Jahren einmal hat ein italienischer Matrose in einer der kleinen Hafenstädte an der Küste Wurzel geschlagen. Er hat ein friesisches Mädchen geheiratet, und sein Urenkel ist es nun, der dort hinter seinem Schreibtisch auf dem Chefbüro sitzt, zwischen Papieren wühlt, auf das Radio horcht und eigentlich nichts tut. Er ist nicht mehr als ein Aushängeschild für die Zeitung, klüglich vom Besitzer zu diesem Zweck engagiert. Einmal in der Woche, am Sonntag, erscheint ein sinniger Artikel von ihm im Blatt, in der „Heimatsprak".

Aber er ist ein wichtiger Mann. Er ist das rohe Ei in der Redaktion, das alle sorgfältig behandeln müssen, die Leute glauben an ihren versonnenen, schwärmerischen Dichter. Das Publikum will ihn haben.

Da sitzt er zwischen seinen Papieren, eigentlich könnte er ebensogut zu Haus sitzen. Er hört unten die große Rotationsmaschine gehen, um halb eins ist die Abendausgabe fertig, das geht ihn nichts an. Dafür haben die kleinen Reporter ihre Sächelchen geschrieben, das geht ihn nichts an.

Scialoja ist ein blasser Mann mit einem untadeligen dunklen Scheitel, in einem Lüsterjackett. Er hört auf die Tanzmelodien, er liest auch mal ein paar Zeilen aus den Manuskripten, und dann sieht er sich seine Nägel an. Er ist ein großer Mann, er weiß das sehr genau. Es ist nicht einfach, das Leben eines großen Mannes zu führen. Man hat seine Verpflichtungen. Das hat er immer verstanden.

Es klopft an seine Bürotür. Er ruft unwirsch: „Herein." Er ruft immer unwirsch „herein". Denn er darf nicht zuviel gestört werden. Er ist ein Mann von großer Tätigkeit, mit einem regen Innenleben.

Der Bürobote steht an der Tür. Er meldet: „Ein Herr Kufalt möchte Sie sprechen. Sie wüßten Bescheid."

Scialoja hat einen Bleistift in der Hand und schreibt. Er sieht kaum auf, als er sagt: „Ich habe zu arbeiten. Ich kenne keinen Herrn Kufalt. Ich weiß nicht Bescheid."

Die Tür schließt sich wieder. Herr Scialoja ist wieder allein. Er hat den Bleistift wieder hingelegt. Er horcht auf die Radiomusik. Die spielen Tänze. Es sind jene bösen falschen Tänze, die dem Volk so schaden. Es gibt so hübsche Bauerntänze, all das ist verdrängt von diesem Asphaltkitsch. Aber er horcht darauf. Es hört sich nicht schlecht an, aber es ist schlecht.

Schon klopft es wieder an die Tür. Da ist noch einmal dieser unausstehliche Bote. Er sagt vorsichtig: „Der Herr sagt, er ist zwischen elf und eins zu Ihnen bestellt."

Der Chefredakteur antwortet: „Ich habe so viele Dinge im Kopf, ich muß arbeiten, verstehen Sie das doch! Ich bestelle keine Besucher. Schicken Sie den Herrn weg."

Die Tür fällt wieder zu. Und wieder die Musik und das Papier, und all die langweiligen Manuskripte, die nicht von ihm geschrieben sind.

Kommt der Bote wirklich noch einmal wieder? Wagt er es? Ja, er wagt es! Er hat ein Stück Papier in der Hand, einen Brief also. „Der Herr will nicht gehen, Sie hätten ihm diesen Brief geschrieben."

Der Bote bleibt unter der Tür stehen mit dem Brief in der Hand. Scialoja schreibt. Er sagt scharf: „Einen Augenblick bitte, ich habe zu arbeiten."

Und er schreibt eine lange Zeit weiter.

Dann legt er den Bleistift hin. Er seufzt dabei. Er sagt: „Zeigen Sie mir also mal den Brief."

Er liest ihn, einmal, zweimal, er betrachtet die Unterschrift genau. Unterschriften von großen Leuten können gefälscht werden: So betrachtet er die Unterschrift. Dann sagt er: „Führen Sie den Herrn herein. Aber sagen Sie ihm gleich, daß ich nur eine Minute Zeit habe. Ich habe zu arbeiten."

Nun steht Kufalt in dem Chefredakteurbüro, vor dem weißgesichtigen Mann mit dem dunklen Scheitel, der schreibt und ihn nicht ansieht.

Vor einer halben Stunde in seinem Zimmer schien es Kufalt noch zweifelhaft, ob er den Brief überhaupt benutzen würde. Aber mit dem Widerstand wächst der Widerstand: Was du geschrieben hast, Freundchen, das tu.

„Also — Sie wollen?" fragt Scialoja und schreibt weiter.

„Ich habe Ihnen das ausführlich in meinem ersten Brief auseinandergesetzt", antwortet Kufalt zögernd.

Der Chefredakteur sieht hoch. Er lächelt. „Ich habe so viele Dinge in meinem Kopf", sagt er. „Hunderte kommen um Hilfe zu mir. Ich bin bekannt im ganzen Land. Was wollen Sie nun also?"

„Eine Stellung", sagt Kufalt. „Irgend etwas zu arbeiten. Gleichviel was."

Und er setzt leiser hinzu: „Ich habe Ihnen doch geschrieben, ich bin vorbestraft. Ich finde nichts. Ich dachte, daß gerade Sie ..."

Das ist eigentlich der richtige Appell an den großen Mann: „gerade Sie"; aber andererseits kann er wieder nicht zugeben, daß es Fälle gibt, die er noch nicht erlebt hat.

Und so sagt er: „Dutzende von Vorbestraften kommen zu mir um Hilfe, ich sage Ihnen, Dutzende."

Er hat mit Schreiben aufgehört und sieht Kufalt freundlichkühl an.

Kufalt steht abwartend.

„Ja", sagt der große Mann und noch einmal: „Ja."

Kufalt weiß immer noch nicht, was er reden soll. Und so wartet er weiter.

„Sehen Sie", sagt der große Mann, „ich habe zu arbeiten, ich vertrete das Volk, das einfache Volk, verstehen Sie? Blut und Scholle, verstehen Sie?"

„Ja", antwortet Kufalt geduldig.

„Ich darf mich nicht zersplittern", sagt der andere weiter. „Ich habe einen Beruf. Verstehen Sie, was Berufung heißt?"

„Ja", sagt Kufalt wieder.

Der Chefredakteur betrachtet den Bittsteller, als sei nun alles erledigt. Aber Kufalt findet, es ist nichts erledigt, man hätte ihn nicht zwischen elf und eins zu bestellen brauchen, damit er sich anhört, ein anderer hat einen Beruf, er hat keinen.

So steht er weiter da.

„Wissen Sie", sagt Herr Scialoja, „Sie können ja vielleicht später mal wieder vorfragen. Wie gesagt, ich bedaure Ihr unglückliches Schicksal. Der Strafanstaltsdirektor hat mir eine ausgezeichnete Auskunft gegeben."

Das Erinnern scheint ihm also wiedergekommen zu sein, trotz der tausend Dinge, die durch seinen Kopf gehen. Und so versucht Kufalt es noch einmal.

„Nur ein bißchen Arbeit", sagt er. „Ein, zwei Stunden täglich." Und er setzt lockend hinzu: „Ich hab eine eigene Schreibmaschine."

Sein Gegenpart sieht bekümmert aus.

„Ja, ich weiß wirklich nicht", sagt er zögernd, „ich lebe ja nur meiner Arbeit. Vielleicht sprechen Sie einmal mit unserem Geschäftsführer."

„Würden Sie mich Ihrem Geschäftsführer empfehlen?" fragt Kufalt.

„Aber mein lieber Herr", sagt der andere, „ich kenne Sie ja gar nicht!"

„Aber Sie haben doch mit Herrn Strafanstaltsdirektor gesprochen!"

„Der Strafanstaltsdirektor", sagt der Chefredakteur und ist plötzlich ganz von dieser Welt, „empfiehlt natürlich all seine entlassenen Gefangenen, damit er die Laufereien nicht mehr hat."

„Aber warum haben Sie mich hierherbestellt?" fragt Kufalt.

„Wissen Sie was", sagt der große Mann und hat eine Erleuchtung. „Wir haben da so einen Fonds, ich gebe Ihnen eine Anweisung an die Kasse auf drei Mark, und Sie versprechen mir, nicht wiederzukommen."

Kufalt steht einen Augenblick still. Er besinnt sich. Dann sagt er plötzlich und ist gar nicht mehr schüchtern: „Sie wohnen doch in der Dottistraße, Herr Scialoja, in einer Villa?"

„Ja", antwortet der Chefredakteur verwirrt.

„Na also", sagt Kufalt. „Dann klappt es ja. Redaktionsschluß ist doch um sechs?"

„Wieso?" fragt der andere.

„Weil's da dunkel ist", sagt Kufalt und lacht. Und lachend geht er aus dem Chefbüro.

Er läßt einen ziemlich aufgeregten Mann hinter sich.

7

Das Lachen, mit dem Kufalt das Büro verlassen hatte, hielt nicht lange vor. Gewiß war die Dottistraße abends um sechs dunkel, und gewiß war es höchst angenehm zu wissen, daß Herr Scialoja in der nächsten Zeit mit Angstgefühlen nach Hause gehen würde, wahrscheinlich eskortiert von irgendeinem Redakteur oder Setzer – aber was half das alles!

Vierhundertdreißig Mark sind nicht so sehr viel Geld, und das Ende war leichtlich auszurechnen. Nun gut, er würde zu den sechs Pastoren gehen, deren Adressen er am Schalter der Zeitung eingesehen hatte, aber auch dabei würde nicht viel herauskommen.

Unter den sechs Geistlichen war einer, den Kufalt kannte.

Das war der katholische Pfarrer, dem Kufalt im Gefängnis den Altar hatte zurechtmachen müssen, ein alter strenger Mann. Kufalt hatte manchen Streit mit ihm gehabt, der Pfarrer hatte es ihn wohl auch entgelten lassen, daß ihm von der Beamtenschaft ein „Evangelischer" für diese Arbeit aufgezwungen worden war.

Aber trotzdem: Jetzt, als Kufalt auf der Straße geht und den Fall bedenkt, scheint ihm der Mann nicht übel. Er ist eifrig gewesen für seine Gefangenen, er hat sie wohl angeschnauzt und gescholten, aber er war immer da für sie. Vielleicht ist er auch für Kufalt da?

Kufalt entschließt sich ganz schnell: Jetzt sofort, nach diesem verfluchten Scialoja, wird er zum Pfarrer gehen.

Da empfängt ihn eine Nonne oder was das ist, man sieht fast nichts von ihrem weißen Gesicht unter der großen Haube. Kufalt muß lange warten, er steht da im Vorplatz, das Haus ist totenstill. Er steht lange da, aber er hat nichts zu versäumen, wirklich gar nichts.

Schließlich kommt auch der Pfarrer. Langsam geht der große starke Mann auf ihn zu, langsam und leise fragt er ihn, was er wohl möchte. Er hat Kufalt nicht wiedererkannt, und Kufalt muß ihn erst wieder ans Kittchen erinnern.

„Ja so", sagt der Pfarrer und erinnert sich noch immer nicht recht. „Sie sehen jetzt aber anders aus. Sehr ordentlich."

„Die andere Kleidung", erinnert Kufalt.

„Ja, gewiß", sagt der Pfarrer. „Andere Kleidung, ja."

Er spricht immer langsam und leise, sicher ist er ein Bauernsohn von der Wasserkante, da sind sie so leise und stark.

„Und was kann ich jetzt für Sie tun?"

Kufalt erzählt es, und der Pfarrer hört zu, fragt auch einmal dazwischen, Kufalt merkt, er versteht, wie einem Menschen zumute sein kann.

Schließlich sagt der Pfarrer ganz kurz: „Ich gebe Ihnen ein Schreiben an den Prokuristen einer Lederfabrik. Ich sage nicht, daß das Schreiben Ihnen was nützt. Aber ich gebe es Ihnen."

Er setzt sich hin und schreibt, einmal sieht er hoch und fragt: „Aber von meiner Konfession sind Sie nicht?"

Kufalt möchte lügen, aber dann sagt er doch leise: „Nein."

„Gut", sagt der Pfarrer und schreibt weiter.

„Also gehen Sie gleich", sagt er dann. „Jetzt wird der Herr zum Essen zu Haus sein." Er wiegt den Kopf. „Machen Sie sich keine Hoffnung", sagt er. „Es gibt noch viel schlimmeres Elend. Geld haben Sie noch?"

„Ja", sagt Kufalt.

„Und Kleidung?"

„Ja", sagt Kufalt.

„Nun, vielleicht kommen Sie, wenn dies nichts ist, noch einmal wieder. Ich will sehen, ich will sehen . . ."

Er reicht Kufalt die Hand.

Der gibt den Brief in der Wohnung des Prokuristen ab und wartet vor der Tür. Sein Herz klopft ein wenig, ein guter alter Mann, hat ihm keine Hoffnungen gemacht – aber es kann doch sein?

Das Dienstmädchen kommt zurück, es drückt ihm Geld in die Hand, es sagt: „Es ist nicht nötig, daß Sie wiederkommen." Dann schließt sie die Tür.

Er steht ziemlich traurig auf dem Treppenabsatz, zählt das Geld, es sind dreißig Pfennig. Er hört das Mädchen in der Küche hantieren, steckt die dreißig Pfennig durch den Briefkastenschlitz und läuft eilig die Treppe hinunter, als die Groschen im Kasten klappern.

Dann zottelt er ziemlich trübselig und mißvergnügt nach Haus. In einem Geschäft in der Königstraße kauft er sich noch zwei Bücklinge, Brot war zu Haus, Milch war zu Haus, und so war das Alltagsmittagessen à la Maack komplett. Dann konnte man nach dem Essen schlafen oder nicht schlafen, wie der Kopf es wollte, und dann kam der Lichtpunkt des Abends: der Besuch bei Emil Bruhn. Und vielleicht würde man sogar, wenn Emil Bruhn in seiner Holzwarenfabrik diese Woche gut verdient hatte, auf einen Tanzboden gehen. So phantastische Pläne hegt man. Die Bücklinge mit dem fettigen Pergamentpapier in der Hand, trat Kufalt in seine Stube ein und blieb unter der Tür stehen.

Am Fenster hatte ein schlanker, rötlicher Mann mit einer langen Nase gesessen, in einer Zeitung gelesen, die er jetzt zusammenfaltete.

„Herr Kufalt wahrscheinlich?" sagte der Mann. „Entschuldigen Sie, daß ich es mir bei Ihnen gemütlich gemacht habe. Ihre Wirtin hatte keine Bedenken."

„O bitte", sagte Kufalt verwirrt.

„Mein Name ist nämlich Dietrich", sagte der Herr und sah Kufalt freundlich mit seinen geschwinden Mauseaugen an, die seltsam nah am Nasenrücken saßen.

„Kufalt", stellte sich Kufalt ganz unnötig vor. Er wußte noch immer nicht, wer sein Besucher war.

Das kapierte der sofort.

„Ach so", sagte er. „Sie erinnern sich nicht mehr. Sie haben doch an den ‚Stadt- und Landboten' geschrieben wegen Arbeit. Wegen Ihrer unglücklichen Lage. Man hat da hin und her geredet auf der Redaktion wegen Ihres Briefes, aber natürlich tut keiner von den großen Leuten was, und so bin ich hier!"

Er lächelte einladend und schien den Fall für geklärt anzusehen.

Der „Stadt- und Landbote" war die kleinere Konkurrenz jener größeren Zeitung, deren Herrn Scialoja Kufalt eben besucht hatte.

„Ja", sagte Kufalt zögernd und legte die Bücklinge auf den Waschtisch. „Und Sie haben also Arbeit für mich?"

„Vielleicht", sagte Herr Dietrich. „Wer lebt, wird erleben."

„Und was müßte ich tun, um vielleicht Arbeit zu bekommen?"

Sie hatten sich beide gesetzt und sahen einander freundlich an.

„Wissen Sie", sagte Herr Dietrich und neigte sich so nahe zu Kufalt, daß der feststellen konnte, Herr Dietrich hatte heute schon Kognak getrunken. „Wissen Sie, ich bin nämlich auch nicht angestellt beim ‚Stadt- und Landboten'. Ich bin ein freier Mann."

Kufalt zog sich ein wenig zurück. Sowohl vor dem Atem wie vor der Eröffnung.

„Aber", sagte Herr Dietrich – und dieses Aber hatte mindestens sieben a –, „ich habe vielerlei zu tun. Ich habe viele Dinge in meinem Kopf."

Kufalt glaubte, das schon einmal heute gehört zu haben, und saß still abwartend da.

„Erstens", erklärte Herr Dietrich und legte seine Hand

sachte auf Kufalts Hand, „erstens bin ich Abonnentenwerber
für den ‚Stadt- und Landboten'."

Er hob seine Hand hoch, betrachtete sie nachdenklich. Daß
die Nägel, so kurz sie auch abgebissen waren, ziemlich
dreckig aussahen, schien er nicht zu bemerken. Nach der Betrachtung der Hand legte er sie ein zweites Mal auf Kufalt.

„Zweitens", sagte Herr Dietrich, „bin ich Annoncenakquisi-
teur für dieselbe Zeitung."

Wieder dasselbe Manöver mit der Hand. Und wieder kam
die Hand zu Kufalts Hand zurück.

„Drittens", sagte Herr Dietrich, „werbe ich für eine frei-
willige Krankenkasse Versicherte und erhebe die Beiträge."

Die Hand flog wieder in die Luft und kehrte wieder zu
Kufalt zurück.

„Viertens kassiere ich für die hiesige Gastwirtsinnung die
Innungsbeiträge."

Kufalt war überzeugt, daß Herr Dietrich gerade an diesem
Morgen bei den Gastwirten Innungsbeiträge kassiert hatte.
Er wußte nicht, wie lange Herr Dietrich schon in seinem
Zimmer gesessen hatte. Aber jedenfalls roch das Zimmer
entschieden spirituös.

„Fünftens", erklärte Herr Dietrich feierlich, „erhebe ich
auch die Mitgliedsbeiträge beim Turnverein Alte Eiche.

Sechstens bin ich aber auch der Geschäftsführer des hiesigen Wirtschafts- und Verkehrsvereins und gebe alle Auskünfte, die sonst von dem ganzen Stab eines Mitteleuropäi-
schen Reisebüros erteilt werden."

Kufalt wartete, ob noch Weiteres käme, aber die Hand
blieb in der Luft und wanderte dann in die Tasche von Herrn
Dietrich, wo sie mit Silbergeld klimperte.

Jedenfalls will er mich nicht anpumpen, dachte Kufalt.

„Ihr Schicksal hat mich direkt erschüttert", sagte Herr
Dietrich überleitend. „Ich versichere Ihnen: direkt erschüttert."

Pause.

Eigentlich müßte Kufalt nun etwas sagen. Aber er sagte
nichts. Herr Dietrich wandte sein Gesicht plötzlich scharf
seinem Gesprächspartner zu. „Und was denken Sie nun, was
ich für Sie tun kann?" fragte er.

„Ja, ich weiß doch nicht", sagte Kufalt zögernd.

„Gehalt kann ich Ihnen nicht zahlen", erklärte Dietrich mit Entschiedenheit. „Aber Sie haben Aussichten bei mir."

„So", sagte Kufalt nur.

„Ich will Ihnen mal was sagen", erklärte Herr Dietrich, „ich will ganz offen mit Ihnen reden. Ich bin überhaupt ein sehr offener Mensch. Meine Offenheit hat mir schon tausendmal geschadet . . ."

Er sah Kufalt freundlich lächelnd an, wußte aber entschieden nicht weiter. Dann hatte er eine Idee.

„Wissen Sie was", sagte er, „hier gleich an der Ecke hat der Gastwirt Lemcke eine Wirtschaft. Darf ich Sie zu einem Glas Bier und einem Korn einladen? Da spricht es sich viel besser."

Kufalt zögerte einen Augenblick. Dann sagte er: „Ich trink nie was am Vormittag. Ich vertrag das nicht."

„Ich auch nicht", sagte Herr Dietrich, „aber Sie verstehen, wenn man Kassierer der Gastwirtsinnung ist . . ."

Kufalt hüllte sich in Schweigen. Herr Dietrich rückte hin und her, sah unzufrieden seine Zigarre an und sagte dann, gewissermaßen zu dieser Zigarre: „Zu einem Entschluß müssen wir kommen."

„Ja", sagte Kufalt höflich.

Plötzlich war Herr Dietrich in Fahrt.

„Wissen Sie was, mein lieber Herr Kufalt", sagte er, „schließlich kennen Sie mich nicht, und Kognak habe ich heute auch schon ein bißchen getrunken. Gehen Sie morgen um zwölf auf die Redaktion. Da sitzt unser Obermuckermuck, der Freese, der wird Ihnen sagen, was ich für ein Mann bin. Und dann übertrage ich Ihnen gegen prozentuale Beteiligung das Inkasso bei allen Vereinen und der Innung. Und Sie können auch Annoncen und Abonnenten werben, und wenn Sie sonst eine Arbeit für mich machen, dann bezahle ich sie extra. Was meinen Sie dazu?"

„Was könnte man denn da so verdienen im Monat?" fragte Kufalt vorsichtig.

„Das hängt ganz von Ihnen ab", sagte Herr Dietrich. „Wenn Sie zum Beispiel hundert Abonnenten im Monat werben, pro Abonnent eine Mark fünfundzwanzig, macht hundertfünfundzwanzig Mark, ein Viertel an mich – das ist gewissermaßen so nebenbei verdientes Geld."

„So", sagte Kufalt, „und das Kassieren bei den Leuten? Die zahlen doch heute alle nicht gerne ihre Beiträge."

„Na ja", sagte Herr Dietrich, „Millionär werden Sie nicht werden. Aber Ihr Leben haben Sie. Wollen Sie, oder wollen Sie nicht?"

„Zu Herrn Freese will ich schon mal gehen", sagte Kufalt.

„Und noch eins, lieber Herr Kufalt", sagte Herr Dietrich und neigte sich ganz dicht zu Kufalt hin, so daß er das ganze Aroma von einem halben Dutzend Kognaks zu spüren bekam. „Wissen Sie, das mit dem Inkasso, da kriegen Sie doch Hunderte von Mark in die Hände, und ich muß dafür gradestehen."

Er sah Kufalt ernst besorgt an.

„Ich muß dafür geradestehen", wiederholte er noch einmal.

„Ja", sagte Kufalt und wartete. Er wußte schon, was da kommen würde, aber er wollte es dem andern nicht gar zu leicht machen.

„Sie wissen doch, lieber Herr Kufalt", sagte Herr Dietrich. „Sie haben es mir doch selbst geschrieben. Das war doch dieselbe Geschichte, weswegen Sie ins Kittchen kamen, ich meine, weswegen Sie Ihr unglückliches Schicksal erlitten."

„Also kann ich eben nicht kassieren", sagte Kufalt.

„Doch, doch", versicherte der andere. „Man kann da doch sicher irgendwas einrichten. Sie sind doch aus guter Familie. Eine Kaution . . ."

„Also ich werde morgen mal zu Herrn Freese gehen", sagte Kufalt und stand auf.

„Sie meinen, eine Kaution käme nicht in Frage? Ich würde sie natürlich in jeder Hinsicht sicherstellen."

„Was glauben Sie denn eigentlich?" rief Kufalt. „Glauben Sie, ich hätte es nötig, Bettelbriefe zu schreiben, wenn ich große Kautionen stellen könnte?"

„Und eine kleinere?" fragte Herr Dietrich. „Sie können ja jeden Tag mit mir abrechnen."

„Auch eine kleine nicht", entschied Kufalt. „Jedenfalls werde ich aber mal Herrn Freese besuchen."

„Das hat gar keinen Sinn", sagte Herr Dietrich und pirschte sich gegen die Tür. „Freese ist das gröbste Schwein von der Welt. Im übrigen", sagte er und bekam die Türklinke zu fassen, „im übrigen bin ich doch nur zu Ihnen gekommen, weil ich von Ihrem Schicksal erschüttert war, direkt erschüttert."

„Ja, ja", sagte Kufalt gedankenlos und betrachtete nachdenklich sein Gegenüber mit der langen Nase. Und plötzlich hatte er eine Idee.

„Können Sie mir nicht vielleicht mit zwanzig Mark aushelfen", sagte er. „Ich bin nämlich ziemlich abgebrannt." Er lachte.

Und nun geschah das Wunderbare. Dieser Dietrich, dieser halb betrunkene Kerl, der mit dem Silbergeld der Gastwirtsinnung in seiner Tasche klapperte, dieser Dietrich faßte einfach in die Tasche, holte eine Handvoll Geld heraus, zählte vier Fünfmarkstücke ab, drückte sie Kufalt in die Hand, sagte: „Quittung ist unnötig. Wir arbeiten doch noch miteinander."

Und verschwand mit dem sachten und vorsichtigen Schritt der regelmäßig Betrunkenen, die wissen, daß sie auf sich aufzupassen haben, treppab.

8

Emil Bruhn wohnte in der Lerchenstraße, auch weit draußen vor der Stadt, in der Nähe seiner Holzwarenfabrik, in der er, genau wie im Kittchen, Fallennester für Hühner im Akkord nagelte.

Er hatte seine grünlich getünchte Kammer nicht für sich allein.

Er teilte sie mit dem Wächter einer Lederwarenfabrik, der abends um acht fortging und erst morgens um acht wiederkam, anderthalb Stunden später, als Bruhn das Haus verließ. Sie schliefen im gleichen Bett. Sie teilten so ziemlich alles miteinander, und wenn es Differenzen gab, und es gab oft Differenzen, so wurden sie am Sonntag ausgetragen, wenn der Wächter der Lederfabrik seine freie Nacht hatte.

Kufalt, erst zwei Wochen im Städtchen, wußte alles über diese Differenzen. Daß der Lump, der andere, nie die eigene, sondern immer die fremde Seife benutzte, daß er nie sein Zeug weghängte und daß er jeden Sonntagabend betrunken mit einem Mädchen auf die Bude kam und verlangte, Bruhn solle auf dem Fußboden schlafen. „Nur ein kleines Weilchen, Emil. Gleich sind wir fertig . . .”

Ja, von diesen Differenzen erzählte Bruhn viel und ausgiebig. Aber davon zu hören, war Kufalt immer noch lieber, als wenn der Krüger im gleichen Zimmer mit Bruhn gewohnt hätte.

Der Krüger war gottlob längst wieder verschüttgegangen, hatte seine Arbeitskollegen bemaust. Kleine, klägliche, widerliche, sinnlose Diebstähle von Tabak und Manschettenknöpfen. Der saß schon wieder drin, und Bruhn trauerte ihm nicht nach.

Wenn sich der Emil Bruhn in einem geändert hatte, so darin, daß die Jungen keine Rolle mehr in seinem Leben spielten. Jetzt war er hinter den Mädchen her, aber irgendwie klappte es immer nicht damit. Entweder war er zu schüchtern, oder er war zu frech. Oder sie witterten an ihm, daß etwas nicht ganz in Ordnung war, und es kam zu nichts. Und er lief herum und glotzte sich seine gutmütigen blauen Seehundsaugen nach ihnen aus und rannte auf die Tanzböden und schwitzte sich ab und zahlte von seinen paar Groschen zwei, drei Glas Bier für sie, und dann versetzten sie ihn. Verschluckt von der Nacht, oder sie zogen ganz offen mit anderen Kavalieren los, und Bruhn hatte das Nachsehen.

Vielleicht war es darum, daß er die Rückkehr Kufalts so freudig begrüßt hatte. So ein schnieker Junge, so fein in Schale, da mußte es klappen. Die Mädels gingen immer zu zweien. Nun gut, Kufalt sollte die hübsche nehmen, es gingen doch immer eine hübsche und eine schieche miteinander, aber so schiech konnte keine sein, sie hatte, was Emil Bruhn wollte.

Er stand vor seinem Spiegel und mühte sich mit seinem weißen Kragen ab, mit jenem Ding, das sie da oben ein Quäder nennen, mühte sich ab und erzählte, was für feine Mädels heute zum Tanz kommen würden, in den Rendsburger Hof. Und hoffte so treu auf seinen Kufalt und hatte keine Ahnung, daß es dem mit den Mädels auch nicht anders ging.

„Wenn es nur nicht zu teuer wird”, sagte Kufalt.

„Teuer?” fragte Emil. „Ich sitze mit einem Bier den ganzen

Abend. Aber natürlich, wenn man die Mädels erst besoffen machen muß..."

„Kommt gar nicht in Frage", sagte Kufalt.

„Na also", sagte Emil. „Ich hab doch immer gesagt, bei dir wird es was."

„Und was hast du diese Woche verdient?" fragte Kufalt.

„Einundzwanzig Mark sechzig", sagte Bruhn. „Die ziehen einem immer mehr ab, die Räuber, die wissen, sie können mit mir machen, was sie wollen. Jetzt haben sie schon dem Werkmeister erzählt, daß ich ein Raubmörder bin. Und der braucht nur die Fresse aufzutun und es den Kollegen zu sagen, und ich sitze draußen. Die arbeiten doch nicht mit so einem, wie ich bin, wenn sie's erst wissen."

Er steht da vor seinem Spiegel, das Quäder und der Schlips sitzen nun richtig. Er sieht Kufalt an.

Auch Kufalt sieht seinen Emil Bruhn an.

Siehe, da ist ein bißchen Wärme. Verlorenste Erinnerung an damals, als sie sich Kassiber schickten, durch den Kalfaktor, als sie im Duschraum unter dieselbe Brause krochen, als sie sich liebten.

Sie sind da, wieder sind sie beieinander. Sie sehen einander an. Das Leben ist weitergegangen, vieles hat sich verändert, und sie vor allem sind anders geworden. Aber da ist der Duft von damals und die Erinnerung an die nahe Berührung und an die so heiß begehrte, so selten geschehene Erfüllung.

Nein, sie reichen sich heute nicht einmal mehr die Hand. Es ist eben weitergegangen, das Leben. Es ist ein anderer Leib als damals der zwischen den Mauern, ein anderes Begehren als früher. Über die Straßen laufen die Mädchen, und die Röcke wehen um ihre Beine, und sie haben eine Brust. Ach, es ist so schön, es könnte so schön sein...

„Und mit deinem Sparkassenbuch ist auch nichts?"

„Nichts", sagt Emil Bruhn. „Die haben mich schön angeschissen, die Lumpen. Aber wenn ich je wieder ins Kittchen komme...!"

„Wenn du fertig bist, gehen wir also", antwortet Kufalt.

Nein, es ist vorbei. Andere Welt, andere Gefährten, du hältst es nicht, du rufst es nicht zurück, aber immer, dort in der Königstraße, hier in der Lerchenstraße, steht das einsame Bett, mit den Grübeleien, den Sorgen, den selbstischen Erfüllungen.

Kann es denn gar nicht anders werden?

9

An der einen Seite des verräucherten Tanzbodens, unter dessen Decke noch die Papierkränze und Lampions der Venezianischen Nacht vom letzten Karneval hingen — an der einen Seite standen die Mädchen, auf der anderen Seite standen die Burschen.

Die Mädchen trugen die kleinen Fähnchen der Fabrikarbeiterinnen, viele Burschen hatten die Mützen auf dem Kopf. Manche waren ohne Jacketts. Wenn sie tanzen wollten, winkten sie dem Mädel zu, und das Mädel kam herüber und trat vor seinen Herrn, der ruhig die Unterhaltung zu Ende führte, ehe er den Arm um seiner Tänzerin Rücken legte und mit ihr losschob.

An einem Tisch saßen Kufalt und Bruhn und tranken ihr Bier. Die andern Burschen gingen zwischen den Tänzen zur Theke und tranken im Stehen einen Schnaps oder ein Bier. Oder sie tranken auch nichts — wozu hatte man dreißig Pfennig Eintritt bezahlt?! Die Musik lärmte sehr, und die Mädchen sangen alle Schlager mit. Und wenn der Tanz zu Ende war, ließen die Bengels ihre Mädels stehen, wo es gerade war, und gingen von ihnen fort, zu den andern Bengels.

„Wollen wir nicht irgendwo anders hingehen, wo es netter ist?" fragte Kufalt.

„Aber wo es netter ist, kostet es viel Geld", sagte Bruhn. „Und Weib ist Weib."

Kufalt wollte etwas antworten, da sah er sie. Sie war ziemlich groß, mit einem fröhlichen, offenen Gesicht, einem lebendigen Mund und einer Stupsnase.

`Vielleicht war ihr Kleid wirklich eine Kleinigkeit hübscher als das der andern. Aber vielleicht kam es Kufalt auch nur so vor.

„Wer ist die?" fragte er Bruhn plötzlich eifrig und hatte alles Fortgehen vergessen.

Bruhn fand natürlich zuerst nicht die, die Willi meinte,

330

aber dann sagte er: „Ach die, die mach dir bloß ab. Die hat nämlich schon ein Kind."

„Wieso?" fragte Kufalt verständnislos.

„Na, weil keiner für das Kind zahlen will", erklärte Bruhn.

„Aber dann gerade", fing Kufalt an.

„Nein, nein", sagte Bruhn, „die läßt sich mit keinem Mann mehr ein. Die hat die Neese voll. Die hat soviel Dresche gekriegt von ihrem Vater, dem Glasermeister Harder in der Lütjenstraße, die sieht keinen wieder an."

„Wenn es so ist", sagte Kufalt langsam.

Und dann saß er still da und sah sie an. Die Musik schien immer lauter zu werden, und manchmal tanzte sie auch und lachte. Und sie war die Hildegard von dem Glasermeister Harder in der Lütjenstraße. Dem sie heute nacht wohl ausgebimst war. Und er war der Kufalt aus der Königstraße mit gar keinen Aussichten. Aber mit noch etwas Geld, einem heilen Anzug – und manchmal sah sie ihn auch an.

Wenn die Mädchen weggehen, so kann man hinterhergehen. Und man braucht sich nicht zu genieren, wenn man sich auch lächerlich gemacht hat, weil sie gar nicht richtig weggegangen sind, sondern nur auf die Toilette. Man kann ruhig davorstehen, sich auslachen lassen, die haben es doch alle im Saal kapiert: Der Neue in dem guten blauen Anzug, der mit dem kleinen Seehund aus der Holzwarenfabrik geht, der hat Feuer gefangen. Was schadet es schon? Einmal, einmal muß man tun dürfen, wozu das Herz einen treibt. Fort sind die andern, und er sieht sie, und sie hat eine Art, sich ins Haar zu fassen, wenn sie tanzt, ihren Kopf gewissermaßen zu stützen beim Tanzen. Und sie hat ein Kind, sie hat schon mit andern Männern geschlafen. Alles wird leichter sein bei ihr ...

Und dann der Kopf, wenn sie ihn senkt über das Glas, und die Haare fallen alle über ihr Gesicht. O geh, flüstert es in ihm, o geh doch schon, daß ich mit dir sprechen kann ...

Aber sie tanzt weiter und lacht weiter und schwatzt weiter, und sie sieht ihn gar nicht, denn nun weiß sie, daß er sie sieht.

O geh doch!

Geliebte, einsame Nächte, ihr habt dies möglich gemacht, daß es so sein kann, daß es so kommen kann, wie ein Glück, wie das eine ganz große Glück. Und sie kann nicht nein sagen, und sie wird nicht nein sagen. Und sie mögen lachen über ihn. Nächsten Sonnabend wird er doch mit ihr tanzen, und er wird Arbeit bekommen, und er wird sie heiraten, er wird einen Jungen haben.

Ach, Liese von vor kurzem, wie anders ist diese Welt!

Das sind die kleinen, schlechtbeleuchteten, schmalen Straßen der Stadt, mit den niedrigen Häusern. Und man fühlt tief den Himmel, fühlt ihn tief und ganz nahe. Und der Wind jagt um die Ecken, und die beiden Mädels da vorn kuscheln sich enger aneinander. Und er geht hinter ihnen her. Einen Schritt hinter ihnen her und hat noch immer nicht ein Wort gesagt. Die Lütjenstraße kommt, und sie schließt die Haustür auf und schwatzt noch einmal mit der Freundin, und er steht dabei, dicht dabei und fleht: O komm doch, komm.

Und die Haustür fällt zu, und das andere Mädchen geht an ihm vorbei und lacht und sagt: „Stiesel!" und geht weiter. Und er steht allein. Und es ist sehr dunkel, und er fürchtet sich vor seinem Zimmer.

Es ist viel später, als er entdeckt, daß ein Hof hinter dem Haus ist und daß die Hoftür nicht verschlossen ist und daß man auf den Hof gehen kann und daß hinter einem Fenster im Erdgeschoß noch Licht brennt.

Und wie es kam, nun gut, einmal hat man Mut. Er kratzte mit dem Fingernagel an der Scheibe, leise, er klopfte lauter. Das Fenster ging auf. Und sie war am Fenster. Und fragte ganz sacht: „Ja?"

„O bitte, du!" sagte Kufalt.

Und das Fenster ging wieder zu, und es wurde dunkel. Und er stand da, in dem fremden Hof, und plötzlich sah er nach oben, in seiner Einsamkeit sah er nach oben. Und er sah die Sterne, und sie gingen so seltsam nahe und bedeutend hervor. Und eine Hand war in der seinen. Und es flüsterte: „Komm."

Es ist wieder Licht in dem Zimmer, aber es ist nicht ihr Bett, das er sieht. Es ist das Bett des Kindes, und das Kind schläft. Es hat sich zusammengerollt, die Knie hoch hinaufgezogen bis unters Kinn, wie es wohl früher in dem Mutterleib gehockt hat. Und die Wangen sind rosig, und die Haare sind verwuselt über der Stirn . . .

Beide sehen sie herunter auf das Kind.

Und dann sehen sie einander an.

O liebes, liebstes Gesicht du!

Und er nimmt seine beiden Hände und legt die Fingerspitzen gegen ihre Wangen und führt ihren Kopf seinem Kopf entgegen. Und er meint, ihr Blut raunen zu hören. Und sie sehen sich nahe an, und ihre Lider wehen über die Augen, die braun sind. Und das Gesicht kommt näher und wird ganz groß.

Eben waren noch die Sterne da und die Nacht und das einsame Stehen auf dem Hof. Und nun kann solch ein Mädchengesicht die ganze Welt sein. Mit Bergen und Tälern und den ertrunkenen Seen der Augen . . .

O du liebes, liebstes Gesicht!

Und ihr Mund ist da. Er ist fest geschlossen. Er gibt nicht nach unter dem Druck seiner Lippen.

Plötzlich entgleitet ihm erst ihre Schulter, dann ihr Gesicht. Das Kind schläft noch immer. Sie stehen da: fremde Welt.

„Geh", sagt sie bittend und führt ihn an der Hand über den Hof auf die Straße.

Und er geht nach Hause.

So fing es an.

10

Es gab viele Dinge, über die man mit Emil Bruhn nicht sprechen konnte. Im Kittchen schien Gemeinsamkeit geherrscht zu haben – nun, nein, viele Dinge, über die man schweigen mußte.

„Wo bist du denn gestern nacht abgeblieben?"

„Ich war so müde, und es wurde so langweilig . . ."

„Wohl, weil die Hildegard Harder wegging?"

„Ach die!"

„Und läßt sich von einer wie der Wrunka Kowalska aus der Lederwarenfabrik ,Stiesel' sagen?"

„Quatsch", sagt Kufalt nur. „Alles Quatsch."

Und als der Bruhn weiter schwieg: „Mit den Pfaffen war es auch nichts. Sie können alle nichts wollen. Da ist das Wohlfahrtsamt, sagen sie. Als wenn ich das nicht wüßte!"

„Nicht einmal bei ihr reingekommen bist du!"

„Ich habe mir was überlegt deinetwegen, Emil", sagt Kufalt und tut eifrig. „Mit deiner Holzwarenfabrik ist es auf die Dauer nichts. Und ein perfekter Tischler bist du doch..."

„Das bin ich", muß Emil zugeben. „Wenn man elf Jahre im Kittchen getischlert hat ..."

„Wenn du nun deine Gesellenprüfung nachmachtest und gingest zu einem richtigen Meister, nach Kiel oder Hamburg, wo niemand was von dir weiß?"

Bruhn ist wieder mürrisch. „Und das Geld, mein Junge, das Geld für die Prüfung und all die Zeit, wo ich nichts verdiene? Nein, du hast dich gestern schön blamiert vor der ganzen Stadt. Mit dir geh ich so leicht nicht wieder aus!"

Kann man erzählen? Ja, man könnte erzählen, man ist doch schließlich in ihrem Zimmer gewesen, nachts, nach zwölf ... Aber das Kinderbett und das nahe liebe Gesicht ...

„Wenn ich nun einmal für dich zum Direktor ginge und für dich redete?" fragt Kufalt. „Es ist doch ein Fonds da für die Entlassenen. Und bei dir hat es doch Sinn, du kriegst doch vernünftige Arbeit dadurch."

„Du drückst es nicht durch", sagt Emil versöhnter. „Die ganze Beamtenkonferenz wird dagegen sein."

„Also gehe ich hin", sagt Kufalt. „Ich hab immer beim Alten 'ne Nummer gehabt. Du wirst schon sehen ...!"

Die Nacht ist vergessen und der Freund, mit dem man paradieren wollte und der sich Stiesel nennen ließ, ohne so 'nem Polenweib eine zu kleben, wie sich das gehörte ...

„Wenn ich Tischlergesell würde", sagt Emil träumerisch. „Du hast ja gar keine Ahnung, wie mich diese Arbeit anstinkt. Über acht Jahre bau ich nun schon Fallennester. Jeden Hammerschlag weiß ich. Aber wenn man wieder mal einen Schrank bauen könnte oder einen richtigen Tisch, die Beine anständig verzargt ..."

„Werd ich dem Direktor sagen", erklärt Kufalt. „Aber dauern wird es wohl noch 'ne Weile, bis es bewilligt ist."

„Ich hab Zeit. Ich kann warten", sagt Emil.

„Na schön! Also morgen", sagt Kufalt. „Ich muß sehen, daß ich es mir so einrichte. Ich hab morgen viel zu tun ..."

· „Was hast du denn zu tun?" fragt Emil. „Du hast doch gar nichts zu tun."

„Gerade hab ich viel zu tun. Laufen muß ich den ganzen Tag." Er macht eine Pause und hustet. Er sieht die Straße entlang, es ist Herbstwetter, kalt, windig, näßlich, gegen sechs — immerhin ist es nicht ausgeschlossen, daß die Hildegard Harder einmal auf die Straße kommt.

Nein, sie kommt nicht. Er sagt so nebenhin: „Ich werde wohl von jetzt an meine zehn, zwölf Mark den Tag verdienen."

„Anschiß", sagt Bruhn bloß.

„Wieso Anschiß?! Gar nicht Anschiß", sagt Kufalt empört. „Ich bin heute mittag bei Freese gewesen . . ."

„Kenn ich nicht", sagt Bruhn. „Einen Freese kenn ich nicht. Was sollst du ihm denn im voraus für die piekfeine Stellung geben?"

„Gar nichts", bricht Kufalt aus. „Nicht 'nen Pfennig! Erst war so ein Blasser bei mir, Dietrich hieß er. Der wollte 'ne Kaution haben. Na, den habe ich schön reingelegt, ein Viertel von all meinen Einnahmen hat er auch haben wollen. Nachher hat er mir zwanzig Mark gepumpt!"

Kufalt bricht in ein Gelächter aus, und auch Emil lacht mit, trotzdem ihm all das nicht ganz klar vorkommt. Dann muß Kufalt von Dietrich erzählen: „Eine Molle und einen Korn an der Ecke, so dumm, daß er mir mein letztes Geld abnimmt, so doof . . ."

Und nun lacht auch Emil. „Dem ist das recht, dem Bruder, dem! Und dann bist du hinter seinem Rücken zu dem Herrn Freese gegangen?"

„Bin ich", sagt Kufalt und ist merkwürdig kurz. „Und ich darf Abonnenten und Anzeigen werben, und von allem kriege ich Geld."

„O Mensch, o Manning, Manning, Mensch!" jubelt Bruhn. „Und wenn du nun noch zum Direktor gehst, und der Laden klappt auch — dann verdienen wir beide so viel Geld, daß wir in die richtig feinen Lokale zu den richtigen Weibern gehen können, und alle Wrunkas und Hildegards können uns . . ."

Es war in diesem Augenblick, daß eine Stimme neben ihnen sagte: „Darf ich Sie mal einen Augenblick sprechen?"

Verlegenheit, Stille, Verlegenheit.

Dann sagte zuerst Kufalt: „Vielleicht komme ich heute abend noch mal bei dir vor, Emil!"

„Schön", sagte Emil. „Und denk an den Direktor!"

„Wird gemacht!" sagte Kufalt. „Geht in Ordnung, alter Junge!" Und seine Stimme klang unnatürlich frisch. Dann aber gingen die beiden, Hildegard Harder und Willi Kufalt, gegen den dunklen Stadtpark, aus der Stadt hinaus.

11

Kufalt war nicht umsonst so schweigsam über die Unterredung mit Herrn Chefredakteur Freese gewesen. Der „Stadt- und Landbote" mochte ein kleineres Blatt sein als „Der Vaterlandsfreund" — aber ein ebenso großer Mann wie der Herr Scialoja war der Herr Freese sicherlich.

Freilich nichts von Schwierigkeiten, durchgelassen zu werden, nichts von Warten ... „Gehen Sie da durch", sagte ein langer, knochiger, pferdegesichtiger Mann und zeigte auf eine Tür. „Aber gute Stimmung hat er heute nicht."

Also ging Kufalt durch.

Da saß ein dicker, schwerer, schmuddliger Mann hinter seinem Schreibtisch, einen weißgrauen Walroßbart hatte er, und einen Kneifer, dessen Gläser herabhingen.

Auf der einen Seite vom Schreibtisch sitzt Herr Freese, auf der anderen steht Kufalt. Zwischen beiden auf dem Schreibtisch ist ein Gewusel von Papieren, aber auch Bierflaschen, eine Kognakbuddel, Gläser. Herr Freese sieht grau aus, nur seine Augen sind gerötet und böse.

Er blinzelt nach Kufalt, er macht den Mund auf, als wollte er reden, dann macht er den Mund wieder zu.

„Guten Morgen", sagt Kufalt, „ich komme auf Veranlassung von Herrn Dietrich."

Freese krächzt einmal, krächzt zweimal, dann hat er die Kehle so frei, daß man deutlich verstehen kann: „Raus!"

Kufalt überlegt einen Augenblick, er ist ja nicht mehr der Kufalt von damals, als er aus dem Kittchen kam mit der Hoffnung, alles würde schon glatt gehen; er weiß, man muß ein bißchen zähe sein, schlucken, eigentlich genau wie im

Kittchen – er überlegt also und sagt dann: „Oder eigentlich komme ich gerade gegen den Rat von Herrn Dietrich!"

Er steht und wartet ab, wie das wirkt.

Herr Freese sieht ihn mit seinen kleinen geröteten Augen böse an. Er krächzt wieder, er macht die Kehle frei – dann sieht er nach der Kognakflasche und schüttelt trübe den Kopf, er krächzt noch einmal und sagt langsam: „Junger Mann, Sie sind schlau. Sie sind nicht schlau genug für einen alten Mann." Plötzlich unterbricht er sich: „Stört der Ofen Sie nicht?!"

Kufalt ist verwirrt, er sieht sich um nach dem großen, weißen Kachelofen, der Hitze strahlt, er kann nicht raten, was der andere hören möchte (denn am liebsten sagte er das), so sagt er denn: „Nein, stört mich nicht."

„Aber mich", sagt Herr Freese mühsam. „Zu kalt, viel zu kalt. Werfen Sie drei Briketts auf, nein, halt, fünf!"

Eine Kiste steht da mit Briketts, aber nichts, womit die schwarzen Dinger anzufassen – Kufalt sieht sich um, er hat eine Erleuchtung, er nimmt vom Schreibtisch einen Fetzen Papier, ein Manuskript also wohl, damit faßt er die Briketts an, feuert sie in die Glut, hinterher das Papier . . . Er dreht sich um nach Freese.

„Fuchsschlau", murmelt der, „fuchsschlau. Doch nicht schlau genug."

Er sitzt zusammengesunken da und sieht trübe aus, ein alter Mann. Durch das Fenster kommt etwas wie ein Herbstsonnenstrahl über das graue verwüstete Gesicht, die gerötete Stirn, das schändliche Gewusel aus weißen und grauen Haaren.

Schläft er ein? fragt sich Kufalt.

Der andere denkt nicht daran. „Aus dem Kittchen kommen Sie", sagt er. „Die Gesichtsfarbe kenne ich. Pflegt sich noch die Hände, das Schwein, hofft noch auf anständige Arbeit."

Er hebt trübe seine eigene Pranke und betrachtet sie, die seit Wochen nicht gewaschen scheint, so grau sieht sie aus.

Freese schüttelt den Kopf, er betrachtet wieder Kufalt, er sagt: „Es hat alles keinen Sinn, Jüngling, alles keinen Sinn. Durch den Stadtpark fließt die Trehne, bei den Lederwerken ist ein guter Hafen, überall ist das Wasser kühl und naß – bei Ihnen hat es noch einen Sinn."

„Und bei Ihnen?" fragt Kufalt atemlos das Gespenst aus Alkohol und Trübsinn.

„Zu alt", sagt Freese, „viel zu alt. Wenn man nichts mehr zu erwarten hat, lebt man immer weiter ... Sie haben noch was zu erwarten, also Schluß!"

Die beiden sind still.

„Kalt", sagt der alte Mann und schaudert mit einem Blick auf den Ofen. „Lassen Sie nur, es hilft doch nichts mehr. – Wie kommen Sie zu Dietrich?"

„Er ist bei mir gewesen auf der Wohnung."

„Und was hat er Ihnen geboten?"

„Alle mögliche Arbeit, ein Viertel der Erträge an ihn."

„Hat er Sie angepumpt?" fragt Freese.

„Nein", sagt Kufalt stolz. „Ich hab ihn angepumpt."

„Wieviel?"

„Zwanzig Emm."

„Kraft!" schreit der Mann laut. „Kraft!!!"

Die Tür zum Vorderzimmer tut sich auf, und das Pferdegesicht steckt seinen Kopf herein.

„Na?" fragt es.

„Der junge Mann fängt morgen früh bei uns an, Annoncen- und Abonnentenwerben. Der gewöhnliche Satz. Wenn er nicht sechs am Tage schafft, fliegt er. Vorläufig fliegt erst einmal der Dietrich."

„Aaaber ...", fängt der Kraft an.

„Fliegt der Dietrich, läßt sich anpumpen!" sagt Herr Freese mit Nachdruck. Und dann: „Raus!"

Und Herr Kraft geht wirklich raus.

„Also morgen früh um neun", sagt Herr Freese. „Aber ich sage Ihnen gleich, es hat keinen Zweck. Sie schaffen nie sechse, und ich schmeiß Sie raus, und dann kommt doch das Wasser ..."

Er sitzt da, sicher sieht er es, er sieht es. „Das Wasser", sagt er. „Grau, kalt, naß. Wasser ...", sagt er. „Naß", sagt er und schüttelt sich.

Diesmal schenkt er sich einen Kognak ein.

Er schaudert auch beim Trinken.

Dann sagt er klarer: „Und wie ist es mit den zwanzig

Mark von Dietrich? Der hat noch Schulden hier. Zahlen Sie die gleich ab."

„Aaaber . . .", fängt Kufalt an.

„Na also", sagt der alte Mann. „Sie haben noch Angst, wovon Sie die nächsten Tage leben werden – und Sie wollen Abonnenten werben?!!! Guten Morgen."

„Guten Morgen!" sagt Kufalt und ist schon beinahe bei der Tür. Dann hört er es noch einmal: „Das Wasser", und sieht das graue aufgeschwemmte Gesicht, das grauweiße Haar, diesen Nickelmann der Schnapsflasche . . .

„Das Wasser . . .", sagt der.

12

„Wie gefällt dir der Junge?" fragte sie.

„Gut. Sehr gut", sagte er hastig.

„Er heißt Willi. Wilhelm", sagte sie.

„So heiße ich auch", sagte er.

„Ja, ich weiß", sagte sie.

Die Nacht war sehr dunkel. Über dem blattlosen Geäst der Stadtwaldbäume war der Himmel – ohne Sterne – mehr zu ahnen als zu sehen. Sie waren – erst getrennt nebeneinander durch die beleuchteten Straßen, dann eingehängt über die Chaussee, dann sich umfassend im verödeten Stadtwald –, so waren sie bis zu dieser Bank gekommen, um die junge Fichten standen. Der Wind war über ihnen, an den Seiten ferner, sie saßen dicht beieinander, warm.

Er sah ihr Gesicht wie einen hellen Schimmer, die Augenhöhlen ganz dunkel – und es leuchtete aus dieser samtigen Dunkelheit.

„Kinder müssen einen Vater haben", sagte sie.

„Ich bin auch so lange allein gewesen", sagte er und lehnte den Kopf gegen ihre Schulter. Es war weich.

Sie zog ihn näher, mit einer Hand gegen ihre Brust. „Und ich erst!" sagte sie. „Wie das mit dem Kind passierte, und alle sahen mich an, und plötzlich war ich ein Dreck, und Vater schlug mich immer, und Mutter heulte ewig bloß . . ."

Sie versank in Gedanken.

„Ich habe keinen Vater mehr", sagte er.

„Ach, das wäre viel besser!" rief sie. „Dann könnte ich mir ein Zimmer mieten und für den Jungen arbeiten... Aber so..."

„Warum gehst du denn nicht weg?" fragte er. „Du bist doch mündig."

„Aber das geht doch nicht", widersprach sie eifrig. „Wo Vater hier Meister ist, und bis das passierte, war er Obermeister von der Glaserinnung. Wo mich hier alle kennen! Nein, nein, ich muß schon zu Haus bleiben, bis mich mal einer heiratet."

Eine Weile Stille. Die Hand, die den Kopf an der warmen weichen Brust hält, ist lockerer geworden im Zugriff. Aber dann kommt die andere dazu, beide heben sie den Kopf, nun berühren sich die Lippen, und dieses Mal bleiben die des Mädchens nicht geschlossen. Halb geöffnet ist ihr Mund, die Lippen sind weich, es ist, als schwellten sie unter dem Kuß, als blühten sie auf.

Der Mund von Hilde löst sich einen Augenblick, sie stößt einen Laut aus; Befriedigung, Wasser nach langem Durst – und dann stürzt er gleichsam aus dem Nachthimmel auf den seinen herab, saugt, verlangt, wird immer voller, glühender, zärtlicher...

Nein, kein Wort, keine Anrede, kein Kosename. Zwei Verdurstende, die endlich, endlich trinken. Stilles, endloses Küssen – und dazwischen hinein hört Kufalt den Nachtwind im Walde, ein Ast schabt knarrend an einem anderen, das plötzliche Aufwirbeln von Herbstlaub, eine Autohupe, fern, fern...

Und während Kufalt atemlos trinkt, erfüllt eine grenzenlose Traurigkeit sein Herz: Vorbei, während ich küsse, schon vorbei... Im Anfang Ende. Und: Kinder müssen einen Vater haben... er heißt Willi... bis mich mal einer heiratet... vorbei, im Küssen schon vorbei...

Arme, düstere Erde, die mit der Erfüllung schon die Trauer bringt, Planet, kaum von Sonnenstrahlen durchwärmt, schon von Eiseskälten versteinert... kalte Glut, armer Kufalt...

Und – ach, wie sie sich küssen, nun haben sie schon umeinander die Arme geschlungen, sie atmen hastiger, das Hirn beginnt zu tanzen, das Herz flattert, vor den Augen glimmt es wie aus Asche entflammte Glut – und während sie sich immer verzehrender, begieriger, einwühlender küssen, geht durch Kufalts Kopf böses Denken: Wenn du schlau bist, vielleicht bin ich noch schlauer ... wenn du mich fangen willst, vielleicht fange ich dich ... Und seine eine Hand gleitet von der Schulter unter den Mantel, über die Bluse, an die Brust, umfaßt sie. Und sein Bein bedrängt sie.

Mit einem Ruck reißt sie sich los, sie reißt ihren Leib von seinem los, wie man ein Eisen von einem Magnet losreißt.

Einen Augenblick stehen beide taumelnd. Sie faßt – er ahnt es sogar in der Nacht – nach ihren Haaren, wie sie es gestern auf dem Tanzboden tat.

„Nein", hört er sie flüstern. „Nie, nie wieder."

„Ich wollte ja nur ...", sagt er hastig.

„Wenn du das willst", sagt sie, „dann können wir gleich gehen. Von einem Male habe ich genug."

Sie schaudert. Sie faßt nach seinem Arm. „Komm. Es wird kalt. Gehen wir noch ein Stück."

Sie gehen. Nein, übelgenommen hat sie es nicht, aber ... Das wird man nie überwinden, denkt Kufalt. Sie hat wirklich genug. Sie hat Angst.

Und laut: „Du mußt noch nicht nach Haus? Was sagt denn dein Vater?"

„Vater hat Kegelabend", sagt sie.

Sie findet im Dunkeln jeden Weg. Der Stadtwald ist nicht klein, aber sie weiß jeden Weg. „Links müssen wir hinein, dort, wo es ganz schwarz aussieht. Dann kommen wir zum Rindenhäuschen."

Wie oft muß sie hier, denkt Kufalt, mit dem andern gegangen sein. Oder mit den andern. Denn es gibt keinen Vater, keinen, der für das Kind zahlt. Und ich muß ausgerechnet kommen, wenn sie nicht mehr will. Immer habe ich Pech.

„Der kleine Dicke, mit dem du warst, im Rendsburger Hof – ist das dein Freund?"

„Der Bruhn? Ja", sagt Kufalt, „das ist mein Freund."

„Vor dem nimm dich man in acht, ich hab gehört, das soll ein Raubmörder sein."

„Raubmörder ...", sagt Kufalt böse. „Was weißt du von Raubmörder? Ein feiner Junge ist das."

„Aber im Kittchen hat er schon gesessen", sagt sie. „Ich weiß das sicher."

„Na, und wennschon", versucht Kufalt. „Findest du das schlimm?"

„Das ist Geschmacksache", erklärt sie. „Ich möchte keinen solchen. Auch keinen Arbeitslosen. Denke, vom Stempelgeld leben und den ganzen Tag den Mann im Haus! Solche könnte ich einen Haufen haben. Ich könnte immer noch eine Menge haben."

„Ja", sagt Kufalt.

Ihm ist, als wiche sie immer weiter von ihm zurück; es war so gut mit ihr, da sie noch schwiegen, jetzt, da sie reden, entfernen sie sich voneinander.

„Ja", sagt er bloß.

„Wo arbeitest du?" fragt sie. „Bist du auf einem Büro oder bist du Verkäufer?"

„Nein, auf der Zeitung", sagt er.

„O fein!" ruft sie. „Da kriegst du sicher viel Kinobilletts. Können wir bald mal ins Kino?"

„Ich weiß nicht", sagt er unschlüssig. „Ich muß erst mal sehen, wie es paßt. Da sind noch mehr bei uns auf dem ‚Stadt- und Landboten'."

„So, du bist auf dem ‚Boten' ", sagt sie etwas enttäuscht. „Ich dachte, du wärst auf dem ‚Freund'. Wir lesen immer den ‚Freund'. Der ‚Freund' ist doch viel besser!"

„Wo ihr den ‚Boten' gar nicht lest?"

„Doch, lesen tun wir ihn schon. Aber wir sind eben an den ‚Freund' gewöhnt. — Vielleicht ist auch der ‚Bote' besser geworden", sagt sie einlenkend. „Ich weiß es ja nicht, wir sehen den ‚Boten' immer nur flüchtig. — Komm, da ist das Rindenhäuschen. Drin ist es vielleicht wärmer."

„Nein", sagt er. „Ich möchte jetzt nach Haus."

„O Gott, nun bist du böse!" ruft sie bestürzt. „Weil ich das vom ‚Boten' gesagt habe? Ich will nie wieder was gegen den ‚Boten' sagen, bestimmt nicht!"

„Nein, ich bin müde. Ich will jetzt nach Haus", sagt er.

Sie stehen einander gegenüber. Auf der Lichtung, die der schmale Rindentempel ziert, ist es etwas heller. Er sicht ihr Gesicht, die Hände heben sich bittend auf die Höhe der Brust.

„O Willi", sagt sie und nennt ihn zum erstenmal beim Vornamen. „Sei mir doch nicht bös. Bitte, komm."

„Ich bin gar nicht bös", sagt er, und seine Stimme klingt sehr verärgert. „Aber ich bin wirklich müde und muß schnell ins Bett. Ich habe morgen viel zu tun."

Ihre Hände sinken herunter, sie schweigt einen Augenblick.

„Also geh", sagt sie dann tonlos. „Geh."

Er wendet sich zögernd, er murmelt ein „Gute Nacht".

„Gute Nacht", sagt auch sie leise.

Und dann: „Gib mir noch einen Kuß, Willi, bitte."

Er dreht sich um nach ihr. Er geht einen Schritt auf sie zu.

Und plötzlich umfaßt er sie. O Gott, es ist ja die Frau, die Frau, die Frau, nach der ich seit Jahren mich gesehnt, es ist das vermißte Glück, die ewig ausgebliebene Erfüllung... Frau, Weib, Brust... es ist das Glück, es ist das Glück, es ist das große, große Glück... Müde zurück ins Zimmer, ins einsame Bett...

Und er fällt hinab auf sie mit dem Sturm aller seiner Küsse. Er betäubt sie mit dem Sturzbach seiner Berührungen, er ist hier, da, dort. Er stammelt Worte dazwischen, abgerissene, sinnlose Worte. „O du, daß ich dich wiederhabe... ach, du bist mein... wie ich dich liebhabe...!"

Sie taumeln. Das Rindenhäuschen kommt näher, eine Tür knarrt. Es ist sehr dunkel darin und eine modrige Kälte, voll des Geruchs von faulendem Holz...

Es ist stiller. Das hastige Atmen ist ruhiger geworden und ruhig. Hilde weint leise vor sich hin. Er liegt mit dem Kopf auf ihrem Schoß, sie streichelt sein Haar, aber ein anderes Haar ist es wohl, an das sie denkt: seidigeres, helleres, jüngeres.

In seinem Bettchen, anderthalb Kilometer ab, schläft der kleine Willi. Sie kann zu ihm, aber wird sie bei ihm bleiben können? Nie, nie wieder, hat sie gesagt, und so ist es auch jetzt noch.

„Weine doch nicht mehr", bittet er. „Es ist bestimmt nichts passiert."

Sie weint.

Und dann flüstert sie: „Hast du mich denn wenigstens ein bißchen gerne, Willi? Sage es doch, bitte!"

Er hat es gesagt und hat gedacht: Sagen kann man viel.
Und sie hat es geglaubt oder hat es nicht geglaubt. Und dann
haben sie sich getrennt. Im Licht einer Laterne, ihr Gesicht
war verweint.

Sagen kann man viel.

Aber nun liegt er allein in seinem Bett; siehst du, es ist
gut, allein in seinem Bett zu liegen zwischen den kühlen
glatten Laken, ohne fremde Wärme. Er liegt allein im Bett,
das Zimmer ist nicht ganz dunkel, eine Straßenlampe wirft
Licht gegen die Wand, dahin sieht er.

Sagen kann man viel. Und: Sie hat mich reinlegen wollen,
nun habe ich sie reingelegt.

Er macht die Augen zu, jetzt ist es dunkel. Aber in der
endlosen Tiefe der Dunkelheit erscheint ein kleines helles
Bild: Hildegard von gestern nacht am Bett des Kindes. Sie
hat sich darübergebeugt – und auch heute nacht im Rinden-
haus hat sie eine Bewegung gehabt ... Nein, sie ist nicht nur
Abwehr, nicht nur Verzweiflung und Weinen gewesen, sie
war auch bei ihm, einen kurzen Moment hat sie ihn in ihre
Arme genommen, ihn, ihn, Willi Kufalt, auch sie hat ihn
gewollt – einen kurzen Moment.

Eine schnelle Sekunde voll Zärtlichkeit, ein hastigerer,
seligerer Atem, ein Seufzer vom Glück ...

Ich muß sie wiedersehen, und ich muß anders zu ihr sein.
Viel netter. Sie hat es doch nicht schlimm gemeint. Und das
Kind? Grade wegen des Kindes! Sie hat recht, Kinder müssen einen Vater haben (wie es da schlief, so verwuselt und
zusammengekrochen!), und sie hat grade recht, wenn sie versucht, einen Vater zu kriegen. Warum soll ich sie nicht heiraten? Vielleicht wird es wirklich was mit der Zeitung, vielleicht verdiene ich richtig Geld ... Und wenn wir später
einmal verheiratet sind, erzähle ich ihr, daß ich vorbestraft
bin ... Alles kann noch gut werden ...

Und er lächelt ein wenig. Er denkt an ihre Bewegung, als
sie ihn im Glück fester in die Arme zog. Wann war ihm das
geschehen?

Nein, er war nicht ganz schlecht, Reste waren noch da
von früher, er kam aus einer Umwelt der Eigensucht, rück-

sichtslosen Selbstbehauptens, von Schmutz . . . Aber nur ein wenig Zärtlichkeit, ein wenig Vertrauen und Liebe, und es regte sich unter dem Geröll, nicht alles war verschüttet . . .

„Liebe Hilde", flüstert er. „Liebste Hilde."

Es stimmt noch nicht ganz, aber beinahe konnte es schon stimmen. —

Am nächsten Morgen dann stört er im Goldwarengeschäft von Linsing kurz nach acht Uhr morgens beim Reinemachen: Er kauft eine goldene Damenarmbanduhr für siebenundsechzig Mark.

14

Punkt neun Uhr betritt Kufalt die Redaktion des „Stadt- und Landboten". Er trägt seinen besten Anzug — den blauen mit den weißen Nadelstreifen —, einen noch sehr anständigen schwarzen Ulster, einen schwarzen steifen Hut. In der Hand hat er eine braune Aktentasche, und in der Aktentasche liegt ein Paketchen, Inhalt goldene Damenuhr: Man kann nie wissen, wem man unterwegs begegnet.

Hinter der Barre im Expeditionsraum sitzt der große knochige Mann mit dem Pferdegesicht, dem gegenüber ein Fräulein an seiner Maschine.

„Kufalt", stellt sich Kufalt vor.

„Das weiß ich nun", knurrt der andere los. „Davon habe ich die Nase schon voll." Und als Kufalt etwas bestürzt dareinblickt, setzt er wesentlich milder zu: „Was denken Sie, was ich für einen Stunk Ihretwegen mit dem Dietrich gehabt habe!"

„Aber ich hab das doch nicht gewollt", protestiert Kufalt. „Herr Freese hat's gesagt, und ich weiß überhaupt nicht, wieso."

Kraft sieht ihn mit einem langen Blick an.

„Kommen Sie mit", sagt er dann. „Ich will Ihnen Bescheid sagen."

Kufalt wird in ein kleines Loch geführt, in eine Art Rumpelkammer mit Eimern, Besen, Regalen voll vergilbten Zeitungsstößen. Auf dem Tisch steht eine zerbrochene Petroleumlampe, in der Ecke ein verknautschtes, verludertes Sofa,

in der andern Ecke Flaschen, leere Flaschen, sogar Sekt-
flaschen sind darunter.

„Na, Sie müssen sehen, daß Sie das hier gelegentlich zurechtkriegen. Hier können Sie arbeiten." Mit einem Blick auf
Sofa und Flaschen: „Das war früher das Paschazimmer, als
der Olle" – Blick nach dem Nebenraum –, „als der Olle
noch mochte."

Kufalt schaudert bei dem Gedanken an das grau-ver-
soffene Alkoholgespenst und Frauen.

„Hier haben Sie Listen", sagt der Herr Kraft. „Da stehen
alle Handwerksmeister drauf. Sie müssen sich nur noch die
einzelnen Berufe geordnet rausziehen. Nehmen Sie immer
eine Innung alleine vor, erst mal die Fleischer oder Bäcker,
und dann immer weiter, systematisch jeden Beruf durch.
Mitarbeiter unseres Blattes ist nämlich der Syndikus sämtlicher Handwerkerinnungen. Jede Woche schreibt er einen
langen Riemen über Handwerkerfragen. Damit müssen Sie
bohren: Wir unterstützen euch, also müßt ihr uns auch unterstützen. Den ersten Abonnementsbeitrag kassieren Sie gleich
gegen Quittung aus diesem Block. Das ist Ihr Werberlohn.
Abends melden Sie mir die Neuabonnenten, damit die schon
am nächsten Morgen ihre Zeitung bekommen. So . . ."

Kraft geht gegen die Tür. Dann sagt er gelangweilt: „Es
wird aber doch nichts mit Ihnen, wenn Sie den Dietrich auch
rausgebissen haben."

Und schiebt ab, ehe Kufalt noch antworten konnte.

Der macht sich den Tisch frei, reißt von dem Sofa – nach
Umhersuchen – die Schmierdecke, wischt den Tisch ab und
beginnt sein Tagewerk. Er stellt die Meister nach Berufs-
kategorien zusammen, die Versuchung ist groß, mit den Glasern anzufangen, aber er widersteht und beginnt mit den
Malern.

Nein, er wird nicht mit Bäckern oder Fleischern anfangen,
er hat sich überlegt, da muß man in einen Laden gehen, und
er hat sich erinnert: Wenn er früher mal in einen Laden kam
und da stand gerade ein Reisender, wie der mitten im Satz
abschnappte und mit einem höflich-ernsten Lächeln zurück-
treten mußte, dem Kunden freie Bahn zu lassen. Die Maler
sind schon schwierig genug für den Anfang.

Er hat sie beisammen, und nun sucht er sich auf dem

Stadtplan, wo sie alle wohnen, entwirft eine Tour — der Weg geht hin und her durch die ganze Stadt —, wie wird er die Stadt kennenlernen in den nächsten Wochen!

Er ist noch bei dieser Arbeit, als sich die Tür auftut und der Herr Chefredakteur Freese hereinkommt: grau, zerknittert, mit roten, blinzelnden Augen. Er trägt ein paar Zeitungsblätter in der Hand. „Da", krächzt er. Er räuspert sich, mehrmals, viele Male. „Von unserm Syndikus. Bockmist! Aber daß Sie wenigstens das kennen, was Sie empfehlen."

„Ja", sagt Kufalt gehorsam und greift nach den Blättern.

„Schön", sagt der andere. Er sieht Kufalt an, o welch böses bitteres Gesicht, welch fischiger kalter Blick!

„Jung", murmelt er. „Zu jung", murmelt er. Und plötzlich wie ernstlich besorgt: „Glauben Sie, Sie werden es schaffen?"

„Was schaffen?"

„Abonnenten, jeden Tag sechs."

„Ich weiß es ja noch nicht, hab's noch nie gemacht."

„Weiß es nicht, hat's noch nie gemacht, schafft es nicht, und die andern werden größer und größer . . ." Er steht da, der alte Freese, mit hängendem Kopf, seine dicken blauen Lippen zittern unter dem Walroßschnurrbart.

Dann besinnt er sich. „Wo sind übrigens die zwanzig Mark von dem Dietrich?" fragt er. „Sie haben mir das Geld doch mitgebracht?"

„Ich habe keine zwanzig Mark mehr", erklärt Kufalt.

Der Freese sieht ihn lange an. Ein Funke Spott erwacht in seinem Auge. „Traut mir keine zwanzig Mark mehr zu und geht für mich werben . . . Wie sie sich abstrampeln! Wie sie strampeln!" flüstert er entzückt.

Der Funke erlischt. Ein böser, galliger Mann bleibt. „Die Decke gehört aufs Sofa, verstehen Sie, junger Mann", sagt er grob. „Das ist 'ne wichtige Decke, verstehen Sie, von der kann ich träumen, he!"

Er kreischt das He unnatürlich laut heraus, als schrie ein Vogel, dann schrammt er die Tür zu. Und Kufalt macht sich an einen Artikel über die Folgen des Nachtbackverbots für den mittelständischen Bäcker. Dann irrt er in den Roman ab.

Es ist elf Uhr geworden, und nun ist es soweit: Kufalt hat keinen Grund mehr, länger zu zögern. Er nimmt seine Aktentasche, sagt zu Herrn Kraft ganz geschäftsmäßig: „Also, ich geh jetzt auf die Tour", und marschiert los.

Die ursprüngliche Tour fing eigentlich zehn Häuser vom „Stadt- und Landboten" an, beim Malermeister Retzlaff; aber das hat Kufalt eben im letzten Augenblick noch umgestoßen: Seinen ersten Besuch wird er bei Malermeister Benzin machen, in der Ulmenstraße, ziemlich an der Peripherie der Stadt. Hinausgeschoben ist Schonzeit, und auf dem Wege kann er außerdem noch seine Rede memorieren.

Unterwegs kann er seine Rede nicht mehr memorieren, denn Herr Dietrich stößt zu ihm. Drei Häuser vom „Boten" tritt er an Kufalt heran und sagt: „Guten Tag, Herr Kufalt."

„Guten Tag, Herr Dietrich", sagt Kufalt, lüftet den Hut und marschiert weiter. Dietrich marschiert mit. Dietrich sieht heute nicht so gesund rotbraun aus wie am gestrigen Mittag. Dietrich ist fleckig und übernächtig, die Spitze seiner langen Nase ist ganz weiß.

„Ihr blaues Wunder werden Sie erleben", sagt Dietrich, „beim Abonnentenwerben."

Kufalt antwortet nicht und geht weiter. Es ist dumm, der Mann hat ihm nichts getan, nein, der Mann hat ihm noch zwanzig Mark geborgt, aber eine Wut hat er doch auf ihn.

„Ich würde nicht mit so 'ner Aktentasche gehen", sagt Herr Dietrich mißbilligend. „Das sieht immer so nach Reisendem aus. Den Quittungsblock stecken Sie einfach in die Manteltasche, und jeder Dienstbolzen läßt Sie glückstrahlend als neuen Kunden ein."

„Danke schön", sagt Kufalt höflich und geht weiter. Aber dann kann er seine Neugier doch nicht bezähmen und fragt: „Wieso hat der Freese Sie eigentlich rausgeschmissen? Wegen der fünfundzwanzig Prozent, die Sie von mir abhaben wollten?"

„Wissen Sie was", schlägt Dietrich vor, „ich gebe Ihnen alle Tips, namentlich für die Inseratenwerbung, und dafür geben Sie mir doch die fünfundzwanzig Prozent. Wegen der Abrechnung vertraue ich Ihnen vollkommen."

„Ohne Kaution?" fragt Kufalt.

„Ohne Kaution", bestätigt Dietrich.

„Ich brauch keine Tips", erklärt Kufalt.

„Auch schön", sagt Dietrich gleichmütig. „Man weiß nie, manchmal sind die Menschen noch dusseliger, als man denkt. Dem Freese tränk ich es aber ein. Ich gehe jetzt auf den ‚Freund‘."

„Hier geht es aber nicht zum ‚Freund‘", sagt Kufalt.

„Wissen Sie was, Herr Kufalt", sagt Dietrich. „Sie brauchen mir meine zwanzig Mark noch nicht wiederzugeben. Ich habe Ihnen gesagt: Wir arbeiten zusammen, und wir arbeiten noch zusammen. Aber dem Freese geben Sie die auch nicht, verstanden? Sagen Sie dem Freese ruhig, Sie haben die mir gegeben."

Pause.

„Der kauft sich nämlich doch bloß Kognak dafür."

Pause.

Dietrich lacht, aber etwas kümmerlich. „Ich kauf mir allerdings auch bloß Kognak dafür." Er lächelt beglückt. „Hier ist Der Tannenbaum von meinem Freunde Schmidt. Wollen wir uns Mut antrinken, ich für den ‚Freund‘, Sie für den ersten Kunden?"

„Ich trinke nicht . . ."

„Ach nee, ach ja, Sie trinken nicht am Vormittag", sagt der andere hastig. „Weiß ich, goldene Grundsätze, aber ich geh rein . . ."

Er bleibt stehen, sieht nach dem Fenster der Kneipe. „Sagen Sie, haben Sie das auch, wenn Sie zuviel gesoffen haben, daß Sie es am nächsten Tage gar nicht abwarten können, daß Sie wieder saufen? Davon wird der Magen so gelinde . . ." Er lächelt. Dann trübe: „Aber es hält nicht vor, immer rascher wird er wieder böse . . ." Abbrechend: „Also, ich hebe einen. Oder kippe." Nachdenkend: „Mal sehen, ob das Bier schon gelaufen ist bei meinem Freunde Schmidt. Sonst kippe ich."

Er streckt die Hand aus. „Dann: Hals- und Beinbruch."

„Danke, danke", sagt Kufalt und schüttelt die Hand. Der Zorn ist weg, er ist sogar ein bißchen gerührt. „Wenn Sie heute mal gar nicht tränken, Herr Dietrich . . .?"

„Wissen Sie was", sagt Herr Dietrich, „wenn sie mich da

auch rausgefunkt haben, den ollen ‚Boten' muß ich doch wei-
terlesen. Schreiben Sie 'ne Quittung aus: Dietrich, Wollenweberstraße 37 III."

Kufalt faßt zögernd Block und Bleistift.

„Ach, Geld?" lacht Dietrich. „Geld! Natürlich kriegen Sie
Ihre Mark fünfundzwanzig. Hier . . ." Er fischt in den Taschen. „Eine Mark fünfundzwanzig. Stimmt gerade."

Kufalt schreibt. „Ich danke auch schön", sagt er und gibt
die Quittung an Herrn Dietrich.

„Keine Ursache", sagt der. „Keine Ursache. Wir arbeiten
noch zusammen, ich habe es Ihnen gesagt."

Und er verschwindet in der Kneipe, den Quittungszettel
hat er sich unters Hutband gesteckt.

16

Das Herz klopfte dem Kufalt doch, als er vor der Tür seines ersten richtigen Kunden stand. Er wartete eine Weile,
ehe er die Klingel zog: Es sollte erst ruhiger gehen, aber es
ging immer stärker.

Schließlich entschloß er sich zum Klingeln, Schritte kamen
auf dem Flur, die Tür ging auf, und ein junges Mädchen
stand da.

„Bitte", fragte sie.

„Kann ich wohl Herrn Malermeister Benzin sprechen?"
fragte Kufalt.

„Bitte schön", sagte sie.

Sie ging voran über den Flur, sie machte eine Tür auf.
„Vater, da ist ein Herr."

Im Zimmer saß eine ältere, nette Frau am Tisch und schnitt
Kohl in eine Schüssel. Der Meister, ein bärtiger Mann, stand
am Fenster mit einem anderen Herrn.

„Was steht zu Diensten?" fragte der Meister.

Kufalt, in der Mitte des Zimmers, machte eine Verbeugung. Das Herz zog sich krampfhaft zusammen. Werde ich
denn überhaupt reden können...? fragte er sich erschrocken.

Aber schon hörte er sich reden. Guten Tag, ja, und er käme
von der Redaktion des „Stadt- und Landboten". Man erlaubte
sich die Anfrage, ob Herr Malermeister Benzin sich nicht

entschließen könnte, das Blatt, vielleicht erst einmal probeweise, zu beziehen.

„Wir", sagte Kufalt gesteigert, „wir sind ja in erster Linie
das Blatt des gewerblichen Mittelstandes, und ganz speziell
treten wir für die Interessen des Handwerks ein. Ihr Syndikus, Herr Benzin, ist unser ständiger Mitarbeiter. Wir haben
in den letzten Wochen Artikel über Handwerkerfragen von
ihm gebracht, die bis zur Handwerkskammer Aufsehen erregt haben. In diesen schweren Zeiten müssen Freunde zu-
sammenhalten, und da wir speziell fürs Handwerk kämpfen . . ."

Er verhedderte sich. Aber er kam gleich wieder frei. Er
warf einen Seitenblick auf die Frau, er sagte: „Und was unsere Romane angeht, so werden unsere Romane erster
Autoren gerade in Familienkreisen besonders gern gelesen.
Wir haben jetzt einen Roman, dessen hundertsiebenundsech-
zigste Fortsetzung läuft. Es handelt sich da um den Gegen-
satz zwischen Förstern und Wilderern . . ."

Plötzlich war er alle. Er war ausgepumpt, er hatte zum
Schluß noch einen Schwung machen wollen, einen dringen-
den Appell, aber nein, nichts, alle. Er stand da und sah sich
etwas verwirrt im Zimmer um. Alle sahen ihn an, der Regulator an der Wand tickte unerhört laut, dann hörte er
Kinder auf der Straße rufen.

„Man kann es vielleicht mal versuchen, Vater?" sagte die
Frau schließlich. „Was kostet denn der ‚Bote'?"

Nun kam Kufalt wieder in Fahrt, der Quittungsblock erschien. Geld wechselte seinen Besitzer, ein höfliches „Danke
auch. Guten Tag."

Und Kufalt stand wieder auf der Straße, fünf Viertel Mark
reicher. Fünf Viertel Mark in fünf Minuten. Zweihundert-
fünfzig Adressen!! Mindestens drei Stunden tippen!

Kufalt ging beschwingt weiter zum Malermeister Herzog.

17

„Wieviel haben Sie?" rief das Fräulein an der Maschine,
als Kufalt gegen vier durch die Expedition stürmte.

„Wieviel", fragte Herr Kraft, der im Redaktionszimmer

neben Freeses Stuhl stand, und sah aufmerksam in Kufalts Gesicht.

„Na?" fragte Freese und zwinkerte mit den Augen.

„Raten Sie!" rief Kufalt, warf den Hut auf den Tisch, die Aktentasche auf einen Stuhl, als sei er hier schon zu Haus.

Aber er wartete es nicht ab. „Ich hab heute die Maler genommen. Ich hab mir das überlegt, Herr Kraft, die Maler sind der beste Anfang, morgen nehme ich die Tapezierer, Sattler, Dekorateure . . ."

„Und wieviel?" fragte Kraft.

Freese guckte bloß.

„Ja, wieviel — neunundzwanzig Maler gibt es hier, fünf waren nicht zu Haus — klappere ich beim nächsten Male mit ab. Mit vierundzwanzig gesprochen . . ."

„Und wieviel?"

„Übrigens sind vierundzwanzig viel zuviel an einem Tag. Von morgen an nehme ich höchstens fünfzehn. Bei den letzten war ich viel zu müde, habe ich bloß geleiert. Überzeugen muß man die Leute . . ."

„Von was . . .?" fragte Freese.

„Na, daß es richtig für sie ist, den ‚Boten' zu abonnieren."

„Haben Sie denn den ‚Boten' schon gelesen? Heute haben Sie nur die Leute davon überzeugt, daß Sie nötig Geld brauchen."

„Auch schön", lachte Kufalt. „Also raten Sie doch bloß, meine Herren, von vierundzwanzig habe ich . . ."

„Also sechs", sagte Kraft, der zum Schluß kommen wollte. „Zeigen Sie mal Ihren Block!"

„Gar nicht sechs!" rief Kufalt. „Neun!! Bitte, neun!! Von vierundzwanzig neun, beinahe vierzig Prozent!"

Er strahlte.

„Neun", sagte Kraft, „neun — na ja, das ist tüchtig . . ."

„Neun", krächzte Freese. „An einem Tag neun neue Abonnenten . . ."

Seine Hand tastete über den Tisch nach der Kognakflasche, er sagte: „Darauf wollen wir alle drei mal einen . . ." Er unterbrach sich, die Hand landete nicht bei der Flasche, beim Federhalter hielt sie an. „Gar nicht wollen wir darauf. Kraft, ich glaube, ich nehme meine Aufsatzreihe über die Geschichte der Stadt wieder auf . . . Es ist doch Interesse bei den Leuten. Neun, sagen wir, fünfzig neue Abonnenten in der Woche . . . Der ‚Freund‘ wird spucken . . ."

„Dietrich geht an den ‚Freund‘", meldete Kufalt. „Will jetzt für den werben."

Die lachten bloß.

„Den werden sie da gerade nehmen! Den Windhund, der nie abrechnet und immer nur losläuft, wenn er keinen Pfennig mehr hat."

„Ihm habe ich auch noch ein Abonnement angedreht", prahlt Kufalt. „Hat sogar bar bezahlt . . . Dietrich . . . Wollenweberstraße . . ."

„Raus!" sagt Freese. „Ich will jetzt arbeiten. – Kraft, nehmen Sie die Kognakbuddel mit, gießen Sie sie ins Klo."

Kraft grinste, er klemmte die Flasche achtsam und zärtlich unter den Arm.

„Nee, recht haben Sie. Schließen Sie die Buddel in Ihren Schreibtisch ein, vielleicht wirbt der aufgeblasene Kaffer morgen nur zweie. Oder keinen."

Freese seufzte. Über die Klemmergläser schielte er skeptisch auf Kufalt.

„Außerdem habe ich heute Skatabend. Ich kann auch morgen mit Arbeiten anfangen. Man muß erst sehen, wie der Hase läuft. Eine Schwalbe macht noch keinen Sommer. Stellen Sie die Flasche wieder auf meinen Tisch, Kraft, mehr wird sie auch nicht in Ihrem Schreibtisch. Guten Abend, die Herren."

18

Manche Strafentlassene kommen gerne wieder in ihr Kittchen – zu Besuch. Es ist wirklich wie ein Stück Heimat, als Kufalt an der Gefängnistür klingelt, zumal Oberwachtmeister Petrow, der Posener, öffnet.

„Tachchen, Kufalt, olles Haus. Is sich recht, daß du wiederkommst zu uns, jetzt wo Winter ist. Willst du Untersuchung, oder hast du schon Knast . . .?"

„Nee, nee, Herr Oberwachtmeister, vorläufig möcht ich nur zum Direktor."

„Ah – is sich Hose kaputt auf dem Arsch? Brauchst du Pinunse von Fürsorge? Direktor gibt, Direktor gibt immer.

Beamte schimpfen, ich sage: Laß Direktor machen, wird sich Geld alle so oder so, ob versoffen, ob sich angeschafft Mädchen oder Hose – Gefangener behält kein Geld . . ."

„Ist der Direktor da?"

„Geh zu, altes Haus. Weißt du den Weg, was soll ich klingeln?"

Es ist nur das Verwaltungsgebäude vom Bunker, nicht der Bunker selbst, aber es ist schon der altvertraute Geruch nach Kalk, einer etwas staubigen Sauberkeit. Das Linoleum spiegelt, man grault sich ordentlich, mit Gummiabsätzen darauf zu gehen.

Jetzt ist die stille Stunde, Kufalt hat sie sich ausgesucht, keine Vorführungen, kein Gerenne. Die Herren Beamten frühstücken. Einen Augenblick lauscht er an der Tür vom Alten, aber es scheint kein Besuch drin zu sein. So klopft er, hört das frische „Herein", tritt ein . . .

Es ist nun Spätherbst geworden, beinahe Winter, der Dezember steht vor der Tür, aber der Direktor trägt noch immer einen hellen Sportanzug mit untadeligen Oberhemden. Kufalt kann sie gut sehen, denn der Direktor geht in Hemdsärmeln im Zimmer auf und ab.

Er bleibt einen Augenblick stehen und betrachtet den Kufalt. Drei-, vierhundert Gefangene hat der Direktor seit jenem Maitage sicher entlassen, aber er ist sofort im Bilde. „Tag, Kufalt. Ich hab schon gehört, daß Sie wieder im Städtchen sind. Was arbeiten Sie hier? Oder arbeiten Sie nichts?"

Dabei schüttelt er ihm die Hand. Wie damals fragt er gleich: „Zigarette?", und wie damals ist es eine Sechserzigarette. Nur, daß dieses Mal Kufalt eine solche Zigarette nicht so imponiert wie damals.

„In Hamburg haben Sie also Schluß gemacht, nicht wahr? Wir hatten da mal eine Anfrage von der Polizei nach Ihnen, ich hab aber nichts mehr davon gehört. Haben Sie was abgekriegt, oder mögen Sie nicht davon sprechen?"

Doch, Kufalt mag, und er erzählt die Geschichte von Cito-Presto.

Der Direktor wiegt den Kopf. „Schade, ja, aber auch nicht schade, es hätte immer schiefgehen müssen, all ihr Vorbestraften zusammen, es wäre nie etwas Rechtes geworden. – Und was machen Sie nun?"

„Werbe Abonnenten für die hiesige Zeitung. Den ‚Landboten', Herr Direktor."

„Und davon können Sie leben?"

„Auf zweihundert im Monat komme ich sicher, Herr Direktor", sagt Kufalt stolz.

„Soso! Ich hatte mal gehört, die Zeitung wär so gut wie
pleite. Hab sie nie gesehen. Und nun wollen Sie mir ein
Abonnement andrehen?"

„Nein, nein, Herr Direktor", sagt Kufalt hastig und ein
bißchen gekränkt. „Das habe ich wirklich nicht nötig, ich
kriege meine Abonnenten schon so zusammen."

„Und...?" fragt der Direktor. „Alte Schulden...? Ein
Wintermantel? Ihrer ist übrigens noch sehr gut. Wo fehlt's
also?"

Kufalt ist wirklich ein wenig beleidigt. Kann man denn
nicht zum Direktor kommen, ohne etwas für sich zu wollen,
bloß mal, um ihm guten Tag zu sagen, aus Dankbarkeit also,
aus Freundschaft...?!

Aber nein, ihm fällt ein, auch er will ja was vom Direktor,
hier kommt wohl keiner, der nicht was will.

„Also, Kufalt...?" fragt der Direktor wieder.

„Bruhn", sagt Kufalt. „Herr Direktor kennen doch den
Bruhn?"

„Bruhn?" sucht Direktor Greve. „Ich weiß nicht recht, wir
haben hier öfter Bruhns. Welcher war das zu Ihrer Zeit?"

„Der Emil, Herr Direktor, der Kleine mit dem runden
Kopf, wegen Raubmord, Herr Direktor, aber es war kein
Raubmord..."

„Ach ja", sagt der Direktor, „ich erinnere mich jetzt, elf
Jahre oder so was. Etwas Bewährungsfrist." Seine Stirn zieht
sich zusammen. „Das war doch der Bengel, der sich gleich
am Entlassungstag sinnlos betrunken hat und mit 'ner Schlä-
gerei und Weibern anfing? Leben Sie jetzt mit dem zusammen, Kufalt...?"

„Nein, nein, ich lebe allein, ich habe mein möbliertes Zimmer. Aber ich sehe ihn manchmal, Herr Direktor, er ist wirklich ein guter Junge und ein fleißiger Kerl..."

Und dabei denkt Kufalt: Der Direktor hat ein besseres
Gedächtnis als du. Du hast den Emil nie danach gefragt, was
das war am Entlassungstag, hast es ganz vergessen.

„Die Sache", sagt der Direktor, „die der Bruhn am Entlassungstage gemacht hat, war jedenfalls nicht gut. Die haben da den Hauswirt die Treppe hinuntergeworfen, der Pastor hat sechs-, siebenmal laufen müssen, bis der Strafantrag zurückgenommen wurde. Sonst wäre Ihr Freund Bruhn seine Bewährungsfrist losgewesen . . ."

„Ich hab nichts davon gewußt, Herr Direktor", sagt Kufalt bestürzt.

„Na ja, es ist gut — und nun erzählen Sie, was ist mit Bruhn?"

Und Kufalt erzählt, was für ein geschickter, begabter Tischler der Bruhn ist, wie er all die Jahre im Gefängnis nichts gemacht hat wie tischlern, und wie er es nun draußen nicht weitermachen darf, weil er die Gesellenprüfung nicht hat. Und daß er, der Kufalt, sich ausgedacht hat, vielleicht könnte man den Bruhn noch einmal zu einem Meister schikken in die Lehre, der Meister stünde sich doch nur gut dabei, einen perfekten Gesellen als Lehrling ohne Lohn, und daß dann der Bruhn einen richtigen Beruf hätte, in dem er vorwärtskommen könnte . . .

Kufalt erzählt das alles sehr eifrig, und aufmerksam hört der Direktor zu. Er wandert dabei in der Stube auf und ab, sagt einmal „ja", seufzt auch einmal und gibt dem Kufalt zwischendurch die zweite Zigarette.

Als der aber fertig ist, bleibt er stehen und sagt: „Also erstens einmal müßte man einen vorurteilslosen Meister finden, der sich nicht an dem Raubmord stößt. Sehr, sehr schwierig. — Ja, ja, ich weiß schon, Sie sagen, es war keiner, aber in den Akten steht Raubmord, und gebrummt hat er auch dafür, und Wiederaufnahme hat er auch nie beantragt . . .

Und dann müßte man für die lange Lehrzeit, wo er kaum was verdient, seinen Lebensunterhalt sicherstellen. Der Fürsorgefonds müßte herhalten, auf drei, vier Jahre, fünfzig Mark monatlich mindestens. Das wird noch viel schwieriger, denn wir wissen ja nicht, über wieviel Geld wir im nächsten Jahre verfügen können, und ob nicht viel, viel Bedürftigere da sind . . ."

Kufalt möchte etwas einwenden, aber der Direktor sagt: „Nein, noch nicht. Und dann müßte ich die Sache vor die Beamtenkonferenz bringen, und, von allen anderen Schwierigkeiten abgesehen, müßte man da nun erreichen, daß alle Beamte den Bruhn solcher Auszeichnung und Hilfe für würdig halten. Und da, lieber Kufalt, sehe ich sehr schwarz, denn allein die Sache an seinem Entlassungstage . . ."

„Aber, Herr Direktor!" sagt Kufalt, „Herr Direktor wissen doch selbst, am Entlassungstage ist doch keiner normal. Jeder ist doch durchgedreht, wenn er rauskommt. Ich war's auch."

„Na ja", sagt der Direktor. „Das wissen wir schon. Und darum haben wir uns ja auch für ihn eingesetzt, daß der Strafantrag zurückgenommen wurde. Aber eine Empfehlung ist es nicht, das müssen Sie schon zugeben, Kufalt."

„Und im Hause hat Bruhn nie 'ne Hausstrafe gehabt! Und der fleißigste Arbeiter von allen ist er immer gewesen."

„Man müßte das mal nachsehen", sagt der Direktor. „Wenn er wirklich so tüchtig ist . . . Vielleicht . . . Aber nein, Kufalt, es ist eigentlich kaum zu verantworten, an einen Mann soviel Geld . . ."

„Aber er verdient es wirklich, Herr Direktor, er ist ein so netter Junge!"

„Jaaa . . .?" fragt der Direktor plötzlich sehr gedehnt und sehr laut und sieht Kufalt dabei scharf an. „Jaaa . . .? Ist er ein so netter Junge? – Haben Sie eigentlich ein Mädchen, Kufalt . . .?"

Kufalt läuft langsam, aber sicher sehr rot an. „Ja, ich habe ein Mädchen, Herr Direktor. Und wie Sie das denken, Herr Direktor, so ist das nicht. Ich will ja nicht lügen, vor vier oder beinahe fünf Jahren, da war es mal, aber seitdem nie wieder. Ganz bestimmt nicht, Herr Direktor. Deswegen bitte ich nicht für ihn, weil er so mein Freund ist."

„Ist schon gut", sagt der Direktor. „Und weswegen bitten Sie für ihn, Kufalt?"

Ja, warum bittet er für ihn? Kufalt fragt es sich hastig, er weiß es nicht. Was ist es denn . . .?

Doch da sagt es der Direktor schon. „Sie sind nicht mehr der Vertrauensmann der dritten Stufe, Kufalt", sagt der Direktor. „Lassen Sie ruhig nur jeden für sich selbst reden, Bruhn kann gut alleine zu mir kommen, ich versteh schon, was er will, wenn er auch nicht so fließend spricht wie Sie, Kufalt."

Aber als er Kufalt so beschämt dastehen sieht, sagt er noch: „Na ja, ich glaub's Ihnen ja, es ist nicht nur Wichtigtuerei gewesen, auch Freundschaft war dabei. Und nun bestellen Sie dem Bruhn, er soll in den nächsten Tagen mal zu mir kommen. Mittwoch oder Donnerstag um zwölf. Auf Wiedersehen, Kufalt. Noch eine Zigarette? Auf Wiedersehen."

19

In seiner Schlafhöhle, diesem miesen Loch, saß am ungestrichenen Holztisch der Bruhn, den Kopf auf den Armen, und heulte. Ja, er hob den Kopf, antwortete: „'n Abend", und ließ dabei ohne Scham seine blanken Tränen, das rot verheulte Gesicht sehen — und weinte weiter.

„Nanu!" sagte Kufalt leichthin. „Wo brennt's?"

Aber in seines Herzens tiefstem Grunde war er ehrlich erschrocken, denn er dachte daran, daß er in fünf Jahren Knast den Emil nie hatte heulen sehen, im Gegenteil, immer lustig, immer munter — und Knast, das sagte schon der Name, war doch wirklich ein harter Ast im Lebensbaume.

Nun heulte er also ganz still vor sich hin, ließ die Tränen laufen, die Ärmel der feldgrauen Arbeitsjacke waren schon ganz naß. Weinte ganz kindlich, ließ sie laufen, ihm war so, „uah!" weinte er, „ach Gott, uah!"

„Was ist denn los, Emil?" fragte Kufalt.

Keine Antwort, uah und nichts weiter.

„Haben sie dich aus der Fabrik gestenzt?"

Nichts. Heulerei.

„Ist was mit 'nem Mädchen?"

Nichts. Uah.

Kufalt überlegte, er setzte sich auf die Bettkante neben den Tisch, legte seinen Arm auf Bruhns Arm und sagte: „Ich hab heute schönes Geld verdient, wollen wir ins Kino?"

Einen Augenblick schien das Heulen zu stocken, aber dann ging es doch weiter.

Kufalt bekam Angst.

„Bruhn, Emil, bist du krank?"

Nein, nichts, keine Äußerung.

Kufalt stand auf, würdig: „Also, wenn du mit mir nicht reden willst, kann ich ja gehen . . ."

Pause, nichts erfolgte, kein Protest.

„. . . und ich hatte dir gerade von meiner Unterredung mit dem Alten erzählen wollen . . ."

Das wirkte!

Mit einem plötzlichen Schnüffeln brach das Weinen ab, pielgerade saß Bruhn da, zwinkerte mit den Lidern, über denen die weißblonden Brauen knallrot angelaufen waren, und fragte atemlos: „Bist du bei ihm gewesen? Tut er's?"

„Sachte! Sachte!" erklärte Kufalt. „Glaubst du, so was geht in einer halben Stunde? Der Mann muß sich das doch erst einmal überlegen."

„Also Neese", sagte Bruhn, wieder trostlos, „wenn der Direktor sich was überlegen will, wird es immer nein – das weiß ich von den Vorführungen." Und er war schon dabei, den Kopf wieder auf die Arme sinken zu lassen.

Kufalt bekam gerade noch den Ärmel zu fassen. „Halt, Emil, fang doch nicht wieder an. Du sollst Mittwoch oder Donnerstag um zwölf zu ihm kommen, er will mit dir selbst reden."

„Da ist doch gar nichts mehr zu reden!" bockte Bruhn. „Entweder tut er's oder er tut's nicht. Reden ist immer Scheiße."

„Sei kein Dussel, Emil", sagte Kufalt streng. „Natürlich muß er erst mit dir reden. Vor allem muß er doch einen Meister für dich finden. – Das ist schon nicht so einfach, da kannst du ihm vielleicht helfen."

„Ja", sagte Bruhn, schnüffelte, ging an die Waschkommode, zog das Schubfach auf, sah rein, murmelte: „Hat das Schwein von Nachtwächter doch mein Taschentuch genommen!" und nahm den Ärmel.

„Siehst du!" sagte Kufalt. „Und dann muß er doch sehen, wie's mit dem Gelde wird. Es hat doch keinen Zweck, er fängt die Sache an und nach einem halben Jahre kann er dir kein Geld mehr geben."

„Och", sagte Bruhn ungläubig, „der hat doch immer Geld, wenn er will."

„Nein, das hat er nicht", entschied Kufalt. „Du weißt doch, wie die Brüder sind, mal wollen sie 'nen neuen Anzug von

der Hilfe und mal Schuhe, oder sie brauchen Handwerkszeug, oder ein Koffer mit Sachen muß eingelöst werden –
nein, Geld hat er nicht immer, da muß vorgesorgt werden."

„Und wenn er's Geld und den Meister hat – fehlt dann
noch was?"

„Dann muß die ganze Beamtenkonferenz zustimmen, daß
du würdig bist."

Bruhn atmete erleichtert auf. „Wenn's weiter nichts ist.
Das ist das wenigste! Da ist keiner gegen mich, nicht einmal der Pfaffe."

„Ach nee...", sagte Kufalt gedehnt. „Denkst du das?!
Aber du hast doch..." Und besann sich. Warum sollte er es
Bruhn erzählen. Womöglich fing der wieder mit Heulen an.

„Was habe ich?" fragte Bruhn.

„Nee, nichts. Ich dachte nur... Bist du denn auch immer
zur Kirche gegangen?"

„Selbstredend – und zum Abendmahl auch immer."

„Dann klappt es ja", sagte Kufalt befriedigt. „Geh man
morgen gleich um zwölf zu ihm."

„Um zwölf muß ich in der Fabrik sein."

„Du wirst dir doch mal 'ne Stunde frei nehmen können?"

Bruhn antwortete nicht, einen Augenblick sah es so aus,
als wollte er wieder losweinen. Aber dann wurde nichts
daraus, die traurige Stimmung war verflogen, Wut kam statt
dessen.

„Frei nehmen...? Am liebsten schmissen die mich ganz
raus. Bloß, ich hab gesagt, so hintenrum, daß Holzfabriken
wunderschön brennen."

„Bruhn!"

„Na, Mensch, was denn...?! Wie die mit mir Schind-
luder spielen! Erst haben sie mich um mein Sparkassenbuch
gebracht! Und dann sollte ich Vorarbeiter werden mit Vor-
arbeiterlohn und bin Vorarbeiter geworden mit Ungelern-
tenlohn. Und immer neue Abzüge haben sie mir gemacht,
bloß weil sie denken, der Bruhn kriegt keine andere Arbeit,
der Bruhn ist vorbestraft, der muß – bei dem machen wir's."

Er sieht Kufalt an, bitterböse, als sei sein Freund der Herr
Steguweit von der Holzwarenfabrik, ja, in seine wasserblauen, freundlichen Augen kommt ein richtiger Ausdruck
von Wut, von besinnungsloser Wut...

„Na und . . .?" fragt Kufalt. „Das bist du doch alles längst gewöhnt, Emil!"

„Aber ich will nicht!" schreit der plötzlich. „Wo ich mir die Schwarte von den Händen arbeite und soll weniger kriegen als jeder grüne Stiesel, der keinen Nagel richtig einschlagen kann! Und bloß, weil ich vorbestraft bin, weil das nie aufhören soll, und ich habe doch meinen Knast abgerissen . . .!"

„Arbeite doch auch langsam", rät Kufalt.

„Hab's versucht", sagt Bruhn ruhiger. „Kann's nicht, liegt mir nicht. Wühler bleibt eben Wühler, ich muß drauf wie Blücher, richtig roboten." Er holt Atem. Dann: „Nein, ich hab mich hinter die Jungens gesteckt, und wir haben so gearbeitet, daß immer Reklamationen kamen, da ein Nagel gespießt, da ein Brett lose, da eine Klappe nicht in Ordnung. Und wie sie gekommen sind und gemeckert haben, was wir bloß arbeiten, und alle Ware kommt wieder zurück, da haben wir gesagt, für solchen Lohn kann man nicht anders arbeiten, da laufen eben Fehler mit unter, wenn man sich so hetzen muß . . ."

„Na und . . .?"

„Die Brüder!" sagt Bruhn verächtlich. „Speckjäger, die! Einen Aufpasser haben sie neu eingestellt zur Kontrolle, wo wir mit dem Gelde, was der verdient, heile zufrieden gewesen wären. Der revidiert jetzt die Ware, und immer sagt er ‚Ausschuß', ‚Zurück, Ausschuß'."

Bruhn schnauft wütend.

„Weiter! Weiter!" drängt Kufalt.

„Na, da habe ich wieder gesorgt, daß alles tadellos abgeliefert wird. Zurück, Ausschuß? habe ich gedacht; warte, Anschiß! habe ich gedacht. Und wenn alles abgeliefert war und stand unten fertig zum Versand, da bin ich nachts eingestiegen, jede dritte, vierte Nacht, mit zwei, drei andern von den Jungens — und wir haben die Ware wieder schön fertiggemacht für Reklamationen."

„Dinger drehst du!" sagt Kufalt.

„Wo sie mir mein Geld, das mir zukommt, nicht geben? Was würdest du denn tun, Willi?"

„Weiß ich nicht", sagt Kufalt. „Erzähl fertig. Deswegen hast du doch vorhin nicht geheult?"

„Nein, aber die Brüder haben natürlich Lunte gerochen, daß ich dahinterstecke, und die Jungens, mit denen ich's gemacht habe, das sind natürlich Achtgroschenjungens – : Es hat mich einer in die Pfanne gehauen. Und weil sie das wissen von mir, daß ich das mal gesagt habe, Holzwarenfabriken brennen so gut, da haben sie's gedreht, daß ich von selber die Arbeit hinhauen soll . . .

Und wie ich da heute morgen hinkomme und zeige dem Stachu, daß er die Deckel immer zu lose annagelt, schlägt er mit dem Hammer nach mir und schreit, Pierunna, dreckiger Raubmörder hat nichts zu sagen, hat er kein Blut an den Händen – der lausige Polacke, der! Und wie ich still werde und arbeite für mich, fragt einer, was die Zeit ist, ob die Mörder nicht die goldene Zwiebel zeigen wollen. Und in der Mittagspause haben sie mir mein ganzes Handwerkszeug gestohlen, und ich steh den ganzen Nachmittag da und muß es suchen und kann keinen Handschlag tun und muß die Reden hören, mit einem Raubmörder haben sie es nicht nötig zu arbeiten. Und der Werkmeister sagt noch, jeder soll auf seine Sachen sehen, die Firma kommt für nichts auf . . ."

Bruhn schweigt, er starrt vor sich hin.

„Mach doch Schluß da, Emil", sagt Kufalt, „das hat doch keinen Zweck. Eine Weile wirst du ja zu leben haben, und vielleicht klappt mit dem Direktor der Laden, und dann können die dir alle im Mondschein begegnen."

„Nee, Willi, nee", sagt Bruhn langsam, „das verstehst du nicht. Sollen die immer recht behalten und ich immer unrecht? Wenn ich gehe, dann . . .!"

Er schweigt.

„Aber wenn es was wird mit dem Direktor, gehst du doch auch?"

„Ich denk oft", sagt Bruhn, „mit uns wird es sowieso nichts mehr. Manchmal denkt man, es geht, aber es geht doch nie." Leiser: „Und dann denkt man an den Bunker, da hat niemand einem was vorzuwerfen, und sein Fressen hat man, und arbeiten tu ich gerne . . ."

„Mach doch keine Geschichten, Bruhn", warnt Kufalt. „Vielleicht bist du in ein paar Wochen schon bei einem Tischler und lachst über die lausigen Fallennester."

„Und wenn es nun beim Tischler auch nicht anders

geht . . . ?" fragt Bruhn langsam. „Die riechen doch auch den
Braten, wenn einer mit neunundzwanzig Jahren in die Lehre
geht, nicht?"

20

Die Lütjenstraße liegt im Zentrum der Stadt, Kufalt muß
sie jeden Tag auf seinen Werbegängen vier-, fünfmal durch-
queren. Er durchquert sie zehn-, zwölfmal.

Oben im ersten und einzigen Stock des Hauses, sechs Fenster Front, ist ein Spion angebracht. Kufalt denkt bei jedem
Vorübergehen: Vielleicht schaut sie gerade hinein und sieht
dich!

Dann bleibt er vor dem Schaufenster des Glasermeisters
stehen, zum dreißigstenmal betrachtet er das dem Herbst an-
gemessene Prunkstück „Kämpfende Hirsche" – könnte sie
ihm nicht einen Wink geben? Nein, sie bleibt verschwunden.

Die Damenuhr in der Aktentasche, jeden Morgen aufge-
zogen und wieder sorgfältig eingepackt, tickt umsonst. Keine
Gelegenheit . . . Aber er kommt immer wieder, es wird Dezember, und die Hirsche weichen dem Bild „Schwesterchens
Weihnachtstraum", und immer noch läuft er umsonst. Diese
Uhr wäre ein so schönes Geschenk gewesen am Tage danach,
jetzt, anderthalb Wochen später, sieht sie wie ein Anbandel-
versuch aus, auch nach Reue, nach Bestechen, nach Kleinbei-
geben.

Und doch mußte sie ihr gegeben werden!

Am Tage danach, ja, am Tage danach war die Versuchung
groß gewesen, die Glaser auf die Liste zu setzen – jetzt
wurde es immer wieder hinausgeschoben. Kraft hatte schon
gefragt: „Die Glaser vergessen Sie wohl ganz?" Aber womöglich in ihrer Gegenwart dem Vater sein Sprüchlein be-
treffs Abonnement aufsagen, und dieser Grobsack gab ihm
ein derbes „Nein" . . .?

„Wollen Sie denn nie zu den Glasern gehen?"

„Doch, ja, morgen."

Morgen kamen dann die restlichen Bäcker . . . Es gab da
einen Bäcker, Süßmilch hieß er, einen jungen glatt- und mehl-
gesichtigen Kerl mit dicken, schwarzen Brauen, der bestellte
sich öfters den Kufalt. „Ich möchte ja gerne Ihren ‚Boten'

abonnieren, aber ganz bin ich noch nicht überzeugt. Vielleicht überlegen Sie sich noch einen Grund, der völlig durchschlägt, und kommen damit am Freitag . . .?"

Kufalt wußte gut, er wurde einfach durch den Kakao geholt, aber als Abschluß seiner Tour ging er doch immer wieder mal gerne zu Süßmilch. Dann kam der Meister schläfrig aus dem Backraum gelatscht, mehlbestäubt, die nackten Füße in mehlbestäubten Pantoffeln, und fragte: „Na, junger Mann, wie ist es mit einem kräftigen Grund?"

„Der beste Grund ist mein Block", sagte Kufalt. „Sehen Sie, was für Meister heute wieder alles unser Blatt bestellt haben!"

Und Süßmilch sah an und rieb sich das Gesicht, und Kufalt dachte: Jetzt könnte ich eigentlich in Harders Laden stehen.

Nein, dieses Mal bestellte Süßmilch auch noch nicht, an sich war alles in Ordnung, aber er mußte heute noch Mehl bezahlen, bis Dienstag war dann vielleicht wieder so viel Geld zusammen, um die Zeitung zu bestellen . . . „Also am Dienstag, junger Mann!"

Und damit latschte der Meister wieder schläfrig in seinen Backraum, und Kufalt trabte zur Redaktion, die Lütjenstraße ließ er links liegen.

Geld wäre jetzt schließlich genug dagewesen für zwei Kinokarten, und übrigens hatte Freese auch mal gesagt, ins Kino könne er immer „so", auch mit Braut. Er solle nur sagen, er käme vom „Boten" . . . Wieso übrigens Braut? Er dächte, Kufalt hätte die Trehne vornotiert? Mit weiblicher Braut wäre die auch nicht wärmer . . .

Also wieder mal besoffen, mit der Arbeit hatte er auch immer noch nicht angefangen, trotzdem die gegebenen Sechs fast jeden Tag überschritten wurden — aber Geld für zwei Kinobilletts wäre jedenfalls dagewesen.

„Schwesterchens Weihnachtstraum" — und besonders schön ist der Hampelmann auf der Bettkante. Er hat ein richtiges Nußknackergesicht wie Kraft, aber die Tür zum Laden ist mit einer Milchglasscheibe versehen, in der Mitte. Drum herum sind bunte Butzenscheiben, mit roten, blauen und gelben Glasknöpfen . . .

Ach Gott, es ist ja ganz egal, in soviel Läden und Wohnungen bist du nun schon gewesen – und in diesen traust du dich nicht?

Das ist nun schon wieder die nächste Ecke, der Laden vom Konsumverein, und umsonst hat er sich Ruck um Ruck gegeben... Soll er diese verdammte Siebenundsechzig-Mark-Uhr denn ewig spazieren tragen, oder soll er sich wegen so einer Butterglocke ein anderes Mädchen anschaffen...?

Sie war *doch* süß!

Kehrt! Marsch, marsch! Besinnungslos in die Kugeln, Bomben und Granaten, Geschwindschritt, im Spion kann sie dich vielleicht sehen; nicht so mit der Tasche schlenkern, das ist der Uhr nicht gut...

Was du auch rennst, am Laden wirst du abbremsen und beim „Weihnachtstraum" enden, oder durchgaloppieren bis zur Redaktion...

Feierabend! Heute nur fünf, Herr Kraft. Übrigens gehe ich morgen zu den Glasern, bestimmt!

Vorbei! Nicht vorbei! Vorbei! Nicht vorbei!

Was die Klingel scheppert! Wie ein Komet funkt er in den Laden! O Gott, wie sieht der Töchterverklopper Harder anders aus! Ein kleiner Mann mit einem dicken Bauch und einem schwarzen Bart, fast wie ein Bruder von Wolle-Teddy...

„Und Sie wünschen...?"

„Ich komme im Auftrage..."

In diesem Augenblick sah er sie, seitlich hinten im Laden. Sie ordnete was, sah nicht her, ihr Gesicht war sehr bleich.

Er riß sich zusammen, der Satz wurde nie zu Ende gesprochen.

Bleich? Tränen? Nie, nie wieder! Wir wissen nicht, was wir tun. Nie wissen wir, was wir tun werden.

Er riß sich zusammen.

„Herr Glasermeister Harder?"

„Ja – und für welche Firma?"

„Könnte ich Sie vielleicht einen Moment unter vier Augen sprechen?"

„Meine Tochter stört nicht."

„Doch! In diesem Falle doch!"

„Also, Hilde, geh mal rauf."

„Könnten wir nicht raufgehen? Was ich zu sagen habe, läßt sich schlecht im Laden abmachen."

„Aber um was handelt es sich denn? Ich kauf doch nichts."

„Es ist ganz privat."

Der kleine Mann sagt: „Hilde, paß auf den Laden. Du kannst mich aber jederzeit rufen."

Er betont „jederzeit"!

Kufalt sieht sie an beim Hinausgehen, ihre Lippen bewegen sich, er versteht nicht, was sie sagen will, aber ihr Gesicht, ihre ganze Gestalt sind ein Flehen: Oh, bitte nicht!

Sie gehen die Treppe hinauf, die Fenster sind schön verglast. Parterre: Trompeter von Säckingen. Erster Stock: Die Lorelei. Höher geht es nicht.

Das Zimmer mit dem Spion ist das Wohn-Eßzimmer. Am Spion sitzt eine dürre Frau, beinahe blaugesichtig, so durchscheinend . . .

„Also!" sagt der Glasermeister Harder fast drohend. Plötzlich versteht Kufalt, daß der kleine Mann schlagen kann.

Die Frau, ihre Mutter, hat sich für den Gast halb erhoben und wieder rasch auf den Stuhl gesetzt, als sie das böse „Also" gehört hat.

Nein, zum Sitzen wird er nicht aufgefordert. Sie stehen einander gegenüber, der Glaser hat „Also" gesagt, und nun antwortet Kufalt ruhig (seltsam, hier ist er ganz ruhig, aber beim Abonnentenwerben noch lange nicht jedesmal), sagt er also ruhig: „Mein Name ist Kufalt, Wilhelm Kufalt. Ich bin zur Zeit als Annoncen- und Abonnentenwerber beim ‚Stadt- und Landboten' beschäftigt. Mein Einkommen beträgt zwei- bis dreihundert Mark im Monat . . ."

„Und . . .?! Und . . .?!" schreit der kleine Bärtige und fährt mit rechten Wutaugen auf ihn los. „Was geht mich das alles an! Ich abonniere Ihr Käseblatt doch nicht!!!"

Kufalt holt tief Atem. „Ich bitte um die Hand Ihrer Tochter!" sagt er.

„Wie . . .???"

Dann ist es lange still.

Die erfrorene Frau am Fenster hat sich umgedreht und starrt den jungen Mann fassungslos an.

Der wiederholt: „Ich bitte um die Hand Ihrer Tochter."

„Stuhl!" sagt der Bart, sieht die Stühle an um den Eßtisch,

366

den Mann vor sich. Er entscheidet sich: „Also setzen Sie sich." Und springt gleich wieder auf. „Wenn Sie mich aber veräppeln . . . !"

„Eugen!" ruft die Frau warnend.

„Wie hießen Sie?" fragt der Glaser und setzt sich wieder.

„Kufalt", sagt Kufalt, „aber ohne h, einfach u f." Und er lächelt beruhigend.

„Kufalt, ja. Und was sagten Sie, verdienten Sie?"

„Zwei- bis dreihundert Mark im Monat. Aber das ist leicht steigerungsfähig."

„Steigerungsfähig", murmelt der Mann. Und plötzlich: „Woher kennen Sie denn die Hilde?"

„Eugen!" ruft die Frau wieder warnend.

„Das ist unsere Sache", lächelt Kufalt.

Harder reibt sich den Bart, steht auf, setzt sich wieder, wirft einen raschen Blick zur Frau, zur Tür, flüstert (und es ist, als kröche sein Kopf dabei in die Schultern): „Und Sie wissen auch . . . ?"

„Von Willi? Weiß ich. Übrigens heiße ich auch Willi."

Die Hand im Bart stockt. Der kleine Mann steht auf, baut sich vor Kufalt hin, er scheint immer größer zu werden, drohender vor Kufalt emporzuwachsen. „Dann sind Sie also der Lump . . ."

„Kommt gar nicht in Frage", antwortet Kufalt rasch. „Ich bin erst seit sechs Wochen hier in der Stadt. – Aber es stört mich auch nicht."

„Es stört ihn auch nicht", sagt der Glaser verständnislos, hilfeflehend zum Fenster.

„Und wenn wir jetzt einmal die Hilde fragten, ob sie einverstanden ist?"

„Ob sie einverstanden ist . . . ?!" schreit der kleine Mann. „Das will ich Ihnen zeigen!"

Er stürzt zu seinem Sekretär, wühlt in einem Fach, holt ein Blatt weißesten Bilderkarton, malt darauf, hebt es triumphierend: „Da!"

„Wegen Familienfestlichkeit geschlossen", liest Kufalt.

„Ich mache es gleich an die Ladentür", flüstert der Kleine feierlich. „Die Hilde bringe ich dann auch mit."

Er hatte nichts erwartet, denn er hatte nicht gewußt, daß er sich dazu entschließen würde.

Nun hatte sie da am Tisch gestanden, sehr bleich, und als ihr Vater zu reden begonnen und sie zu begreifen angefangen hatte, hatte sie geschrien: „Nein! Nein! Nein!"

Und dann war sie hingefallen auf einen Stuhl wie ein Klotz aus Blei und den Kopf auf den Tisch und geweint, so geweint . . . !

Da kannst du dabeistehen. Du hast es nicht gewollt, und daß du einmal verheiratet sein wirst mit ihr, du glaubst es noch jetzt nicht. Nein, an dir soll es nicht liegen, wer so fassungslos weint vor Erlösung, den kann man nicht willentlich kränken. Aber es wird doch nichts, immer wird alles anders. Die Sache mit Batzke kommt ans Tageslicht, wie lange kann ihrem Vater verborgen bleiben, wer du warst, hier im Städtel — ach, daß sie sich nicht so freute! Daß sie nicht so glücklich wäre!

„Was haben wir heute zum Essen, Mutter?"

Und dann geht die Mutter selbst und holt noch frische Blutwurst zur Linsensuppe, denn Hilde darf bei ihrem Bräutigam bleiben. Und der zweijährige Willi wird gebracht und soll „Papa" sagen, und es gibt einen Süßwein, einen Malaga, achtundachtzig Pfennig die Flasche, etwas wirklich Gutes, Reines . . .

Aber immer, bei allem Essen und Trinken und Reden und Lachen, hat Kufalt ein Gefühl, als träumte er: Wenn sie unter dem Tisch nach seiner Hand tastet, ist ihm, als müßte der Hauptwachtmeister mit dem Schlüssel gegen die Glocke schlagen . . .

Doch er schlägt nicht, und Kufalt träumt weiter, und in seinem Traum sagt er, daß er noch auf die Redaktion müsse, damit die neuen Besteller auch morgen früh ihre Zeitungen hätten, und zum ersten Male brächte er nur fünf . . .

Und in tiefem Baß lachend, abonniert Glasermeister Harder, Lütjenstraße 17, das Käseblatt und bricht damit sein Wort und bleibt seinem Schwiegersohn die eine Mark fünfundzwanzig schuldig. „Ich zieh's dir von der Aussteuer ab, Willi . . ." Und Hilde darf ihn zur Redaktion begleiten . . .

Aber drinnen, als Kufalt aufgeregt erzählt, was er getan hat, und die Herren bittet, ja doch dichtzuhalten und eine gute Auskunft über ihn zu geben, er würde es selbst mal erzählen, in einem passenden Augenblick ... Drinnen also ist er einmal dicht vor dem Aufwachen aus seinem Traum, denn die beiden sehen ihn so seltsam an, und Freese sagt ganz unmotiviert als Antwort: „Stört Sie der Ofen nicht? Ist er Ihnen nicht zu heiß ...?"

Aber schon geht der Traum weiter, denn Hilde hängt sich bei ihm ein, und es ist ihr unterdes wohl eingefallen, daß auch sie etwas zu sagen hat, und sie sagt es: „Du bist so gut! Nicht wahr, du hast verstanden, warum ich damals so geweint habe ...?"

Und die Uhr wird übergeben, und im Goldwarengeschäft von Linsing werden Ringe gekauft. Und dann kommt der Abend, und die Verwandten sind da, und es ist eine sehr diskrete, gefühlvolle Verlobung mit manchem Seitenblick von Tante Emma zu Tante Bertha ...

Und schließlich geht er nach Haus in sein Bett, und der Traum ist aus, und er wacht auf und weint: Was habe ich getan!

22

Aber doch — trotz allen Weinens — wurde dieser Dezember der glücklichste, verzaubertste Monat in Willi Kufalts ganzem Leben.

Eines Tages sagte Herr Kraft zu ihm: „Ich weiß nicht, in diesem Jahre trudeln die Weihnachtsinserate nicht so ein wie früher, Sie müssen mal auf Inserate losgehen, Kufalt!"

Und Kufalt ging los auf Inserate.

Morgens von acht Uhr an klapperte er die größeren Läden ab, die Konfektionshäuser, die Goldwarengeschäfte, Wäsche, Leinen, Betten, Besteckvertretungen, Delikatessen, Weine — er verkaufte Sechzehntel- und Zweiunddreißigstelseiten. Er verkaufte auch drei- oder viermal eine ganze Seite, nicht selten eine halbe — und am Sonnabend rechnete er mit Herrn Kraft ab und erhielt seine hundertachtzig, seine zweihundert Mark Werbelohn. „Sie verdienen ja das Doppelte von Freese, Kufalt! Von mir ganz zu schweigen."

Ja, Kufalt war in eine Erfolgsserie geraten, nun erwies es sich, daß der Knast doch zu was gut war. Dort hatte er eine gewisse Hartnäckigkeit im Bitten und Betteln erlangt, eine Abweisung entmutigte ihn nicht so leicht, in der Bestürmung von Wachtmeistern mit Sonderwünschen hatte er sich als ein überzeugender Kämpe im Wort erprobt -- das kam ihm nun zugute!

Wenn er Herrn Lewandowski, dem Inhaber eines kleinen „Kaufhauses" in der nördlichen Vorstadt, klarmachte, er dürfe keinesfalls hinter der Konkurrenz zurückstehen und eine Achtelseite sei einfach eine Schande für ein so gut geleitetes Geschäft, während eine Sechstel- oder gar eine Viertelseite einen verdoppelten Weihnachtsumsatz bedeuten würde ...

Wenn er weitertrabte, jede Fassade musternd, jedes Schild lesend und überraschend bei einem blinden Stuhlflechter einfiel, dem er eine Sechzehntel versetzte, da doch alle Menschen den Wunsch hätten, zu Weihnachten ihre Stühle in Ordnung zu bringen ...

Wenn er um halb elf keuchend in der Setzerei erschien und gegen den schreienden Protest aller Setzer durchdrückte, daß noch dreiviertel Seiten neue Inserate mitgenommen wurden (und die Zeitung kam doch schon um halb eins raus) ...

Und wenn er dann mit Kraft und Freese zappelig vor Spannung auf Fräulein Utnehmer wartete, die die Zeitung der Konkurrenz brachte, und sie stürzten sich alle drei über den Inseratenteil, und Kraft sagte vorwurfsvoll: „Die haben doch eine Viertelseite von Haase und wir nicht!" und er unwirsch antwortete: „Bin heute früh dagewesen, hat mir gesagt, er will noch nicht inserieren, der alte Kaffer, rücke ihm heute nachmittag wieder auf die Bude — aber den Löhne haben wir allein und den Wilms auch ..."

Dann war er besessen von einem übersteigerten Kraftgefühl und Selbstvertrauen.

Jetzt war der Bunker endgültig überwunden, Kufalt taugte was, Kufalt konnte was, und kein Alkoholgespenst Freese vermochte mit Hinweisen auf die kühle Trehne irgendwas bei ihm zu erreichen ...

In seinen Taschen klimperte das Geld, und war das Weihnachtsgeschäft vorüber, kam Silvester mit Inseraten von

Pfannkuchenbäckern, Weinhandlungen und Gastwirten mit Schwof. Und im Januar kamen die Inventurausverkäufe, und so ging es weiter durch ein langes, nahrhaftes, mit Geldverdienen verbrachtes Jahr.

Schlug es aber sechs, so stürmte er nach Haus, warf sich fein in Schale, rasierte sich und ging dann beschwingt durch die Straßen der Stadt, ein freier Mann. Dann kaufte er noch beim Schlächter Godenschweger eine Sardellenleberwurst für die Schwiegermutter oder beim Zigarrenfritzen zehn Brasil für den alten Harder oder ein Blechspielzeug für den Jungen, und alle Geschäftsleute waren überaus höflich zu ihm und sagten: „Guten Abend, Herr Kufalt. Danke auch schön, Herr Kufalt."

Ja, nie kam er ohne ein Geschenk zu seinen Schwiegereltern, und der alte Harder hatte vollkommen recht, zu seiner Frau zu sagen, die heutige Welt stünde auf dem Kopf, und daß ein Mädchen wie die Hilde, die sich mit allen Kerls herumgetrieben habe, einen so gut verdienenden, so gut aussehenden Mann abkriege, das sei im Grunde doch eine Sünde und Schande und direkt gegen Gottes Gebot.

Aber seinen Schwiegersohn mochte er gerne, der alte Harder, den ganzen Abend über schwatzten die beiden eigentlich alleine zusammen – die Frauen saßen still, die Aussteuer nähend, dabei. Harder aber berichtete von den einzelnen Geschäftsleuten, daß Kufalt sich bei Thomsen nach seinem Zucker erkundigen und bei Lorenz die Kakteen im Straßenfenster bewundern müsse.

Er führte ihn ein in das Leben der Stadt, er wußte alle Skandalgeschichten seit hundert Jahren, sorgfältig überliefert von Mund zu Mund. Darum konnte er genau begründen, warum die jungen Lävens ein schwachsinniges Kind hatten, denn der Großvater Läven hatte mit der Mutter von Frau Läven, die nämlich eine geborene Schranz war . . .

Ja, Kufalt war ein glänzender Zuhörer für all diese Hinweise und Geschichten, gierig faßte sein Kopf sie auf und hielt sie fest, während Harders Freude über den Schwiegersohn ständig wuchs. Nein, trotzdem Hilde es wahrhaftig nicht verdient hatte, sollte seinetwegen nichts an der Aussteuer fehlen, obwohl . . . obwohl . . .

Ein dunkler Schatten blieb beim alten Harder. Etwas war

nicht in Ordnung bei diesem tüchtigen, jungen Geschäftsmann. Es wollte nicht in seinen alten, menschenerfahrenen Schädel, daß ein Mann wie dieser Kufalt ausgerechnet ein Mädchen mit Kind heiratete, ein Mädchen, das noch nicht einmal sonderlich hübsch war. Die große Verliebtheit – ah, bah, sie waren ja nicht einmal so verliebt!

In der Dämmerstunde saß er und sah zu, wie der kleine und der große Willi miteinander spielten auf dem Teppich, wie sie übereinanderkugelten, lachten, alberten, ritten, sangen – zwei Kinder, zwei unvernünftige, übermütige Kinder. Der Junge aber rief „Papa", und Kufalt horchte darauf und stieß sich nicht daran und verzog keine Miene – es war nicht in Ordnung, etwas stimmte nicht.

Der alte Harder lag nachts manche Stunde sorgenvoll in seinem Bett und grübelte, und am liebsten wäre er aufgestanden und in das Wohnzimmer hinübergegangen und hätte wütend auf den Tisch gehauen und schreien mögen: Zum Donnerwetter, sagt endlich, was los ist mit euch!

Aber das tat er denn doch nicht, und er lag so lange wach, bis er die Tür leise einklinken hörte, und die beiden gingen hinunter, und die Haustür fiel ins Schloß. Vielleicht hatte sie ihn wirklich fortgeschickt, aber vielleicht war die Haustür auch nur so ins Schloß geworfen worden, und sie hatte ihn mit in ihr kleines, dunkles Hofzimmer genommen, das sie seit ihrem Fall mit dem Balg bewohnen mußte. Ihm, dem alten Harder, war das ja nun egal, sie würde ja aufpassen gelernt haben, und verlobt war verlobt – aber das schlimmste war eigentlich, daß er ganz fest der Überzeugung war, der Schwiegersohn ging wirklich nach Haus und nicht auf ihr Zimmer, und daß ihm das eigentlich am unheimlichsten dünkte.

Recht hatte er, sie nahm ihn nicht mit auf ihr Zimmer, und wenn doch einmal, so nur, daß sie wieder einmal an des Kindes Bett standen, wie damals in der ersten Nacht, und auf das Kind hinabsahen. Hand in Hand, ihr Kopf an seiner Schulter, ein Bild wie eine kolorierte Photographie – aber vor dem Fenster hing die Nacht, und die Stadt war still geworden, wie das Leben still geworden war – in der Geduld! In der Geduld! Herz um Herz ruhig, sachte Nacht, Aufatmen, Stille.

„Komm, jetzt will ich nach Haus."

„Schlaf auch schön, Willi."

„Danke, dito."

Ein rascher Kuß und der Heimmarsch durch die verödeten Dezemberstraßen, in denen unter dem Wind die Glasscheiben der Laternen klapperten, vielleicht noch drei, vier Stehschnäpse an einer Theke, damit man schneller, ohne sich Gedanken zu machen, einschlafen konnte.

Dann aber am nächsten Morgen frisch los auf die Inserate, fröhliche Jagd auf das Geld, Schwätzen und Überreden und Herumstehen in Läden und schließlich wieder der Abendweg zu ihr . . .

Es war unsinnig, wenn Vater sich da ausmalte, was sie wohl redeten und trieben im Wohnzimmer: Sie trieben gar nichts.

Einmal hatte Harder seine Tochter gefragt, warum sie denn noch so laut gewesen seien, und Hilde hatte erklärt: „Willi hat mir Gedichte aufgesagt."

„Gedichte . . .?!!" hatte Harder zurückgefragt und sich wieder einmal gewundert, wie ein solcher Ausbund und Abgrund von Verlogenheit seine Tochter sein konnte.

Und doch hatte Hilde die Wahrheit gesprochen, und Kufalt hatte wirklich Gedichte rezitiert.

Das Rindenhäuschen in jener durchwehten Novembernacht lag weit dahinten, daran durfte man nicht mehr denken, sonst mußte man sich nur schämen. Jetzt saßen die beiden in einem richtigen bürgerlichen, gut durchwärmten Zimmer auf dem Sofa nebeneinander als ein richtiges Brautpaar, er erzählte von seinem Tag, erzählte von Freese und Kraft und der Stenotypistin Utnehmer, die er schon wieder mit einem andern Herrn auf dem Bummel gesehen hatte. Aber der Stoff war bald alle, das meiste hatte er ja schon seinem Schwiegervater erzählt.

Und wenn sie dann von ihrer künftigen Wohnung gesprochen hatten und von der Einrichtung, anderthalb Zimmer mit Küche — dann war es aber gänzlich vorbei.

Sie saßen stumm nebeneinander auf dem Samtsofa, Hand in Hand, er sehr gerade, mit den Augen auf die Lampe zu; sie mit der Neigung, gegen seine Schulter zu sinken und zärtlich zu werden.

Dann küßte er sie ein- oder zweimal und sagte beruhigend: „Ja, meine Liebste, es ist ja gut, Hilde, ich weiß ja." Und dabei dachte er nach, worüber sie sprechen könnten, und ihre Brust war ihm so nah, und jetzt hätte er alles mit ihr tun können — aber nein, Rindenhäuschen vorbei. Jetzt hieß es Ordnung, Geldverdienen, Bürgerlichkeit. Ein klares Leben — und er wollte sich doch auch nicht schämen müssen vor den Harder, Freese und Kraft. Er hatte aufgeatmet, als sie ihm andeutete, damals — nein, es war nichts passiert, und vor Ostern wollten sie keinesfalls heiraten, und kam etwas, so würden sie doch alle mit den Fingern parat stehen und neun abzählen und sagen: „Aha, darum!!"

Nein, gerade nicht: Aha, darum!

Sie war sehr blaß, mit dunklen Ringen unter den Augen, sicher war: Sie verstand nichts.

Einmal brach sie aus: „Willi! Willi! Warum willst du mich heiraten! Bloß, weil ich damals nicht mehr gekommen bin?! Du liebst mich ja gar nicht!"

Aber er beruhigte sie, er wiegte sie in seinen Armen, er sagte, es sei alles richtig, wie er es mache, und eines Tages würde sie alles verstehen.

Und dann saßen sie wieder stumm da, die Lampe brannte still weiter, und sie wußten wieder nicht, wovon reden. Und da eben geriet er auf seine Kindheit.

Sie gehörte hierher, in dieses gutbürgerliche Zimmer, diese geordnete Brautzeit. Sie gehörte genau an diese Stelle seines Lebens — Straftat, Gericht, Gefängnis wurden ausgemerzt; wo das bürgerliche Leben aufgehört hatte, da setzte er wieder an.

Gedichte, jawohl, aber nicht nur Gedichte. Manchmal saßen sie zusammen und summten ein Lied, leise, daß es die Eltern im Schlafzimmer nicht hörten:

„O Täler weit, o Höhen . . ."

„Ännchen von Tharau . . ."

„Wer hat dich, du schöner Wald . . ."

Und beider Gesichter wurden heller, eilig trat ihr kleiner Fuß im durchbrochenen Halbschuh den Takt, die Gardinen hingen weiß und friedlich vor den Fenstern — er aber sagte: „Jetzt laß mich mal allein . . ." Und er sang: „Beatus ille homo . . ." und „Gaudeamus igitur . . ."

Seine paar Gymnasialjahre waren wieder da, und ihre Augen hingen an ihm.

Dann kam das Weihnachtsfest, und die beiden Verlobten standen richtig unter dem Lichterbaum, und richtig spielte der kleine Willi zu ihren Füßen mit einer Puffbahn. Herr Harder‾aber schenkte seinem Schwiegersohn eine kalblederne Brieftasche mit einem dreimal angespuckten blanken Pfennig darin. „Daß euch das Geld nicht ausgeht" – und Frau Harder schenkte ihm einen Schal.

Von Hilde war nichts da, aber Hilde lächelte, ihre Backen waren rot, sie war sehr glücklich, und alles war so unwahrscheinlich friedlich und geborgen mit dem weißgezuckerten Stollen und dem Karpfen in Bier, als gäbe es gar keine Welt voller Gefahren, gäbe es nicht Verbrechen, Not, Kittchen, Vorbestraftheit.

23

War es da bei solch glücklichen Zeiten ein Wunder, daß Kufalt sich kaum noch um den kleinen Emil Bruhn kümmerte, ja, daß er ihm eigentlich aus dem Wege ging?

Er besuchte ihn nicht mehr, und wenn Bruhn zu Kufalt kam, so war er entweder nicht zu Haus oder in großer Hast, sich umzuziehen und wieder wegzukommen.

Einmal aber, kurz nach Weihnachten, hatte sich Bruhn bei solchem Umziehen in den großen Plüschsessel gehockt und zugesehen. Er hatte noch kleiner und rundlicher als sonst ausgeschaut, aber sehr sorgenvoll. – Gehört zu den Leuten, die Kummerspeck ansetzen, dachte Kufalt flüchtig.

„Stimmt es, daß du mit der Hilde von Harders gehst?"

„Ja, Emil."

„Daß du dich richtiggehend mit ihr verlobt hast?"

„Ja, Emil."

„Fiole oder ernsthaft?"

„Ernsthaft, Emil."

„Und der Junge?"

„Ein netter Junge, Emil, mag ihn furchtbar gerne."

„Wissen die das eigentlich von dir?"

„Nein, Emil."

„Willst du's ihnen erzählen?"

„Noch nicht, Emil."

„Mir hast du damals gesagt, man muß es gleich erzählen."

„Man weiß nie, wie was kommt."

„Also doch Fiole!"

„Nein, ernsthaft."

„Warum sagst du's denen dann nicht?"

„Sage es ihnen schon noch."

„Wann?"

„Bald."

Kufalt rasiert sich sehr sorgfältig, deswegen wohl antwortet er auch so kurz. Nun aber ist er mit dem Rasieren fertig, macht Oberhemd zurecht, Kragen und Schlips, und so kann *er* fragen.

„Bist du eigentlich immer noch in der Fabrik, Emil?"

„Wie . . .?" fährt Bruhn zusammen.

Kufalt lacht. „Wo bist du denn mit deinen Gedanken, Emil? — Ob du noch in der Fabrik bist, frage ich."

„Ja", sagt Bruhn auch kurz und ist weiter gedankenvoll. Dann fragt er: „Wie ist das, Willi, wenn nun einer den Harders erzählt, daß du vorbestraft bist?"

„Wer soll denen denn das erzählen?"

„Nun irgendeiner — ein Wachtmeister zum Beispiel!"

„Wachtmeister dürfen doch nichts erzählen, so was ist Dienstgeheimnis."

„Oder ein Ganove?"

„Warum soll ein Ganove denn das erzählen? Der hat doch nichts davon."

„Vielleicht kriegt er ein Trinkgeld vom ollen Harder, daß er ihn gewarnt hat?"

Kufalt denkt angestrengt nach, er schiebt die Unterlippe vor, besieht sich in seinem Rasierspiegel, probiert, ob die Haut am Kinn auch glatt ist, und denkt immerzu nach.

Ziemlich lange kriegt Emil Bruhn keine Antwort.

Und als Kufalt spricht, ist die Antwort auch keine Antwort, sondern eine Frage: „Warst du eigentlich beim Alten, Emil?"

„Ja", sagt Emil.

„Na — und?"

„Schieterkram."

„Wieso Schieterkram? Ja oder nein?"

„Kostet sehr viel Geld."

„Ob er ja gesagt hat?"

„Ich hab ihm erzählt, ich hab fünfhundert Mark erspart, die schustere ich zu."

„Und was hat er gesagt?"

„Dann will er's versuchen."

„Also ist ja alles in Butter."

„Nein."

„Wieso ist nicht alles in Butter?"

„Weil ich keine fünfhundert Mark zuzuschustern habe."

„Wieviel hast du denn gespart?"

„Gar nichts."

„Warum sagst du denn, du hast sie?"

„Weil ich denke, ich kriege sie, Willi."

Kufalt zieht sich bedächtig seinen Mantel an, dann betrachtet er sich im Spiegel und zieht das Jackett hinten etwas herunter. Er nimmt seinen Hut.

„Also ich geh jetzt, Emil."

„Ich komm noch ein Stück mit längs, Willi."

„Schön, Emil."

So gehen sie, beide drucksen. Bruhn weiß nicht recht und möchte gern, aber Kufalt ist komisch, er müßte es doch eigentlich gewohnt sein aus dem Bunker, Kippe oder Lampen ist Satz, Kippe oder Lampen ist ein klares Geschäft.

Kufalt aber ist wütend und todestraurig. Hat er ihn wirklich gerne gemocht, den kleinen Bruhn? Ja, nun scheint es so, er hat ihn wirklich gerne gemocht, und nie, nie hätte er gedacht ...

„Weißt du, Willi", versucht Bruhn zu erklären, „ich muß aus der Fabrik, das hält keiner aus, verstehst du?"

„Ja, ja", sagt Kufalt.

„Sonst passiert nämlich was."

„Ja, ja", sagt Kufalt wieder gedankenvoll. „Sicher hast du es falsch angefaßt mit dem Direktor."

„Du kannst ja selber mal mit ihm reden, Willi?"

„Nein, nein", sagt Kufalt mit Bedeutung. „Weißt du, mit den Ganovengeschichten möcht ich nichts mehr zu tun haben, verstehst du, Bruhn?"

Er bleibt stehen.

„Ich geh jetzt hier rein in die Lütjenstraße, Emil. Lütjenstraße 17 wohnt mein Schwiegervater. Na, du kennst ja den Laden, Emil."

Er steht aber immer noch und betrachtet den kleinen Bruhn mit dem Seehundskopf.

„Und übrigens ist mir alles scheißegal, Emil. Die Hilde ist mündig, und dafür, Emil ...", Kufalt beugt sich vor und flüstert geheimnisvoll in Bruhns Gesicht hinein, „dafür, Emil, hab ich schon gesorgt, daß sie wieder ‚fest' ist, verstanden?"

Er starrt, plötzlich grinsend, den Bruhn an, lacht schallend los und geht die paar Häuser bis zu Harders weiter, ohne sich umzusehen.

Mann über Bord, kann man da nur sagen, denkt er.

24

Nach Weihnachten war das Annoncengeschäft sehr still geworden, und Kufalt hatte sich wieder auf Abonnenten legen müssen, um etwas Geld in die Kasse zu bekommen. Bitter war das. Bei einer Annonce blieben fast mühelos fünf oder acht oder zehn Mark Prozente hängen, und nun mußte er wieder endlos für ganze fünf Viertel Mark reden und unter fünf Malen auch noch vier erfolglos.

Denn mit den Handwerkern, die verhältnismäßig bequeme Kunden gewesen waren, war er nun durch. Jetzt mußte er Haus für Haus abklappern, straßenweise. Nie wußte er genau, was da für Menschen hinter den Türen wohnten, an denen er klingelte, was er sagen mußte, um ihnen angenehm zu sein. Schließlich kam da so eine mißtrauische Frau raus, bei der die feinsten Formen nicht verfingen, die gar nicht erst die Kette losmachte, sondern, ohne ihn anzuhören, die Tür zuschlug: „Wir brauchen nichts."

Aber es konnte auch vorkommen – und das war vorgekommen –, daß er einmal an ganz unverhoffter Stelle, bei irgendeiner roten Arbeiterfrau, Erfolg hatte, ihr ein Abonnement aufschnackte. Kam er dann aber abends auf den „Boten", so war der Mann schon dagewesen, hatte Krakeel gemacht und sein Geld zurückverlangt: Sie läsen ihr Soziblatt und nicht solchen Bourgeoisdreck, und wenn er den windigen Kerl von Anreißer erwischte, würde er ihm alle Knochen im

Leibe zerschlagen. Arme Frauen dumm zu reden, verdammter Hund, der!

Kraft aber hatte milde bemerkt, zu schlimm sollte es Kufalt auch nicht mit dem Zureden machen, und Kufalt hatte gereizt gefragt, ob Herr Kraft glaube, die Leute jauchzten gleich, daß sie den „Boten" lesen dürften . . .?

Dann aber waren die letzten Dezembertage gekommen, und richtig hatte sich das Geschäft in Annoncen wieder lebhafter angelassen, und gar zum Silvestertag hatte Kufalt zweieinhalb Seiten zusammenbekommen. Er hatte aber auch gegrübelt und zu allem andern noch die Spielzeugläden mit ihrem Feuerwerk und die Porzellangeschäfte mit Neujahrstellern mobil gemacht. Und schließlich waren noch all die guten Wünsche an die werte p. t. Kundschaft zum Neujahrsfeste dazugekommen.

Süßsauer lächelnd hatte Kraft wieder einmal zweihundertfünfzehn Mark an Kufalt ausbezahlt, nicht ohne die Bemerkung zu machen: „Wie gewonnen, so zerronnen."

Das kümmerte Kufalt aber einen Dreck, erstens kamen bald die Inventurausverkäufe, und zweitens hatte er jetzt ein richtiges Sparbuch, und auf dem Sparbuch standen trotz aller Geschenke über tausend Mark. Nein, nichts von zerronnen!

So ging Kufalt denn, abgeseift von Kopf bis zu Fuß, sauber eingepuppt und mit glänzenden Nägeln, festlich zu den Harders, trank seine paar Gläschen sanften Punsch und hörte befriedigt, wie Frau Harder um halb zehn sagte: „Na, Eugen, für uns wird es jetzt wohl Zeit, wir warten doch nicht bis zum Läuten?"

Der Alte brummte verneinend und sagte: „Aber, Kinder, ihr könnt gerne noch ein bißchen ausgehen. Immer zu Haus hocken, ist auch nichts, und übers Jahr seid ihr ja schon verheiratet, und wer weiß, ob ihr da noch ausgehen könnt."

Wobei er wieder mal die Gestalt seiner Tochter betrachtete.

Hilde verschwand, und dann kam sie in einem entzückenden, hellen, ganz blaß geblümten Kleid wieder, und einen schönen, geflochtenen Goldzopf hatte sie um den Hals . . . „Wirklich nett sieht das Mädchen aus", hatte Harder ganz verwundert gesagt. Und das Rosa in ihren Backen war beinahe rot geworden, und übermütig hatte sie Vater und Mutter einen Kuß gegeben und: „Alles Gute und schlaft schön rüber ins neue Jahr!"

Dann aber waren die beiden Jungen losgezogen, und vom Fenster hatten die beiden Alten ihnen nachgeschaut.

Es schneite leicht, viele Leute waren unterwegs, und in den meisten Schaufenstern am Bummel brannte Licht. Sie schlenderten zuerst ein wenig umher, und Hilde hatte die eine Gardine schön gefunden, er aber eine andere, bis sie sich schließlich auf eine dritte geeinigt hatten. Sie hatten Möbel angesehen, und ihm war eingefallen, daß in der Helmstädter Straße solch entzückendes Schlafzimmer ausstand, das er ihr schon immer hatte zeigen wollen. So waren sie denn den langen Weg bis dahin gegangen, um zu finden, daß Tischler Schneeweiß sein Schaufenster nicht beleuchtet hatte.

Hier aber waren sie in der Nähe vom Rendsburger Hof, und Hilde bat ihren Willi, doch einen Augenblick da hineinzugehen; sicher wollte sie sich ihren ehemaligen Freundinnen mit Bräutigam präsentieren.

„Und da haben wir uns doch zum ersten Male gesehen, und ich habe dich auch gleich gesehen. Aber wie du mich so anstarrtest, durfte ich es ja nicht merken lassen. Und weißt du noch, wie du der Wrunka und mir beinahe bis auf die Toilette nachgelaufen bist? Der geht ran, hat die Wrunka gleich gesagt. Komm, wir sehen nur einen Augenblick rein, wenn es auch nicht so fein ist da . . ."

Er aber schlug es ihr rundweg ab, denn sicher würden sie angepöbelt. Ihm war so was nicht piepe, und daß man ihr ausgerechnet in seiner Gegenwart die Jungfer mit Kind vorhalten sollte, und womöglich warfen die ihm noch das Kittchen vor, und sicher war der kleine Emil Bruhn da . . . „Also, unter allen Umständen, nein!"

Er dagegen hatte ein kleines Kellerlokal am Markt für sie beide in Aussicht genommen, ein Café Zentrum, das ihn schon immer durch irgendwas Verstaubtes, Verludertes gelockt hatte, in das er aber bisher durch irgendeinen Zufall noch nicht gekommen war. Doch kaum sprach er Hilde davon, als sie nun wieder dies Lokal entschieden ablehnte.

„Nein, unter keinen Umständen! Nein."

„Was hast du denn dagegen? Ich wollte es mir doch nur mal ansehen."

„In solch Lokal geh ich nicht!"

„Aber du mußt doch sagen können, warum!"

„In solch ein Ding — was die Leute davon erzählen!"

„Bist du denn einmal drin gewesen?"

„Ich . . .? Nein, nein, und ich geh auch nicht rein. Auch mit dir nicht."

Sie standen noch immer an der Ecke beim Tischlermeister Schneeweiß, es war dunkel und zugig, sie froren.

Ein Mann kam vorüber, er hatte gemerkt, daß sie sich stritten, er rief:

„Na, Lottchen, will he nich? Schall ick em en beten an de Büx?"

„Komm!" sagte Kufalt hastig und ging mit ihr los. Der betrunkene Silvesterschwärmer rief ihnen eine Schweinerei nach.

Sie gingen eilig, lose ineinander eingehängt, dem Stadtinnern zu.

„Ich möchte wohl wissen", sagte Kufalt aus tiefem Nachsinnen, „warum du nicht in das Café Zentrum willst."

„Weil ein anständiges Mädchen nicht in solch ein Café geht."

„Ach nee?! Und auf den Rendsburger Hof geht solch Mädchen zum Schwof?"

Sie machte sich mit einem Ruck von ihm los, sie rief verzweifelt, und sie war wirklich verzweifelt: „O Willi, Willi, mußt du mich denn immer quälen?!"

„Quälen . . .?!" fragte er verblüfft, „immer quälen . . .?! Weil ich mit dir in ein Café gehen will?"

Sie sah ihn einen Augenblick an, ihr Gesicht zuckte, ihre Lippen bewegten sich, sie wollte etwas sagen. Aber dann nahm sie nur seinen Arm und bat leise: „Komm, bring mich nach Haus."

„Wir gehen doch jetzt nicht nach Haus!" rief er verblüfft. „Wenn du eben durchaus nicht ins Zentrum willst, gehen wir woandershin. Ist dir Café Berlin recht?"

Sie antwortete nicht, und nach einem Augenblick merkte er, daß sie leise vor sich hin weinte.

„Nicht, Hilde", sagte er und sah nach den Leuten. „Nicht doch."

„Es ist gleich wieder gut", sagte sie schluckend. „Komm, wir stellen uns einen Augenblick an das Schaufenster."

„Aber warum weinst du denn? Wieso quäle ich dich denn? Sag doch, Hildeken, ich versteh ja nichts."

„Nichts, nichts", sagte sie, schon wieder lächelnd. „Jetzt reib ich mich nur ein bißchen ab und schnaub die Nase . . ."

„Aber ich möchte doch gerne . . .", fing er hartnäckig wieder an.

„Bitte nicht", sagte sie. „Wir wollen heute doch lustig sein."

Und sie waren es dann auch. Denn im Café Berlin gab es einen herrlichen sächsischen Komiker, der so gut sächsisch sprach, daß man ihn sogar verstand, und der sie ununterbrochen lachen ließ, und eine Spitzentänzerin mit rasierten Achselhöhlen und weißgepuderter Brust – und eine ältere Dame sang ungemein freche Lieder . . .

Sie saßen im Trubel, alles lachte, schrie, trank, jubelte. Konfetti hagelte, Papierschlangen hüllten sie ein, und sie saßen stocksteif, diese Zier nicht zu zerreißen. Dann spielte die Kapelle einen Tusch, und es war Mitternacht. Sie gaben sich feierlich die Hände.

„Auf ein recht gutes Jahr, Hilde, für uns beide!"

„Dir auch, mein Willi! Dir auch!! Ach, mein Willi!"

Sie tranken noch einen kleinen Grog, und Hildes Backen fingen zu glühen an. Sie erzählte, kleines Geschwätz, Getratsch, was die eine ausgefressen und wie verrufen die andere war und was die dritte sich alles einbildete . . .

„Aber ich bin auf keine neidisch. Wo ich meinen süßen Willi habe. Und jetzt noch einen süßen Willi – zwei süße Willis . . ."

Sie lachte laut. Und wenn auch dies Geschwätz und Lachen im allgemeinen Trubel untergingen und kaum einer den Kopf nach den beiden an der Wand drehte – Kufalt war es doch peinlich, und doppelsinnig war es auch, das Gerede von den beiden süßen Willis, und nett war ihr Lachen auch nicht gewesen . . .

„Komm, Hilde, wir gehen."

„Aber du kannst doch morgen ausschlafen!"

„Wir gehen noch wohin, wo wir tanzen können."

„Fein", sagte sie. Sie lachte. „In den Rendsburger Hof."
Ihre Augen funkelten wagemutig. „Da hast du wohl deine
andere Braut, die du nicht zeigen willst?"

Er fragte böse: „Und wen hast du im Café Zentrum?"

Einen Augenblick war sie verlegen, dann lachte sie los.
„Bist du eifersüchtig, armer Willi? Nein, du brauchst nicht
eifersüchtig zu sein, ich bleib dir treu und laß mich nicht
verführen . . ."

Sie sang es nach einer Schlagermelodie.

Leute umher lachten beifällig. „Das Mädchen ist richtig."

„Komm doch, Hilde", bat er. Und dachte: Und hat sich
doch von mir verführen lassen, und wenn von mir, ist auch
jeder andere möglich . . .

Eine tiefe Traurigkeit erfüllte ihn. Was hat das denn alles
für einen Sinn! dachte er. Ich hab ja nichts mit ihr zu tun, ich
mag sie nicht einmal gerne. Und weswegen denn alles?
Wirklich nur, weil sie sich damals nicht mehr sehen ließ und
weil ich ein bißchen Mitleid mit ihr hatte? Ach, nur das
Fleisch, nur das Fleisch, bei jeder andern wäre es auch noch
einfacher, und ich brauch's nicht einmal, das Fleisch . . .
Wenn man doch rauskäme, fortkäme, wegkäme . . . Dies geht
im Leben nicht gut. Wenn man doch einmal ganz von frischem anfangen könnte . . . !

„Woran denkst du?" fragte sie.

„An nichts Besonderes", antwortete er.

Dann aber kamen sie doch nicht mehr zum Tanzen, sondern irgendwie landeten sie in einer kleinen Weinstube und
tranken noch eine Flasche Süßwein. Hilde war traurig gewesen und gereizt, übermütig, lustig und geschwätzig —
jetzt, von der Flasche Wein, wurde sie einfach müde, todmüde, die Augen klappten ihr zu . . . „Bitte, bring mich nach
Haus, Willi, bitte!"

Vor der Haustür stand sie, beinahe wankend vor Schläfrig-
keit, in seinem Arm.

„Noch einen Kuß, Willi. Oh, bin ich müde!"

„Ich aber auch", sagte er.

Es war, als ermuntere sie sich etwas. „Nicht wahr, du
gehst gleich nach Haus, du gehst nicht mehr irgendwohin."

„Wohin soll ich denn jetzt noch gehen um vier? Ich hau
mich sofort hin."

„Ganz bestimmt?"

„Aber todsicher", sagte er und versuchte zu lachen.

„Gibst du mir dein Ehrenwort?"

„Aber natürlich geb ich dir mein Ehrenwort. Ich geh gleich nach Haus."

Sie schwieg, irgendwie schien sie unzufrieden zu sein und nachzudenken.

„Also, Hildeken", sagte er und reichte ihr die Hand.

Sie nahm ihn ganz fest in ihre Arme. „Mein Willi, mein lieber, süßer Willi . . ." Sie küßte ihn, sie flüsterte: „Komm doch mit, mein süßer Willi, die Eltern gehen nie in mein Zimmer . . ."

„Nein, nein", sagte er erschrocken.

„Aber warum denn nicht? Ich sehn mich so nach dir. — Willi, ich halt das nicht aus! Was hast du gegen mich? Bis Ostern halt ich das nicht mehr aus."

„Denk doch an den Jungen, Hilde. Das geht doch nicht."

„Ach, der Junge wird nie vor acht wach. Ich weiß das doch. Komm schon. Einmal, nur einmal, Willi."

„Nein", widerstand er. „Nein, ich will das nicht. Nachher passiert was, und alle reden über uns."

„Das tun sie doch schon so. Das kann uns doch egal sein."

„Nein, ich tu es nicht. Sei vernünftig, Hilde, denk doch, die paar Wochen bis Ostern!" Er nahm sie in seinen Arm, er tröstete sie (und wußte dabei: Jedes Wort war unwahr. Etwas anderes würde geschehen. Was aber das andere war, das geschehen würde, das wußte er nicht).

„Denk doch daran, wie schön wir es dann haben werden, ganz allein in unserer eigenen Wohnung für uns, ein helles freundliches Zimmer. Und ich glaub bestimmt, ich schaff es mit den blauseidenen Steppdecken statt der Federbetten. Dann können wir alle auslachen, und niemand kann uns noch etwas wollen, und es ist alles viel sauberer als so in der Heimlichkeit, und vor deinen Eltern müßte ich mich auch schämen. Jetzt kann ich die doch grade ansehen . . ."

„Aber du hast doch . . .!" rief sie verständnislos und erschrocken aus. „Du hast doch schon einmal, Willi . . ."

Sie sahen sich an.

„Also ich geh jetzt nach Haus", sagte er böse. „Ich glaub, du hast einen sitzen, gute Nacht."

Er wartete ihr „Gute Nacht" nicht ab, er wartete nicht ab, bis sie über den Hof verschwand.

Im Fortgehen hatte er, obwohl er sich nicht umdrehte, das ganz genaue Bild von ihr vor Augen, wie sie dastand, ihm nachstarrend, Todesangst im Blick.

25

An den Rest dieser Nacht hatte Kufalt nur eine verwirrte Erinnerung, von dem Moment an, da er die Kellertreppe zum Café Zentrum hinunterpolterte und mit einem Krach im Lokal landete, bis zu dem Augenblick, da er, Arm in Arm mit Herrn Chefredakteur Freese, auf einem wüsten Fabrikhof stand und wie gebannt in ein graues, öliges, langsam ziehendes Wasser starrte, während Freese geheimnisvoll flüsterte: „Die Trehne entspringt bei Rutendorf, unterhalb des Galgenberges, nimmt in unserer Vaterstadt die Abwässer von sechsunddreißig Lederfabriken mit Gerbereien auf. Berühmt als Verbreiterin des Milzbranderregers... Die Trehne..."

Eine gespensterhafte Nacht. Unwahrscheinlich schon, wie er in die Gaststube polterte, eine ganz kommune Gaststube, ohne jede Luderei und Verworfenheit, wie er sich suchend umsah und in den dicken Schwaden von Zigarrendampf doch nichts erkennen konnte — und eine Stimme schrie aus dem Winkel: „He, Kufalt! Bräutjamm Kufalt!!"

Er folgte der Stimme und fand an einem Ecktisch in trauter Gemeinsamkeit erstens den Freese, zweitens den Dietrich — über Grog hockend, Freese glühend rot, die wüsten Haarzotteln wüst ins schändliche Gesicht, und Dietrich gelblichbleich, mit stumpfen, dummen Mauseaugen.

„Setz dich, Kufalt", sagte Freese. „Das ist der Dietrich, den ich deinetwegen rausgeschmissen habe."

„Sehr angenehm", murmelte Dietrich und machte eine halbe Verbeugung.

„Besoffen!" sagte Freese. „Setz dich, Kufalt. Besoffen wie ein Besenstiel. Wo hast'en deine Braut?"

„Versteh immer Braut", murmelte Dietrich.

„Halt die Schnauze, du!" rüffelte ihn Freese. „Hier wird

nicht angespielt. Hier wird überhaupt nicht gespielt. Was trinkst'en?"

„Ein Helles", sagte Kufalt.

„Minna, ein Helles und einen dreistöckigen Kognak für den Herrn. — Minna, das is'en Bräutjamm, reell, kiek ihn dir an."

Kufalt sah das dicke Weib mit dem groben, gemeinen, roten Gesicht, das ihm seine Getränke hinstellte, böse an.

„Ach so, Sie sind der junge Mann, der sich mit Harders Hilde verlobt hat? Hab davon gehört, jaja, man hört allerlei..."

„Abschwirren!" befahl Freese, und sie wackelte gehorsam hinter das Büfett.

„Is 'ne Perle, was, die Minna?" fragte Freese, der Kufalt nicht aus den Augen gelassen hatte. „Gefällt sie dir nicht? So werden sie alle, äußerlich oder innerlich oder äußerlich und innerlich, Speck oder kein Speck, so werden sie alle, die Weiber."

„Ja — hupp", machte Dietrich.

„Hältste die Schnauze!" brüllte Freese. „Ich engagier dich, ich engagier dich mit fünf Mark Vorschuß auf der Stelle, bloß daß ich dich auf der Stelle wieder rausschmeißen kann!"

Und Freese suchte in seinen Taschen nach Geld.

Er fand nichts. „Gib die zwanzig Mark, die du mir schuldig bist, Kufalt."

Kufalt sah Dietrich an, der verneinend mit den Augen blinzelte.

„Na, mach schon, Mensch, ich bestell auch 'ne Lage."

„Geben — Sie — sie — nicht — wieder", sagte Dietrich mühsam, als buchstabiere er. „Ich — hab — gesagt — wir — arbeiten — zusammen — arbeiten wir zusammen."

Freese brach in ein brüllendes Gelächter aus. Er lachte, daß es ihn schüttelte.

„Zusammen arbeiten, feste, ihr beiden Bohrer, was? Im selben Loch arbeiten, was?!"

Und er lachte mit zusammengekniffenen Augen, daß das schwammige Fett seiner Backen zitterte.

Kufalt sah ihn an, angstvoll, etwas in ihm erbebte, seine Hand tastete nach dem Bierseidel.

„Also engagierst du uns beide!" fragte plötzlich Dietrich und konnte richtig sprechen. „Können wir jetzt beide arbeiten in deinem Loch, in deinem pleiten ,Boten'?"

Dietrichs Stimme klang streng und böse.

Freese hatte zu lachen aufgehört, er starrte Dietrich an.

„Du kannst ganz gut zwei Werber brauchen", beharrte Dietrich.

In Kufalts Schädel drehte es sich. Habe zuviel getrunken, dachte er. Von was reden sie eigentlich? Reden sie von dem, wovon sie reden, oder reden sie nicht davon?

Er horchte wieder auf die beiden.

„1848", sagte Freese grade feierlich, „war Herr van der Smissen Bürgermeister unserer Stadt. Herr van der Smissen war ein echter Aristokrat, ein aufrechter Herr ohne Scharniere, mit blütenweißer Wäsche . . .

Der Mob zog vor sein Haus und fing an, alle Arten Kot und Dreck durch die Fensterscheiben des Herrn van der Smissen zu werfen. Der Stadtpolizei gelang es an diesem Tage noch, die Menge zu zerstreuen. Der Herr Bürgermeister, der gar nicht anwesend gewesen war, kam erst am späten Abend von einer Reise zurück. Schweigend ging er, von einem Stadtsoldaten begleitet, durch die verwüsteten Räume . . .

Im Speisesaal hing an der Schmalwand ein sehr großes Ölgemälde seiner früh verstorbenen Gemahlin, einer geborenen Freiin von Puthammer. Ein besonders widerlicher, stinkender Dreckbatzen hatte das Bild der schönen Frau grade auf dem schneeigen Busen getroffen . . .

Der Stadtsoldat, ein gewisser Wilms, hat angegeben, der Herr Bürgermeister habe ungefähr fünf Minuten regungslos, aber ohne eine Miene zu verziehen, vor dem geschändeten Porträt gestanden. Dann sei er an einen Schrank gegangen, habe eine Flasche Wein und ein schön geschliffenes Glas geholt und beides vor ihn, den Wilms, hingesetzt, mit der strikten Anweisung, sich die Zeit mit Trinken zu vertreiben. Er, nämlich der Herr van der Smissen, werde unterdes das notwendige Reinigungsgerät zusammensuchen. Darauf sei der Bürgermeister festen Schrittes aus dem Speisesaal gegangen . . .

Am nächsten Morgen zog man ihn, aufs säuischste be-

schmutzt, aus der Trehne, die am Bürgermeistergarten vor-
überfließt."

Dietrichs Kopf war längst auf die Brust gesunken, er
schnarchte. Die Zigarre im Mundwinkel war erloschen, nachdem sie ein kreisrundes Loch in seine Hemdenbrust gebrannt hatte.

Freese hatte mit der falschen, leiernden Stimme eines
Fremdenführers gesprochen, nun, als er fertig war, rief er
ganz anders: „Na prost, Kufalt, soweit ist es mit uns noch
nicht, was!?"

„Warum erzählen Sie mir das?!" fragte Kufalt erbittert. Er
verwünschte sich, daß er hierhergegangen war, er verwünschte sich, daß er nicht wegfinden konnte, er verwünschte
sich, daß er weitertrank, er verwünschte sich, daß er überhaupt mit Freese sprach.

„Das ist", sagte der, „ein Abschnitt aus der Chronik dieser
Stadt, an der ich seit vierzig Jahren arbeite. Dieser Abschnitt
wird den Namen führen ‚Opfer der Trehne'."

„Aber ich werde nicht darin stehen, Sie Lump, Sie!" schrie
Kufalt, plötzlich todwütend. „Denken Sie, ich kapier nicht,
Sie Schwein, daß Sie mich dahin treiben wollen?! Aber ich
geh nicht, Ihnen zu Gefallen gehe ich noch lange nicht, wenn
Sie auch auf meine Braut Dreckklumpen schmeißen . . .!"

Er hielt tieferschrocken inne. Es hätte gar nicht des Fin-
gers von Freese bedurft, den er warnend, auf Dietrich deu-
tend, an den Mund legte.

Denn jetzt stand plötzlich deutlich vor Kufalts Augen das
schöne, großfenstrige Bürgermeisterhaus unter den Linden-
bäumen, an dem er so oft vorbeigetrabt war. Er meinte, die
zerbrochenen Scheiben zu sehen, den Sternenfall der Glas-
splitter ins Gras, den düsteren Speisesaal, von einer einzigen
Kerze erhellt – und eine lange schmale Hand mit dicken
blauen Adern und rundlichen gelben Altersflecken hebt den
Leuchter, in dem die Kerze steckt. Aus dem Schatten der
Wand tritt strahlend das Gesicht der schönen jungen Frau,
ihr schlanker, weißer Hals, die herrlichen Schultern, und
nun . . . und nun . . .

„Sehen Sie es . . .?!" schreit Freese. „Sehen Sie es . . .?!"

Es ist ein anderes Gesicht, komm doch mit, komm doch
nur ein einziges Mal mit, bittet, bettelt ein Mund.

Oh, verloren, verpaßt, vergeudet. Oh, alles falsch getan. Zerronnen, vertan, vorüber die Frist ...

Keine Hand hält einen Leuchter mehr, es ist sehr dunkel, eine Dunkelheit, die sich nur allmählich aufhellt ...

„Na, ein Nickerchen gemacht?" fragt Freese. „Sie haben geschrien im Schlaf. Der da pennt fester."

Und er zeigt auf Dietrich.

„Ich gehe", sagt Kufalt, taumelnd vor Müdigkeit.

„Warte, ich komm mit", sagt Freese. „So findest du doch nie nach Haus."

Er sah zweifelnd auf den Schläfer Dietrich. „Wer' ich der Minna sagen, kann ihn zu sich ins Bett nehmen", murmelte er.

Plötzlich fing er an zu grinsen. „Warte noch einen Augenblick, Kufalt, sollst mal sehen, was ich mit ihm tue."

Kufalt wollte fort. Er hielt sich an seiner Stuhllehne, tastete mit der andern Hand nach dem nächsten Tisch, erreichte ihn nicht, versuchte es von neuem.

Schon tauchte Freese wieder auf, eine Pappe, durch die er eine Schnur gezogen hatte, in der Hand. Er blinzelte Kufalt listig und aufmunternd zu, als verspräche er ihm einen glänzenden Witz, und ging an Dietrich heran.

Er setzte ihn grade.

„Sitz ordentlich, versoffenes Schwein", schrie er. „Grade sollst du sitzen!"

Dietrich riß die Augen auf, sie fielen sofort wieder zu, er röchelte einmal und schlief weiter. Aber schon hatte Freese ihm das Schild um den Hals gehängt. „Da, kannst du noch lesen?"

Mit Kohle in Druckbuchstaben hingeschmiert, stand es da deutlich: „Mädchenschänder" ...

Alles wurde erst schwarz vor Kufalts Augen, dann rot. Er hatte das Gefühl, als stürze seine Hand förmlich auf ein Bierseidel zu, das sie schon in der Luft herumwirbelte ... Er hörte noch deutlich die Stimme der dicken Minna kreischen: „Achtung, Freese, er schmeißt ...!" Er hörte Freese hämisch kichern ...

Und dann machte es: „Gluckgluck! Gluckgluck! Gluckgluck!"

Arm in Arm mit Freese stand er am Ufer der Trehne, grau

und neblig war der Morgen heraufgedämmert, grau und ölig gluckste das Wasser gegen die Bohlen des Fabrikhofes, und er hörte Freese sagen: „Die Trehne entspringt bei Rutendorf, unterhalb des Galgenberges, nimmt in unserer Vaterstadt die Abwässer von sechsunddreißig Lederfabriken mit Gerbereien auf. Berühmt als Verbreiterin des Milzbranderregers ... Die Trehne ..."

Aber alles war nur verwirrte, gespensterhafte Erinnerung, als er am Nachmittag erwachte.

Er hatte geträumt, er hatte sicher alles nur geträumt – aber jedenfalls fing das neue Jahr mit solch bösem Traum an.

Siebentes Kapitel

DER ZUSAMMENBRUCH

1

Der Dezember mit seinem leichten klaren Frost war gegangen, und der Januar war an seiner Stelle mit Regen und Schlackerwetter gekommen. Seufzend holte Kufalt aus dem Kleiderschrank statt des schönen schwarzen Ulsters den gelben sackartigen Gummimantel.

Der Dezember war der größte Erfolgsmonat in Kufalts Leben gewesen. Der Januar setzte ein mit einer Serie widrigster Mißerfolge. Weitab lagen noch die Inventurausverkäufe, erst am einundzwanzigsten Januar begannen sie — und kein Mensch wollte abonnieren.

Kufalt stand da und redete, wenn man ihn überhaupt reden ließ, heißt das. Man hörte zu, aber dann sagte man, er wisse doch, wie knapp das Geld jetzt nach dem Fest sei, oder man erklärte auch geradezu, der „Freund" sei eben doch besser als der „Bote". Der „Bote" brächte ja nicht ein Viertel der Familienanzeigen des „Freunds", und die müßte man doch mindestens haben.

An manchen Tagen gab es sechs, sieben, ach, es gab zehn, zwölf Mißerfolge nacheinander, und mit den Mißerfolgen kam die Mutlosigkeit. Da stand dann Kufalt geschlagene zehn Minuten vor so einem Mietskasten mit zwölf Parteien und traute sich nicht rein, er ging die Straße rauf, und er ging sie wieder runter, der Nieselregen durchkältete ihn bis auf die Knochen. Am schlauesten war es, nach Haus zu gehen, sich an den warmen Ofen zu setzen und zu dösen ...

Aber da war der leere Quittungsblock, und Herr Kraft erwartete um vier seine sechs Neuabonnements, und der hatte so eine hundsgemeine Art zu sagen: „So, heute nur zwei? — Heute nur zwei. — Heute nur zwei!"

Und dabei nuschelte er mit seinen Papieren.

„Übrigens haben von Ihren Neuabonnenten aus dem Dezember siebenunddreißig den ‚Boten' wieder abbestellt. Da hat Werbung eigentlich wenig Sinn . . ."

„Ist das etwa meine Schuld?" fragte Kufalt gereizt.

„Kein Mensch hat ein Wort von Schuld gesagt", antwortete Kraft gleichmütig und nuschelte weiter mit seinen Papieren, „Sie sind nervös, Kufalt."

Wenn nun aber auch ungewiß blieb, was eigentlich in der Silvesternacht wirklich vorgefallen war, Freese jedenfalls war die Freundlichkeit selbst. Ja, er wurde noch freundlicher.

„Friert Sie?" konnte er fragen. „Ja, stellen Sie sich man ran an meinen getreuen Knecht Fridolin, dem habe ich heute was eingekachelt! Ich hab übrigens auch 'ne Arbeit für Sie!"

Er kramte rum.

„Da ist so 'n Waschzettel vom Kino. Ich hab mir den Mist nicht angesehen. Streichen Sie zwanzig Zeilen und den dicksten Schmus raus. – Hier ist ein Fuffziger."

Und als Kufalt protestieren wollte: „Nee, nee, Kufalt, umsonst ist nur der Tod, und auch der nur für die Verstorbenen. Stecken Sie den Fuffziger ruhig ein: Einst wird kommen der Tag . . ."

Unverändert . . . unverändert mit seinen Anspielungen, seiner Versoffenheit, der rauhen Schale um den fraglichen Kern.

Unverändert blieb auch Vater Harder in seiner Bewunderung der Kufaltschen Qualitäten, aber verändert, sehr verändert war Hilde. Kein freiwilliger Kuß mehr, kaum ein Ja, kaum ein Nein, nichts mehr von Gedichten, kein gemeinschaftlicher Singsang.

Es war halb zehn. Frau Harder gab das Abschiedssignal, gute Nacht wurde gesagt, das Brautpaar war allein, und nun mußte er anstandshalber mindestens noch eine halbe Stunde bleiben.

Er steht auf, er brennt sich eine Zigarette an, er geht auf und ab.

„Wie es stürmt", sagt er, bleibt stehen und lauscht nach dem Fenster.

„Ja", sagt sie und stickt weiter, ohne Aufsehen, an dem Monogramm.

„Man möchte am liebsten hierbleiben, die Nacht", sagt er und lacht ein bißchen verlegen.

Sie sagt nichts.

Er wartet einen Augenblick, dann nimmt er seine Wanderung wieder auf. Er zergrübelt sein Hirn, endlich fragt er: „Hat der Junge heute besser gegessen, Hilde?"

„Nein", sagt sie und stickt weiter.

Weiter auf und ab gehen, weiter grübeln, und der Regulator macht Ping-Pang, Ping-Pang, und schließlich wieder eine spärliche Frage, ein dürftiges Nein oder Ja.

Aber — die Lampe brennt so düster —, wenn er auf den geneigten dunklen Scheitel starrt, auf das Stückchen weißen Nacken, das zwischen Haaransatz und dem roten Krägelchen des Jumpers leuchtet, wenn er hinsieht und bedenkt, was er ihr alles tat, und vielleicht, vielleicht noch tun wird, dann überkommt es ihn, den Mund aufzutun, das Herz aufzutun, zu sprechen: „Du, Hilde..."

Sie stickt.

„Hör mal zu, Hilde..."

Er kommt ganz dicht an sie heran.

Sie rückt ein wenig auf dem Sofa. „Ja?"

Sie stickt dabei weiter, sieht nicht auf.

Er macht noch einen Ansatz: „Bist du mir böse, Hilde?"

„Ich...? Wieso?"

Nein, nichts. Aber doch ist es nicht ihre Kühle, ihre Abweisung, die ihm die Lippen verschließen — das spürt er nun doch, daß nur beleidigter Stolz hinter dieser Abweisung steckt —, es ist etwas anderes.

Jene Nacht und der weiße Pappkarton mit der Druckschrift — die haben gespukt.

Soll ich beichten, und sie hat mir nichts zu sagen? Beleidigter Stolz, jawohl, aber auch ich habe ein Recht...

Doch etwas später: Habe ich es denn nicht gewußt? Kind ohne Vater, hat es von der ersten Minute an geheißen. Natürlich ist sie im Recht, aber sie könnte doch...

Nein, nichts, nichts wie Quackelei. Alles zerrinnt. Es geschieht nichts. Er wandert weiter auf und ab mit seiner Zigarette. Eine lange Zeit verrinnt, und er fragt schließlich: „Sind die Kopfkissen eigentlich schon gesäumt, Hilde?"

„Noch nicht", antwortet Hilde.

Nein, nichts geschieht – oder kann man das Geschehen nennen, daß er sich irgendeines Tages nach der Wollenweberstraße 37 auf den Weg macht, die drei Treppen hinaufklettert und nach Herrn Dietrich fragt ...?

Jawohl, Herr Dietrich ist zu Haus, und Kufalt wird ohne jede Förmlichkeit in sein Zimmer gelassen.

Herr Dietrich liegt angekleidet, aber ohne Schlips und Kragen auf einer Chaiselongue und schläft mit weit offenem Munde. Es ist gegen zwölf Uhr mittags.

„Herr Dietrich", sagt Kufalt von der Tür her.

„Hallo, Kufalt", sagt Dietrich hellwach und setzt sich mit einem Ruck auf. „Trinken Sie 'nen Kognak mit mir."

„Ich wollte Ihnen nur die zwanzig Mark zurückbringen", sagt Kufalt und legt den braunen Schein auf den Sofatisch.

„Aber das hätte doch keine solche Eile gehabt! – Quittung ist wohl unnötig ...?" Herr Dietrich hat den Schein zu einem Röllchen gedreht und in seine Westentasche gesteckt. „Also setzen Sie sich. Gott, Mensch, sehen Sie verfroren aus. Gehen Sie bei dem Wetter auch werben? Wo gehen Sie denn jetzt werben?"

„Im Norden", sagt Kufalt. „So die Arbeiterstraßen von den Lederfabriken."

Dietrich pfeift durch die Zähne. „Faul, was? Oberfaul, wie? Ich an Ihrer Stelle bliebe zu Haus und wartete auf die Inventur. Sie verrungenieren ja mehr Zeug, als der Kram einbringt."

„Ach, so 'n Gummimantel hält was ab."

„Aber die Hosen!" ruft Dietrich. „Und die Schuhe! Doch jetzt müssen Sie erst mal Ihren Kognak haben. Oder wollen Sie lieber einen Grog? Es geht ganz schnell, meine Wirtin hat Gas."

„Nein", sagt Kufalt und tut, als wenn er sich schüttelte. „Von Grog habe ich erst mal genug. Ich mein immer, ich rieche noch Ihre Grogs aus der Nacht."

Und Kufalt kommt sich wie ein sehr kluger Diplomat vor.

„Also prost", sagt Dietrich. „Daß unsere Kinder lange Hälse kriegen. Noch einen? Richtig! So wie Sie verfroren sind."

„Sind Sie eigentlich damals gut nach Haus gekommen?" bohrt Kufalt beharrlich weiter.

„Wann — damals?"

„In der Silvesternacht doch, Herr Dietrich, aus dem Café Zentrum."

„Ach, haben Sie davon gehört?" lacht Dietrich. „Ja, *den* Abend war ich hinüber."

„Ich war auch da, Herr Dietrich", sagt Kufalt mit sanftem Nachdruck. „Wir beide haben uns sogar unterhalten."

„Sie waren auch da!" wundert sich Dietrich. „Kiek einer an! Ja, den Abend war ich völlig plem."

Kufalt überlegt fieberhaft. Ist das nun Frechheit von dem, oder weiß er wirklich nichts? Er muß doch zum mindesten beim Aufwachen das Schild gefunden haben. Oder hat es die Minna abgemacht?

Und als hätte er dem andern ein Stichwort gegeben, sagt der: „Ja, wenn Sie aber auch da waren, lieber Kufalt, dann finde ich es nicht nett, daß Sie mich da so hilflos haben sitzenlassen."

„Wie haben sitzenlassen . . .?"

„So molum. Hätte mich mein Freund, der Fleischer Kutzbach, nicht gefunden, ich hätte ja wahrhaftig bei der Minna im Bett schlafen können!"

Zu schlau. Viel zu schlau. Kufalt gab es auf. „Na, ich muß wohl wieder los. Hab heute noch niemanden auf meinem Block."

„Aber trinken Sie doch noch einen! Wie sehen Sie denn aus?! So blaugefroren können Sie doch nicht zur Kundschaft. — Also, Sie wollen wirklich . . .? Na, denn schnell noch einen im Stehen. Prost!

Übrigens", sagte er plötzlich ernst — zwei Finger verschwanden in der Westentasche und brachten das braune Röllchen zum Vorschein. „Übrigens — können Sie das wirklich entbehren?"

„Aber ja", sagte Kufalt verwirrt. „Ich habe doch ganz gut verdient."

„Denn wenn nicht . . .", sagte Herr Dietrich. „Ich stehe Ihnen jedenfalls immer gerne zur Verfügung. Vergessen Sie nie, ich habe stets das tiefste Mitleid mit Ihrem schweren — aussichtslosen Schicksal."

Plötzlich strahlt Herr Dietrich über das ganze Gesicht. „Also, es hat mich sehr gefreut, Herr Kufalt. Wenn Ihnen mal wieder so ist – ich freue mich immer, wenn Sie zu mir kommen."

Händedruck. Adieu.

Nein, nichts ist geklärt. Nichts ist geschehen. Es lauert wie eine dunkle Wolke, es kann losbrechen von allen Seiten: Hilde, Harder, Freese, Stark, Dietrich, Bruhn, Batzke . . .?

Und dann bricht es von einer ganz anderen Seite her los.

2

An diesem verhängnisvollen Donnerstag, dreizehnten Januar, schlich gegen halb fünf Uhr nachmittags Kufalt besonders unlustig auf den „Boten". Sieben Stunden war er unterwegs gewesen, und der Fang war jämmerlich: zwei Abonnenten. Oder eigentlich nur anderthalb, denn die Witwe Maschke, die seinem beharrlichen Reden nicht hatte widerstehen können, hatte nur sechzig Pfennig angezahlt, den Rest sollte er sich am Ersten holen, wenn es Renten gab.

Kufalt graute es vor der groben Stimme des Kraft: „Zwei, soso, jaja, nur zwei . . . zwei!" Er ging in die Schenke von Lindemann und setzte das Scherflein der Witwe in Kognak um. Dann ließ er das Abonnementsgeld des Lederarbeiters Pachulke denselben Weg gehen.

So kam er kurz nach fünf etwas aufgeräumter in die Expedition, wo Kraft schon wartete.

„Nur zwei, Herr Kraft", sagte er leichthin und wunderte sich, warum ihn die kleine Stenotypistin Utnehmer so entsetzt anstarrte. „Es wird immer schlechter."

„Zwei . . .", sagte Kraft und setzte ihn in Erstaunen. „Zwei sind ja auch ganz schön, besser als nichts. – Gehen Sie mal rein zu Herrn Freese, er möchte Sie sprechen."

Kufalt sah fragend von Kraft zur Utnehmer. Das Mädchen bewegte wie verneinend den Kopf.

„Warum schütteln Sie denn den Kopf?" fragte Kufalt erstaunt.

„Ich hab doch nicht den Kopf geschüttelt", log sie und lief rot an.

„Also machen Sie schon, Herr Freese wartet doch", rief Kraft plötzlich sehr gereizt.

„Schön, schön", sagte Kufalt und ging gegen das Redaktionszimmer. Noch hatte ihn keine Ahnung des drohenden Unheils überkommen, schön warm und ermunternd hatte sich der Schnaps in ihm ausgebreitet, aber verwunderlich war es doch, wie sich die beiden heute benahmen.

„Warum sind Sie eigentlich heute so, Herr Kraft?"

„Ich bin gar nicht so — machen Sie doch bloß los, Mensch."

Herr Freese war nicht allein. Neben ihm im Lehnstuhl saß ein Mann, der Kufalt auf den ersten Blick mißfiel. Es war ein dürrer, länglicher Mann mit einem lächerlichen Bauch, mit einem trockenen, vogelartigen Kopf, der ganz gelb war. Hinter einer Nickelbrille saßen scharfe, schwarze Augen.

Beide hatten ein Glas Kognak vor sich stehen.

„Herr Kufalt — Herr Brödchen", machte Freese bekannt. Kufalt verbeugte sich, aber Brödchen nickte nur einmal, kurz und scharf. Er sah Kufalt unverwandt an, Kufalt sah ihn wieder an.

„Sie stellen sich wohl am liebsten an den Ofen", sagte Freese gemütlich. „Sicher sind Sie wieder ganz durchgefroren. — Wieviel haben Sie denn ergattert?"

„Zwei", antwortete Kufalt.

„Zwei", seufzte Freese. „Fünf halbe Mark. Davon kann man eigentlich auch nicht leben, was?"

„Doch", sagte Kufalt aufmerksam.

Der Dürre mit dem Bauch sagte gar nichts, er sah immer nur Kufalt an.

„Wo waren Sie denn heute eigentlich?" fragte Freese voller Interesse, aber Kufalt merkte wohl, daß dies Interesse erheuchelt war.

„Im Norden", sagte er kurz.

„Im Norden, so?" fragte Freese. „Bei den Lederfabriken? Fabrikstraße? Weberstraße? Linsingenstraße? Töpferstraße? Talstraße?"

Der Lange hatte eine Bewegung gemacht, als wollte er abwehren, saß aber schon wieder still.

„Ja", sagte Kufalt.

Unheil war in der Luft, soviel war klar. Aber so viel war auch klar, daß man, mochte dies Unheil heißen, wie es wollte, solch ungewöhnliches Verhör nicht ohne weiteres hinnehmen konnte, für den Fall eines Falles mußte man vorsorgen ...

„Wieso fragen Sie übrigens, Herr Freese?" erkundigte er sich und sah Herrn Freese an.

Der sah ihn mit seinen geröteten fischigen Augen wieder an. Die Zunge erschien im Mundwinkel, leckte die Lippen ab – jetzt denkt er: Trehne –, die Zunge verschwand wieder.

Freese hatte nichts geantwortet, dafür ließ sich plötzlich, eilig und böse die Stimme des Dürren vernehmen: „Heller Gummimantel – stimmt! Dunkle Hornbrille – stimmt! Käsiges Gesicht – stimmt! Grauer Filz stimmt nicht, aber sicher hat er noch einen grünen im Haus. Wir werden das nachsehen."

Kriminalerfresse! Hätte ich doch längst sehen müssen, ich Idiot! denkt Kufalt erschauernd. Aber ich hab den Gummimantel ja gar nicht am Lübecker Tor angehabt!

Er fühlt – und ärgert sich darüber wütend –, wie er rot wird und wieder blaß, plötzlich werden seine Knie weich, er muß sich fest an den Ofen lehnen.

Die beiden sehen ihn unverwandt an. Er versucht zu lächeln – es geht nicht. Er möchte etwas sagen – es wird nichts. Sein Mund ist plötzlich ganz trocken.

„Kriminalassistent Brödchen", sagt der Dürre schließlich, als dies Schauspiel lange genug gedauert hat. „Mit Rücksicht auf meinen Freund Freese führe ich die Sache ohne Aufhebens."

Er sieht sinnend das Kognakglas an.

„Sie haben also in der Töpferstraße geworben?"

Kufalt will antworten, Brödchen hebt die Hand.

„Ich mache Sie übrigens der Form halber darauf aufmerksam, daß alles, was Sie zu mir aussagen, gegen Sie verwandt werden kann. Sie brauchen nicht auszusagen." Er unterbricht sich unzufrieden. „Aber Sie kennen den Rummel ja schon. Sie sind vorbestraft?"

„Ja", sagt Kufalt.

„Wieviel?"

„Fünf Jahre Gefängnis."

Der nickt, sicher weiß er das alles längst.

„Wegen was?"

„Unterschlagung."

„Verbüßt wo?"

„Hier am Ort."

Der Dürre mit dem Bauch nickt wieder und sagt gemütlicher: „Also, Sie kennen den Rummel, und ich denke, Sie machen keine unnötigen Scherereien. Wir haben Sie nun mal geklappt, Kufalt . . .“

„Wieso?“ fragt Kufalt aufgeregt. „Ich verstehe überhaupt nichts. Ich bestreite alles.“

Der Kriminale nickt, sieht Freese, dessen Augen vor Spannung und Vergnügen funkeln, bedeutungsvoll an und sagt zu ihm gottergeben: „Du siehst, er kennt den Rummel! Bestreitet von vornherein alles! – In der Töpferstraße haben Sie aber doch geworben? – Übrigens haben Sie das schon zugegeben.“

„Das gebe ich auch wieder zu“, sagt Kufalt ganz verblüfft. (Was will der bloß mit seiner dämlichen Töpferstraße?)

„So, das geben Sie also zu. Schön. – Und bei einer Frau Zwietusch sind Sie da auch gewesen?“

Kufalt überlegt. Die beiden lauern so. Das scheint eine wichtige Frage. Es muß also doch etwas mit der Töpferstraße sein, trotzdem er nicht die Bohne versteht, wieso.

„Das kann ich nun nicht so einfach sagen“, erklärt er vorsichtig. „Ich geh jeden Tag in dreißig, vierzig Wohnungen. Da behält man nicht jeden Namen.“

„Sie bestreiten also, bei Frau Zwietusch gewesen zu sein?“

„Das habe ich nicht gesagt. Ich habe gesagt, ich wüßte es nicht. Ich müßte erst mal das Haus sehen. Und die Etagentür. Vielleicht auch die Frau.“

„Nummer 97“, sagt Herr Brödchen.

„Keine Ahnung, ich seh nicht auf die Nummern.“

Eine Weile herrscht Schweigen.

„Was ist denn überhaupt mit der Frau Zwietusch los?“ fragt Kufalt. Er hat das sehr gut rausgebracht, findet er.

Die antworten ihm aber nicht, sondern der Dürre fragt statt dessen: „Besitzen Sie einen grünen Filzhut?“

„Nein“, sagt Kufalt.

„Was besitzen Sie denn noch für einen Hut?“

„Einen steifen schwarzen und einen bläulichen Filzhut.“

„Bläulich und grün sind leicht zu verwechseln“, erklärt Herr Brödchen dem Herrn Freese. „Jedenfalls ist es am besten, ich geh mit dem Kufalt erst mal auf seine Bude und revidier den Kleiderschrank.“

„Vorläufig immer Herr Kufalt", protestiert Kufalt.

„Geben Sie bloß nicht an, Mensch", sagt der Kriminalassistent ohne Aufregung. „Also denn gehen wir, Freese. Schönen Dank."

„Trink doch erst deinen Kognak aus, Brödchen", sagt Freese. „Komm, Kufalt, trink auch einen. Auf den Schreck."

Kufalt voran, Brödchen hinterher, gehen sie los. Das Fräulein Utnehmer macht erschrockene, teilnehmende Augen, Herr Kraft aber hat sich in sein Hauptbuch versenkt und antwortet nicht einmal, als Kufalt ziemlich vergnügt „Guten Abend" sagt.

Ja, er ist ziemlich vergnügt; wenn die Kriminalen diesmal nicht einen Bummel gemacht haben, frißt er einen Besen!

3

Vor der Tür vom „Boten" bleibt Herr Brödchen überlegend stehen. „Sie brauchen nicht neben mir zu gehen, Herr Kufalt", sagt er schließlich. „Freese sagt, Sie haben sich verlobt. Ich gehe hinter Ihnen. Aber wenn Sie Geschichten machen . . . !"

„Knallt's!" bestätigt Kufalt. „Weiß schon. Ich mach keine Geschichten. Wenn Sie mir nur sagen wollten, was los ist mit der Frau Zwietusch, Herr Kriminalassistent."

„Also ab nach Ihrer Wohnung!" kommandiert der.

„Schön", sagt Kufalt und marschiert los.

Auf der Treppe vereinigen sie sich wieder. Brödchen scheint schlechter Stimmung, daß Kufalt hierher ohne Wippchen marschiert ist.

„Fein wohnen Sie für zwei Mark fünfzig den Tag."

„Ich hab auch schon mehr verdient", erklärt Kufalt. „Zweihundertvierzig Mark die Woche."

„Davon hat mir Freese nichts gesagt", bemerkt Brödchen unzufrieden.

„Dafür gibt's Zeugen, Herr Assistent. Nach so was müssen Sie Herrn Kraft fragen", entgegnet Kufalt fröhlich. „Das steht alles in den dicken Büchern. Und Quittungen sind auch da."

Er knipst das Licht im Zimmer an.

„Und nun ist das Geld wieder alle?" fragt der Kriminale.

„Wieso denn?" wundert sich Kufalt. „Wer hat Ihnen denn den Quatsch erzählt? Elfhundertdreiundsiebzig Mark habe ich auf der Sparkasse."

„So", sagt der andere und wird immer unzufriedener. „Darüber sprechen wir noch. Schließen Sie erst mal den Kleiderschrank auf."

„Der ist offen, Herr Assistent", sagt Kufalt höflich.

„Feine Klamotten haben Sie", bemerkt der Assistent. „Alles vom Werbelohn bezahlt?"

„Die Sachen hat mir mein Schwager geschickt. Auch dafür gibt's Zeugen, Herr Sekretär."

„So! — Setzen Sie mal diesen Hut auf", sagt der Beamte triumphierend. „Der sieht entschieden grünlich aus. Das müssen Sie doch wenigstens zugeben, Herr Kufalt."

„Bläulichgrau, finde ich", entscheidet Kufalt vor dem Spiegel.

„Ach was, grün ist der! Das hat doch gar keinen Zweck, alles zu leugnen. — Zeigen Sie mal Ihr Sparkassenbuch."

Kufalt holt es aus dem verschlossenen Schreibtisch.

„Seit dem zweiten Januar haben Sie nichts mehr eingezahlt? Wieviel Bargeld haben Sie noch hier?"

Kufalt sucht es zusammen, es sind sechsundvierzig Mark.

„Und wo sind die dreihundert Mark?" fragt der Beamte.

„Welche dreihundert Mark?"

„Die Sie der Zwietusch aus der Kommode genommen haben. — Tun Sie doch nicht so, Kufalt, es hat gar keinen Zweck. Ich mach heute abend noch Haussuchung in Ihrer Bude, und wenn Sie's beiseite geschafft haben, finde ich es auch."

Kufalt ist ganz fröhlich. Sein Herz hat einen erleichterten frohen Schlag getan.

„Also der Frau Zwietusch hat einer dreihundert Eier aus der Kommode geklaut? Na, Herr Assistent, dann ist es das einfachste, wir gehen gleich zu ihr. Und dann wird sie Ihnen bestätigen, daß ich es nicht war."

Der Beamte sieht ihn aufmerksam an.

„Warum freuen Sie sich denn so?" fragt er.

„Weil ich nun weiß, was es ist, und weil ich nun weiß, es wird sich gleich aufklären. — Gehen wir also los."

Aber Herr Brödchen setzt sich. „Und warum haben Sie vorhin solche Angst gehabt am Ofen?"

Kufalt wird verwirrt. „Gar keine Angst habe ich gehabt", bestreitet er.

„Natürlich hat er Angst gehabt", sagt der Beamte wie zu sich. „Freese wird's bestätigen können. — Nein, nein, Kufalt, etwas haben Sie auf dem Kerbholz — wenn Sie es auch bei der Zwietusch nicht gewesen sein sollten ... was ich bezweifle ..."

„Ich hab keine Angst gehabt", sagt Kufalt und hat sich wieder gefaßt. „Aber wenn einer vorbestraft ist wie ich, dann ist es ihm ungemütlich, wenn er mit 'nem Kriminaler redet. Man weiß ja nie, kann man seine Unschuld auch beweisen, unsereiner ist doch immer gleich im Verdacht ..."

„Nee, nee, Kufalt", sagt der andere. „Mich reden Sie nicht dumm. Ich kenn euch Brüder doch. Irgendwo stinkt's bei Ihnen." Er versinkt wieder ins Grübeln. „Na, gehen wir also erst einmal zur Zwietusch."

„Ja, gehen wir", sagt Kufalt trotzig. „Verdächtigen, das kann jeder ... Sehen Sie, Herr Assistent, wo ich so schön Geld verdient habe, und es liegt auf der Kasse, und ich will zu Ostern heiraten — ich wär doch saudumm, wenn ich wegen dreihundert Mark mir alles vermasseln wollte."

„Mancher ist dumm und weiß es nicht", sagt der Assistent melancholisch. „So klauen ist überhaupt dumm."

„Ja, und darum tu ich's auch nicht. Ich hab mal unterschlagen; das wissen Sie doch selbst, Herr Assistent, daß Unterschlagen und Klauen was ganz Verschiedenes ist." Er macht ein Geständnis: „Ich wär viel zu feige zum Klauen, Herr Assistent."

„So, so", sagt der. „Trinken Sie jeden Tag soviel Kognak?"

„Ich hab doch nicht viel Kognak getrunken!"

„Jedenfalls mehr, als Ihnen gut ist, und auch mehr, als Ihnen Freese gegeben hat. — Haben Sie auch Kognak getrunken, als Sie in der Töpferstraße geworben haben?"

„Nein, ich trinke fast nie Kognak."

„Aber heute haben Sie getrunken?"

„Ja ... ich war schlechter Laune, weil 's Geschäft schlecht ging."

„Wo?"

„Bei Lindemann."

„Und wieviel?"

„Vier."

„Und dazu den von Freese. Macht fünf. Mit fünf Kognaks kann 'ne Hand schon mal ausrutschen."

„Ich hab aber nicht getrunken, wie ich in der Töpferstraße werben gegangen bin."

„Das werden wir sehen." Der Beamte gähnt. „Gehen wir also zur Frau Zwietusch."

4

„Ich glaube, in dem Haus bin ich nicht gewesen", sagt Kufalt und sieht an dem Mietskasten Töpferstraße 97 hoch, der im ungewissen Licht einer Gaslaterne daliegt.

„Glauben ist Religionssache", antwortet Kriminalassistent Brödchen. „Warum sollten Sie grade in diesem Haus nicht gewesen sein, wo Sie die ganze Töpferstraße abgeklappert haben . . .?"

„I wo, ich geh doch nicht in alle Häuser! Manche sehen mir von vornherein nicht so aus, da gehe ich erst gar nicht hinein!"

„So!" sagt Herr Brödchen. „Vorsicht ist die Mutter der Porzellankiste, aber man kann auch zu vorsichtig sein, Kufalt. – Kennen Sie das Treppenhaus?"

„Ist ein Arbeitertreppenhaus", sagt Kufalt prüfend. „Direkt kennen, mich erinnern . . .? Die sehen sich doch alle ähnlich!"

Und er bückt sich, um die Schilder an den drei Etagentüren im Parterre zu lesen.

„Nee! Zweiten Stock doch!" ruft Brödchen ungeduldig, und Kufalt ersteigt gehorsam die erste Treppe, die zweite Treppe, Brödchen hinterher.

„Also kommen Sie wieder runter", sagt Brödchen unzufrieden. „Wenn Sie es gewesen sind, sind Sie ein ganz ausgekochter Hund. Es ist natürlich im Parterre."

„Ach Gott, Herr Assistent", sagt Kufalt fröhlich, „seit ich weiß, worum es sich dreht, habe ich gar keine Bange mehr."

Aber das war ein Fehler, denn der Kriminale sagt mit Bedeutung: „Seit Sie wissen, daß es sich nicht *darum* dreht! –

Klopfen Sie an und gehen Sie zuerst rein . . . Ich möchte mal sehen . . ."

Also Kufalt klopft, und eine fette Weiberstimme ruft: „Herein!"

Es ist eine kleine Arbeiterwohnung, zuerst kommt man in die Küche, die Tür zur Stube dahinter steht offen. Kufalt sieht zwei Betten mit einer weißen Waffeldecke.

Am Herd steht eine dicke, schwammige Frau, schmierig-dunkel gekleidet, mit einem weißen, vollen Gesicht mit hängenden Backen, dunklen, unruhigen Augen.

Kufalt sieht die Frau prüfend an, er ist ganz sicher, er hat sie nie gesehen. Dann nimmt er seinen (doch bläulichgrauen!) Filz ab und sagt höflich: „Guten Abend."

„'n Abend", sagt die Frau. „Was soll's denn sein?"

Kufalt antwortet ihr nicht.

„Na?" ruft er triumphierend zum Kriminalbeamten, der im Schatten geblieben war. „Hat sie mich erkannt, oder hat sie mich nicht erkannt?"

Ihm nun wieder antwortet Herr Brödchen nicht. Er tritt aus dem Schatten. „'n Abend, Frau Zwietusch. Das ist also der junge Mann?"

„Ich protestiere!" schreit Kufalt wütend. „Wenn Sie der Frau erzählen, ich bin das, so glaubt sie es auch. Ich bin es nicht, Frau Zwietusch, Sie haben mich überhaupt noch nicht gesehen, nicht wahr?"

„Halten Sie den Mund, Kufalt", sagt Brödchen grob. „Sie haben hier gar nichts zu fragen! — Frau Zwietusch, das ist also der junge Mann, der hier in der Straße für den ‚Boten' geworben hat. Ist er bei Ihnen gewesen?"

„Sehen Sie mich an!" beschwört Kufalt. „Sehen Sie mich bitte genau an."

„Den Mund sollen Sie halten, Kufalt!"

Die Frau sieht hilflos von einem Mann zum andern.

„Ich weiß ja nicht . . .", sagt sie. „Man sieht sich die Leute doch nicht so an. — War er so groß?" fragt sie hilfesuchend den Beamten.

„Das frage ich Sie — heller Gummimantel, dunkle Horn-brille, fahles Gesicht — Sie sehen, das stimmt, Mutter Zwie-tusch."

„Ja . . .", sagt sie zögernd.

„Hab ich denn so 'nen Hut aufgehabt?" fragt Kufalt dringend. „Ich meine, hat der solchen Hut aufgehabt? Sie haben doch gesagt, er hat einen grünen Hut aufgehabt! Mein Hut ist doch nicht grün...?"

„Nee...", sagt sie mißtrauisch. „Grün ist der wohl nicht..."

„Hat der Mann denn solchen Hut aufgehabt, solche Fasson, Mutter Zwietusch?" fragt auch der Beamte.

„Ich weiß doch nicht", sagt sie. „Er hat ihn doch gleich abgenommen. Hab ich grün gesagt?"

„Grün haben Sie gesagt."

„Vielleicht hat er auch so ausgesehen?"

„Ja, Sie müssen es wissen, Frau Zwietusch", sagt der Beamte streng. „Sie haben übrigens ausgesagt, er hat den Hut auch drüben, im Zimmer, aufbehalten, erst beim Schreiben hat er ihn neben sich auf den Tisch gelegt."

„Hab ich das? Dann wird es wohl stimmen. Dann wird es wohl der Hut sein, Herr Kommissar."

„So!" sagt Herr Brödchen. Aber er ist sichtlich sehr unzufrieden. „Und ist das der junge Mann?"

„Erst hab ich gedacht, er ist es nicht, der andere ist größer gewesen und hat auch 'ne rauhere Stimme gehabt. Aber jetzt glaube ich beinahe, er ist es doch gewesen."

„So", sagt Brödchen, immer unzufriedener.

„Hat er denn das Geld noch, Herr Kommissar?" fragt sie zutraulich und deutet mit dem Daumen auf Kufalt.

Der Kriminalassistent antwortet nicht.

Kufalt steht da. Nichts mehr von Fröhlichkeit, nur Furcht, grenzenlose Furcht. Dafür hat er sich abgestrampelt, dafür hat er sich gequält, daß ihn solch ein altes dummes Weib grundlos reinsenkt. Brödchen braucht es bloß ein bißchen leicht zu nehmen: Hat ihn erkannt, also gut, ist er's auch gewesen, hab ich die Sache geklärt – und er sitzt drin. Denn nur noch fünf Minuten – und sie erkennt ihn bestimmt wieder. Ja, sie glaubt sogar felsenfest daran, beschwört es besten Glaubens vor jedem Richter der Welt!

Und er hat gar keine Möglichkeit, sich zu wehren, er ist vorbestraft, jeder traut es ihm zu, sinnlos ist alles. Was soll werden? Was in aller Welt soll werden mit Hilde und Harder und Freese und Kraft? Und mit ihm? Und mit ihm!

„Frau Zwietusch!" beschwört er sie. „Sehen Sie mich doch

genau an! Hat der solch dunkelblondes Haar gehabt? Hat er so den Scheitel getragen? Hat er hochdeutsch gesprochen wie ich? Oder hat er platt geschnackt? Überlegen Sie doch mal..."

Brödchen sitzt auf einem Küchenstuhl und sieht musternd von Kufalt zur Frau, von der Frau zu Kufalt.

„Nee, nee, junger Herr", sagt die alte Frau weinerlich. „Sie wollen mich bloß verwirrt machen. Der Herr Kommissar hat auch gesagt, Sie sollen den Mund halten. Und eine Schande ist es von Ihnen, einer alten Frau ihr ganzes Erspartes aus der Kommode zu klauen, und ganz scheinheilig haben Sie noch gesagt: ‚Machen Sie nur erst am Herd, daß Ihr Essen nicht anbrennt, ich kann warten'..."

Plötzlich erzittert Kufalt, eine Erinnerung kommt ihm, als hätte er wirklich irgendwo gesessen, hätte wirklich so was gesagt...

Da erklärt Herr Brödchen streng: „Nee, Zwietuschen, so einfach ist das nun auch nicht. Jetzt dürfen Sie sich nun auch keine Geschichten einbilden! Viel spricht bisher nicht dafür, daß Sie ihn wiedererkannt haben."

„Aber wo ich es doch sage, Herr Kommissar", klagt sie. „Natürlich habe ich ihn erkannt. Der ist es gewesen!"

„Nie, nie bin ich bei Ihnen gewesen!" ruft Kufalt erbittert.

„Und so 'nen goldenen Ring hat er auch an der linken Hand getragen, genau hab ich's gesehen, als er das Buch beim Schreiben festhielt!"

„Davon haben Sie aber bisher nichts angegeben, Frau Zwietusch!"

„Weil's mir eben erst eingefallen ist, Herr Kommissar. Bestimmt hat er solchen Ring gehabt!"

In diesem Augenblick wird sie unterbrochen.

Ein großer, untersetzter Mann in gelblichweißer Maurerkleidung stürzt herein, eine blaue Emaillekanne wie ein Wurfgeschoß in der Hand schwingend. In das von Kalkspritzern befleckte Gesicht hängen lange schwarze Haarsträhnen.

„Wo ist der Lump, der meiner Frau ihr Erspartes geklaut hat?!" schreit er wütend. „Komm her, du Aas, ich schlage dir alle Knochen im Leibe zu Brei...!"

Und er springt auf Kufalt zu, faßt ihn an der Brust...

„Sachte, Zwietusch . . .", sagt Brödchen. „Sachte . . .", sagt der Herr Brödchen und beeilt sich nicht sehr, dazwischenzutreten.

„Lassen Sie mich gefälligst los!" schreit auch Kufalt. „Nichts habe ich Ihnen geklaut!"

Und er versetzt dem Riesen einen Stoß.

In der offenen Tür drängen sich die Nachbarinnen.

Der Stoß ist nicht sehr kräftig gewesen, denn Kufalt ist nicht sehr kräftig. Aber doch verliert der große Mann sofort den Halt, er taumelt zurück, rutscht aus und setzt sich auf den Fußboden.

An der Küchentür wird bedauerndes Tuscheln hörbar. In die schwarzen, eben noch wutfunkelnden Augen des Maurers tritt ein Ausdruck blöden Erstaunens, dann lacht er schallend auf.

„Betrunken! Schon wieder betrunken!" ruft Frau Zwietusch klagend. „Jeden Abend jetzt betrunken . . .!"

„Das ist der Kummer wegen dem Geld!" ruft eine spitze Frauenstimme von der Küchentür her.

„Totschlagen müßte man solche jungen Kerls!"

„Arbeitergroschen mit ihren Weibern veraasen . . .!"

Brödchen hat die Szene aufmerksam betrachtet. „Sie dürfen aufstehen, Zwietusch. Seit wann trinken Sie denn wieder?"

„Das geht keinen was an", sagt der starke Mann mürrisch, mühsam mit Hilfe eines Küchenstuhles hochkommend. „Aber wenn ich dich Bürschchen mal wieder erwische . . .!"

„Dürfen Sie nicht wieder besoffen sein", ergänzt Brödchen trocken. „Kommen Sie, Kufalt. Vielleicht sprechen wir morgen früh noch mal vor, Frau Zwietusch, daß Sie sich den Herrn bei Tageslicht ansehen. Guten Abend!"

Und durch das schimpfende Spalier der Weiber geht er ab mit seinem Beschuldigten.

5

Ein Weilchen gehen sie auf der Straße stillschweigend nebeneinander.

Dann sagt Kufalt: „Wenn Sie mich der morgen noch mal

vorführen, Herr Kriminalassistent, bin ich hops. Dann erkennt sie mich bestimmt wieder."

Und, da der andere nicht antwortet: „Wo sie mich heute den ganzen Abend beglotzt hat."

„So", sagt Herr Brödchen nur.

Dann, nach einer Weile: „Sie haben schöne Begriffe von unserer Arbeit. Sie denken auch, Sie sind allein schlau."

„Und was denken Sie?"

„Jetzt denk ich, Sie sind gar nicht ausgekocht, jetzt denk ich, Sie sind dumm. Und Dumme machen immer die meiste Arbeit."

Pause. Sie gehen wieder schweigend nebeneinander.

„Wo gehen wir eigentlich hin?" fragt Kufalt.

Brödchen brummt nur.

„Sie lassen mich doch wieder laufen? Die Olle heute beweist doch gar nichts."

Aber auch darauf antwortet Herr Brödchen nicht.

Sie gehen in das Zentrum der Stadt, über den Marktplatz, in das Rathaus, durch die Polizeiwache, in der auf Pritschen ein paar Stadtsoldaten liegen, eine halbdunkle Treppe hinauf – und Brödchen stößt die Tür zu einem schmalen kleinen Büro auf. Hier sitzt hinter einer Schreibmaschine ein Polizist, ein Oberwachtmeister, Kufalt kennt die Abzeichen.

„Setzen Sie sich!" sagt Brödchen zu Kufalt. Und ungeduldig: „Also setzen Sie sich schon! – Wrede, dieser Herr darf nicht . . ."

„Weiß Bescheid", sagt der Oberwachtmeister Wrede gleichmütig und tippt weiter.

„Ich geh mal 'nen Augenblick zum Chef rein", erklärt Brödchen und verschwindet durch eine Polstertür im Nebenbüro.

Eine Weile sitzt Kufalt dösend da. Er möchte gerne auf die Stimmen im Büro nebenan lauschen, aber die Polstertür ist zu dick und die Maschine klappert zu sehr – so bleibt ihm nichts als das Dösen: Lassen sie dich raus? Natürlich lassen sie dich raus, ist ja gar kein Beweis da!

Es dauert lange Zeit, schließlich steht Kufalt auf und fängt an, hin und her zu gehen.

„Von der Tür weg! Setzen!" ruft der Mann an der Schreibmaschine scharf, und Kufalt setzt sich und döst weiter: Natürlich lassen sie dich raus. Da komm ich grade noch recht zu Hilde.

Wieder vergeht eine endlose Zeit, dann tut sich die Polstertür auf, und mit Herrn Brödchen erscheint ein großer gewichtiger Mann in Polizeiuniform.

Kufalt springt auf und nimmt seine Habachtstellung ein, die er im Kittchen gelernt hat.

Aber der Polizeioffizier betrachtet ihn nur flüchtig.

„Also vorläufig in Polizeigewahrsam", sagt er.

„Aber ...", fängt Kufalt fast schreiend an.

„Abführen!" sagt der Offizier scharf und verschwindet durch die Polstertüre.

Der Oberwachtmeister ist von seiner Maschine aufgestanden und nimmt von einem Brett Schlüssel.

„Herr Assistent!" schreit Kufalt. „Sie wissen doch selbst, ich bin's nicht gewesen. Lassen Sie mich doch raus, ich lauf Ihnen bestimmt nicht weg. Sie wissen doch, ich muß heute noch ...", sehr leise, „... zu meiner Braut. Machen Sie mir doch nicht alles kaputt!"

„Aber was sind denn das für Zicken, Kufalt", sagt Brödchen. „Was macht Ihnen eine Nacht im Kittchen schon aus! Wenn Sie wirklich unschuldig sind, kommen Sie morgen wieder raus. Und für die Aufklärung ist es besser, Sie sind uns erst einmal aus dem Wege."

Er verstummt, dann sagt er geschäftsmäßig: „Außerdem besteht Verdunkelungsgefahr und Fluchtverdacht. — Abführen, Wrede!"

„Mitkommen!" sagt Wrede. „Na, ein bißchen dalli! Ich habe heute abend noch mehr zu tun."

Sie gehen über einen dunklen Hof, eine Eisentür klirrt, der Wachtmeister knipst Licht an, ein Steinflur, die geliebten Gitterstäbe, eine Zellentür ...

„Geheizt ist nicht", sagt Wrede zögernd. „Na, die eine Nacht geht es schon mal. Ich gebe Ihnen eine Decke mehr. Wollen Sie noch etwas essen? Einen Kanten Brot kann ich Ihnen geben. Suppe ist schon verteilt. Legen Sie alles aus den Taschen raus. So. In fünf Minuten hole ich Hosenträger und Schlips und mache das Licht aus. Ein bißchen dalli also!"

Es ist nicht ganz dunkel in der Zelle, dieser Eisgruft. Die Hoflampe wirft einen fahlen Schein gegen die Decke. Kufalt hockt, vor Kälte am ganzen Leibe zitternd, auf seinem Lager und starrt gegen die graue Wand.

Was macht *Ihnen* eine Nacht im Kittchen aus! — Was macht *Ihnen* schon eine Nacht im Kittchen aus! — Was macht *Ihnen* eine Nacht im Kittchen schon aus!

Eine unsägliche Wut erfüllt ihn. Nein, es ist nicht nur die Kälte, die ihn so zittern macht.

Wartet nur, wenn ich wieder raus bin, ihr sollt sehen...!

Und immer wieder: Was macht Ihnen eine Nacht im Kittchen schon aus!

Später hört er die Feuerwehr klingeln.

Ja, das wäre schon das Richtige, Bruhn hat ganz recht: Alles abbrennen ... totschlagen muß man euch alle, ihr Speckjäger! Was macht Ihnen eine Nacht im Kittchen schon aus ...

6

Die Feuerwehr, die Kufalt hatte klingeln hören, fuhr zur Holzwarenfabrik. Es brannte. Ja, nun brannte es — und einen langen, bitteren Weg hatte der kleine seehundsköpfige gutmütige Emil Bruhn gehen müssen, bis es zu diesem Brande kam, seinetwegen, aber nicht durch ihn.

Allerdings hatte er sich geirrt, damals, als er erzählte, die Werkleitung hielte ihn wegen seiner Äußerung über leicht brennbare Holzwarenfabriken. Nein, so etwas und ähnliches hörte man dort nicht allzu selten, Hunde, die bellen, beißen nicht, und für den schlimmsten Fall war man ausreichend versichert.

Nein, man hielt ihn allein darum, weil er wirklich ein außergewöhnlich tüchtiger Arbeiter war, dazu noch ein Wühler, Roboter, wie er sich selbst genannt hatte. Einen Antreiber wie ihn — noch dazu einen so billigen — fand man in zehn Jahren nicht wieder!

Bedenklich wurde die Sache erst, als sein Saal wirklich anfing, schlecht abzuliefern, als man auf die von Bruhn organisierte Sabotage der Arbeit stieß.

Damals hatte Bruhn wirklich direkt vor einem Hinauswurf gestanden. Aber immer wieder hemmte der Gedanke an den wirklich unersetzbaren Arbeiter. Es mußte doch möglich sein, diesen Kerl kleinzukriegen!

Es war ein Buchhalter, ein galliger, gelber älterer Lohnbuchhalter, der den Vorschlag machte, Bruhns Lebenslauf seinen Arbeitskollegen bekanntzugeben, ihn dadurch zu isolieren und auf die Werkleitung als seinen einzigen Schutz zu verweisen. Zur Ehre der Firma Steguweit muß gesagt werden, daß dieser Vorschlag abgelehnt wurde. Man kannte den Buchhalter, der, niedrig bezahlt, von einem grimmigen Haß gegen jeden gut verdienenden Arbeiter, dessen Lohn er auch noch errechnen mußte, erfüllt war. Man amüsierte sich über ihn und behielt ihn, weil man bei ihm vollkommen sicher war, es wurde kein Pfennig zuviel ausbezahlt. Aber so etwas wollte man nun doch nicht.

Statt dessen besann man sich auf einen gewissen polnischen Wanderarbeiter Kania, der an der Hobelmaschine ein nicht völlig ausgenutztes Dasein führte. Kania, gegen Vorgesetzte schmeichlerisch, devot, zu jedem Dienst und jeder unbezahlten Überstunde bereit, haßte niemanden so sehr wie seine eigenen Arbeitskollegen, die er als dumm, nicht strebsam und untüchtig verachtete. Immer bereit, sie zu denunzieren, ihnen Schaden zuzufügen, war er der geborene Vorarbeiter, der an nichts als an seine Fabrik und damit an sein Vorwärtskommen denkt, bis er dermaleinst sein Ideal einer Zweizimmerwohnung mit Radio und Plüsch erreicht hat.

Ihn dem Bruhn vor die Nase zu setzen und die beiden zu einem irren Wettstreit anzutreiben, würde im Interesse der Arbeit das Bekömmlichste sein.

Leider kamen beide Pläne zur Ausführung, und zwar der des galligen Lohnbuchhalters noch eher als der der Werkleitung. Dem Zahlenknecht hatte es keine Ruhe gelassen, daß sein ausgezeichneter Vorschlag abgelehnt worden war. Heimlich hetzte er die Arbeiter gegen Bruhn. Der aber ergab sich nicht. Ja, es glückte ihm sogar, eine kleine Gruppe in der Werkstatt zu bilden, die auf seiner Seite stand und der größeren Partei der Lästerer alles zuleide tat, was nur möglich war. Die Stunden, die früher dem emsigen Zusammenschlagen von Fallennestern gewidmet waren, galten jetzt nur dann dieser Beschäftigung, wenn gerade das Auge eines

Werkmeisters auf der Belegschaft ruhte. Kaum kehrte der Mann den Rücken, begannen die Feindseligkeiten neu, die bis zum Aufbrechen von Kleiderschränken und zum Verwüsten ihres Inhaltes gingen, bis zum Beschädigen der Transmissionsleitungen, damit der Gegner von einem schlagenden Riemen erwischt und ins Getriebe gezogen wurde. Hämmer flogen unversehens durch die Luft, und das Schimpfwort „Raubmörder", halblaut gesagt, genügte, um eine Schlacht zu entfesseln.

Dazu kamen ständige Petitionen der stärkeren Gruppe an die Werkleitung, den „Raubmörder" sofort zu entlassen. Blessuren wurden gezeigt – er hatte sie hervorgerufen. Geld fehlte – er hatte es gestohlen. Anzüge waren von Säure zerfressen – er allein besaß eine Säureflasche.

Da erschien Kania in der Werkstatt. Kania war kein beliebiger Arbeiter, der bei den Fallennestern beschäftigt wurde, mit Kania hatte die Werkleitung etwas vor, das wußte der ganze Nestersaal sofort. Was – darüber gingen die Ansichten auseinander, aber daß es sich um Bruhn handelte, darüber waren sich alle klar.

Kania trat auf, und damit kam es vorerst einmal zu der von der Werkleitung lange ersehnten Beruhigung. Beide Parteien warteten ab. War Kania einfach ein Aufpasser, der alles, was gesagt und getan wurde, der Leitung melden würde? Oder war er mehr? Er war jedenfalls ein bescheidener Mensch. Er kam von der Hobelmaschine, er verstand nichts von Fallennestern, die Kunst, Nägel im Akkord in Bretter zu treiben, war ihm fremd. Er püttjerte so herum, schielte rechts, schielte links – „der macht pro Tag ein Fallennest", schrie einer, und alle lachten. Kania lachte auch. Zur Mittagspause hatte Kania sein erstes Fallennest fertig. „Ausschuß, zurück!" sagte der Werkmeister, und Kania lächelte bescheiden.

Sofort war man sich einig, mit Kania war nichts los, und am nächsten Tage schon war er eine gewohnte Sache. Beim Regal für die Nägel gerieten Willi Blunck und Ernst Holtmann aneinander.

„Brauchst mir auch nicht auf die Zehen zu pedden!"

„Wer peddet auf die Zehen? Du oder ich?"

Und trat ihm auf die Zehen.

„Dreckiger Raubmörder!"

„Dreckiger Ehebrecher!" Denn Blunck war in einen Ehescheidungsprozeß verwickelt, von dem er gerne und nicht sauber erzählte.

„Hallo, Bruhn!"

„Hallo, Stachu!"

„Läßt du den Willi los, ich schmeiß mit dem Hammer!"

„Wenn du meinen Hammer an deine Birne haben willst...!"

„Dreckiger Raubmörder!"

Etwas wie ein tierisches Gebrüll ertönte. In das Knäuel Streitender, schon sich Schlagender sprang Kania mit nackten Armen, nacktem Hals.

„Hach!! Wer hier Raubmörder?! Du? Du auch? Da hast du! Willst du noch! Da hast du auch! Gehst du, dreckiger Polacke!" (Das galt Stachu und sprach für die Überparteilichkeit des kommenden Vorarbeiters.) „Wer will noch schlagen? Ich mich immer schlagen! Komm her du, wie heißt du?"

In drei Minuten hatte er das Knäuel von zwanzig Balgenden aufgelöst. Blutige Gesichter, zugeschwollene Augen gab es genug. Stachu hatte einen Riß wie von einem Schlagring über die ganze Backe, Bruhn war unverletzt weggekommen.

Kania schrie wie ein Berserker: „Wenn einer schlagen, immer zu mir kommen! Hach! Ich immer schlagen! Wenn einer Raubmörder, zu mir kommen, ich ihn raubmorden! Wie heißt du, wie du kommst, Brustkind, ich dich zerschlagen." Und ruhiger: „Mach, Bruhn. Was du arbeiten, mir zeigen. Was ich arbeiten – Scheiße! Du mir zeigen! Rrrichtje Arbeit, verstehen?!"

Das gab es einmal und nicht wieder. Es kam zu keiner neuen Massenschlägerei. Es brauchte nur eine kleine Reiberei, ein kurzer Wortwechsel zu sein, schon ertönte das fürchterliche „Hach!" Kanias, und sein Ruf erscholl: „Wie du heißen, Hundeblut? Zu mir kommen, ich dich schlagen!" und es war ruhig. Das Wort „Raubmörder" verschwand aus dem Sprachschatz der Nestleute, die Sympathien zwischen Kania und Bruhn waren zu offensichtlich.

Kania war ein gelehriger Schüler Bruhns, und solange er das war, herrschte Friede. Vielleicht hatte Kania gehofft,

Bruhn zu schlagen, wenn er erst einmal eingearbeitet war, und so glatt zum Vorarbeiter aufzurücken. Darin aber hatte er sich getäuscht. Hier entschied eben nicht nur Körperkraft, darin war Kania dem Bruhn sicher zwei-, dreimal überlegen, vor allem gehörten eine angeborene Geschicklichkeit, ein unfehlbares Auge, eine kluge Hand dazu.

Solange Bruhn den Kania anlernte, hatten sie ihre Arbeitsplätze nebeneinander gehabt, dann, als Kania merkte, es gab nichts mehr zu 'lernen, verlegte er seinen Arbeitsplatz ans andere Ende des Saales, er sagte, es sei ihm zu kalt am Fenster. Noch nannten sich die beiden weiter Josef und Emil und redeten miteinander während der Mittagspause, aber der Ton war kühler geworden. Bruhn spürte, daß ihn Kania nie aus den Augen ließ, er spürte, wie jedes Nest, das er zusammenschlug, ihm nachgezählt wurde, wie Kania mit Aufbietung aller Kraft arbeitete – und mit lächelnder Leichtigkeit schlug er Nagel um Nagel ein, half noch andern, und doch kam Kania nie auch nur in die Nähe seines Pensums. Saß Bruhn noch beim Essen oder stieß er noch schnell eine auf der Toilette, so stand Kania längst wieder verbissen arbeitend an seinem Tisch. Schließlich kam Bruhn, quatschte noch was, sah dem Kania womöglich noch zu, griff endlich zum Hammer, und keine halbe Stunde, und Kania war eingeholt und hinten.

Nein, es gab nun nichts mehr von Schimpfworten und Schlägereien, aber eigentlich spürte jeder im Saal, daß etwas viel Schlimmeres im Gange war. Bruhn fühlte den Haß auch, aber er nahm ihn nicht wichtig. Er vertraute da auf Kania. Aber er hatte nicht begriffen, daß Kania die Angriffe gegen ihn nur darum gestoppt hatte, um der Werkleitung seine Autorität und damit seine Eignung zum Vorarbeiter zu beweisen. Für Kania war es eine Lebensfrage, Bruhn zu schlagen, er verstand ganz gut die Taktik der Vorgesetzten, sie beide gegeneinander auszuspielen. Er war sich klar darüber, daß er sich selbst helfen mußte, und das nicht auf den früheren Wegen.

An einem Mittag ging Bruhn, kaum hatte er seine Brote verdrückt, wie gewohnt auf die Toilette, um eine Zigarette zu rauchen. Er hatte sich eingeriegelt und war im schönsten Rauchen, da hörte er Wispern an der Tür. Dann erschollen dröhnende Hammerschläge, und es war zu spät, als er sich gegen die Tür warf: Sie war vernagelt.

Zwei oder drei Stunden schrie er aus Leibeskräften, er hörte, holte er Atem, die Maschinen surren, die Treibriemen schlagen und das Süt-Süt der Sägemaschinen, ihn aber schien niemand zu hören. Schließlich verlor er die Geduld und warf sich mit seinem kurzen stämmigen Körper gegen die Türfüllung, die er auch zerbrach.

Er kam in den Saal, niemand schien ihn zu beachten, er ging an seinen Arbeitsplatz. Natürlich war sein Handwerkszeug verschwunden, der Werkmeister nicht aufzufinden, und als er ihn nach einer Stunde Suchen im Kesselhaus aufgetrieben hatte und mit ihm in den Saal zurückkam, lag das Werkzeug schön ordentlich an seinem Platz. Unterdessen war aber die Meldung eingelaufen, die Toilettentür sei zerbrochen. Bruhns Beteuerungen wurden nicht beachtet: Er hatte mit einem Wochenlohn die zerbrochene Füllung zu bezahlen.

Wenige Tage darauf hatte Bruhn etwas länger auf der Werkstatt gearbeitet als die andern, sie waren alle längst fort. Als er durch den ziemlich dunklen Gang zwischen Maschinenhaus und Pförtnerei ging, fiel plötzlich von oben aus einem dunklen Fenster ein Holzklotz mit aller Wucht, die ihm ein kräftig schleudernder Männerarm geben kann, auf seinen rechten Arm: Er hätte einen schwächeren Knochen wie den Bruhns glatt zerbrochen. Drei oder vier Tage konnte er den Arm nicht bewegen, und auch als er wieder in die Fabrik kam, brauchte er noch zwei Wochen, ehe er seine alte Arbeitsleistung wieder erreichte.

In diesen zwei Wochen triumphierte Kania, fing wieder an, mit Bruhn zu reden, alles schien in Ordnung.

Aber dann begann es von frischem. Es war sicher längst nicht mehr nur einer, der ihm nachstellte. Es mußten viele sein, vielleicht alle. Es war eine Hetzjagd; der Instinkt dieser Leute, zu jagen, war erwacht, von allen Ecken hetzten sie ihn.

Nirgends war er mehr sicher. Ob zu Haus, ob in der Werkstatt, im Kino, auf der Straße — überall geschahen ihm Dinge. Seine Fensterscheiben zerbrachen, ein Passant, den er sicher nie vorher gesehen hatte, schlug ihm den Hut in die Gosse, Nadeln stachen ihn im Dunkeln, seine Hemden verschwanden, der Hammerkopf war immer lose, Glatteis lag auf den Stufen, kam er nachts zurück. Er konnte in kein Lokal mehr gehen, eine dumpfe Mauer von Feindschaft umstand ihn. Jetzt hätte er Kufalt gebraucht, aber den hatte er sich verscherzt. Er erwog den Gedanken zu fliehen, nach Hamburg, nach Berlin, wo man nichts von ihm wußte, wo er untertauchen konnte, aber da war die Chance beim Direktor, die er nicht preisgeben mochte, da war der Ehrgeiz, diesen Kerlen nicht zu weichen.

Aber er war immer verzweifelt. Er wußte längst nicht mehr, wie er dies ertragen konnte. Er ging zusammengefallen, gelb durch den Tag, er schlief nachts nicht, ohne an seinem eigenen Geschrei schreckvoll zu erwachen. Die ganze Welt war sein Feind, und aufatmen konnte er nur, sicher war er nur die kargen Minuten, da er durch die Pforte der Gefangenenanstalt zum Besuch beim Direktor eingelassen worden war.

Dort wurde er vertröstet.

In der letzten Zeit hatte es damit angefangen, daß jeden Morgen, wenn Bruhn zur Arbeit kam, sein Werktisch mit Kot beschmutzt war. Er war richtig bestrichen damit, Bruhn hatte unter dem schreienden Protest der andern jeden Morgen eine halbe Stunde Wasser zu tragen, zu wischen, zu scheuern, ehe er mit der Arbeit anfangen konnte.

Bruhn mochte so früh kommen, wie er wollte: Sein Werktisch war verdreckt.

Bruhn beschwerte sich bei der Leitung, man ließ ihm sagen, der Nachtwächter habe noch um halb sieben seinen Tisch sauber gefunden, er möge gefälligst pünktlich zur Arbeit kommen und im übrigen sich so führen, daß zu solchen Bubenstreichen gegen ihn keine Veranlassung bestehe.

Bruhn war es klar, hier bestand ein Komplott, und es war nur möglich, es aufzudecken, wenn er nachts in der Fabrik den Täter selbst erwischte.

Eines Nachts stieg er ein in die Fabrik.

7

Das Einsteigen war leicht. Die Fabrik stieß mit ihrer Hinterfront an eine kleine, nachts kaum belebte Gasse. Löschte man dort die einzige Gaslaterne, so konnte man in aller Ruhe über die nicht sehr hohe Mauer klettern, und man war auf dem Hof.

Bruhn löschte die Gaslaterne und stieg über.

Die Hunde, die auf den Nachtwächter warteten – es war noch nicht neun Uhr –, schlugen einmal an und kamen dann winselnd zu ihm: Sie kannten ihn gut aus den Nächten, da er regelmäßig übergestiegen war, um die Ablieferungen zu verderben.

Er gab ihnen etwas Brot, warf einen Blick auf die vierstöckige Front der Fabrik, die sich über ihm dunkel, in den sternenlosen Nachthimmel tauchend, aufbaute. Er stutzte: Im Lohnbüro brannte noch eine Lampe.

Einen Augenblick stand er und überlegte. Aber dann kam er darauf, daß man sicher vergessen hatte, das Licht auszumachen – wer sollte um diese Zeit noch auf dem Lohnbüro sein? Er holte die Nachschlüssel hervor, die er auch noch von damals besaß, schloß die Tür sachte auf, scheuchte die Hunde fort und schloß drinnen sofort wieder ab.

Wieder stand er einen Augenblick lauschend, dann zog er seine Schuhe aus, versteckte sie hinter einem Bretterstoß und ging langsam den Gang zu den Werkstätten. Es war ziemlich dunkel hier, und Bruhn wagte nicht, Licht anzumachen, der Wächter kam immer um neun herum und konnte den Lichtschimmer an irgendeinem Fenster entdecken. Aber er tastete sich an der Wand entlang, bekam richtig die Stiegenstufen nach oben unter die Füße und stieg langsam und vorsichtig empor.

Die Treppenstufen knarrten, aber das bedeutete nichts, in der Fabrik war so viel Holz verbaut, das sich in den Winternächten, wenn die Heizung ausging, knackend zusammenzog: Niemand konnte über Knarren und Knacken unruhig werden.

Bruhn stand an der Tür zum Fallennestersaal. Er holte den zweiten Schlüssel hervor, suchte mit dem Finger, fand das Schlüsselloch, stieß den Schlüssel ein und schloß. Die Zuhalte sprang zurück, Bruhn hörte sie knacken, er legte die Hand auf den Türgriff, er gab nach, aber die Tür ging nicht auf.

Er drückte noch einmal, und wieder ging die Tür nicht auf.

Einen Augenblick stand er überlegend da, dann fingen seine Hände an, die Tür abzutasten: Es mußte etwas sein, was sie noch immer zuhielt.

Plötzlich hielt er inne. Ihm war der Gedanke gekommen, der andere, jener verfluchte andere hielt die Tür von innen zu. Er stand lautlos, er lauschte. Nichts, nur sein Herz ging langsam und wie träge, dazu das eilige feine Ticken der Taschenuhr.

Die Welle von Angst war vorüber: Wie konnte der zuhalten, da der Türgriff nachgab? Bruhn suchte von neuem. Er wurde im Dunkeln nicht schlau, da war etwas wie ein ganz kleines Loch über der Klinke, während das eigentliche Schlüsselloch unter der Klinke saß — was war das? Er mußte schnell einmal den Lichtschein seiner Taschenlampe darüber werfen.

Er tat es. Ja, es war, wie er gefürchtet hatte. Man war wohl der ewigen Schmierereien, des widerlichen Gestankes müde geworden, man hatte ein zweites Schloß, ein Sicherheitsschloß über der Klinke angebracht.

Er konnte nach Haus gehen, Kania kam nicht, Kania wußte das sicher, er erwischte ihn nicht, die Auseinandersetzung war wieder vertagt.

Eine grenzenlose, erbitterte Wut erfüllte ihn. Morgen würde es sicher wieder etwas Neues geben, eine andere Gemeinheit, von Kania erdacht, unter dem Beifall der ganzen Arbeiterschaft durchgeführt — und er hätte so schön heute mit dem Kerl abrechnen können! Hätten die nicht noch einen Tag mit ihrem dämlichen Yaleschloß warten können!

Er hielt inne. Wer sagte denn, daß das Schloß heute erst drangekommen war? Am Tage war es nicht zu sehen, da stand die Tür immer weit auf, damit die Karren mit dem Holz durchfahren konnten, das Schloß mochte schon länger daransitzen. Und Kania kam doch herein, das war ja Schwindel, daß der Wächter um halb sieben seine Bank revidiert und sauber gefunden hatte! Kania hatte Helfer — vielleicht gab der Wächter ihm selbst den Schlüssel? Bruhn hatte vor Kanias Bude am frühen Morgen aufgepaßt, nein, Kania war so früh nicht in der Fabrik gewesen, um drei Viertel sieben erst kam er aus seiner Wohnung, es war gelogen, daß die Bank noch um halb sieben sauber gewesen war! Aber was half ihm das alles? Er konnte hier nicht stehen und auf Kania warten. Der Wächter fand ihn, Kania sah ihn schon von weitem, Bruhn konnte sich auf eine offene Prügelei mit ihnen nicht einlassen, er mußte Kania überfallen bei seinem Tun, er mußte sich verstecken!

Eine Weile stand er da und dachte nach.

Nein, es war zu ungewiß, auf welchem Wege Kania bis hierher kam. Bruhn konnte sich weder unten im Gang noch auf der Bühne des Maschinenraums verstecken. Kania hatte drei Möglichkeiten, bis hierher zu kommen, es wäre unsinnig gewesen, sich auf eine festzulegen, wahrscheinlich saß er dann die ganze Nacht umsonst. Bruhn mußte in den Saal kommen, wenn nicht durch die Tür, dann...

Er stieß den Schlüssel ins Schloß und schloß die Tür wieder ab. Dem Wächter brauchte nichts aufzufallen.

Es gab natürlich die Möglichkeit vom Dach her, aber Bruhn war kein guter Kletterer, sein schwerer kurzer Körper war während der Gefängniszeit steif geworden. Außerdem hätte man sich den Kletterweg erst einmal bei Tage ansehen müssen. Eine Wand von irgendeinem anstoßenden Raum durchzubrechen, jetzt in der Nacht, ohne das nötige Handwerkszeug und der Wächter wahrscheinlich schon im Haus – das ging auch nicht.

Bruhn wandte sich langsam zum Gehen. Es war nichts zu machen, er hatte nun eben immer Pech. Ach, wäre es schön gewesen, den Kania aus dem Hinterhalt anzufallen und ihn mal zu verwackeln, daß er drei Wochen krank lag und doch nie auf Bruhn mit den Fingern zeigen konnte!

Aber Pech ist Pech.

Er stieg die ersten Treppenstufen hinunter.

Und blieb stehen.

Er sah einen Lichtschein ganz unten, das konnte der Wächter sein, aber er hörte auch sprechen. Diesen Rückweg gab es also nicht mehr.

Ich kann, dachte er, durch die Leimküche in den Sägemehlraum, das Gebläse ist weit genug, ich rutsche durch in das Kesselhaus...

Er ging schon zurück, da hörte er deutlich eine Stimme.

Er ging wieder an die Treppe, er lauschte.

Ja, es war *die* Stimme, er hörte sie laut rufen: „Komm

herr, Hunnndeblut, verdammtes! Weiß ich, du bis obben, habe ich dich über Mauer gehen gesehen!"

Bruhn hatte nichts bei sich, nur die beiden Schlüssel, sie waren schön groß und stark, er faßte sie und schleuderte sie durch den Treppenschacht nach dem Lichtschein.

Er hörte jemanden aufschreien, nein, es war nicht Kanias Stimme, es war auch nicht des Wächters Stimme, die rauh und tief war, es war eine helle dünne schreiende Stimme, die er kannte . . .

Es waren mehr da, eine Jagd . . .

„Zeigen Sie doch, Herr Kesser . . . Das ist nicht schlimm, ein Kratzer . . ."

Ein Gesicht kam in den Lichtkreis der Laterne, ach, es war der Lohntütenmann, dem schadete es auch nichts, mit dem hatte er genug Krakeel gehabt!

„Nichts, nur ein Kratzer", sagte der Wächter zu dem immer noch Klagenden. „Dann müssen Sie nicht mitkommen, denken Sie, das Aas läßt sich sooo fangen?!"

Plötzlich war das Treppenhaus hell, jemand, natürlich Kania, hatte die Lampen eingeschaltet, und gerade noch sah Bruhn: Er war schon in Gefahr; lautlos, mit langen Sätzen, auch in Strümpfen, sprang Kania die Treppe hinauf.

Bruhn lief, er lief aus dem Licht ins Dunkel, das machte alles schwerer, er kam in die Leimküche, es war sehr dunkel, die Luke würde schwer aufgehen.

Er hörte den andern an der Tür zum Fallensaal rütteln, an der er eben noch gestanden hatte — wo war der Ring an der Luke? Hier in der Ecke mußte es sein, seine Hände tasteten, dabei sah er gegen die Tür, die offengeblieben war, die sich, vom Lichtschein des Treppenhauses erhellt, deutlich in der schwarzen Wand abzeichnete.

Er hatte den Ring noch nicht gefunden, mit dem er die Luke anheben mußte, da sah er einen Schatten in der Tür. Der andere schnaufte, horchte, Bruhn hielt sich geduckt, seine Hand tastete, kriegte einen eisernen Leimtopf zu fassen, er richtete seinen Blick zur Decke . . .

Richtig, das Licht ging an, Kania brüllte freudig: „Bist du da, komm, Emil, ich dich totschlagen, Verbrecher, verdammtes!", da klirrte es, es war wieder dunkel, die Splitter fielen, Bruhn hatte die Glühbirne zerschmissen . . .

Und leise war er weggeglitten, stand jetzt in der andern Ecke hinter dem Leimofen, sah auf den Gegner, der fluchend in der Türöffnung stand . . .

Dann war es ganz still . . . Er sah auf die Gestalt, die Gestalt stand reglos, lauschte wohl . . .

Kania sagte: „Komm doch herr, Emil! Hast du Schiß? Brauchst nicht Schiß habben, ich dich gleich schlag tott, ich habb Tottschlägger, geht schnell, tutt sich nich weh."

Und schwang wirklich einen Knüppel in der Hand.

Bruhn hatte lautlos auf dem Leimofen vor sich gesucht, hatte gefunden, und mit einem Schwung warf er einen eisernen Leimtopf gegen die Gestalt.

Kania stieß einen fürchterlichen Fluch aus, halb Schmerzbrüllen, Bruhn hatte getroffen. Kania war fort, er hörte ihn auf dem Flur rufen: „Kommt doch her mit Taschenlampe, Schweine, soll ich kaputtgehen im Dunkeln?!"

Die Stufen knarrten.

Es war die höchste Zeit. Er faßte den Ring zur Luke, stemmte sie hoch, unten war alles schwarz, er ließ sich fallen in die Schwärze, und mit einem Donnergetöse schlug die schwere eichene Luke wieder über ihm zu.

Er war weich gefallen, auf Sägemehl. Ungewiß wie weit ab, hörte er über sich rufen oder reden. Er mußte eilig weiter, er kroch über das Sägemehl.

Die Tür zu versuchen, war unsinnig, sicher war sie verschlossen, er mußte die Gebläseöffnung finden.

Er glaubte sich zu erinnern, sie mußte in der anderen Ecke sein, er fand sie, das Gebläse war sehr eng, aber vielleicht ging es. Er riß sich die Jacke vom Leib, die Hosen ab, streckte die Arme vor und stieg, mit den Beinen zuerst, ein. Dann fing er langsam an sich zurückzuschieben, wobei er mit aller Gewalt sich durch den engen Blechschlauch pressen mußte.

Er war noch nicht weit ab vom Eingang, zwei oder drei Meter, da wurde der hell, die waren jetzt auch im Sägemehlraum. Er hörte sie aufgeregt reden, aber er verstand nichts, die Luft war so schlecht in dem engen Schlauch, es ging so mühsam zurück, sein Kopf schien zu dröhnen, es wurde ihm rot vor den Augen.

Sicher suchten sie ihn unter dem Sägemehl. Es würde eine

Weile dauern, bis sie begriffen hatten, da war er nicht, und auf das Gebläse gerieten. Er schob sich zurück, beharrlich, Zentimeter um Zentimeter. Bis sie es gemerkt hatten, wo er steckte, mußte er bis zum Knick des Gebläses gekommen sein, das senkrecht in das Kesselhaus im Erdgeschoß abfiel, da würde er glatt durchrutschen, fallen und konnte weg, bis sie über die Treppen unten waren . . .

Der runde Lichtkreis verdunkelte sich, etwas hatte sich davorgeschoben, nun hörte er eine Stimme: „Gebt die Lampe, vielleicht ist er hier."

Der Lichtschein blendete ihn unsäglich, eine triumphierende Stimme schrie: „Da ist er! Da ist er! Gib Pistole, daß ich ihm schießen kann ins Gesicht, in dämliche Fresse! Gib Pistole, Wächter!"

Einen Augenblick war er wie gelähmt von unsinniger Angst, dann schob er sich mit einem Ruck zurück, daß die Muskeln und Knochen knackten, wieder, wieder . . .

Der Eingang zum Gebläse war einen Augenblick frei, sicher stritten sie sich um die Pistole . . .

Die dürfen doch nicht so ohne weiteres schießen, dachte er. Ich leiste ja keinen Widerstand . . .

Und schob sich zurück, schob sich zurück . . .

Da war der Lichtschein wieder, er konnte nichts sehen, die Lampe blendete direkt in sein Gesicht. Kam denn der Knick noch immer nicht? O Gott, er knallt mir einfach ins Gesicht . . .

Seine Beine hatten jeden Halt verloren, baumelten. Er gab sich noch einen fürchterlichen Stoß, rutschte, es war, als sei alle Luft weg, die Lunge riß in der Brust, er fiel, er fiel, er konnte nichts mehr denken, es war vorbei . . . vorbei . . .

Dann kam er wieder zu sich, in einem Haufen Sägemehl neben der großen Kreissäge. Er sah um sich, lauschte: still. Er stand taumelnd auf, ihn fror in der dünnen Unterkleidung, er zitterte. Er lauschte wieder, nichts. Vielleicht war er nur eine Sekunde ohnmächtig gewesen? Nein, nichts.

Dann fiel ihm ein, daß sie ihn sicher im Kesselhaus suchten. Auch er hatte gedacht, er käme ins Kesselhaus, aber das war natürlich Unsinn, jetzt sah er es ein, die Luftsaugvorrichtung war sicher kein so weiter Schacht, er war glatt in den Maschinensaal gefallen. Dunkel war es, aber er tastete weiter, stieß gegen die Tür, natürlich war die Tür zu. Er Ochse, daß er die Schlüssel fortgeworfen hatte, vielleicht hätte einer gepaßt. Sicher kamen sie nun gleich, sicher schlugen sie ihn tot.

Was sollte er tun? Er war ganz verwirrt, der Sturz in den Schacht hatte seinen Kopf schlimmer mitgenommen, als er geglaubt, er konnte sich kaum bewegen.

Erst jetzt fielen ihm die Fenster ein. Er war ja hier im Parterre, drei Etagen war er hinabgestürzt, die Fenster gingen auf den Hof, er mußte oben nur durch die Lüftungsklappe steigen.

Mühsam humpelte er zum Fenster. Es war nicht zu begreifen, daß sie noch immer nicht kamen. Sie sollten ihn ruhig festnehmen, er war so müde. Bei Vater Philipp gab's schöne Betten, es war alles gleich, und die Hauptsache war, daß der Mensch auf seinem Arsch liegen konnte.

Dieser Satz gefiel ihm. Der Mensch muß auf seinem Arsch lang liegen, dachte er, ging aber weiter zum Fenster, zog die Lüftungsklappe auf und sah hoch. Es waren drei Meter bis dahin, unten waren die Fenster kleine Drahtglasscheiben in festen Eisenrahmen, oben mußte er durch.

Er war so müde, er müßte sich an einem Transmissionsriemen hochhangeln, besser wäre es eigentlich, sie kämen.

Er faßte den Riemen und fing an, sich mit den Händen an ihm hochzuziehen. Seine Arme schmerzten unsinnig, es war, als hätte er in ihnen nicht mehr die geringste Kraft. Aber das schlimmste waren seine Beine, er wollte sich mit ihnen gegen die Wand stemmen, um seinen Armen das Gewicht des Körpers zu erleichtern, aber sie verweigerten den Dienst. Trotzdem kam er langsam, Hand um Hand, höher, er war schon nahe daran, den Rand der Lüftungsklappe zu fassen, als der Riemen auf seiner Scheibe zu rutschen anfing und Bruhn abstürzte.

Er schlug mit dem Körper gegen die Kante eines Sägetischs und verlor ein zweites Mal die Besinnung.

Als er die Augen wieder aufschlug, stand Kania vor ihm. Im Maschinensaal war es hell, Kania stand vor ihm, sah ihn mit seinen kleinen, schwarzen, funkelnden Augen an, wippte mit einem Gummiknüppel und sagte nichts.

Bruhn sagte auch nichts, er blieb liegen, er war eisesstarr

und todmüde. Seine blauen Lippen bewegten sich, es wurde aber nur etwas wie ein kümmerliches Lächeln daraus. Er fürchtete sich nicht mehr.

„Marsch! Los, Schwein!" schrie Kania plötzlich und stieß Bruhn mit dem Fuß in die Seite.

Bruhn rollte träge dem Druck nachgebend etwas weiter und schloß wieder die Augen.

„Willst du auf, Verrbrecherr!" schrie Kania und riß Bruhn am Rockkragen.

Sobald er ihn wieder losließ, fiel Bruhn wieder zusammen.

„Soll dich traggen, möchtste?" schrie Kania und schlug Bruhn den Gummiknüppel mit aller Wucht über den Kopf. Bruhn hob den Kopf etwas an, sein Körper straffte sich, als wollte er aufstehen, dann sank er mit einem kleinen leisen Seufzer in sich zusammen, seine Augen verdrehten sich, aus ihren Winkeln traf ein blauer Blick Kania . . .

„Verstell dich, Schwein!" schrie der und schlug noch einmal zu.

Bruhn lag da, die feste, breite, verarbeitete Hand hatte sich geöffnet, die fleißigen Finger hingen schlaff.

Kania sah verständnislos auf ihn. Dann überkam ihn eine Ahnung, sein Mund zuckte, er beugte sich zu dem Liegenden und rief leise, mit einem Blick zur offenen Tür: „Emil! Emil!"

Der antwortete nicht mehr.

Der Mörder sah scheu zur Tür, nein, sie kamen noch nicht, er konnte noch fort. Er sprang hin, lauschte auf den Gang, knipste das Licht aus – und machte es wieder an.

Er ging schnell in den Raum, er sah nicht nach der stillen Gestalt des Schläfers auf dem Fußboden, er lief zu den Hobelmaschinen, raffte Späne zusammen, Holzabfälle, warf sie an einen Bretterstoß, nahm Streichhölzer . . . eine kleine blaue Flamme züngelte auf, er blies . . .

Dann lief er schon. Er vergaß das Licht auszulöschen, warf die Tür ins Schloß, lief weiter, den Gang hinunter nach dem Hof, lief auf den Hof . . .

Der Wächter kam mit dem Lohnbuchhalter aus dem Maschinenhaus.

„Na, hast du ihn gefunden?"

„Nichts", sagte Kania.

„Er muß durch irgendein Fenster sein. Oder ist er bei den Brettern versteckt?"

„Wir müssen ihn kriegen!"

„Schwein, verfluchtes!" sagte Kania mühsam.

Er stand mit dem Rücken zum Maschinensaal, er beobachtete die Gesichter der beiden.

„Ich geh noch mal mit den Hunden die ganze Fabrik durch", sagte der Wächter.

„Oooh, Gott", schrie der Lohnbuchhalter plötzlich. „Da!!!"

Hinter den Scheiben des Maschinensaales erhob sich eine ungeheure Flamme, stieg höher, höher, sie hörten es prasseln . . .

„Hat err angesteckt!" schrie Kania. „Seht, Lüftungsklappe ist auf!"

„Hat er doch getan, was er gedroht hat", sagte der Lohnbuchhalter.

„Was quasselt ihr", schrie der Wächter. „Lauft zum Feuermelder. – Telefonieren Sie nach der Polizei. – Mensch, Kania, lauf ins Kesselhaus, mach die Klappe zum Elevator zu, das Feuer schlägt sonst durch das ganze Haus!"

„Zu spät!" sagte der Kania. „Da sieh!"

Im dritten Stock war es plötzlich taghell, sie hörten ein Brüllen, ein Fauchen, hinter der Hofmauer wurden schreiende Stimmen laut . . .

„Kapott! Alles kapott!" sagte Kania. „Is sich Fabrrik hin. Kann ich wieder stempeln gehen, Schwein, verdammtes!"

8

„Heißen . . .?!"

„Kufalt."

„Vorname auch!"

„Willi Kufalt."

„Wilhelm! Mitkommen!"

Es ist der alte Ton, so klingt die alte Melodei.

Kufalt geht vor dem Wachtmeister her, in einer Zelle lärmt ein Stromer und bettelt um Schnaps: „Eenen lütten Köm! Blot en Lütten!!"

Dann klirrt die Eisenpforte, sie gehen über den Hof, im

Rathaus laufen viele Menschen, alle sehen Kufalt neugierig oder betreten an.

Es ist beinahe Mittag des nächsten Tages, aber Kufalt, der ja den Rummel kennt, ist erstaunt, daß er schon wieder zur Vernehmung kommt. Oder wird daraus doch noch eine zweite Gegenüberstellung?

Er ist jetzt ruhig, von einer bösen, gehässigen Ruhe.

Die können machen mit mir, was sie wollen. Nachzuweisen ist mir nichts, sie müssen mich laufen lassen. Und dann ...! Und dann ...!

Herr Brödchen sitzt im Zimmer bei seinem Chef, dem großen, kräftigen Polizeioffizier, der sich hinter seinem Schreibtisch aufgebaut hat und irgendwelche Akten liest. Er tut so, als hörte er gar nicht hin nach der Vernehmung, die sein Untergebener mit Kufalt anstellt, aber Kufalt kapiert, nachdem er einen Seitenblick aufgefangen hat, daß der eben nur so tut.

„Setzen Sie sich, Herr Kufalt", sagt Brödchen merkwürdig friedlich.

Kufalt sagt guten Tag und setzt sich.

Brödchen legt den Kopf auf eine Seite und schaut Kufalt prüfend an. „Haben Sie sich die Sache nun überlegt, Herr Kufalt?" fragt er.

„Ich hab nichts zu überlegen", sagt Kufalt. „Sie haben mich widerrechtlich eingesperrt: Die Frau hat mich nicht gekannt."

„Wohl hat die Frau Zwietusch Sie gekannt", widerspricht der andere. „Nur das künstliche Licht hat sie verwirrt."

„Ich bin nie in der Wohnung gewesen", sagt Kufalt.

„Sie sind doch in der Wohnung gewesen!"

„Das muß einem erst bewiesen werden!"

„Frau Zwietusch wird es beschwören."

„Die? – ‚Habe ich grün gesagt, Herr Kommissar, war er nicht größer?' – Sie haben ja selbst nicht daran geglaubt."

„Warum lügen Sie eigentlich so nutzlos, Herr Kufalt? Sie waren ja in der Wohnung."

„Ich war nicht in der Wohnung!"

„Und was ist dies?"

Kufalt sieht und erstarrt. Sieht und erstarrt.

Das ist eine Abonnementsquittung des „Boten" für Frau Emma Zwietusch, Töpferstraße 97, auf den Monat Januar, „eine Mark und 25 Pfg. erhalten – Kufalt".

Sieht und erstarrt.

Und sogleich kommt eine Erinnerung in ihm hoch aus dem Zimmer, eine Erinnerung von gestern abend, als die dicke Frau weinerlich zu ihm sagte: „Und Sie haben mir noch zugeredet, ich sollte mich um mein Essen kümmern, Sie könnten warten . . ."

So oder ähnlich.

Damals regte es sich in ihm, er war auf der Spur, dann kam der Maurer dazwischen, und er vergaß es wieder . . . Also doch dagewesen, verschwitzt unter den Hunderten von Gesichtern der letzten Wochen . . .

Sein Kopf senkt sich auf die Brust, er sieht keinen an. Erschossen wie Robert Blum, denkt er.

Die lassen ihm Zeit.

Erst nach einer langen Weile fragt Herr Brödchen ganz friedfertig: „Nun, Herr Kufalt . . .?"

Kufalt reißt sich zusammen. Also schön, er ist reingeschlittert. Er wird nicht so schnell rauskommen, wie er gedacht hat. Er muß sich damit abfinden. Vorbestrafte kommen eben leicht wieder rein, so oder so.

Wird er also gestehen, wird er ein piekfeines Geständnis machen.

Wenn er das jetzt vor der Polizei schon macht, kommt er vielleicht billiger weg. Was kann die Geschichte kosten . . .? Es ist einfacher Diebstahl, aber er ist vorbestraft – ein Jahr? Anderthalb Jahre? Wie schön, daß er keine Bewährungsfrist nachzubrummen hat, es ist doch eben immer ein Trost da . . .

Es schwirrt nur so durch seinen Kopf, da kann man schon mal die beiden von der Polente vergessen. Dann fühlt er wieder ihre Blicke und hört Brödchen schon ungeduldiger fragen: „Also bitte, Herr Kufalt?!"

(Warum sagt er eigentlich noch immer Herr zu mir?!)

„Na schön." Kufalt gibt sich einen Ruck. „Ja, ich bin in der Wohnung gewesen."

„Warum haben Sie das nicht gleich gesagt?"

„Hab gedacht, ich käme so durch."

„Sie haben gedacht, wir ließen Sie laufen und Sie könnten türmen?"

„Auch."

„Was noch?"

„Hab gedacht, ich könnte die Olle verwirren."

„So – und Sie haben also die dreihundert Mark genommen?"

„Ja. Selbstredend."

„Sie haben sie genommen?!! Gestohlen . . .?"

„Natürlich."

Zu seiner Verwunderung merkt Kufalt, daß Brödchen keineswegs mit ihm zufrieden ist. Nein, Herr Brödchen starrt ihn nachdenklich an und kaut mit den Zähnen an der Unterlippe herum.

Auch der Polizeioffizier hat mit Blättern aufgehört und sieht sich seinen geständigen Verbrecher an.

„Hab's geklaut", hat Kufalt das Bedürfnis, seine Aussage zu ergänzen. „Ich brauchte Geld, wollte heiraten."

„Sie haben doch aber sehr viel Geld verdient?"

„Das war eben nicht genug."

Es wird still.

Nun sehen sich Chef und Untergebener an. Kufalt wieder betrachtet die beiden. Etwas ist nicht im Lote, soviel ist klar. Nun neigt der Polizeichef seinen Kopf zum Kriminalassistenten und flüstert dem was zu.

Brödchen sieht Kufalt wieder nachdenklich an und nickt langsam mit dem Kopf.

„Herr Kufalt", sagt er. „Sie wissen also bestimmt, Sie haben das Geld gestohlen?"

„Aber natürlich!"

„Und was haben Sie sonst noch ausgefressen . . .?!!"

Die Frage fährt auf Kufalt zu, messerscharf. Sein Herz krampft sich einen Augenblick zusammen, dann sagt er mit einem dummen Lächeln: „Aber gar nichts, Herr Sekretär, das war mein erster Versuch."

„Doch! Leugnen Sie nicht! Wir haben uns erkundigt. Sie – haben . . ."

Brödchen neigt sich vor und starrt Kufalt durchdringend an.

Vieles jagt durch Kufalts Hirn: Haben sie Batzke gekitscht? – Erkundigt, seit wann sagt denn Polente erkundigt . . .? Bluff ist es, Maske muß man haben, ich starr wieder, Ochsenkopf – Ossenkopp met Hürn, mecklenburgisches Wappen . . .

Wirklich, er starrt wacker wieder zurück.

Und richtig: Herr Brödchen kann seinen so tüchtig mit „Sie – haben" begonnenen Satz nicht beenden.

„Wenn Sie auf längere Polizeihaft Wert legen, Kufalt", sagt er statt dessen.

„Was machen mir schon ein paar Nächte im Kittchen aus?" fragt Kufalt böse zurück.

Herr Brödchen geht darüber hin, kapiert sichtlich nichts von Kufalts Wut.

„Aus welcher Schublade haben Sie denn das Geld genommen?"

„Aus der Kommodenschublade!"

„Aus der ersten, zweiten oder dritten?"

„Aus der obersten – nein, ich weiß es nicht mehr genau, ich war ziemlich aufgeregt."

„Wo lag es denn da?"

„Ich glaube, unter Wäsche."

„Wie sind Sie denn darauf gekommen? Hat Ihnen jemand erzählt, daß da Geld drin lag?"

„I wo. Hab's eben mal versucht, weil sie so lange am Herd blieb."

„Soso." Herr Brödchen reibt nachdenklich seine schlecht rasierten Backen. „Soso. Und das Protokoll können wir dementsprechend aufsetzen?"

„Ja."

„Und Sie unterschreiben?"

„Ja."

„Und gehen dafür ins Kittchen?"

„Ja."

„Ich taxiere so ein bis zwei Jahre."

„Habe ich auch gedacht, Herr Assistent", sagt Kufalt frech und schaut Brödchen gemacht demütig an. Er ist sich klargeworden, die bluffen nur, das Protokoll wird nie geschrieben.

„Schmeißen Sie den Kerl raus, Brödchen!" sagt der Offizier plötzlich. „Ich kann ihn nicht mehr riechen, das verlogene Aas."

„Jawohl, Herr Major."

Brödchen steht stramm, auch Kufalt ist aufgefahren bei dem Ausbruch.

Brödchen fragt halblaut: „Und die andere Sache?"

„Rausschmeißen! Rausschmeißen! Sie sehen doch! So was henkt sich immer von alleine, warum sollen wir uns damit quälen?! Du kommst uns schon, Bürschchen!" schreit der Offizier Kufalt direkt ins Gesicht und schüttelt die Faust gegen ihn.

„Guten Tag", sagt Kufalt höflich, als er von Brödchen geführt aus dem Büro geht.

„Was ist denn bloß los, Herr Assistent?" fragt er draußen. „Warum ist denn der so wütend? Habe ich das Geld nicht geklaut?"

„Hauen Sie bloß ab, Mensch. Lassen Sie sich drüben Ihre Sachen geben und verduften Sie. Ich klingele gleich rüber."

„Aber habe ich Ihnen was vermasselt? Ich versteh nichts, sagen Sie mir bloß . . ."

„Komm du mir einmal richtig in die Finger, Jungchen, dann sollst du was erleben . . .!"

Kufalt sieht in das gelbe, wutzitternde Gesicht.

Habe ich fein auf Touren gebracht, denkt er.

„Was macht *mir* schon eine Nacht im Kittchen aus, Herr Assistent", sagt er, und diesmal kapiert Herr Brödchen.

„Hören Sie mal!" ruft er.

Aber Kufalt ist schon auf dem Wege zu Vater Philipp, sich seine Sachen geben zu lassen.

9

Zwei Stunden später sitzt Kufalt im Zuge nach Hamburg.

Es ist wie am Entlassungstage im Mai: Er muß wieder von vorne anfangen, alles ist ungewiß.

Es ist nicht ganz wie im Mai: Er weiß, so wie damals fängt er nicht wieder an.

Diesmal geht es auf die andere Tour. Er hat keine Lust mehr, sich Mühe zu geben, es geht doch schief. Lebe schön, denkt er.

„Sehen Sie mal", hat Herr Kraft gesagt, „das hatten wir ja nun auch schon von Brödchen gehört, daß Sie das Geld nicht genommen haben, aber trotzdem . . ."

„Wissen Sie eigentlich, wer es genommen hat?" hat Kufalt neugierig gefragt.

„Das weiß er noch nicht einmal! Der Maurer Zwietusch doch selbst! Ja, da staunt er!"

„Und der wollte mir alle Knochen zu Brei schlagen", wundert sich Kufalt wirklich. „Wieso hat er's denn genommen?"

„Weil er ein oller Süffel ist. Anderthalb Jahre ging's, da war er bei den Guttemplern, aber jetzt ist er wieder auf Touren. Jetzt holt er alles auf einmal nach."

„So ein Aas!" sagt Kufalt mit Nachdruck. „Und ich hätte Knast schieben dürfen für den! Hat das Brödchen rausgekriegt?"

„Nee, nee. Der Gastwirt, bei dem Zwietusch das Geld deponiert hat, damit er immer saufen kann, und die Alte findet es nicht bei ihm — der Gastwirt hat sich von selbst gemeldet, als er von Ihrer Geschichte gehört hat."

„Dann ist die also rum im Städtchen, meine Geschichte?" fragt Kufalt.

„Ja!" sagt Herr Kraft mit Nachdruck. Und setzt hastig dazu: „Und sehen Sie, Kufalt, darum können wir Sie auch nicht weiter beschäftigen. Solange es nicht bekannt war, Sie verstehen...? Aber jetzt, wo es rum ist, Sie verstehen! So in die Wohnungen, uns macht man womöglich haftbar!"

Kufalt sieht ihn einen Augenblick stumm an. „Bisher ist nichts weggekommen!" sagt er.

„Nein, nein, nein, nein, das sage ich auch nicht. Aber es kann doch viel behauptet werden, es ist doch auch für Sie unangenehm."

„Ich hab gut geworben."

„Haben Sie! Darüber kein Streit, haben Sie! Unser bester Werber! Aber wie die Verhältnisse nun einmal liegen... wir wollen Ihnen auch gerne einen Abstand zahlen, dreißig Mark, nein, fünfzig Mark, nicht wahr, Herr Freese...? Trotzdem Sie ja ein schönes Geld bei uns verdient haben. Aber Sie verstehen..."

Es konnte gar nicht eilig genug gehen, daß er Abschied nahm.

„Mein Zimmer hier müssen Sie mir aber auch noch bezahlen", sagt Kufalt mürrisch. „Ich bleibe nicht hier, ich fahr wieder nach Hamburg."

„Aber...", fängt Herr Kraft an.

„Mach schon, Mensch", sagt Freese. „Gib ihm. Und, Ku-

falt, zu Harders würde ich nicht gehen, mich verabschie-
den ..."

Kufalt sieht ihn mit großen Augen an.

„Brödchen ist auch bei Harders gewesen."

Aus. Ab dafür. Ende. Auch gut.

„Nehmen Sie sich unsere neue Ausgabe mit", eilt Freese
ihm nach. „Gerade fertig. Riesenschadenfeuer; auch von
einem Ihrer ..." Bricht ab. Sagt dann: „Also alles Gute,
Kufalt."

„Trehne ist nicht", sagt Kufalt und versucht zu lachen.

„Ach, die Trehne, die Trehne", sagt Freese. „Die fließt
Ihnen nicht weg, die bleibt Ihnen immer noch. Und in Hamburg haben Sie übrigens auch die Flete ..."

„Nee, nee", sagt Kufalt. „In Hamburg steigt nun ein anderer Laden, vielleicht hören Sie mal von mir ..."

Und lachend geht er los, hebt auf der Sparkasse sein Gut-
haben ab, soweit es ohne Kündigung geht, packt die Sachen,
die knurrende, aber angstvolle Wirtin streicht immer im Ge-
lände herum — „Daß man so was frei rumlaufen läßt!" —,
und endlich in den Zug!

Adieu.

Hilde, Harder, Bruhn, Bunker, „Bote" — Adieu!

Nun kommt ein anderer Film.

Und er entfaltet die neueste Ausgabe des „Boten".

„Dreckblatt", murmelt er.

Ja, aber nun findet er etwas, über anderthalb Seiten lang,
in dem Dreckblatt, das ihn die Bahnfahrt vergessen macht.

Die Holzwarenfabrik ist abgebrannt.

„Von dem Brandstifter, dem mit elf Jahren Gefängnis vorbestraften ungelernten Arbeiter Emil Bruhn, hat man trotz
eifrigster Fahndung der gesamten städtischen Polizei und
der Landjägerei noch keine Spur. Man nimmt an, daß er sich
noch in der Nacht nach Hamburg gewandt hat. Vermutlich
ist ihm auch der Diebstahl eines während des Brandes vor
der Wirtschaft von Kühn gestohlenen Herrenrades zuzu-
schreiben, mit dem er sich ..."

Nun, oller Emil, wenn ich dich in Hamburg treffen sollte,
ich mach nicht Kippe oder Lampen, ich verpfeif dich nicht!

Achtes Kapitel

EIN DING WIRD GEDREHT

1

Es ist erstes Februardrittel, Hamburg liegt in Regen und Nebel, nasser Kälte und schnell zergehendem Schnee.

Wenn der Wind nächtlich über die Außen- und Innenalster pfeift, schlagen die Leute den Mantelkragen hoch und machen, daß sie schneller nach Haus kommen. Umsonst strahlen die Luxusgeschäfte am Jungfernstieg im schönsten Glanz, kaum je, daß ein junges Paar, noch warm und belebt von Theater oder Kino, musternd vor einer Auslage stehenbleibt. „Sieh doch, wie schön der große Aquamarin ist! Nein, da, der in Altsilber gefaßte . . ."

„Ja, herrlich! – Komm, wir wollen sehen, daß wir nach Haus kommen, diese nasse Kälte kriecht durch die Schuhsohlen!"

Zehn Minuten und der Strom der Theater- und Kinobesucher hat sich verlaufen, die Lichter in den Auslagen erlöschen, Scherengitter schieben sich rasselnd vor, Stahlgitter senken sich auf der Innenseite der Scheiben herab – die Straße verödet, und nur noch die frierenden Mädchen stehen an den Ecken und warten auf Freier.

„Na, Schatzi, was wird mit uns?"

„Keine Zeit, Mädi, keine Zeit", sagt der junge Mann in Ulster und Melone eilig. „Ein andermal."

Er geht rasch weiter, auch er hat den Mantelkragen hochgeschlagen, aber Nässe und schneidender Wind scheinen ihm nichts auszumachen. Er pfeift vergnügt vor sich hin und tritt fest mit den Hacken auf, daß der Schneematsch zerknallt.

Wird sich morgen früh freuen über meine Büxen, die Fleege, denkt er flüchtig.

Vor dem Alsterpavillon steht ein Schupo. Er steht dort

dunkel und drohend und hat die Straße streng auf dem Kieker, aber der junge Mann pfeift nur um so lauter . . .

Steh du nur. Du stehst um zweihundert Meter zu weit!

Und er biegt ab in die Große Bleichen.

Nun hat er es nicht mehr so eilig. Er schlendert ganz vergnügt dahin, pfeift auch mal wieder, bleibt vor dem Schaufenster eines Herrenausstatters stehen und läßt sich mit einem Mädchen in ein Gespräch ein. Zum Schluß schenkt er ihr eine Zigarette und verspricht, nächsten Abend um acht am gleichen Laden zu sein. Jetzt hat er leider eine Verabredung.

Nach den Großen Bleichen kommt die Wexstraße.

Es ist, als brennten die Straßenlaternen düsterer hier, es ist auch kaum noch ein Mensch zu sehen. Vom Michel her schlägt es Mitternacht.

Der junge Mann hat zu pfeifen aufgehört, er geht sachte. Düster ragen über ihm die Häuser, unbeleuchtet, ein Dampfer heult vom Hafen her mit dem Nebelhorn: Es hallt in der feuchten Luft, als führe der Dampfer an der nächsten Straßenecke.

Als der Mann beim Großen Neumarkt ankommt, bleibt er unschlüssig stehen. Er brennt sich wieder ein Zigarette an, dann geht er rasch in ein Speiselokal, stellt sich an die Theke und läßt sich einen Grog mit doppelter Rumportion geben.

Als er den intus hat, ist die Uhr zwölf Uhr zwanzig geworden. Er zahlt und geht wieder auf die Straße. Er geht nicht weiter, er geht zurück, wieder sucht er die Wexstraße auf.

An der Ecke vom Trampgang steht auch so ein einsames Mädchen. Aber diesmal wartet er nicht ab, daß er angesprochen wird, er spricht sie gleich selber an.

Lang ist seine Ansprache nicht.

„Na?" fragt er bloß.

„Er sitzt bei Lütt", flüstert sie hastig.

„Bestimmt?"

„Heilig und bestimmt! — Krieg ich meine fünf Mark?"

„Zwei", sagt der Mann nach kurzem Überlegen. „Hier. — Die andern drei, wenn er wirklich da sitzt."

„Paß bloß auf, Ernst", sagt sie warnend. „Das ist ein Rabe! Die Emma hat er gestern halbtot geschlagen und ihrem Stenz die ganze Marie aus der Tasche geprügelt!"

„Dann hat er also Geld?" Der Mann ist enttäuscht.

„Ja, zwanzig Mark sicher."

„Hmmm! Hmmm!" macht er. „Also denn auf nachher."

„Bestimmt?"

„Heilig und bestimmt!" äfft er ihr nach, lacht und geht weiter.

2

Er geht nicht in den Trampgang, er geht geradeaus weiter, beim Rademachergang hält er an, sieht in die dunkle Schlucht, in der eine trübe Gaslaterne brennt, sieht nach rechts, sieht nach links – und taucht ein ins Gängeviertel.

Er geht rechts, noch einmal rechts, überquert wieder die Wexstraße, verschwindet im Langen Gang, geht ein Stück die Düsternstraße und verschwindet wieder im Schulgang.

Er geht immer in der Mitte der schmalen Gänge, manchmal streckt er die Arme aus und versucht, ob er die Hauswände rechts und links fassen kann. Manchmal kann er es, manchmal ist der Gang zu breit.

Bisher ist ihm kein Mensch begegnet. Die alten Fachwerkhäuser stehen still und unbeleuchtet, als seien sie längst ausgestorben, sie neigen ihre Giebel einander zu, als wollten sie vornüber fallen, vom Himmel ist nichts zu sehen.

Manchmal fällt aus einer Kneipe Lichtschein auf die Steine, über die er geht, ein Orchestrion lärmt mit Zimbeln und Schellen, ein Grammophon kreischt. Die Fenster der Kneipen sind gelb oder rot verhängt.

Dem Mann ist nicht mehr nach Pfeifen zumut, so langsam er geht, er schwitzt leicht, einmal faßt er nach seiner Gesäßtasche. Alles in Ordnung, aber – der Entschluß ist doch nicht leicht, wenn man auch noch so sehr vor den Mädels angibt.

Man könnte immer noch nach Haus gehen!

Er ist direkt vor Kugels Ort, er sieht schon den rötlichen Schein aus Lütts Kneipe. Also nun los!

Zwei Schupos, baumstarke Kerls, den Sturmriemen des Tschakos unterm Kinn, gehen gerade auf ihn zu, feste umgeschnallt, und die Polizeiknüttel am Riemen wippen im gleichen Takt.

Sie mustern den späten Spaziergänger scharf.

„Guten Abend", sagt der und lüftet höflich seinen schwarzen Steifen.

„Schlechte Nacht", sagt der eine Schupo überraschend sanft und leise. „Schlechtes Wetter. Schlechte Gegend."

Der Mann, der an ihm vorüber auf Kugels Ort wollte, muß stehenbleiben. Die beiden Riesen halten vor ihm und sehen auf ihn hinunter wie auf eine Puppe.

„Kann man da rein?" fragt der Mann leicht und deutet mit dem Kopf auf den Lichtschein der Lüttschen Wirtschaft.

„Warum wollen Sie denn da rein?" fragt der Schupo mit der sachten holsteinischen Aussprache freundlich.

„Es würde mich interessieren", sagt der Mann. „Ich habe so viel vom Gängeviertel gehört."

„Da gehen Sie man lieber nicht rein", flüstert der Schupo sacht, aber mit Nachdruck. „Die könnten Ihren Bregen — verkleistern!"

Er lacht sich selbst Beifall.

„Ach!" macht der Mann enttäuscht, „wo kann man denn noch hingehen?"

„Nach Haus!" brüllt überraschend der andere Schupo. „Schleunigst nach Haus. Uns hier noch extra Schwierigkeiten machen . . .!"

Er will weiterreden. Aber der Mann sagt hastig gute Nacht, lüftet wieder den Hut, überquert schnell Kugels Ort, läuft durch den Ebräergang, biegt sofort in den Amidammachergang, taucht zum drittenmal auf der Wexstraße auf. Das Mädchen ist nicht mehr da, er geht rasch die Wexstraße hinunter und ist nur vier Minuten später schon wieder auf Kugels Ort, jetzt von der anderen Seite kommend.

Kugels Ort ist leer, der Schein von Lütts Wirtschaft liegt ruhig und rötlich auf den Kopfsteinen.

Einen Augenblick verpustet der Mann, wischt sich sein schwitzendes Gesicht mit einem Taschentuch ab, faßt noch einmal nach dem Stahlklotz in der Gesäßtasche, steckt ihn in die Manteltasche und drückt dann entschlossen auf die dünngegriffene Messingklinke zu Lütts Wirtschaft.

Eine Stimme rief schrill: „Achtung, Schmiere!"

Tiefe Stille trat ein.

Der Mann hatte die Tür hinter sich zugezogen und sah mit blinzelnden Augen in den Dampf. Alle Blicke waren auf ihn gerichtet.

Er nahm den Hut ab und sagte: „'n Abend!"

Der breite Wirt mit dem dicken bläulichen Gesicht, das von einer tollen blauroten, formlosen Nase entstellt war, sagte breit: „'n Abend, Heideprim", und deutete kaum merklich in einen hinteren Winkel seiner Wirtschaft.

„'n Abend, Herr Kriminaler", sagte ein Bursche. „Schenken Sie mir Ihre Kippe."

„Selber Rabe!" sagte der Mann forsch und versuchte zu lächeln.

Hinter ihm — er stand nun an der Theke — waren zwei Burschen aufgestanden und schoben sich gegen ihn.

„Hände weg von der Mutter!" befahl der Mann.

„Laßt den Jungen in Ruh, ihr", kommandierte auch der Wirt. „Der ist stiekum."

Die Burschen standen zögernd.

„Du Seelenverkäufer", sagte der eine. „Brauchen wir 'ne neue Fresse? Es gibt für die andern schon nichts zu tun."

„Halt den Rand, setz dich! Sollst dich setzen, oder ich schmeiß dich raus. Bin ich Wärmehalle?"

Die Burschen setzten sich, böse miteinander flüsternd.

Der Mann an der Theke hatte einen großen Kognak getrunken. Und noch einen.

Die jungen Burschen sahen ihm neidisch zu: Der hat's!

Aus dem Hintergrund des Lokals kam jetzt langsam ein großer, düsterer Mann mit schweren Knochen, mit Händen wie Waschhölzer.

Er ging langsam auf den Mann an der Theke los, pflanzte sich vor ihm auf und sah ihn an. Es war ein böser, haßerfüllter Blick, die niedrige Stirn unter dem schwarzen Haar bucklig und faltig, der dicklippige Mund stand halb offen und ließ die schwarzen verdorbenen Zähne sehen.

„'n Abend, Batzke", sagte der Mann an der Theke und tippte an seinen Steifen.

Batzke sah den Mann an, sein Mund bewegte sich. Dann hob er langsam die ungeheure Hand . . .

„Zwecklos", sagte der Mann leichthin, aber seine Stimme zitterte etwas. „Kanone!"

Und die Hand in der Manteltasche hob sich an, daß der Lauf durch den Stoff trat.

Batzke lachte auf. „Jungeken – und mit 'ner Kanone! Eh du schießt, biste hin."

Seine Hand hob sich wieder.

„Ich habe die Vierhundert für dich", sagte der Mann rasch.

Das Gesicht des anderen veränderte sich, die Hand sank herunter. Noch einmal sah Batzke den Mann an.

Dann ging er, die Hände fest in die Jackettaschen gebohrt, wortlos in seine Ecke zurück.

Der Mann sah ihm nach. Dann wischte er sich über die Stirn, die schweißnaß war, und sagte zum Wirt: „Noch 'nen Kognak, ja?"

Er fühlte, daß die Blicke aller vorne im Lokal auf ihm lagen, jetzt mit anderm Ausdruck. Er trank seinen Kognak und sah dabei den Wirt fragend an.

Der bewegte verneinend den Kopf.

„Jetzt nicht", flüsterte er. „Er hat jemanden da."

Der Mann trank seinen Kognak aus, bezahlte, tippte an seinen schwarzen Hut und sagte wieder: „'n Abend."

„'n Abend, Heideprim", sagte der Wirt, und der Mann schob ab.

4

Draußen stand das Mädchen.

„War er da?" fragte sie.

„Hier hast du deine drei Mark", sagte der Mann. „Du wartest, bis er rauskommt. Sag ihm keinen Namen, sag ihm, der Vierhunderter wartet auf ihn. Verstehst du das?"

„Ja", sagte das Mädchen. „Der Vierhunderter wartet auf dich."

„Dann bring ihn zu mir."

„Und was krieg ich?" fragte das Mädchen. „Es ist kalt, und meine Sohlen sind kaputt."

„Noch mal drei Mark", sagte der Mann. „Oder du läßt es."

„Gemacht", sagte das Mädchen.

Der Mann trat rasch in die Wexstraße, spähte nach beiden Seiten (er wäre ungerne jetzt den Schupos begegnet) und ging dann rasch die Wexstraße hinunter nach der Fuhlentwiete.

Er ging ein Stück hinein, sah sich aufmerksam um, sie war leer, er schloß rasch eine Haustür auf und trat in das Haus. Sorgfältig schloß er wieder ab. Ohne Licht tastete er sich eine Treppe hinauf, öffnete eine Etagentür, knipste Licht an und sagte halblaut: „Alles in Ordnung, Frau Pastorin. Schlafen Sie weiter." Er hörte die Frau im Bett rascheln, dann sagte eine alte helle Frauenstimme: „Ist gut, Herr Lederer – wie war's im Theater?"

„Schön, schön", sagte der Mann und hängte Ulster und Hut in einen Schrank. „Es ist übrigens möglich, daß ein Kollege mit seiner Frau noch kommt – lassen Sie sich nicht stören, Grogwasser kriege ich allein warm."

„Danke schön", sagte die alte Frau. „Schlafen Sie auch gut. Frühstück wie immer?"

„Frühstück wie immer", sagte der Mann. „Gute Nacht."

Er knipste das Licht aus auf dem Flur und ging in sein Zimmer. Dort stand er einen Augenblick nachdenklich im Dunkeln.

Der Wind brauste ums Haus, heulte an den Scheiben, dann strich es dagegen wie scharfer Schnee.

„Schlechte Nacht. Schlechtes Wetter. Schlechte Gegend", wiederholte er und seufzte.

Er steht eine Weile da im Dunkeln, lauscht auf den Wind und Schnee. Vielleicht kommt er gar nicht, denkt er.

Auch gut, denkt er. Kommt er morgen. Kommen tut er. Zwanzig Mark hat er – dann ziehen vierhundert immer.

Er macht Licht an.

Es ist ein nettes, anständiges Zimmer, dunkle Eiche, dunkle große Klubsessel, ein richtiger Gewehrschrank, eine Krone aus Abwurfstangen mit einem Leuchterweibchen. Das Bett steht hinter einem großen grünseidenen Schirm.

Der Mann nimmt aus dem Bibliotheksschrank eine Schachtel Zigaretten, ein Kistchen Zigarren und stellt das auf den Rauchtisch. Er holt eine Flasche Kognak, noch eine Flasche

Rum aus dem Büfett, stellt sie auch hin. Dann drei Schnaps-
schalen, drei Teegläser, eine Dose mit Zucker.

Er steht einen Augenblick nachdenkend da, er lauscht.
Diese alten Häuser sind zu still, denkt er. Dann holt er noch
drei Teelöffel.

Er denkt wieder nach und geht langsam gegen die Tür.

Macht wieder kehrt, nimmt seine Brieftasche aus dem
Jackett und zählt acht Fünfzigmarkscheine ab. Er knifft sie
zusammen, legt sie auf den Rauchtisch und setzt darüber
einen großen, schweren, marmornen Aschenbecher. Er überzeugt sich genau, daß die Scheine nirgendwo unter dem
Aschenbecher hervorsehen.

Wieder denkt er nach.

Er verschwindet hinter dem Schirm und taucht auf mit
Hausschuhen und in einem Rauchjackett. Die Pistole trägt
er offen in der Hand.

Er sieht sich die beiden Klubsessel an, ist aber nicht zufrieden, er rückt noch einen Stuhl aus Rohrgeflecht an den
Tisch. Der Stuhl hat Armlehne und im Rücken und auf dem
Sitz Kissen, auf das Sitzkissen legt er seitlich die Pistole und
deckt ein Taschentuch darüber.

Er nimmt zwei Schritte Abstand und sieht das an. Es sieht
richtig aus: Von der Pistole ist nichts zu sehen, und das Taschentuch liegt da, als sei es vergessen.

Er seufzt leicht auf, schaut nach der Uhr (ein Uhr fünfzehn) und geht in die Küche, wo er auf ganz kleine Gas-
flamme einen Topf mit Wasser aufsetzt.

Wieder im Zimmer, nimmt er ein Buch und fängt an zu
lesen.

Es vergeht eine sehr lange Zeit, es ist totenstill im Haus,
der Wind aber scheint stärker zu werden. Er sitzt da und
liest, sein blasses, verzogenes Gesicht mit dem schwachen
Kinn, dem sinnlichen Mund ist müde, aber er liest weiter.

Dann sieht er wieder auf die Uhr (zwei Uhr siebenund-
fünfzig), betrachtet unschlüssig die Anrichtung auf dem
Rauchtisch, steht auf, lauscht auf den Flur. Nichts. Er geht
leise über den Flur, sieht in die Küche, gießt Wasser in dem
halb leer gekochten Topf nach, öffnet die Etagentür und
lauscht ins Treppenhaus.

Nichts.

Als er ins Zimmer zurückkommt, schaudert er vor Kälte, er gießt sich einen Kognak ein, einen zweiten, einen dritten ...

Auch das Buch wird über die Pistole gelegt, der Mann fängt an, hin und her zu gehen. Er geht leise und rastlos, eine Diele knackt, wenn er darauftritt, und so tief er in Gedanken ist, nach dem dritten Knack weiß sein Fuß Bescheid und vermeidet die Diele.

Draußen auf dem Flur ist ein leises Geräusch, er öffnet die Tür zu seinem Zimmer und sagt halblaut: „Hierher. Bitte recht leise!"

Batzke kommt vor dem Mädchen herein, er scheint aufgeräumter als vorhin.

„Na, altes Haus, Kufalt ..."

„Nicht, keinen Namen!" sagt der Mann rasch. „Ilse, hol das Grogwasser, es muß längst kochen."

Und als sie draußen ist: „Ich heiße übrigens Ernst Lederer ..."

„Scheibe", sagt Batzke. „Also gieß mir 'nen Kognak ein, Lederer. Oder darf ich die Flasche nehmen?"

5

Die verwitwete Frau Pastorin Fleege hatte noch nie einen so netten Mieter gehabt wie den Herrn Schauspieler Ernst Lederer, der seit Ende Januar bei ihr wohnte. Nicht nur, daß er ein großzügiger Mieter war und von selbst erklärt hatte, fünfzig Mark seien viel zuwenig für solch schönes Zimmer, auch noch mit Heizung, auch noch mit Frühstück, er gäbe fünfundsiebzig, nein, er war auch der freigebigste Mann in Blumensträußen, Konfektschachteln, Theaterbilletts. Und das alles für eine alte, siebzigjährige Frau!

Aber das schönste war doch, daß er gerne bei ihr saß und mit ihr plauderte. Sie war alt, ihr lieber Mann war nun schon über zwanzig Jahre tot, ihre Tochter oben im nun dänischen Flensburger Land mit einem Gutsbesitzer verheiratet. Sie kam so selten, und die alte Dame hatte keine Freunde mehr, oder die Freunde waren ebenso alt und gebrechlich wie sie und konnten keine Besuchswege mehr machen.

Sie hatte schon so lange allein gesessen in ihrem Zimmerchen, und dazu noch hatte sie sich vor ihren jeweiligen Mietern oder Mieterinnen geängstigt. Sie waren laut und roh, zahlten schlecht, verdarben die Sachen, stellten immer neue Anforderungen ... aber nun der Herr Schauspieler Lederer ...!

Zuerst hatte er ihr nicht so übermäßig gefallen. Er war laut gewesen und zu vertraulich, als er mietete, er hatte grundlos viel gelacht, hatte sie frech angesehen und war dann plötzlich still und wortkarg geworden.

Aber dann hatte sie ihn besser kennengelernt. Frau Pastorin Fleege hatte eine kleine grauschwarze Katze „Pussi", eine ganz gewöhnliche Hauskatze, die ihr einmal als junges Tier halb verhungert zugelaufen war. Sie hatte sich an Pussi gewöhnt, es war ein liebes, zutrauliches Tier, man konnte im Schummern mit ihr sprechen, und sie schnurrte dann so nett, wie zur Antwort ...

Doch was einmal eine Straßenkatze gewesen ist, behält leider diese Neigung, sie war eine Herumstrolcherin, davon konnte sie nicht lassen! Frau Fleege mochte noch so sehr aufpassen, irgendwann entwischte Pussi doch einmal durch ein offenes Fenster, schob sich unten bei ihren Beinen an der Entreetür durch, während sie oben mit dem Milchmann redete — und fort war sie!

Da kamen dann Stunden, oft Tage des Kummers für Frau Pastorin. Soweit es ihr ihre alten Beine erlaubten, lief sie in den Nachbarhäusern umher und erkundigte sich. Aber so viele Leute waren roh, sie lachten sie aus und nannten sie „verdrehte Olsch" oder „Katzenmadam"! Sie begriffen nicht, wie sehr sie sich ängstigte, es gab so viele böse große Hunde in der Nachbarschaft. Sie wußte wohl, man sollte sein Herz nicht an die unvernünftige Kreatur hängen, aber wo ihr lieber Mann schon so lange tot war und die Tochter Hete so weit weg wohnte ...!

An solchen Tagen weinte sie viel, die klaren großen Tränen liefen ihr lautlos über das Gesicht, sie schluchzte nicht dabei. Aber das Leben war schwer so allein, und der liebe Gott hätte sich ihrer doch längst erbarmen können.

Herr Lederer wohnte erst drei oder vier Tage bei ihr, als Pussi wieder einmal ausriß. Erst wollte sie ihm gar nichts erzählen, Pussi war ja noch immer wiedergekommen, aber dann, als sie – erschöpft von den ersten Nachfragen – auf ihrem Fenstertritt saß, und ein Auto schrie so schrill draußen, und sie war zusammengefahren, weil sie dachte, es sei Pussi gewesen, die so schrie – also dann war sie doch zu ihm gegangen.

Erst hatte er wohl gar nicht recht begriffen, er hatte mit dem Kopf in den beiden Händen am Schreibtisch gesessen, daß sie dachte, es sei ihm nicht gut... Aber dann, als er den Kopf hob, hatte sie gesehen, er hatte Kummer. Sie hätte nun gerne gar nichts gesagt, aber er hatte schon genickt und zugestimmt: „Machen wir ...“

Nun wollte sie ihn zurückhalten und hatte gesagt, so sei es doch nicht gemeint gewesen, und der Herr Lederer müsse sich doch sicher noch seine Rolle für den Abend aufsagen ...

Sie trug so ein komisches schwarzes Häubchen auf dem Kopf, ein flaches Ding aus schwarzen Glasperlen, wie es kein Mensch heute mehr trug, darauf mußte Herr Lederer immer sehen. Es war auch verrutscht...

Also, er ging jetzt sofort suchen!

Er kam wieder zu ihr, alle viertel oder halbe Stunde machte er Bericht. Da hatte er Pussi gesehen, aber nicht gekriegt; jetzt hatte er einen Bückling gekauft, um sie zu locken, traf er sie noch einmal; und nun hatte Frau Lehmann, die Gemüsehändlerin, gesagt, sie habe Pussi bei den Abfalltonnen auf dem Hof gesehen ...

Nun gut, sie, die Frau Pastorin Fleege, hatte ihn daran erinnern müssen, daß es höchste Zeit für ihn war, ins Theater zu gehen. Er war ein komischer Mensch, übereifrig, er hatte die Achseln gezuckt und gesagt: „Ach was, Theater!“ – dann aber hatte er sich besonnen und war doch gegangen.

Und war um halb zwölf – sonst war er nie so früh zu Haus – wieder dagewesen und hatte gegen ihre Türe geklopft – sie schlief noch nicht – und hatte nur gesagt: „Ich hab Pussi!“

Sie war herausgekommen, auf dem kleinen, dünnen weißen Scheitel saß nun eine Nachthaube aus Spitze, in einer weißen Nachtjacke und in einem Unterrock, so hatte sie zum letzten Male ihr lieber Mann gesehen, aber sie hatte sich nicht geniert, nur die Tränen liefen wieder.

„Nicht, nicht, Frau Pastorin", hatte er gesagt. „Da ist ja die Pussi. Sie hat übrigens unter der Haustür gesessen. Ich hab nichts dazu getan."

Nein, von Dank wollte er nichts wissen, nie. Er nahm ihr den Weg zur Polizeiwache ab und meldete sich selbst an („die sind oft so grob zu 'ner alten Frau"), er bestellte Briketts für sie und stand morgens um acht auf, als sie abgeliefert wurden, und zum erstenmal bekam sie ihr volles Quantum und lauter heile, er steckte die Gardinen an und trug den Abfalleimer auf den Hof . . .

Und nie etwas von Dank. Nein, wenn sie ihm danken wollte und griff nach seiner Hand, dann wurde er richtig verlegen und ging ohne ein Wort in sein Zimmer. Oder er wurde auch böse und konnte sagen: „Nichts zu danken, Frau Pastorin, danken soll man immer erst am Ende . . ."

Und sie überlegte sich lange, ob das bedeuten sollte, daß er bald wieder auszog?

Ja, er war ein gefälliger, stiller, friedlicher Mensch, aber am schönsten war es doch, daß er nachmittags, während es dunkel wurde, bei ihr saß und zuhörte, wenn sie von ihrem Mann erzählte und von der schönen Pfarre in der Wilstermarsch, wo die Hete geboren wurde, wo sie ihre glücklichste Zeit verlebt hatte.

Er saß so still da oder ging auch ganz leise auf und ab und rauchte eine Zigarette. (Sonst mochte sie keine Zigaretten, aber seine Zigaretten, fand sie, rochen gut.) Er konnte zuhören, es wurde ihm nie zuviel, er fragte auch so verständig zwischenhinein, und in allem waren sie einer Ansicht.

Sie erzählte mit ihrer hellen hohen Altweiberstimme, die manchmal wie Singen klang, von der Pfarrei, zu der auch Land gehört hatte, sechzig Morgen. Wohl hatte ihr lieber Mann nichts von der Landwirtschaft verstanden, aber das hatte ihn doch so glücklich gemacht, den Boden selbst zu bewirtschaften, natürlich mit einem Knecht. Er hatte es sich nicht nehmen lassen, selbst zu pflügen, und hinterher hatte er ganz erschlagen, aber unendlich glücklich gesagt: „Hete" (sie wurde auch Hete genannt, genau wie die Tochter), „Hete, jetzt kann ich ganz anders am Erntedankfest predigen als früher."

„Hatten Sie auch Wasser da?" hatte Herr Lederer gefragt.

„Aber natürlich! Wir hatten alles da."

Und sie erzählte, wie die kleine Hete einmal im Januar, sie war damals grade fünf Jahre alt, in den Teich gefallen war. Und ganz allein und ohne zu weinen war sie heraus und in den Wagenschuppen gekrochen, hatte sich in den alten staubigen Landauer gesetzt, sich splitterfasernackt ausgezogen und ihre Sachen Stück für Stück sorgfältig zum Trocknen aufgehängt. Sie hatte nicht eher ins Haus gehen wollen, bis alles trocken war.

„Und sie hatte doch ihr schwarzes Samtkleidchen an, das so in drei Wochen noch nicht trocken gewesen wäre. Und kein Schnupfen, kein Garnichts. — Jetzt freut sich Hete an ihren eigenen Kindern, sie müssen schon ganz groß sein . . . Da ist die Älteste, Ingrid — wie finden Sie den Namen Ingrid? Es sind jetzt Dänen, die Kinder leben in Kopenhagen, verstehen Sie, Herr Lederer?"

Ja, aber manchmal besann sich Frau Pastorin Fleege, daß sie immer nur von sich selbst redete, und sie wurde rot und entschuldigte sich, und nun sollte Herr Lederer berichten.

Aber das wurde nicht viel, er hatte nicht viel zu berichten. Er war eben Schauspieler, jeden Abend ging er ins Theater, und hinterher probten sie noch die halbe Nacht. Nein, er war keine große Nummer, so grade noch in der Mitte, sie hatte ihn ja auf der Bühne gesehen . . .

Ja, das hatte sie, er schenkte ihr öfter Karten. Sie hatte ihn zuerst gar nicht erkannt, aber das erklärte er ihr, daß das grade die Kunst sei, sich vollkommen unkenntlich zu machen. Einmal war er ein General gewesen und einmal, in einem Märchenstück, ein Wassermann, ein Nickelmann — da war es ja klar, daß er ganz verschieden aussehen mußte und daß sie ihn nicht erkannte, ihre Augen waren ja auch nicht mehr gut. Sein Name, Ernst Lederer, hatte richtig auf dem Theaterzettel gestanden, und sie war sehr stolz auf ihren Mieter und schloß jedes Programm sorgsam weg.

Kufalt aber . . .

Kufalt war nicht gleich, als er in Hamburg angekommen war, zu der verwitweten Frau Pastorin Hete Fleege gezogen: Das war erst einige Tage später gewesen, als er schon einen festen Plan hatte, und die weltfremde Frau Pastorin war eben auch ein Teil dieses Planes gewesen.

Nein, zuerst war er in einem kleinen, ziemlich unsauberen Hotel abgestiegen und hatte da ein paar Nächte geschlafen. Am Tage aber war er weit umhergelaufen und hatte gegrübelt und sich überlegt, was er nun eigentlich mit seinem Leben anfangen sollte.

Er hatte das letzte Dreivierteljahr, seit er frei geworden war, Revue passieren lassen, und gut waren sie nicht gewesen, diese neun Monate. Keine Stunde gut, keine Stunde! Er hatte sich Mühe gegeben, er hatte sich geduckt, er war feige gewesen und schmeichlerisch, aber er war auch fleißig gewesen – zu nichts nutze!

Nein, das sah er ein, es hatte nicht nur an den andern gelegen, an den Teddy, Jauch, Marcetus, Maack, Hilde und so weiter – es hatte an ihm gelegen. Eine Weile schien immer alles glatt zu gehen, aber regelmäßig kam dann etwas dazwischen. Er konnte keinen ruhigen Weg gehen, er spielte sich selbst Streiche, er duckte sich dutzendmal und war feige, wo es gar nicht nötig gewesen wäre, aber plötzlich begehrte er unsinnig auf und gab an und zerschlug alles, wo es wieder gar nicht nötig war.

Warum war er so? War er früher schon so gewesen?

Nein, sagte er, es ist nicht nur, weil ich etwas zu verbergen habe, das ist das wenigste. Nein, weil ich mit etwas noch nicht fertig bin, eigentlich bin ich immer noch im Kittchen. Und immer fühle ich, wie leicht es ist, wieder hineinzukommen.

Er hatte mal gesagt zum Direktor, damals war er noch in Haft, er sei doch jetzt wie ein Mann ohne Hände. Der Direktor hatte das bestritten, aber es war doch so. Fünf Jahre war ihm alles abgenommen, nicht einmal selbständig denken durfte er, er hatte nur zu tun, was ihm befohlen wurde, und nun sollte er alles allein tun ... nein, es wurde nichts, ohne Hände!

Was hatte Arbeiten, Demütigsein, Entbehren für einen Sinn, wenn man doch scheiterte?!

Er dachte an den langen Zug bekannter Gesichter, die er ins Gefängnis hatte zurückkehren sehen während seiner fünfjährigen Haft. Sie kamen wieder, alle kamen sie wieder. Oder sie saßen in andern Gefängnissen, oder sie taten grade das, was sie eines Tages wieder ins Gefängnis bringen würde.

Batzke hatte tausendmal recht, man mußte etwas anfassen, aber zur rechten Zeit, irgend etwas Großes, daß es sich dann auch wirklich gelohnt hatte, wenn man wieder Knast schob.

Da war der Fall Emil Bruhn. Kufalt wußte jetzt aus den Zeitungen, er würde seinen alten Emil nie wieder treffen in Hamburg oder sonstwo, nie würde er in die Versuchung kommen, ihn in die Pfanne zu hauen. Emil war mit eingeklopftem Schädel unter dem Brandschutt gefunden, und irgendein polnischer Wanderarbeiter war geständig, ihn totgeschlagen und die Fabrik angesteckt zu haben.

Also Emil Bruhn: elf Jahre Ducken, immer freundlich, roboten wie ein Tier, kleine spärliche Ansprüche ans Leben: Kino, ein Mädel, eine Gesellenstelle. Schiefgegangen, wurde nichts draus. Vorbestraft bleibt vorbestraft. Die humanste Strafe war: Man richtete alle gleich hin.

Wann hatte er sich so recht in seinem Fahrwasser gefühlt, wann ist er in diesen Monaten obenauf gewesen und hat genau gewußt, was er zu tun und zu sagen hatte? Wo war Heimat?

Jawohl, der Herr Kriminalsekretär Specht hat sich über ihn beim Untersuchungsrichter beschwert, der Polizeioffizier hat ihn rausgepfeffert, der Kriminalassistent Brödchen ist vor Wut über ihn zerplatzt.

Als sie ihn wie einen richtigen Ganoven nahmen, da war er wieder zu Haus, da konnte er reden und frech tun, das lag ihm, das hatte er nun gelernt.

Wenn es aber so war, wenn er wirklich ein Ganove geworden war während seiner Strafzeit, wenn er doch wieder hineinkam, dann hatte er sich zusammenzureißen für drei, vier Wochen, bis der große Coup gelandet war. Dann hatte er nicht mehr rumzuzittern an den Grenzen der Anständigkeit, dann hatte er einen großen Coup mit aller Bedachtsamkeit vorzubereiten, solange er noch Geld hatte. Und das hatte er nun noch. Schwer war das auch, seine Feigheit, seine Unentschlossenheit waren ihm auch da hinderlich, von Natur aus war er kein Verbrecher, er war es nur geworden, er hatte Verbrechen gelernt.

Und Kufalt ging dahin, er ging bis in die Walddörfer, er ging in die Vierlande, er stieg auf den Süllberg, er sah Elbe, Schiffe, Dörfer, winterliches Land, er war ein Mensch wie alle, unterschiedlich vom Äußern aus nicht, er war kein Verbrechertyp, aber – mitgefangen, mitgehangen. Nun schmiedete er also seinen Plan.

Da aber wurde er der Schauspieler Ernst Lederer, mietete sich bei dem armen Haubenhühnchen Frau Pastorin Fleege ein, ging nächtlich regelmäßig über den Jungfernstieg und schickte das Strichmädchen Ilse auf die Suche nach Batzke.

6

„Schick die Nutte weg, Willi", sagte Batzke.

„Ist ein nettes Mädchen, heißt Ilse", antwortete Kufalt.

„Sie vermasselt uns hier alles", sagte Batzke.

„Habe nichts zu vermasseln", antwortete Kufalt.

Eine kurze Pause entstand. Batzke musterte eindringlich das Zimmer, dann genehmigte er sich noch einen Kognak.

„Schnafte wohnst du", erklärte er.

„Geht", antwortete Kufalt.

„Wie wir damals zum Bunker nach Fuhlsbüttel fuhren, warst du mächtig abgebrannt", erinnerte sich Batzke.

„Stimmt", sagte Kufalt.

„Hättest du dir solches Zimmer nicht mieten können."

„Mieten kann man immer."

„Aber?"

„Aber die Miete bezahlen!"

„Und der Kognak? Und der Rum? Und die Zigaretten?"

„Kann Sore sein, Batzke."

„Aber die Vierhundert hast du doch für mich?"

„Vielleicht, Batzke."

Eine kurze Pause, dann beugte sich Batzke vor und sagte wütend: „Du hast mich kommen lassen, Jungeken, wegen der Vierhundert. Hast du sie, oder hast du sie nicht?"

Ihre Gesichter, einander zugeneigt, waren nur einen Meter auseinander. Batzkes Augen funkelten in besinnungsloser Wut, Kufalts Gesicht war bleich und zuckte, aber sein Blick hielt Batzkes Blick stand.

„Sieh mal, Batzke!" sagte er.

Er deutete kaum merklich mit der Schläfe auf die Pistole hinunter, in der rechten Hand.

Batzke sah, dann stand er auf, schüttelte die breiten Tischlerschultern, von denen die eine durch das Hobeln stärker entwickelt war. Er ging im Zimmer hin und her, er sagte: „Mit dir ist was los, Kufalt. Du hast dich mächtig verändert."

Kufalt sagte: „Nimm das Zimmer hier, schnafte, sagst du. Und die Sachen. Und Geld hab ich auch noch. Und die Vierhundert für dich vielleicht auch − vielleicht, weil ich mir das alles verschafft habe" − Kufalt machte rundum eine Handbewegung −, „vielleicht bin ich darum anders."

Batzke ging wieder auf und ab.

„Also sag schon, was du von mir willst, denn umsonst wirst du mich schon nicht von der Schneppe haben suchen lassen."

Das Mädchen kam herein mit dem Grogwasser.

Kufalt sah sie gedankenvoll an, sah zu Batzke, wieder zum Mädchen und erklärte: „Nur zwei Gläser. Du kannst nach Haus gehen, Ilse. Hier sind fünf Mark."

Batzke schielte nach dem Geld, es kam aber nicht mehr zum Vorschein als eben dieses Fünfmarkstück, das entschieden schon in Bereitschaft gehalten worden war.

Unzufrieden sagte er: „'nen warmen Grog könntest du ihr wenigstens geben, wo sie wieder auf die Straße muß. Übertreiben braucht man es auch nicht, Kufalt."

Kufalt sah ihn an und grinste. „Ach nee! Nicht mehr so eilig? Trink einen Kognak, Ilse, und ab!"

„Wieso Kufalt?" fragte das Mädchen zögernd über dem Trinken. „Ich denke Lederer."

„Habe ich Kufalt gesagt?" höhnte Batzke. „Wasch deine Ohren. Einfalt heißt er. Und so ist er auch."

Das Mädchen sah argwöhnisch mit ihren eiligen, huschenden Augen von einem zum andern und erklärte: „Also, dann geh ich."

„Trink man noch einen, Mariechen", sagte Batzke und zwinkerte Kufalt zu.

Aber das Mädchen wollte nicht mehr. Es sprach eilig und beleidigt davon, daß es sich nicht so behandeln lasse, und sie gehe nicht für fünf Mark und einen Kognak ins Kittchen, und außerdem hieße sie nicht Mariechen.

Batzke grinste.

Kufalt sagte: „Also hör zu, Ilse, wir sehen uns morgen wie immer."

„Du kannst auch wegbleiben", sagte sie, „du mit deinem falschen Freund und deinen zwei Namen."

Dabei blieb sie im Zimmer stehen und sah die beiden immer herausfordernder an.

„Also nun mach schon", sagte Kufalt ungeduldig.

„Ich gehe, wenn es mir paßt", sagte sie immer wütender. „Von solchen wie dir lasse ich mir noch lange nichts sagen. Und wenn ich jetzt zur Polizei gehe . . . Ich habe gut gehört, was du von Mieten und Sore gesagt hast . . ."

Aber sie kam nicht weiter.

Mit einem Satz war Batzke auf, umfaßte sie mit seinen beiden Armen, sagte wütend: „Mariechen" und drückte sie so fest, daß sie vor Schmerz aufschrie.

„Hau ab", sagte er. „Du kennst mich doch, was?!"

Er ließ sie los.

Sie stand noch einen Augenblick da, ungewiß, ob sie noch hier zu weinen anfangen sollte, und ging weg.

„Und wenn der Laden klappen soll", sagte Kufalt, „kann ich mir jetzt eine neue Wohnung suchen. Bloß weil du nicht aufpassen kannst."

„Welcher Laden klappen soll?" fragte Batzke. „Ich weiß noch von nichts."

Wie hatte sich die Lage verändert! Kufalt war schon so schön obenauf gewesen, Batzke hatte nur Fehler gemacht. Und doch war Kufalt, rätselhaft wie, plötzlich der Schwächere. (Bloß, weil der das Mädel angefaßt hatte?)

„Ich habe eine Annonce, Batzke", sagte er.

„Wird schon eine feine Annonce sein", höhnte Batzke. „Du kannst doch nicht baldowern."

„Also hier", sagte Kufalt wütend, riß den Aschenbecher weg und legte das Häuflein Fünfzigmarkscheine bloß. „Nimm dein Geld und schieb ab. Mach ich es eben mit jemand anders."

Batzke sah das Geld, nahm es, zählte es gemütlich, steckte es in die Tasche und sagte hochzufrieden: „Also, Willi, trink deinen Grog, ehe er kalt wird. Und dann erzähl, was du rausgekriegt hast. Wir alten Knastschieber . . ."

Wieder stürmte es, wieder schneite es, wieder war es in der Nacht kurz nach elf.

Batzke und Kufalt kamen Arm in Arm den Jungfernstieg entlanggeschlendert, blieben vor dem und jenem Laden stehen, musterten gemütlich die Schaufenster und hielten schließlich auch vor dem Juweliergeschäft, in dessen Fenster am Abend zuvor das junge Paar den Aquamarinring bewundert hatte.

Kufalt hatte aber keinen Sinn für Aquamarine. Er hatte Sinn für Preise.

„Das Tablett meine ich", sagte er.

Es war ein ziemlich großes, blausamtenes Tablett, das in der Mitte des Schaukastens dicht hinter der Scheibe stand. Auf ihm war ein Glitzern, Funkeln und Strahlen von vielen Brillantringen.

Batzke pfiff durch die Zähne. „Na ja", meinte er, „das sind ganz hübsche Steinchen."

„Es wird Zeit", sagte Kufalt. „Komm." Er ging mit Batzke bis zum Reesendamm, machte kehrt, und nun gingen sie ein Stückchen auf der andern Seite des Jungfernstieges. Dann blieben die beiden, an das Geländer zur Binnenalster gelehnt, etwa schräg gegenüber dem Laden stehen.

„Elf Uhr dreißig", sagte Kufalt. „Jetzt kommen sie gleich."

Er unterbrach sich und sagte hastig: „Sieh, das ist der Wächter."

Ein dicker Mann in Zivil, mit einem hängenden Schnauzbart, tauchte aus den Alsterarkaden auf, ging mit prüfendem Blick auf die Schaufenster an dem Geschäft vorüber, machte kehrt, passierte wieder den Laden und verschwand von neuem in den Arkaden.

„Läßt den Laden nicht aus den Augen", sagte Kufalt.

„Nicht sehr kräftig", taxierte Batzke. „Ich denke, ein Tiefschlag, und er schnappt Luft."

„Nee, nee", sagte Kufalt eifrig, „du wirst schon sehen, es kommt noch viel besser."

Der Jungfernstieg hatte sich belebt. Aus den Kinos, aus den Theatern kamen die Gäste in Abendmänteln, eilig oder langsam, bummelten noch ein paar Schritte, sahen auch in die Läden und verschwanden rasch im Alsterpavillon oder in der Richtung auf Hotel Esplanade oder die Vier Jahreszeiten.

Das Wetter war eben schlecht. Alles verlief sich rasch, wie gestern, und nach zehn Minuten lag der Jungfernstieg kaum belebt da.

„Nun wirst du sehen", sagte Kufalt.

Er hatte die Uhr gezogen, sagte: „Elf Uhr zweiundvierzig. Da kommt er!"

Aus den Kolonnaden kam der dicke Wächter, sah die Straße auf und ab, holte langsam aus der Tasche ein Schlüsselbund, schloß die Ladentür auf und verschwand im Laden. Er schloß die Ladentür von innen ab.

Kufalt stand noch immer mit der Uhr in der Hand im fast Dunklen.

„Jetzt ist er im Laden", sagte er. „Elf Uhr vierundvierzig – elf Uhr fünfundvierzig – warte, wir haben noch Zeit, elf Uhr sechsundvierzig – zehn Sekunden, zwanzig Sekunden, dreißig Sekunden – jetzt gleich – vierzig Sekunden – zum Donnerwetter – fünfzig Sekunden – da! Jetzt gehen die Gitter runter. Komm, Batzke!"

Er nahm Batzke unter den Arm und ging mit ihm rasch in der Richtung auf seine Wohnung zu.

„Hast du kapiert", sagte er eifrig. „Die lassen das Geschäft mit so 'ner Bombenauslage natürlich Tag und Nacht bewachen. Aber an eins haben sie nicht gedacht. An die zweieinhalb Minuten, die der Wächter im Laden ist, um die Gitter herunterzulassen. Die Zeit kann er nicht auf die Auslage aufpassen. In zweieinhalb Minuten kann man schon eine Scheibe einschlagen, das Tablett nehmen und abhauen. Stimmt es nicht, ist das nicht eine glänzende Annonce?"

„Na ja", sagte Batzke nachdenklich. „Und wo stehen die nächsten Schupos?"

„Weiß ich alles", prahlte Kufalt. „Einer am Alsterpavillon und einer am Eingang zur Bergstraße. Das ist aber ein Verkehrspolizist."

„Na schön", sagte Batzke. „Man kann ja mal über die Sache reden."

„Wieso reden", empörte sich Kufalt. „Was ist da noch zu reden? Es sind mindestens für hundertzwanzigtausend Mark Ringe auf dem Tablett."

„Da denk man vorläufig lieber nicht dran", sagte Batzke. „Vorläufig liegen sie noch im Schaufenster. Und es wird eine Masse Arbeit kosten, eh wir sie da raushaben."

8

Batzke und Kufalt saßen diese Nacht lange in der Fuhlentwiete beisammen.

Wieder war Batzke der große Mann, und Kufalt mußte einsehen, daß er nichts verstand. Er hatte sich eingebildet, er hätte eine ganz große Entdeckung gemacht. Diese zweieinhalb Minuten schienen ihm ein glänzender Tip zu sein. Nun saß Batzke da und lachte ihn einfach aus.

„Ja, du denkst dir das so. Einfach loslaufen, mit einem Backstein die Scheibe einschlagen, das Tablett nehmen, rum um die Ecke und weg! Als wenn das alles so einfach wäre."

„Was ist denn daran noch schwierig?" fragte Kufalt ärgerlich. „Natürlich müssen wir ordentlich laufen, aber für hundertzwanzigtausend Mark kann man das auch."

„Sag mal, Kufalt", meinte Batzke gedankenvoll, „du sitzt ja hier so im Fett, das kommt wohl von einer eingeschlagenen Schaufensterscheibe?"

„Nee, das nun grade nich", wehrte Kufalt ab.

„So. Es müßte ein ziemlich großes Loch werden", sagte Batzke gedankenvoll, „damit man das Tablett glatt und schnell durchkriegt. Und diese ollen Scheiben — ich weiß nicht, vielleicht kriegt man nur ein kleines Loch mit einem Backstein rein — nur so groß wie der Backstein — und man müßte mit der Hand durchlangen und kriegte höchstens zwanzig, dreißig Ringe zu fassen, nee, das müßte zuerst einmal ausprobiert werden."

„Wieso ausprobieren", fragte Kufalt. „Willst du erst probeweise die Fensterscheibe einhauen?"

„Dussel", sagte Batzke. „Es gibt doch genug Neubauten in den Vororten, wo die Läden noch leerstehen. Zwei, drei Nächte losgehen und sich mal 'n bißchen üben, daß der Kram auch klappt."

„Na, weißt du", sagte Kufalt, „da ist doch ein ziemliches

Risiko bei. Ich möchte nicht wegen 'ner Scheibe von einem leeren Laden gekitscht werden."

„Ohne Risiko hundertzwanzigtausend Mark gibt es nicht", sagte Batzke. „Aber nun mal weiter. Woher weißt du denn eigentlich, daß man das Tablett so einfach rausnehmen kann? Vielleicht ist das von unten angeschlossen?"

Kufalt schwieg unzufrieden. Er hatte gedacht, morgen ginge es los. Und nun erfand Batzke Schwierigkeiten über Schwierigkeiten.

„Und dann weiter", sagte Batzke. „Ohne Auto ist das nicht zu machen. Wie stellst du dir das überhaupt vor, mit einem Tablett, das gut einen halben Quadratmeter groß ist, durch die Straßen laufen, nachts um halb zwölf, wo doch noch Menschen genug unterwegs sind? Wenn die Bullen hinter dir her sind und knallen, dann pflückst du womöglich in aller Seelenruhe im Laufen die Brillantringe vom Tablett und steckst sie in die Tasche? So ungefähr hattest du dir das vorgestellt, nicht wahr?"

„Ach, wenn du nur Schwierigkeiten siehst", sagte Kufalt immer unzufriedener.

„Na, Mensch", sagte Batzke, „willst du die Ringe haben, oder willst du sie nicht haben? Wie du dir das denkst, so macht es ein Amateur, aber kein alter Ganove. Es kann ja auch mal bei Amateuren klappen, aber wahrscheinlich ist es nicht.

Nein, ein Auto müssen wir haben, und das muß denselben Nachmittag erst geklaut werden, damit die auf der Polizei noch nicht die Nummer kennen. Kannst du wenigstens Auto fahren?"

„Nein", sagte Kufalt und kam sich immer kleiner vor mit seiner schönen Annonce.

„Und dann kommt das Schwierigste", sagte Batzke. „Wie denkst du dir den Verkauf von der Sore?"

„Na, ich denke", sagte Kufalt ärgerlich, „es gibt Schwärzer für so was."

„Gibt es", bestätigte Batzke. „Aber wenn du dich darum erst kümmern willst, wenn du die Ringe hast, dann gibt er dir höchstens tausend Mark für den ganzen Kitsch, weil er dich in der Hand hat. Und außerdem gibt er dir gar nichts, weil mindestens zehntausend Mark Belohnung ausgesetzt werden und er nicht so leicht wieder solche Chance hat, sich bei der Polizei beliebt zu machen."

„Also lassen wir die Sache", sagte Kufalt wütend. „Ich sehe schon, du willst nicht."

„Wieso will ich nicht?" protestierte Batzke erstaunt. „Die zweieinhalb Minuten sind eine feine Sache, die kann man nicht so laufen lassen. So eine Annonce kriegt man nicht alle Jahre. Nein, keinen Kognak mehr. Ich gehe jetzt ein bißchen spazieren und überlege mir die Sache. Morgen früh um zehn bin ich wieder bei dir."

9

Es wurde zehn, es wurde elf, es wurde zwölf, kein Batzke kam.

Kufalt schraubte den Ofen zu und schraubte ihn wieder auf, er goß sich einen Kognak ein und schüttete ihn wieder in die Flasche zurück (Ich muß einen klaren Kopf behalten) – kein Batzke kam.

Schließlich trank er doch einen Kognak, er trank auch noch einen zweiten und einen dritten, er war wütend.

Hat mich angeschissen, der Kerl, mit meinen vierhundert Mark über den Harz und versetzt mich! Ich kann es doch nicht allein machen. Oder doch?

Er kam sich sehr stark vor, einen Augenblick lang. Er würde es allein machen. Batzke würde sehen, mit all seinen lächerlichen Schwierigkeiten, mit dem Gerede von Amateuren, was er, Kufalt, leistete.

Die Ringe erglänzten in einem sanften verführerischen Schein, er sah sich unterwegs mit ihnen, dunkel und etwas verschwommen tauchten abseitige Lokale auf, in denen er mit Hehlern flüstern würde. Die Polizei war auf seinen Fersen. Er sprang durch ein Fenster und entrann ihr in die Nacht hinaus ...

Is ja alles Quatsch, dachte er. Ich werde es nie tun. Vielleicht hätte ich es auch mit Batzke nicht tun können. Ich bin viel zu – ungeeignet dazu, aber ...

Plötzlich hatte er die Idee, nein, er wußte ganz klar, daß Batzke seinen Tip ausführen würde, daß er ausgeschaltet sein sollte, daß Batzke mit den hundertzwanzigtausend

Mark losgehen würde, und er blieb allein zurück, ohne Geld, ohne Tip, ohne Aussichten auf ein Leben, das sich wenigstens lohnen würde, bei der Frau Pastorin Fleege, wie lange noch . . . Er trank noch mehr Kognak, er warf sich auf sein Bett, er dämmerte ein.

Es war ihm im Halbschlaf, als käme Batzke in sein Zimmer. Er stand einfach plötzlich mittendrin, er sah sich nicht um, mit seinem bösen, finsteren Gesicht setzte er sich, wie der Herr dieses Zimmers, in einen Sessel, griff nach der Flasche und trank, nahm die Zigarrenkiste, eine Zigarre daraus, sah sie ärgerlich an und zerbrach sie, entzündete eine Zigarette.

Kufalt wollte aufstehen von seinem Bett, er wollte sich das verbitten. Eine namenlose Wut und Erbitterung erfüllten ihn, aber er konnte die Müdigkeit nicht abschütteln . . .

„Ich träume ja nur", sagte er, sich beruhigend.

Batzke war aufgestanden. Er war im Zimmer hin und her gegangen. Dann schob er den grünen Bettschirm, hinter dem hervor ihn Kufalt beobachtet hatte, beiseite und stellte sich schweigend vor Kufalts Bett. Er sah hinunter auf den Schläfer.

Langsam schlug Kufalt die Augen ganz auf. Batzke sah ihn unverwandt an.

„Bist du doch noch gekommen?" fragte Kufalt schwerfällig.

„Bist du etwa besoffen?" fragte Batzke. „So etwas gibt es nicht, hinterher kannst du dich besaufen."

„Ich denke", sagte Kufalt und setzte sich auf die Bettkante, „es ist noch nicht soweit."

„Höre einmal zu", sagte Batzke. „Ich habe mir die Sache überlegt. Das Ding läßt sich machen. Aber ich möchte es ohne dich machen. Du taugst nicht zu so was."

„Wieso ohne mich?" sagte Kufalt. „Ich habe dir die Annonce gebracht, und ich will meinen Teil daran haben. Du hast selbst gesagt, so eine Annonce kriegt man nicht jedes Jahr."

„Wer redet von der Annonce, du Flachkopf", sagte Batzke böse. „Davon reden wir später. Ich rede von der Ausführung."

„Und was ist mit der Ausführung?" sagte Kufalt.

„Das ist mit der Ausführung, daß ich dich nicht dabei haben will. Wenn ich die Sache anfasse, wird es eine ganz große Geschichte. Alle Zeitungen werden davon schreiben. Ich werde 'ne große Nummer werden. Und ich denke nicht daran, mir die Sache von dir vermasseln zu lassen."

„Aber ich vermassele dir nichts, Batzke", sagte Kufalt bittend.

„Du vermasselst mir alles", sagte Batzke. „Ich kenn dich doch aus dem Kittchen. Immer hintenrum, immer mit dem Direktor zusammenhocken, schmusen — das kannst du. Ich will nicht sagen", setzte er milder hinzu, „irgend 'ne hübsche Urkundenfälschung oder 'ne Hochstapelei bei Weibern oder hier bei deiner ollen Wirtin, wo man keinen Mut zu braucht und keine Geistesgegenwart, darin bist du vielleicht tüchtig. Sicher bist du jetzt auch so zu Geld gekommen . . ."

Kufalt schwieg beschämt. Er wagte nicht zu sagen, daß auch dies Kompliment noch übertrieben war, er konnte nicht gestehen, auf welche ehrliche Weise er zu seinem Geld gekommen war.

„. . . aber", fuhr Batzke unerbittlich fort, „von dieser Sache mußt du die Finger lassen. Ich geb zu, du hast 'nen feinen Tip gepfiffen. Ich will dir was sagen: Ich geb dir für deine Annonce die vierhundert Mark wieder, trotzdem ich grade jetzt für die Sache Geld brauche."

„Ausgeschlossen", sagte Kufalt.

„Ich will nicht so sein", sagte Batzke, und seine Stimme nahm einen ganz rührenden Klang an. „Schließlich haben wir ja im Kittchen lange genug zusammen gesessen. Klappt die Sache, sollst du noch mal vierhundert Mark von mir kriegen."

„Du bist ja verrückt", sagte Kufalt wütend. „Hundertzwanzigtausend Mark und achthundert Mark für mich, der ich dir die Annonce gebracht habe! Das meinst du doch nicht im Ernst!"

„Wer ist verrückt?" fragte Batzke, nun auch aufgebracht. „Wer quatscht hier von hundertzwanzigtausend Mark? Glaubst du im Ernst, irgendein Schwärzer zahlt uns den Ladenverkaufspreis?!"

„Aber doch mindestens die Hälfte", sagte Kufalt eindringlich.

„Ich glaube, du hast von gar nichts 'ne Ahnung", sagte Batzke verächtlich. „Ich habe heute morgen schon rumgehorcht. Brillanten sind sehr schwer zu verkaufen, und noch dazu solch ein Posten auf einmal. Man wird sie ins Ausland bringen müssen. Nach Amsterdam oder London. Die Fassungen sind überhaupt nichts wert. Wenn wir fünftausend Mark im ganzen kriegen, wird das viel sein, und ich brauche mindestens vier Mann zur Hilfe."

„Und mich brauchst du nicht?"

„Wozu dich? Willst du die Scheibe einschlagen? Willst du das Tablett rauslangen? Willst du in den Laden gehen und erreichen, daß dir das ganze Tablett mit den Ringen vorgelegt wird, ohne daß sie gleich auf den Gedanken kommen, der Käse stinkt? Willst du im Hundert-Kilometer-Tempo abhauen? Was willst du nun eigentlich?"

„Ich will unter allen Umständen mitmachen", sagte Kufalt erbittert. „Red nicht, Batzke, ich kenn dich doch, du willst mich versetzen, an deine fünftausend Mark glaube ich nie im Leben, fünfzigtausend hättest du sagen sollen."

„Ach was", sagte Batzke verächtlich, „mit Dummen ist eben nichts zu machen."

Er wandte sich zum Gehen.

„Lasse ich die Sache also sausen." Er stand unter der Tür. „Es gibt bessere Tips, das kannst du mir glauben."

„Schön", sagte Kufalt, „aber das schwöre ich dir, ich stehe jeden Abend am Laden, und wenn du das Ding drehst, haue ich dich in die Pfanne."

Batzke drehte sich rasch um. Er sah Kufalt erbittert an und ging rasch mit erhobener Faust auf ihn zu.

„Ja, schlag nur", schrie der wütend, „schlag mich zusammen. Deswegen kannst du das Ding doch nicht drehen. Oder du mußt mich gleich ganz totschlagen."

„Also, Willi", sagte Batzke plötzlich, „wir machen das Ding zusammen. Du gehst heute nachmittag los und besorgst dir erst einmal einen hartgebrannten Ziegelstein. Und dann kannst du noch einen Pflasterstein beschaffen. Überleg dir schon, wie du die Dinger am besten unauffällig verpackst, daß du sie doch immer griffbereit hast. Heute abend um elf treffen wir uns an der Hochbahnhaltestelle Lattenkamp. Da in der Gegend müssen nette neue Siedlungen sein. Da kannst du tüchtig üben."

Es war nicht so, daß Kufalt von diesem Auftrag entzückt

war. Ihm hatte es vorgeschwebt, daß er der Mann sein würde, der durch das Loch ins Schaufenster langte und das Tablett mit den Ringen ergreifen würde. Aber er war müde jetzt, abgekämpft von seinem Streit mit Batzke, froh, daß er wenigstens dies erreicht hatte.

Hat mich reinlegen wollen, dachte er. Hat kein Schwein gehabt. Fünftausend Mark. Lächerlich! Zehntausend müssen mindestens allein auf meinen Anteil fallen. Wo kriegt man nur Pflastersteine her? Man kann doch nicht so einfach Pflastersteine von der Straße mitnehmen! Und hartgebrannte Ziegelsteine – gibt es denn auch weiche? Wie soll ich die Dinger denn unterbringen? Das wird doch eine Last . . .

„Also dann um elf, auf Wiedersehen, Kufalt", sagte Batzke, der ihn die ganze Zeit prüfend angesehen hatte, und grinste über sein ganzes Gesicht.

10

In der Baumaterialienhandlung Tiedemann sitzt Herr Priebatsch vor dem großen Verkaufsjournal und macht eifrig Buchungen. Von Zeit zu Zeit hebt er den Blick und sieht auf den großen Stapelplatz hinaus, wo Zehntausende von Mauersteinen, Tausende von Dachziegeln, Hunderte von Kubikmetern Bausand, endlose Stapel von Bauholz, Schuppen voller Zement auf Käufer warten.

Er stellt fest, daß die Gespanne von Maurermeister Gadebusch noch immer aufladen, daß der Kutscher von Zimmermann Lange gleich am Fenster des Verkaufsbüros halten wird, sieht dann gewohnheitsmäßig in den Hintergrund seines Büros und sagt ebenso gewohnheitsmäßig zum Lehrling: „Sie sollen Rechnungen ausschreiben und nicht träumen, Herr Preisach."

Die Tür zum Verkaufsbüro tut sich auf, aber es ist noch nicht der Kutscher von Lange, sondern ein junger, gut angezogener, etwas blasser Mann, der eintritt, ein Handköfferchen in der Hand.

„Entschuldigen Sie", sagt der junge Mann etwas verwirrt.

„Bitte, bitte", sagt Herr Priebatsch. „Was steht zu Diensten?"

„Ich wollte fragen", sagt der junge Mann, „ob Sie hartgebrannte Mauersteine haben."

„Aber gewiß doch", sagt Herr Priebatsch. „Sehen Sie doch nur zum Fenster hinaus. Das Tausend vierundfünfzig Mark."

„Und haben Sie auch Pflastersteine?" fragt der junge Mann.

„Basalt? Granit? Gegossene? Schlackensteine? Viereckig? Rund?" fragt Herr Priebatsch dagegen.

„Ja, ich weiß nicht genau", sagt der junge Mann zögernd. „Vielleicht Basalt, viereckig, oder nein, doch besser rund."

„Wieviel sollten es denn sein? Wir müßten da erst die Preise einholen", erklärt Herr Priebatsch.

„Ach, vorläufig nicht soviel", sagt der junge Mann verwirrt und sieht Herrn Priebatsch an.

„Also wieviel?" fragt der.

„Ja", sagt der junge Mann zögernd und sieht Herrn Priebatsch verwirrt höflich an.

„Die Mauersteine könnten sofort geliefert werden", hilft der Prokurist. „Wegen der Pflastersteine brauchen wir mindestens eine Woche Lieferfrist."

„Ich müßte aber einen sofort haben", sagt der junge Mann.

Herr Priebatsch traut seinen Ohren nicht. „Einen?" fragt er gedehnt, und er wiederholt noch einmal ungläubig: „Einen?"

Es ist so still im Büro, daß sogar der Lehrling Preisach aus seinen Träumereien erwacht und den Kunden ansieht.

Der faßt sich.

„Als Muster", sagt er hastig. Und plötzlich sehr beredt: „Wissen Sie, das ist nämlich so, mein Vater will sich ein Haus bauen, und da möchte er erst Muster von den Steinen haben."

„Von den Mauersteinen?" fragt Herr Priebatsch sehr gedehnt.

„Auch von den Pflastersteinen", sagt der junge Mann.

Herr Priebatsch hat plötzlich eine Idee, und infolge dieser Idee wird er zuerst sehr rot.

„Herr", fängt er ganz sachte an.

„Wir wollen nämlich auch einen Hof pflastern", sagt der junge Mann eilig.

„Herr", schreit Herr Priebatsch, „wenn Sie mich hier auf meinem eigenen Büro durch den Kakao ziehen wollen ..."

„Aber ich versichere Ihnen, Muster", sagt der junge Mann hilflos.

Herr Priebatsch fängt an zu schreien.

„Machen Sie, daß Sie aus meinem Büro kommen! Entweder sind Sie ein Idiot oder ..."

Der junge Mann ist schon aus dem Büro entflohen.

11

Kurz vor sieben sprang Kufalt noch einmal von seinem Sofa auf, auf dem er in einer Mischung von Verdrossenheit und bänglicher Erwartung gelegen hatte, sah in den Bibliotheksschrank, goß sich den Rest des Kognaks in ein Wasserglas, trank ihn herunter und lief zum nächsten Delikatessengeschäft. Mit einer neuen Flasche Kognak in der Manteltasche kam er zurück.

Er wußte, er trank zuviel in diesen letzten Tagen. Aber das war wie eine Krankheit, wie eine Schwäche. Als er eben nach seiner Steinbesorgung auf dem Sofa gelegen hatte, war das Gefühl stark in ihm geworden, von all dem loszukommen, wieder ein sauberes, ordentliches Leben zu führen. Wie gut war das Tippen von Adressen in Friedensheim gewesen, saubere Arbeit, zu der man frisch gewaschen am Morgen ging. Und jetzt ...?

Es war geradezu lächerlich. Er sollte in vier Stunden losgehen, um probeweise Scheiben einzuschlagen, probeweise! Alles war sinnlos. Man mußte doch irgendwie herauskommen aus dem. Es wäre denn doch noch tausendmal schlauer, sich allein auf den Jungfernstieg zu begeben und nicht probeweise, sondern endgültig Mut zu haben. Aber heute nacht zur Probe – vielleicht nächste Nacht wieder zur Probe – ganz wie es dieses Schwein Batzke befahl, und dann viele Nächte noch? Und Verhandlungen und Verrätereien, und was kam am Ende?

Er wußte es, aber er wollte es nicht wissen, und so trank er noch einmal und legte sich wieder auf das Sofa.

Kaum war er eingedämmert, kaum hatte er vergessen, so

klopfte es an seine Tür, und der alte freundliche Vogelkopf von Frau Pastorin Fleege sah herein und rief: „Höchste Zeit fürs Theater, Herr Lederer!"

Er fuhr hoch aus dem Schlaf, er schrie wütend: „Ach, lassen Sie mich zufrieden mit Ihrem dämlichen Theater!"

Der Kopf zog sich zurück, Kufalt schämte sich einen Augenblick und trank noch einmal.

Er versuchte wieder einzuschlafen, aber es wurde nichts mehr daraus.

So stand er denn auf und ging hin und her in seinem Zimmer, viele Stunden lang. Er hörte die alte Frau auf dem Gang rascheln, er hörte, wie sie an seine Zimmertür schlich, um zu lauschen, er wußte, er hatte ein Herz, zutraulich wie das eines Kindes, tief erschreckt, aber was war das alles . . .?

Nein, es war weder Reue noch Bedauern, noch Entschluß, es war gar nichts. Es war Hinundherlaufen von einer Wand zur anderen, das konnte er, das hatte er gelernt. Fünf Schritte in der Zelle, nun gut, hier waren es acht. Hier gab es Gardinen und dort Gitter. Aber das war auch der ganze Unterschied. Zehn Uhr dreißig würde er aus dem Hause gehen. Es war ihm gesagt worden, er hätte um elf da und da zu sein. Also ging er zehn Uhr dreißig aus dem Haus. War es etwa anders, als wenn er zur Freistunde im Kittchen ging? Es war genau dasselbe.

Trinken, jawohl, einen feinen Nebel in sich erzeugen, der die Dinge unklarer machte. Weitertrinken, bis irgendeine strahlend rote Sonne in ihm aufging und alles umlog, es würde gut ausgehen, und er würde zehntausend Mark bekommen, und es würde das letztemal sein, und er würde sich einen kleinen Laden kaufen, irgendwo fern in Süddeutschland, wo ihn keiner kannte, wo ihm nie einer begegnete von jetzt. Er würde eine ordentliche Frau haben und Kinder, und es würde nie einen Streit geben . . .

Da läuft er hin! Siehe, er hat ein Ende erwischt, er rollt den ganzen Faden auf, er braucht nicht mehr an das zu denken, was er zu bedenken hat. Er grübelt darüber, wie er sich seine zehntausend Mark einteilt, er überlegt, wie er seine Zigarren am besten lagern wird, er berechnet die Rentabilität von Zigarrengeschäften – das ist es, worauf es ankommt.

Aber als die Uhr zehn Uhr dreißig ist, fährt er prompt in seinen Mantel, nimmt sein Köfferchen mit der lächerlichen Last und trabt los.

Heute läßt auch Batzke nicht auf sich warten, Kufalt betrachtet ihn von der Seite, es muß Batzke nicht sehr gut gehen. In einem hellen, viel zu dünnen Sommermantel geht er durch die Kälte neben Kufalt her.

Er redet nichts, er hat nur gesagt: „So, da bist du, machen wir schnell."

Und ist losmarschiert.

Sie gehen sehr schnell und sehr lange. Die Straßen, in Schneeschmutz ertrinkend, spärlich beleuchtet, sind so gut wie verlassen. Sie sehen auf ihrem ganzen Weg nicht einen Schupo, kaum je einen eilig Vorübergehenden.

Manchmal kommen sie durch Felder, gehen an Laubenkolonien vorüber, dann wird Kufalts Herz leichter und geht ruhiger.

Aber wenn die Häuserblocks näher rücken, wenn er die Fassaden unterscheiden kann, die Läden, dann klopft das Herz hastiger, jeden Augenblick kann Batzke stehenbleiben und sagen: Los!

Und dann wünscht er sich, daß sie noch immer weiter gehen, so durch die Nacht, oder daß es vorüber wäre und sie jetzt schon auf dem Wege nach Haus.

Er wechselt häufig den Koffer von der Rechten zur Linken. Eine Zeitlang redet er sich in Wut, daß Batzke sich nicht erbietet, den Koffer auch einmal zu tragen. Aber dann denkt er wieder an andere Dinge.

Es fällt ihm plötzlich ein, daß Batzke recht hatte, an einem tatenlosen Vormittag nach Fuhlsbüttel zu fahren und sich den Bunker anzusehen. Wenn man dagegen nimmt, wie man jetzt in der Nacht durch Kälte und Nässe läuft, war das doch eigentlich keine schlechte Zeit. Licht aus und Zelle warm, man kroch unter die Decken.

„Ich hab mir das überlegt", sagt Batzke. „In so 'nem Ding, so 'ner großen Scheibe, muß 'ne ziemliche Spannung stecken. Du mußt zuerst mal sehen, daß du den Stein nicht wirfst, sonst fliegt er einmal in die Auslage und kann uns gerade das Tablett runterschlagen. Oder es gibt vielleicht nur ein kleines Loch. Du mußt den Stein möglichst kurz anfassen und von oben schlagen, möglichst weit nach unten runter. Verstehst du das?"

„Ja", sagt Kufalt gehorsam, aber es ist ihm nicht gut zumute.

„Natürlich mußt du aufpassen, daß du nicht mit deinen Fingern in die Nähe von Glas kommst, sonst gibt's Blut und Fingerspuren und du hast die Schmiere gleich auf dem Hals. Vielleicht kann es auch sein, daß die ganze Scheibe runterrasselt. Ich weiß das nicht, habe keine Erfahrung darin. Man weiß immer zu wenig."

Er ist unzufrieden und brummelt dumpf vor sich hin. Schließlich sagt er: „Na, wir werden ja gleich sehen."

Kufalt wird es sehr übel. Habe zuviel getrunken, denkt er, wie sein Magen so weich zu werden anfängt und sich langsam dreht.

Sie gehen immer weiter. Eine Weile sind sie auf so etwas wie einer richtigen Landstraße, mit Bäumen rechts und Bäumen links.

Aber nun kommen sie wieder zu Häuserblocks, langen weißen Blocks, mit flachen Dächern. Kufalt weiß: Jetzt gleich ist es soweit.

Und wirklich sind sie kaum zwanzig Schritt weiter, da kommen sie an eine Straßenecke, da ist dort ein Laden. In der einen Straße zwei Scheiben, in der andern Straße eine Scheibe, und Batzke sieht die Straßen auf und ab, und plötzlich schreit er: „Also los!"

Es ist wie Zwang, nein, es ist Zwang. Blitzschnell setzt Kufalt sein Köfferchen in den Schnee, hat es schon offen, nimmt den Ziegelstein (Kurz fassen, ganz kurz fassen, daß ich mir die Finger nicht schneide!) und schlägt zu.

Den Bruchteil einer Sekunde war es, als seufzte die Scheibe auf. Dann klirrt es unerträglich hell, seine Hand scheint von ihm sich loszulösen, der Schlag wird immer schwerer, reißt die Hand, die den Mauerstein hält, mit sich . . .

Und dann steht er da, starrt auf die Scheibe, in der ein großes, sicher halb Meter großes Loch klafft.

„Nicht schlecht, Jungeken", sagt Batzke, „für den Anfang und für ein so verdammt feiges Aas wie dich wirklich nicht schlecht. Aber etwas tiefer hättest du schlagen können. Das Tablett steht nicht so hoch — los, die nächste!"

„Aber Batzke", will Kufalt protestieren, denn ihm klingt noch das helle Klirren in den Ohren und ihm ist, als hätte dort und dort und dort eben noch kein Licht gebrannt.

„Willst du losmachen!" schreit Batzke. „Nimm den Pflasterstein, schmeiß, aber so, daß er durch die Auslage in den Laden fliegt!"

Und schon tut es Kufalt.

Es klirrt wieder, es prasselt, man hört, wie der Stein dumpf hinten im Dunkel des Ladens irgendwo aufschlägt, noch einmal kollert, und es ist still.

„Dacht ich mir", sagt Batzke. „Zu klein das Loch."

Plötzlich schreit eine Frauenstimme über ihnen: „Hilfe! Diebe! Hilfe!"

„Los, Mensch", sagt Batzke, „nimm deinen Koffer. Ab! Willst du mal nicht laufen. Wir haben alle Zeit, die Gott werden läßt, bis die aus ihren Betten auf der Straße sind."

Sie gehen wieder nebeneinander. Nun ist der Koffer leicht, nun ist es auch Kufalt leicht. Der Häuserblock liegt hinter ihnen, Batzke führt. Es scheint immer noch weiter von Hamburg wegzugehen, in die Felder hinaus.

Jetzt sind sie nicht mehr still. Jetzt reden sie miteinander. Ja, Batzke ist zufrieden. Der große Batzke hat zugegeben, er hätte das nicht von Kufalt gedacht. Kufalt wäre am Ende doch ganz brauchbar. Man könnte das Ding vielleicht zusammen drehen.

Kufalt ist glücklich. Sicher auch über Batzkes Lob. Aber vor allem darum, weil es hinter ihm liegt. Weitab noch ist jene Nacht, in der er das, was er heute tat, am Jungfernstieg wird wiederholen müssen. Bis dahin ist er noch frei, bis dahin kann er unbesorgt sein, Batzke wird alles regeln, Batzke wird sich um alles kümmern.

Und er lädt in überströmender Freude Batzke zu einem Glas Grog ein.

12

Am nächsten Vormittag gab der Frau Pastorin Fleege ihr Mieter keinen neuen Anlaß zu Besorgnis. Diesmal schlief Herr Lederer brav wie sonst immer bis zwölf Uhr, erschien dann vergnügt und munter, bat um sein Frühstück und plauderte während des Frühstücks freundlich mit ihr, wie sie es sonst auch gewohnt war.

Kurz danach ging er fort. Und nun hatte Frau Fleege doch wieder Kummer oder mindestens erfuhr sie den Grund, warum er sie gestern so angefahren hatte. Die eine Kognakflasche stand leer in der Ecke, und eine neue im Schrank war schon wieder zu einem Drittel geleert.

Es war sicher, ihr Mieter hatte Sorgen. Darum trank er. Darum hatte er sie angefahren. Darum saß er plötzlich in der Unterhaltung da, als hörte er nichts mehr.

Frau Pastorin Fleege war vielleicht das weltfremdeste Hühnchen im großen Vogelhaus Hamburg, aber das wußte sie, daß dieser grobknochige, dunkle Kollege mit dem bösen Blick ihrem Mieter nichts Gutes brachte. Und sie beschloß, heute nachmittag ganz vorsichtig und zart das Gespräch auf diesen Kollegen zu bringen und Herrn Lederer vor der Bank zu warnen, auf der die bösen Buben sitzen.

Aber leider blieb der Mieter am Nachmittag aus. Er kam nicht wie sonst wieder, zu seinem gewohnten Nachmittagsschlaf, und Frau Pastorin hätte ein Grauen bekommen, wenn sie ihn in dem schäbig eleganten Zimmer am Steindamm hätte hocken sehen, am Bett des Mädchens Ilse.

Ja, nachdem Kufalt geschlafen hatte, nachdem er sich gefreut hatte, daß die Probenacht vorüber war und gut vorüber war, war ihm plötzlich eingefallen, daß er doch noch Grund hatte, sich zu fürchten.

Er hatte sich erinnert, daß das Mädchen Ilse im Bösen von ihm gegangen war, daß sie Drohungen ausgestoßen hatte, und wenn sie auch nichts Richtiges wußte, gefährlich konnte jetzt alles werden. Gefährlich konnte ihm immer alles werden.

So saß er denn neben ihrem Bett, und das Mädchen Ilse war jedenfalls nicht so dumm, daß sie nicht gewußt hätte, was ihn hierher führte. Und weil sie das wußte, vermied sie ständig, auf das, was ihm am Herzen lag, einzugehen. Sie hatte soviel zu erzählen, vom Café Steinmarder und von der mangelnden Marie und von den Kolleginnen, die alle mehr Geld einnahmen als sie und weniger verdienten, und: „Nicht war, Ernstel, heute schenkst du mir zehn Mark? Ich habe bei Klockmann so eine schöne Tasche gesehen."

Kufalt war nicht für zehn Mark ohne Äquivalent.

„Du könntest aber versuchen", meinte er vorsichtig, „raus-zukriegen, wo der Batzke eigentlich wohnt."

„Gibst du mir zehn Mark, wenn ich dir sage, wo er wohnt?"

„Weißt du es denn?"

„Sonst könntest du mir doch keine zehn Mark geben."

„Also schön. Aber nur fünf."

„Für fünf Mark kriege ich die Tasche nicht."

„Sagst du mir auch seine richtige Adresse?"

„Wenn ich es dir doch sage!"

„Also meinethalben. Hier hast du. Und wo wohnt er?"

Sie lehnte sich zurück und lachte. „Gar nicht wohnt er."

„Wieso wohnt er gar nicht?" fragte Kufalt und fing an, böse zu werden.

„Sei doch nicht so dumm", lachte sie ihn aus. „Er hat eben gar keine Bleibe. Jede Nacht muß ihn eine andere mitneh-men. Und wenn sie Geld verlangen, schlägt er los."

„Gib mir meine zehn Mark wieder", sagte Kufalt wütend. „Du hast gesagt, du weißt seine Adresse."

„Ich hab gesagt, ich weiß, wo er wohnt. Und das hab ich dir erzählt."

„Mein Geld sollst du wiedergeben."

Nun, es gab natürlich neuen Streit. Nichts von Versöhnung, nichts davon, daß die Furcht aus dem Wege geräumt war. Zehn Mark los und neuen Zank. Damit ging er nach Haus.

Und als er nach Haus kam, sprach ihn die alte Fleege auf dem Flur an und flüsterte: „Ihr Herr Kollege sitzt wie-der drin, er trinkt Ihren guten Kognak — ach, Herr Lede-rer . . ."

Sie sah ihn flehend an.

„Gut, gut, Frau Pastorin", sagte Kufalt eilig. „Wir sehen uns noch nachher."

Und er ging in sein Zimmer. Da saß Batzke, finster wie die Nacht, daß einem das Wort im Halse steckenblieb und man alle Mühe hatte, harmlos zu sagen: „Na, Batzke, was Neues?"

„Ja, was Neues", sagte Batzke. „Da lies."

Und er reichte ihm ein Zeitungsblatt und deutete mit dem Finger.

Kufalt las.

„Im Stadtteil Lokstedt wurden in der letzten Nacht von zwei Männern die beiden großen Schaufensterscheiben eines Neubauladens mit einem Ziegelstein und einem Pflasterstein eingeschlagen. Die Täter sind unerkannt entkommen. Interessant ist bei diesem Fall die Bekundung des Prokuristen einer Baustoffgesellschaft, daß am Nachmittag des gestrigen Tages ein junger Mann bei ihm erschienen sei, der unter dem Vorgeben, er wolle Muster haben, einen Ziegelstein und einen Pflasterstein verlangte. Die Polizei weiß noch nicht, ob diese beiden Vorfälle in Zusammenhang stehen, verfolgt aber eine bestimmte Spur."

Kufalt hatte längst zu Ende gelesen, sah aber immer noch auf das Zeitungsblatt.

„Na", hörte er Batzke fragen, und es klang wie der nahende Donner eines sehr kräftigen Gewitters.

„Ja?" fragte Kufalt dagegen und versuchte, Batzke anzusehen. Es gelang aber nicht ganz.

„Erzähl mir doch mal", sagte Batzke, „erzähl mir doch mal, Kumpel, wo hast du denn die Steine für gestern nacht besorgt?"

„Am Hafen", sagte Kufalt schnell. „Bei den Schuten."

„So", sagte Batzke, „und du bist nicht der berühmte junge Mann, der sich Muster holen will?"

Jetzt war dem Blick nicht mehr auszuweichen. Sie sahen sich an, einen Augenblick, noch einen Augenblick. Trotz kam in Kufalt hoch, Widerstand, und verging. Der andere starrte, ohne zu blinzeln, Kufalt wich dem Blick aus, lachte töricht und sagte: „Ich werd doch nicht so dumm sein . . ."

„So", sagte Batzke langsam. „Wirst du nicht so dumm sein?"

Eine lange Pause entstand.

Dann sagte Batzke ganz ruhig: „Ich werde nämlich auch nicht so dumm sein. Schluß, Kufalt!"

Er stand auf, nahm ruhig und ohne Kufalt anzusehen noch eine Zigarette aus der Schachtel auf dem Tisch, brannte sie an.

Kufalt folgte ihm gespannt mit dem Blick. Ihm war, als müßte er aufspringen und etwas sagen – aber schon ging

Batzke zur Tür, faßte die Klinke – und drehte sich noch einmal um.

„Scheiße", sagte er, spuckte aus und ging. Kufalt sah die Tür an.

13

„Die Polizei verfolgt eine bestimmte Spur."

Man kann sich überlegen, was man will, es bleibt ein hartnäckiger Satz. Man kann sich hundertmal sagen, daß es für die Polizei ausgeschlossen ist, in der Millionenstadt Hamburg einen jungen Mann zu finden, der einmal drei Minuten in einem Baubüro gestanden und ein paar dumme Fragen gestellt hat. Man kann sich immer wieder sagen, daß man nicht daran denkt, aus dem gemütlichen Quartier bei der Fleege fortzuziehen, und wacht doch nachts auf und horcht auf den Wind vor dem Fenster und horcht nach der Tür und glaubt, Wispern zu hören und Rascheln, und der Satz ist wieder da: „Die Polizei verfolgt eine bestimmte Spur."

Ja, man wohnt noch immer bei der Fleege, aber man müßte irgend etwas Vernünftiges zu tun haben, damit man über einen solchen Satz fortkommt. Man hat zuviel Zeit zu grübeln, unbeschäftigt zu sitzen, sich Sorgen zu machen und zu trinken.

Ein paar Tage hat man es noch aufrechtgehalten vor der Wirtin und ist abends fortgegangen, als ginge man zum Theater. Man hat in irgendeinem Kino gesessen, und dann ist man wieder den Jungfernstieg entlanggegangen und hat vor den Ringen haltgemacht und hat sie angesehen. Und sie waren, als seien sie ein Stück von einem selbst. Sie waren da mit ihrem Schimmer und ihrem starken Licht, als hätte man ein Recht auf sie erworben, in all den vielen Nächten, in denen die Gedanken um sie kreisten, doch dann verblaßte auch das. Und man wurde müde.

Das war vorbei. Selbst Batzke würde es nicht wagen. Da stand der Satz: „Die Polizei verfolgt eine bestimmte Spur." Und wenn es der eine *doch* wagte, war der andere parat zum Verrat – nein, das war vorbei.

Man war müde geworden, und man sagte der alten Pastorin eines Tages etwas zögernd, man habe sein Engagement

im Theater verloren und müsse nun sehen, was würde. Aber:
„Um Ihr Geld brauchen Sie deswegen noch keine Angst zu
haben. Ich habe noch Geld genug."

„Aber, Herr Lederer", hatte die alte Frau gesagt. „Ich habe
gar nicht an Geld gedacht. Es tut mir leid, daß Sie arbeitslos
sind, und wenn Sie mal in Verlegenheit kommen, ein bißchen
Erspartes habe ich auch noch. Ich helfe gern einem so ordent-
lichen Menschen."

Und sie hatte ihn in ihr Zimmer mitgenommen und hatte
ihm von ihrem dünnen Pfefferminztee gegeben und von den
komischen Aniskuchen, die es nirgendwo mehr gab, die immer irgendwie nach Kinderzeit schmeckten, und hatte ihm
erzählt, wie ihr Mann als junger Vikar auch allen Mut verloren hatte, weil er bei drei Probepredigten hintereinander
steckengeblieben war. Und wie es dann doch ganz anders
gekommen war und er diese schöne Pfarre in der Wilstermarsch bekommen hatte. Sicher würde es ihm auch so gehen,
und er würde ein viel besseres Engagement bekommen, und
er sollte doch nur Geduld haben.

Ja, die alte Fleege, sie war so rührend und so leicht ver-
ängstigt, er mußte sich direkt in acht nehmen, am Tage zuviel zu trinken, damit er sie nicht erschreckte.

So gewöhnte er sich daran, den ganzen Tag über lange
Wege zu machen. Für jeden Tag nahm er sich etwas anderes
vor. Den einen Tag ging er in die Apfelstraße und sah das
Friedensheim an. Er ging oft daran vorüber, aber er sah niemand hinter den Scheiben. Er spielte mit dem Gedanken, zu
Wolle-Teddy zu gehen und sich vor ihm zu demütigen, um
wieder in Gnaden angenommen zu werden und ewig Adressen zu schreiben.

Sicher würde irgendein Beerboom im Haus wohnen, ein
noch Schwächerer, noch Beschädigterer als er. Und er würde
nicht mehr der letzte aller Menschen sein, in der äußersten,
ausweglosesten Einsamkeit.

Aber am nächsten Tage ging er dann doch nicht zum
Friedensheim, sondern vor die Schreibstube des Herrn Jauch
und schwankte wieder, ob er nicht da hinaufgehen sollte,
patzig und ein großer Mann, und dann jemand zum Steno-
gramm nehmen, die Stunde für vier Mark. Er hatte sich in
der Nacht die fabelhaftesten Geschäftsbriefe ausgedacht. Er

würde Verfügungen und Überweisungen und Bestätigungen und Reklamationen diktieren, und sie sollten alle staunen auf der Schreibstube, wie weit er es gebracht hatte.

Aber er ging nicht hinauf. Mit seinen schmerzenden, müden Füßen tappte er durch den Schneeschlamm, in irgendein kleines Lokal, in eine Fischbraterei, eine Kartoffelpufferküche und aß hastig etwas für sechzig, achtzig Pfennig und rechnete sich dabei aus, daß er noch mindestens drei oder vier Monate zu leben hatte, bis er etwas anfassen mußte.

Aber auch dies billige Essen war nur noch Spielerei. Das Rechnen war Spielerei, es saß keine richtige Lebensangst mehr in ihm. Alles war gleichgültig geworden, alles war grau, trübe, trostlos, und alles war zu Ende. Oh, du mein lieber Herrgott, jawohl, man konnte noch mal in die kleine Stadt fahren und der Hilde Harder aufpassen und ihr alles, alles sagen, aber wozu . . .?

Es gab ja nichts mehr zu sagen. Es gab für ihn nichts mehr zu tun, und eine heisere, versoffene Stimme flüsterte: Die Trehne entspringt bei Rutendorf, unterhalb des Galgenberges . . .

Eine Zeitlang ging es dann wieder besser. Kufalt entdeckte eine Leihbibliothek und las und trank die Nächte durch in seinem Bett und verschlief fast den ganzen Tag. Und stand erst gegen Abend kurz vor sieben auf, raste in die Bibliothek, um noch vor Ladenschluß seine zwei, drei neuen Bände zu bekommen.

Aber dann entzündete sich sein Hirn nicht mehr an diesen Geschichten. Er nickte über ihnen ein. Er konnte sich nicht mehr als ihr Held träumen, und er ging wieder ziellos durch die Straßen, immer durch Straßen und Anlagen und ließ es Nacht werden und trank eilig Schnäpse in kleinen Kaschemmen, eilig, als hätte er wirklich Eile, und rannte los. Heute nacht gehe ich noch um die Binnen- und Außenalster, damit ich richtig müde werde. Aber er wurde nicht richtig müde.

Und doch war es nicht bei solch einem Spaziergang durch verlassene, nächtliche Anlagen, daß er zum erstenmal wieder in diesen unheilvollen Wochen etwas *tat*. Nein. Es war in den richtigen Straßen, wo man jede Sekunde einem Menschen, einem Schupo gar, begegnen konnte.

Es kam ganz überraschend. Er war sich hinterher ganz

sicher, daß er nie vorher daran gedacht hatte. Vielleicht hatte er ein bißchen viel getrunken. Vielleicht lag es daran. Es war irgendwo in Eilbeck gewesen oder in Hamm. Er erinnerte sich später nicht mehr genau, wo es das erstemal gewesen war.

Es war spät in der Nacht. Vor ihm ging irgendeine Frau oder ein Mädchen, und die Straße war einsam. (Aber darauf hatte er nicht einmal sehr geachtet.)

Plötzlich war er neben dem Mädchen gewesen und hatte flüsternd zu ihr gesagt: „Na, Fräulein, wie ist es denn mit uns?"

Sie hatte ihn wütend von der Seite angesehen und irgend etwas Albernes gesagt wie: „Lassen Sie mich zufrieden oder ich schreie." So etwas.

„Na, schrei doch", hatte er gesagt und sie plötzlich mit der Faust ins Gesicht geschlagen. Und mit einem Ruck hatte er die Handtasche an sich gerissen und war um die Ecke.

Wie sie schrie.

Ach was, sie schrie eben! Aber das hatte ihn wenig zu kümmern. Er hatte im Bunker schon ganz anders schreien gehört. Da hatte er auch nicht helfen können.

Jeder helfe sich selbst. Darum war er auch längst gemütlich um die nächste Ecke. Es war ihm warm und wohl, als er in einen Autobus stieg und nach Haus fuhr. Er hatte endlich wieder etwas getan, und in dieser Nacht schlief er ausgezeichnet.

Zweifellos, eine ärmliche Tasche, diese erste Tasche. Aber war es ihm denn um die Tasche zu tun gewesen? Sieben Mark zwanzig, zwei Schlüssel, ein zerknülltes Taschentuch, ein gesprungener Spiegel. Er aber hatte noch fünfhundert Mark im Haus. Was gingen ihn Taschen an!

Ihn ging an: der angstvolle Blick, die fliehende Gestalt, das schmerzliche Schreien; ihn ging an, daß er nicht mehr der Letzte, der Getretenste von allen war, sondern daß auch er noch treten und Schmerzen bereiten konnte.

Ja, sieh einmal, du brauchst wahrhaftig nicht jeden Abend loszugehen und eine Tasche zu klauen und einem Mädchen ins Gesicht zu schlagen. Das hast du nicht nötig. Aber wenn dir so ist, dann wirst du es tun. Und wenn die Welt grau vorher war und zerschlagen, so ist sie hell von neuem, wenn du den Schlag führst, und hell, weil auch andere Schmerzen leiden.

Du kannst jetzt sitzen, Willi Kufalt, im Zimmer deiner Frau Pastorin, du kannst mit ihr plaudern über den Kuhstall, und wie es war, als Pastor Fleeges ihr erstes Kalb kriegten, und keiner wußte recht Bescheid, und dann war's doch da und taumelte auf seinen Beinchen und zog ganz richtig am Euter. Aber wenn es während solcher Erzählung draußen klingelt und der Gasmann kommt und die alte Frau muß bezahlen, so siehst du zu, wie sie einen Schlüssel aus ihrem Schlüsselkorb nimmt, und es ist ein kleiner, einzelner, glatter Schlüssel mit einem gezackten Bart, das merkst du dir. Und sie schließt damit das Vertiko auf und holt daraus einen Nähkasten hervor. Den Einsatz aus dem Nähkasten nimmt sie hoch. Merke dir weiter, darunter liegt das Bargeld, das sie im Haus hat, und daneben ein Sparkassenbuch.

Während sie aber draußen mit dem Gasmann spricht, stehst du ruhig und leise auf, dein Herz klopft nicht schneller, und du siehst nach: Es ist nicht viel Bargeld, an die hundert Mark nur, aber auf dem Sparkassenbuch stehen vierzehnhundert Mark. Und die Kontrollmarke zum Sparkassenbuch liegt hübsch darin.

Ja, dann kommt die Alte wieder herein und packt ein und schließt ab, und du plauderst weiter mit ihr, und du denkst ruhig daran, daß du irgendwann einmal, nächste Woche etwa oder in zwei Monaten, dies Geld und das Sparkassenbuch nehmen wirst.

Und wenn du das hast und bist weg, und sie findet die leere Wohnung, und sie entdeckt das Fehlen des Geldes, dann wirst du dich, fünfzig Straßen weiter in deinem neuen Zimmer, bei einer anderen Wirtin, freuen und finden, daß die Welt wieder einmal in Ordnung ist.

14

Die Stadt ist dunkel und trübe. Es wird nicht hell am Tage, es wird nicht dunkel in der Nacht. Immer schleicht irgendwie der Mond dazwischen, und die Büsche haben Zweige, die wie Arme deuten, und du bist nicht allein, so einsam du auch gehst, und jeder Zweig deutet hin auf das Handwerk, das du auszuüben hast.

Hinter deinem Bett steht ein Handkoffer. Er ist nicht Vulkanfiber, er könnte aber beinahe Vulkanfiber sein. Und in diesem Handkoffer liegen vierzehn Handtaschen. Du nimmst sie manchmal in die Hand und versuchst, dich zu erinnern. Aber was hat Erinnern für einen Sinn? Es ist immer dasselbe gewesen, und es ist umsonst, daß du am frühen Morgen, wenn du alt und müde bist, in deinem Bett liegst, und du nimmst die Taschen zur Hand, und du versuchst: Das war dieses Gesicht und das jener fein gemalte Mund, und du hast zugeschlagen mit aller Kraft, und die feine Nase zerplatzte und wurde dumm, roh. Umsonst, umsonst, du mußt heute abend noch einmal gehen. Verschollen, verblichen. Noch einmal und noch einmal, und dir ist doch schon, als tauchte immer die gleiche Schiebermütze auf über irgendeinem Dummen-Jungen-Gesicht, dummen Achtgroschengesicht, wenn du das Haus verläßt.

Und das Gesicht latscht dir nach unter der Schirmmütze, und du gehst listige Wege. Aber du weißt ganz gut, du hast immer denselben Überzieher an und immer den gleichen Hut auf, und es gibt vierzehn Beschreibungen von dir auf der Polizei, und heute abend und morgen abend und übermorgen abend und vierzehn Tage abends wirst du eine Pause einlegen müssen, weil sie dir auf der Spur sind. Schirmmütze mit einem Achtgroschengesicht darunter . . .

Da sitzt du in deinem Bett. Da ist dein offener Handkoffer. Und die alte Pastorin Fleege mit ihren süßlichen Aniskuchen wirtschaftet auf dem Flur. Du hast den Koffer aufgemacht. Du hantierst mit deinen Handtaschen. Die meisten sind aus Kunstleder, aber eine Krokodilledertasche ist doch dabei und auch eine aus grauweißem Eidechsenleder. An denen riechst du gern. Sie haben dir eigentlich nicht viel eingebracht, diese vierzehn Taschen. Hundertsiebenundachtzig Mark sechzig in Summa. Aber was will das heißen? Man kann sich für dies Geld einen neuen Mantel und einen neuen Hut kaufen, und die Schirmmütze wird abhauen. Und was will das nun wieder sagen?

Da sind die Mädchen und die Frauen, und sie gehen ihren Weg nach Haus. Und sie stammen aus den gesicherten Heimen, wo man die Zeitungen liest wie aus Welten, wo fern die Völker die Waffen zusammenschlagen. Und nun kommst du und schlägst ihnen ins Gesicht. Und nimmst die Handtasche. Und die fernen Welten kommen rübergerutscht nach Hamburg und sind hart und heiß und trostlos.

Eine Klingel geht – warum geht immer eine Klingel? Er hört sie schusseln auf dem Flur, die alte Pastorin. Eine Stimme fragt, eine Stimme antwortet, und dann kommen leichte Schritte über den Gang, und er stopft die Taschen weg. Aber nicht ganz schnell genug, eine Tasche bleibt zurück, und dann tut die Tür sich auf.

Und wer ist es, der eintritt . . .?

Ilse. Niemand weiter als Ilse.

„Na, Ilse", sagte Kufalt.

„Guten Tag, Willi", sagte Ilse.

„Wieso Willi?" sagte Kufalt. „Ich heiße Ernst."

„Meinethalben auch Ernst", sagte Ilse fügsam und setzte sich in einen Sessel. „Hast du Kognak da?"

„Nein, ich habe keinen Kognak da."

Pause. Sehr lange Pause.

„Du bringst mir sicher meine zehn Mark vom letztenmal?" fragte Kufalt schließlich.

„Welche zehn Mark?" fragte sie dagegen.

„Die von der falschen Adresse", sagte er.

„Ich hab dir nie eine falsche Adresse gegeben", sagte sie.

Und die beiden versanken wieder in Stillschweigen.

„Was willst du eigentlich?" fragte er schließlich.

„Du hast da eine hübsche Handtasche", sagte sie.

„Willst du sie haben?" fragte er.

„Du bist reizend, Schatz", sagte sie und versuchte, ihn zu küssen. Aber er wollte nicht, und so wurde nichts daraus.

„Warum bist du eigentlich hier?" fragte er wieder.

„Ich wollte mal wissen, ob du überhaupt noch lebst."

„Du hast dir Zeit gelassen", sagte Kufalt.

„Man traut sich ja gar nicht", sagte sie. „Wo du so böse von mir fortgegangen bist."

„Und jetzt bin ich nicht mehr böse?" fragte er.

Wieder eine lange Stille.

„Zigaretten hast du auch nicht?" fragte sie schließlich.

„Ich glaube nein", sagte er und brannte sich eine an.

„Na ja", sagte sie. „Jeder muß wissen, wie er's treibt."

„Wie bitte?" sagte er, eine Spur gereizt.

„Jeder muß wissen, wo er bleibt", sagte sie schließlich und schlug ihre langen Beine übereinander, so daß er über den Strümpfen einen Finger Fleisch und dann den Ansatz der fraisfarbenen Schlüpfer sah.

„Ich verstehe immer Bahnhof", sagte er.

„Bahnhof ist gar nicht so schlecht", sagte sie, „wenn einer türmen muß."

„Wer muß türmen?" fragte er.

„Wenn einer", sagte sie.

Kufalt sah gedankenvoll auf die Bettdecke vor sich, auf der noch immer die Handtasche lag.

„'ne ganz hübsche Handtasche", sagte er einladend.

„Was macht eigentlich dein Freund?" fragte sie.

„Welcher Freund?" fragte er.

„Na, der Schwarze, Lange, Finstere", sagte sie.

„Wieso?" fragte er.

„Ich frage ja bloß", sagte sie.

„Ach so", sagte er.

„Na also?" fragte sie.

„Ja", sagte er.

„Also, dann kann ich ja gehen", sagte sie sehr beleidigt.

„Wieso?" fragte er und tat sehr erstaunt. „Habe ich dich beleidigt?"

„Beleidigt?" fragte sie. „Mich kann so leicht keiner beleidigen."

„Warum bist du denn so komisch?" fragte er.

„Ich bin doch nicht komisch", sagte sie, „du bist komisch!"

„Ist denn Batzke nicht komisch?" fragte er.

„Wer Batzke?" fragte sie.

„Ach, den kennst du nicht?" fragte er. „Schickt er jetzt Achtgroschenjungen aus?"

„Ich verstehe nicht, von was du redest", sagte sie.

„Das schadet auch nichts", sagte er. „Wenn ich nur meine eigenen Worte verstehe."

„Na also, denn gehe ich", sagte sie.

Aber sie ging nicht.

„Guten Abend", sagte er.

„Guten Abend", sagte sie. „Und wie ist es mit den Brillantringen?" Sie lachte.

Es war, als hätte er einen Stoß vor den Magen bekommen.
„Mit welchen Brillantringen?" fragte er.

„Als wenn es viele solche Dinger gäbe!"

„Ohne Interesse", sagte er. „Flau", sagte er. „Dein Batzke
hatte ja Angst", sagte er. „Zittre bloß ab", sagte er. „Wenn du
denkst, ich drehe für euch den Kram", sagte er. „So blau",
sagte er. „Ausverkauft, Mariechen", sagte er. „Andere Tour",
sagte er. „Grüß den Stenz", sagte er. „Sein Stubben wär ich
nicht", sagte er. „Würde ich auch nicht", sagte er. „Guten
Abend, Ilse", sagte er. „Gib mir auch einen Kuß", meinte er.
„Nein, die Tasche ist viel zu mies für dich", erklärte er. „Also
denn auf Wiedersehen", meinte er. „Schluß", meinte er.

Und war sauwütend und trank vielen scharfen Kognak aus
Deutschland.

15

Im Jahre 1904 hatte der landwirtschaftliche Bauernverein
in Wilster eine Ausstellung veranstaltet, auf der mehr als
dreihundert Haupt Rindvieh vorgeführt worden waren.
Durch irgendeinen Zufall hatte Herr Pastor Fleege, damals
noch im blühenden Leben befindlich, einen ersten Preis für
sein Bullenkalb Jaromir aus der Thekla vom Eldoradosucher
bekommen.

Dieser erste Preis stellte sich in Bronze in Gestalt eines
aufbäumenden Bullen dar.

Frau Pastorin Fleege hatte ein sehr ausgesprochenes Gefühl dafür, eine wie große Ehrung die Verleihung dieses
Kunstwerks darstellte. Trotzdem war ihr in all den vielen
Jahren seitdem der auf seinen Hinterbeinen sich aufbäu-
mende, den Kopf mit den klobigen Hörnern in ein unsicht-
bares Hindernis bohrende Bulle nicht sympathischer geworden.

Unter allen Dingen in ihrer Wohnung — und es waren
viele Dinge in ihrer Wohnung — behandelte sie diesen Bullen ausgesucht stiefmütterlich. So penibel sie war, hier wurde
erst abgestaubt, wenn die Not am höchsten war. So sanft der
Flederwisch über alle Dinge in diesem Haushalt ging, hier

klopfte und schlug er ein wenig. So ein Tier und sich auf-
bäumen ...

Manchmal erinnerte sie sich erst spätabends um neun oder
zehn Uhr daran, unter welcher Staubschicht er seufzte.

Jedenfalls war es an diesem Abend, sie erinnerte sich
später genau daran. Herr Lederer hatte Besuch von der Frau
seines unsympathischen Kollegen gehabt und hatte dann
noch ungewöhnlich lange geschlafen. Er war erst um acht
oder halb neun abends aus dem Bett aufgestanden, als die
Frau des Freundes längst weggegangen war, und eigentlich
hatte sie gehofft, Herr Lederer würde nach einem so stummen Tage wenigstens noch für zehn Minuten zu ihr hereinkommen.

Aber er war über den Flur gegangen und wortlos ent-
schwunden. Und da hatte sie entdeckt, daß der Bulle mit dem
Silberschild ganz voller Staub lag, und hatte sich an ein
Klopfen und Abstäuben gemacht ...

Unterdessen war Lederer in die Straßen hinuntergestiegen,
ein wenig müde, ein wenig hungrig, ein wenig sehr durstig
nach Alkohol.

Na also schön, na also gut. Die Ilse war mal wieder bei
ihm gewesen. Sie hatte zärtlich werden wollen. Fünf oder
zehn Mark hatten ihr sicherlich gefehlt – wie hatte sie übrigens gefragt?

Was macht dein Freund Batzke?

Nein, nicht so. Sie hatte ganz anders gefragt. Was interessierte sie übrigens Batzke?

Übrigens sind die Nachtstunden eine unübersichtliche Einrichtung. Es kann um acht in den Alsteranlagen dunkler und
verlassener sein als um Mitternacht. Aber immerhin müssen
trotzdem Mantel und Hut umgehend gewechselt werden.
Warum sie eigentlich noch nicht gewechselt sind, kann niemand verstehen. Nicht einmal Kufalt.

Das Geld liegt doch zu Hause!

Es ist ein Motorradfahrer mit Beiwagen, der von einer
kurzen Fahrt mit seiner Frau nach Haus kommt. Unten im
Haus, in dem er wohnt, ist eine Kneipe. Diese Februarnacht-
fahrt war ziemlich frisch. Sie trinken beide einen Grog in der
Wirtschaft, ehe sie das Motorrad mit Beiwagen durch die

noch verschlossene Toreinfahrt auf den dritten Hof in die Garage vom Taxifahrer Scholtheiß schieben.

Nein, dazu kommt es dann doch nicht. Als sie wieder nach ihrem Grog aus der Wirtschaft auf die Straße kommen, ist das Motorrad mitsamt dem Beiwagen verschwunden. Es gibt nun natürlich einiges Gerenne.

Frau Pastorin Fleege freilich stört solches Gerenne nicht. Pussi ist zu Haus. Die Tür ist gesichert, Herr Lederer schwatzt gern mit seinen ehemaligen Berufskollegen und kommt selten vor zwei, drei nach Haus. So zieht sie unter der eng mit Haken versehenen Taille das Korsett schon aus und die Nachtjacke an. Und dann nimmt sie die Bibel vor. Sie liest ihren Tagesabschnitt und versucht, wie es ihr lieber Mann vor vielen, vielen Jahren tat, darüber Gedanken zu haben. Aber das ist nicht ganz einfach. Viel leichter ist es zu entdecken, daß dem vor anderthalb Stunden abgestäubten Bullen das linke Hinterbein noch immer nicht ordentlich abgestäubt ist.

„Verstehst du auch, was du liesest", liest sie und überlegt, ob sie den Flederwisch noch im Zimmer oder schon in der Küche hat.

Wenn man eine Stunde geht, kann man in einer Stadt schon eine weite Strecke gegangen sein. Viele Gesichter, auch Mädchengesichter. Auch zärtliche Mädchengesichter, auch alleingehende zärtliche Mädchengesichter haben indessen Kufalt angeschaut. Was geht ihn das an? Ist er ein Handtaschenmarder? Er geht hier, damit er schlafen kann, wenn er müde ist. Es ist doch nicht so, daß er etwa darauf angewiesen wäre. Er kann sie laufen lassen, alle, alle, die besten Bürgertöchter, und kann die letzte Nutte nehmen, mit nichts in der Tasche als einem Lippenstift. Ist er etwa zu irgendwas verpflichtet?

Es ist neun Uhr zehn — gibt es etwa Leute, die an solchem Zeitticker sitzen und zählen die Zeit? Zeit ist bedeutungslos. Es gibt viele Zeit, die verrinnt, und für kaum einen hat sie Wert.

Der Wächter vom Goldwarengeschäft steht meistens hinter einer Säule an den Alsterarkaden. Er hat sehr viel Zeit.

Er hat zwölf Stunden Dienst. Er hat seit zweiundzwanzigeinhalb Jahren zwölf Stunden Dienst, und nie ist irgend etwas
geschehen. Er hat kaum noch ein Gefühl dafür, daß er unaussprechliche Kostbarkeiten bewacht. Er steht eben da, zwölf
Stunden von vierundzwanzig. Jeden Tag, den Gott werden
läßt, und dafür darf er die anderen zwölf Stunden zu Haus
sein und Kinder ziehen und sich mit seiner Frau zanken. Er
steht da hinter seiner Säule und kiekt. Aber er kiekt nicht die
Spur, denn er hat nichts zu kieken, denn es passiert nichts.
Denn es ist alles bestens organisiert.

Wenn man nun auf der andern Seite wieder Ilse nimmt, so
ist Ilseken nichts wie eine Strunze. Sie nimmt mit den geringsten Beträgen vorlieb, und sie versteht nichts, als daß sie
irgend etwas haben möchte. Eine neue Tasche etwa oder drei
Paar Seidenstrümpfe oder das schicke Straßenkleid von
Robinsohn. Aber von diesen Wünschen erfüllt, von diesen
Wünschen getrieben, geht sie dahin und erzählt dem Batzke
dies und das und jenes. Und Willi weiß von nichts, und ein
Bengel mit einer Schirmmütze taucht auf, und der sagt auch,
Kufalt weiß von nichts, und dann knattert es vor der Haustür – aber wie bringt man in einem Beiwagen zwei Mann
unter? Und wie lange fährt man bis zum Jungfernstieg?
Wenn alle Verkehrsampeln rot brennen, fünfunddreißig Minuten, aber wenn alle Verkehrsampeln grün brennen, zwanzig Minuten. Und elf Uhr zweiundvierzig ist die Zeit, und
auffallen darf man um keinen Preis.

Die Zeit macht tick und tick und tick, und das ist aller
Schade. Und das ist aller Vorteil. Sie halten die Köpfe gesenkt, und sie halten die Köpfe erhoben, und zwischen der
Innen- und der Außenalster geht eine Brücke. Sie heißt die
Lombardsbrücke. Und die Bahn fährt dort lang. Und es ist
eigentlich eine recht belebte Straße. Und keine drei Minuten
Luftweg vom Jungfernstieg. Und ein junger Mann sagt dort:
„Fräulein, wie ist es denn mit uns?"

Und ehe der Schlag fällt, und ehe sich das zage, zärtliche
Gesicht entstellt, hat längst ein Motorrad geklappert, und
eine Scheibe ist zerklirrt, und ein alter Mann mit einem Seehundsbart ist verzweifelt, und die uralte, hühnchenhafte, sagenhafte Fleege ist in ihre Federbetten zwischen Unterbett
und Oberbett gestiegen, und ein Sternenfall von hundertein

undfünfzig Brillantringen im Verkaufswerte von einhundert-
dreiundfünfzigtausend Mark hat über die Straße geglänzt —
aber das zarte, zärtliche Gesicht hat sich verändert, alle
Lampen haben trüber gebrannt...

War nicht einer, war nicht eine, die sich aufgesetzt hat in
ihrem Bett? Und die Zeit ging hervor, und der Regulator an
der stummen dunklen Wand machte so laut und eindringlich
tick-tack, tick-tack?

War nicht einer, war nicht eine? Es sind viele Wohnungen,
es sind unzählige Betten, aber wer denkt an die, die draußen
sind, die nicht schlafen können, die es umtreibt in der Nacht?

Wieder ein Mädchen zerschlagen: Sie wird nie wieder so
schlafen können wie dermaleinst, als sie noch glaubte, sie sei
geborgen. Geh heim mit deiner Tasche, du, du wirst doch
nicht schlafen können wie dermaleinst, als du noch zu Haus
warst und hattest eine Mutter.

Das Motorrad geht und geht und geht. Es knattert wie das
Herz der Stadt. Es trägt fort. Es trägt fort, und dann ist es
plötzlich, als sei sein Geräusch ausgelöscht. Von dem Wind,
der von irgendwo kommt. Vom Lande etwa, wo die Seen
sind und die Wälder. Es ist so still.

Nun ruhen alle.

Neuntes Kapitel

REIF ZUR VERHAFTUNG

1

„Jetzt will *ich* Ihnen mal etwas sagen", erklärte Herr Wossidlo und sah die beiden Kriminalbeamten böse an. „Sie haben mich, meinen Geschäftsführer, meine sämtlichen Angestellten seit Stunden vernommen. Sie haben mit einem sehr schlecht verborgenen Mißtrauen meine Angaben über den Wert der gestohlenen Brillantringe aufgenommen. Sie haben der Reihe nach eigentlich jeden Angestellten meines Geschäfts in Verdacht der Teilhaberschaft an diesem Überfall gehabt, bis auf meinen armen Wächter hinunter, der seit über zwanzig Jahren bei meiner Firma arbeitet. Dann haben Sie wieder stundenlang auf der Straße und im Geschäft Untersuchungen angestellt, wie der Raub zustande gekommen ist. Sie haben diesen lächerlichen Pflasterstein, der aussieht wie jeder andere Pflasterstein, mit einer Sorgfalt untersucht, als wäre er ein nur einmal vorhandenes Einbruchswerkzeug.

All das mag ja Ihren kriminalistischen Gepflogenheiten entsprechen. Ich als Laie in diesen Dingen gewissermaßen möchte aber meinen, daß es etwas wichtiger wäre, sich um die Ergreifung der ausgerissenen Diebe zu bemühen. Die sechs oder sieben Stunden, die Sie jetzt in meinem Geschäft mit Untersuchungen und Vernehmungen zugebracht haben, sind sechs oder sieben Stunden Vorsprung für die Verbrecher. Ich möchte mir doch die Frage erlauben, ob wenigstens Kollegen von Ihnen sich mittlerweile mit der Ergreifung dieser Leute beschäftigt haben?"

„Darüber darf ich Ihnen keine Auskunft geben", sagte der eine Kriminalbeamte mürrisch.

„Und darf ich weiter fragen", sagte Herr Wossidlo kopfnickend, als sei das eben genau die Antwort gewesen, die er erwartet hatte, „darf ich weiter fragen, ob Sie schon eine gewisse Spur verfolgen?"

„Auch darüber darf ich im Interesse unserer Arbeit nichts sagen", erklärte derselbe Beamte.

„Schön", sagte Herr Wossidlo. „Und was denken Sie, was nun geschehen wird?"

„Darüber werden Sie Bescheid bekommen."

„Ich will Ihnen noch etwas sagen", rief Herr Wossidlo mit lauterer Stimme. „Was Sie hier bei mir getan haben, ist nur getan, um überhaupt irgend etwas zu tun – damit ich gewissermaßen beruhigt bin.

Ich bin nicht beruhigt, meine Herren. Ich habe mich nie mit kriminalistischen Methoden beschäftigt. Aber das sehe ich doch, daß Sie hier genauso wie ich im dunkeln tappen und auf irgendeinen Zufall warten. Ich denke aber gar nicht daran, auf die Polizei und ihren Zufall zu warten. Ich erkläre Ihnen hiermit, ich werde selbständig vorgehen, und ich werde selbständig versuchen, die Räuber zu ermitteln, um meine Ringe wiederzubekommen."

„Detektiv?" fragte der zweite Beamte.

„Darüber kann ich Ihnen im Interesse meiner Ermittlungen leider nichts sagen", erklärte Herr Wossidlo. „Jedenfalls werden Sie bald Neueres von mir aus den Tageszeitungen hören."

„Was wollen Sie denn machen?" sagte der erste Beamte rasch und besorgt. „Wir müssen doch Hand in Hand arbeiten."

„Jetzt plötzlich?"

„Und wenn Sie eine Belohnung aussetzen wollen, zweifellos wird auch von uns eine Belohnung ausgesetzt werden."

„Also ich kann nichts sagen", erklärte Herr Wossidlo mit Nachdruck.

„Es können Berufsverbrecher in Frage kommen", sagte sinnend, jetzt plötzlich mitteilsamer, der zweite Beamte. „Es können aber auch Leute sein, die durch irgendeinen Zufall von diesen drei Minuten erfahren haben, die der Laden praktisch unbewacht ist. Gerade darum mußten wir ja unsere Ermittlungen auch auf Ihre Angestellten erstrecken. Denn es gehört schon ein ganz gerissener Beobachter dazu, um ohne Wink hinter diese drei Minuten zu kommen."

„Ich glaube an all diese Geschichten nicht", sagte Herr Wossidlo. „Ich habe auch Kriminalromane gelesen, aber ich glaube nicht daran, daß Verbrechen so komplizierte Geschichten sind. Was braucht es Berufsverbrecher und lange Beobachtungen, um einen Stein in ein Ladenfenster zu werfen!"

Die Beamten wiegten die Köpfe, sichtlich nicht derselben Ansicht.

„Also, wir bitten Sie dann", sagte der eine abschließend, „uns eine möglichst genaue Beschreibung der gestohlenen Ringe mit allen näheren Angaben noch heute aufs Stadthaus zu schicken. Das geht dann sofort heraus."

„Schön, schön, das werde ich tun", sagte Herr Wossidlo. „Guten Morgen, die Herren."

2

„Eine verdammte Geschichte", sagte der eine Beamte.

„Ein hochnäsiges Aas", stimmte der andere zu.

„Er wird uns noch Streiche spielen", sagte der erste düster.

„Und was für welche!" stimmte der zweite zu.

„Man kann im Moment nichts tun", sagte der erste.

„Nein", bestätigte der zweite, „man muß abwarten, bis die Sore irgendwo auftaucht."

„Bis dahin hat der Wossidlo ganz Hamburg mit seinem Geschwätz über die Polizei wild gemacht."

„Ich glaub nicht, daß es einer aus der Branche war. Außerdem ist keiner von denen jetzt in Hamburg."

„Daß man auch nichts von einem Gerede vorher gehört hat! Es müssen doch mindestens vier Mann gewesen sein. Vier Ganoven, die dichthalten, gibt es doch nicht."

„Es muß verdammt schnell gegangen sein."

„Aber der Tip!" rief der andere. „Diese Annonce mit den drei Minuten! Da muß einer mindestens zwei Wochen lang baldowert haben."

„Und der Wächter hat natürlich niemanden gesehen", sagte der erste wütend.

„Was willst du dem Chef sagen?"

„Ich werd 'ne Razzia vorschlagen. Man kann zwanzig oder

dreißig von den Halbseidenen einstecken und vernehmen. Vielleicht, daß einer was läuten gehört hat und Laut gibt, um wieder rauszukommen."

„Das ist noch das beste."

„Die Leute", sagte der erste wütend, „machen sich einen Begriff von der Polizei! Als wenn wir gleich alles wüßten! Natürlich wird man die Kerle einmal kappen. Aber wann?"

„Hoffen wir auf den Zufall", sagte der zweite. „Meistens hilft der."

„Ja, wenn wir den Zufall nicht hätten!" bestätigte der erste.

3

Der Zufall hieß Kufalt, und während die beiden Kriminalbeamten in ihren breiten, vertretenen Schuhen durch die winterlichen Straßen Hamburgs wandelten, saß er schon auf einer Bank im Stadthaus und wartete auf sie.

Als er in der Zeitung gelesen hatte, daß der Raub doch vonstatten gegangen war, daß Freund Batzke unerkannt mit so großer Beute entkommen war, da hatte ihn zuerst Angst, dann Wut erfüllt.

Plötzlich hatte er begriffen, warum ihm der Achtgroschenjunge mit der Schirmmütze nachgelaufen war. Nicht die Polizei hatte den Handtaschenräuber verfolgt, sondern Batzke hatte wissen wollen, ob Kufalt noch immer die Auslage am Jungfernstieg unter Augen hatte. Und darum hatte ihm Ilse ihren gestrigen Abendbesuch gemacht, auch sie hatte bloß baldowern wollen – für Batzke!

Angst hatte er zuerst. Er hatte den Tip gegeben, er hing mit drin. Er hatte sich um das Geschäft wochenlang herumgedrückt, vielleicht kannte man dort sein Gesicht, erinnerte sich jetzt seiner. Schon ging vielleicht seine Beschreibung an die Blätter.

Und es war nicht nur das, er konnte sich ja kaum rühren, er, der Handtaschenräuber, dessen Beschreibung von Mal zu Mal deutlicher in den Zeitungen erschienen war.

Aber stärker als die Angst wurde die Wut in ihm. Batzke war es, der ihn in diese Lage gebracht hatte. Wieder hatte ihn Batzke verraten. Vom Stelldichein an unter dem Pferdeschwanz über den Zigarettenladen mit dem falschen Zwanziger über die nutzlos zurückgegebenen vierhundert Mark – : Immer hatte ihn Batzke verraten.

Er lief hin und her in seiner Stube, er grübelte. Ja, er würde sich hinsetzen, er würde jetzt einen anonymen Brief tippen. Er würde Batzke in die Pfanne hauen.

Und er setzte sich hin, und er tippte los und – hielt an. Fünftausend Mark vom Schwärzer, im ganzen, hatte Batzke gesagt. Aber es wurden Belohnungen bei solchen Einbrüchen ausgesetzt. Zehn Prozent war das mindeste, fünfzehntausend Mark, und rechtlich erworben. Rechtlich erworben!

Da war in seiner hintersten Hirnkammer der Traum von dem kleinen Zigarrenladen mit Frau und Kindern. Man würde ihn ganz Rechtens in Wahrheit und Wirklichkeit umsetzen können.

Er war aufgestanden. Er zerriß das Getippte in kleine Fetzchen. Er machte die Ofentür auf und schloß sie erst wieder, als er sich davon überzeugt hatte, daß auch das letzte Papierstückchen verbrannt war.

Nein, er mußte warten, bis die Belohnung ausgesetzt war. Gewiß, es war das Risiko dabei, daß die Bullen ihm auf die Spur kamen, aber ohne jedes Risiko war überhaupt nichts. Und sie würden nicht dahinterkommen. Gerade darum nicht, weil er zu ihnen kam.

Er geht wieder auf und ab. Nun kann er es schon nicht mehr erwarten, daß die Abendzeitungen erscheinen. In den Abendzeitungen wird sicher die Belohnung stehen. Dann wird er noch heute nacht ins Stadthaus gehen, und Batzke wird erwischt werden. Vielleicht bekommt Kufalt bereits Ende der Woche die Belohnung, und er ist raus aus allem.

Plötzlich ist Furcht wieder da. Aber Furcht einer andern Art. Polizei ist tüchtig, und Ganoven sind schlimm. Alle sind Verräter. Vielleicht wissen noch andere von dem, was Batzke vorhatte. Vielleicht warten die andern nicht so lange, vielleicht sitzen die schon auf dem Stadthaus und nehmen Kufalt seine fünfzehntausend Mark fort.

Was hat er denn zu verraten? Einen einzigen Namen – den Namen Batzke. Er weiß die Helfershelfer nicht, er weiß die Schwärzer nicht. Er weiß nicht einmal, wo Batzke gewohnt hat, nur den einen Namen weiß er. Der Name ist sein

Kapital, der Name ist sein Zigarrenladen, seine Zukunft. Den Namen darf er sich nicht wegnehmen lassen. Er muß unbedingt sofort gehen.

Er zieht den Mantel an, er setzt den Hut auf, er steht zögernd inmitten des Zimmers.

Der Rausch der Geldgier läßt einen Augenblick nach, die Rachsucht ebbt für eine Sekunde ab – dies kann schiefgehen, denkt er. Dies kann sehr schiefgehen.

Und doch geht er, zögert wieder auf dem Flur, hört Frau Fleege in der Küche wirtschaften, und plötzlich erfüllt ihn etwas wie eine leise Rührung bei dem Gedanken an das alte, verrunzelte Frauengesicht.

Sie ist doch die einzige, denkt er, die es mit mir gut meint.

Er geht in eine Welt von Feinden. Nur Schlauheit und Kampf können helfen. Hier braucht er sie nicht.

Er öffnet die Tür zur Küche.

„Frau Pastorin", sagt er. „Ich gehe für ein paar Stunden weg. Es kann aber auch länger dauern."

Sie lächelt ihm freundlich zu unter ihrer Perlenhaube. „Ist es wegen eines Engagements?" fragt sie vorsichtig.

„Nein – doch – vielleicht – vielleicht komme ich heute gar nicht mehr wieder. Nun, meine Sachen sind ja gut bei Ihnen aufgehoben."

„Herr Lederer", sagt die alte Frau und nimmt seine Hand zwischen ihre beiden alten, zittrigen Hände. „Ich wünsche Ihnen ja soviel Glück! Soviel Glück!"

4

„Sie kommen wegen des Juwelenraubs bei Wossidlo?" fragt der eine Beamte und sieht Kufalt musternd an. „Was soll's denn sein?"

„Ich wollt mal fragen", sagt Kufalt, „ob schon eine Belohnung ausgesetzt ist."

„Nein", sagt der Beamte kurz.

„Und es wird auch keine?" fragt Kufalt wieder.

„Das kommt darauf an", sagt der Beamte.

Kufalt sind die musternden Blicke der beiden Kriminaler sehr unangenehm. Jeden Augenblick kann sich einer von ihnen an die Beschreibungen erinnern. Wenn er sich doch wenigstens noch vorher einen andern Mantel und einen andern Hut besorgt hätte! Aber an nichts hat er gedacht. Wie blind ist er losgelaufen, hinter dem Geld her, das es nun vielleicht nicht einmal geben wird.

„Also denn", sagt er, „vielleicht komme ich noch mal wieder." Und steht auf.

„Halt, halt", sagt der Beamte aufgeräumter, „nicht so eilig! Nehmen Sie sich doch eine Zigarette."

Er ist mit seiner Prüfung Kufalts fertig geworden, ungefähr zu dem richtigen Ergebnis gekommen und hält den Fall weiterer Rücksprache für wert.

„Wenn nun also eine Belohnung ausgesetzt wäre, könnten Sie uns da etwas über den Juwelenraub bei Wossidlo erzählen?"

„Ich weiß noch nicht", sagt Kufalt kühl. „Das kommt ja auch auf die Belohnung an."

„Hören Sie mal", greift der zweite Beamte ein. „Das ist Ihnen ja wohl bekannt, junger Mann, daß Sie, wenn Sie von einem Verbrechen Kenntnis haben, aussagen müssen. Sonst machen Sie sich strafbar."

„Das weiß ich", sagt Kufalt. „Ich weiß aber auch nichts anderes, als was in den Zeitungen steht. Ich könnte nur vielleicht was erfahren, weil ich nämlich in den Kreisen Verbindungen habe."

„Hören Sie nicht auf den", sagt der erste Beamte vermittelnd, „der bullert immer gleich los. Ja, mit der Belohnung ist das so, die Versicherungsgesellschaft setzt ja todsicher was aus. Aber vielleicht haben wir bis dahin die Kerle schon. Da ist es besser, Sie haben Vertrauen zu uns und erzählen uns jetzt schon was. Wir hauen Sie sicher nicht übers Ohr."

Und er sieht Kufalt bieder an.

„Nein, nein", sagt Kufalt entschieden. „Ich weiß noch gar nichts. Ich wollte nur mal rumhorchen, ob es sich lohnt für mich."

Die Beamten sitzen sinnend da und betrachten sich ihren Kufalt.

„Würden Sie was dagegen haben", sagt der erste Beamte wieder, „wenn Sie uns Ihren Namen und Ihre Adresse hierließen? Es könnte doch sein, daß wir Sie mal dringend brauchten. Wir würden uns auch nicht lumpen lassen."

„Lieber nicht", sagt Kufalt. „Ich melde mich schon wieder."

„Ach so", sagt der zweite Beamte bissig, „wenn das so ist ..."

„Hören Sie nicht auf den", sagt der erste rasch, „wir können auch großzügig sein, wenn die Sache es wert ist. Wir können auch mal ein Auge zudrücken, wenn Sie uns einen guten Dienst leisten — so schlimm wird es ja nicht sein, nicht wahr?"

„Es ist überhaupt nichts", sagt Kufalt aufgeregt. „Aber ich will in meiner Wohnung nichts mit der Polizei zu tun haben."

Er setzt ruhiger hinzu: „Wirtinnen sind in so was komisch."

Aber er denkt an seine Handtaschen im Koffer und verflucht sich, daß er nicht einmal die beseitigt hat. Er muß wie verhext sein in der letzten Zeit.

„Also mit der Adresse ist es auch nichts", sagt der Beamte betrübt. „Viel haben wir ja heute nicht von Ihnen erfahren."

Er sitzt da und denkt nach. Plötzlich hat er entschieden eine Idee. Er steht auf und sagt rasch: „Einen Augenblick mal, ich komme gleich wieder."

Er verschwindet aus dem Zimmer.

„Aber ich habe keine Zeit mehr", ruft Kufalt ihm hastig nach.

Doch der andere ist schon weg, und er muß hier sitzen mit dem Rüpel von zweitem Beamten, der ihn unverwandt anstarrt.

„Ich möchte gern gehen", sagt er hilflos. Er hat nur Angst, daß der andere mit einem Haftbefehl wiederkommt. Er verflucht sich, daß er hierher gegangen ist. Er sieht ein, daß er es ganz dumm angefangen hat.

„Ich möchte gehen", sagt er noch einmal.

Der andere sagt gar nichts, sondern sieht ihn nur immer weiter an. Unter dem dünnen, rötlichen Schnurrbart erscheint ein Lächeln ...

Vielleicht hat er jetzt raus, wer ich bin, denkt Kufalt.

„Also ich gehe denn jetzt", sagt er noch einmal und steht auf.

„Wo haben wir uns denn eigentlich schon mal kennengelernt?" fragt der Beamte.

„Das bestimmt nicht, Sie verwechseln mich", sagt Kufalt
sehr erleichtert. Denn das weiß er genau, daß er außer Herrn
Specht keinen Hamburger Kriminaler kennt.

„Mein Lieber", sagt der Beamte sehr überlegen, „ich
komme doch gleich dahinter. Bleiben Sie nur noch einen
Augenblick so stehen."

„Darum noch eine Stunde!" erklärt Kufalt. „Aber ich will
jetzt nach Haus."

Doch es wird nichts daraus. Denn der andere Beamte
kommt wieder herein, strahlend vergnügt.

„Hören Sie mal zu, mein Lieber", sagt er. „Ich hab mich
erkundigt. Es sind noch ein paar Formalitäten zu erledigen.
Aber zehntausend Mark werden auf die Erlangung der
Beute ausgesetzt." Er nimmt sich einen Stuhl.

„Wissen Sie", sagt er gemütlich, „da müssen wir nun ein
bißchen fix arbeiten, daß die Bengels nicht dazu kommen,
die Sore erst in aller Welt zu verscheuern. Jetzt werden sie
wohl noch beim Teilen sein, und wir kriegen den ganzen
Klumpatsch auf einmal. Das wären zehntausend Mark für
Sie, wir Beamte sind ja immer Neese. Wie ist das also?"

„Ich müßte mal horchen gehen", sagt Kufalt zögernd.

„Nee, nee, mein Lieber", sagt der andere energisch, „so
lasse ich Sie nun doch nicht wieder raus. Aber ich will Ihnen
einen Vorschlag machen, ich bin gar nicht so. Sie sollen
nichts sagen müssen, keine Namen, nicht, wer Sie sind, nicht,
wo Sie wohnen. Und ich gebe Ihnen mein Ehrenwort als Beamter, ich lasse Sie unbeobachtet wieder gehen. Aber . . ."

Er holt tief Atem. Kufalt sieht ihn gespannt an.

„. . . aber Sie gucken sich jetzt mal in unserer Gegenwart
unser nettes Bilderalbum an. Sie wissen schon, was ich
meine. Und wenn Sie den Mann drin sehen, der das Ding
gedreht hat, dann schlagen Sie das Album zu und sagen:
,Er ist drin.' Weiter nichts. Weiter wollen wir nichts von
Ihnen. Dann laß ich Sie gehen, und zweihundert Mark kriegen Sie auch noch. A conto . . ."

„Aber ich kenn den Mann ja noch gar nicht", protestiert
Kufalt.

„Lassen Sie das man unsere Sorge sein", sagt der Beamte.

„Sie werden sich doch gern mal so ein paar Photographien ansehen? Das ist hochinteressant."

„Aber es hat keinen Zweck", sagt Kufalt hilflos.

„Zweck oder nicht", sagt der Beamte plötzlich streng, „ohne das bleiben Sie hier."

Aber er lächelt schon wieder und legt säuberlich zwei Hundertmarkscheine auf den Tisch. Kufalt betrachtet sie zögernd.

„Na, nun man los", sagt der Beamte. „Überlegen Sie sich doch die Geschichte nicht so lange. Das ist doch ein klares und gutes Geschäft. Welchen Band soll ich denn holen lassen?"

„Ich weiß nichts", sagt Kufalt störrisch.

„Und die Brüder verscheuern unterdes die Sore", sagt der Beamte empört. „Wo Sie so schönes Geld verdienen können. Sie brauchen gar nichts zu sagen. Soll ich A holen lassen? Soll ich B holen lassen?"

„Hmhm."

„Aha! B sind nun aber mehrere Bände. Na, sehen Sie sich mehrere Bände an. Sie brauchen ja überhaupt nichts zu reden."

Kufalt sitzt mürrisch da. Er hat das Gefühl, er ist reingefallen. Er sitzt in einer Sackgasse ohne Ausweg. Er ist eben immer nicht schlau genug. Für keinen. Weder für Batzke noch für diese hier.

Was helfen ihm zweihundert Mark?! Aber er muß, sonst lassen sie ihn nicht laufen.

„Bringen Sie also B", sagt er und schwört sich zu, nichts zu verraten. Den Band zuklappen, ob nun Batzkes Bild drin ist oder nicht, sagen: ,Er ist drin', und an irgendeiner beliebigen Stelle zuklappen. Dann wenigstens die zweihundert Mark nehmen, damit er was hat, und fort. Und mit allen Verkehrsmitteln nach Haus, durch alle Warenhäuser hindurch. Im Chinahaus an der Mönckebergstraße mit dem Paternoster rauf und runter, daß sie jede Spur von ihm verlieren, und dann nie wieder!

Mit Bedacht wählt er den Band, der mit Bi anfängt, blättert, prüft lange, sieht alle diese Gesichter an, die teilweise verzerrt grinsen, mit heraufgezogenen Mundwinkeln, mit Grimassen, alle gezwungen photographiert.

Und während er diese Hunderte von Gesichtern betrachtet, durchschnittliche, böse und nette, überkommt ihn die Neugierde, ob Batzke wirklich der große Ganove ist, als der er sich immer aufgespielt hat. Und er nimmt den Band Ba zur Hand und blättert, und auf der dritten Seite sieht er den Herrn Freund, im Profil und en face, von rechts und von links, in Gemeinschaft einiger anderer Ba's.

„Danke schön", sagt der Beamte freundlich. „Hier sind auch Ihre zweihundert Mark. Sie sehen, wir sind immer anständig. Also, denn auf Wiedersehen. Sie können ungehindert nach Haus."

Kufalt sieht die beiden zufrieden grinsenden Gesichter der Krimschen. Er möchte noch etwas sagen, schreien vor Wut, daß er sich so dämlich hat übertölpeln lassen. Aber dann reißt er nur seine Scheine vom Tisch und rennt aus dem Zimmer, indes er hinter sich die Beamten lachen hört, aber derartig blödsinnig lachen hört . . .!

5

Hundert Mark von dem neuerworbenen Gelde legt Kufalt sofort in Mantel und Hut an. Er besaß einen schwarzen Paletot. So kaufte er sich nun einen hellbraunen, weiten Raglan. Er besaß einen kleinen blaugrauen Filzhut und erwarb sich nun einen großen schwarzen Schlapphut. Das ließ er einpacken und in seine Wohnung schicken.

Als er weiterging — es war nun schon später Nachmittag geworden —, kam er erst darauf, wie unüberlegt er wieder gehandelt hatte. Jetzt kannte ihn die Polizei doch schon in seinem schwarzen Ulster und seinem Filzhütchen. Die würden sich gleich überlegen, was das wohl für eine Bewandtnis mit dem neuen Mantel hätte.

Und noch dümmer war es gewesen, im Warenhaus Namen und Adresse anzugeben. War ihm einer nachgegangen, so wußten die nun Bescheid. Die Handtaschen aber steckten immer noch im Koffer.

Trotzdem ging er noch nicht nach Haus. Es war nun einmal so, alles ging verquer, und alles Aufpassen nützte nichts. Entweder kam er gut heraus, oder er kam schlecht heraus. Er mußte beides hinnehmen. Viel dazu tun konnte er nicht.

Eigentlich hätte er Mittag essen müssen. Aber er hatte keine Lust dazu. Der Appetit war weg. Er würde lieber ein paar Schnäpse trinken.

Er trank sie. Gleich sah die Welt wieder anders aus. Er hatte reichlich Geld bei sich, ganz unerwartetes Geld, und er würde immer wieder neues Geld bekommen, wenn er es brauchte. Es kam schon nicht darauf an. Er konnte nun endlich einmal mit seinem Gelde tun, was ihm Spaß machte. So lange war er nicht mit Mädchen zusammen gewesen, überhaupt nicht seit seiner Haft. Nein, überhaupt nicht seit seiner Verhaftung vor nun beinahe sechs Jahren -- er würde einmal richtig mit einem Mädchen ausgehen.

Und er schlug den Weg zur Reeperbahn ein.

Während des Weges fiel ihm ein, daß er doch mit Mädchen zusammen gewesen war, mit der Liese, mit der Hilde, mit der Ilse. Aber irgendwie schien das nichts zu bedeuten, oder vielmehr etwas ganz anderes zu bedeuten. Er verstand es nicht recht, aber wenn er an die Mädchen dachte, mußte er auch an die Handtaschen denken. Und das hatte doch wirklich nichts miteinander zu tun.

Auf der Reeperbahn waren die richtigen Lokale nicht. Sie sahen alle nach Fremdenfang und Nepp aus, oder sie schienen ihm zu umständlich. Und dann war es komisch, daß die Mädchen, die sich auf der Straße herumtrieben und ihn anquatschten, plötzlich auch nichts bedeuteten. Es war, als hätten auch hier seine nächtlichen Wege Hindernisse geschaffen. Er wurde wütend, wenn er angesprochen wurde. Hätte nicht mindestens er sie ansprechen müssen?

Schließlich saß er im ersten Stock eines Cafés auf der Großen Freiheit. Es war gerade die richtige Sorte Lokal, mit Nischen, in denen verhängte Lampen leuchteten, mit kleinen Mädchen, die nicht zu groß aufgemacht waren.

Er konnte ja jetzt gut mit ihnen schwatzen. Er erkundigte sich nach dem Geschäftsgang. Er fragte sie nach Stubben und Stenzen. Und dann sprachen sie über das schlechte Wetter, und ob sie heute abend noch weitergehen wollten, ob sie überhaupt zusammenbleiben wollten. Und er entwarf ein Programm, mit Abendessen und Kino danach.

Dazwischen tranken sie viele Liköre, und das Mädchen taute auf und küßte ihn ab, was gar nicht angenehm war, und sie rief mit heller, alberner Stimme: „Ach, bist du süß! Nein, bist du komisch!"

Er redete und sprach und gab an und erzählte Witzchen und lachte, aber dazwischen dachte er immer wieder, wie dumm und langweilig doch alles war und wie seine nächtlichen Gänge zehnmal schöner seien, und daß er sie nicht wollte und daß er keine wollte. Einmal stand er dazwischen auf und ging an seinen Mantel. Er nahm die Zigaretten heraus, die noch darin waren, auch das Taschentuch, auch die Schlüssel. Und nun hing der schwarze Paletot leer an seinem Garderobenständer.

Kurze Zeit darauf wollte das Mädchen für einen Augenblick raus, und er fing einen neckischen Streit mit ihr an, ob sie auch wiederkäme. Er tat so, als traue er ihrer Treue nicht ganz, als glaube er, sie wolle sich nun verdrücken, nachdem er zehn oder zwölf Liköre ausgegeben hatte. Und er erreichte schließlich, daß sie ihm lachend ihre Tasche als Pfand daließ. „Reich wirst du aber nicht damit!"

Er hatte beim Heraufgehen gesehen, die Toiletten lagen auf der halben Treppe. Und kaum war sie aus dem Lokal, so stand auch er auf (die Handtasche hatte er unter das Jackett geschoben), sagte zu dem Ober: „Sehen Sie ein bißchen auf meinen Mantel", und stieg die Treppe hinunter.

Aber er ging an den Toiletten vorbei, rasch auf die Straße, drängte sich eilig das kurze Stück bis zur Reichenstraße durch, nahm ein Auto und fuhr nach Haus.

Mochten die sich an Mantel und Hut des Handtaschenräubers freuen. Mochten die *noch* eine Beschreibung von ihm bekommen! Entweder war er Ende dieser Woche aus Hamburg fort, oder es war doch alles vorbei.

6

Die Handtasche ist ein ärmliches, abgegriffenes Ding aus irgendeinem schwarzen Stoff, ohne jeden Geldinhalt. Aber sie riecht stark nach irgendeinem Parfüm. Sie hat ihm die

Träume und Begierden eingegeben, die das Mädchen nicht hatte hervorrufen können.

Er ist sehr zeitig ins Bett gegangen. Nein, er will nicht mehr ausgehen. Es wird alles zu gefährlich. Er muß nun bald irgendwelche Beschlüsse fassen, aber nicht heute abend mehr. Vielleicht morgen früh. Heute abend hat er zuviel getrunken. Es dreht sich angenehm langsam in seinem Kopf. Er legt ihn auf die Handtasche, und nun ist ihm ganz so, als führe er in einer Schiffskajüte nach fernen Landen. Das Schiff schwankt leise, er meint, die Wellen sanft gegen die Bullaugen klatschen zu hören, und nun riecht er auch den Duft von jenen fernen, blühenden Kokosinseln, denen er zufährt.

Darüber schläft er fest ein.

Dann ist es ihm, als sprächen Männer draußen. Er weiß nicht genau, ist es auf dem Schiff oder wo er ist – ach, richtig, er ist im Kittchen, und die Nachtwache quasselt vor seiner Zelle. Aber er kann auch weiterschlafen.

Dann kann er es doch nicht. Denn eine Stimme, die ihn völlig wach macht, sagt neben ihm: „Wachen Sie gefälligst auf!"

Er möchte das Öffnen der Augen hinausschieben, aber ganz rücksichtslos wird ihm die Bettdecke fortgezogen, und wie er auffährt, steht der Kriminalbeamte von gestern vor ihm. Der nettere von beiden. Aber heute sieht er nicht nett aus.

„Los, los! Werden Sie wach, Mensch! Wir haben noch viel vor."

Kufalt sieht ihn an. „Wie kommen Sie denn hierher?" fragt er. „Sie haben mir doch Ihr Ehrenwort gegeben."

„Ach was, Ehrenwort", sagt der andere. „Lesen Sie das mal."

Und er hält ihm ein Zeitungsblatt unter die Nase.

Zuerst denkt Kufalt, es ist sein neuester Handtaschendiebstahl. Aber dann ist es ein großes Inserat, mit der Schlagzeile „An die geehrten Herren Einbrecher". Und Herr Wossidlo kündigt darin seinen Wunsch an, sich direkt mit den Herren Einbrechern in Verbindung zu setzen. Er gibt ihnen sein Ehrenwort, sie nicht bei der Polizei anzuzeigen, und erklärt sich bereit, ihnen zehn Prozent vom Wert der gestohlenen Ware zu bezahlen. „Mehr als Ihnen jeder Hehler bezahlt. Mit der nochmaligen Zusicherung meiner unverbrüchlichen Verschwiegenheit, für die ich mit meinem Namen als ehrlicher Hamburger Kaufmann einstehe, Hermann Wossidlo."

„Und nu los", sagt der Kriminalbeamte. „Wo wohnt der Batzke?"

„Batzke?" fragt Kufalt gedehnt.

„Fangen Sie nicht noch einmal mit Ihren Geschichten an", sagt der Beamte ärgerlich. „Jetzt kommt es auf Minuten an. Vielleicht treffen sich die noch heute früh. Wir lassen zwar Telefon, Post und Laden überwachen. Und der Wossidlo kommt uns auch nicht aus den Augen. Aber wer weiß, was die für Wege finden, sich in Verbindung zu setzen."

„Glauben Sie denn", sagt Kufalt ganz erstaunt, „daß der Batzke darauf eingehen wird?"

„Aber natürlich", ruft der Beamte. „Kein Schwärzer gibt ihm mehr als drei- oder viertausend Mark. Der geht hin — es ist eine Gemeinheit von diesem Wossidlo! Uns Polizei will er vor ganz Hamburg lächerlich machen. Daß er in vierundzwanzig Stunden sich seine Ringe wiederschafft. Also los, wo wohnt Batzke?"

„Ich weiß es nicht", sagt Kufalt schüchtern. „Er wohnt jede Nacht bei anderen Mädchen."

„Aber Sie kennen ihn?"

„Ja, das schon."

„Wie stehen Sie mit ihm? Los, Menschenskind, ziehen Sie sich doch an, während wir reden!"

„Nicht gut", sagt Kufalt und fängt mit Anziehen an.

„Hat Sie ausgeschifft bei der Sache? Na, ich will Sie nichts fragen. Gehen Sie sofort los, Sie wissen doch, wo er verkehrt, nicht wahr?"

„Ja", sagt Kufalt leise.

„Also in drei Stunden müssen Sie spätestens seine Adresse haben. Rufen Sie mich sofort an. Apparat 274. Lassen Sie ihn nicht aus dem Auge. Ich finde Sie dann schon, Mensch!"

Der Beamte ist ganz aufgeregt. „Denken Sie doch bloß, die Blamage, wenn heute in den Abendzeitungen steht, der Wossidlo ist mit den Einbrechern zusammengekommen und hat seinen Schmuck wieder. Geben Sie sich Mühe. Sie sollen eine Nummer bei uns haben! Und ich schinde Ihnen bestimmt Geld raus. Sie sollen nicht zu klagen haben. Wie heißen Sie übrigens?"

„Lederer", sagt Kufalt. „Ernst Lederer."

„Hauen Sie ab, Mensch", sagt der Beamte wütend. „Denken Sie, Sie können mir den Unsinn vom Schauspieler aufbinden, den Sie Ihrer Pastorin erzählt haben? Wie Sie heißen, will ich wissen."

„Bruhn", sagt Kufalt. „Emil Bruhn."

„Und weswegen waren Sie drin?"

„Raubmord", sagt Kufalt leise.

„Sie?" sagt der Beamte. „Sie!"

„Es war eigentlich nur Totschlag", sagt Kufalt zögernd.

„So. Klingt auch nicht sehr wahrscheinlich, wenn man Sie ansieht. Aber wenn Sie wieder gelogen haben! – Sind Sie übrigens Fetischist?"

„Was?" sagt Kufalt.

„Ob Sie Fetischist sind, frage ich! – Warum schlafen Sie denn mit 'ner Damenhandtasche?" Er deutet auf die schwarze Tasche, die auf dem Kopfkissen liegt.

„Nein, nein", sagt Kufalt verwirrt. „Die ist von meiner Braut. Die hat sie liegenlassen, gestern abend."

„Hier bei der Pastorin 'ne Braut im Bett?" sagt der Kriminalbeamte. „Ich glaube, Bruhn, oder wie Sie heißen, Sie werden sich die nächsten Stunden mächtig Mühe geben müssen, daß wir Sie nicht ein bißchen sehr nahe angucken. Jetzt aber weg mit Ihnen. Rufen Sie mich mindestens alle Stunden einmal an. Wo gehen Sie hin?"

„Ins Gängeviertel", sagt Kufalt.

„Zu wem da?"

„Zu Lütt. Kugels Ort."

„Na schön", sagt der Beamte etwas milder. „Das klingt doch, als ob's wahr sein könnte. Also jetzt weg mit Ihnen. Und glauben Sie nicht, daß Sie türmen können. *Sie* greife ich unter allen Umständen."

Kufalt geht. Und weiß, der zurückbleibende Beamte wird nicht zögern, den Handkoffer zu öffnen.

Er geht sozusagen auf immer.

Kufalt geht wirklich direkt ins Gängeviertel.

Es hat keinen Sinn, jetzt schon zu versuchen, fortzukommen, denn sicher wird er beschattet. Es hat auch keinen Sinn, sich umzudrehen und herauszubekommen, wer ihn beschattet. Er macht die Leute nur mißtrauisch und geht erst recht hops.

Er muß sie in Sicherheit wiegen. Er muß ihnen wirkliche Dienste leisten. Dann lassen sie ihm noch Schonzeit. Das weiß er, wenn er erst den Batzke oder die Beute oder beides für die erwischt hat, dann lassen sie ihn hochgehen, von wegen der Handtaschen. Dann ist von Dank keine Rede mehr. Ja, in Kleinigkeiten sind sie groß. Aber sobald es sich wirklich um etwas Größeres handelt...

Jedenfalls hat er seinen besten Anzug an, seinen neuen Mantel und Hut und dazu beinahe siebenhundert Mark in der Tasche. Damit kann man fortkommen. Nur erst fortkommen!

Es ist komisch. Während er so läuft, ist alles weg, was ihn die letzten Wochen beherrscht hat. Niedergedrücktsein, Rachegefühl, Gier auf Geld. Weg! Nur das Gefühl beherrscht ihn, noch einmal loszukommen, noch einmal den Greifern zu entgehen, noch einmal Wochen in Freiheit zu verbringen.

Und wenn gar nichts geschieht in diesen Wochen, wenn er nur spazierenlaufen kann und irgendwo essen und ein Glas Bier trinken und sich in ein sauber bezogenes weißes Bett legen – nur nicht der Bunker – nur jetzt noch nicht der Bunker!

Er kommt ins Gängeviertel und läuft sofort nach Kugels Ort, in die Lüttsche Wirtschaft. Die ist noch leer an diesem Morgen. Es ist ja erst zehn Uhr. Auch Lütt schläft noch. Kufalt macht die Frau des Wirtes mobil. Er erreicht, daß er in die Schlafkammer geführt wird, wo Lütt unter einem rotgewürfelten Deckbett schnauft.

Aber Lütt ist heute morgen ungnädig. Er hat natürlich keine Ahnung, wo Batzke sein könnte. Er will auch keine Ahnung haben.

„Lassen Sie mich nur zufrieden mit Ihren halbseidenen

Geschichten. Ich will nichts mit dir zu tun haben. Hau du bloß ab. Heidepriem! Du bist jetzt wohl angestellt bei der Polente?"

Verdrossen klettert Kufalt die Treppe hinunter. Unten geht er noch an die Theke und trinkt zwei, drei Schnäpse mit der Wirtin, die ihn mißtrauisch mustert. Sicher hat sie oben an der Tür belauscht, was er mit Vater Lütt gesprochen hat.

Eigentlich weiß er schon nicht mehr weiter. Wo in aller Welt soll er Batzke suchen? Flüchtig fällt ihm die Reederswitwe in Harvestehude ein. Aber an die glaubt er nun doch nicht mehr.

Er verläßt die Wirtschaft, pilgert zum Großen Neumarkt, trinkt wieder einen Schnaps und telefoniert mit dem Apparat 274. Nein, er weiß noch nichts Bestimmtes. Aber er verfolgt eine Spur. Er muß erst einmal zu einem Mädchen. Emma heißt sie.

Und während er telefoniert, überlegt er krampfhaft, wie er die Adresse dieses Mädchens Emma erfahren soll, mit der Batzke in letzter Zeit öfter zusammen gewesen ist. Man müßte die anderen Huren hier in der Gegend fragen. Aber er weiß nicht, wo sie wohnen, und um diese Morgenstunde ist nicht eine auf der Straße zu treffen.

Er taucht wieder im Gängeviertel unter. Er geht ziellos hin und her. Dann quatscht er einen jungen Briten an, der ihm nur dumm kommt.

Schon ist er im Begriff, es aufzugeben und es mit Türmen zu versuchen, da fällt ihm das Mädchen Ilse ein. An sie hätte er zuerst denken müssen. Sie steht mit Batzke in Verbindung. Von ihr ist noch am ehesten etwas zu erfahren.

Er nimmt sich ein Auto und fährt nach dem Steindamm hinaus. Er klingelt. Aber die Wirtin bedauert, Fräulein Ilse ist weggegangen.

(Sicher hat sie einen Mann auf der Bude.)

„Aber Sie kennen mich doch, Frau Maschioll. Ich bin doch Ilses Bräutigam. Rufen Sie sie nur einen Augenblick auf den Flur. Ich schenke Ihnen auch zehn Mark."

So etwas zieht. Aber wo nichts ist, ist doch nichts. „Sie können sich gerne selber überzeugen, mein Herr. Gehen Sie doch in das Zimmer von Fräulein Ilse. Sie ist wirklich weg. Sehen Sie doch."

Und sie stößt die Tür auf.

Ja, sie ist fort. Kufalt sagt verzweifelt: „Aber sie geht doch nie morgens so früh weg. Ich hatte mich doch mit ihr verabredet."

„Ach, da waren Sie es", sagt die Wirtin, „der so früh schon angerufen hat."

„Natürlich habe ich angerufen", sagt er. „Sie sollte doch hier auf mich warten."

„Nein", sagt Frau Maschioll, „mir hat sie gesagt, sie muß in den Stadtpark. Sie hatte da ganz was Wichtiges. Und sie wollte mir auch hundert Mark schenken, wenn alles gut geht."

„Richtig, im Stadtpark", sagt Kufalt gedankenvoll. „Wie man das so verquatschen kann."

Und ist schon fort.

Das Bezahlen der zehn Mark schiebt er fürs nächste Mal auf, trotzdem ihn die Wirtin die ganze Treppe hinunter mit ihrem Geschrei verfolgt.

Eigentlich müßte er jetzt wieder telefonieren und die Polizei in den Stadtpark bestellen. Aber einmal hat er keine Zeit zu verlieren, und dann dämmert eine kleine neue Hoffnung in ihm auf, er könnte die Beute allein fassen. Allen Ruhm für sich ernten und freikommen.

Oder aber vielleicht viel Geld erben. Kippe oder Lampen zieht in solcher Lage immer.

Er ist großzügig. Er nimmt sich wieder ein Auto und fährt die lange Strecke bis zum Stadtpark. Dabei sieht er immer wieder hinten aus dem Fenster, ob er nicht verfolgt wird, aber es kommt ihm nicht so vor. Vielleicht haben die seine Geldmittel unterschätzt und ihm jemand auf die Fersen gesetzt, der kein Geld fürs Auto hat. Oder sie haben seine Spur im Gängeviertel verloren. Oder aber sie trauen ihm einfach.

Er überlegt sich fieberhaft, wo es sein könnte, daß die sich im Stadtpark treffen. Der Stadtpark ist groß, und wenn Batzke auch mutig ist, unvorsichtig ist er keinesfalls. Da mag solch ein Herr Wossidlo zehnmal sein Hamburger-Groß-kaufmanns-Ehrenwort ins Blättchen setzen. Das zieht bei dem noch lange nicht. Der wird sich schön in acht nehmen, an irgendeinen Platz zu gehen, wo die Polizei ihn überrumpeln kann.

Nein, Batzke hat es sicher nicht umsonst so eilig gehabt. Selbst wenn die Polizei benachrichtigt wird, hat sie keine Zeit mehr, den ganzen Stadtpark abzusperren. Er wird sich eine schöne, große, weite Fläche aussuchen, wo er immer weg kann, selbst wenn zwei, drei Greifer im Hintergrund stehen.

Kufalt steigt bei der Stadthalle aus und bezahlt das Auto. Dann geht er los. Erst durch das Parkcafé, in dem kaum Gäste sitzen, dann um den Parksee herum, und nun hat er die große Fläche der Festwiese vor sich. Hier ist es einsam. Er geht immer hinter den Büschen, am Rande des Weges, und sieht auf die Wiesenfläche, die mit einem leichten Neuschnee bedeckt ist.

Plötzlich bleibt er stehen, und sein Herz fängt an, schnell und freudig zu klopfen. Nein, er ist nicht zu spät gekommen. Dort auf der Wiesenfläche steht ein großer Mann in hellem Überzieher, und – Kufalt fängt an zu grinsen – Batzke ist doch immer ein schlaues Aas!

Da hat er sich einen Photoapparat mit Stativ mitgebracht. Er ist dabei, ihn hübsch aufzubauen, und seine Braut (Ist das nicht Ilse? Natürlich ist das Ilse!) steht an einem schneebeladenen Baum, in einer hübschen Photographierpose.

Ausgezeichnet, denkt Kufalt, so unverdächtig wie nur möglich!

Und etwas wie Stolz und Rührung über den tüchtigen Kollegen kommen ihn an. Den haben die Bullen noch lange nicht, und wenn sie hinter jedem Busch stehen. Der läßt sich so leicht nicht greifen!

Drüben von der andern Seite kommt ein großer Mann mit einer Aktentasche über die Wiese gegangen, auf das Pärchen zu. Er trägt eine Hornbrille und einen graumelierten Spitzbart. Er geht harmlos und schlendernd durch den leichten Neuschnee auf die Gruppe zu, bleibt ein paar Schritt davon halten, damit er nicht ins Bild kommt, und scheint etwas zu fragen.

Was er fragt, kann Kufalt nicht hören, dazu ist es zu weit. Er steht gut hinter seinem Busch. Aber scheinbar ist es denen da auch ganz egal, ob Leute hinter Büschen stehen. Sie sehen sich nicht einmal um.

Die Ilse bleibt ruhig weiter bei ihrem Baum. Aber nein, leichtsinnig ist Batzke nicht. Kufalt sieht, daß sie die eine Hand in die Tasche gesteckt hat, etwas gezwungen, mit gewinkeltem Ellbogen. Diese Bewegung kennt er. Sicher hat Batzke seine Braut für diesen Weg mit einer Kanone ausgerüstet.

Unterdes sind die beiden Herren ins Gespräch gekommen. Sie stehen immer artig in drei Schritt Abstand voneinander. Einigen Respekt scheint doch jeder vor seinem Partner zu haben. Batzke hat das Hantieren am Apparat aufgegeben. Er hat sich in den Schnee gebückt und ist nun dabei, ein rundes Paket auszuwickeln. Keine übermäßig glänzende Verpackung für hundertfünfzigtausend Mark Wert, scheint es Kufalt. Es wird eine richtige alte Konservendose in Zeitungspapier sein, soviel er erkennt.

Batzke ist verflucht wenig ängstlich. Kufalt hätte sich denken können, daß ihm der Austausch der Waren: hier Ringe – dort Geld, einige Schwierigkeiten bereitet hätte. Aber Batzke reicht ruhig seine Konservenbüchse dem Herrn im Spitzbart hinüber. Dann freilich greift auch er in seine Manteltasche.

Doch der Herr sagt lächelnd etwas, und Batzke nimmt die Hand wieder aus der Tasche und sieht gemütlich zu, wie der Herr Stück auf Stück aus der Konservendose nimmt, betrachtet und in seine Aktentasche wirft.

Ja, eine Minute später sind die beiden Geschäftsleute nun schon so weit, daß der Ganove Batzke dem Großkaufmann Wossidlo die Aktentasche hält. Es macht sich besser so, und es geht auch schneller.

Dann wirft der Herr die Konservenbüchse in den Schnee, greift in seine Manteltasche, holt ein Bündel Papier heraus und gibt es Batzke. Batzke klemmt die Aktentasche unter den Arm und fängt an zu zählen. Dieser Großkaufmann Wossidlo scheint ein anständiger Kerl zu sein. Er hat sogar daran gedacht, nicht Tausendmarkscheine mitzubringen, mit deren Wechseln Ganoven immer Schwierigkeiten haben, sondern kleinere Scheine, denn Batzke zählt ziemlich lange.

Dann wechselt die Aktentasche endgültig ihren Besitzer. Ilse verläßt ihren Baum und tritt zu den beiden. Siehe da, der Herr Wossidlo lüftet richtig seinen steifen Schwarzen, und jetzt trennen sich die Parteien wirklich. Herr Wossidlo wandelt zurück zum andern Rand der Festwiese. Batzke aber, Arm in Arm mit seiner Braut, auf den Kufaltschen Gebüschsaum zu.

Einsam und verlassen, ein schwarzer Fleck in der Schneewüste, bleibt der Photoapparat auf der Wiese stehen, einziges Zeichen dafür, daß Herr Batzke es vielleicht doch etwas eilig hat.

Die Möglichkeit, Herrn Wossidlo auf einem Umweg zu erreichen und ihn nochmals durch einen kühnen Griff nach der Aktentasche um die Brillantringe zu erleichtern, verwirft Kufalt sofort. Der Absatz solcher Dinge scheint schwieriger, als er geglaubt. Und Bargeld lacht immer. Besonders, wenn man nicht mehr in seine Wohnung zurück kann.

Also Batzke. Batzke ist sicher kein leichter Bissen, aber so etwas hat Kufalt ja nun schon einmal bei ihm versucht, und er ist überzeugt davon, daß es auch diesmal glatt gehen wird. Er will auch keine übermäßigen Ansprüche stellen. Er will von den fünfzehn nicht mehr als drei- oder viertausend haben. Eine Summe, auf die Batzke glatt eingehen wird.

Das Paar kommt, mehr zur Stadthalle hin, auf Kufalts Weg. Kufalt muß rasch gehen, um ihm nachzukommen. Ganz gleichgültig sind die beiden, ganz sicher fühlen sie sich, sie sehen nicht einmal um die kleine Wegbiegung, die Kufalt ihren Blicken entzieht.

So kann er denn wirklich ganz überraschend neben ihnen auftauchen und sagen: „Morgen, Batzke. Morgen, Ilse. Schöner Morgen heute morgen."

Batzke ist nicht die Spur überrascht, während Ilse leise aufschreit.

„Na, also", sagt Batzke bester Laune. „Bist du auch da, Willi? Wieviel? Ich hab's nämlich sehr eilig."

„Versteh ich", bestätigt Kufalt. „Ich dito." Und da er Batzke in so glänzender Stimmung sieht, sagt er leichthin: „Fünftausend."

„Achthundert, wie ausgemacht", sagt Batzke.

„Achthundert waren bei fünftausend ausgemacht", sagt Kufalt, „und die Sache liegt jetzt etwas anders."

„Also zwei", sagt Batzke, „damit ich meine Ruhe habe."

„Vier", sagt Kufalt hartnäckig.

„Drei", sagt Batzke abschließend.

„Du wirst doch nicht so dämlich sein!" protestiert Ilse wütend.

„Halt die Klappe", sagt Batzke, nimmt das dicke Geldpaket aus der Tasche, sieht sich um, sagt befriedigt: „Die Luft ist rein", und versetzt im selben Augenblick Kufalt einen Faustschlag von unten her gegen das Kinn, daß der zurücktaumelt, die Hände hochhebt . . .

Aber schon fallen andere Hiebe wie Hammerschläge auf seinen Kopf, alles wird vor seinen Augen erst rot, dann schwarz, und er stürzt zusammen.

8

Es war mühsam für Kufalt, wirklich wach zu werden, sich zu erinnern, was geschehen war und wo er lag.

Noch ehe er die Augen öffnete, während das Bewußtsein langsam in ihn zurückkehrte, hatte er von außen ein Gefühl von Kälte, von Nässe. Er zog die Knie an, seine Hände tasteten umher, als suchten sie eine Decke. Dann war eine Weile wieder alles fort, aber wieder kam die Kälte, wieder griffen die Hände vergeblich nach der Decke.

Diesmal öffnete er ein wenig die Augen und schloß sie wieder sofort: Eine trübe, graue Luft stand um ihn, durch die Schneeteilchen trieben. Er mußte sich geirrt haben.

Aber die Kälte wurde schlimmer, er setzte sich langsam auf, sein Kopf war seltsam dumpf und benommen. Er sah verständnislos um sich. Dann unterschied er im dicken, diesigen Grau der späten Dämmerung Büsche um sich, einen Baumstumpf, halb verschneit. Er schloß wieder die Augen. Er mußte doch noch träumen.

Die Kälte drang immer mahnender auf ihn ein, und als er die Augen zum zweitenmal öffnete, zum zweitenmal dieselben kahlen Büsche, denselben verschneiten Baumstumpf sah, versuchte er, sich zu erinnern, wie er hierhergekommen war.

Sein Kopf schmerzte unsinnig, es war ihm, als müßte er springen. Er faßte mit den Händen danach, spürte Schwellungen und Beulen — und langsam kehrte die Erinnerung zurück an Batzke, an die Schläge, die er bekommen hatte.

Er stand taumelnd auf. Er sah sich um. Nein, er lag nicht auf dem Weg, wo er seine Auseinandersetzung mit Batzke gehabt hatte, er lag irgendwo in einem Gebüsch, in das ihn der andere geschleppt haben mußte.

Er entdeckte im Schnee etwas Schwärzliches, hob es auf. Es war sein Hut. Er behielt ihn in der Hand und ging langsam los.

Er hatte nicht weit zu gehen. Nur sechs oder acht Schritte. Da stand er auf jenem Weg, auf dem er von Batzke überrumpelt war. Viel Mühe hatte der sich nicht mit ihm gegeben. Und trotzdem hatte er nicht nur Minuten, sondern Stunden unentdeckt gelegen. Es war schon fast dunkel.

Nur, daß er gerade für die ersten Minuten außer Sicht war.

Das Gehen wurde ihm sehr schwer, alle paar Schritte überkamen ihn Schwindelanfälle, dann warf er sich rasch gegen irgendeinen Baum, um nicht zu fallen. Nur nicht auf die Erde! Es würde zu schwer sein, wieder hochzukommen.

Und während er die fünf oder zehn Minuten Weg, die er vor ein paar Stunden leicht gegangen war, mühsam entlangstolperte, dachte er ununterbrochen an sein gemütliches Zimmer bei der Fleege, an sein Bett, an die angebrochene Flasche mit Kognak, die noch im Schrank stand, wie gut ihm das tun würde! An Batzke, an die Ringe, an das Geld dachte er gar nicht mehr. Er war nichts wie ein verwundetes Tier, das nur den einen Trieb hat, sich in seiner Höhle zu verkriechen.

Aber allmählich, während er weiterging, während die Schwindelanfälle seltener wurden, der Schritt fester, wurde auch das Erinnern stärker. Erst war es wie bei einem Menschen, der etwas sagen will, und gerade im Moment, wo er es aussprechen möchte, hat er vergessen, was eigentlich. Es war doch noch etwas zu bedenken, es war doch noch etwas nicht in Ordnung! Was war eigentlich los mit der Wohnung?

Dann kam es: Er sitzt auf der Bettkante, jemand spricht mit ihm. Er steht auf, fängt an, sich anzuziehen. Sind Sie eigentlich Fetischist? fragt der andere. Er sieht ihn, oh, er sieht ihn, als stünde er jetzt hier im winterlich verlassenen Stadtpark, der Bulle, der die Heimkehr zur Wohnung unmöglich macht.

Der Schwindel kreist wieder in ihm. Er hält sich an einem Baum fest. Plötzlich packt ihn Schüttelfrost. Er klappert mit den Zähnen und muß sich erbrechen.

Habe Schiß, denkt er.

Dann läßt der Anfall nach, aber er bleibt noch sehr lange fast bewegungslos dort stehen, an seinem Baum. Der Abend rückt weiter vor. Es ist ihm, als peitschte ihn der Schnee immer kälter und böser, als heulte der Wind immer stärker.

Geräusche werden laut um ihn, Laub raschelt, ein Ast reibt sich knarrend an einem andern – eine dunkle Erinnerung überkommt ihn an eine andere solche Nacht. Damals war ein Mädchen bei ihm, wie hieß sie doch? Und damals ging es auch nicht gut aus. – Vorbei, verloren.

Schließlich geht er wieder weiter. Er geht nur weiter, weil er eben einfach nicht ewig dort stehenbleiben kann. Ginge das, bliebe er dort stehen. Aber nun geht er langsam weiter. Die Lichter des Parkcafés kommen in Sicht. Nun gut. Er kann sich nicht an die Menschen um Hilfe wenden. Aber er kann einen oder zwei Schnäpse trinken. Das wird ihn aufmuntern.

Flüchtig denkt er daran, wie er wohl aussehen mag. Ob er so ohne aufzufallen ins Café gehen kann. Er klopft den Schnee vom Mantel, so gut es geht, setzt den Hut zurecht und wartet den Schein einer Laterne ab, um sich in seinem Taschenspiegel zu mustern.

Es ist ein geisterhaft bleiches Gesicht, das ihn aus dem kleinen Scherben anschaut. Aber das kann die Beleuchtung machen. Das ist nicht so schlimm. Am Kinn ist eine dicke, rote Schwellung. Batzke hat nicht sanft zugeschlagen. Auf der Mitte der Schwellung ist die Haut geplatzt und Blut herausgetreten. Er sucht in seiner Brusttasche nach seinem Taschentuch und reibt das Blut ab. So, nun kann er ins Café gehen.

Nein, er kann nicht gehen. Schon als er den Taschenspiegel aus der Westentasche nahm, dann, als er aus der Brusttasche das Taschentuch holte, hatte er ein deutliches Gefühl gehabt, daß nicht alles an ihm in Ordnung war. Er griff in seine Brusttasche, in die andere, auf der linken Seite, und siehe, es ist richtig, der Laden stimmt, die Brieftasche mit seinen Papieren und seinen siebenhundert Mark ist fort!

Einen Augenblick denkt er daran, zurückzugehen an die Stelle, wo er lag, ob sie ihm nicht etwa herausgerutscht ist. Aber es lohnt sich nicht. Die Brieftasche war etwas zu groß gewesen. Sie hatte immer zu stramm in der Tasche gesessen, sie konnte nicht von selbst herausrutschen. Das hatte Freund Batzke getan. Nicht Kippe gemacht, ihn halbtot geschlagen und dann noch um sein letztes Geld erleichtert. Es war alles richtig. Es paßte alles haargenau in diese letzten Wochen, in denen es immer tiefer bergab ging, einem Ende zu, vor dem man wohl die Augen schließen konnte, aber das deswegen nicht weniger sicher herankam.

Nein. Jetzt, wo er allen Grund dazu gehabt hätte, war keine Rede von Wut oder Verzweiflung. Im Gegenteil. Es war gerade so, als hätte sich an diesem letzten, schlimmsten Schlag seine schon fast verbrauchte Widerstandskraft von neuem entzündet. Auf diesem schmerzvollen Weg, mit dem immer wieder versagenden Kopf hatte er zuerst den Gedanken aufgeben müssen an die Hilfe der Menschen: Er war allein. Dann den Gedanken an sein Heim bei der alten, herzensguten Frau: Er hatte kein Heim mehr. Dann den Gedanken an Geld: Sein bißchen mühsam zusammengekratztes, gefahrvoll zusammengestohlenes Geld hatte ihn auch verlassen.

Es gab auch nicht mehr die Hilfe Alkohol für ihn. Was es an Hilfe gab, mußte aus ihm selbst kommen. Früher, in Wochen, da es ihm noch verhältnismäßig gut gegangen war, hatte er vielleicht einmal daran denken können, sich freiwillig auf einer Polizeiwache zu stellen oder etwas auszufressen, bei dem er gekitscht wurde, daß er nur wieder in die Heimat, das Kittchen, kam – jetzt dachte er nicht einmal an so etwas.

Jetzt stand er unter seinem Baum, halb erfroren, halbtot geschlagen, und grübelte über einen Plan, wie er noch einmal zu Geld kommen und noch einmal sich die Freiheit erwerben könnte, mit der er doch nichts anzufangen wußte.

9

Das Gemüsegeschäft von Frau Lehmann liegt nicht in der Fuhlentwiete selbst, sondern um die Ecke herum, in der Neustädter Straße. Kufalt ist dort bekannt als Herr Lederer. Er hat sich da nach der Katze Pussi von Frau Pastor Fleege erkundigt. Auch hat er manchmal bei Frau Lehmann für sich oder seine Wirtin eingekauft.

So wird er dort freundlich begrüßt, als er wenige Minuten nach sieben auftaucht und noch zehn Eier und zwei Flaschen Bier verlangt. Er bekommt sie. Aber während sie noch zusammengepackt werden und ehe er noch bezahlen kann, wird dem armen Herrn Lederer schlecht. Frau Lehmann muß ihm schnell einen Stuhl hinschieben und läßt das letzte Dienstmädchen, das noch im Laden steht, schnell in die Kneipe an der Ecke laufen, um ein Achtel Kognak für den Herrn zu holen.

Es muß ihm sehr schlecht gehen. Er ist auf der Straße gefallen, erzählt er zwischendurch. Gerade auf einen Kantstein mit dem Kinn, und in seinem Kopf dreht es sich noch immer, sagt er.

Als das Mädchen mit dem Kognak kommt, will Frau Lehmann es noch zu der Frau Pastorin Fleege schicken, aber dem widersetzt sich Herr Lederer energisch. Die alte siebzigjährige Frau könnte von einem solchen Schrecken den Tod haben, und es ginge doch gleich vorüber. Wenn er sich nur fünf Minuten in das warme Zimmer hinter dem Laden setzen dürfte?

Das darf er natürlich. Er nimmt sein Achtel Kognak mit, und dann, während Frau Lehmann den Laden aufräumt, bittet er noch einmal, schon etwas munterer, um zwanzig Zigaretten. Er bekommt sie und verschwindet wieder im Hinterzimmer. Die Tür macht er zu.

Als er in der Hinterstube ist, trinkt er zuerst rasch den Kognak aus, brennt sich dann eine Zigarette an, öffnet das Fenster und springt auf den Hof.

Er kennt den Hof gut. Da stehen die Müllkästen, in denen Pussi so gern nach Bücklingsresten stöberte. Er steigt auf einen Müllkasten und zieht sich an der Mauer hoch. Nun ist er in einem Garten, der um diese Jahreszeit ganz verlassen ist. Er geht rasch hindurch, zieht sich auf der andern Seite wieder hoch und steht auf dem Hof des Fleegeschen Hauses.

Jetzt kommt das Schwerste. Er muß vom Hof in das beleuchtete Treppenhaus gehen, und vielleicht steht der Greifer, den er vorhin in der Fuhlentwiete gesehen hat, gerade vor der Haustür. Oder kommt gerade an die Haustür und entdeckt ihn im Treppenhaus, wenn er, offen jedem Blick, die Treppe zur Fleegeschen Wohnung hinaufsteigt.

Aber es muß gewagt werden, und Zögern ist sinnlos. So geht er rasch ins Treppenhaus, steigt die Treppe hinauf und schließt die Tür auf. Erst beim Aufschließen kann er einen Blick hinunterwagen: Die Luft ist rein. Nun kommt es nur noch darauf an, daß auch der Rückweg glatt gelingt.

Er hat ganz leise aufgeschlossen, er ist ganz leise eingetreten. Dann zieht er lautlos die Entreetür hinter sich zu und bleibt lauschend stehen. In der Küche, gleich neben ihm, ist Licht und Geklapper von Töpfen. Die alte Frau macht ihr Abendessen. Er täte ihr ungern was. Gut so.

Er geht gar nicht erst in sein Zimmer. Er geht sofort in ihr Wohnzimmer und schließt die Tür leise hinter sich. Es ist dunkel darin. Aber nicht sehr dunkel. Die Straßenlampen werfen einen Lichtschein gegen die Decke, und er kann deutlich auf dem Fenstertritt den kleinen Nähtisch stehen sehen. Er braucht nur einen Augenblick mit den Händen zu tasten und hat schon den Schlüsselkorb gefunden. Es ist ein ganzes Schlüsselbund darin, aber das will er nicht. Seine Finger suchen weiter und finden unter einem Taschentuch den glatten Einzelschlüssel mit dem gezackten Bart.

Auf Zehenspitzen geht er rasch an das Vertiko, sucht mit der einen Hand im Dunkeln das Schlüsselloch, führt den Schlüssel ein, öffnet die Tür, die ein wenig knarrt, und steht einen Augenblick lauschend: nichts. Seine Finger tasten im obersten Fach, fassen den glatten, hohen Nähkasten aus Holz, heben ihn heraus. Er trägt ihn an den Sofatisch, schlägt ihn auf, nimmt den Einsatz heraus, setzt ihn neben den Kasten – und in diesem Augenblick knackt es an der Tür, das Licht geht an, die alte Frau Pastorin Fleege steht in der Tür.

Er steht wie erstarrt.

Sie blickt ihn fassungslos an. Er sieht das Entsetzen in ihrem Gesicht, ihr Unterkiefer fängt an zu zittern, über das alte, faltige Frauengesicht laufen Tränen ...

Er weiß nicht, was er tun soll. Da steht sie und weint. Er sieht verwirrt in den Kasten. Er macht die Schachtel auf, sieht das Geld, das Sparbuch, seine Hand greift danach ...

„Oh, Herr Lederer ...", flüstert sie.

Plötzlich hört er sich sprechen. Hört sich selbst sprechen, während er das Geld wegstopft, das Sparbuch, hört sich flüstern: „Setzen Sie sich hin, schnell, keinen Laut. Ich tu Ihnen nichts."

Sie flüstert noch einmal, noch entsetzter, noch fassungsloser: „Herr Lederer ..." Dann macht sie eine Bewegung, als wollte sie hinaus auf den Flur.

Er ist in drei Sprüngen bei ihr. Er umfaßt die kleine, gebrechliche, wehrlose, zitternde Gestalt. Er legt die Hand über den Mund der Schluchzenden, zerrt die Frau durch das Wohnzimmer in das Schlafzimmer, legt sie auf das Bett und flüstert noch einmal: „Liegen Sie nur drei Minuten ruhig! Dann dürfen Sie schreien."

Er läuft aus dem Schlafzimmer, wieder in das Wohnzimmer, sieht sich einen Augenblick verwirrt um: Wo hat er seinen Hut? Ach, er ist wahnsinnig, er hat seinen Hut auf dem Kopf. Gleich wird sie schreien.

Er ist schon auf dem Gang, läuft auf die Entreetür zu und steht einen Augenblick lauschend still.

Nichts, alles totenstill. Kein Laut. Er faßt die Klinke. Er drückt sie behutsam herunter, Zentimeter um Zentimeter öffnet er lautlos die Tür, späht in den Flur, sieht nichts, tritt rasch heraus – und steht vor seinem Kriminalbeamten.

„Na also, Kufalt, habe ich Ihnen nicht versprochen, daß ich Sie wiederfinde?!" Und zu einem andern von der Schmiere, der dahinter steht: „Sehen Sie gleich nach in der Wohnung, ob er nicht auch da noch Geschichten gemacht hat." Und wieder zu Kufalt: „Na, wie ist Ihnen denn so? Nicht sehr erfreut, was?"

Zehntes Kapitel

NORD, OST, SÜD, WEST – TO HUS BEST

1

Das Haus lag am obersten Punkt einer Berggasse, gleich unterhalb des Burgbergs. Die Stube des Schülers lag vier immer enger und steiler werdende Treppen hoch, in der obersten Spitze des Hausgiebels.

Trat der Schüler an sein Fenster und der Tag war klar, so sah er über die Dächer der kleinen Stadt fort, über das mäßig weite Flußtal fort, über die sanften Laubhügel, die die andere Seite des Tals begrenzten, fort bis zu jenen schroffen Basaltfelsen mit ihren dunklen Tannen und Fichten, die „der Uhu" hießen.

Er sah oft dahin, denn unterhalb des Uhus, eine schwache Stunde nur zu gehen, lag seine Heimat, Rittergut Triebkendorf.

Der Schüler steht am Fenster, er geht in Gedanken den steilen Fußpfad den Uhu abwärts. Abfließender Regen hat den Lehm vom Wege gewaschen, er klettert vorsichtig über Felsblock auf Felsblock. Manche Steine sind fest eingesponnen von den zähen Stricken losgespülter Wurzeln, andere schwanken leise, als wollten sie unter seinem Fuß abstürzen.

Allmählich wird der Pfad weniger steil, die Bäume treten dichter an ihn heran, er geht nun wie in einer kühlen grünen Halle. Dann wird es heller vor ihm, er tritt hinaus aus dem Wald, der Bergzug ist über Hügel in eine fruchtbare Ebene ausgelaufen.

Noch ein paar Schritte, der Fahrweg geht um eine Heckenecke, und vor dem Jungen liegt das Dorf. Kaum Dorf, mehr Gut, mit den langen, öden Leutehäusern der Deputanten, um die es immer feucht nach faulen Kartoffeln riecht.

Nun taucht am Ende des Weges die große Torfahrt zum

Rittergutshof in der schwarzgrauen Feldsteinmauer auf. Geradezu, am andern Ende des Hofes, der von Scheunen, Stallungen und Schuppen begrenzt ist, liegt das Herrenhaus. Aber nicht das ist wichtig. Wichtiger ist gleich rechts vorn das kleine rote Backsteinhaus, mit den sechs Fenstern unter dem tiefen Dach, das die Heimat des Jungen ist. Es ist nichts, gar nichts. Ein roter Kasten, ein Inspektorenhaus, wie es auf tausend Rittergütern steht, innen mit getünchten Wänden, abgetretenen Dielen, verräucherter Küche – aber hier ist er zu Haus.

Zwei Linden stehen vor der Tür, sie sind hoch und stark, weit reichen sie über Dachfirst und Schornstein hinaus. Sie sind immer dagewesen, seit er ganz klein war, er kann sich nicht erinnern, daß sie je weniger stolz und schirmend waren. Wenn das Wetter nur einigermaßen war, so hatte die Mutter den Wagen mit dem Kind hinausgeschoben. Es hatte hinaufgesehen in die grün verwunschene, durchgoldete Blätterwildnis, die sich sachte verschob, wenn der Wind ging, es hatte auch danach gegriffen.

Es lernte die Bäume kennen, wenn sie noch hell und schütter waren und überall der Himmel durch die knorrigen, schwarzen Schlangen der Äste hindurchschaute. Später dann, wenn sie voller wurden, und man sah nichts mehr als Grün, Grün, Grün. Bald blühten sie, und die Bäume erklangen wie große Glocken von dem unablässigen Gesumm der Bienen. Am Ende wurden die Blätter schlaff und gelblich, sie lösten sich erst einzeln, dann wurden es ihrer mehr und mehr. Jeder Windstoß trieb sie über den Hof, sie häuften sich in den Tränksteinen der Pferde, an den Feldsteinmauern der Stallungen und erfüllten alles mit ihrem scharfen und trüben Geruch.

Als der Schüler, größer geworden, aus dem Schlafzimmer der Eltern in die Giebelstube umzog, allein schlafen lernte, da waren es die Linden, die ihn trösteten, wenn er sich in der einsamen Leere der Nacht ängstigen wollte – er kannte jeden Laut von ihnen, er war ja an ihnen groß geworden.

Der Schüler steht am Fenster des Pastorenhauses in der Berggasse und starrt auf den Uhu. Er meint, den glatten, über eine Näharbeit gesenkten Scheitel der Mutter am Fenster zu sehen. Aus dem Pferdestall kommt der Vater, die Reitpeitsche in der Hand. Er bleibt stehen unter dem Holzgestell in der Hofmitte, an dem eine ausgediente Pflugschar hängt.

Der Vater zieht die Uhr, er wartet noch einen Augenblick, dann sagt er zum Leutevogt: „Eins!" Und der Leutevogt schlägt mit dem Hammer gegen die Pflugschar, daß es hell und stählern über den Hof erklingt.

Aus der Stalltür taucht das erste Gespann Pferde auf. Gegenüber dem Inspektorenhaus stellen sich die Leute in Reihen an. Vorne die Hofgänger, erst die Jungen, dann die Mädels. Dahinter die Deputanten, erst die Frauen, dann die Männer ...

Er sieht es, er hat es hundertmal gesehen, tausendmal. Darum kann er es auch jetzt sehen, vom Fenster im Pastorenhause über sieben Bergrücken, sieben Täler hin.

Nun beginnen die Glocken im Tal eilfertig zu klingeln, es ist Sonnabendnachmittag, Feierabend. Der Schüler seufzt. Er sieht nicht mehr den Uhu, er sieht über das Städtchen hin, drüben am Fluß liegt das Gymnasium, um dessentwillen er hier sein muß. Dann sieht er näher, in die Berggasse, in das Haus schräg gegenüber, in dem eine Schneiderstube ist. Dort packen sie auch zusammen, es ist ja Feierabend. Ein Geschwirr von jungen Mädchen ist beim Aufräumen. Es sind die höheren Bürgertöchter, die Nähstunde gehabt haben.

Wie schon oft fällt ihm wieder eine lustige schlanke Blonde auf, und als sie hersieht, nickt er hin.

Sie nickt wieder. So stehen sie eine Weile sich gegenüber an den Fenstern. Der Fünfzehnjährige und die kleine Blondine. Sie nicken einander zu und lachen.

Plötzlich hat er einen Gedanken. Er macht ihr ein Zeichen, läuft ins Zimmer, sieht sich auf seinem Tisch um, ergreift den leeren Briefumschlag, der vom heutigen Brief der Mutter noch dort liegt, und stürzt wieder ans Fenster.

Sie sieht ihm entgegen, er hebt den Briefumschlag hoch und nickt voller Bedeutung. Sie sieht zögernd zurück, nickt dann aber auch langsam ...

Er stürzt fort vom Fenster, die Treppe hinunter.

Auf dem ersten Absatz bleibt er stehen, sie ist auch eine

Treppe hinuntergelaufen, sie ist auch stehengeblieben. Er hebt den Brief wieder, und sie nicken beide.

Nächste Treppe, nächstes Nicken.

Letzte Treppe, letztes Nicken.

Auf mit der schweren, ächzenden, eichenen Haustür! Hinaus auf die holprige Kopfsteingasse.

In der Mitte, zwischen den beiden Häusern, auf der Gasse, treffen sie sich.

„Guten Tag", sagt er befangen.

„Guten Tag", antwortet sie verlegen.

Damit ist es erst einmal alle.

Sie sieht zögernd auf den Brief in seinen Händen. Ein komischer Umschlag, aufgerissen, mit einer Marke und einem Stempel darauf.

Er sieht auch auf den Umschlag.

„Geben Sie mir doch den Brief", sagt sie schnell.

„Ich habe ja gar keinen", sagt er. „Ich wollte ja nur, daß Sie runterkämen."

Pause.

„Ich muß rauf", sagt sie.

„Heute abend um acht am Stadtwall", schlägt er vor.

„Das geht nicht", sagt sie. „Meine Mutti...", sagt sie.

„Bitte!" sagt er.

Sie verzieht den Mund und sieht ihn an. „Ich will es versuchen", sagt sie.

„Bitte!" sagt er.

„Acht, Stadtwall", sagt er.

„Gut", sagt sie.

Sie sehen sich an. Plötzlich müssen sie alle beide lachen.

„Sind Sie komisch mit Ihrem Brief!" lacht sie.

„Nicht wahr?" fragt er stolz. „Habe ich Sie doch endlich erwischt!"

„Also um acht!"

„Pünktlich!"

„Bis dahin!"

„Tjüs!"

Zurück in die Häuser. Zurück hinauf im Sturm die Treppen. Es sind nur noch ein paar Stunden bis acht, bis acht sind's nur ein paar Stunden – man kann das singen, entdeckt er.

Man kann es aber nicht lange singen.

Schon als er sieht, daß die dicke Schneiderin Gubalke mit dem weißen, kurzgeschnittenen Haar über die Gasse kommt, bei ihnen unten am Haus klingelt, hereingeht — schon da will er den Gesang abbrechen. Der Schüler zwingt sich, er singt weiter, aber es klingt jetzt spärlich, und zu oft setzt er aus, wenn er sich aus dem Fenster lehnt, um zu sehen, ob die Schneidermeisterin noch immer nicht zurückkommt.

Nein, sie kommt noch nicht, und die leere Schneiderstube drüben grinst ihn öde und häßlich an. Ein paar Stunden bis acht . . .? Eine endlose Zeit bis acht!

Da kommt sie. Sie geht über die Gasse zurück zu ihrem Haus, aber in der Tür dreht sie sich um und entdeckt den Schüler in seinem Fenster, sie blickt ihn böse an, ja, sie schüttelt die Faust gegen ihn. Dann knallt die Tür drüben zu.

Es kann so schlimm nicht werden. Ich habe ja eigentlich gar nichts getan, beruhigt er sich.

Doch schon klopft es an seiner Tür, und Mädchen Minna, ein älteres, bitteres Reibeisen, sagt: „Sie sollen zu Herrn Pastor kommen! Gleich!!"

„Schön", sagt der Schüler und glättet vor dem Spiegel sein Haar mit dem Kamm.

„Gleich! Sofort!!"

„Komme ja schon."

„Sie werden was erleben! Na!!"

„Zitrone . . .", sagt der Schüler und geht die beiden Treppen hinunter in das Arbeitszimmer des Pastors.

Er klopft an, es wird „Herein" gerufen, ölig-sanft, und vor seinem Pastor steht der Schüler.

Sanft, viel zu sanft. Immerhin doch: Betrübnis und Enttäuschung. Leichtfertige Liebschaft, Entweihung des geistlichen Heims, unerlaubte Korrespondenz, überhaupt viel zu jung.

„Was soll denn später aus dir werden, wenn du so anfängst?"

„Ich habe doch gar keinen Brief geschrieben."

„Dies Leugnen ergänzt dein Bild. Minna hat es auch gesehen, nicht nur Frau Gubalke. Die ganze Gasse wird es gesehen haben. Morgen weiß die Stadt, welch ein Mensch in meinem Heim wohnt . . ."

„Ich habe aber wirklich nicht . . ."

„Ich hege nicht die Absicht, mich mit dir zu unterhalten. Geh hinauf und pack deine Sachen. Dein Vater ist bereits telefonisch von mir benachrichtigt. Schon diese Nacht darfst du nicht mehr unter meinem Dach schlafen."

Des Schülers Mund verzieht sich weinerlich . . .

„Bitte, Herr Pastor, ich bitte Sie . . ."

„Nichts. Erst fünfzehn und schon mit Mädchen. Pfui! Pfui! Ich sage pfui!"

Der geistliche Zeigefinger droht. Dann weist er gegen die Tür, und der Schüler hat nur zu gehen.

Oben ist er allein. Er versucht zu packen, muß aber weinen. Minna bringt noch seine Wäsche. „Ja, jetzt können Sie heulen! Pfui!"

„Raus, Zitrone!" brüllt er und kann nun auch nicht mehr heulen. Und indes der Tag mit all seinen fröhlichen, eiligen Sonnabendgeräuschen in den Abend übergeht, sitzt er da auf seinem Wachstuchsofa, auf einem Stuhl den halb gepackten Koffer, den er doch nicht ganz füllen mag, weil er immer noch nicht glauben kann, daß es wirklich ganz zu Ende ist . . .

Kurz nach sieben hört er die Fahrradklingel vom Vater. Er stürzt ans Fenster, er ruft: „Vati, komm doch erst rauf zu mir!"

Aber wenn der Vater auch nickt, so kommt er doch nicht. Sicher hat ihn der Pastor abgefangen. Vater hält sonst immer Wort.

Noch fünf Minuten Warten, dann knackt die Treppe unter Vaters festen Reitstiefeln, und er tritt ein.

„Na, mein Sohn? An den Wassern Babylons saßen sie und weinten? Zu spät! Zu spät! Erzähle schon deine Sünden!"

Vater ist immer herrlich. Wie da der große starke Mann am Tisch auf einem Stühlchen sitzt, in den Reithosen mit dem grauen Ledereinsatz, der grünen Joppe, mit dem gesunden, rotbraun gebrannten Gesicht und der schneeweißen Stirn darüber — weiß und rotbraun grenzen scharf aneinander, das macht der Mützenrand —, ja, wie er das schon sagt: Erzähl deine Sünden — da ist alles gleich leichter.

Er hört zu, gut hört er zu. „Schön", sagt er schließlich. „Und weiter war nichts? – Schön. Geh ich noch mal runter zu deinem Pastor."

Aber er war sehr schnell wieder da, mit etwas gerötetem Gesicht.

„Nichts zu machen, mein Sohn, du bist und bleibst ein Sündenschippel. Also kommst du zuerst mal mit mir nach Haus. Mutter wird sich bestimmt freuen."

„Den Koffer lassen wir hier. Den kann morgen der Eli holen. Der muß sowieso in die Stadt. Soweit die Straße glatt ist, kannst du hinten auf dem Rad stehen. Nachher in den Bergen schieben wir beide. Um elf sind wir zu Haus."

„Aber die Schule?"

„Fürchte, Söhnchen, mit dem Gymnasium ist es auch alle. Der wird dich bei deinem Direktor hübsch verklatschen. Das sehen wir morgen. Ich reite noch mal rüber."

Und so gehen sie los. Der Vater links vom Rad, der Sohn rechts.

Minna lacht aus dem Küchenfenster.

„Sie Pute!" schreit der Vater plötzlich hochrot.

„Ich nenne sie immer die Zitrone", erklärt der Sohn.

„Zitrone ist auch viel besser", bestätigt der Vater.

„Du, Vater", fängt der Sohn vorsichtig an.

„Na?"

„Es ist doch gleich acht ..."

„Stimmt, der Zebedäus wird gleich schlagen."

„Und wir kommen am Stadtwall vorbei ..."

Der Vater pfiff langgedehnt. „Nachtigall, ich hör dir trapsen ..."

„Es ist doch nur, weil ich sie bestellt habe. Ich kann sie doch nicht einfach versetzen. Adieu sagen möchte ich ihr doch."

„Glaubst du, es ist richtig, wenn ich es dir erlaube ...?"

„Ach, tu's doch, Vater, bitte!"

„Na schön. Richtig wird's schon nicht sein. Aber meinethalben. Und nicht länger als fünf Minuten!"

„Bestimmt nicht."

„Ich will's lieber nicht so offiziell machen", überlegt der Vater. „Ich stell mich hier mit dem Rade hin. Wenn die fünf

Minuten um sind, pfeif ich meinen Pfiff. Und dann heißt's angeschwirrt wie Zieten aus dem Busch."

„Bestimmt, Vater."

Sie wartet wirklich schon.

„Guten Abend. Sie sind aber pünktlich!"

„Das muß man auch sein. Guten Abend."

„Jetzt schlägt's grade acht."

„Ja, ich höre es."

Die Unterhaltung hat schön lebhaft eingesetzt und ist plötzlich alle.

Schließlich fragt er: „Sind Sie gut weggekommen?"

„Ich habe einen kleinen Schwindel gemacht. Und Sie?"

„Ach ja, es ging."

„Haben Sie was?" fragt sie plötzlich.

„Nein, nichts. Was soll ich haben? Es ist schön heute abend, nicht?"

„Ja. Ein bißchen schwül, nicht?"

„Das kann sein — ich muß nämlich gleich wieder weg . . ."

„Ach . . ."

„Da hinten steht mein Vater . . ."

„Wo?"

„Da. Der Mann mit dem Rad. Hier am Busch müssen Sie vorbeigucken . . ."

„Und er weiß . . .? Und er hat Ihnen erlaubt?"

„Ja, mein Vater ist so."

Sie sieht ihn einen Augenblick an.

„Aber ich bin nicht so, ich finde es nicht nett von Ihnen."

Er wird langsam rot.

„Ich hätte es nicht von Ihnen gedacht."

„Ich . . .", fängt er an.

„Nein", sagt sie. „Jetzt gehe ich nach Haus."

„Fräulein", sagt er. „Fräulein, ich muß nämlich fort. Der Pastor hat mich nämlich rausgesetzt, weil . . . Sie verstehen . . . Frau Gubalke hat sich beschwert."

„O Gott!" ruft sie. „Und meine Mutti . . ."

„Ich werde wohl auch auf dem Gymnasium das Konsilium kriegen."

„Wenn mein Vater das erfährt . . .!"

„Meiner hat nicht geschimpft."

„Und auf dem Lyzeum . . ."

„Schieben Sie doch alle Schuld auf mich!"

„Ach, Sie – und nicht einmal was drin war in dem Brief."

„Aber ich kann Ihnen ja gerne schreiben!"

Der Vater pfeift: Liebst – du – mich – denn – gar – nicht – mehr?

„O Gott, die fünf Minuten sind schon um. Ich muß . . ."

„Aber gehen Sie doch schon. Sie haben mich schön reingesenkt."

Liebst – du – mich – denn – gar – nicht – mehr?

„Und ich weiß nicht mal, wie Sie heißen, Fräulein!?"

Liebst – du – mich – denn – gar – nicht – mehr?

„Daß Sie mir noch mehr Schwierigkeiten machen!"

„Aber, Fräulein, ich kann doch wirklich nichts dafür!"

„Was soll ich bloß zu Haus sagen?"

Liebst – du – mich – denn – gar – nicht – mehr?

„Fräulein, ich muß . . ."

„Ja, Sie gehen nach Haus, zu Ihrem Vater, der nicht schimpft. Aber ich . . .?"

„Bitte, geben Sie mir wenigstens die Hand."

„Auch noch!"

„Aber wir sehen uns vielleicht nie wieder!"

„Das ist auch viel besser. Und ich hatte gedacht, es würde so nett! – O Gott, da kommt Ihr Vater!"

„Na, Söhnchen, wie ist das mit Worthalten? Guten Abend, kleine Fee. Habt ihr euch gezankt?"

„Ich . . ."

„Wir . . ."

„Hände geben! Auf Wiedersehen!"

„Auf Wiedersehen!"

„Auf Wiedersehen!"

„Und jetzt los!"

Sie sehen sich noch einmal an.

„Ich bin an allem schuld", sagt der Junge beteuernd, und seine Lippen zittern.

„Ja", sagt sie, „es ist doch schon gut. Es war nur der erste Schreck. Ich schwindle mich schon durch."

„Auseinander mit euch! Viel zu jung. Viel zu grün."

„Also, alles Gute!"

„Ja. Ja. Alles, alles Gute Ihnen!"

„Auf Wiedersehen!"

„Ja, vielleicht sehen wir uns wieder."

„Gute Nacht, kleines Fräulein. Komm, Willi."

Hinter der Brücke fing der Weg an zu steigen. Der Vater rief: „Spring ab, mein Sohn."

Und als sie miteinander neben dem Rad gingen: „Wir haben keine Eile. Wir kommen noch immer früh genug nach Haus."

„Wann stehst du jetzt auf, Vater?"

„Wie stets im Sommer. Um vier. Man muß immer selbst nach dem Füttern und Melken sehen. Auf die Eleven ist kein Verlaß."

Und nach einer Pause fragt er leichthin: „Zur Landwirtschaft hättest du keine Lust?"

Er antwortet zögernd: „Ich glaube nicht, Vater."

„Und sonst...?"

„Ja..."

„Ja ist gar nichts. Was kommt dahinter?"

„Am liebsten ginge ich weiter aufs Gymnasium."

„Wird sich schlecht machen lassen. Pastor und Direktor sind zu gut Freund."

„Und wenn du mich auf ein anderes Gymnasium schicken würdest...?"

Sie gehen eine Weile schweigend.

„Ich will dir was sagen, Willi. Es ist mir jetzt schon sauer geworden. Du weißt, ich verdiene nicht viel. Und da ist noch deine Schwester. Nun, ich hätte es durchgehalten, wie es jetzt war, aber das ist nun vorbei. Eigentlich ist es mir recht, wie es gekommen ist. Gesagt hätte ich nichts. Aber wo du dich selbst darum gebracht hast, denke ich, lassen wir es dabei."

„Aber ich habe doch gar nichts gemacht!"

„Eine Dummheit hast du zum mindesten gemacht. Unüberlegt bist du jedenfalls gewesen, Willi. Du mußt lernen, daß im Leben Dummheiten oft ebensoviel schaden wie Schlechtigkeiten. Und daß hinter der Dummheit nicht alles so ist wie vor ihr. Man kriegt nicht alles wieder heil. Jetzt bist du noch gut weggekommen, du gehst mit deinem Vater nach Haus, und der Sturm ist vorüber. Später kannst du vielleicht einmal hinterher nicht so nach Haus gehen."

Der Vater seufzte ein wenig und schob langsamer bergan. Der Sohn ging schweigend daneben. In ihm wogte es unklar: Der Vater hatte unrecht, denn der Sohn hatte nichts Schlechtes getan. Und doch nahm es der Vater zum Anlaß, Geld zu sparen und ihn nicht mehr aufs Gymnasium zu schicken. War es so lange gegangen, hätte es auch weitergehen können. Bloß weil der Sohn auf die Straße gelaufen war mit einem leeren Briefumschlag und zu einem Mädel zehn Worte gesprochen hatte, wollte der Vater nun Schul- und Kolleggelder sparen . . .? Es schien keinesfalls richtig.

Die Straße stieg und stieg, zwischen hohen Böschungen, die von Wald bestanden waren. Oben über ihnen, schnurgerade in der Richtung des Weges, war der Nachthimmel wie ein heller, sanft aus sich heraus leuchtender Streif.

„Wie wäre es mit Kaufmann?" fragte der Vater schließlich.

„Ach nein!" rief der Junge enttäuscht.

„Kein Laden", sagte der Vater beruhigend. „Ich hatte an eine Bank gedacht."

„Ach so", sagte der Junge.

„Nun?" ermunterte der Vater.

„Ich weiß doch nicht", sagte der Sohn zögernd.

„Wenn man", sagt der Vater, „was auf den Deckel gekriegt hat, soll man nicht lange brummen, man überlegt sich den Fall, erkennt, was falsch war, und macht's nun richtig. — Übrigens kannst du ruhig zwei, drei Wochen zu Haus sitzen. Du kannst mir schön beim Lohnausrechnen helfen. Jetzt in der Ernte habe ich nie Zeit dafür.

So, und nun steig wieder auf, jetzt können wir einen langen Zug machen."

Der Schüler stand hinten auf dem Rad, die Hände auf den Schultern des Vaters. Das Rad surrte eilig bergab, der Luftzug stieß kühl und erfrischend ins Gesicht.

„Ich weiß nicht einmal, wie sie heißt", rief der Sohn plötzlich.

„Wie?" schrie der Vater, der bei der raschen Fahrt nicht recht verstanden hatte.

„Ich weiß nicht mal ihren Namen!"

„Wessen Namen . . .?"

„Von dem Mädchen!"

Der Vater trat so scharf auf die Rücktrittbremse, daß der

Sohn mit einem Ruck gegen seine Schultern flog. Das Rad hielt fast ganz an. „Ich möchte dich", sagte der Vater, langsam fahrend, „beinahe bitten, abzusteigen und zu Fuß allein nach Haus zu gehen. Damit du nachdenken kannst. Denkst du jetzt rückwärts? Möchtest du fortsetzen, was eine Dummheit gewesen ist, die dir nur Schaden gebracht hat? O Willi, Willi, ich fürchte, ich mache es dir wieder einmal zu leicht. Wenn es dir nur nicht eines Tages zu schwer werden wird."

Das Rad fuhr schneller, der Sohn antwortete nichts.

Dann ging es über eine Brücke, einen Augenblick hörte man Wasser plätschern, die Straße drehte sich, der Lichtschein der Fahrradlampe leuchtete eine Waldwand ab, dann tauchte etwas Schwarzes, Hohes, Massiges auf.

Der Vater klingelte.

„Jetzt kann uns Mutter schon hören."

Es ging durch das Tor der massigen Mauer, die beiden Fenster im Inspektorenhaus rechts waren hell. Nun, während sie darauf zufuhren, ging die Tür auf, ein Lichtschein fiel heraus, die Mutter stand in ihm ...

Knirschend hielt das Rad an.

„Da bist du ja, Willi", sagte die Mutter. „Komm schnell rein. Sicher hast du schrecklichen Hunger. Ich habe dir Erbsensuppe vom Mittag aufbewahrt."

2

Eines schönen Frühjahrsmorgens sagt Staatsanwaltschaftsrat Gröschke zu seinem Assessor: „Ich habe da am Freitag den Fall Kufalt. Sehen Sie doch mal die Akten ein und arbeiten Sie mir einen Boden aus. Nehmen Sie jede Straftat genau unter die Lupe. Und zeichnen Sie mir den Strafrahmen auf, der für jede Tat ausgeworfen ist. Ich möchte für die Strafanträge ganz klarsehen."

„Wird tadellos gemacht", sagt der Staatsanwaltschaftsassessor Söhnlein und kniet sich in die Akten.

Söhnlein hat zwei Leidenschaften: Kakteenzucht und Strafrecht. Aber die zweite ist die größere. Er ist gewissermaßen ein Arithmetiker des Gesetzes: Die Menschen verflüchtigen sich unter seinen Händen, die Paragraphen bleiben. Dann lösen sich auch die Paragraphen auf und werden zu Zahlen. Dinge sind geschehen, Leidenschaften waren los, Wünsche, Begierden, Kämpfe – nun werden Zahlen daraus, nur Zahlen. Und am Freitag wird Herr Staatsanwaltschaftsrat Gröschke diese Zahlen benutzen.

Da ist nun der Fall Wilhelm (nicht Willi) Kufalt.

Söhnlein schreibt:

„Vorbestraft 1924 mit 5 Jahren Gefängnis wegen

1. Unterschlagung aus § 246 StGB.

2. Schwere Urkundenfälschung in verschiedenen Fällen aus § 268 StGB.“

„Schön, schön, sehen wir weiter, was er diesmal auf der Schippe hat.“

Der Assessor schreibt:

„1. 14–15 ‚selbständige‘ Handtaschendiebstähle, da der Täter jedesmal neu den Entschluß zu einer Wegnahme faßt . . .“

„Kommt hier unzweifelhaft in Frage.“

„§ 249 StGB. (Raub) und gleichzeitig § 223 StGB. (Körperverletzung), und zwar § 223a StGB., da die Körperverletzung mittels eines hinterlistigen Überfalls begangen wurde. Der in Frage kommende Strafrahmen ist nach § 73 StGB. nur aus § 249 StGB. zu entnehmen. Es liegt bei Raub und Körperverletzung nur eine Handlung vor, die nur nach *einem* Delikttatbestand zu bestrafen ist:

1–15 Jahre Zuchthaus, bei mildernden Umständen 6 Monate bis 5 Jahre Gefängnis.“

„Aber der Raub ist ja auf öffentlichen Wegen begangen!“

Er schreibt:

„Also nicht § 249 StGB., sondern § 250 Ziffer 3 StGB.:

5–15 Jahre Zuchthaus, bei mildernden Umständen 1–5 Jahre Gefängnis.“

„Kommt Nummer 2. Also . . .“

Er schreibt:

„2. ‚Diebstahl‘ des Sparkassenbuchs und von 37,56 RM Bargeld ist ein ‚räuberischer Diebstahl‘. Der Täter ist nach § 252 StGB. wie ein Räuber zu bestrafen. (S. o. § 249 StGB.)

3. Tip für Schaufenstereinbruch gleich Beihilfe zu Einbruchsdiebstahl: §§ 243 Abs. 1 Ziffer 2, 49 StGB.:

4 Monate 15 Tage bis 1 Jahr 4 Monate 15 Tage Gefängnis. Oder: 1 Jahr bis 9 Jahre 11 Monate Gefängnis, bei mil-

dernden Umständen 22 Tage Gefängnis bis 4 Jahre 11 Monate 29/30 Tage Gefängnis.

Auch wenn das Verbrechen gegen den Willen des Gehilfen zustande kommt, ist es zu bestrafen.

Ein von Strafe befreiender Rücktritt des Gehilfen liegt nicht vor, da er nicht die Förderlichkeit seiner Tätigkeit für die Haupttat beseitigt hat.

4. Erpressungsversuch beim Führer der Einbrecherbande §§ 253, 43ff. StGB.:

7 Tage bis 4 Jahre 11 Monate 29/30 Tage Gefängnis."

„Na also", sagt Herr Assessor Söhnlein vergnügt zu sich. „Das ist ja fein fix gegangen. Wollen wir also die Zusammenstellung für die Strafbemessung machen. Strafverschärfende Voraussetzungen liegen kaum vor. Also ..." Er schreibt eifrig, er rechnet:

„1. Raub in Idealkonkurrenz mit Körperverletzung, 15 verschiedene Handlungen, mildernde Umstände:

	1 Jahr	2	Monate	Gefängnis
		8	"	"
		9	"	"
		10	"	"
	1 "	3	"	"
	2 "	—	"	"
		7	"	"
		8	"	"
		11	"	"
	1 "	2	"	"
		9	"	"
		10	"	"
	1 "	4	"	"
	1 "	—	"	"
		9	"	"
2. Räuberischer Diebstahl	2 "	—	"	"
3. Beihilfe zum Einbruchsdiebstahl		3	"	"
4. Erpressungsversuch	1 "	2	"	"

Zusammen 18 Jahre 1 Monat Gefängnis
davon als Gesamtstrafe: 10 Jahre Gefängnis."

„So", sagt der Assessor Söhnlein und betrachtet liebevoll sein Werk, „das wird ungefähr stimmen. Ein bißchen hoch gerechnet, aber es kommt ja doch immer was runter."

3

Das große, geschlossene, grüne Auto hupte einmal gellend vor dem Anstaltstor, am Fenster des Torhauses erschien ein Wachtmeistergesicht, nickte dem Schupochauffeur zu, und kurz darauf öffnete sich langsam das große, zweiflügelige Tor. Das Transportauto fuhr durch den Torweg, über einen Platz und hielt vor dem Verwaltungsgebäude.

Vorne kletterte der Chauffeur heraus, dann kamen hinten aus dem Wagen zwei Schupos, und aus dem Verwaltungsgebäude traten fast gleichzeitig vier Beamte, davon einer in Zivil.

„Die Einlieferung", sagte der Schupo.

„Wie viele?" fragte der Zivilist.

„Fünf Mann", sagte der Schupo.

„Schön", sagte der Zivilist. „Was längeres dabei?"

„Weiß ich nicht, habe ich mir nicht so genau angesehen. Einen haben wir fesseln müssen, hat rote Papiere."

„Heißt?"

„Warten Sie mal. Hier. Kufalt. Sieben Jahre hat er. Raub, Einbruchsdiebstahl, hat das ganze Strafgesetzbuch."

„Hat wohl türmen wollen?"

„Möglich. Keine Ahnung. Im Wagen war er friedlich."

„Also los."

Die beiden Schupos gehen in den Wagen und schließen die Zellen auf. Eine Wolke von grauem, stinkendem Tabaksqualm dringt heraus.

„Schweine", sagt der Schupo. „Ich hab euch das Rauchen doch extra verboten."

Dann kommen die Gefangenen.

Erst ein kleiner alter Mann mit einem weißen Totenkopf, der sich angstvoll umsieht. Dann ein junger Mensch, mit schwarzem, krausem Haar, sehr schick gekleidet, tadellose Bügelfalte, der überlegen die Beamten mustert und dann leise pfeifend die Hände in die Taschen steckt.

„Nehmen Sie die Hände aus den Taschen, sofort!"

Der Mann tut es absichtlich langsam.

„Frisch heute morgen, Herr Inspektor", sagt er. „Ich glaub, der alte Wackelkopf hat vor Angst in die Hosen geschissen."

„Wie . . .?!"

„Er stinkt jedenfalls wie 'ne ganze Latrine."

„Hören Sie mal", sagt der Beamte drohend zu dem zitternden alten Mann, „ist das wahr, was der sagt . . .? Haben Sie in die Hosen . . .?"

„Ogottogott", wimmert der Alte, „tun Sie mir bloß nichts, Herr . . . Ich kann nichts dafür . . ."

„Stellen Sie sich da drüben hin. Na, der Hausvater wird sich über Sie freuen, da können Sie was erleben . . ."

Unterdes sind Nummer drei und vier aus dem Wagen geklettert.

Drei ist ein langer, schlottriger Mann, in ganz verbrauchtem Anzug. „Morrrgen, Panje Inspektor!" sagt er.

„Halt 's Maul. Polski, was? Brauche von dir keinen guten Morgen!"

Aber der vierte, ein dicker, behäbiger Mann, wie ein friedlicher Stammtischsitzer: „Tag, Herr Oberinspektor Fröschlein. Tag, Herr Fritze. Tag, Herr Haubold. Tag, Herr Wenk. Sie sind Oberwachtmeister geworden? Fein, ich gratuliere schön."

Dann mit einem entschuldigenden Lächeln: „Ich bin auch mal wieder da, aber nur eine Kleinigkeit diesmal. Neun Monate. Kleiner Betriebsunfall."

Die Beamten grinsen alle erfreut.

„Na, Häberlein, was war's denn diesmal?"

„Och, och, reden wir nicht davon, die Menschen sind ja saudumm. Verstehen keinen Spaß mehr."

Plötzlich sehr besorgt: „Ob ich meinen Posten in der Küche wiederkriege? Sie wissen doch, Herr Oberinspektor, keiner kocht so gut wie ich."

„Und keiner frißt soviel wie Sie, Häberlein. Na, ich werde mal mit dem Arbeitsinspektor reden. – Los, der letzte Mann. O Gott, sieht der aus!"

„Das kann man wohl sagen", brummt ein Wachtmeister.

Mühsam klettert Kufalt aus dem Wagen. Sein Anzug hängt in Fetzen, sein halber Kopf steckt in einem weißen

Verband, der von Blut durchtränkt ist, sein einer Arm ist in einer Binde.

„Was haben Sie denn gemacht, Menschenskind?"

„Ich hab mich geprügelt mit einem", sagt Kufalt.

„Sieht mehr so aus, als wenn der Sie geprügelt hätte", stellt der Beamte fest. „Na, Wachtmeister, nehmen Sie ihm die Kette ab, er wird schon nicht türmen."

„Will überhaupt nicht türmen", sagt Kufalt. „Bin froh, daß ich hier bin."

„Jemanden in die Pfanne gehauen, was?" fragt der Beamte. „Kommt Ihr Freund nicht auch hierher?"

„Glaube ich nicht. Hat Zet gekriegt."

„Seien Sie froh, der schreibt eine kräftige Handschrift. — Abrücken!"

4

„Was mache ich nun mit Ihnen", sagt der Hausvater gedankenvoll. „Baden bei der Aufnahme ist Vorschrift. Aber es geht doch nicht, so verbunden wie Sie sind."

„Oh, das geht schon, Herr Hauptwachtmeister", schmeichelt Kufalt. „Das sieht nur so schlimm aus. Ein Bad möchte ich gerne haben. Im Untersuchungsgefängnis verdreckt man immer."

„Na, meinethalben. Peter, bade ihn. Aber nicht unter der Brause. Diesmal können wir schon die Wanne nehmen."

„Jawohl", sagt der Hausvater-Kalfaktor, ein alter Glatzkopf, „komm, Neuer."

„Ist ein Wachtmeister beim Baden bei?" flüstert Kufalt.

„Guckt höchstens mal rein. Hast was?"

„Vielleicht. Biste stiekum?"

„Ich geh in Ordnung", prahlt der Glatzkopf. „Ich habe noch nie einen in die Pfanne gehauen. Mir kannste alles anvertrauen. Ich liefere dir alles ab. — Hast wohl schon mehr abgerissen?"

„Doch, doch", sagt Kufalt. „Fünf Jahre."

„Und jetzt?"

„Sieben."

„Au Backe, das zieht hin."

„Wat denn, wat denn", sagt Kufalt. „Sieben Jährchen und

Backe. Da brauche ich keine Zelle für, die reiß ich auf der Treppe im Stehen ab."

„Du hast 'nen Nerv."

„Was denn? Wieso Nerv? – Wie ist hier der Arbeitsinspektor? Kriegt man hier leicht einen Druckposten?"

„Kommt darauf an", sagt der Kalfaktor, die Hähne aufdrehend. Wasser stürzt in die Wanne. „Badste gerne heiß?"

„Mittel. Nu wollen wir mal sehen. Hilf mir ein bißchen beim Ausziehen. Mit dem Arm geht das noch gar nicht."

„Wer hat dich denn so durch den Wolf gedreht?"

„Mein Kumpel. Wollte mich in der U-Haft vom dritten Stockwerk runterschmeißen."

„Au Backe."

„Na, was denkst du, was ich den in die Hand gebissen habe, der hat geschrien! – Wie ist denn hier der Alte?"

„So lila, wie so 'n Alter eben ist. Zu sagen hat er nicht viel. – Hat sich's denn gelohnt?"

Kufalt sagt feierlich: „Hundertfünfzigtausend!"

„Wie? Was? Du sohlst ja!"

„Hast du nicht in der Zeitung gelesen vom Juweleneinbruch in Hamburg bei Wossidlo?"

„Natürlich! – Und?"

„Habe ich gedreht!"

„Du, Mensch?" Der Kalfaktor starrt bewundernd. Dann flüstert er: „Haste was beiseite gekriegt?"

Kufalt lächelt vielsagend. „Davon redet man nicht. Vielleicht erlebst du noch mal was mit mir. Kneiste mal, ob die Luft sauber ist."

„Alles in Ordnung", meldet der Kalfaktor gehorsam.

„Schön. Dann wickle die Binde von meinem Arm ab. So. Langsam, daß nichts ins Wasser fällt. Siehst du, das ist das erste Päckchen Tabak. So. Leg's erst mal unter die Wanne. In der Blechschachtel habe ich Priem. Noch mal Tabak. Und auf ein drittes! Blättchen habe ich auch. Streichhölzer auch. Gott sei Dank, daß ich den Arm wieder rühren kann. Er war schon ganz eingeschlafen."

Und er bewegt feste den Arm.

Der Kalfaktor ist nur Bewunderung. „Du hast den Bogen aber raus. Ist denn gar nichts mit deinem Arm?"

„Quatsch, was soll mit dem sein? Hat mir der Lazarettkalfaktor gemacht. Für ein Paket Tabak. Hör zu, Mensch. Hältste dicht und verpfeifst mich nicht, dann kriegst du ein halbes Paket Tabak."

„Ein ganzes", fordert der Kalfaktor.

„Hau ab", sagt Kufalt und steigt in die Wanne, „wo ich selbst nur drei habe."

„Na, du kriegst doch immer frischen."

„Weiß man nicht, muß man erst Bescheid wissen im Bau, mit wem man schieben kann. – Wann kommt der Arzt?"

„Der Arzt? Morgen!"

„Au weh! Muß ich ja meinen Verband abmachen. Werden die Zellen hier sehr gefilzt?"

„Nee. Du tust deinen Tabak am besten in die Matratze. Da wird nie nachgesehen. Nach Einschluß kannst du schön rauchen. Die Nachtwache sagt nichts."

„Schön, schön. Also, ich will dir ein Paket Tabak geben. Ich krieg schon wieder frischen. Aber du gibst mir nachher auf der Kammer einen tadellosen Anzug."

„Ist gemacht. Suchen wir dir gleich nachher raus."

Wohlig aufseufzend reckt sich Kufalt in der Wanne. „Eigentlich ist es großartig, wenn man wieder drin ist. Hat man doch wieder seine Ordnung."

„Versteht sich", sagt der Kalfaktor. „Aber sieben Jahre – na, du wirst noch an mich denken."

„Mensch, wo ich schon fünf Jahre abgerissen habe! Sieben ist auch nicht viel mehr. Und vielleicht kommt 'ne Amnestie. Hauptsache, daß man immer zu rauchen hat und kriegt einen Druckposten. Aber keine Bange. Ich werde schon für mich sorgen."

5

Der erste aufregende Tag mit seinem Hin und Her, mit Vorführung, Einkleidung, Zuteilung ist vorüber, Einschluß ist gewesen, und Kufalt sitzt allein in seiner Zelle 207 auf dem Bett.

Durch das Gefängnis gehen noch die üblichen, altgewohnten Abendgeräusche: Ein Bett schlägt polternd auf den Fußboden, jemand pfeift in seiner Zelle selbstvergessen vor sich hin, und der Nachbar protestiert mit Gebrüll, zwei unterhalten sich ein Stockwerk tiefer von Fenster zu Fenster, ein Kübeldeckel klappert, ein Wachhund jault auf dem Hof.

Kufalt ist in Ordnung, Kufalt ist zufrieden. Er hat eine schöne Zelle gekriegt, Material alles tadellos, die Bürsten noch so gut wie neu. Hinter dem Kübel hat er Lunte, Stein und Schnurrädchen gefunden, braucht er also keine Streichhölzer, hat er gleich was zum Verscheuern. Einen fleckenlosen Anzug hat er gefaßt, auch gute Schuhe, seine Wäsche ist auch gut, das grobe Hemd kratzt noch ein bißchen, aber daran gewöhnt man sich in drei Tagen.

Mit dem Arbeitsinspektor hat er auch schon gesprochen, scheint ein netter Mann, sobald er gesund geschrieben ist, kommt Kufalt zu den Aluminiumarbeiten. Hat die Gußnähte von den Griffen abzufeilen, die Arbeit kennt er noch nicht, das wird Spaß machen. Mal was anderes, Netze stricken gibt's in diesem Kittchen nicht.

Es dämmert rasch, er sitzt da so auf seinem Bett, in der Fußmatratze ist der Tabak untergebracht. Nun wartet er, daß er die Nachtwache vorbeilatschen hört. Sind die vorbei, kann er in aller Ruhe eine stoßen. Zu Anfang darf man nicht zu pampig sein im Bau, mit der Zeit lernt man dann schon, wo man was riskieren kann.

Morgen wird er erst einmal den Kübeldeckel wienern, der ist noch nicht so, wie er sein soll. Für ein paar Streichhölzer kriegt er sicher Putzpomade und hat gleich einen Stein beim Hauptwachtmeister im Brett, wenn alles glänzt. Als nächstes wird er dann die Fenster waschen, es eilt nicht, er hat alle Zeit und wird seinen Kram schon in Schuß kriegen.

Nur muß er bald arbeitsfähig geschrieben werden, sonst wird es zu langweilig auf der Zelle. Übermorgen werden erst Bibliotheksbücher ausgegeben, bis dahin muß er sich mit Bibel und Gesangbuch behelfen. Mit dem Bücherkalfaktor muß er schmusen, daß er immer ganz dicke Wälzer kriegt. Vorläufig bekommt er ja nur ein Buch, das die ganze Woche vorhalten muß, aber er rechnet bestimmt darauf, daß er in einem halben Jahr schon in die zweite Stufe, in der zwei Bücher die Woche erlaubt sind, kommt.

Wenn er auch vorbestraft ist, er wird schon seinen Schmus überall anlegen, das kann er. Das hat er gelernt. Er hat sich auch schon zum Pastor vormelden lassen, diesmal wird er nicht so dumm sein und es mit dem Pastor verderben. Das hat in seinem ganzen Leben noch nie getaugt, man muß aus seinen Dummheiten auch was lernen.

Jetzt könnten die übrigens gut kommen, die Filzlatscher, er hat strammen Hunger auf ein Stäbchen!

Aber besser ist es hier doch als draußen. Draußen hat man die Dinger so weggeraucht, sich gar nichts mehr dabei gedacht, hier — laß mal sehen, seit er aus dem Vater Philipp geklettert ist, das sind nun netto acht Stunden, hat er nicht mehr geraucht. So was hat's draußen nicht gegeben. Und ordentlich Ruhe zum Bücherlesen hat man draußen auch nicht. Er wird sehen, daß er erst mal 'ne Reisebeschreibung kriegt. Hedin ist immer so schön dick, und ist manchmal auf den Photos eine nackte Frauenbrust, oder auch ein Bein — klappt der Laden wieder.

„Knips", geht es, und seine Zelle wird hell.

Er springt auf und stellt sich stramm. Der Schieber am Spion hat geklappert, aber die Scheibe blendet. Er kann das Auge nicht sehen.

„Legen Sie sich hin, Mensch, Sie warten wohl noch aufs Kindermädchen?"

„Wäre nett, Herr Hauptwachtmeister", grinst Kufalt die Eisentür an und macht sich sofort ans Ausziehen.

„Na, denn gute Nacht."

„Gute Nacht, Herr Hauptwachtmeister. Danke auch schön."

„Knips", geht es, und die Zelle ist wieder dunkel.

Kufalt drückt sich an die Tür und lauscht.

Er hört den Schritt weiter fort, dann drüben auf der andern Seite, und nun knarrt die Treppe, die Luft ist rein.

Er nimmt die schon gedrehte Zigarette, auch ein Streichholz — heute noch mal ein Streichholz, geht bequemer —, rückt den Tisch unters Fenster, stellt den Schemel darauf und klettert vorsichtig im Dunkeln hoch.

Dann hält er sich mit einem Arm an der Lüftungsklappe fest, brennt die Zigarette an und pafft zum Fenster hinaus.

Wie das schmeckt, o Gott, man kann sich die ganzen Lungen vollpumpen, Zigarette im Bunker ist was Herrliches, das Beste von der Welt.

„Du, Neuer", flüstert eine halblaute Stimme.

„Ja?" fragt er dagegen.

„Rauchst du?"

„Das riechst du wohl?"

„Bring mir morgen ein bißchen Tabak zur Freistunde mit. Ich bin dein Nachbar links."

„Mal sehen."

„Nee, bestimmt. Ich erzähl dir auch was von unserm Stationsbullen. Dann kriegst du bald einen Druckposten."

„Warum hast du denn keinen?"

„Och, ich komm in fünf Tagen raus."

„Haste Schwein. Wie lange haste denn abgerissen?"

„Ganze Ecke – anderthalb Jahre."

„Anderthalb Jahre sagst du ganze Ecke?! Ich hab sieben!"

„Na, ich weiß ja nicht ... Was hast du denn ausgefressen?"

„Hab den Juwelenraub bei Wossidlo am Jungfernstieg gemacht. Wirst du ja von gehört haben."

„Donnerwetter! Dann sind sieben Jahre billig. Hast du was gehabt vom Kies?"

„Fein, sage ich dir."

„Du, Kumpel...", fängt der andre an.

„Was denn?"

„Wenn ich dir 'nen Brief rausbesorgen soll, und du möchtest vielleicht Geld haben, hierher ins Kittchen, auf mich kannst du dich verlassen. Ich halte dicht. Ich verrate dem Bullen nicht, wo du den Zaster hast..."

„Will ich mir mal überlegen."

„Ich habe aber nur noch fünf Tage."

„Ich gebe dir schon noch Bescheid. Weswegen bist du denn drin?"

„Unterschlagung ..."

„Na, Mensch, ob ich dich da grade an meine Marie ranlasse ..."

„Ich werd doch 'nen Kumpel nicht bestehlen, was denkst du denn von mir! Die Speckjäger, ja, immer. Aber einen Kumpel – und wo du noch sieben Jahre hast! Nicht wahr, du gibst mir einen Brief mit? Hat es deine Braut?"

„Vielleicht ..."

„Hör mal zu, Genosse", sagt der andere eifrig, „ich kann dir ja auch kaufen, was du brauchst. Ich krieg's schon rein zu dir ins Kittchen, da hab bloß keine Angst. Und Tabak brauchst du mir morgen auch nicht mitzubringen. Ich hab

Tabak stief. Ich hab's nur gesagt, weil ich gedacht habe, du bist grün. Ich kann dir 'nen ganzen Schwung Tabak abgeben, auch Blättchen. Und dann habe ich ein feines Stück Toilettenseife. Sollst du auch haben . . ."

„Na, denn gute Nacht, Kumpel", sagt Kufalt. „Ich hau mich in die Falle. Mit dem Brief, das beschlaf ich mir noch."

„Tu das man, und laß dich bloß nicht mit den Kalfaktoren ein, die Brüder hauen dich glatt in die Pfanne. — Du, psst, Kumpel, bist du noch da?"

„Ja, ich gehe jetzt aber."

„Wieviel sind's denn?"

„Na, es waren so fünfzehntausend. Zwei oder drei sind weg . . ."

„Mensch, Kumpel, und das hat deine Braut?! Dafür reiß ich zehn Jahre ab. Zwölf meinethalben . . ."

„Nacht, Kumpel."

„Nacht, Genosse. Ich vergeß deinen Tabak morgen nicht."

Kufalt ist sachte von seinem Thron runtergestiegen, hat alles schön fortgeräumt und sich hingehauen.

Der sabbelt ihn ja tot. Aber nützlich, eine richtige doofe Nuß, die man hochnehmen kann. Der wird glotzen, wenn man ihm einen Brief mitgibt, er soll sich tausend Mark abholen, etwa bei dem feinen Maschinenfräulein auf der Schreibstube von Jauch, oder noch besser bei der Liese. Die würde ihn feste durch den Kakao ziehen.

Kufalt hat die Decke schön hoch über die Schultern gezogen, im Kittchen ist es angenehm still, er wird großartig schlafen.

Fein, wenn man wieder so zu Hause ist. Keine Sorgen mehr. Fast, wie man früher nach Hause kam, mit Vater zur Mutter.

Fast?

Eigentlich noch besser. Hier hat man ganz seine Ruhe. Hier quatscht keiner auf einen los. Hier braucht man nichts zu beschließen, hier hat man sich nicht so zusammenzunehmen.

Schön, so 'ne Ordnung. Wirklich ganz zu Haus.

Und Willi Kufalt schläft sachte, friedlich lächelnd ein.

Anhang

HANS FALLADA

Stimme aus den Gefängnissen

Ich habe vor kurzem nahezu fünf Monate Gefängnis in einer mittleren Strafanstalt Deutschlands verbüßt. Dabei habe ich eine Reihe von Beobachtungen gemacht, deren Mitteilung vielleicht nicht allein von dem Gesichtspunkt aus, daß jeder jeden Tag in Untersuchungshaft oder Strafhaft geraten kann, interessant erscheint. (Für Heuchler, die sich diese Gefahr leugnen, schreibe ich nicht.) Ich fühle mich ein wenig wie ein Reisender, der aus einem unbekannten Weltteil zurückgekehrt ist. Ich bin dort gewesen, wo die Seele seltsame Veränderungen erleidet oder, nach längerer Haft, schon erlitten hat, jene Veränderungen eben, die dem „Gebildeten" den „Gewohnheitsverbrecher" unverständlich machen. Den Verbrecher, der stiehlt, wie ein anderer arbeitet, ohne Erregung, selbstverständlich, wird man in der Literatur nicht finden. Er ist noch nicht entdeckt. Die Frage, ob er geworden ist oder von je so war, ist noch unentschieden.

Das Publikum beschäftigt sich kaum mit dieser Frage, es überläßt sie den Fachgelehrten: den Juristen und allenfalls noch den Psychiatern. Der Theologe, der sie auch für sein Arbeitsgebiet hält, geht von der sentimentalen Seite an die Sache heran, er spricht vom „Standpunkt des Lebens", das „gerettet" werden muß. In seiner Ahnungslosigkeit für Seelisches wird er nie verstehen, daß solche Rettung unmöglich ist: Psychische Veränderungen lassen sich nicht rückgängig machen, wie auf physischem Gebiete kein Arzt einem Arm, den ein Zahngetriebe verkrüppelte, seinen früheren Zustand zurückgeben kann. Man soll Schutzvorrichtungen am Getriebe anbringen, da liegt es.

Ich bemerke noch, daß sich meine Beobachtungen und

Angaben auf eine Strafanstalt mit einer Belegungsfähigkeit von etwa 130 Mann beziehen, in der im allgemeinen nur Strafen bis zu einem Jahr vollstreckt wurden. Straf-, Haft- und Untersuchungsgefangene waren nicht in voneinander abgeschlossenen Abteilungen untergebracht.

I

Der Untersuchungsgefangene ist ein Gefangener, dessen Schuld erst bewiesen werden soll, bis zum Termin noch zweifelhaft ist. Die Haft soll ihn an der Flucht, an einer Verdunkelung des Tatbestandes hindern. Man sollte danach annehmen, daß solch, in der Gefängnissprache kürzer gesagt, Untersucher, außer der Beschränkung seiner Freiheit jedes nur mögliche Entgegenkommen findet, denn seine Haft ist ja immerhin möglicherweise unverdient.

Ich beweise: Dem Untersucher geht es schlechter als dem Strafgefangenen!

Der Untersucher liegt fast stets auf Einzelzelle. Er sitzt Monate und Monate allein, mit keinem Menschen kann er ein Wort wechseln. Frühmorgens wird er aus seiner Zelle gelassen und darf eine halbe Stunde in streng vorgeschriebenem Abstande von Vor- und Hintermann im Freihof spazierengehen. Zwei Beamte passen dabei scharf auf, daß nicht ein Wort gewechselt wird. Wagt es jemand, wird er abgeführt und streng bestraft. Will der Untersucher arbeiten, so kann er auf seiner Zelle Taue mit den Fingern zu Werg zerzupfen, die tötendste, langweiligste Arbeit, die es gibt. Darf der Untersucher rauchen? Jawohl, Erlaubnis kann ihm erteilt werden, ich habe aber nur in zwei Fällen erlebt, daß sie erteilt wurde. Wenn er Geld hat, darf er sich Lebensmittel besorgen lassen, aber welche Schwierigkeiten werden ihm dabei bereitet! Wie oft muß er erinnern, wie lange warten! Vor allem aber: Männer, von denen sich doch mancher unschuldig glaubt, müssen um jede Kleinigkeit bitten, bitten, bitten, die ihnen ohne weiteres gewährt werden müßte.

Der Strafgefangene ist dagegen den ganzen Tag mit seinen Gefährten zusammen, er arbeitet draußen in der frischen Luft auf dem Holzhof, in Gärtnereien, auf Gütern, er schwatzt mit den andern, er sieht die Welt: Bäume, Straßen, Menschen. Der Untersucher hat die vier weißen Zellenwände und die blinde Scheibe seines Fensters, er hört das Schlüsselbund klappern, das ist seine Welt. Der Strafgefangene raucht fast täglich, auf den Gütern bekommt er reichlichere Kost, in der Anstalt häufig Zusatzportionen. Der Untersucher kann hungern.

Wenn die Untersuchung wenigstens schnell ginge, beschleunigt würde! Aber dieses endlose Verschleppen gehört zu den größten Unbegreiflichkeiten und Grausamkeiten, die denkbar sind. Es vergehen Wochen und Wochen von einer Vernehmung zur andern, Monate geschieht nichts, der Gefangene muß warten. Nur warten. Ich weiß schon: Sicher geschehen unterdes ungeheure Dinge mit den Akten, sie werden von Prenzlau nach Potsdam geschickt. Eine kommissarische Vernehmung. Frist bis da und da. Frist überschritten. Anmahnen. Der Gefangene wartet.

Der Strafgefangene weiß, den und den Tag werde ich frei sein, der Untersuchungsgefangene grübelt: wer weiß? Er wartet.

Mich selbst hat ein gnädiges Geschick vor der Untersuchungshaft bewahrt, aber wenn ich an manchen mir bekannten Untersucher denke, der nun schon im zehnten oder elften Monat seiner Haft lebt, packt mich eine grenzenlose Erbitterung gegen jene Herren Untersuchungsrichter, die vollständig vergessen zu haben scheinen, daß es Menschen sind, die dort warten, verzweifelnd und verzagend warten. Genügt es denn nicht, daß er pünktlich seinen Haftverlängerungsbescheid bekommt, der ihm mitteilt, wieviel Wochen er vorläufig weiter warten darf? Der Untersuchungsrichter denkt, es genügt.

Dann tritt das ein, was man in der Gefängnissprache „Spinnen" heißt: „X fängt an zu spinnen." Beim Vorbeigehen hört man ihn reden in seiner Zelle, rastlos, immerzu, nur um seine Stimme zu hören, er weint dazwischen, er bekommt Wutausbrüche. Der Gefangene wird verwarnt, er wird vorsichtig behandelt. Eines Tages ist er dann stumm geworden. Er spricht nicht mehr, er liest nicht einmal mehr sein eines Bibliotheksbuch in der Woche. Oft weigert er sich sogar, zur Freistunde zu gehen, er stellt seine Arbeit ein. Nun sitzt er allein oben in seiner Zelle, monatelang. Was tut er? Was denkt er?

Es geschah, daß ein Untersucher, der so zehn Monate in Einzelzelle gelegen hatte, in eine neu eingerichtete Gemeinschaftszelle für Untersuchungsgefangene verlegt wurde. Man glaubte, er würde glücklich sein. Er flehte, in seine Zelle zurückzudürfen. Er konnte die Gesichter der Menschen nicht mehr ertragen, ihr Sprechen nicht, nicht ihren Geruch. Wird er je wieder „draußen" unter anderen Menschen leben können? Welche Veränderungen sind in ihm vorgegangen!

Jeder kann jeden Tag verhaftet werden. Aller Sache ist es, von der ich schreibe, nicht die einzelner, fremder Menschen. In den Gefängnissen die Leute sind nicht anders wie du, sie leiden wie du, sie möchten leben wie du. All dies hat, so umgrenzt, gar nichts mit den großen Worten wie Gerechtigkeit zu tun. Es ist eine rein praktische Frage, die jeden angeht.

II

Doch auch das Leben des Strafgefangenen ist schwer und dunkel genug. Gewiß, es gibt eine kleine Gruppe, die sich wohl fühlt, für die Strafe überhaupt keine Strafe ist. Es sind das in der Hauptsache junge Burschen vom Lande mit wenig entwickelter Intelligenz und geringem Trieb zum andern Geschlecht, ihre ganze Sorge konzentriert sich darauf, daß sie auch genug zu essen bekommen.

Zu ihnen treten die Walzenbrüder, die meist wegen Bettelei ihre sechs Wochen „abreißen". Sie, die teilweise sehr oft vorbestraft sind (ich lernte einen kennen, der seine 43. oder 44. Strafe verbüßte), stehen der Strafhaft mit heiterer oder brummiger Gelassenheit, jedenfalls mit Gelassenheit gegenüber. Für ihre Einstellung scheint mir eine Frage kennzeichnend, die der eben erwähnte Rekord-Vorbestrafte an einen Untersucher, einen halb verzweifelnden älteren Beamten richtete: „Na, du bist wohl auch ein bißchen zur Erholung hier?" Das war kein Witz, ihm war es Ernst mit dieser Frage. Für den Stromer ist das Gefängnis eine Erholung.

Aber das ist die Minderzahl, die andern leiden schwer genug. Und auch hier machen, wie bei den Untersuchungsgefangenen, sinnlose, gedankenlose Grausamkeiten des Reglements das Schwere unnötig schwerer.

Warum darf ein Strafgefangener nur alle vier Wochen einen Brief absenden und empfangen? Ausnahmen sind statthaft, müssen aber in jedem einzelnen Fall erbeten werden, ihre Bewilligung ist ungewiß.

Warum darf er nur ein Bibliotheksbuch in der Woche bekommen? Gewiß, er soll arbeiten, aber wenn er seine Arbeit getan hat, warum soll er da nicht lesen dürfen? Da sitzt er nun mit einem Kriegsecho, einem Roman von der Mahler oder gar einem jener elenden Traktätchen, die ein völlig verlogenes Hirn geschrieben haben muß, und liest es nun zum drittenmal Wort für Wort, Satz für Satz, Seite für Seite – muß sein Hirn da nicht revoltieren?

Die lyrischen Dichter haben unrecht: Kein Gefangener in einer preußischen Strafanstalt darf, das Gesicht gegen die Stäbe seines Gitters gepreßt, dem Zuge der Wolken nachschauen oder sein Herz an Baumwipfeln erfreuen. Das Reglement verbietet das. Zum ersten ist sein Fenster aus geripptem, milchigem Glase, durch das kein Gegenstand zu unterscheiden ist, dann aber darf er gar nicht auf sein Bett klettern und oben durch den freien Raum des Klappfensters spähen. Das wird streng bestraft. Ich habe selbst erlebt, daß ein Gefangener für diese Sünde mit drei Tagen schweren Arrests belegt wurde. Fluchtversuche werden mit schwerem Arrest bestraft. Die Beschädigung von Bibliotheksbüchern wird mit schwerem Arrest bestraft. Unbegründete Beschwerden werden mit schwerem Arrest bestraft.

Was schwerer Arrest ist? Eine Zelle im Keller, ein Meter achtzig lang und breit, der meiste Raum wird von einer Holzpritsche eingenommen. Wasser und Brot. Keine Bewegungsmöglichkeit. Keine Wärme. Am zweiten bis dritten Tag hat sich der Gefangene schon wundgelegen, das Frostgefühl verläßt ihn nicht mehr.

Strafe? Ja, Strafe, er hat ja aus dem Fenster gesehen.

Hier scheint das Mißverhältnis so groß, daß ich beim Schreiben zögere. Sätze fallen mir ein, die ich von Beamten gehört habe: „Frieren sollt ihr ja." – „Es soll ja eine Strafe sein." – „Es soll ja schwer sein."

Ich verstehe nichts mehr.

Wie ist das eigentlich? Jemand wirft in der Betrunkenheit ein paar Scheiben ein und prügelt eine Frau: neun Monate Gefängnis. Jemand schlägt aus Eifersucht seine Liebste tot: acht Jahre Zuchthaus. Jemand bittet einen anderen um zehn Pfennige: sechs Wochen Gefängnis.

Ich werde eifrig, ich beginne zu rechnen: sechs Birnen weniger sechs Äpfel, was macht es? Ah, ich beginne zu begreifen, Strafe, Bestrafung, das ist etwas Überliefertes, etwas, von dem längst der Sinn verlorenging. In der Kirche singen sie ja auch Lieder und sagen Gebete auf, ohne daß sie sich etwas dabei denken: Der Sinn ist verlorengegangen, die Einrichtung besteht noch.

Wer denkt an Sühne, Reue, Buße? Wird es gut, bist du wieder der Alte, wenn du nach neun Monaten frei wirst? Gar nicht.

Heute ist es so, daß es gewisse Spielregeln gibt. Man kann sie außer acht lassen, dann muß man bezahlen mit acht Jahren oder neun Monaten, je nachdem. Fünf Mark sind auch nicht das Buch, das du dafür kaufen willst, Geld und Buch sind etwas ganz Verschiedenes, aber unter gewissen Umständen sind fünf Mark eben doch das Buch.

Eine der ersten Fragen, die der Strafgefangene an den Ankömmling richtet, lautet: „Hast du auch etwas davon gehabt?" Er will wissen, ob du deine Ware fürs Geld bekommen hast, denn er hat gelernt, daß man auch unwissentlich die Spielregeln verletzen kann. Doch nur von der wissentlichen Verletzung hat man etwas. Er grinst über das Gerede von Strafe, Reue, Besserung. Das ist es ja gar nicht. Und er hat sicher recht. Man gibt Geld für das Buch, man gibt Lebenszeit für die Tat. Alles andere ist unwahres Gerede, diese kalte, klare Tatsache zu umnebeln.

Darüber sei man sich klar. Und ist man so ehrlich, so grenze man auch den Begriff Strafe reinlich ab. Sie ist eine Freiheitsberaubung mit Arbeitszwang. Alles andere lasse man fort. Was soll das, daß der Gefangene keine Briefe schreiben soll? Er soll keine Ablenkung haben, zur Besinnung kommen, Reue verspüren? Glaubt man, daß ausgerechnet der Gefangene dazu da ist, das Rätsel von Gut und Böse zu lösen oder von der Willensfreiheit des Menschen

Das ist alles Unsinn. Auch hier Reinlichkeit. Dies und dies ist deine Strafe, sonst nichts, damit ist es gut. (Damit ist es noch lange nicht gut.)

III

Ein toller Unfug wurde in unserer Strafanstalt mit der Bewährungsfrist (B.-F.) getrieben. Nehmen wir ein Beispiel: Ein Gefangener, der eine halbjährige Strafe zu verbüßen hat, tritt an. „So", wird ihm gesagt, „Sie sind noch nicht vorbestraft? Führen Sie sich nur gut, dann können Sie nach der Hälfte der Strafzeit B.-F. bekommen."

Der Gefangene hat erwartet, an dem und dem Tage entlassen zu werden, nun hört er, daß es vielleicht ein ganzes Vierteljahr früher sein kann. Nur drei Monate, wenn er sich nur gut führt? Er wird sich schon gut führen! Drei Monate, das scheint ihm nichts, übermorgen, denn er war ja auf sechs Monate eingestellt. Hoffnung beseelt ihn, wann – –?

Er beginnt sich einzuleben, er begreift, daß drei Monate im Gefängnis eine endlose Zeit, daß sie gar nicht gar nichts sind, er schaudert bei dem Gedanken, noch weitere drei Monate … Er arbeitet bis zum Äußersten. Nur das Wohlwollen jedes Beamten erwerben. Ein böses Wort kann alles zerstören.

Er ist vereinzelt worden. Die Mitgefangenen sind eine geschlossene Schar, er muß besser sein als sie alle, damit er seine Bewährungsfrist bekommt.

Er beginnt sich zu erkundigen. Es scheint sicher zu sein, daß es zwecklos ist, ein Gesuch um B.-F. einzureichen, ehe er die Hälfte seiner Strafzeit verbüßt hat. Früher gestellte Gesuche werden erfahrungsgemäß abgelehnt. Aber dann kann er ja sein Gesuch erst nach Ablauf eines Vierteljahres stellen? Wie lange dauert die Beantwortung? Vier Wochen? So können ihm also im besten Falle nur zwei Monate geschenkt werden, vielleicht nur sechs Wochen, vielleicht gar nur ein Monat?

Er gibt sich auch damit zufrieden. Er hat gelernt, daß ein Monat eine endlose Zeit ist, er wird auch damit zufrieden sein. Er verdoppelt seine Anstrengungen. Er ist glücklich, wenn er einem Beamten eine Gefälligkeit erweisen kann. Er belauert die anderen, um Ungehörigkeiten melden zu können, sich als der Vertrauensmann zu beweisen, der er sein muß, um eine Befürwortung seines Gesuchs durch die Anstaltsleitung zu erreichen.

Das weiß er so auch schon, wie wichtig diese für ihn ist. Von den andern erfuhr er, daß die Gerichte ganz verschieden mit der Zubilligung von B.-F. verfahren. Manche sind „freigebig" damit, andere, die Mehrheit, lehnen es ab, immer. Wenn dann sein Gesuch von der Anstalt befürwortet ist, geht es trotz der Ablehnung durch das verurteilende Gericht an das Ministerium weiter. Das entscheidet dann.

Und wie lange dauert das? Man zuckt die Achseln. Man erzählt ihm lächelnd den Fall, daß ein Gefangener ein Gesuch einreichte. Es wurde befürwortet, vom verurteilenden Gericht abgelehnt, es ging ans Ministerium. Da lag es. Es kam keine Antwort, das Gesuch wurde vergessen. Nach Monaten reichte der Gefangene – er hatte eine lange Strafe zu verbüßen – ein zweites Gesuch ein. Dieses Gesuch hatte sofort Erfolg, der Gefangene wurde entlassen. Als er schon Wochen auf freiem Fuß ist, trifft die Antwort des Ministers auf das erste Gesuch ein: Das Gesuch ist abgelehnt. Verzweiflung der Leitung: Was soll man tun? Der Entlassene ist zu Unrecht frei und zu Recht frei, er hat B.-F. Ich weiß nicht, was daraus geworden ist, es scheint dies eine juristische Frage mit immerhin menschlichem Hintergrund zu sein.

Schließlich ist unser Beispiels-Gefangener so weit, daß er die Hälfte seiner Strafe verbüßt hat, er wird beim Sekretär vorgeführt, sein Gesuch wird aufgenommen, und er bittet demütig darum, es zu befürworten. Das ist es, er bittet demütig. Es wird ihm zugesagt. Er dankt, aber er ist nicht sicher, daß es auch wirklich geschieht. Er durchschaut schon dies System. Er erlebt an jedem Montag, wenn die Kolonnen zur Außenarbeit abrücken, die Ansprachen des Anstaltleiters. Er hat gemerkt, je höher bestraft der Gefangene, je aussichtsloser seine Sache ist, um so größere Hoffnungen werden ihm gemacht. „Führe dich nur gut, mein Sohn." Der Gefangene soll abgehalten werden, einen Fluchtversuch zu machen.

Und trotzdem er dies durchschaut, trotzdem glaubt er daran. Denn sein Fall liegt auch anders wie die andern, nicht wahr, sein Fall ist ein ganz besonderer Fall.

Aber es ist auch gefährlich, grübelt der Gefangene, zu tüchtig zu sein. Dann ist man unentbehrlich, wird ungern fortgelassen, solch Gesuch wird gar nicht befürwortet. Und dann hat die Leitung ja auch ein Interesse daran, den Gefangenenbestand möglichst hoch zu halten. Seit die Strafen der Inflationszeit größtenteils verbüßt sind, ist der Bestand der Gefängnisse teilweise unter 50 v. H. der Normalbelegung gesunken. Das hat Beamtenentlassungen, Zusammenlegungen etc. zur Folge. Nein, sicher ist es mit dem Befürworten ganz und gar nicht.

Schon ein paar Wochen nach der Stellung seines Gesuches ist eine Antwort da. Der Gefangene soll angeben, wo er in der Zwischenzeit seit Begehung seiner Tat gearbeitet hat. Der Gefangene ist Beamter, Angestellter; man wird also an seinen früheren Arbeitsstellen anfragen, wie er sich dort geführt hat. Er hat schon so schwere Sorgen, wie er nach der Entlassung Arbeit bekommen wird, nun sieht er es beinahe unmöglich werden, da das Gericht so eifrig für Bekanntwerden seiner Verschuldung sorgt. Nach Verbüßung der Strafe wird erst die wahre Schädigung beginnen.

Vielleicht bekommt der Gefangene dann schließlich sechs Wochen B.-F. zugebilligt. (In den meisten Fällen nicht.) Aber wie oft hat er unterdes die Stunde verflucht, da er von dieser B.-F. hörte. Er kam her, er hatte sich mit sechs Monaten abgefunden. Dann machte man ihm Hoffnungen, er lebte die ganze Strafzeit darin. Es waren peinigende, quälende Hoffnungen. Sie zwangen ihn zu erschöpfender Arbeitsleistung. Sie brachten ihn zur tiefsten, feigsten Demut. Er wurde von den andern isoliert, er wurde ihr Spion, ihr Aufpasser, ihr Verräter. Dann zerstörte man ihm auch noch die spärlichen Aussichten für seine Zukunft.

Man glaubt doch nicht, daß der einzelne Beamte daran Schuld trägt. Der Beamte ist in weitem Maß dafür verantwortlich, daß der Gefangene nicht flieht, sich anständig benimmt usw. Die Behandlung durch die Beamten ist gut. Gewiß, es sind fast nur Subalternbeamte, die zudem im jahrzehntelangen Strafanstaltsdienst stumpf geworden sind.

Aber was sie tun können, die Lage nicht unnütz zu erschweren, das tun sie. An ihnen liegt es nicht.

Es liegt an dem System, der Gesamtheit des Strafvollstreckungsdienstes, der längst ein toter Körper, versteinertes Gerippe ist. Was vielleicht einmal sinnvoll war, hat längst seinen Sinn verloren. Und es ist zwecklos, an dieser Leiche Kuren zu versuchen. Man sehe doch, wie ein an sich menschlich gewolltes Gesetz wie das über die B.-F. sich in sein Gegenteil verkehrt, häßliche Quälerei wird.

Tot ist tot, ein anderes muß werden.

„Das Tage-Buch", Berlin, 3. Januar 1925

(Von Juni bis Oktober 1924 war Hans Fallada, verurteilt wegen Unterschlagung, Häftling im Gefängnis Greifswald)